हिन्दी एकांकी

हिन्दी एकांकी

सिद्धनाथ कुमार

राधाकृष्ण प्रकाशन

ISBN : 978-81-7119-689-0

हिन्दी एकांकी

पहला संस्करण : 2001
चौथा संस्करण : 2014
This book is printed on Print on Demand **Technology : 2026**

मूल्य : ₹895

प्रकाशक
राधाकृष्ण प्रकाशन प्राइवेट लिमिटेड
जी-17, जगतपुरी, दिल्ली-110 051
शाखाएँ : अशोक राजपथ, साइंस कॉलेज के सामने, पटना-800 006
पहली मंजिल, दरबारी बिल्डिंग, महात्मा गांधी मार्ग, प्रयागराज-211 001
1, अनमोल सोराबजी सन्तुक लेन, धोबी तलाव, मरीन लाइंस, मुम्बई-400 002
वेबसाइट : www.radhakrishnaprakashan.com
ई-मेल : info@radhakrishnaprakashan.com

HINDI EKANKI
by Siddhanath Kumar

एकांकी की कला

एकांकी की परिभाषा

नाटक वह कहानी है जो अभिनेताओं द्वारा प्रस्तुत होकर किसी प्रकार के रंगमंच, रेडियो, टेलीविजन या फिल्म के माध्यम से दर्शकों-श्रोताओं तक सम्प्रेषित होती है। एकांकी वह नाटक है जो एक अंक में ही अपनी पूर्णता प्राप्त करता है। एकांकी की सरलतम परिभाषा यही हो सकती है। इसे स्पष्टता से समझने के लिए अंक की परिभाषा अपेक्षित है।

साहित्यदर्पणकार विश्वनाथ ने अंक की परिभाषा दी है कि अंक रूपकों के अवच्छेद अथवा अन्तःखंड का नाम है। नाट्यशास्त्रकार ने यही कहा है, नाट्यदर्पणकार ने भी यही कहा है। जैसे श्रव्य-काव्य का चिह्न उसका सर्ग-विभाग है वैसे ही दृश्य-काव्य का चिह्न उसका अंक विभाग है। अंक का अभिप्राय गोद भी है। नाटक के एक-एक अवच्छेद रस-भावों के लालन-पालन के लिए गोद का काम किया करते हैं, इसलिए भी इन्हें अंक कहा जाया करता है। रसार्णवसुधाकरकार ने इसलिए कहा है–

रसालंकारवस्तूनामुपलालनकांक्षिणाम्।
जनकांक वदाधारभूतत्वादंक उच्यते।। [रसार्णवसुधाकर 3, 197]

अंक की परिभाषा में ध्यान देने की बात यह है कि अंक का बिन्दुयुक्त होना अत्यावश्यक है। अंक के बिन्दुयुक्त होने का अभिप्राय नाटक के पूर्व और उत्तर अवच्छेदों की सम्बद्धार्थकता के संरक्षण का अभिप्राय है। नाटक जहाँ एकांकी हो जाता है, वहाँ पूर्व और उत्तर अवच्छेदों की सम्बद्धार्थकता की बात समाप्त हो जाती है–नाटक एक अंक में ही पूर्ण हो जाता है। हाँ, सम्बद्धार्थकता की बात एकांकी के विभिन्न दृश्यों के बारे में कही जा सकती है। आधिकारिक वृत्त के एक अंश की समाप्ति, आगामी इतिवृत्त की उत्सुकतावर्द्धक सूक्ष्म सूचना आदि की बातें एकांकी में आए विभिन्न दृश्यों पर लागू होंगी।

पाश्चात्य विद्वानों ने अंक दृश्य की जो परिभाषाएँ दी हैं, वे भारतीय परिभाषाओं से मिलती-जुलती हैं। अंग्रेजी में अंक को ऐक्ट (Act) और दृश्य को सीन (Scene) कहते हैं। 'दि आक्सफर्ड कम्पेनियन टु दि थियेटर' में ऐक्ट की परिभाषा करते हुए कहा गया है कि नाटक के विभागों को ऐक्ट कहते हैं, उनमें से प्रत्येक में एक या अनेक सीन हो सकते हैं। ओ हारा और हार्मन ब्रो ने कहा है कि सामान्यतः सब लोग जानते हैं

अनुक्रम

कि ऐक्ट क्या है। यदि पूछा जाए, तो शायद औसत व्यक्ति यह उत्तर देगा कि ऐक्ट नाटक का तर्कसंगत विभाग है जिसके अन्त में साधारणतः पर्दा गिरता है अथवा वह कह सकता है कि ऐक्ट कथा का निश्चित विकास है, कथानक का विभाग है जिसमें रुचि और स्थापत्य की इकाई होती है। इसी प्रकार दृश्य के सम्बन्ध में वे कहते हैं कि दृश्य, जैसाकि अमेरिका में सामान्य रूप से व्यवहृत होता है, अंक का वह विभाग है जिसमें काल या स्थान का परिवर्तन नहीं होता। कभी-कभी यह सेटिंग (Setting) के पर्याय के रूप में व्यवहृत होता है। फ्रेंच में जैसा इसका व्यवहार होता है, उसके अनुसार जब कोई पात्र रंगमंच से प्रस्थान करता है या दूसरा पात्र कथा प्रवेश करता है, तब एक नया दृश्य प्रारम्भ होता है।

पश्चिमी लेखकों ने अंक और दृश्य के साथ एकांकी नाटक की भी परिभाषा की है। मार्जोरी बोल्टन कहती हैं कि बिना अंक और दृश्य-विभाजन के भी नाटक हैं। इनका सबसे स्पष्ट उदाहरण वह नाट्य-रूप है, जो कला प्रेमियों के बीच बहुत लोकप्रिय है और जिसमें बहुत अच्छे नाटक भी हैं, जिसे एकांकी नाटक कहा जाता है। अपने शुद्ध रूप मे यह 25 से 45 मिनट की अवधि का होता है। इस प्रकार इसमें कार्य-व्यापार बहुत सघन होता है। पर्सिवल वाइल्ड कहते हैं कि नाटक जीवन का ऐसा सुव्यवस्थित प्रस्तुतीकरण है, जो दर्शकों में संवेग उत्पन्न करता है। एकांकी नाटक की विशेषता उच्च कोटि की अन्विति एवं मितव्ययिता में है; यह अपेक्षाकृत कम अवधि में अभिनीत होने के लिए होता है और होता है अपनी समग्रता में ग्रहण किए जाने के लिए। ब्लैंकफोर्ट ने कहा है कि एकांकी पहले एक दृश्य का ही नाटक हुआ करता था, पर आज एकांकी नाटक, यदि अधिक निश्चितरूपेण कहा जाए, तो वह है जो पाँच मिनट से लेकर एक घंटे की अवधि में से कहीं का भी हो सकता है। परिभाषा में यह परिवर्तन उस नयी स्वाधीनता के कारण कहा जा सकता है जो इस नाट्य-रूप को सामाजिक नाटककारों द्वारा मिली है। कोजलेन्को कहते हैं कि एकांकी के लिए एक ही दृश्य का होना आवश्यक नहीं है।

इन परिभाषाओं के आधार पर एकांकी के सम्बन्ध में हम अपनी कुछ निश्चित धारणाएँ बना सकते हैं। पहली बात यह कि एकांकी एक दृश्य का भी हो सकता है, अनेक दृश्यों का भी। दूसरी बात यह कि इसकी विशेषता इसकी संक्षिप्तता में है। अभिनय अवधि की दृष्टि से यह पाँच मिनट से लेकर एक घंटे तक का हो सकता है। तीसरी बात यह कि इसके कार्य-व्यापार में सघनता और अन्विति आवश्यक है। कहने की आवश्यकता नहीं कि जीवन की किसी एक समस्या या प्रसंग तक ही अपने को सीमित रखकर एकांकी नाटक यह विशेषता प्राप्त कर सकता हैं। सब मिलाकर कहा जा सकता है कि एकांकी एक या अनेक दृश्योंवाला वह संक्षिप्त नाट्य-रूप है जो जीवन के किसी एक प्रसंग को अपना विषय बनाकर अपनी सघनता और अन्विति से अपने दर्शकों में पाँच मिनट से लेकर एक घंटे की अभिनय-अवधि में ही अपेक्षित संवेग जगा पाता है।

एकांकी और अनेकांकी नाटक

एकांकी बड़े नाटकों की अपेक्षा छोटा होता है, पर वह बड़े नाटक का संक्षिप्त रूप नहीं है। एकांकी और अनेकांकी नाटक में उतना ही अन्तर है जितना कहानी और उपन्यास में। कहानी की तरह ही एकांकी का अपना स्वरूप-विधान है। सद्गुरुशरण अवस्थी का कथन सत्य है कि 'एकांकी नाटक अनेकांकी नाटकों का न तो संक्षिप्त संस्करण है और न उसका एक अंक। वह बलि को छलनेवाला बावन अंगुल का मनुष्य नहीं है और न चक्र-सुदर्शन-सहित विष्णु का हाथ है। वह न तो किसी का लघु संस्करण और न किसी का खंड अवतार है। वह अपनी निजी सत्ता रखनेवाला साहित्य का एक अंग है। उसकी अपनी निजी आत्मा है और उस आत्मा के व्यक्तीकरण का उसका निजी ढंग है।

एकांकी और अनेकांकी में अनेक अन्तर हैं। हिन्दी के अनेक विद्वानों ने इन पर सूक्ष्मता से विचार किया है। श्री उपेन्द्रनाथ अश्क ने लिखा है कि 'नाटक की इन दोनों शाखाओं में बड़ा अन्तर यह है कि उपन्यास की भाँति लम्बे नाटक में नाटककार शब्द-पर-शब्द, वाक्य-पर-वाक्य और दृश्य-पर-दृश्य के प्रयोग से इच्छानुसार प्रभाव और वातावरण पैदा करने में सफल हो जाता है। एकांकी में लेखक के पास घटना के विस्तार और पात्रों के चरित्र-चित्रण के लिए कोई अवसर नहीं होता। उसकी पार्श्वभूमि भी सीमित होती है। उसके पात्रों की झाँकी मात्र ही दर्शक देख सकते हैं। एकांकी में समस्त परिस्थिति को एकदम अपने दर्शकों को समझाना नाटककार के लिए आवश्यक है। लम्बे सम्भाषणों के बदले संक्षिप्त, पर अर्थपूर्ण सम्भाषणों से काम लेना पड़ता है। फिर जहाँ बड़ा नाटक वर्षों और सदियों तक को अपनी बाँहों में बाँध सकता है, एकांकीकार जीवन की किसी अनन्यमनस्क घड़ी ही का चित्रण कर सकता है। उस एक घड़ी में उसे कथानक, पात्रों के चरित्र-चित्रण अथवा वातावरण को उपस्थित करना होता है।'

नाटक के इन दोनों रूपों के अन्तर को और सुलझे हुए तथा स्पष्ट रूप में डॉ. रामकुमार वर्मा ने प्रस्तुत किया है। इनके अनुसार—(1) साधारण नाटक में जीवन की विविधरूपता रहती है, एकांकी में जीवन की एकरूपता। (2) साधारण नाटक में अनेक पात्र होते हैं, एकांकी में परिमित। (3) साधारण नाटक में कथा का सांगोपांग विचार रहता है, एकांकी की कथा में अनावश्यक अंग की उपेक्षा होती है, केवल वस्तुस्थिति के अनुसार कथा की आवश्यक सृष्टि होती है। (4) दोनों में अनेक और एक अंक का अन्तर है। (5) साधारण नाटक में चरित्र-चित्रण की विविधता रहती है, एकांकी में चरित्र-चित्रण की तीव्र और संक्षिप्त रूप-रेखा। (6) साधारण नाटक में कौतूहल की अनिश्चित स्थिति रहती है, एकांकी में कौतूहल की स्थिति प्रारम्भ में ही आ जाती है। (7) साधारण नाटक में वर्णनात्मकता की अधिकता रहती है, एकांकी में व्यंजनात्मकता की अधिकता और प्रभावशीलता। (8) साधारण नाटक में चरम सीमा का विस्तार रहता है, एकांकी में चरम सीमा का बिन्दु में केन्द्रीकरण। (9) साधारण नाटक में घटना-विस्तार के कारण कथानक की गति मन्द रहती है, एकांकी में घटना-न्यूनता

के कारण कथानक की गति क्षिप्र हो जाती है।

डॉ. रामकुमार वर्मा ने ही दूसरे स्थान पर बतलाया है कि 'एकांकी नाटक में साधारण नाटक से भिन्नता होती है। उसके कथानक का रूप तब हमारे सामने आता है जब आधी से अधिक घटना बीत चुकी होती है। इसलिए उसके प्रारम्भिक वाक्य में ही कौतूहल और जिज्ञासा की अपरिमित शक्ति भरी रहती है। बीती हुई घटनाओं की व्यंजना चुम्बक की भाँति हृदय को आकर्षित करती है। कथानक क्षिप्र गति से आगे बढ़ता है और एक-एक भावना घटना को घनीभूत करते हुए गूढ़ कौतूहल के साथ चरम सीमा में चमक उठती है। समस्त जीवन एक घंटे के संघर्ष में और वर्षों की घटनाएँ एक आँसू या एक मुस्कान में उभर आती हैं, वे चाहे सुखान्त हों या दुखान्त।'

इन विचारों के प्रकाश में एकांकी और अनेकांकी का अन्तर स्पष्ट हो जाता है। इस विवेचन से इतना स्पष्ट है कि एकांकी और अनेकांकी के अन्तर के मूल में इन दोनों नाट्य-रूपों की प्रदर्शन-अवधि है। एकांकी की प्रदर्शन-अवधि अनेकांकी की अपेक्षा बहुत कम होती है। इसका प्रभाव उसके उद्देश्य, कथानक-निर्माण और विकास, चरम सीमा, चरित्र-चित्रण आदि सभी अंगों पर पड़ता है। संक्षिप्तता, तीव्रता, मितव्ययिता आदि इसकी अनिवार्य विशेषताएँ हो जाती हैं, जिनके फलस्वरूप यह बड़े नाटकों से पृथक् हो जाता है। अतः इस बात में सन्देह नहीं कि एकांकी बड़े नाटक का संक्षिप्त संस्करण नहीं है। जैसाकि जार्ज टेलर ने कहा है, 'कल्पना, निर्माण और प्रभाव, सभी दृष्टियों से उसकी स्वतन्त्र सत्ता है।' किंच कहते हैं कि किसी एकांकी का प्रभाव क्षीण किए बिना उसे बड़े नाटक में परिवर्तित नहीं किया जा सकता।

एकांकी की संक्षिप्त रूप-रेखा के कारण सामान्यतः यह समझा जाता है कि बड़े नाटकों की अपेक्षा उसकी रचना सरल है, और वह बड़े नाटकों की रचना के पूर्व अभ्यास का काम करता है। यह धारणा गलत है। यह सही है कि उसका लेखन सरलतर है—सेलान कहते हैं कि तीन अंकों के नाटक की रचना एकांकी-रचना की अपेक्षा तिगुनी नहीं, नौगुनी कठिन है, लेकिन इसे बड़े नाटक की रचना का पूर्वाभ्यास नहीं कहा जा सकता। एकांकी और अनेकांकी का सम्बन्ध रचनाकार की प्रतिभा और चेतना से है। जैसे यह आवश्यक नहीं कि कोई मुक्तककार प्रबन्ध-काव्य की रचना कर सके, वैसे ही यह भी आवश्यक नहीं कि जिस नाटककार की प्रतिभा एकांकी के उपयुक्त है, वह अनेकांकी की रचना भी सफलतापूर्वक कर सके। ठीक इसी प्रकार बड़े नाटकों का सफल लेखक सफल एकांकी की रचना कर ही देगा, ऐसा निश्चित रूप से नहीं कहा जा सकता। डॉ. रामकुमार वर्मा अपनी नाट्य-प्रतिभा के सम्बन्ध में कहते हैं—'एक बात और जो मेरे पाठकों के मन में उभर आती है, मैं पूरे नाटक क्यों नहीं लिखता, एकांकी ही क्यों लिखा करता हूँ ...वस्तुतः सम्पूर्ण कथा-वस्तु मुझे रुचिकर नहीं हुई है, मैं सूर्य नहीं पकड़ना चाहता, मैं सूर्य-किरणों के दर्शन करना चाहता हूँ। यही कारण है कि कविता के क्षेत्र में मेरी रचनाएँ प्रबन्धात्मक नहीं होतीं, वे एक भाव-बिन्दु में गीत बनकर उभरती हैं और अपनी बात कहकर समाप्त हो जाती हैं। मेरी प्रवृत्ति गीतात्मक है, प्रबन्धात्मक

नहीं। फ्रेन्क बर्नन ने शॉ के सम्बन्ध में बहुत पहले कहा था कि वे एकांकी नहीं लिख सकते, इसका स्वरूप-विधान इतना संकीर्ण है कि उन्हें नहीं बाँध सकता।'

संस्कृत एकांकी का रचना-विधान

युग के साथ साहित्य के स्वरूप-विधान परिवर्तित होते रहते हैं। एकांकी का जो रूप आज हमारे सामने है, वही पहले नहीं था। हिन्दी एकांकी का स्वरूप किस प्रकार परिवर्तित होता रहा है, इसे भली-भाँति समझने के लिए एकांकी के प्राचीन और आधुनिक दोनों रूपों से परिचित होना आवश्यक है।

प्राचीन भारतीय नाट्य-साहित्य बहुत समृद्ध रहा है। विषय और आकार की दृष्टि से अनेक प्रकार के नाटकों की रचना संस्कृत में हुई थी। आचार्यों ने उनका विवेचन भी बड़ी सूक्ष्मता और विस्तार से किया है। उन्होंने नाटक के जो भेद बतलाए हैं, उनमें कई एकांकी भी हैं। यह ध्यान देने की बात है कि संस्कृत में नाटक के विभिन्न प्रकारों का जो वर्गीकरण है, वह शिल्प और बाह्य रूप-रेखा के आधार पर नहीं, बल्कि नाटक के मूल तत्त्वों के आधार पर स्थित है। डॉ. श्यामसुन्दर दास कहते हैं कि 'रूपकों के जो भेद किए गए हैं, वे तीन आधारों पर स्थित हैं, अर्थात् वस्तु, नेता और रस। इन्हीं को रूपक के तत्त्व भी कहते हैं।

आचार्य धनंजय ने 'दशरूपक' में रूपक के दस भेद बतलाए हैं–

> नाटकं सप्रकरणं भाणः प्रहसनं डिमः
> व्यायोगसमवकारौ वीथ्यंकेहामृगा इति।

अर्थात् नाटक, प्रकरण, भाण, प्रहसन, डिम, व्यायोग, समवकार, वीथी, अंक और ईहामृग, ये दस भेद शुद्ध रसाश्रित नाट्य के होते हैं। इनमें से पाँच–भाण, प्रहसन, व्यायोग, वीथी और अंक–निश्चित रूप से एकांकी हैं। ईहामृग के सम्बन्ध में मतभेद है। कुछ लोगों का मत है कि ईहामृग में चार अंक होते हैं, लेकिन 'साहित्य-दर्पण' के आधार पर डॉ. सत्येन्द्र लिखते हैं कि विश्वनाथ के समय तक ईहामृग एक अंक का होने लगा था।

उपरूपक के अठारह भेद बतलाए गए हैं–नाटिका, त्रोटक, गोष्ठी, सट्टक, नाट्यरासक, प्रस्थान, उल्लाप्य, काव्य, प्रेंखण, रासक, संलापक, श्रीगदित, शिल्पक, दुर्मल्लिका, प्रकरणी, विलासिका, हल्लीश और भाणिका। इनमें से दस एकांकी हैं–गोष्ठी, नाट्यरासक, उल्लाप्य, काव्य, प्रेंखण, रासक, श्रीगदित, विलासिका, हल्लीश और भाणिका।

संस्कृत साहित्य में एकांकी नाटकों की रचना हुई है अवश्य, पर साहित्यशास्त्र में उनके स्वरूप-विधान पर स्वतन्त्र रूप से विचार नहीं हुआ है। दृश्य-काव्य के व्यापक विवेचन के अन्तर्गत ही उसका परिचय दिया गया है। संस्कृत के छोटे-बड़े विविध नाटकों में केवल शैली भेद है। सिद्धान्त का अन्तर नहीं है। फलतः रूपक-उपरूपक के

नियम ही एकांकी पर भी लागू हैं। कहीं-कहीं उन नियमों के कुछ अपवादों का उल्लेख अवश्य कर दिया गया है। संस्कृत एकांकी का रचना-विधान समझने के लिए संस्कृत के मुख्य नाट्य-निमयों से परिचित होना अनिवार्य हो जाता है।

नाटक के प्रयोग की प्रक्रिया इस प्रकार बतलाई गई है—सर्वप्रथम पूर्वरंग-विधान, तदन्तर रंगसभा पूजन, तत्पश्चात् नाटककवि किंवा नाटक के नाम का संकीर्तन और अन्त में आमुख अथवा प्रस्तावना विधि। इस प्रकार प्रारम्भ में सूत्रधार, नट आदि आते हैं, मंगलसूचक कार्य सम्पन्न करते हैं, नाटककार और नाटक का परिचय देते हैं, तथा आगे आनेवाली घटना का संकेत करते हैं, उसके बाद मुख्य अभिनय प्रारम्भ होता है। इस प्रकार रूपक-प्रबन्धों में पात्र प्रवेश के पहले का भाग तो आमुख अथवा प्रस्तावना है और उसके बाद का भाग नाट्य है। संस्कृत-नाट्य के आधारभूत तत्त्व तीन माने गए हैं—वस्तु, नेता और रस। संस्कृत नाट्यशास्त्र में इन तीनों का विस्तृत विवेचन हुआ है।

रूपक-प्रबन्ध में वस्तु अथवा इतिवृत्त दो प्रकार का हुआ करता है—आधिकारिक और प्रासंगिक। नाटक के फल का स्वामित्व प्राप्त करनेवाला पात्र अधिकारी कहलाता है। अधिकारी यानि प्रधान नायक के जीवन से सम्बद्ध कथानक आधिकारिक है। यह कथा प्रारम्भ से लेकर अन्त तक चलती रहती है। इसे मुख्य कथा भी कहा जाता है।

प्रासंगिक इतिवृत्त वह है जो आधिकारिक इतिवृत्त का सहायक होता है। यह मुख्य कथा को फल-प्राप्ति की ओर अग्रसर करने में सहायता पहुँचाता है। प्रासंगिक कथा एक से अधिक भी हो सकती हैं। इसका प्रारम्भ से लेकर अन्त तक चलना आवश्यक नहीं है। इसके दो भेद माने गए हैं—पताका और प्रकरी। पताका उस कथा को कहते हैं जो सानुबन्ध होती है, अर्थात् जो आधिकारिक कथा को गति प्रदान करती हुई उसके साथ बहुत दूर तक चलती है, इसके सम्पर्क से आधिकारिक इतिवृत्त, उसके फल और नायक-चरित्र का विकास होता है। उन छोटी-छोटी घटनाओं को प्रकरी कहते हैं जो आधिकारिक कथा और कभी-कभी प्रासंगिक कथा की भी गति में सहायक होती है। ये आधिकारिक और प्रासंगिक कथा के सम्बन्ध सूत्रों को जोड़ती भी हैं।

वस्तु के ये भेद नायक और उसकी फल-प्राप्ति की दृष्टि से हैं। विषय की दृष्टि से इसके तीन भेद किए गए हैं—प्रख्यात, उत्पाद्य और मिश्र। इतिहास, पुराण और जनश्रुति में प्रसिद्ध कथा प्रख्यात कहलाती है। कल्पित कथा को उत्पाद्य कहते हैं। प्रख्यात और उत्पाद्य के मिश्रण से मिश्र कथा बनती है। यह ध्यान देने की बात है कि संस्कृत नाटक साहित्य में उत्पाद्य कथा का प्रयोग प्रकरण, भाण, प्रहसन आदि कुछ निश्चित रूपकों-उपरूपकों में उचित ठहराया गया है।

संस्कृत नाटकों के वस्तु-विन्यास में अर्थ-प्रकृतियों, कार्य-अवस्थाओं तथा सन्धियों की व्यवस्था की गई है। अर्थ-प्रकृति का अभिप्राय अर्थ अथवा फल के उपाय अथवा हेतु का अभिप्राय है। कथावस्तु को प्रधान फल की ओर अग्रसर करनेवाले चमत्कारयुक्त अंशों को अर्थ-प्रकृति कहते हैं। अर्थ-प्रकृतियाँ पाँच हैं—बीज, बिन्दु, पताका, प्रकरी और कार्य।

बीज वह अर्थ-प्रकृति है जिसे मुख्य फल या मुख्य हेतु अथवा उपाय कहा गया

है। धान्य बीज की भाँति रूपक-प्रबन्ध का यह बीज प्रारम्भ में अत्यन्त सूक्ष्म रूप में रहता है और उत्तरोत्तर विकसित एवं वृद्धिशील हो जाता है। बिन्दु वह अर्थ-प्रकृति है जो निमित्त बनकर समाप्त होने वाली अवान्तर कथा को आगे बढ़ाती है और प्रधान कथा को अविच्छिन्न रखती है। पताका वह प्रासंगिक इतिवृत्त है जो व्यापक हुआ करता है और प्रधान फल का सहायक बना रहता है। प्रसंगागत तथा एकदेशीय अर्थात् छोटी-छोटी घटनाओं को प्रकरी कहते हैं। कार्य वह अर्थ-प्रकृति है जिसके लिए सब उपायों का प्रारम्भ किया जाए, जिसकी सिद्धि के लिए सब सामग्री एकत्र की गई हो।

फल के उद्देश्य से जो कार्य प्रारम्भ किया जाता है, उसकी स्वभावतः पाँच अवस्थाएँ हुआ करती हैं—आरम्भ, यत्न, प्राप्त्याशा, नियताप्ति और फलागम। आरम्भ कार्य की वह अवस्था है जिसे मुख्य फल की सिद्धि के लिए औत्सुक्य कहा गया है। यत्न में फल-प्राप्ति के लिए शीघ्रता से उद्योग किया जाता है। प्राप्त्याशा में फल-प्राप्ति की आशा दिखाई पड़ती है, यद्यपि उसके साधक और प्रतिबन्ध में पारस्परिक द्वन्द्व की स्थिति बनी रहती है। नियताप्ति में फल-प्राप्ति का निश्चय हो जाता है। फलागम को समग्र फल-लाभ कहा जाता है।

अभी जिन पाँच अवस्थाओं और अर्थ-प्रकृतियों का उल्लेख हुआ है, उनके क्रमिक संयोग से पाँच सन्धियाँ बनती हैं। आचार्य विश्वनाथ के अनुसार अर्थ-प्रकृतिपंचक रूप-वृत्त-भेद के साथ अवस्थापंचक की क्रमिक सम्बद्ध योजना के कारण नाटकीय इतिवृत्त के जो पाँच भाग हुआ करते हैं, उन्हें ही पंचसन्धियाँ कहा करते हैं। सन्धि के पाँच भेद इस प्रकार हैं—मुख, प्रतिमुख, गर्भ, विमर्श और उपसंहृति अथवा निर्वहण।

अवस्थाएँ कार्य अर्थात् व्यापार-शृंखला की भिन्न-भिन्न स्थितियों की द्योतक हैं। अर्थ-प्रकृतियाँ कथावस्तु के तत्त्वों की सूचक हैं और सन्धियाँ नाटक-रचना के विभागों का निदर्शन करती हैं। 'तीन बातें एक ही अर्थ की सिद्धि किया करती हैं, पर तीनों के नामकरण और विवेचन तीन दृष्टियों में किए गए हैं—एक में कार्य का, दूसरे में वस्तु का और तीसरे में नाटक-रचना का ध्यान रखा गया है।

मुख सन्धि में प्रारम्भ नामक अवस्था के साथ बीज नामक अर्थ-प्रकृति का संयोग होता है। इससे भिन्न-भिन्न रस-भावों की व्यंजना होती है। प्रतिमुख सन्धि में प्रयत्न अवस्था और बिन्दु अर्थ-प्रकृति का योग रहता है। प्रयत्न अवस्था में फल-प्राप्ति के लिए शीघ्रता से उपयोग होता है और बिन्दु अर्थ-प्रकृति में कथा विच्छिन्न रहकर आगे बढ़ती है। प्रतिमुख सन्धि में पूर्वनिर्दिष्ट (मुख सन्धि में) प्रधान फल का थोड़ा सा विकास होता है। इसमें नाटक के प्रधान फल का साधक इतिवृत्त कभी गुप्त और कभी स्पष्ट रहता है। गर्भ सन्धि में प्राप्त्याशा अवस्था और पताका अर्थ-प्रकृति रहती है। इसमें प्रतिमुख सन्धि में किंचित प्रकाशित बीज का बार-बार आविर्भाव, तिरोभाव तथा अन्वेषण होता है। गर्भ सन्धि की अपेक्षा बीज का अधिक विस्तार होने पर उसके फलोन्मुख होने में जब शाप, क्रोध, विपत्ति या विलोभन के कारण विघ्न उपस्थित होते हैं, तब विमर्श सन्धि होती है। इरागें निगताप्ति अवस्था और प्रकरी अर्थ-प्रकृति का योग होता है। निर्वहण

सन्धि में फलागम अवस्था के साथ कार्य अर्थ-प्रकृति आती है। इसमें पहले की चारों सन्धियों में यथास्थान वर्णित अर्थों के प्रधान प्रयोजन की सिद्धि हो जाती है और मुख्य फल की प्राप्ति भी हो जाती है। यहाँ यह भी उल्लेख्य है कि आचार्यों ने नाटक का सुखान्त होना आवश्यक माना है।

कथा-विन्यास की दृष्टि से कथा के दो और भाग किए जाते हैं—दृश्य और सूच्य। नाटक-कथा के कुछ अंश ऐसे होते हैं जिन्हें रंगमंच पर प्रदर्शित करना अनिवार्य होता है। ऐसे अंशों को दृश्य कहते हैं। कुछ घटनाएँ ऐसी होती हैं, जिनकी सूचना मात्र से काम चल जाता है। इन्हें सूच्य कहते हैं। दृश्य-सूच्य के सम्बन्ध में धनंजय ने कहा है—

नीरसोऽनुचितस्तत्र संसूच्यो वस्तुविस्तरः।
दृश्यस्तु मधुरोदात्तरसभावनिरन्तरः।।

अर्थात् जो वस्तु रसहीन हो और जिसका रंगमंच पर दिखलाना अनुचित हो, उस विस्तृत वस्तु को केवल सूचित करना चाहिए। जो वस्तु मधुर अर्थात् चित्ताकर्षक हो, उदात्त हो और पूर्ण रूप से रस और भाव से भरी हुई हो, उसी का अभिनय रंगमंच पर करना चाहिए।

दृश्य-कथा अंक और अंक के अन्तर्गत आनेवाले विभिन्न दृश्यों में विभाजित की जाती है। सूच्य-कथा के लिए विष्कम्भक, प्रवेशक, चूलिका, अंकास्य और अंकावतार से काम लिया जाता है। विष्कम्भक के द्वारा भूतकाल में घटित या भविष्यकाल में घटित होनेवाली बातों की सूचना दी जाती है। प्रवेशक में भी विष्कम्भक की तरह ही घटनाओं की सूचना दी जाती है, लेकिन विष्कम्भक अंक के प्रारम्भ में आता है, जबकि प्रवेशक दो अंकों के बीच में। नेपथ्य या यवनिका के भीतर से दी जानेवाली सूचना चूलिका कहलाती है। जहाँ किसी अंक के अन्त में किसी ऐसी बात की सूचना दी जाती है जिससे अगले अंक का प्रारम्भ होता है, वहाँ अंकास्य होता है। अंकावतार में पहले अंक के पात्र उस अंक के अर्थ को विच्छिन्न किए बिना ही दूसरे अंक में आ जाते हैं।

एक दूसरी दृष्टि से नाटकीय वस्तु के तीन भेद और माने गए हैं—श्राव्य, अश्राव्य और नियत श्राव्य। जो बात सब पात्रों के सुनने के योग्य हों, उसे श्राव्य या प्रकाश कहते हैं। जो किसी भी पात्र के सुनने योग्य न हों, उसे अश्राव्य या स्वगत कहते हैं। जो कुछ पात्रों के सुनने योग्य हो, उसे नियत श्राव्य कहते हैं। इसके दो भेद होते हैं—अपवारित और जनांतिक। सामने विद्यमान पात्र की ओर से मुँह फेरकर उसके किसी रहस्य की बात पर उससे छिपाकर कटाक्ष करने को अपवारित कहते हैं। दो से अधिक पात्रों की बातचीत के प्रसंग में, अनामिका को छोड़ बाकी तीन उँगलियों की ओट में, केवल दो पात्रों के गुप्त सम्भाषण को जनांतिक कहते हैं। नाट्यशास्त्र में यह बात मान ली गई है कि ऐसे सम्भाषण को तीसरा व्यक्ति नहीं सुनता।

आकाश की ओर देखता हुआ एक ही पात्र सुनने का नाट्य कर जब स्वयं प्रश्नों को दुहराता है और स्वयं ही उसका उत्तर देता है, तब उसे आकाशभाषित कहते हैं। इससे आगे-पीछे की बातों की सूचना दी जाती है।

नाटकादि प्रबन्धों में उपनिबद्ध नायक-नायिका आदि के विविध व्यापारों को वृत्ति कहते हैं। वृत्ति वस्तुतः अभिनय मात्र की जननी है। वृत्ति चार प्रकार की हुआ करती है—कैशिकी जो शृंगार रस के अभिव्यंजन के लिए, सात्विकी जो वीर रस की अभिव्यक्ति के लिए, आरभटी जो रौद्र और बीभत्स रस के प्रतिपादन के लिए है और भारती जिसका सम्बन्ध सभी रसों से है।

नाटक की समाप्ति पर आशीर्वादात्मक वाक्य रहता है, जिसे भरत-वाक्य कहा जाता है।

यह संस्कृत के नाट्य-नियमों का संक्षिप्त परिचय है। जितने विस्तार से संस्कृत साहित्यशास्त्र में इसका वर्णन है, उतना यहाँ सम्भव भी नहीं है, अपेक्षित भी नहीं। जैसा प्रारम्भ में कहा गया, संस्कृत में बड़े नाटक के नियम ही एकांकी नाटक पर भी लागू हैं। लेकिन चूँकि एकांकी की रूप-रेखा संक्षिप्त होती है, उसमें सभी अर्थ-प्रकृतियों, कार्यावस्थाओं और सन्धियों का व्यवहार सम्भव नहीं। उदाहरण के लिए, भाण, अंक, प्रहसन, नाट्यरासक, रासक, हल्लीश और भाणिका में केवल मुख और निर्वहण सन्धियाँ होती हैं। व्यायोग, ईहामृग, प्रेंखण, श्रीगदित और विलासिका में केवल तीन ही सन्धियाँ होती हैं, गर्भ और विमर्श सन्धियाँ नहीं होतीं। संक्षिप्तता की दृष्टि से कुछ एकांकी रूपों पर और भी बन्धन हैं—जैसे, भाण में एक ही पात्र होता है, प्रेंखण में सूत्रधार नहीं होता और विष्कम्भक तथा प्रवेशक भी नहीं होते, इसमें नान्दी प्ररोचना भी नेपथ्य से ही हो जाती है; रासक में भी सूत्रधार नहीं होता।

ऐसे बन्धनों के अतिरिक्त एकांकी में बड़े नाटकों की तुलना में कोई विशेष अन्तर नहीं है।

आधुनिक एकांकी का रचना-विधान

आधुनिक एकांकी अंग्रेजी साहित्य की देन है। पहले अंग्रेजी में ही इसकी कला का विकास हुआ। आज यह वहाँ एक मौलिक नाट्य-रूप है, इसका अपना स्वतन्त्र अस्तित्व है—ऐसा पहले कभी नहीं हुआ था। हिन्दी के आधुनिक एकांकी ने पाश्चात्य एकांकी के स्वरूप से ही प्रेरणा ग्रहण कर अपना विकास किया है।

एकांकी संक्षिप्त नाट्य-रूप है। एक निश्चित सीमित अवधि में इसे सहृदयों पर प्रभाव डालना होता है। यह तभी सम्भव है, जब इसके विधान के मूल में एकाग्रता रहे—इसके सभी उपकरण एक निश्चित प्रभाव-सृष्टि की दिशा में निर्दिष्ट रहें। इसी को दूसरे शब्दों में पर्सीवल वाइल्ड कहते हैं कि इकाई इसकी प्रेरणा है, इकाई इसका लक्ष्य है, इकाई इसकी आत्मा है। सिडनी बाक्स कहते हैं, यदि यह पूछा जाए कि एकांकी नाटक की कौन सी विशेषताएँ हैं, तो इसका उत्तर हो सकता है कि इसकी विषय-वस्तु एक ही होनी चाहिए, एक ही प्रभाव को इसे अपना लक्ष्य बनाना चाहिए, इसमें एक ही स्थिति होनी चाहिए और इसे एक ही चरित्र या सामूहिक चरित्र पर अपना ध्यान

केन्द्रित करना चाहिए। स्पष्ट है कि इसमें किसी प्रकार की बिखराहट के लिए अवकाश नहीं है। यह मितव्ययिता की कला है। इसमें स्थिति, शब्द आदि किसी के अपव्यय से दुर्बलता आती है। इसकी सफलता के लिए कलात्मक इकाई और मितव्ययिता अनिवार्य है।

एकांकी नाटक में एक लक्ष्य को ध्यान में रखकर एक ही स्थिति ली जाती है, और वह स्थिति नाटकीय होती है—यानी उसमें संघर्ष या द्वन्द्व निहित रहता है। पाश्चात्य दृष्टि से नाटक में संघर्ष अनिवार्य है। बेलिस कहते हैं कि 'संघर्ष सब प्रकार के नाटकों का सार है। यद्यपि समय-समय पर नाटककार का प्रयोजन बदलता रहता है, पर वह अपनी वस्तु के विकास में किसी-न-किसी प्रकार के संघर्ष पर विश्वास करता है।' डॉ. रामकुमार वर्मा कहते हैं कि 'नाटक में संघर्ष व द्वन्द्व का प्रदर्शन अत्यावश्यक है। द्वन्द्व के प्रदर्शन से नाटक की कला में विकास होता है और साथ ही, नाटक अधिक रोचक बन जाता है। द्वन्द्व से नाटक की कथावस्तु में अधिक आकर्षण उत्पन्न हो जाता है। अत्युक्ति न होगी, यदि कहा जाए कि नाटक का प्राण उसके संघर्ष में पोषित होता है।'

नाटक में जो संघर्ष आता है, वह बहिर्जीवन का भी होता है, अन्तर्जीवन का भी हो सकता है। एक को बाह्यद्वन्द्व कहते हैं, दूसरे को अन्तर्द्वन्द्व। बाह्यद्वन्द्व के अन्तर्गत व्यक्तियों का शारीरिक संघर्ष भी आता है, वाणी का भी संघर्ष आता है। अन्तर्द्वन्द्व के अन्तर्गत मुख्यतः भावनाओं का संघर्ष आता है। संघर्ष-प्रधान नाटक में किसी प्रकार का संघर्ष आ सकता है। उनमें विरोधी विचारों का संघर्ष हो सकता है, विचारों का रूढ़ियों से संघर्ष हो सकता है, भावनाओं का स्थितियों से संघर्ष हो सकता है, व्यक्ति का स्थितियों से संघर्ष हो सकता है, लेकिन यह ध्यान रखने की बात है कि नाट्य-कला की दृष्टि से अन्तर्द्वन्द्व का महत्त्व बहिर्द्वन्द्व की अपेक्षा अधिक है। ग्रेनविल बार्कर कहते हैं कि जिस नाटक की कला जितनी ही परिपक्व होगी, उसके कार्य शारीरिक संघर्ष और आकस्मिक घटनाओं पर उतने ही कम आधारित होंगे। जो नाटक मनुष्य के अन्तर्जीवन को अपना विषय बनाता है, वह विशेष महत्त्व का अधिकारी है। 'आन्तरिक संघर्ष हृदय के रहस्यों को प्रकाश में लाने में सहायक होता है। वह जीवन की अमर कृति है, साहित्य की अमर ज्योति है।'

संघर्ष की दृष्टि से सबसे अच्छा नाटक वह होता है, जिसमें कथा-विकास के साथ-साथ पात्रों का अन्तर्द्वन्द्व, और उसके माध्यम से अन्तर्जीवन प्रकाशित होता जाता है। अन्तर्द्वन्द्व की विशेषता इसी बात में है कि वह नाटक के किसी एक भाग में न रहकर प्रारम्भ से लेकर अन्त तक व्याप्त रहे। इससे भी अच्छा तो यह होता है कि द्वन्द्व नाटक की मूल स्थिति में ही निहित रहे। डॉ. रामकुमार वर्मा का 'चारुमित्रा' इसका अच्छा उदाहरण है। चारुमित्रा एक लम्बी अवधि से अशोक की सेविका रही है, पर उसी के देश पर अशोक ने आक्रमण किया है। इस प्रकार कथानक के मूल में ही द्वन्द्व की स्थिति आ जाती है।

सफल एकांकी के लिए नाटकीय स्थिति का चुनाव आवश्यक है। पर्सीवल वाइल्ड

ने नाटकीय स्थिति की बड़ी व्यापक परिभाषा दी है। उनके अनुसार, नाटकीय स्थिति वह है जिसमें उससे सम्बद्ध लोगों के सुख के बारे में चिन्ता उत्पन्न करने की क्षमता हो। भय एवं आशंका से मुक्त पूर्ण सुख की स्थिति नाटकीय नहीं है। इसी प्रकार पूर्ण दुःख की स्थिति भी नाटकीय नहीं है, क्योंकि ऐसी स्थितियों में जिज्ञासा या कौतूहल जगाने की शक्ति नहीं होती।

नाटकीय स्थिति के चुनाव के बाद कथा-गठन या वस्तु-निर्माण का प्रश्न आता है। एकांकी नाटक अपने मूल रूप में एक गतिशील कथा है। इसे कई भागों में विभक्त किया जा सकता है। बेलिस कहते हैं कि नाटकीय स्थापत्य को स्पष्ट करने के लिए सामान्यतः यह योजना अपनाई जाती है—व्याख्या, उलझन, चरम सीमा और उद्घाटन। सिडनी बाक्स के अनुसार सभी एकांकी नाटक पाँच निश्चित खंडों में बाँटे जा सकते हैं—प्रारम्भ, परिचय, विकास, चरम सीमा और उद्घाटन। शब्दों के हेर-फेर से लगभग सभी आलोचक इन्हीं विभाजनों को स्वीकार करते हैं। इन्हें ही निरूपण, अवरुन्धन, उत्कर्ष तथा अपकर्ष भी कहा जाता है। इन सबकी अपनी समस्याएँ होती हैं। हम इन पर अलग-अलग विचार करेंगे।

प्रारम्भ या निरूपण एकांकी का बहुत महत्त्वपूर्ण अंग है। इसके अन्तर्गत स्थिति स्पष्ट की जाती है, उन महत्त्वपूर्ण घटनाओं का परिचय दिया जाता है जो पर्दा उठाने के पहले घट चुकी रहती हैं और कथा-विकास को समझने के लिए जिनकी जानकारी आवश्यक होती है। पात्र भी दर्शकों के सामने पहली बार आते हैं—वे कौन हैं, उनके क्या नाम हैं, उनके पारस्परिक सम्बन्ध क्या हैं, आदि बातों की जानकारी भी प्रारम्भ के अन्तर्गत दी जाती है। यह जानकारी विभिन्न नाटकों में विभिन्न प्रकार से दी जाती हैं—कुछ पात्र अपने संलापों में बीती हुई बातों की आवृत्ति करते हैं, कुछ पात्र केवल इसी प्रयोजन के लिए उपस्थित होते हैं और अपना काम कर गायब हो जाते हैं, परिवार के नौकर कमरा वगैरह साफ करते जाते हैं और पूर्व घटित घटनाएँ बतलाते जाते हैं। निरूपण के अन्य साधन भी हैं, पर निरूपण की विशेषता इस बात में मानी जाती है कि वह सायास निर्मित न लगे—यह न मालूम हो कि परिचय जान-बूझकर दिया जा रहा है। निरूपण स्वाभाविक रूप में सहज भाव से आना चाहिए। पर्सीवल वाइल्ड कहते हैं कि 'आधुनिक नाटककार सूचनाओं को अपने दर्शकों पर थोपता नहीं है। वह अपना पर्दा उन नौकरों पर नहीं उठाता जो एक साथ ही टेबुल-कुर्सी और पारिवारिक अस्थियों पर की धूल झाड़ते हैं, और न उन आगन्तुकों पर ही जो अपनी जानकारी की बात कहकर गायब हो जाते हैं। इसके विपरीत, उत्सुकता जगाने के लिए वह अपने पात्रों और दृश्यों का उपयोग करता है।' एकांकी के प्रारम्भ की विशेषता यही है कि घटना-विकास के साथ ही मुख्य पात्रों द्वारा ही निरूपण स्पष्ट हो जाए।

कुशल नाटककार एकांकी के प्रारम्भ में सभी बातों का स्पष्टीकरण स्वयं नहीं कर देता, बल्कि वह ऐसी परिस्थिति उत्पन्न करता है कि दर्शक स्वयं स्पष्टीकरण की माँग करें और उनमें नाटक की घटनाओं आदि से परिचित होने की आकांक्षा जगे। तात्पर्य

यह कि कुशल नाटककार एकांकी के प्रारम्भ में स्वयं ही उत्तर नहीं देता, बल्कि कुछ प्रश्न खड़े कर देता है—ऐसे प्रश्न जो दर्शकों की जिज्ञासा तीव्र कर दें। इस प्रकार एकांकी के प्रारम्भ में आकर्षण आ जाता है।

एकांकी के प्रारम्भ की सबसे बड़ी विशेषता यह है कि दर्शकों का ध्यान अपनी ओर आकृष्ट कर ले। इसके लिए कुछ आलोचक मानते हैं कि एकांकी को अपनी कथा में शीघ्र प्रवेश कर जाना चाहिए। बात बहुत अंशों तक सही है, लेकिन ऐसा प्रारम्भ सब प्रकार के एकांकी नाटकों में सम्भव नहीं है। सिडनी बाक्स कहते हैं कि कुछ नाटकों में, विशेष रूप से उन नाटकों में जिनकी रुचि चरित्र-चित्रण में विशेष रूप से होती है—सावधानीपूर्वक की गई तैयार की आवश्यकता होती है, जिससे कथानक अच्छी प्रकार से सामने आ सके।

एकांकी का प्रारम्भ संक्षिप्त होना चाहिए। इसमें किसी प्रकार का अनावश्यक विस्तार नहीं होना चाहिए। इसमें ध्यानाकर्षण का गुण अनिवार्य है। प्रारम्भ का दृश्य, संलाप आदि सब-कुछ आकर्षक होना चाहिए। डॉ. एस.पी. खत्री का कथन उचित है कि 'एकांकी की वस्तु का ढाँचा इतना छोटा और उसका विस्तार इतना संकुचित होता है कि निरूपण भाग में विस्तारपूर्वक लेक्चरबाजी तथा विस्तृत विश्लेषण का न तो अवकाश ही रहता है और न उसकी आवश्यकता। इसके साथ-ही-साथ ध्यानाकर्षण का अलग आग्रह है, जिसके ऊपर एकांकी का सम्पूर्ण भार रहता है।'

निरूपण द्वारा आवश्यक पृष्ठभूमि निर्मित हो जाने पर नाटकीय स्थिति आगे बढ़ती है। इसे विकास कहते हैं। चूँकि इसमें संशय और विस्मय के ऐसे नये नाटकीय तत्त्वों का प्रवेश भी होता है जिनसे कथा की गति में उलझने आती हैं, इसे अवरुन्धन भी कहा जाता है। अवरुन्धन के अन्तर्गत नये विरोधी तत्त्वों का उदय होता है, जिसके फलस्वरूप संघर्ष की स्थिति तीव्र हो जाती है। इसका उद्देश्य दर्शकों के विस्मय और कौतूहल को तीव्र बनाना होता है। यहाँ नाटककार को इस बात का ध्यान रखना होता है कि नाटकीय स्थिति कहीं इतनी जटिल न हो जाए कि वह अन्त तक पहुँचते-पहुँचते स्वाभाविक रूप में न सुलझ सके और उसे सुलझाने के लिए आकस्मिक एवं अस्वाभाविक साधनों का उपयोग करना पड़े। अवरुन्धन में ऐसे रहस्यपूर्ण संकेत भी दिए जाते हैं जो आगे की घटनाओं में दर्शकों की रुचि एवं जिज्ञासा बढ़ाते हैं।

इस प्रकार नाटकीय स्थितियों की गति बढ़ती जाती है, संघर्ष तीव्र होता जाता है और इसी के साथ दर्शकों की रुचि बढ़ती जाती है। जहाँ संघर्ष की स्थिति और दर्शकों की रुचि अपने उच्चतम बिन्दु पर पहुँचती है, वहाँ चरमोत्कर्ष आता है। इसे चरम सीमा भी कहते हैं। अंग्रेजी में इसे क्लाइमेक्स (Climax) कहा जाता है जो उस ग्रीक शब्द से बना है जिसका अर्थ होता है सोपान। चरम सीमा तीव्रता का चरम बिन्दु है। यह तीव्रतम भावावेग का स्थल है। इसकी विशेषता यह है कि भावावेग आकस्मिक रूप से तीव्रता की स्थिति में न पहुँचे, बल्कि निरूपण एवं अवरुन्धन के स्थलों से होता हुआ स्वाभाविक रूप में उत्कर्ष पर आए।

चरमोत्कर्ष के बाद अपकर्ष का स्थान आता है। चूँकि यह एकांकी की अन्तिम स्थिति है, इसे अन्त भी कहा जाता है। यहाँ आकर सब नाटकीय संघर्ष शान्त हो जाते हैं। दर्शकों के मन में जो जिज्ञासाएँ जगाई गई रहती हैं उनकी तृप्ति हो जाती है, जो रहस्यपूर्ण संकेत दिए गए रहते हैं उनका उद्घाटन हो जाता है, जो गुत्थियाँ खड़ी की गई रहती हैं वे सुलझ जाती हैं। एकांकी का अन्त प्रभावशाली होना चाहिए, क्योंकि अपने मन पर अन्तिम दृश्य का प्रभाव लेकर दर्शक रंगशाला से विदा होता है। एकांकी के अन्त की विशेषता भी स्वाभाविकता में है। अन्त पूर्व-घटनाओं की सहज परिणति के रूप में होना चाहिए। यह बहुत कठिन काम है। जब नाटककार नाटक का सूत्र अपने पात्रों के हाथ में न देकर अपने हाथ में रखता है, तब यह आशंका रहती है कि वह एकांकी का अन्त कथा की गति के अनुरूप न कर अपने मन के अनुरूप करे। वह पात्रों से अपने मन के अनुकूल बातें कहला सकता है, घटनाओं को अपने मन के अनुसार मोड़ दे सकता है। इससे नाटक का अन्त अस्वाभाविक हो सकता है। कुशल एकांकीकार को इससे बचना होता है। वह एकांकी के अन्त को स्वाभाविक भी रखता है और चमत्कारपूर्ण भी। वह अन्त में ऐसे रहस्यों का उद्घाटन करता है कि दर्शक का मन चमत्कृत हो जाता है। हाँ, यह आवश्यक होता है कि जिन रहस्यों का उद्घाटन होता है वे ऐसे न हों कि दर्शक आश्चर्यचकित हो जाएँ कि यह कैसे हो गया, बल्कि वे ऐसे हों कि दर्शक सोचे कि हाँ, यह भी हो सकता था, पर उनका ध्यान उधर नहीं गया था। यह भी ध्यान देने की बात है कि एकांकी का अपकर्ष जब उत्कर्ष के शीघ्र ही बाद आता है, तभी एकांकी में विशेष प्रभावोत्पादकता रहती है। चरम सीमा के बाद एकांकी का विस्तार होने से उसका प्रभाव क्षीण हो जाता है।

वस्तु की विभिन्न अवस्थाओं पर सामूहिक रूप से विचार करें, तो यह कहा जा सकता है कि चूँकि एकांकी की रूप-रेखा संक्षिप्त होती है, इसमें यह आवश्यक नहीं है कि विकास की विभिन्न अवस्थाएँ एक-दूसरे के बाद क्रमिक रूप में आएँ। ये अवस्थाएँ एक-दूसरे के साथ भी चल सकती हैं। उदाहरण के लिए, निरूपण और अवरुन्धन साथ-साथ हो सकते हैं, चरमोत्कर्ष और अन्त भी साथ-साथ हो सकते हैं। जार्ज टेलर ने इस विचार का समर्थन किया है। यह भी आवश्यक नहीं कि सभी अवस्थाएँ विस्तारपूर्वक एकांकी नाटकों में रहें ही। एटन कहते हैं कि एकांकी नाटक में अपेक्षाकृत कम निरूपण रहना चाहिए।

एकांकी के कथा-विकास में सबसे मुख्य है गति। गति ही एकांकी की रोचकता एवं प्रभावोत्पादकता बनाए रखती है। डॉ. रामकुमार वर्मा ने गति के महत्त्व पर प्रकाश डालते हुए कथा-विकास का परिचय बड़े अच्छे ढंग से दिया है—'प्रवेश कुतूहलता की वक्र गति से होता है। घटनाओं की व्यंजना उत्सुकता से लम्बी हो जाती है। फिर घटना में गति की घनीभूत तरंगें आती हैं जो कुतूहलता से खिंचकर चरम सीमा में परिणत होती हैं। चरम सीमा के बाद ही एकांकी नाटक की समाप्ति हो जानी चाहिए, नहीं तो सब कथानक फीका पड़ जाता है। चरम सीमा के बाद घटना-विस्तार वैसा ही अरुचिकर

है जैसे प्रेयसी से बातें करने के बाद आटे-दाल का हिसाब करना।

एकांकी के स्थापत्य के साथ ही संकलन-त्रय का प्रश्न भी सम्बद्ध है। संकलन-त्रय का अर्थ है समय, कार्य एवं स्थान की इकाई का संकलन। इसके अनुसार एक सम्पूर्ण कार्य एक ही स्थान पर एक ही समय में घटित होना चाहिए। संकलन-त्रय के सम्बन्ध में हिन्दी के विद्वानों में काफी भ्रम फैला हुआ है। कुछ लोग इसे समय, कार्य एवं स्थान के संकलन के स्थान पर दूसरे तत्त्वों का संकलन समझ लेते हैं। उदाहरणार्थ, डॉ. रांगेय राघव विषय की सम्बद्धता, प्रभाव और वातावरण की चर्चा करने के बाद कहते हैं—'इन्हीं तीनों गुणों को संकलन-त्रय कहा जाता है।' दूसरा भ्रम संकलन-त्रय सम्बन्धी विचार के जन्म से सम्बद्ध है। लगभग सभी विद्वान यही कहते हैं कि संकलन-त्रय का सर्वप्रथम उल्लेख यूनानी विचारक अरस्तू ने किया था। डॉ. श्यामसुन्दर दास लिखते हैं—'प्राचीन यूनानी आचार्यों ने यह सिद्धान्त स्थिर किया था कि आदि से अन्त तक सारा अभिनय किसी एक ही कृत्य के सम्बन्ध में होना चाहिए, किसी एक ही स्थान का होना चाहिए और एक ही दिन का होना चाहिए। ...नाटक-रचना का यह नियम यूनान से इटली में और इटली से फ्रांस में गया था, जहाँ बहुत दिनों तक इसका पालन होता रहा।' सच्ची बात यह है कि अरस्तू ने केवल कार्य की इकाई को नाटक के लिए अनिवार्य माना था। स्थान की इकाई के बारे में उसने कुछ नहीं कहा था, और समय की इकाई के बारे में केवल इतना ही कहा था कि 'त्रासदी को यथासम्भव सूर्य की एक परिक्रमा (एक दिन) या इससे कुछ अधिक समय तक सीमित रखने का प्रयत्न किया जाता है।' यह यूनानी त्रासदियों में उपलब्ध एक तथ्य था, जिसकी ओर अरस्तू ने संकेत किया था। समय की इकाई को उसने नाटक का अनिवार्य गुण नहीं माना था। अरस्तू के उन्नीस सौ वर्ष बाद लोडोविको केस्टेलवेट्रो नामक विद्वान ने स्थान और समय की इकाइयों का उल्लेख कर उन्हें अरस्तू के नाम से जोड़ दिया और उसके बाद से संकलन-त्रय अरस्तू के नाम पर चल पड़ा।

संकलन-त्रय का उद्देश्य नाटक में एकता और एकाग्रता उत्पन्न करना होता है। मुख्य कार्य-व्यापार से सम्बद्ध सभी घटनाओं को एक ही स्थान और समय में केन्द्रित कर देने से नाटक के सभी अनावश्यक तत्त्व स्वतः बहिष्कृत हो जाते हैं, और उसकी एकाग्रता बनाए रखने में सहायता मिलती है। साधनों की मितव्ययिता से प्रभाव में एकाग्रता आती है। जैसा कि केनेथ मैक गोवान कहते हैं, संकलन-त्रय की प्रक्रिया इकाई, अनुपात, मितव्ययिता एवं तीव्रता की दिशा में कार्य करती है।

हिन्दी के कुछ एकांकीकार तीनों इकाइयों को अनिवार्य मानते हैं, कुछ केवल दो को। डॉ. रामकुमार वर्मा का विचार है कि 'एकांकी ही एक ऐसी रूपक-रचना है जिसमें संकलन-त्रय का विधान अनिवार्य रूप से आवश्यक है—एकांकी नाटककार की कुशलता तो यही है कि वह एक ही स्थान पर कार्यों की विविध घटनाओं की क्रिया और प्रतिक्रिया इस भाँति उपस्थित करे कि कुतूहल की संचित राशि चरम सीमा में उभरकर किसी सत्य की ओर संकेत कर दे। अतः एकांकी में अनेक दृश्यों का विधान एकांकी

की कला के विपरीत चला जाता है।' सेठ गोविन्ददास कहते हैं कि 'स्थल-संकलन जरूरी नहीं है, पर काल-संकलन होना ही चाहिए। किसी-किसी एकांकी नाटक के लिए काल-संकलन भी अवरोध हो सकता है।'

संकलन-त्रय के औचित्य पर विचार करते समय हमें यह स्मरण रखना चाहिए कि नाटक में, विशेष रूप से एकांकी नाटक में, सबसे अनिवार्य है प्रभाव की अन्विति। एकांकी नाटक में एक निश्चित प्रभाव उत्पन्न करने की शक्ति होनी चाहिए। इसके लिए कार्य की इकाई अनिवार्य है, इसमें सन्देह नहीं। स्थान और समय की इकाइयों से प्रभावान्विति में सहायता मिलती है अवश्य। संकलन-त्रय का निर्वाह करनेवाले एकांकी विशेष प्रभावोत्पादक होते हैं, पर इन्हें अनिवार्य नहीं कहा जा सकता। जहाँ केवल संकलन-त्रय की रक्षा के लिए नाटककार अपने पात्रों द्वारा रंगमंच के बाहर विभिन्न स्थानों में घटित कार्यों को उनके संलापों में वर्णित कराने लगता है, वहाँ नाटक शिथिल पड़ जाता है। उसका आकर्षण कम हो जाता है। जहाँ संकलन-त्रय एकांकी की विषय-वस्तु एवं कथानक की अनिवार्यता है, वहाँ वह श्रेयस्कर है, लेकिन जहाँ वह यान्त्रिक रूप में आता है, वहाँ उसे उचित नहीं कहा जा सकता। अनेक दृश्यवाले एकांकी भी मिलते हैं, जिनमें पर्याप्त प्रभावोत्पादकता होती है। जैसाकि पहले कहा गया, एकांकी में सबसे बड़ी चीज है कार्य-व्यापार की अन्विति। केनेथ मैक गोवान इसके भी ऊपर भाव की अन्विति को स्थान देते हैं। उनके अनुसार ऐसे सफल नाटक भी मिलते हैं, 'कार्य की इकाई में जिनकी विशेषता नहीं दिखती। उनके कथानक के नीचे जो वास्तविक इकाई दिखाई पड़ती है, वह भाव की इकाई है। इसका यह तात्पर्य नहीं कि गम्भीर या दुःखान्त नाटक में हास्य नहीं हो सकता। इसका यह तात्पर्य अवश्य है कि उसमें एक भाव की स्पष्टतः प्रधानता रहती है।'

एकांकी में भाव की अन्विति अनिवार्य है, इसमें सन्देह नहीं किया जा सकता, लेकिन यह अन्विति कार्य की इकाई से ही उत्पन्न होती है, भले ही यह इकाई नाटक में बहुत क्षीण में रहे।

एकांकी के स्थापत्य के अन्तर्गत यवनिका-विधान भी आता है। एक दृश्यवाले एकांकी में पर्दा एक ही बार गिरता है, लेकिन अनेक दृश्यवाले एकांकी में इसकी आवश्यकता कई बार पड़ती है। यवनिका नाटक के विभागों को सूचित करती है, लेकिन यह केवल परिवर्तन या अन्त सूचित करने का साधन नहीं है। कुशल नाटककार के हाथ में वह शब्दों और घटनाओं की तरह ही अभिव्यक्ति का सशक्त माध्यम है। जार्ज टेलर कहते हैं कि इसका अनिवार्य प्रयोजन या तो प्रश्न खड़ा करना है या किसी स्थिति को प्रभावपूर्ण रूप में पकड़ना है। वे उदाहरण द्वारा इसे स्पष्ट करते हुए कहते हैं कि हत्या पर आधारित नाटक में जिस व्यक्ति को मृत समझा जाता है, उसके सहसा प्रकट होने पर पर्दा गिरना चाहिए, जिससे फिर पर्दा उठने पर आगे के कार्य-व्यापार की माँग बनी रहेगी। यवनिका-विधान के समय इस बात पर ध्यान रखना होता है कि वह उचित स्थान पर अवश्य आए। जहाँ दर्शक यवनिका की आशा रखें, वहाँ उसके न आने पर

नाटक में उनकी रुचि काम हो जाती है। यवनिका को आश्चर्यनजक रूप में नहीं आना चाहिए, इसमें भी स्वाभाविकता अपेक्षित है। जहाँ घटनाओं में संक्रान्ति आती है, वहाँ यवनिका आवश्यक और स्वाभाविक समझी जाती है। सफल एकांकी में यवनिका-विधान पर यथोचित ध्यान देना पड़ता है। एक दृश्यवाले एकांकी में यवनिका केवल एक बार आती है—चरम सीमा के शीघ्र ही बाद।

संस्कृत एकांकी और आधुनिक एकांकी में अन्तर

संस्कृत एकांकी और आधुनिक एकांकी के रचना-विधान पर तुलनात्मक दृष्टि से विचार करने से यह स्पष्ट हो जाता है कि दोनों में बहुत अधिक अन्तर है। अनेक लेखकों ने इनकी पारस्परिक भिन्नताओं पर प्रकाश डाला है। डॉ. दशरथ ओझा ने दोनों में तीन प्रकार के अन्तर देखे हैं—'संस्कृत नाटकों में वह अन्तर्द्वन्द्व और संघर्ष, मानसिक प्रक्रिया का वह विश्लेषण नहीं पाया जाता जो आधुनिक एकांकी का प्राण है।...जीवन की वास्तविकता के प्रति उसकी उतनी पैनी दृष्टि नहीं होती जितनी आज के सफल नाट्यकार की है।...तीसरा अन्तर है, चरम विकास का। संस्कृत का नाट्यकार नायक की विजय का अटल सिद्धान्त लेकर चलता है, इस कारण नायक को पराजय एवं मृत्यु के मुख में सहसा फेंक देनेवाली भावनाओं और घटनाओं से वह कतराकर निकल जाना चाहता है, किन्तु आज का नाट्यकार उनका स्वागत करता है। अतः संस्कृत के नाट्यकार उस चरम विकास की अवहेलना करते रहे जो आज एकांकी नाटक में अनिवार्य माना जाता है।'

श्री प्रभाकर माचवे ने लिखा है—'संस्कृत एकांकी और आधुनिक एकांकी एक-से नहीं। इनमें नान्दी, मंगलाचरण, स्वगतादि के लोप के गौण भेद तो हैं ही, परन्तु एक तो नाटकीय संकेत या रंगमंच के लिए निर्देश आधुनिक एकांकी में खूब विवरणपूर्ण होते हैं; दूसरे, आधुनिक एकांकी में दृश्य की अपेक्षा श्रव्य-भाग अधिक हैं; तीसरे, आधुनिक एकांकी प्राचीन के समान केवल मनोरंजन या धर्मिकता से अप्लावित नहीं, आधुनिक एकांकियों की विषय-मर्यादा नहीं।'

प्रो. अमरनाथ गुप्त ने इनके भेदों को इस प्रकार गिनाया है—(1) संस्कृत एकांकी जटिल नियमों से बद्ध थे, आधुनिक एकांकी बन्धनमुक्त हैं। (2) नाटकीय संकेत बिल्कुल छोटे और नहीं के बराबर होते थे। शायद इनकी आवश्यकता उस समय नहीं प्रतीत होती थी। आधुनिक नाटक के रंगमंच सम्बन्धी निर्देश अत्यन्त लम्बे और व्यापक होते हैं। (3) नान्दी, मंगलाचरण, प्रस्तावना, स्वगत आदि की आवश्यकता पड़ती थी। आधुनिक एकांकी में इसका बिलकुल अभाव है। ये कृत्रिम समझे जाते हैं। (4) प्राचीन संस्कृत एकांकी के समान आधुनिक एकांकी नाटक में सन्धियों, नायक, नायिका एवं कथानकों के बन्धन नहीं रहे। ये इनसे बिलकुल मुक्त हैं। (5) आधुनिक एकांकी से एकान्त कथन और स्वगत का भी बहिष्कार कर दिया गया है। (6) आधुनिक एकांकी

की जैसे दर्शनीयता से शत्रुता हो। रंगमंच की सजावट इसके लिए अपेक्षित नहीं। कोई-कोई मैदान में, खुले में, सफलतापूर्वक खेले जाते हैं। ऐसे नाटकों को अंग्रेजी में Open Air Plays कहते हैं। फिर भी इसके संकेत इतने लम्बे और व्यापक होते हैं कि सजावट का अभाव दर्शक को अखरता नहीं। इनके द्वारा अभिनय सजीव हो उठता है। (7) प्राचीन एकांकी अर्वाचीन की अपेक्षा जीवन से अलग थे। अर्वाचीन एकांकी का कथानक यथार्थ होते हुए भी जीवन का उल्लंघन कदापि नहीं करता। सूत्रधार के कथन द्वारा नाटक आरम्भ करने की प्रथा और बात-बात में श्लोक उच्चारण करने की प्रणाली आदि दोष अब नहीं रहे हैं। जीवन और परिस्थिति की एक मात्र झाँकी ही अब तो इनमें रहती है। (8) हाँ, संस्कृत में भी आजकल की तरह दोनों प्रकार के एकांकी लिखे जाते थे।

उपर्युक्त विचारों के अध्ययन से इतना स्पष्ट है कि संस्कृत और आधुनिक एकांकी में विषय-वस्तु और रचना-विधान, दोनों दृष्टियों से अन्तर है। विषय-वस्तु की दृष्टि से अन्तर यह है कि संस्कृत एकांकी की सामग्री रचनाकारों के आदर्शवादी विचारों से उद्भूत थी। फलतः सभी विषय उसमें नहीं आ सकते थे, जीवन की बाह्य वास्तविकता से उसका कम सम्बन्ध था, उनकी दृष्टि से अरुचिकर एवं अशोभनीय दृश्य रंगमंच पर उपस्थित नहीं किए जा सकते थे, नाटक का सुखान्त होना आवश्यक था। लेकिन आज के युग की दृष्टि यथार्थवादी है, जिसके फलस्वरूप कोई भी ऐसा विषय नहीं जो नाटक में न आ सके, यथार्थ का चित्रण आज के नाटक की विशेषता है, सब प्रकार के पात्रों का समावेश इसमें हो सकता है। दोनों प्रकार के एकांकी नाटकों पर उनके अपने-अपने युगों का स्पष्ट प्रभाव है। जैसा अभी कहा गया, आज का युग यथार्थवादी है, साथ ही, आज जीवन का संघर्ष तीव्र हो गया है, जीवन की व्यस्तता और गति बढ़ गई है, मनुष्य के पास अवकाश कम हो गया है और वह कम-से-कम समय में अधिक-से-अधिक आनन्द एवं मनोरंजन चाहता है। इसका फल यह हुआ कि आज के नाटक की गति तेज हो गई; नान्दी, प्रस्तावना, भरत-वाक्य आदि हटा दिए गए हैं, गति को मन्द करने वाले काव्यात्मक अंश भी बहिष्कृत हो गए हैं। आकर्षण के लिए संघर्ष, कौतूहल चरम विकास आदि पर विशेष ध्यान दिया जाने लगा है। आकर्षण को केन्द्रित करने तथा नाटक में प्रभाव की तीव्रता उत्पन्न करने के लिए संकलन-त्रय पर भी ध्यान दिया जा रहा है। वास्तविकता की रक्षा के लिए स्वगत, आकाशभाषित आदि को महत्त्वहीन समझा जाने लगा है। आज के नाटकों में प्रधानता से दिखाई पड़नेवाले रंग-संकेत भी आज के युग की ही देन हैं। प्राचीन काल में रंगमंच की सजीव व्यवस्था थी, फलतः नाटक मुख्य अभिनेय होते थे—वह भी सामान्य साज-सज्जावाले रंगमंच पर। नाटककार अपने नाटक में ही, उनके संलापों में ही दृश्य आदि का वर्णन कर देता था। रंगमंच-निर्देश लिखने की आवश्यकता उसे नहीं थी। लेकिन आज जीवित रंगमंच के अभाव में नाटक पाठ्य हो गया है—कहीं-कहीं तो वह पाठ्य ही अधिक है, अभिनेय कम। मुद्रण-यन्त्रों ने इस पाठ्यता को सुविधा और सहायता दी है। फलतः, नाटककार

अपने पाठकों के लिए रंगमंच संकेत में दृश्यादि का विस्तार से वर्णन करने लगा है। आज दृश्यादि का वर्णन संलापों से निकलकर कोष्ठकों में आ गया है।

इस विवेचन से यह स्पष्ट हो जाता है कि संस्कृत एकांकी और आधुनिक एकांकी में अन्तर डालने वाली प्रवृत्तियाँ और शक्तियाँ कौन-कौन सी हैं।

एकांकी के तत्त्व और विशेषताएँ

आजकल एकांकी कहने से आधुनिक एकांकी का ही बोध होता है। जब तक प्राचीन एकांकी या संस्कृत एकांकी न कहा जाए, तब तक इसका अर्थ यही लिया जाता है। आधुनिक एकांकी से हमारा तात्पर्य उस एकांकी से है जो भारतेन्दु हरिश्चन्द्र के बाद, पिछले अनेक दशकों से हिन्दी में रचित होता आ रहा है। संस्कृत एकांकी की शैली से इसमें भिन्नताएँ हैं। इसका निर्माण परम्परा के प्रभाव को ग्रहण करते हुए हिन्दी की अपनी शक्ति से हुआ है, पर इसमें विशेष योग अंग्रेजी के एकांकी साहित्य का है। आधुनिक हिन्दी एकांकी की समुचित समीक्षा के लिए एकांकी के तत्त्वों और विशेषताओं से परिचित होना आवश्यक है।

संस्कृत नाट्यशास्त्र में नाट्य अथवा रूपक के तीन तत्त्व माने गए थे। वस्तु, नेता और रस। पाश्चात्य नाट्यशास्त्रियों ने नाटक के छह तत्त्व माने हैं—कथानक, संवाद, देश-काल, भाषा-शैली, पात्र और उद्देश्य। इनमें से प्रथम चार वस्तु के अन्तर्गत परिगणित किए जा सकते हैं। नेता को पात्र कह सकते हैं और रस एक प्रकार के नाटक का उद्देश्य है—रस नाटक का वह रागात्मक प्रभाव है जो सहृदयों पर पड़ता है। सामान्य दृष्टि से संस्कृत नाट्यशास्त्र और पाश्चात्य नाट्यशास्त्र में निर्दिष्ट तत्त्वों में बहुत कुछ समानता है, पर दोनों में इनका सूक्ष्म विवेचन अलग-अलग ढंग से किया गया है। यहाँ पाश्चात्य दृष्टि से इनका परिचय दिया जा रहा है। ध्यातव्य है कि यहाँ जिन्हें नाटक का तत्त्व कहा गया है, उन्हें ही एकांकी का भी तत्त्व माना जाता है। कुछ लोग दृश्य-विधान को एक और तत्त्व मानते हैं; पर नाट्य प्रारम्भ से ही दृश्य-काव्य का पर्याय रहा है, इसलिए दृश्यत्व को अलग से स्वतन्त्र तत्त्व मानने की आवश्यकता नहीं है। हाँ, रेडियो के आविष्कार के बाद नाटक का एक रूप मात्र श्रव्य हो गया है, फलतः नये नाट्य रूपों को देखते हुए प्रस्तुति-माध्यम द्वारा अपेक्षित विशेषताओं पर ध्यान रखना आवश्यक है। जैसे रंगनाटक में रंग संकेतों का महत्त्व है, वैसे ही रेडियो, टीवी और फिल्म के नाटकों में उनकी प्रस्तुति के लिए जो लिखित-अलिखित संकेत आलेख में रहते हैं, उनका भी महत्त्व है। यहाँ हमें एकांकी के विभिन्न तत्त्वों पर संक्षेप में विचार कर लेना चाहिए।

कथानक एकांकी की आधारशिला है। इसी पर एकांकी का स्थापत्य खड़ा होता है। इसे प्लाट, कथावस्तु, इतिवृत्त आदि भी कहते हैं। कथानक का सीधा सा अर्थ कहानी है, पर यह मात्र कहानी नहीं है। यह सरल या जटिल घटनाओं का संगठन है

जिस पर एकांकी रचना होती है। इसमें मात्र एक-दो घटनाओं से काम चल सकता है, और आवश्यकतानुसार बहुत सारी घटनाएँ भी आ सकती हैं। किसी बिन्दु पर पति-पत्नी में हुए आपसी मतभेद को लेकर एक-दो घटनाओं का सीधा-सरल कथानक भी हो सकता है, और उनसे जुड़ी हुई बहुत सारी घटनाओं पर निर्मित जटिल कथानक भी। इधर कुछ पाश्चात्य नव्य नाट्यांदोलनों ने कथानक के महत्त्व को कम करके देखने का प्रयत्न किया है—स्थिति या मनोदशा विशेष पर ही नाटक की रचना हुई है, साथ ही, ऐसे नाटक भी लिखे गए हैं जिनमें घटनाओं या प्रसंगों में प्रत्यक्षः कोई तर्क संगति या सुसम्बद्धता नहीं दीखती है। इन सबके बावजूद नाटक में कथानक की अनिवार्यता बनी हुई है, भले ही उसका कथासूत्र बहुत क्षीण क्यों न हो। कथानक से दर्शक-श्रोताओं के लिए नाटक में रोचकता बढ़ती है, नाटक में चित्रित चरित्र प्रकाशित होते हैं, रचनाकार की जीवन दृष्टि का परिचय मिलता है, उसका कथ्य सहृदयों तक सम्प्रेषित होता है। इन सबको ध्यान में रखकर हम लेखकीय उद्देश्य को अभिव्यक्त करने वाले द्वन्द्वयुक्त एवं जिज्ञासावर्द्धक घटनाक्रम और पात्र-संयोजन को कथानक कह सकते हैं। एकांकी के कथानक का जन्म किस प्रकार होता है, इसका कोई निश्चित उत्तर नहीं दिया जा सकता। यह रचनाकार की चेतना और प्रकृति पर निर्भर है। सामान्यतः कथानक का जन्म कुछ चरित्रों की व्यक्तिगत विशेषताओं से होता है। कुछ व्यक्ति जब कुछ विशेष स्थितियों में पड़ते हैं, तब नाटकीय स्थितियाँ उत्पन्न होती हैं। कभी कुछ व्यक्तियों के पारस्परिक संघर्ष से कथानक उभर आता है, कभी एक ही पात्र के अन्तर्गत होने वाले रागात्मक-विचारात्मक द्वन्द्व में भी कथानक का बीज मिल जाता है। कभी किसी विचार या वातावरण में भी कथानक-निर्माण के सूत्र मिल जाते हैं। एकांकी के कथानक के सम्बन्ध में यह ध्यातव्य है कि एकांकीकार अपना कथानक कहीं से भी ग्रहण कर सकता है—इतिहास, पुराण, समसामयिक जीवन, कल्पना—कहीं से भी, पर जीवन से उसका सम्बन्ध बना रहना चाहिए। यहाँ जीवन से तात्पर्य केवल उसका बाह्य रूप और कार्य-व्यापार नहीं है, बल्कि अन्तर्जीवन भी है। एकांकी के कथानक की दूसरी विशेषता उसकी विश्वसनीयता है। कथानक कहीं का भी रहे, उसमें विश्वाससृष्टि की क्षमता अपेक्षित है। यथार्थवादी नाटक में कार्य-व्यापारों की तर्कसंगत योजनाओं से ऐसा होता है, मानवीय चरित्र भी इसमें योग देते हैं। अयथार्थवादी नाटक में कथ्य की प्रामाणिकता और अभिव्यक्ति की कुशलता से विश्वाससृष्टि हो पाती है। एकांकी के कथानक की तीसरी विशेषता कुतूहल और जिज्ञासा की सृष्टि एवं रक्षा है। कार्य-व्यापारों का संयोजन ऐसा होना चाहिए कि दर्शकों-श्रोताओं की रुचि नाटक में बनी रहे—घटना-प्रधान कथानक में भी यह आवश्यक है, और स्थिति विशेष पर निर्मित कथानक में भी प्रभाव-ऐक्य को कथानक की चौथी विशेषता कहा जा सकता है। एकांकी में स्थान और समय की अन्वितियाँ भले ही न हों, उसमें प्रसंगों की ऐसी योजना तो होनी ही चाहिए कि उनसे एक समन्वित निश्चित प्रभाव उत्पन्न हो सके।

यह सही है कि कथानक नाटक की प्राथमिक आवश्यकता है, पर नाटक मात्र

मनोरंजन न बनकर उत्कृष्ट काव्य बन सके, इसके लिए चरित्र-चित्रण पर विशेष जोर देना अनिवार्य हो जाता है। चरित्र-चित्रण कथानक-निर्माण से उच्चतर कार्य है। जार्ज सान्तायना कहते हैं कि कथानक के निर्माण को हम आविष्कार कहते हैं, पर चरित्र के निर्माण को सृष्टि कहकर उसे गौरवान्वित करते हैं। एकांकी नाटक में भी पात्र का महत्त्व है, पर अपनी संक्षिप्त रूपरेखा के कारण यह अधिक पात्रों को अपने में समाविष्ट नहीं कर सकता। इसमें मुख्य पात्र भी होते हैं, आवश्यकतानुसार गौण पात्र भी होते हैं। नाट्य प्रस्तुति के सभी गतिशील माध्यम यह अपेक्षा रखते हैं कि नाटक में कार्यशील चरित्र को प्रस्तुत किया जाना चाहिए, पर एकांकी के संक्षिप्त रूप में अधिक कार्यशीलता एवं गतिशीलता के लिए अवकाश नहीं रहता, इसमें तो मुख्य पात्र के किसी उद्दीप्त क्षण की झाँकी मिलती है। सिडनी बाक्स का कहना है कि चूँकि एकांकी नाट्य-रूप बहुत सघन तथा एकोद्देशीय होता है, इसमें चरित्र-चित्रण की अति सूक्ष्मता के लिए अवकाश नहीं रहता और इसी कारण इसका उपयोग करनेवाले नाटककार से कठिनतम अनुशासन की अपेक्षा होती है। मुख्य पात्र अपना आकर्षक चरित्र तो हमारे सम्मुख प्रस्तुत करता ही है, कार्य-व्यापार की गति एवं विकास में भी योग देता है, अन्य पात्रों के चरित्रांकन में भी सहायता पहुँचाता है। एकांकी नाटक के पात्रों की पहली विशेषता यह होनी चाहिए कि उनमें विश्वसनीयता हो—उनके कार्य-व्यापार उनके स्वभाव एवं चारित्रिक विशेषताओं के अनुरूप हों। पात्र की स्वाभाविकता के लिए आवश्यक है कि उसका अंकन मनोवैज्ञानिक आधार पर हो। ब्रेंडर मैथ्यूज कहते हैं कि पात्र का बिना किसी कारण के कार्य करना अक्षम्य अपराध है। पात्रों के सम्बन्ध में दूसरी बात यह ध्यान देने की है कि वे नाटक के लिए अनिवार्य हों—नाटक के कथा-विकास एवं चरित्रांकन में उनका योग हो, उनके न रहने से नाटक के प्रभाव में कुछ क्षीणता आ जाए। तीसरी बात यह कि पात्र इस प्रकार निर्मित एवं विकसित किए जाएँ कि उनमें परस्पर घात-प्रतिघात करने की क्षमता हो। इससे नाटक के आकर्षण में वृद्धि होती है। अनेकांकी नाटकों के सन्दर्भ में चरित्र के विकास या परिवर्तन की चर्चा बहुधा की जाती है, पर एकांकी में इसके लिए कम अवकाश रहता है, बहुधा ऐसा होता है कि एकांकी के समाप्त होते-होते किसी पात्र के चरित्र का कोई नया पहलू सहसा चमक उठता है—यह उद्घाटन स्वाभाविक रूप में, पूर्व-संकेतों की परिणति के रूप में आए, तभी चरित्र-चित्रण की विशेषता समझी जाती है। चरित्रांकन-पद्धति के सम्बन्ध में ध्यातव्य है कि नाटककार नाटक में स्वयं उपस्थित नहीं रहता, वह किसी पात्र के सम्बन्ध में अपनी ओर से कुछ नहीं कह सकता। फलतः वह चरित्र चित्रण के लिए नाटक में उपलब्ध साधनों का ही सहारा लेता है। सबसे मुख्य साधन है पात्र विशेष के कार्य-व्यापार। परिस्थिति विशेष में व्यक्ति क्या करता है, यह उसके चरित्र पर निर्भर है। एक ही परिस्थिति में भिन्न-भिन्न व्यक्तियों की भिन्न-भिन्न प्रतिक्रियाएँ होती हैं, और इनसे उनके चरित्र पर प्रकाश पड़ता है। यह सही है कि मनुष्य जो कहता है वही करता नहीं है, लेकिन चरित्रांकन में पात्रों

के शब्दों का भी मूल्य होता है। इस प्रकार पात्र के कार्य और शब्द उसके चरित्र पर प्रकाश डालते हैं। उसके कार्यों की प्रतिक्रिया दूसरे पात्रों में क्या-क्या होती है, इससे भी उसकी चारित्रिक विशेषताओं को समझने में सहायता मिलती है।

संवाद या कथोपकथन एकांकी में महत्त्वपूर्ण तत्त्वों में है। इसके अभाव में एकांकी का भवन खड़ा ही नहीं हो सकता। इसके महत्त्व के कारण ही इसे एकांकी का सर्वस्व, एकांकी की आत्मा, एकांकी का प्राण आदि कहा जाता है। इन कथनों का उद्देश्य संवाद की महत्ता प्रदर्शित करना है, अन्यथा संवाद एकांकी का अनिवार्य तत्त्व मात्र है, अभिव्यक्ति का माध्यम मात्र है, वह प्राण या आत्मा नहीं है। उसकी आत्मा तो उसका काव्य है, उद्देश्य है, रससृष्टि की क्षमता है। शब्द को कभी आत्मा नहीं कहते, अर्थ ही आत्मा कहलाता है। संवाद के प्रयोजन हैं—कथावस्तु या कार्य-व्यापार का विकास, चरित्रांकन, भावों का प्रकाशन, नाटक के कथ्य को सहृदयों तक सम्प्रेषित करना, अपेक्षित वातावरण एवं प्रभाव की सृष्टि, नाट्य-प्रदर्शन की कुछ शिल्पगत समस्याओं को सुलझाना आदि। संवाद का एक उपयोग यह भी है कि इससे कार्य-व्यापारों की गति नियन्त्रित करने में सहायता मिलती है। कितने संवादों में घटनाक्रम कितना आगे बढ़ता है, इसे देखकर नाटक की गति को समझा जा सकता है। वर्णनात्मक या और वाद-विवादात्मक संवादों से कार्य-व्यापरों की गति शिथिल होती है, बड़े-बड़े संवादों से भी शिथिलता आती है। संक्षिप्त संलापों में नाटक को गति प्रदान करने की अधिक क्षमता होती है। संस्कृत नाट्यशास्त्र में रंगमंच पर उपस्थित पात्रों की श्रव्यता की दृष्टि से संवाद के जो तीन भेद किए गए हैं—सर्वश्राव्य, नियतश्राव्य और अश्राव्य, उनमें संवाद का प्रधान रूप पहला ही है। भावाभिव्यक्ति और स्वच्छन्दतावादी प्रदर्शन—पद्धति की दृष्टि से शेष दोनों का भी महत्त्व है, पर यथार्थवादी दृष्टि से इन्हें अस्वाभाविक माना जाता है। एकांकी के संवाद की सर्वाधिक महत्त्वपूर्ण विशेषता यही है कि वह कोई-न-कोई नाटकीय प्रयोजन सिद्ध करे, मात्र शृंगार बनकर न आए। अलंकृत शैली में लिखित साहित्यिक संवादों का अपने में कोई मूल्य नहीं है, यदि वे कोई प्रयोजन सिद्ध नहीं करते। एकांकी के प्रत्येक शब्द को नाटक के संदर्भ में सार्थक होना चाहिए।

देश-काल को भी नाटक के तत्त्व के रूप में गिनते हैं। इससे उस स्थान और समय का अर्थ ग्रहण किया जाता है जिसके आधार पर नाटक के कथानक, चरित्र आदि निर्मित होते हैं। कोई घटना किसी विशेष स्थान पर और किसी विशेष समय में ही घटती है, शून्य में उसका जन्म नहीं होता। नाटक ही नहीं, सभी साहित्य-रूपों की विशेषता होती है कि वह अपने देश-काल को सही रूप में चित्रित करें। यह सही है कि महान कला सार्वभौम होती है, पर सार्वभौम होने के पहले वह पूर्णतः स्थानीय रहती है—अपने बाहरी रूप में तो निश्चित रूप से, और किसी भी कला-कृति में इस पक्ष पर ध्यान रखना आवश्यक है। एकांकी नाटक में भी उसमें प्रस्तुत समाज एवं परिवेश का, उसके लोगों का, उनके रहन-सहन का, उनकी जीवन-पद्धति का यथार्थ चित्र अंकित होना

चाहिए। इससे कथानक और चरित्र दोनों में वास्तविकता आती है, उनमें विश्वाससृष्टि की शक्ति आती है। ऐतिहासिक-पौराणिक सब प्रकार के नाटकों में देश-काल के चित्रण पर ध्यान रखना पड़ता है। ऐतिहासिक नाटकों में यह काम थोड़ा कठिन होता है, क्योंकि रचनाकार को इतिहास और अपने समय दोनों के दायित्व का निर्वाह करना होता है। देश-काल का तत्त्व एकांकी के किसी अंग या किसी स्थान पर नहीं होता, बल्कि प्रारम्भ से लेकर अन्त तक सर्वत्र व्याप्त रहता है। नाटक के दृश्यविधान में, पात्रों की चेतना एवं बाह्य रूप और परिधान, रहन-सहन, व्यवहार, भाषा, संवाद-शैली आदि सभी बातों में इसे देखा जा सकता है। इसके उचित नियोज़न के लिए उस समाज के सांस्कृतिक जीवन से घनिष्ठ परिचय की आवश्यकता होती है जिससे नाटक का कथानक ग्रहण किया जाता है।

एकांकी नाटक में भाषा-शैली का भी अपना महत्त्व होता है, क्योंकि इसमें अभिव्यक्ति का माध्यम यही है। नाटक में भाषा के अतिरिक्त अभिव्यक्ति के अन्य माध्यम भी होते हैं, यथा, पात्रों की वेशभूषा, उनके कार्य, उनकी भाव-भंगिमा, रंगमंच का दृश्य-विधान, संगीत, मात्र शान्ति आदि, पर अभिव्यक्ति का प्रधान माध्यम भाषा ही है, इसमें सन्देह नहीं। मूक नाटक, नृत्य नाटक आदि भी होते हैं जिनमें भाव-भंगिमाओं, मुद्राओं आदि से ही काम लिया जाता है, पर साहित्यिक नाटक का जन्म तभी होता है जब उससे शब्द जुड़ते हैं। साहित्य के दूसरे रूपों की भाषा और नाटक की भाषा में अन्तर होता है। सहृदयों से इसका प्रत्यक्ष सम्बन्ध रहता है, क्योंकि यह प्रत्यक्ष प्रस्तुति का साहित्य है। फलतः इसमें प्रत्यक्ष प्रेषणीयता की शक्ति अपेक्षित है—इसकी भाषा ऐसी हो कि वह भावों-विचारों को दर्शकों-श्रोताओं तक सरलता से पहुँचा सके। नाटक के दर्शकों-श्रोताओं के पास रुककर सोचने का अवकाश नहीं रहता, पाठ्य साहित्य के अध्येताओं को उपलब्ध सुविधाएँ नहीं रहतीं, वह पृष्ठों को सुविधानुसार उलटकर देख नहीं सकता, शब्दकोष का उपयोग नहीं कर सकता। स्पष्ट है कि एकांकी की भाषा सहज बोधगम्य होनी चाहिए। यह भाषा सामान्य जनजीवन के निकट रहती हुई भी भावाभिव्यंजन में सक्षम, सजीव, शक्ति-सम्पन्न रहे, यही उसकी विशेषता है। यह कथानक के विकास का माध्यम तो है ही, पात्रों के चरित्र-चित्रण का भी साधन है। प्रत्येक व्यक्ति की अपनी भाषा होती है—उस पर उसकी शिक्षा-दीक्षा, उसके संस्कार, उसके परिवेश आदि का प्रभाव रहता है। प्रत्येक व्यक्ति कुछ विशेष प्रकार के शब्दों का व्यवहार करता है, एक विशेष प्रकार से उसका संयोजन करता है, वाक्य में विशेष स्थलों पर रुकता है, विशेष शब्दों पर जोर देता है। तात्पर्य यह कि नाटक के प्रत्येक पात्र की भाषा में उसकी वैयक्तिकता परिलक्षित होनी चाहिए। लेखक को अपनी शैली का मोह छोड़ देना पड़ता है—नाटक में शैली का अपने में कोई मूल्य ही नहीं होता, वह भावाभिव्यक्ति और चरित्र-चित्रण का साधन मात्र होती है। एक पाश्चात्य नाट्यशास्त्री के विचार में, नाटक में सर्वत्र परिलक्षित होनेवाली लेखक की व्यक्तिगत शैली जब हमें हमेशा लेखक की याद दिलाने लगती है, नाटक पर से हमारा ध्यान हटा

देती है। यह भी ध्यातव्य है कि नाट्य-प्रकार के अनुसार नाटक की भाषा का रूप अलग-अलग प्रकार का होता है। गम्भीर नाटकों में जो भाषा-शैली व्यवहृत होती है, वही प्रहसनों में नहीं काम कर सकती। भावनात्मक नाटकों की जो भाषा-शैली होती है, वही समस्या प्रधान बौद्धिक नाटकों की नहीं हो सकती। सफल नाटककार भाषा-शैली के उचित प्रयोग की दिशा में बहुत सतर्क रहता है।

उद्देश्य का तत्त्व प्रत्येक एकांकी में निहित रहता है। इससे नाटककार और एकांकी दोनों का उद्देश्य समझा जा सकता है। सभी महान साहित्यकार साहित्य की सोद्देश्यता स्वीकार करते हैं। उनके लिए साहित्य आत्माभिव्यक्ति मात्र नहीं है, बल्कि सामाजिक उत्तरदायित्व-निर्वाह का साधन भी है। उनका अपना जीवन-दर्शन होता है जिसे वे अपने साहित्य के माध्यम से प्रस्तुत करना चाहते हैं। एकांकी-लेखक के लिए भी यह सही है, लेकिन नाटककार को यहाँ भी एक सीमा में काम करना पड़ता है। वह साहित्य के अन्यान्य रूपों की रचना करनेवाले लेखकों की तरह अपनी रचना में स्वयं नहीं उपस्थित हो पाता। कहानी या उपन्यास का लेखक अपनी ओर से बहुत कुछ कह सकता है, पर नाटककार इस सुविधा से वंचित रहता है। उसे जो कुछ कहना होता है, उसे अपने पात्रों के माध्यम से कहना पड़ता है। यह उसके लिए बहुत बड़ी समस्या है कि पात्रों के व्यक्तित्व की रक्षा करते हुए अपने जीवन-दर्शन को कैसे प्रकट करे? जहाँ कहीं पात्रों के मुख से लेखक की वाणी सुनाई पड़ने लगती है, वहाँ नाटक विश्वाससृष्टि की शक्ति खो देता है और नाटककार की असफलता सिद्ध हो जाती है। आलोचना के क्षेत्र में सामान्यतः कहा जाता है कि 'प्रेम के सम्बन्ध में प्रसादजी का यह विचार है' या जीवन के सम्बन्ध में अमुक नाटककार ने यह कहा है, जबकि उक्तियाँ लेखक की न होकर उसके नाटक के पात्रों की होती हैं। यह सही है कि कभी-कभी कोई नाटककार अपना तादात्म्य पात्र विशेष से कर लेता है और उसी के माध्यम से अपने विचारों की अभिव्यक्ति करता है, लेकिन सामान्यतः पात्रों के विचार लेखक के विचार नहीं होते। लेखक का विचार और जीवन-दर्शन रचना की समग्रता में प्रकट होता है—वह प्रत्यक्ष नहीं, अप्रत्यक्ष रूप से अभिव्यक्त होता है। इससे यह निष्कर्ष भी निकलता है कि वह शब्दों द्वारा कहा नहीं जाता, बल्कि कथानक, कार्य-व्यापार, चरित्र आदि से ध्वनित होता है। नाटककार का कथ्य ध्वनित होकर सामने आए तो विशेषता मानी जा सकती है। सभी नाटकों की तरह एकांकी का भी मुख्य उद्देश्य रससृष्टि है—आनन्ददान। नाटक से आनन्द न मिले, तो उसे देखने ही कौन जाएगा? नाटक हमारी भावनाओं को उद्वेलित करता अथवा हमारी बुद्धि को चमत्कृत कर हमें आनन्द देता है।

एकांकी का सर्वप्रथम उद्देश्य आनन्दसृष्टि या मनोरंजन है अवश्य, पर केवल यही है, ऐसा नहीं कहा जा सकता। केवल मनोरंजन का उद्देश्य सामने रखनेवाले एकांकी हीन कोटि के समझे जाते हैं। कुछ नाटकीय स्थितियों एवं संलापों द्वारा मात्र मनोरंजन करने वाला एकांकी श्रेष्ठ कोटि का नहीं समझा जाता। वाल्टर प्रिचर्ड एटन को सामान्य एकांकी नाटकों की दुबर्लता उसकी तुच्छता में दिखाई पड़ती है। वे कहते हैं कि

महत्त्वपूर्ण एकांकी नाटकों में—महत्त्वपूर्ण बड़े नाटकों, कहानियों और उपन्यासों की तरह ही हम उनके बाहर के बड़े संसार से भी परिचित होते हैं, जो जीवन रंगमंच पर प्रदर्शित होता है। उसके परिवेश एवं आच्छादन से भी अवगत होते हैं। महत्त्वहीन एकांकी शून्य में घटित होता है—वह कुछ क्षण के लिए भले ही मनोरंजक लगे, पर उनमें जीवन का परिवेश या आच्छादन नहीं होता। तात्पर्य यह है कि महत्त्वपूर्ण एकांकी व्यापक युग-जीवन से विच्छिन्न एवं निरपेक्ष नहीं होता, वह उसका एक ऐसा खंड होता है, जो अपनी संक्षिप्तता में ही समग्रता को व्यंजित करता है।

चूँकि एकांकी नाटक बड़े नाटकों की तरह ही किसी-न-किसी माध्यम से प्रस्तुत किए जाने के लिए होता है, इसमें नाटककार माध्यम की सीमाओं और सुविधाओं को ध्यान में रखकर अपने आलेख में ऐसे संकेत देता है जिनसे नाटक की प्रस्तुति में सुविधा हो। इन संकेतों से ही ज्ञात होता है कि नाटककार के मन में कैसा रंगमंच (यथार्थवादी, स्वच्छन्दतावादी, सन्दूकिया मंच, खुला मंच आदि) है या रेडियो, टी.वी. आदि प्रदर्शन माध्यमों की सीमाओं-सुविधाओं का उसने आलेख में कितना ध्यान रखा है। रंगमंच के लिए लिखित नाटकों में नाटककार दृश्य-विधान और अभिनय-पद्धति को रंग-संकेतों द्वारा सूचित करता है। ये संकेत अभिनेता, निर्देशक, प्रस्तुतकर्ता आदि के लिए होते हैं। नाटक पाठकों में भी लोकप्रिय हो सके, इस उद्देश्य से कुछ पाश्चात्य नाटककारों ने बड़े-बड़े रंग-संकेत लिखने की परम्परा शुरू की। बर्नार्ड शॉ का उल्लेख इस सन्दर्भ में विशेष रूप से किया जा सकता है जैसाकि डॉ. रामकुमार वर्मा ने बतलाया है रंग-संकेत के अनेक उद्देश्य होते हैं। उनकी रचना रंगभूमि की व्यवस्था के लिए होती है। इनसे समय, वातावरण, स्थान आदि का परिचय मिलता है। पात्रों के हाव-भाव, वेशभूषा, उठने-बैठने, चलने की रीति, भाव-भंगिमा आदि का उल्लेख भी रंग-संकेतों में किया जाता है जिससे अभिनय में सहायता पहुँचे। इनसे पात्रों की रूप-कल्पना में भी सहायता मिलती है। नाट्य विधा के वैशिष्ट्य को देखते हुए प्रस्तुति की दृष्टि से प्रयोजनमूलक रंग-संकेतों को ही सार्थक समझा जा सकता है। कथासूत्र का परिचय देनेवाले या अलंकृत काव्यात्मक शैली में वातावरण आदि का वर्णन करनेवाले संकेत सूचित करते हैं कि नाटककार के मन में नाटक का पाठ्य रूप भी है।

एकांकी के भेद

विद्वानों ने अपनी-अपनी दृष्टि से एकांकी के अनेक भेदों का उल्लेख किया है। कुछ नाम इस प्रकार हैं—समस्यात्मक एकांकी, फैंटेसी, प्रहसन, गम्भीर एकांकी, विद्रूप एकांकी, ऐतिहासिक एकांकी, सामाजिक एकांकी, सुनिश्चित टेकनीकवाला एकांकी, संवाद, मानोड्रामा, फीचर, झाँकी, रेडियो प्ले, मालावत् एकांकी, गौण-प्रधान एकांकी, आदर्शवादी एकांकी, प्रगतिवादी एकांकी आदि। नामकरण में कहीं एकांकी की चेतना का ध्यान रखा गया है, कहीं विषय का, कहीं शिल्प का, कहीं प्रस्तुति-माध्यम का। चेतना और विषय

की दृष्टि से एकांकी-भेद अनेकानेक हो सकते हैं—सामाजिक, ऐतिहासिक, पौराणिक, समस्या, व्यंग्यात्मक आदि। कभी-कभी चेतना और विषयों का ऐसा सम्मिश्रण एकांकी में रहता है कि उसे एक निश्चित वर्ग में नहीं रखा जा सकता। उदाहरण के लिए, मनोवैज्ञानिक एकांकी का नाम बार-बार लिया जाता है, पर किसी भी विषय को लेकर चलनेवाला एकांकी हो, उसे मनोवैज्ञानिक होना चाहिए। इसी तरह व्यंग्यात्मक एकांकी का नामोल्लेख किया जाता है, तो सामाजिक, ऐतिहासिक आदि कोई भी एकांकी व्यंग्यात्मक हो सकता है। ऐसी स्थिति में एकांकी का वर्गीकरण शिल्पगत आधार पर ही किया जाना अधिक उपयुक्त और तर्कसंगत लगता है।

मात्र रचना-विधान की दृष्टि से यदि हम एकांकी नाटकों का वैज्ञानिक वर्गीकरण करना चाहें, तो हमें तीन बातों का ध्यान रखना पड़ेगा—(1) रचना-पद्धति, जिसके अन्तर्गत हम दृश्य-संयोजन, कथानक को प्रस्तुत और विकसित करने की प्रणाली तथा पात्र-संख्या को गिनेंगे। (2) रंगमंच, रेडियो आदि के वे माध्यम से जिनके लिए नाटक की रचना होती है। और, (3) भाषा का वह रूप जो नाटक की अभिव्यक्ति का माध्यम बनता है।

सबसे पहले हम रचना-पद्धति के आधार पर एकांकी के प्रकारों पर विचार करेंगे। इस दृष्टि से एकांकी नाटक के पाँच प्रकार हो सकते हैं—

1. एक दृश्य का एकांकी—इसमें पूरा नाटक एक ही दृश्य में अभिनीत हो जाता है, बीच में कहीं भी दृश्य-परिवर्तन की आवश्यकता नहीं पड़ती। इसमें संकलन-त्रय का पूर्णतः निर्वाह होता है। इसमें प्रारम्भ से अन्त तक केवल दो पात्रों से भी काम चलाया जा सकता है, अनेक पात्र भी आ-जा सकते हैं। एकांकी नाटक का यह सबसे सुसंगठित प्रकार कहा जा सकता है। डॉ. नगेन्द्र ने जिसे झाँकी कहा है, उससे यह प्रकार बहुत साम्य रखता है।

2. अनेक दृश्यों का एकांकी—इसमें दृश्य परिवर्तन अनेक बार होता है। कार्य और प्रभाव की अन्विति तो सब नाटकों के लिए अनिवार्य है, इसमें भी है। लेकिन, स्थान और काल की अन्विति कोई आवश्यक नहीं। कथा अनेक स्थानों और दीर्घ काल में बिखरी हुई हो सकती है। पात्रों की संख्या का इसमें भी कोई बन्धन नहीं।

3. भूमिका और उपसंहारवाले एकांकी—कुछ एकांकी ऐसे होते हैं जिनके प्रारम्भ में भूमिका और अन्त में उपसंहार की व्यवस्था रहती है। नाटक का कथानक दोनों के बीच में रहता है। भूमिका और उपसंहार से संयुक्त हो जाने पर उपर्युक्त दोनों प्रकार इसके अन्तर्गत आ जाते हैं।

4. प्रवक्तायुक्त एकांकी—जिन एकांकी नाटकों में दीर्घकालीन घटनाओं और अनेकानेक स्थानों में विस्तृत कथानक के बिखरे हुए सूत्रों को जोड़ने के लिए नैरेटर या प्रवक्ता का उपयोग किया जाता है, उन्हें इस प्रकार के अन्तर्गत रखा जा सकता है। प्रवक्ता अपना काम नेपथ्य से भी कर सकते हैं, रंगमंच पर आकर भी। ये नाटक में भाग लेने वाले पात्र भी हो सकते हैं, पर अधिक नाटकों में घटनाओं के तटस्थ दृष्टा

होते हैं।

5. एकपात्री एकांकी—एकांकी के जो चार प्रकार पहले आए हैं, उनमें एक से अधिक पात्र होते हैं, लेकिन ऐसे एकांकी भी हो सकते हैं और होते हैं, जिनमें केवल एक पात्र आरम्भ से अन्त तक अभिनय करता है। अंग्रेजी में इसे मोनोलॉग (Monologue) कहते हैं। अपने यहाँ इसे स्वगतनाट्य भी कहा जाता है।

अब हम नाट्य-प्रदर्शन के उन साधनों की दृष्टि से एकांकी के वर्गीकरण पर विचार करेंगे जिनके लिए नाटकों की रचना होती है। प्राचीन काल में नाटक को प्रदर्शित करने का एक मात्र माध्यम रंगमंच था, पर आज वैज्ञानिक आविष्कारों ने नाट्य-प्रदर्शन के अनेक साधन हमारे सामने उपस्थित कर दिए हैं। ये साधन नये हैं। इनकी अपनी-अपनी सीमाएँ और विशेषताएँ हैं जिनसे समझौता कर रंगमंचीय नाटक को अपना रूप परिवर्तित करना पड़ता है। प्रदर्शन के अनुरूप अपना नया-नया रूप गढ़ना पड़ा है। आज नाट्य अभिव्यक्ति के ये माध्यम हमारे सामने हैं—रंगमंच, मुद्रण-यन्त्र, रेडियो, टेलीविजन और फिल्म। इन सबके लिए जो एकांकी लिखे जा रहे हैं, उनमें शिल्पगत अन्तर हैं। इस दृष्टि से एकांकी का वर्गीकरण इस प्रकार किया जा सकता है—

1. रंगमंचीय एकांकी या रंग-एकांकी—नाटक दृश्य-काव्य है और इसकी सार्थकता अभिनीत एवं प्रदर्शित होने में है। रंगमंच की अपनी सीमाएँ होती हैं, और रंग-एकांकी को उन सीमाओं में बँधकर चलना पड़ता है। रंग-एकांकी को ऐसा कथानक लेना पड़ता है जो रंगमंच पर प्रस्तुत किया जा सके। इसमें दृश्यों की संख्या, लम्बाई, परिवर्तन आदि पर ध्यान रखना पड़ता है। संवाद, पात्रों के प्रवेश-स्थान आदि पर भी पर्याप्त ध्यान देने की आवश्यकता होती है। अब तक हमने एकांकी के शिल्प पर जो विचार किया है, वह मुख्यतः रंगमंचीय एकांकी को ध्यान में रखकर ही। रंग-एकांकी के अन्तर्गत ही हम खुले रंगमंच के एकांकी भी ले सकते हैं। इसमें दृश्य विधान, यवनिका आदि के बन्धन से एकांकी को मुक्ति मिल जाती है।

2. पाठ्य नाटक—प्राचीन काल में नाटक दृश्य-काव्य कहा जाता था, यद्यपि वह श्रव्य भी था और लिखित रूप प्राप्त करने पर पाठ्य भी। उस समय नाटक पढ़े भी जाते थे अवश्य, पर इसकी रचना अभिनय की दृष्टि से होती थी। जहाँ कहीं भी रंगमंच की जीवित परम्परा रहती है, वहाँ ऐसा होता है। और जहाँ कहीं भी रंगमंच की परम्परा खंडित हो जाती है तथा साहित्य और रंगमंच का सम्बन्ध विच्छिन्न हो जाता है, वहाँ पाठ्य नाटकों की रचना होने लगती है। हिन्दी का नाट्य-साहित्य इसका सशक्त उदाहरण है। रंगमंच के नहीं रहने से यहाँ मुख्यतः पाठ्य-नाटकों की ही रचना होती रही है। इसमें सहायता दी है मुद्रण-यन्त्र ने। मुद्रण-यन्त्र के आविष्कार के फलस्वरूप मुद्रित नाटक अनेकानेक पाठकों तक पहुँच सकता है। पाठ्य-नाटकों की रचना को इस बात से भी प्रोत्साहन मिलता रहा है कि विश्वविद्यालयों के पाठ्यक्रमों में इन्हें महत्त्वपूर्ण स्थान प्राप्त होता रहा है। पाठ्य-नाटक वे होते हैं जिनकी रचना करते समय रंगमंच या अभिनेयता का बिलकुल ध्यान नहीं रखा जाता। इसका प्रभाव इसके समूचे शिल्प पर पड़ता है।

यह संलापों और रंग-संकेतों में लिखित कहानी है। अंग्रेजी में इसे 'क्लोजेट ड्रामा, (Closet drama) कहा जाता है।

3. रेडियो नाटक—रेडियो के आविष्कार ने रेडियो नाटक को जन्म दिया है। यह रंगमंचीय नाटक से बिलकुल भिन्न है। इसका अपना स्वरूप-विधान है। प्रश्न हो सकता है कि रेडियो नाटक एकांकी के अन्तर्गत परिगणित किया जाए या नहीं? कुछ लोग समझते हैं कि रेडियो नाटक एकांकी ही है, पर कई समालोचक इसे भ्रमपूर्ण मानते हैं। हम यहाँ रेडियो नाटक को एकांकी के प्रकारों के अन्तर्गत उसकी संक्षिप्त रूप-रेखा के कारण रख रहे हैं। एकांकी नाटक भी लघु नाटक है, रेडियो नाटक भी। कुछ रेडियो नाटक ऐसे होते हैं जो एक ही दृश्य में समाप्त हो जाते हैं। उनके एकांकी होने में कोई सन्देह नहीं। जो रेडियो नाटक दृश्यों की संख्या और रूप-रेखा आदि का बन्धन स्वीकार नहीं करते, वे अनेक दृश्यवाले एकांकी के अन्तर्गत माने जा सकते हैं। रेडियो नाटक मात्र श्रव्य होता है। इसी से इसका स्वरूप-विधान निर्दिष्ट होता है।

4. टेलीविजन नाटक टेलीविजन वह श्रव्य और दृश्य माध्यम है, जो चित्रों और ध्वनियों का संयोजन कर नाटक को उसके प्रदर्शन-स्थल से दूर के दर्शकों तक पहुँचाता है। टेलीविजन के आविष्कार ने इस नये नाट्य-प्रकार—टेलीविजन नाटक—को जन्म दिया है। इसके स्वरूप-विधान पर रंगमंच, रेडियो और फिल्म इन सबका प्रभाव है। इसकी भी संक्षिप्त रूप-रेखा के कारण हम इसे एकांकी मान सकते हैं।

5. फिल्म नाटक—चलचित्रों पर जो फिल्म-नाटक प्रदर्शित होते हैं, वे भी एक प्रकार से एकांकी नाटक ही हैं, यद्यपि इनका भी रचना-विधान अन्य नाट्य-प्रकारों से बिलकुल भिन्न होता है।

अन्त में हम नाटक के भाषा-रूप की दृष्टि से एकांकी पर विचार करेंगे। कभी नाटक का माध्यम गद्य होता है, कभी पद्य, कभी गद्य और पद्य दोनों, और कभी गीत। इस दृष्टि से एकांकी का वर्गीकरण इस तरह हो सकता है—

1. गद्य नाटक—इसमें प्रारम्भ से लेकर अन्त तक समूचा कथोपकथन गद्य में ही रहता है। यथार्थवादी दृष्टि से गद्य को ही नाटक का स्वाभाविक माध्यम समझा जाता है। सामान्य व्यावहारिक जीवन से सम्बद्ध समस्याओं के लिए यही माध्यम उचित भी है।

2. काव्य नाटक—इसमें प्रारम्भ से लेकर अन्त तक पद्य ही कथोपकथन का माध्यम रहता है। कुछ लोग इसे पद्य नाटक भी कहते हैं। जीवन की रागात्मक अभिव्यक्ति के लिए काव्य ही उचित माध्यम होता है।

3. गद्य-पद्य मिश्रित नाटक—इसमें गद्य-पद्य दोनों का व्यवहार रहता है। इस रूप को स्वतन्त्र महत्त्व नहीं दिया जाता। जिसमें गद्य की प्रधानता होती है, उसे गद्य-नाटक मान लेते हैं और जिसमें पद्य की प्रधानता होती है, उसे पद्य-नाटक मान लेते हैं।

4. संगीत रूपक—इसमें गेय गीतों की प्रधानता रहती है। रागात्मकता की दृष्टि से इसका धरातल काव्य-नाटक की अपेक्षा ऊँचा होता है। इसे संगीतिका भी कहा जाता है।

एकांकी के वर्गीकरण पर यह विचार रचना-विधान और लेखन-शैली की दृष्टि से हुआ है। यहाँ यह ध्यान देने की बात है कि रचना-पद्धति के आधार पर किया गया वर्गीकरण ही सबसे प्रधान है। उस वर्गीकरण के सभी प्रकार रंग एकांकी, रेडियो नाटक आदि में भी हो सकते हैं, गद्य और पद्य में भी।

हिन्दी एकांकी : सन् 1870–1915
(परम्परा, प्रभाव और प्रयोग)

हिन्दी एकांकी का उदय

साहित्यिक नाटकों का इतिहास पूर्णतः शृंखलाबद्ध नहीं होता, उसकी कड़ियाँ बीच-बीच में टूटी रहती हैं। साहित्यिक नाटकों का उदय होता है, विकास होता है, और फिर या तो उनका ह्रास होता है या कुछ समय के लिए लोप हो जाता है। अच्छा या बुरा, कोई भी नाट्य रूप अक्षय शक्ति-सम्पन्न नहीं होता--उसके विकास और ह्रास का क्रम चलता रहता है। साहित्येतिहास में साहित्यिक नाटक दूर-दूर दिखाई पड़नेवाले द्वीपों की तरह होते हैं। जिस प्राचीन भारतीय नाट्य-कला ने भरत जैसे नाट्यशास्त्रकार और कालिदास एवं भवभूति जैसे महान नाटककार उत्पन्न किए थे, उसका ह्रास ईसा की सातवीं शताब्दी उत्तरार्द्ध तक हो गया था। और, एक लम्बी अवधि के बाद उन्नीसवीं शताब्दी के उत्तरार्द्ध में साहित्यिक नाटकों का उदय हिन्दी में दिखाई पड़ता है। एक हजार वर्षों से भी बड़ी अवधि तक नाटकों का फिर कोई विकास नहीं दीख पड़ा, इसके कई कारण कहे जाते हैं। हर्षवर्धन की मृत्यु के बाद देश का राजनीतिक जीवन छिन्न-भिन्न और अराजकतापूर्ण हो गया था, और ऐसी स्थिति में रंगमंच की कला का विकास सम्भव नहीं होता। उसके शीघ्र ही बाद देश पर मुसलमानी आक्रमण होने लगे--अशान्ति और अराजकता की स्थिति में तीव्रता आई। उस समय अभिनय कला के जो मुख्य केन्द्र थे--राज-सभा और देव-मन्दिर, उनका विध्वंस होने लगा। आक्रमणकारियों की विजय के बाद स्थिति में सुधार तो अवश्य हुआ, पर विजयी इस्लाम धर्म नाट्य-कला की अनुमति नहीं देता था।

भारतेन्दु हरिश्चन्द्र के पूर्व ऐसी अनेक रचनाएँ मिलती हैं, जिन्हें नाटक की संज्ञा दी जाती है। उनमें उल्लेखनीय ये हैं—चौदहवीं शताब्दी में विद्यापति लिखित 'रुक्मिणी हरण' और 'पारिजात हरण'; सत्रहवीं शताब्दी में केशवदास रचित 'विज्ञान-गीता'; कृष्ण जीवन का 'करुणाभरण; हृदयराम पंजाबी का 'हनुमान नाटक'; यशवन्त सिंह का 'प्रबोध-चन्द्रोदय'; अठारहवीं शताब्दी में निवाज कवि रचित 'शकुन्तला'; देव का 'देवमाया प्रपंच', आलम का 'माधवानल कामकन्दला' और उन्नीसवीं शताब्दी में विश्वनाथ सिंह कृत 'आनन्द रघुनन्दन'; मंजु रचित 'हनुमान नाटक'; कृष्ण शर्मा साधु लिखित 'रामलीला विहार नाटक'; हरिराम रचित 'जानकी-रामचरित्र नाटक' और

ब्रजवासीदास लिखित 'प्रबोध चन्द्रोदय'। डॉ. लक्ष्मीसागर वार्ष्णेय कहते हैं कि 'नाटक की रीति के अनुसार उनको नाटक का नाम से अभिहित नहीं किया जा सकता। वे या तो अनुवाद हैं या उनमें रामायण और महाभारत की कथाओं का पद्यात्मक वर्णन है। आधुनिक नाटकों की भाँति उनमें पात्र-प्रवेशादि कुछ नहीं है, यद्यपि एक ओर पात्रों के नाम लिखे अवश्य मिल जाते हैं, और न उनमें चरित्र-चित्रण और कार्य-व्यापार ही मिलता है। उनमें नाट्याभिनय का कोई स्थान नहीं है, और सबकी रचना काव्य की भाँति है।' डॉ. गोपीनाथ तिवारी ने यह सिद्ध करने का प्रयत्न किया है कि ये नाटक ही हैं। पद्यबद्ध नाटक हैं, काव्य नहीं। यदि ये नाटक हैं, तो हम इन्हें रंगमंचीय नाटक न कहकर पाठ्य नाटक के रूप में ही स्वीकार करेंगे। यहाँ हमारे लिए विशेष ध्यातव्य तथ्य यह है कि ये सभी बड़े नाटक हैं, एकांकी नहीं।

लोक-नाटकों की स्थिति साहित्यिक नाटकों से भिन्न होती है। लोक-नाटकों की परम्परा अबाध गति से चलती रहती है। जब साहित्यिक रंगमंच का ह्रास हो जाता है, तब भी लोक-नाटकों द्वारा जन-जीवन अपना मनोरंजन करता रहता है, क्योंकि नाट्य-अभिनय की प्रवृत्ति मनुष्य के स्वभाव में ही है। भारतेन्दु हरिश्चन्द्र के पूर्व भी लोक-नाटकों की एक सुदीर्घ परम्परा दिखाई पड़ती है। हिन्दी क्षेत्र में जिन अभिनेय नाटकों का विशेष प्रचार था, उनमें मुख्य हैं—रामलीला, पूरन भगत, कत्ल हकीकत राय, आल्हा-ऊदल आदि। ये लोक-नाटक साहित्यिक नाटकों के स्तर पर नहीं आते। भारतेन्दु हरिश्चन्द्र ने इन्हें 'नाटकत्व से हीन और भ्रष्ट' कहा है। डॉ. लक्ष्मीसागर वार्ष्णेय इनके अभिनय को 'भद्दा' कहते हैं। समसामयिक शक्तियाँ एक-दूसरे को प्रेरित-प्रभावित करती हैं, इस नाते भारतेन्दु-युग के नाटकों पर जन-नाटकों का प्रभाव पड़ा था। केवल उन्हीं का नहीं, पूर्व निर्दिष्ट पाठ्य-नाटकों ने भी अपना प्रभाव डाला और तत्कालीन पारसी रंगमंच के नाटकों ने भी। यद्यपि ये पारसी नाटक असाहित्यिक और कुरुचिपूर्ण थे। स्वयं भारतेन्दु के शब्दों में—'पारसियों के नाटक, महाराष्ट्रों के खेल आदि यद्यपि काव्यमिश्र हैं तथापि काव्यहीन होने के कारण वे भी भ्रष्ट ही समझे जाते हैं।'

वास्तव में हिन्दी साहित्यिक नाटकों का उदय भारतेन्दु के साथ ही हुआ; और जैसा कि हम आगे देखेंगे, हिन्दी एकांकी का आरम्भ भी उन्हीं से हुआ। भारतेन्दु युग में आकर नाटकों का पुनरुत्थान हो सका, इसके कई कारण हैं : (1) वह सांस्कृतिक जागरण का युग था। सदियों से पराधीन देश में नयी चेतना जाग उठी थी और उस जागरण का सन्देश जन-जन तक पहुँचाना था। भारतेन्दु ने यह महत्त्वपूर्ण कार्य तो किया ही कि उन्होंने साहित्य और जीवन के विच्छिन्न सम्बन्ध को फिर से जोड़ दिया। उन्होंने साहित्य को जन-जीवन तक पहुँचाया भी। इसके लिए उन्होंने उस साहित्य-रूप का सहारा लिया, जिसे जनतन्त्रात्मक कहा जाता है और जो जन-जीवन के सबसे अधिक निकट होता है। डॉ. रामविलास शर्मा कहते हैं कि 'मेलों-ठेलों में नाटक खेलना आज की सभ्यता को अखरता है, परन्तु उस समय जब प्रधानतः जनता तक अपना सन्देश पहुँचाने का एक साधन था, ऐसे स्थान पर नाटक खेलने के लिए उचित समझे जाते थे जहाँ काफी भीड़

मिल सके।' (2) भारत का शिक्षित समुदाय पाश्चात्य सभ्यता, संस्कृति एवं साहित्य के सम्पर्क में आया। भारतवासियों द्वारा अंग्रेजी साहित्य का अध्ययन तो हुआ ही, किन्तु ईस्ट इंडिया कम्पनी के काल में अंग्रेजों ने भी अठारहवीं शताब्दी उत्तरार्द्ध और उन्नीसवीं शताब्दी में बम्बई, मद्रास, कलकत्ता, पटना आदि बड़े-बड़े नगरों में अपने मनोरंजन के लिए अभिनयशालाओं की स्थापना कर भारतीय शिक्षित समुदाय का ध्यान नाट्य-कला की ओर आकृष्ट किया। वे अंग्रेजी नाटक या कालिदास के 'शकुन्तला' नाटक का प्रायः अभिनय किया करते थे। सर विलियम जोंस द्वारा तथा फोर्ट विलियम कालेज में 'शकुन्तला' के दो-तीन अनुवाद प्रस्तुत हो ही चुके थे। साहित्यिकों में रुचि उत्पन्न करने के लिए यह बहुत था। पत्र-पत्रिकाओं में शेक्सपियर की चर्चा होने लगी थी। (3) अंग्रेजी का सीधा प्रभाव हिन्दी पर पड़ा ही, बंगला, मराठी, गुजराती आदि प्रादेशिक भाषाओं के माध्यम से भी पर्याप्त प्रभाव पड़ा। हिन्दी क्षेत्र के लोग नाट्यशाला के क्षेत्र में अपनी हीनता का अनुभव करने लगे थे। स्वयं भारतेन्दु ने यह आशा प्रकट की कि 'काल की क्रमोन्नति के साथ ग्रन्थ भी बनते जाएँगे और अपनी सम्पत्तिशालिनी ज्ञानवृद्धा बड़ी बहन बंग-भाषा के अक्षय रत्नभंडार की सहायता से हिन्दी भाषा बड़ी उन्नति करे। उस समय के पत्रों से भी इस तथ्य का समर्थन होता है। 'सारसुधानिधि' में नन्दकिशोर देव शर्मा ने अपने एक पत्र में लिखा कि 'बंगाल, गुजरात में भी कुछ-कुछ नाटक विधा का प्रचार है... हमारे देशवासी तो यह भी नहीं जानते कि नाटक क्या होता है।' 'आनन्दकादम्बिनी' में लिखा गया—'...अब जो धीरे-धीरे कलकत्ता और बम्बई के बंगाली और पारसी लोगों तथा गुजराती और महाराष्ट्री ने भी इसका आरम्भ किया तो कुछ-कुछ स्वाद लोगों को अनुभव कराया।...निदान अब जो देखा-देखी...जो उत्साह उत्पन्न हुआ...धीरे-धीरे हिन्दी में भी नाटक...लोगों ने प्रारम्भ किया।' (4) सांस्कृतिक जागरण के युग में अपने स्वर्णिम अतीत की ओर लोगों का ध्यान स्वभावतः जाता है। भारतेन्दु-युग के साहित्यकारों ने पीछे मुड़कर संस्कृत के समृद्ध नाट्य-साहित्य की प्रेरणा ग्रहण की। लगभग सभी लेखकों ने संस्कृत के गौरवशाली नाट्य-साहित्य की ओर संकेत किया। बहुत से संस्कृत नाटक अनूदित हुए। (5) गद्य के अभाव में नाटक का विकास सम्भव नहीं होता। भारतेन्दु युग में आकर पहली बार हिन्दी गद्य इस योग्य हो सका कि उसमें नाटक की रचना हो सके। (6) अब तक नाटक का विकास नहीं हो सका था, इसका कारण यह भी था कि हिन्दी में नाट्यशास्त्र पर कोई ग्रन्थ नहीं था। 'आनन्दकादम्बिनी' के सम्पादक ने सन् 1881 में इसकी ओर संकेत किया था—'प्रथम हमारे भाषा...नाटक लिखनेवालों के अर्थ...दृश्य-काव्य के निरूपण, और...भेद, रीति, नियम और...बतलाने वाला कोई साहित्य का ग्रन्थ नहीं, और जो संस्कृत में षष्ठ परिच्छेद, साहित्यदर्पण, श्री विश्वनाथ, कविराज रचित दशरूपक सूत्र इत्यादि हैं, अब उनमें बहुत से समय और भाषा परिवर्तन के कारण गड़बड़ हो गए, और कितनी बातों का विरोध पड़ गया; अतएव मुख्य तो इनका आश्रय लेकर और उस समय से इधर के बने नाटक तथा अँगरेजी, बंगला, इसी रीति से हमारी भाषा के भी (जो है) और गुजराती, महाराष्ट्री से भी जाँचकर नये तरह पर खासकर

इस नागरी भाषा में कोई ग्रन्थ होना अत्यन्त आवश्यक है।' बहुत सम्भव है, भारतेन्दु हरिश्चन्द्र के प्रबन्ध 'नाटक' (सन् 1883) की रचना के मूल में इन पंक्तियों की भी प्रेरणा रही हो। (7) मुद्रण-यन्त्रों एवं पत्र-पत्रिकाओं के प्रसार ने भी उस समय नाटकों के विकास में बहुत योग दिया। नाटक के विकास के लिए किसी-न-किसी माध्यम का रहना अनिवार्य है—चाहे वह रंगमंच हो, टेलीविजन हो अथवा प्रेस हो। भारतेन्दु-युग में रंगमंच ने नाट्य-रचना को तो अवश्य ही प्रेरित किया, पर वह पर्याप्त नहीं था। उस समय प्रकाशित पत्र-पत्रिकाओं ने भी इसके लिए बहुत अच्छे माध्यम का काम किया, यह दूसरी बात है कि मात्र प्रकाशन के लिए रचित नाटक अधिकतर पाठ्य ही होते हैं। उस समय के अनेक नाटक तत्कालीन पत्रों में छपे थे।

भारतेन्दु के समय में नाटक के विकास के लिए बहुत उपयुक्त वातावरण मिला। उसी में एकांकी नाटक भी पनपा। यद्यपि भारतेन्दु हरिश्चन्द्र ने कहीं एकांकी नाटक नाम का उल्लेख नहीं किया है, तथापि वे इस तथ्य से परिचित थे कि एक अंक के भी नाटक होते हैं। रूपक और उपरूपक के भेदों का परिचय देते हुए उन्होंने भाण, अंक, वीथी, प्रहसन और नाट्यरासक को एक-एक अंक का कहा। जैसाकि 'नाटक' प्रबन्ध और नाटकों के साथ उनके नाट्य-भेद के उल्लेख से ज्ञात होता है, उनका उद्देश्य अपने समसामयिक लेखकों के सम्मुख विभिन्न नाट्य-रूपों के उदाहरण प्रस्तुत करना था। यही कारण है कि उनके मौलिक एवं अनूदित नाटकों में कई एकांकी नाटक स्वतः आ गए हैं।

भारतेन्दु के एकांकी नाटक

भारतेन्दु हरिश्चन्द्र महान नाटककार थे। उनकी कृतियों से पहली बार हिन्दी का नाट्य-साहित्य समृद्ध हुआ। उन्होंने संस्कृत, बंगला और अंग्रेजी के प्रसिद्ध नाटकों के अनुवाद भी किए और मौलिक नाटकों की भी रचना की। उनके नाटकों की संख्या बड़ी है। उनका ऐतिहासिक क्रम और आकार की दृष्टि से विश्लेषणात्मक परिचय इस प्रकार है :

क्र. सं.	नाम	उसमें निर्दिष्ट नाट्य-भेद	पृष्ठ-संख्या (डिमाई)	अंक (दृश्य गर्भांक)	प्रकाशन-वर्ष (वि.सं.)
1.	विद्यासुन्दर	नाटक	403	अंक	1925
2.	रत्नावली	नाटिका	10	गर्भांक	
3.	पाखंड-विडम्बन	रूपक	121	दृश्य	1929
4.	वैदिकी हिंसा हिंसा न भवति	प्रहसन	274	अंक	1930
5.	धनंजय-विजय	व्यायोग	171	दृश्य	1930
6.	मुद्राराक्षस	नाटक	1007	अंक	1932

क्र. सं.	नाम	उसमें निर्दिष्ट नाट्य-भेद	पृष्ठ-संख्या (डिमाई)	अंक (दृश्य गर्भांक)	प्रकाशन-वर्ष (वि.सं.)
7.	सत्य हरिश्चन्द्र	नाटक	603	अंक	1932
8.	प्रेमजोगिनी	नाटिका	344	गर्भांक	1932
9.	विषस्य विषमौषधम्	भाण	121	दृश्य	1933
10.	कर्पूर-मंजरी	सट्टक	384	अंक	1933
11.	श्री चन्द्रावली	नाटिका	544	अंक	1933
12.	भारत-दुर्दशा	नाट्यरासक-लास्यरूपक	296	अंक	1933
13.	भारत-जननी	ओपेरा	141	दृश्य	1934
14.	नीलदेवी	गीतिरूपक	2710	दृश्य	1937
15.	दुर्लभ बन्धु	नाटक	1025	अंक	1937
16.	अन्धेर नगरी	प्रहसन	186	अंक	1938
17.	सती-प्रताप	नाटक	16(अपूर्ण)4	दृश्य	1941

भारतेन्दु ने अपने 'नाटक' नामक ग्रन्थ में तीन अन्य रचनाओं ('जैसा काम वैसा परिणाम', 'माधुरी' और 'नवमल्लिका') को भी स्वरचित माना है, पर बाबू ब्रजरत्न दासजी ने, 'भारतेन्दु नाटकावली' में इन्हें सम्मिलित नहीं किया है। उन्होंने 'रत्नावली' को नाटकावली में सम्मिलित किया है, पर भारतेन्दु ने उसे अपना नाटक नहीं कहा है। डॉ. सत्येन्द्र ने इस प्रश्न पर विस्तार से विचार किया है कि ये किसकी रचनाएँ हैं। उनके अनुसार, 'रत्नावली', भारतेन्दु की कृतियों में नहीं है, 'माधुरी' भारतेन्दु की रचना है। 'नवमल्लिका' अनुपलब्ध है, और 'जैसा काम वैसा परिणाम' भारतेन्दु की कृति है। हमारे लिए 'रत्नावली' और 'नवमल्लिका' का कोई मूल्य नहीं क्योंकि एक के केवल चार पृष्ठ उपलब्ध हैं, और दूसरी बिलकुल अनुपलब्ध है। 'माधुरी' एक दृश्य का नाटक है जिसे सन् 1888 में खड्गविलास प्रेस ने प्रकाशित किया था। 'जैसा काम वैसा परिणाम' प्रहसन पंडित बालकृष्ण भट्ट के नाम से सम्बद्ध है, जिन्होंने इसे 'हिन्दी प्रदीप' में दो बार बिना लेखक का नाम दिए प्रकाशित किया था। यह 'भट्टनाटकावली' में संग्रहीत भी है।

दूसरी बार 'हिन्दी प्रदीप' में प्रकाशित करते समय पंडित बालकृष्ण भट्ट ने लिखा था—'इस प्रहसन को मैं एक बार छाप चुका हूँ किन्तु अब उसकी प्रति न रह गई—पढ़नेवालों के अनुरोध से फिर प्रकाशित करता हूँ।' दूसरी बार यह रचना दिसम्बर, 1896 में यानी भारतेन्दु के निधन के बाद प्रकाशित हुई थी। किसी मृत लेखक की रचना को इस प्रकार दुहराकर प्रकाशित करने में कोई अर्थ नहीं दीखता। यह बात ध्यातव्य है कि प्रहसन के भरत-वाक्य के सम्बन्ध में लेखक ने यह टिप्पणी दी है—'इस पद्य को मेरे मित्र डॉ. महादेवप्रसाद सेठजी ने रचा है जिसके लिए उन्हें विशेष धन्यवाद है।'

भारतेन्दु जैसा कुशल कवि अपने नाटक का एक पद्य किसी दूसरे व्यक्ति से लिखवाएगा, यह बात विश्वासयोग्य नहीं है। इस प्रहसन में अंक या दृश्य के स्थान पर 'पर्दा पहला', 'पर्दा दूसरा' आदि का व्यवहार किया गया है। इस तरह का व्यवहार भारतेन्दु ने अपने किसी भी नाटक में नहीं किया है। इन बातों को देखते हुए स्पष्ट रूप से कहा जा सकता है कि यह भारतेन्दु का नाटक नहीं है। अगर भारतेन्दु की नाटक-सूची में इसका नाम आया है, तो वहीं कोई गलती हुई होगी। इस नाटक की चर्चा हम बालकृष्ण भट्ट के नाटकों के अन्तर्गत ही करेंगे।

अभी भारतेन्दु के नाटकों का जो विश्लेषण किया गया है, उसके आधार पर यह निर्णय कर लेना चाहिए कि इनमें किन्हें एकांकी कहा जाए। एकांकियों की अनेक कसौटियों में एक इसकी संक्षिप्त रूप-रेखा और अभिनय अवधि भी है, इस पर हम सिद्धान्त पक्ष के अन्तर्गत विचार कर चुके हैं। इस दृष्टि से 'पाखंड-विडम्बन', 'धनंजय-विजय', विषस्य विषमौषधम्, 'भारत-जननी' और 'माधुरी' एक-एक दृश्य के हैं और संक्षिप्त आकार के भी हैं। इनके एकांकी होने में किसी प्रकार का सन्देह नहीं होना चाहिए। अन्य नाटकों के सम्बन्ध में विचार करते समय यह स्मरण रखना है कि भारतेन्दु ने अंक, दृश्य और गर्भांक नामों के बारे में किसी प्रकार की सावधानी नहीं बरती है। उन्होंने अनेक स्थलों पर इनका व्यवहार समानार्थी शब्दों के रूप में किया है। अंक को दृश्य मानकर, आकार पर ध्यान रखते हुए विचार करें तो 'अन्धेर नगरी', 'वैदिकी हिंसा हिंसा न भवति', 'भारत-दुर्दशा' और 'नीलदेवी' को अनेक दृश्यवाले एकांकी मान सकते हैं। 'प्रेमजोगिनी' कुछ बड़ा नाटक है, पर उस पर भी हम विचार करेंगे, क्योंकि उसके दो दृश्य पहले स्वतन्त्र पुस्तक-रूप में प्रकाशित हुए थे। 'सती-प्रताप' को यद्यपि एकांकी माना जाता है, पर यह अपूर्ण है और उसका कथानक अधूरा है। उसे एकांकी कहना उचित नहीं। डॉ. सोमनाथ गुप्त ने 'चन्द्रावली' को केवल एकांकी ही नहीं, हिन्दी का सर्वप्रथम एकांकी कहा है। 'चन्द्रावली' डिमाई साइज के 54 पृष्ठों में लिखित 4 अंकों का बड़ा नाटक है। इसमें जितने गीत और पद्य आए हैं, उनके कारण इसकी अभिनय-अवधि भी काफी बड़ी होगी। इसे किसी प्रकार भी एकांकी नहीं माना जा सकता।

अब तक के विवेचन से इतना स्पष्ट हुआ कि भारतेन्दु के एकांकी-साहित्य के अन्तर्गत इन नाटकों पर विचार होना चाहिए—'पाखंड-विडम्बन', 'धनंजय-विजय', 'विषस्य विषमौषधम्, 'माधुरी', 'भारत-दुर्दशा', 'वैदिकी हिंसा हिंसा न भवति', 'अन्धेर नगरी', 'नीलदेवी' और 'प्रेमजोगिनी'। ऐतिहासिक क्रम से हम इन पर अलग-अलग विचार करेंगे।

(1) **पाखंड-विडम्बन**—यह भारतेन्दु की मौलिक रचना नहीं है। श्रीकृष्ण मिश्र के 'प्रबोध चन्द्रोदय' संस्कृत नाटक के तीसरे अंक का अनुवाद है। इसमें जैन, बौद्ध और योग मतों के पाखंडों पर हँसने का प्रयत्न किया गया है। इसके पात्र हैं—दिगम्बर सिद्धान्त, भिक्षु, कापालिक, श्रद्धा, शान्ति, करुणा आदि। इसमें केवल एक दृश्य है—पूरा

नाटक एक ही स्थान पर प्रारम्भ और समाप्त हो जाता है। इसमें प्रस्तावना, भरत-वाक्य आदि नहीं आए हैं—सम्भवतः इसलिए कि यह 'प्रबोध चन्द्रोदय' के बीच के एक अंक का अनुवाद है। संस्कृत की छाया इस पर स्पष्ट है—संलापों में श्लोकों की तरह छन्दों का व्यवहार है, 'और भी' कहकर संलाप को आगे बढ़ाने की शैली है।

(2) **वैदिकी हिंसा हिंसा न भवति**—यह भारतेन्दु का मौलिक प्रहसन है। इसमें इन लोगों का आक्षेप किया गया है जो धर्मशास्त्रों का हवाला देकर सब तरह के कुकर्म किया करते हैं। लेखक का उद्देश्य मांस-भक्षण, व्यभिचार, मद्यपान आदि पर आघात करने का है। इसके लिए उसने इन पात्रों का सहारा लिया है—श्री गृद्धराज महाराज, पुरोहित, विदूषक, वेदान्ती, शैव, शाक्त, गंडकीदास, यमराज और चित्रगुप्त। कथानक छोटा-सा है—राजा, पुरोहित, मन्त्री, गंडकीदास आदि शास्त्रों का प्रमाण देकर सब प्रकार के पाप करते हैं। शैव और वैष्णव उनका विरोध करते हैं। मृत्यु के बाद यमराज प्राणियों को नरक में भेजते हैं, और शैव तथा वैष्णव को स्वर्ग में। कथानक में कोई गति और चमत्कार नहीं है। उसका विस्तार बड़े-बड़े भाषणों से हुआ है। लेखक ने कथानक को अपनी रुचि की दिशा में बढ़ाकर अपना उद्देश्य सिद्ध कर लिया है। पद्य और गीतों की बहुलता है। संस्कृत के उद्धरण बहुत आए हैं जो नाटक के विषय के अनुरूप तो हैं, पर उनसे नाटक बोझिल जैसा लगता है। प्रारम्भ में नान्दी और प्रस्तावना हैं, जो बहुत आकर्षक हैं। भारतेन्दु ने नाटक की विषय-वस्तु का सम्बन्ध प्रकृति के सौंदर्य से जोड़कर प्रस्तावना को विषयानुरूप और सुन्दर बना दिया है। प्रारम्भ इस प्रकार है—

नान्दी—

दोहा—बहु बकरा बलि हित कटें जाके बिना प्रमान।
सो हरि की माया करे, सब जग को कल्यान।।

(सूत्रधार और नटी आती है)

सूत्रधार—अहा हा! आज की सन्ध्या की कैसी शोभा है। सब दिशा ऐसी लाल हो रही है, मानों किसी ने बलिदान किया है और पशु के रक्त से पृथ्वी लाल हो गई है।

नटी—कहिए आज भी कोई लीला कीजिएगा?

सूत्रधार—बलिहारी। अच्छी याद दिलाई। हाँ, जो लोग मांस लीला करते हैं उनकी लीला करेंगे।

(नेपथ्य में) अरे शैलूषाधम्, तू मेरी लीला क्या करेगा! चल भाग जा, नहीं तो तुझे खा जाएँगे।

दोनों एक साथ—अरे हमारी बात गृद्धराज ने सुन ली, अब भागना चाहिए, नहीं तो बड़ा अनर्थ करेगा।

[दोनों जाते हैं]

इति प्रस्तावना

संलाप पात्रोचित हैं। स्थान-स्थान पर स्वगत का व्यवहार है। तीसरे अंक में पुरोहित का स्वगत तो बहुत ही लम्बा है। उसका गीत भी बहुत बड़ा है। जैसाकि पहले कहा

गया है, भारतेन्दु के अनुसार प्रहसन में अनेक दृश्य होते हैं, पर उन्होंने इस प्रहसन में चार अंक दिए हैं।

इस एकांकी के सम्बन्ध में आलोचकों ने भिन्न-भिन्न विचार व्यक्त किए हैं। डॉ. वीरेन्द्रकुमार शुक्ल ने इसमें अनेक दोष दिखलाए हैं—इसमें प्रौढ़ विचार विनिमय कहीं नहीं है। इसके अभिनय तथा कथोपकथन में अश्लीलत्व दोष है। इसके संवाद तीक्ष्ण कटाक्षों से भरे, भोंड़े और सारहीन हैं। नाटकीय दृष्टि से यह शिथिल है। घटनाओं के अभाव और वस्तु-कथा के संकुचित निदर्शन के कारण चारित्रिक विकास का कम अवसर प्राप्त हो सका है। इतने दोषों के रहने पर भी उनका निष्कर्ष है कि वह भारतेन्दुजी का उत्कृष्ट प्रहसन है और युग के उत्कृष्ट व्यंग्य चित्रों में से है। ध्यान देकर देखा जाए, तो ये सभी विचार उलझे हुए और अस्पष्ट हैं। प्रौढ़ विचार-विनिमय का क्या अर्थ है? भारतेन्दु को जो विचार व्यक्त करने थे, उन्होंने उन्हें बड़ी स्पष्टता और दृढ़ता के साथ व्यक्त किया है। अभिनय की अश्लीलता से कोई अर्थ नहीं निकलता। संवादों में तीव्र कटाक्ष है, यह तो ठीक है, पर वे सारहीन कैसे हैं? चारित्रिक विकास का अवसर नहीं प्राप्त हो सका है, इसका कारण घटनाओं का अभाव नहीं है, बल्कि यह है कि पात्र मनुष्य नहीं, मनुष्य-प्रकार हैं। हाँ, यह बात मानी जा सकती है कि आधुनिक नाटकीय दृष्टि से इसमें शिथिलता है। डॉ. सत्येन्द्र कहते हैं कि 'वैदिकी हिंसा हिंसा न भवति' एकांकी नाटकों का पूर्व-रूप है। यह कथन भी बहुत स्पष्ट नहीं है। यह एकांकी नाटकों का पूर्व-रूप नहीं, अपने युग के एकांकी नाटकों की तरह एक एकांकी है।

(3) **धनंजय-विजय**—डॉ. रामचरण महेन्द्र कहते हैं कि 'यह प्राचीन संस्कृत प्रणाली पर कवि कांचन कृत एक संस्कृत व्यायोग के आधार पर निर्मित हुआ है।' पर यह किसी व्यायोग के आधार पर निर्मित नहीं है, अनुवाद है। भारतेन्दु ने स्पष्ट शब्दों में लिखा है—'विदित है कि यह जिस पुस्तक से अनुवाद किया गया है वह संवत् 1530 की लिखी है और इसी से बहुत प्रामाणिक है, इससे इसके सब पाठ उसी के अनुसार रखे हैं।' भारतेन्दु ने मूल से केवल इतना ही अन्तर किया है कि मूल में आए नान्दी के तीन श्लोकों में से केवल एक श्लोक संस्कृत में देकर सूत्रधार का प्रवेश करा दिया है और अन्त के श्लोकों के क्रम में थोड़ा हेर-फेर कर दिया है। भारतेन्दुजी का किया हुआ अनुवाद बहुत ही उत्तम और प्रामाणिक है।

पांडवों की अज्ञातवास-अवधि में जब दुर्योधन राजा विराट की गायों को हरकर ले गया था, तब अर्जुन की सहायता से राजकुमार उत्तर द्वारा पशुधन को वापस ले आने की कथा इसमें वर्णित है। कथानक में गति है। कई घटनाएँ आई हैं। युद्ध हुआ है। यही इस नाटक की विशेषता है कि स्थान और समय परिवर्तित किए बिना ही सब घटनाओं की व्यंजना की गई है। वर्णन और अभिनय के द्वारा गति, युद्ध आदि को प्रस्तुत किया गया है। नाटक अभिनेय है, और इससे संस्कृत नाटकों के रंगमंच और अभिनय का परिचय मिलता है। यह उदाहरण देखा जा सकता है—

कुमार—(रथ हाँकना नाट्य करता है)

अर्जुन–(रथ का वेग देखकर)

लीकहु नहिं लखि परत चक्र की, ऐसे धावत।
दूर रहत तरु-वृन्द छनक में आगे आवत।।
जदपि वायु-बल पाइ धूरि आगे गति पावत।
पै हय, निज-खुर-वेग पीछहीं मार गिरावत।।

इसी प्रकार युद्ध का भी वर्णन है। गति के कारण नाटक में पर्याप्त आकर्षण बना रहता है। संस्कृत का यह एक सुन्दर एकांकी है। भारतेन्दु को इसकी कला ने प्रभावित किया, और इसके अनुवाद की प्रेरणा दी।

(4) **प्रेमजोगिनी**–यह भारतेन्दु की मौलिक, किन्तु अपूर्ण रचना है। चार पृष्ठों की लम्बी प्रस्तावना के बाद पहला अंक प्रारम्भ होता है जिसके अन्तर्गत क्रमशः चार गर्भांक आते हैं। इसके बाद अन्य कोई अंक नहीं है। भारतेन्दु ने इसे नाटिका कहा है, पर उन्हीं के अनुसार नाटिका में चार अंक होते हैं और स्त्री-पात्र अधिक होते हैं तथा नाटिका की नायिका कनिष्ठा होती है अर्थात् नाटिका के नायक की पूर्व-प्रणयिनी के वश में रहती है। लेकिन 'प्रेमजोगिनी' के चार गर्भांकों में एक भी स्त्री-पात्र नहीं है। डॉ. रामचरण महेन्द्र के अनुसार, यह एक अपूर्ण नाटिका है जिसे एकांकी के अन्दर रखा जा सकता है, पर तथ्य यह है कि यह कोई संश्लिष्ट रचना नहीं है। इसमें चार अलग-अलग दृश्य हैं, कोई कथावस्तु नहीं।

'प्रेमजोगिनी' का महत्त्व इसके अलग-अलग दृश्यों में देखा जा सकता है। इनमें काशी के धार्मिक समाज में प्रचलित पाखंड का प्रदर्शन है। इसके दो दृश्य पहले 'हरिश्चन्द्र चन्द्रिका' में 'काशी के छायाचित्र अर्थात् काशी के दो बुरे-भले फोटोग्राफ' नाम से छपे थे, जहाँ से उद्धृत कर 24 पृष्ठों की छोटी पुस्तिका के रूप में इन्हें प्रकाशित किया गया। वास्तव में ये छायाचित्र ही हैं। इनमें नाटकीयता का अभाव है। 'प्रेमजोगिनी' नाम देकर दो और गर्भांक जोड़ देने से भी कोई अन्तर नहीं आया है। पद्य इसमें बहुत आए हैं, संलाप और उनके माध्यम से प्रस्तुत चित्र सजीव हैं। स्थानीय बोली का व्यवहार अधिकता से किया गया है। 'पीयूष-प्रवाह' में इसकी समालोचना करते हुए अम्बिकादत्त व्यास ने लिखा था–'यह छोटा काव्य भारतेन्दु बाबू हरिश्चन्द्रजी की लेखनी से निकल पड़ा है और बाबू राधाकृष्णदासजी ने प्रकाशित किया है। इसमें काशी के चपाटों की बोलचाल, स्वभाषा और काशी की दर्शनीयता दिखलाई गई है। क्यों न हो, इसका ग्रन्थकार वह पुरुष है जिसकी छींक, खाँसी और फूँक को भी सरस कहना चाहिए। पर इसमें जैसे ग्रन्थकार ने अश्लील और असभ्य बोलचाल छोड़ दी है वैसे दो-तीन शब्द और छोड़ देते तो यह सत्समाज में पढ़ने लायक होता क्योंकि (चूतिया, रंडी आदि) ये शब्द पुस्तकों में लिखने लायक नहीं हैं। जिन गुंडों से भले आदमियों को कष्ट हुआ करता है उनका भी डीलडाल बाँधा जाता तो और अच्छा होता।' तत्कालीन दृष्टि से जिसे अश्लील और कुरुचिपूर्ण कहा गया है, उसे आज की दृष्टि में यथार्थवादी कहा जा सकता है। रूप-विधान की दृष्टि से 'प्रेमजोगिनी' काव्य-प्रधान दृश्यों का

संकलन है। इसे एकांकी कहना ही चाहें तो विश्रृंखल शैली का एकांकी कह सकते हैं।

(5) **विषस्य विषमौषधम्**—यह भाण है। 1875 में बड़ौदा के गायकवाड़ को कुप्रबन्ध के कारण गद्दी से उतार दिया गया और उनके स्थान पर सयाजीराव को गद्दी पर बैठाया गया—इसी घटना पर यह भाण आधारित है। इसमें तत्कालीन ऐतिहासिक स्थिति का वर्णन है। कथानक बहुत संक्षिप्त है। प्रारम्भ में थोड़ी नाटकीयता आती है, पर बाद में वर्णनात्मकता की प्रधानता हो जाती है। इसी से यह नाटक से अधिक इतिहास हो जाता है। भाषा के नियमानुसार इसमें केवल एक पात्र है, भंडाचार्य। केवल एक पात्र के द्वारा नाटकीयता का सृजन बहुत कठिन काम है। यदि भारतेन्दु के भाण में नाटकीयता की कमी दिखाई पड़े, तो कोई आश्चर्य की बात नहीं। समूचा नाटक गद्य में है, पर कहीं-कहीं पद्य भी आया है, दो श्लोक संस्कृत के भी हैं। प्रारम्भ में मंगलाचरण के रूप में एक दोहा है, और अन्त में छह पंक्तियों में भरत-वाक्य। भाण में आकाशभाषित का व्यवहार बहुत होता है, इसमें भी—बार-बार ऐसे अंश आए हैं : '(ऊपर देखकर) क्या कहा? और खानदेश का एक कुमार गद्दी पर बैठा भी तो दिया गया। लो भया तब क्या? हा हा हा!'

(6) **भारत-दुर्दशा**—भारतेन्दु ने इसे नाट्यरासक या लास्यरूपक कहा है। नाट्यरासक उपरूपक का एक भेद है जिसमें एक अंक होता है। 'भारत-दुर्दशा' में छह अंक हैं। इस नाटक में भी 'अंक' को 'दृश्य' का पर्याय मान सकते हैं। इस प्रकार यह भी अनेक दृश्यों का एकांकी माना जा सकता है। लेकिन रचना-पद्धति की दृष्टि से नाट्यरासक के सभी शास्त्रीय लक्षण उनमें नहीं मिलते। भारतेन्दु ने इसे नाट्यरासक या लास्यरूपक क्यों कहा है, इस प्रश्न का उत्तर डॉ. गोपीनाथ तिवारी इस प्रकार देते हैं—'भारतेन्दुजी 'भारत-दुर्दशा' को प्राचीन शास्त्रीय शैली का नाट्यरासक नहीं मानते, वरन् नवीन शैली का लास्यरूपक स्वीकार करते हैं।......' भारतेन्दुजी 'भारत-दुर्दशा' को शास्त्रीय दृष्टि का नाटक न मानकर नवीन प्रकार का नाटक मानते हैं। और प्राचीन नाट्यशास्त्र के नाट्यरासक को नवीन शैली के अनुसार बना लेते हैं जिसमें एक-दो लक्षण पुराने हैं। और शेष सब नये।

'भारत-दुर्दशा' में पराधीन भारत की हीनावस्था और उसके कारणों का चित्रण है। इसके द्वारा भारतेन्दु ने शैव, शाक्त और वैष्णवों के मतमतान्तर, जाति-भेद, बहुदेव-पूजा, बाल-विवाह, विधवा-विवाह, बहु-विवाह, विदेश जाने पर रोक आदि की ओर देशवासियों का ध्यान आकृष्ट करने का प्रयत्न किया था। इस नाटक के पात्र हैं—भारत, निर्लज्जता, आशा, भारत-दुर्दैव, सत्यानाश, रोग, आलस्य, मदिरा, अन्धकार, बंगाली, देशी, महाराष्ट्री, भारत-भाग्य आदि। नाटक का कथानक सीधी गति से चलता है और लेखक का उद्देश्य सिद्ध करता है। प्रारम्भ में दो पंक्तियों का अति संक्षिप्त मंगलाचरण है। अन्त कोई भरत-वाक्य नहीं है। अन्त एक नये प्रकार से होता है—भारत-भाग्य भारत को जगाते-जगाते हार जाता है, और निराश होकर आत्महत्या कर लेता है—

(भारत का मुँह चूमकर और गले लगाकर)

भैया, मिल लो, अब मैं विदा होता हूँ। भैया, हाथ क्यों नहीं उठाते? मैं ऐसा बुरा हो गया कि जन्म-भर के वास्ते मैं बिदा होता हूँ तब भी ललककर मुझसे नहीं मिलते। मैं ऐसा ही अभागा हूँ तो मेरे अभागे के जीवन ही से क्या, बस यह लो।

(कटार का छाती में आघात और साथ ही यवनिका पतन)

'भारत-दुर्दशा' में गीत और पद्य बहुत आए हैं–कुछ गीत तो बहुत ही लम्बे हैं। स्वगत का व्यवहार भी बहुत है। सात पृष्ठों का अन्तिम अंक पूरा-का-पूरा भारत-भाग्य का स्वगत है–गद्य और पद्य, दोनों में। भाषा पात्रों के अनुरूप रखी गई है। हर पात्र की अपनी-अपनी भाषा रखने का प्रयत्न किया गया है। पाँचवें अंक के इस संक्षिप्त उद्धरण से इसका परिचय मिल जाएगा–

सभापति–तो पकड़ने का आपको किस कानून से अधिकार है?

डिसलायलटी–इंगलिश पालिसी नामक ऐक्ट का हाकिमेच्छा नामक दफा से।

महाराष्ट्र–परन्तु तुम?

दूसरा देशी–(रोकर)–हाय-हाय! भटवा तुम कहता है, अब मरे।

महाराष्ट्र–पकड़ नहीं सकतीं, हमको भी दो हाथ-दो पैर हैं। चलो, हम लोग तुम्हारे संग चलते हैं, सवाल-जवाब करें।

बंगाली–हाँ चलो, ओ का बात पकड़ना नहीं शेकता।

सभापति–(स्वगत) चेयरमैन होने से पहले हमीं को उत्तर देना पड़ेगा, इसी से किसी बात में हम अगुआ नहीं होते।

'यह भारतेन्दु के महत्त्वपूर्ण नाटकों में है। 'भारत-दुर्दशा' से भारतवर्ष को लेकर नाटक लिखने की एक परिपाटी चल पड़ी। इस नाटक की ऐतिहासिक महत्ता अधिक है; अपने आप उतना अच्छा नहीं बन पड़ा।'–डॉ. रामविलास शर्मा का निष्कर्ष बहुत सही है।

(7) **भारत-जननी**–यह भारतेन्दु का मौलिक नाटक है या एक बंगला नाटक का अनुवाद, इस सम्बन्ध में विद्वानों में मतभेद है। आचार्य रामचन्द्र शुक्ल ने बतलाया है कि भारतेन्दुजी के किसी मित्र ने बंगला के 'भारतमाता' नाटक का एक अनुवाद किया था, जिसका संशोधन भारतेन्दुजी ने किया। संशोधन की प्रक्रिया में उसका रूप बिलकुल परिवर्तित हो गया। भारतेन्दु ने स्वयं इसे स्वीकार किया है।

'भारत-दुर्दशा' की तरह यह भी राष्ट्रीय भाव-प्रधान नाटक है। इसमें भारतभूमि और उसकी सन्तान की पारम्परिक फूट, कलह आदि से उत्पन्न दुर्दशा और आगे होने वाले सुधारों का वर्णन है। भारत-सरस्वती, भारत-जननी, भारत-दुर्गा, भारत-लक्ष्मी, भारतमाता, कुछ भारतवत्स आदि इसके पात्र हैं। भारत-दुर्दशा का वर्णन विस्तार से होता है, अन्त में भारतमाता अपने वत्सों को जागरण का सन्देश देती है कि वे उत्साह और ऐक्य के उपदेशों को मन मे रखकर कुछ ऐसा काम करें जिससे भारतमाता का शोकनद बढ़ने न पाए।

समूचा नाटक एक ही स्थान पर एक ही दृश्य में समाप्त हो जाता है। प्रारम्भ में गद्य-पद्य दोनों में संक्षिप्त मंगलाचरण है और अन्त में भारतमाता की पद्यात्मक प्रार्थना है। भारतेन्दुजी ने इसे ओपेरा कहा है। इस नाट्य-रूप में संगीत की प्रधानता रहती है। 'भारत-जननी' में यह बात है। पूर्वार्द्ध में तो गीत-ही-गीत हैं, उत्तरार्द्ध में जाकर गद्य आया है। गीतों के साथ राग-ताल का निर्देश भी है–भैरव ताल, इकताला-परज, कलिंगड़ा, राग बसन्त, होली, राग चेती, सोरठ आदि। नाटक में वर्णनात्मकता और काव्यात्मकता अधिक हैं। इसी से नाटक की गति शिथिल है। इस नाटक का महत्त्व भी इसके विषय के कारण ही अधिक है।

(8) **नीलदेवी**–यह भारतेन्दु का ऐतिहासिक नाटक है। इसमें मुसलमान आक्रमणकारियों की नीचता और भारतीय नारी की वीरता का वर्णन है। अमीर अब्दुलशरीफ खाँ सूर राजा सूर्यदेव पर आक्रमण करता है और उसे अनीति से पकड़कर मरवा डालता है। रानी नीलदेवी पति के वध का प्रतिशोध लेना चाहती है–नर्तकी बनकर अमीर के खेमे में जाती है और शराब में अमीर के मदहोश हो जाने पर उसकी छाती में छुरा भोंक कर उसे मार डालती है। भारतेन्दु का यह पहला नाटक मिलता है जिसमें कथानक का रूप पुष्ट होकर सामने आता है, घटनाएँ आती हैं, और कार्य-व्यापार में इतनी गति दिखाई पड़ती है। बीच-बीच में कुतूहल बनाए रखने का प्रयत्न भी दीख पड़ता है। जैसे, नौवें दृश्य का यह अन्तिम वाक्य है–

नीलदेवी–अच्छा सुनो! (पास बुलाकर कान में सब विचार कहती है)

तात्पर्य यह है कि नीलदेवी अमीर को मारने की योजना से अपनी ओर से दर्शकों को पहले ही नहीं अवगत करा देती, वह सोमदेव के कान में बातें कहती है।

'नीलदेवी' को एकांकी कहा जाए या नहीं, इस सम्बन्ध में मतभेद है, पर अधिक मत एकांकी मानने के पक्ष में ही हैं। और, जैसाकि हम पहले विचार कर चुके हैं, इसे सरलता से अनेक दृश्यों का एकांकी माना जा सकता है। भारतेन्दुजी ने इसे गीति रूपक कहा है, और गीति रूपक की व्याख्या उन्होंने अपने 'नाटक' ग्रन्थ में इस प्रकार की है–'ये नवीन नाटक मुख्य दो भेदों में बँटे हैं–एक नाटक, दूसरा गीति रूपक। जिनमें कथा-भाग विशेष और गीति न्यून हों नाटक और जिनमें गीति विशेष हों वह गीति रूपक। 'नीलदेवी' में कथा-भाग प्रधान है अवश्य, पर गीतों की भी कमी नहीं है। इस छोटे से नाटक में 18-19 गीत आए हैं राग-निर्देश सहित। उस समय 'आनन्दकादम्बिनी' में इसकी समीक्षा करते समय इसके इन दोनों तत्त्वों की प्रशंसा की गई थी। समीक्षक ने लिखा था–'यद्यपि इस रूपक के प्रबन्ध और रचना में कुछ-कुछ दोष भी क्यों न आ गए हों, पर तो भी हम केवल गुण मात्र का वर्णन करना उचित जानते हैं। इसमें सातवाँ दृश्य (विशेष लावनी), आठवाँ (इसमें पागल का पाठ बहुत ही उत्तम है) और दसवाँ, ये तीनों दृश्य अच्छे हैं। हम इसके नौवें दृश्य से उद्धृत कर कुमार सोमदेव के वीर रस भरे उत्साह-पूरित वाक्य अपने रसिकों को इसकी कविता का परिचय दिलाने के अर्थ यहाँ लिखते हैं–'चहुल बीर उठि तुरत सबे जय-ध्वजहिं उड़ाओ...'

'नीलदेवी' के प्रारम्भ में न सूत्रधार है, न नान्दी। पहले दृश्य में तीन अप्सराएँ जो गीत गाती हैं—एक में भारत क्षत्राणी की महिमा है, दूसरे में प्रेम बधाई। यह दृश्य शेष दृश्यों से कटा हुआ लगता है। नाटक के प्रारम्भ में स्वतन्त्र रूप से गीतों का आना पारसी रंगमंच के प्रभाव की ओर संकेत करता है। दूसरे दृश्य से नाटक की गति प्रारम्भ होती है, और अन्त तक चलती रहती है।

इस नाटक के पात्र हैं—शरीफ, काजी, सूर्यदेव, नीलदेवी, सोमदेव, सिपाही आदि। सभी पात्र सरल चरित्र ही हैं, पर इस नाटक में लेखक की दृष्टि मनुष्य के अन्तर्जगत की ओर गई है। रात को पहरा देते हुए सिपाही के मन में घर की भी याद आती है, पाँचवें दृश्य में सिपाही अकेला खड़ा सोचता है—'बरसों घर छूटे हुए। देखें कब इन दुष्टों का मुँह काला होता है। महाराज घर फिर चलें तो देश फिर से बसे। रामू की माँ को देखे कितने दिन हुए। बच्चा की खबर तक नहीं मिली। (चौंककर ऊँचे स्वर से) कौन है?'

भाषा के प्रति सजगता इस नाटक में भी दिखाई पड़ती है। पात्रोचित भाषा पर ध्यान रखा गया है। मुसलमान पात्र फारसी शब्दों का बहुलता से व्यवहार करते हैं, हिन्दू पात्र हिन्दी बोलते हैं।

'नीलदेवी' का स्थान, भारतेन्दु के नाटकों में, शिल्प की दृष्टि से विशेष महत्त्वपूर्ण है। भारतेन्दु के समय में इसका अभिनय भी हुआ था।

(9) **अन्धेर नगरी**—यह मनोरंजक किन्तु व्यंग्यपूर्ण प्रहसन है। इसमें उस अन्धेर नगरी का वर्णन है जिसमें भाजी और खाजा, सब टके सेर हैं। इसमें उस चौपट राजा की कथा है जिसे न्याय-अन्याय का विवेक नहीं है और जो स्वयं ही फाँसी पर चढ़ जाता है। इसमें तत्कालीन भारतीय समाज का बड़ा व्यंग्यात्मक एवं आकर्षक चित्र अंकित हुआ है। इसमें भी बराबर गति बनी रहती है, यद्यपि काव्यात्मक अंशों से कहीं-कहीं रुकावट पड़ती है। प्रारम्भ में कोई प्रस्तावना नहीं है। अन्त में भी कोई भरत-वाक्य तो नहीं, पर गुरु के शब्दों में नाटक का निष्कर्ष इन दो पंक्तियों में रख दिया गया है—

जहाँ न धर्म न बुद्धि नहिं नीति न सुजन-समाज।
ते ऐसहिं आपुहि नसैं जैसे चौपटराज।।

'अन्धेर नगरी' में छह बहुत छोटे-छोटे अंक हैं। दृश्य परिवर्तन शीघ्रता से होता है। पात्र बहुत अधिक आए हैं। लेखक का ध्यान मुख्यतः कथा की ओर है, चरित्र की ओर नहीं। पद्यात्मक अंश कम हैं। संलाप रोचक हैं। पात्रों की भाषा-विभिन्नता पर ध्यान रखा गया है। इस नाटक का भी अभिनय भारतेन्दु के समय में हुआ था। स्वाधीनता-प्राप्ति के बाद, मुख्यतः सन् 1960 के बाद, 'अन्धेर नगरी' अनेक स्थानों पर अनेक बार हिन्दी रंगमंच पर अभिनीत हुआ है। वर्तमान सन्दर्भ में इस नाटक की प्रासंगिकता समझी जा सकती है।

(10) **माधुरी**—यह प्रेम-प्रधान एकांकी है। इसमें श्रीकृष्ण की प्रेमिका का विरह प्रस्तुत किया गया है। इसमें केवल एक दृश्य है। समूचा नाटक एक ही स्थान पर समाप्त

हो जाता है। प्रारम्भ में न कोई प्रस्तावना है, न अन्त में कोई भरत-वाक्य। इसमें पद्य और गीत बिलकुल नहीं हैं, फिर भी काव्यत्व की प्रधानता है। प्रेम की अतिशयता और तरलता के चित्रण के कारण ऐसा हुआ है। इसमें नारी पात्रों की प्रधानता है। मुख्य पात्र हैं--माधुरी, चम्पकलता, सारंग, गुनवती, श्याम, मालती आदि। कार्य-व्यापार की कमी रहने पर भी नाटक आकर्षक है।

भारतेन्दु की एकांकी-कला : सामान्य निष्कर्ष

भारतेन्दु के एकांकी नाटकों पर विचार करने पर कुछ बातें स्पष्ट रूप से हमारे सामने आती हैं। उनके नाटक-सम्बन्धी सिद्धान्तों के प्रकाश में कुछ निष्कर्ष निकाले जा सकते हैं।

भारतेन्दु नाटक की सोद्देश्यता में विश्वास करते थे। नाटक द्वारा कोई-न-कोई उद्देश्य सिद्ध करना, उनकी दृष्टि में आवश्यक था। उन्होंने स्पष्ट शब्दों में कहा था--'आजकल की सभ्यता के अनुसार नाटक-रचना में उद्देश्यफल उत्तम निकलना बहुत आवश्यक है। यह न होने से सभ्य शिष्टगण ग्रन्थ का तादृश आदर नहीं करते, अर्थात् नाटक के पढ़ने व देखने से कोई शिक्षा मिले, जैसे सत्य हरिश्चन्द्र देखने से आर्य जाति की सत्यप्रतिज्ञा, नीलदेवी से देश-स्नेह इत्यादि शिक्षा निकलती है।' दूसरी बात यह कि वे इस तथ्य से परिचित थे कि नाटक और जन-जीवन में बड़ा घनिष्ट सम्बन्ध रहता है। जन-रुचि का तिरस्कार कर नाट्यकला कभी भी अपने को प्राणवन्त नहीं बनाए रख सकती। इस सम्बन्ध में उन्होंने लिखा था—'प्राचीन काल के अभिनयादि के सम्बन्ध में तत्कालीन कवि लोगों की और दर्शक मंडली की जिस प्रकार रुचि थी, वे लोग तदनुसार ही नाटकादि दृश्य-काव्य-रचना करके सामाजिक लोगों का चित्त-विनोदन कर गए हैं। किन्तु वर्तमान समय में इस काल के कवि तथा सामाजिक लोगों की रुचि उस काल की अपेक्षा अनेकांश में विलक्षण है, इससे सम्प्रति प्राचीन मत अवलम्बन करके नाटक आदि दृश्य-काव्य लिखना युक्ति-संगत नहीं प्रतीत होता। जिस समय में जैसे सहृदयगण जन्म ग्रहण करें और देशीय रीति-नीति का प्रवाह जिस रूप से चलता रहे, उस समय में उक्त सहृदयगण के अन्तःकरण की वृद्धि और सामाजिक रीति-पद्धति इन दोनों विषयों की समीचीन समालोचना करके नाटकादि दृश्य-काव्य प्रणयन करना योग्य है।' इन दोनों बातों का प्रभाव भारतेन्दुजी की एकांकी कला पर पड़ा है। जब कोई नाटककार कोई पूर्वनिश्चित उद्देश्य को लेकर नाट्य-रचना करने चलता है, तब न तो कथानक का स्वाभाविक विकास सम्भव होता है, न पात्रों का स्वतन्त्र व्यक्तित्व ही विकसित हो पाता है। भारतेन्दु का समय पराधीन देश के जागरण का था। भारतेन्दु उस युग की वाणी थे। अपने नाटकों के माध्यम से देश-दुर्दशा का चित्र उपस्थित करना, लोगों में राष्ट्रीय चेतना जगाना और उनके सामने उच्च आदर्श प्रस्तुत करना उनका उद्देश्य था। इसके लिए उन्होंने जो कथानक लिये, उन्हें अपने विषय के अनुरूप गढ़--निश्चित उद्देश्य-सिद्धि

की दिशा में उनका विकास किया। इस प्रकार कथानक का सहज और स्वाभाविक विकास उनके एकांकी नाटकों में नहीं मिलता। 'भारत-दुर्दशा' में भारत-भाग्य से आत्महत्या कराना आवश्यक था, 'नीलदेवी' में अमीर से प्रतिशोध लेना आवश्यक था, 'अन्धेर नगरी' में मूर्ख और अन्यायी राजा को फाँसी देना आवश्यक था, और इसी प्रकार सभी नाटकों में जो-जो आवश्यक था, वही-वही कराया गया है। नाटकों में समूचे स्थापत्य में भारतेन्दु की सोद्देश्यता काम करती है। भारतेन्दु को यदि समाज की स्थिति का चित्र उपस्थित करना है तो गद्य-पद्य में उसका विस्तार से वर्णन करते हैं—इस बात की चिन्ता नहीं करते कि कथानक की गति में प्रत्येक दृश्य का कुछ-न-कुछ योग होना चाहिए। यह बात प्रत्येक नाटक में देखी जा सकती है कि वर्णनात्मकता के कारण कथानक की गति शिथिल हुई है। भारतेन्दु जी के लिए विषय और उद्देश्य विशेष महत्त्वपूर्ण हैं, और उन्होंने उनकी सब प्रकार से रक्षा की है।

वस्तु-संगठन में भारतेन्दुजी ने संस्कृत नाट्य-नियमों का ध्यान नहीं रखा। उनके विचार में पंचसन्धियाँ आधुनिक नाटक के लिए अनावश्यक हैं। उन्होंने अपना विचार इस प्रकार व्यक्त किया था—'संस्कृत नाटक की भाँति हिन्दी नाटक में इनका (नाट्यालंकार, प्रकरी, संकट पंचसन्धि आदि) अनुसन्धान करना, व किसी नाट्यांग में इनको यत्नपूर्वक रखकर हिन्दी नाटक लिखना व्यर्थ है क्योंकि प्राचीन लक्षण रखकर आधुनिक नाटक की शोभा सम्पादन करने से उलटा फल होता है और यत्न व्यर्थ हो जाता है।' एक ओर, जहाँ उन्होंने पंचसन्धियों का त्याग किया है, वहाँ दूसरी ओर, सन्धि, प्रस्तावना और भरत-वाक्य के सम्बन्ध में संस्कृत नाट्य-नियमों का पालन लगभग सभी नाटकों में किया है—यह अवश्य है कि उनके प्रति कोई हठवादिता या आग्रह नहीं है। कहीं भरत-वाक्य है, कहीं नहीं है। प्रस्तावना कहीं बड़ी है, कहीं छोटी। कहीं-कहीं नाटक प्रारम्भ होने के पहले मंगलाचरण के रूप में केवल एक दोहा आया है। 'नीलदेवी' में प्रस्तावना नहीं है, प्रारम्भ में अप्सराओं के गीत हैं—सम्भवतः पारसी रंगमंच के प्रभाव से।

संस्कृत-नाट्य-परम्परा से अलग होनेवाली एक बात यह भी दिखाई पड़ती है कि अंक और दृश्य के सम्बन्ध में भारतेन्दुजी ने किसी नियम का पालन नहीं किया है। कहीं अंक के स्थान पर दृश्य है, कहीं दृश्य के स्थान पर अंक, और कहीं इनके स्थान पर गर्भांक का व्यवहार हुआ है।

भारतेन्दु के सभी एकांकी नाटकों में दृश्य बहुत छोटे-छोटे हैं—दृश्य परिवर्तन जल्दी-जल्दी होता है। सम्भवतः उनके मन में यह धारणा भी थी कि यही नवीनता की माँग है। इस सम्बन्ध में उन्होंने कहा—'प्राचीन की अपेक्षा नवीन की परम मुख्यता बारम्बार दृश्यों के बदलने में है और इसी हेतु एक-एक अंक में अनेक-अनेक गर्भांकों की कल्पना की जाती है।'

चरित्र-चित्रण के सम्बन्ध में भारतेन्दु का विचार था कि मानव प्रकृति का सूक्ष्म चित्रण नाटककार का उद्देश्य होना चाहिए—नाटक रचयिता को सूक्ष्म रूप से ओत-प्रोत भाव में मनुष्य प्रकृति की आलोचना करनी चाहिए। उनके सामने कालिदास के

'अभिज्ञानशाकुन्तल' तथा शेक्सपियर के 'मैकबेथ' और 'हैमलेट' के उदाहरण थे। लेकिन अपनी कृतियों में भारतेन्दु मानव-प्रकृति का सूक्ष्म अध्ययन नहीं प्रस्तुत कर सके। 'नीलदेवी' में मानव पात्र दिखाई पड़ते हैं, पर ये सब भी सरल चरित्र हैं—मानव-चरित्र की सूक्ष्मता का अध्ययन कहीं नहीं है। अन्य सभी नाटकों में पात्र या तो भावों-विचारों के मानवीकृत रूप हैं (जैसे भारतमाता, भारत-दुर्दैव, आलस्य, रोग आदि) या वर्गों के प्रतीक हैं (जैसे मूर्ख, राजा, सिपाही, पंडा आदि)। इसके कई कारण कहे जा सकते हैं। पहला कारण यह है कि संस्कृत के नाटकों में उन्होंने यह प्रणाली देखी....'प्रबोध चन्द्रोदय' के जिस अंक का उन्होंने अनुवाद किया, उसमें यह बात थी। कुछ बंगला नाटकों में भी यह बात थी। उनके द्वारा संशोधित नाटक 'भारत-जननी' में भी यह बात है। दूसरा कारण यह है कि उनकी दृष्टि, जैसाकि पहले कहा जा चुका है, मुख्यतः विषयों पर थी और वे अपने नाटकों से कुछ निश्चित निष्कर्ष निकालना चाहते थे। यह काम सजीव मानव-पात्रों की अपेक्षा प्रतीक पात्रों से सरलतापूर्वक होता है—सच्चा वजीर इधर-उधर भी जा सकता है, शतरंज का वजीर खेलनेवाले के इशारे पर ही चलता है।

भारतेन्दुजी के सभी एकांकी नाटकों में पद्यों और गीतों का व्यवहार प्रचुरता से हुआ है। यद्यपि इनसे नाटकों में रसमयता आई है, पर नाटक की गति में बाधा भी पड़ी है। विचार-रूप में वे मानते थे कि नाटक-रचना में शैथिल्य दोष कभी नहीं होना चाहिए, पर उनके नाटकों में गीतों के कारण कथानक एक ही स्थान पर बहुत देर तक खड़ा रह जाता है। सम्भवतः वे गीतों और पदों की रचना से अपने को रोक न सके। इसके कई कारण हैं : (1) संस्कृत नाटकों में श्लोकों का व्यवहार बहुलता से होता था। उन्हें संस्कृत से यह परम्परा मिली थी। (2) उन्होंने अपने समय में जो जन-नाटक (रामलीला, रासलीला, स्वाँग आदि) देखे, उन सबमें गीतों का व्यवहार होता था। (3) पारसी रंगमंच भी गीतों और पद्यात्मक संलापों को प्रश्रय देता था। (4) तत्कालीन जन-रुचि और विद्वानों की रुचि भी नाटक में गीतों के व्यवहार के पक्ष में थी। उस समय की कुछ समीक्षाओं से उद्धरण देकर हम इसे पहले दिखला आए हैं। (5) भारतेन्दु मूलतः कवि थे। कविता उनके स्वभाव में थी। नाटकों में भी जहाँ कहीं अवकाश मिला, उनकी कविता धारा स्वाभाविक रूप में फूट पड़ती थी।

संस्कृत नाट्यशास्त्र के अनुसार रंगमंच पर युद्ध, हत्या, आलिंगन, चुम्बन आदि वर्जित हैं। भारतेन्दु ने अपने नाटकों में इन नियन्त्रणों पर ध्यान नहीं दिया। 'पाखंड-विडम्बन' में रंगमंच पर आलिंगन है, 'नीलदेवी' में युद्ध, हत्या के दृश्य हैं, 'भारत-दुर्दशा' में आत्महत्या है। संस्कृत में दुखान्त नाटकों का नियम नहीं है, भारतेन्दु के कई नाटक दुखान्त हैं। संस्कृत नाट्य-नियमों के उल्लंघन की प्रेरणा सम्भवतः भारतेन्दुजी को अंग्रेजी नाटकों से मिली होगी।

भारतेन्दु के एकांकी नाटकों के संलाप कहीं-कहीं छोटे हैं, पर अधिकतर बड़े-बड़े ही हैं। विचार-रूप में वे मानते थे कि 'वाक्-प्रपंच एक प्रधान दोष है—नाटक में वाचालता की अपेक्षा मितभाषिता का ही सम्यक् आदर होता है।' पर उनके नाटकों में मितभाषिता

के साथ बात कहने की प्रवृत्ति कम दिखाई पड़ती है। भारतेन्दु को वर्णन करने से सन्तोष नहीं होता, और वे अपनी बात को विस्तार से, पात्रों के माध्यम से, कहते जाते हैं। पात्रों के अन्तर्जीवन को कम शब्दों में व्यंजित किया जा सकता है, पर बहिर्जीवन चित्रित करने के लिए अधिक शब्दों की आवश्यकता होती है। सम्भवतः भारतेन्दुजी विस्तृत वर्णनों के द्वारा अपने दर्शकों को प्रभावित करना चाहते थे। और, सचमुच ही उनके संलापों में सरसता भी है, प्रभावोत्पादकता भी है। भारतेन्दु ने संलापों के अन्तर्गत स्वगत, आकाशभाषित आदि का भी बहुत व्यवहार किया है। यह संस्कृत नाटकों का प्रभाव है, और इसे भारतेन्दु के समय में अस्वाभाविक नहीं समझा जाता था।

भाषा-व्यवहार के प्रति भारतेन्दुजी बहुत सजग हैं। वे कहते हैं—'पात्र की बात सुनकर उसके स्वभाव का परिचय ही नाटक का प्रधान अंग है।' '.....महामुनि भरताचार्य पात्र-स्वभावानुकूल भाषण रखने का वर्णन अत्यन्त सविस्तार कर गए हैं। यद्यपि उनके नान्दीरचनादि विषय के नियम हिन्दी में प्रयोजनीय नहीं, किन्तु पात्र स्वभाव-विषयक नियम तो सर्वदा शिरोधार्य हैं।' सचमुच उन्होंने इस नियम का पालन अपने नाटकों में बड़ी जागरूकता और सफलता के साथ किया है। एक ही नाटक के विभिन्न पात्रों की भाषा में विभिन्नता दिखाई पड़ती है।

भारतेन्दु हरिश्चन्द्र बहुत जागरूक और उदार दृष्टि के व्यक्ति थे। उन्होंने अपने को किन्हीं पूर्वनिर्णीत नियमों में नहीं बाँधा। उन्होंने स्पष्ट शब्दों में कहा कि 'नाटकादि दृश्य-काव्य प्रणयन करना हो तो प्राचीन समस्त रीति ही परित्याग करें, यह आवश्यक नहीं है, क्योंकि जो सब प्राचीन रीति वा पद्धति आधुनिक सामाजिक लोगों की मतपोषिका होंगी वह सब अवश्य ग्रहण होंगी। नाट्यकला-कौशल दिखलाने को देश-काल और पात्रगण के प्रति विशेषरूप से दृष्टि रखनी उचित है।' और उन्होंने ऐसा ही किया भी। उन्होंने प्राचीनता को भी देखा, आधुनिक को भी। उन्होंने संस्कृत नाट्य-परम्परा को भी ग्रहण किया, और लोक नाटक, अंग्रेजी नाटक, बंगला नाटक तथा पारसी नाटक के प्रभावों को भी। इन सबके उचित एवं सन्तुलित समन्वय की दिशा में उन्होंने अपने प्रयोग किए और हिन्दी एकांकी को ऐसी नींव दी जिस पर आगे चलकर एक विशाल प्रासाद निर्मित हो सका। उनकी कृतियाँ इस बात की सूचना देती हैं कि पहले विचार में परिवर्तन आता है, बाद में उसे व्यवहार में उतारा जाता है। यदि कहीं-कहीं वे अपने ही विचारों को व्यवहार में नहीं उतार सके, तो इसमें उनका दोष नहीं, समय का दोष है। वह हिन्दी एकांकी का जन्म-काल था। उसका जनक होने का श्रेय भारतेन्दु बाबू हरिश्चन्द्र को ही प्राप्त है।

अन्य नाटककारों के एकांकी

भारतेन्दु हरिश्चन्द्र ने नाटकों की रचना स्वयं तो की ही, अपने समकालीन अनेक लेखकों को भी नाट्य-लेखन की प्रेरणा दी। ये अपने युग के साहित्यकारों की प्रेरक शक्ति थे।

अनेक लेखक उनके प्रभाव में आकर नाटक लिखने लगे। भारतेन्दु ने उनकी रचनाओं को 'हरिश्चन्द्र-चन्द्रिका' और 'कविवचनसुधा' में स्थान देकर उन्हें प्रोत्साहन भी दिया। भारतेन्दु का प्रभाव भारतेन्दु-मंडल के बाहर भी पड़ा और अनेक लेखक उनसे अलग रहकर भी नाट्य-लेखन में प्रवृत्त हुए।

काशीनाथ खत्री भारतेन्दु-युग के प्रसिद्ध नाटककारों में गिने जाते हैं। उन्होंने ऐसे अनेक लघु नाटकों की रचना की जिन्हें एकांकी कहा जाता है। उनका 'ग्रामपाठशाला नाटक' सबसे पहले जनवरी 1875 में 'हरिश्चन्द्र-चन्द्रिका' में प्रकाशित हुआ था। इस तरह की उनकी दूसरी रचना थी 'निकृष्ट नौकरी नाटक'। 'तीन परम मनोहर ऐतिहासिक रूपक' में उनके तीन बहुत छोटे-छोटे नाटक संग्रहीत हैं—'सिन्ध देश की राजकुमारियाँ', 'गुन्नौर की राजकुमारी' और 'महाराज लवजी का स्वप्न'। इनके अतिरिक्त उन्होंने 'बाल विधवा संताप नाटक' भी लिखा था। 'ग्रामपाठशाला' और 'निकृष्ट नौकरी' में तत्कालीन शिक्षकों और शिक्षित युवकों की दुर्दशा का यथार्थ चित्र अंकित किया गया है। 'ग्रामपाठशाला नाटक' जब 'हरिश्चन्द्र-चन्द्रिका' में छपा था, तब इसमें कोई प्रस्तावना नहीं थी, पर पुस्तक-रूप में प्रकाशित करते समय इसके प्रारम्भ में एक संक्षिप्त प्रस्तावना जोड़ दी गई, सम्भवतः इसलिए कि चौधरी बदरीनारायण प्रेमधन ने 1881 में 'आनन्दकादम्बिनी' पत्रिका में जिन नाटकों की कटु आलोचना संस्कृत के परम्परागत नाट्य-नियमों का उल्लंघन करने के लिए की थी उनमें 'ग्रामपाठशाला नाटक' का भी नाम था। खत्रीजी के सभी नाटक संक्षिप्त हैं, पर इनमें दृश्य कई बार परिवर्तित हुए हैं। सभी नाटकों की शैली एक प्रकार की है, और उनमें नैरेशन के द्वारा कथानक का विकास किया गया है। 'सिन्ध देश की राजकुमारियाँ' से यह उदाहरण देखा जा सकता है :

और नियामत खाँ—राह में ख्याल कर मग्न हो जाता है कि अगर यह लड़की जहाँपनाह के पसन्द आ गई तो जरूर मुझे कुछ माकूल इनाम अता होगा, और मनसब तरक्की किया जाएगा

(घर पहुँचता है और दासियों को आज्ञा देता है।)

नियामत—(दासी से) नूरन, देवल को उमदा तौर पर गुसुल कराकर और यह निहायत खुशबूदार इतर मलकर इन बेशकीमती जेवरात से बखूबी आरास्तह करो। वह आज जहाँपनाह के हुजूर में पेश की जाएगी।

नूरन--आका बहुत खूब।

(जाती है और देवल को सजाने लगती है)

दासी—(मन में) यह अपनी आफत में निहायत गमगीन है मेरे आरास्तह किए से क्या होता है। इसका दिल निहायत पजमुरदह हो रहा है।

(सन्ध्याकाल होते नियामत खाँ ने देवल को सुगन्धी और दिव्य भूषणादि से सजा पालकी में बैठा सिपाहियों के पहरे में कर महलों के दरवाजे पर पहुँचकर बादशाह के हुजूर में हाजिर लाने की इत्तला दी।)

एक उदाहरण 'ग्रामपाठशाला' से प्रस्तुत है—

(मुदररिस चबैना भोजन करते हैं और सायंकाल तो हो ही गया था थके होने के कारण लेटते ही सो गया और प्रातःकाल होते ही सीवालक सिंह के द्वार पर आकर पुकारा)

मुदररिस–समंपतियारे हमारे साथ चलो हमें मदरसे के लड़कों का घर बता दे, हम उन्हें पकड़ लावें, नहीं तो वह सब दिन चढ़ते ही वारियों में खेलने निकल जाएँगे।

x x x

(मुदररिस और समपातिया उसके पीछे दौड़ते हैं और बड़ी दूर जाकर उसे पकडकर लाते हैं और वह हारकर अपनी माता को देखकर अधिक रोता है और वह मोहबंस से कहती है)

इसी पद्धति पर काशीनाथ खत्री के सभी नाटक लिखे गए हैं। डॉ. गोपीनाथ तिवारी ने अपने शोध-प्रबन्ध 'भारतेन्दुकालीन नाटक साहित्य' में अपनी यह स्थापना दी है कि काशीनाथ खत्री हिन्दी के प्रथम एकांकीकार थे और 1884 में लिखित 'गन्नौर की रानी' हिन्दी का सबसे पहला एकांकी है। पर, खत्रीजी की रचनाओं को देखने पर उनके नाटक होने में ही सन्देह होता है। ये नाटक से अधिक कहानियाँ हैं, इन्हें हम संलाप-प्रधान कहानियाँ कह सकते हैं। डॉ. गोपीनाथ तिवारी ने जिसे विस्तृत रंग संकेत कहा है, वह वास्तव में कहानीकार का वक्तव्य है, नैरेशन है। नाटक में घटना-क्रम का विकास, संलापों के माध्यम से ही होता है, कोष्ठकों में लिखे संकेतों से नहीं। नैरेशन द्वारा घटना-क्रम-विकास सम्भव है, लोक नाटकों के प्रभाव के कारण ही। डॉ. रामविलास शर्मा इसे नौटंकी का प्रभाव कहते हैं, यदि उस समय तक रेडियो का आविष्कार हुआ रहता, तो डॉ. शर्मा का यह कथन विचारणीय होता कि काशीनाथ खत्री के नाटक रेडियो के फीचर प्रोग्रामों के अधिक निकट हैं। हाँ, उनका यह कहना सही है कि 'ये नाटक रंगमंच के अयोग्य हैं।' ऐसी रचनाओं को देखते हुए लगता है कि उस समय केवल पढ़ने के लिए भी नाटक लिखे जाते थे। लेखक और पाठक सबका ध्यान मुख्यतः महत्त्वपूर्ण विषयों की ओर रहता था, और इसी दृष्टि से 'आनन्दकादम्बिनी' में प्रकाशित समीक्षा में खत्रीजी के नाटकों के महत्त्व को स्वीकार किया गया था। खत्रीजी की रचनाओं में पात्रों का नामकरण उनके गुणों के अनुसार हुआ है। 'बाल विधवा संताप' के पात्र हैं–अबला देई, लीकपीटनदास, कुपन्थीराम, पुरोहित, बाबू कुशलप्रकाशचन्द्र, पंडित ज्ञानोदय आदि। 'निकृष्ट नौकरी' के पात्र हैं–उम्मेदचन्द्र, निष्कपट मुकरजी, निजमतलब सिंह आदि। स्पष्टतः मानवीय चरित्रों के वैशिष्ट्य का चित्रण इनमें नहीं होता है। पात्रों के संलाप में भारतेन्दु जैसी ही सजगता है। मुसलमान पात्र फारसी शब्दों का अधिक व्यवहार करते हैं, हिन्दू पात्र संस्कृत के तत्सम शब्दों का। अन्य पात्र भी अपनी शिक्षा और संस्कार के अनुरूप ही भाषा का व्यवहार करते हैं। तत्कालीन जीवन के यथार्थ और प्रभावशाली चित्रण के लिए काशीनाथ खत्री के नाटकों की अवश्य ही प्रसंशा की जा सकती है, नाट्य-शिल्प की दृष्टि से भले ही उन्हें महत्त्व न दिया जाए।

बालकृष्ण भट्ट हिन्दी गद्य की नींव रखनेवाले लेखकों में हैं। वे भारतेन्दुजी के घनिष्ठ

मित्रों में थे, और उन्होंने उनसे प्रेरणा ग्रहण की थी। उन्होंने एक लम्बी अवधि तक 'हिन्दी प्रदीप' का सम्पादन किया और उसके अंकों में अपने अनेक नाटक प्रकाशित किए। उनके एकांकी नाटकों के नाम और संख्या का प्रश्न विवादास्पद है, पर निम्नांकित रचनाओं को हम निश्चित रूप से भट्टजी लिखित एकांकी मान सकते हैं—'शिक्षा दान अर्थात् जैसा काम वैसा परिणाम', 'आचार विडम्बन प्रहसन', 'हिन्दुस्तान और इंगलिस्तान के सयाने सन्तान', 'मेघनादबध', और 'कट्टर सूम की एक नकल'। 'जैसा काम वैसा परिणाम' में परस्त्रीगमन के दोषों पर प्रकाश डाला गया है। 'हिन्दी प्रदीप' में जब यह प्रकाशित हुआ था, तब इसमें केवल तीन दृश्य थे और यह प्रस्तावना, पद्य, गीत आदि से मुक्त था, पर जब कुछ परिवर्तनों के साथ इसे पुस्तक-रूप में प्रकाशित किया गया, तब इसमें पाँच दृश्य हो गए और हर दृश्य को पर्दा कहा गया। साथ ही, इसमें प्रस्तावना, गीत और भरत-वाक्य भी जोड़ दिए गए, पर रचना के मूल रूप में जो चुस्ती थी, वह परिवर्तित रूप में नहीं रह गई है। फिर भी यह भट्टजी का सुन्दर एकांकी है। कथानक में कौतूहल है। राधावल्लभ के वेश-परिवर्तन से कथानक में आकर्षण आया है। संलाप स्वाभाविक है। भाषा बोल-चाल की है, अंग्रेजी के शब्दों का भी व्यवहार हुआ है, वाक्यों का भी। अपने मूल रूपों में यह आधुनिक एकांकी नाटकों के बहुत निकट था।

'आचार विडम्बन' केवल छह पृष्ठों में है। प्रारम्भ में रामप्रपन्न मिश्र का लम्बा स्वगत है। उसके बाद माधवाचार्य का प्रवेश होता है, और दोनों में वार्त्तालाप चलता है, जिसके द्वारा बाह्याडम्बर और आचार पर व्यंग्य किया जाता है। संलाप सामान्य है, कोई विशेष बात नहीं है। 'हिन्दुस्तान और इंगलिस्तान के सयाने सन्तान' दस पृष्ठों में प्रकाशित है। इसमें पाँच छोटे-छोटे दृश्य आए हैं। इनका कथानक यह है कि हिन्दुस्तान पर दुर्दैव का प्रकोप हुआ है, वह प्रार्थना करने इंगलैंड जाता है और वहाँ से निराश होकर वापस आ जाता है। इस प्रकार यह एक राजनीति से सम्बन्धित रचना है। लार्ड इलगिन के निराशापूर्ण उत्तर की प्रतिक्रिया में लिखित इस रचना में देश-दुर्दशा, अफीम, कमीशन, टैक्स आदि की चर्चा ही मुख्य रूप से हुई है। इसमें नाटकीयता बहुत कम है, साहित्यिक स्पर्श कहीं नहीं दिखाई पड़ता है। इसके पात्र हैं—हिन्दुस्तान, दुर्दैव, इंगलैंड, पालिसी, विचार, विवेक, मिस्टर केन आदि। कहीं-कहीं आए इस प्रकार के अंशों ने रचना को आकर्षक बनाया है—

इंगलैंड—(स्वगत) क्या विलायत जाना अब इनके धर्मशास्त्रों में पाप नहीं समझा जाता—आए हैं तो एक मेम तो इनके गले मढ़ी दूँगा और शराबखोरी की आदत से आजाद इन्हें नहीं रखूँगा।

'मेघनादबध' रूपक चार पृष्ठों में प्रकाशित दो दृश्यों की रचना है। यह रामायण के सुपरिचित प्रसंग पर आधारित है, लेकिन इसको प्रस्तुत करने का ढंग कलात्मक है। नाटक के प्रारम्भ में पूर्वघटित घटनाओं से परिचित कराने का प्रयत्न आकर्षक है। प्रस्तावाना आदि नहीं है। केवल गद्य का प्रयोग है। 'कट्टर सूम की एक नकल' छह

पृष्ठों में प्रकाशित है, पर इसमें दृश्य केवल एक है। पात्र बहुत कम हैं—साह खेमकरन, डाकखाने का एक चपरासी और लड़की विनता। इसमें एक कंजूस का यथार्थ चित्र अंकित किया गया है। अन्त में एक टिप्पणी लिखकर यह कहा भी है कि इसे निरी कल्पना न समझें, धरती पर ऐसे कितने ही लोग हैं। कथानक इस प्रकार है कि साह खेमकरन की कंजूसी से ऊबकर उसका पुत्र घर छोड़ देता है, बम्बई पहुँचकर बहुत कठिनाइयाँ सहता है। अन्त में 30 रुपए माह की नौकरी मिलती है। कुछ दिन बाद वह 200 रुपए की एक हुंडी बैरंग पत्र में अपनी बहन विनता के पास भेजता है। दो आने पैसे देने के डर से खेमकरन लिफाफा नहीं लेता, लेकिन भाई का पत्र समझकर विनता पत्र ले लेती है। पिता को जब मालूम होता है कि पत्र में हुंडी है, तो रुपया माँगने लगता है। रचना प्रारम्भ से लेकर अन्त तक आकर्षक है। वार्त्तालाप में रोचकता है। पत्र लम्बा है, पर उसके पढ़ने मे कलात्मकता दिखाई गई है। लम्बा पत्र एक साँस में ही नहीं पढ़ दिया जाता, बीच-बीच में संलाप भी चलता है। इससे पत्र पढ़ने में नीरसता नहीं आने पाई है। उस समय को देखते हुए यह भट्टजी का बहुत कलात्मक प्रयोग है। खेमकरन की कट्टरता चित्रित करने में विशेष ध्यान रखा गया है—वह पत्र लौटा देता है, बेटी से कहता है कि वह मजदूरी करके पैसे कमाए और कमाकर उसे दे दे, भाई के यहाँ से आए रुपए भी दे दे। सब मिलाकर यह एक दृश्य का सुन्दर और सफल एकांकी कहा जा सकता है। भट्टजी के नाटकों में यह विशेषता दिखाई पड़ती है कि उन्होंने लघु नाटकों को प्रस्तावना और पद्य से मुक्त कर दिया है और संलापों में शक्तिशाली गद्य का व्यवहार किया है।

राधाकृष्णदास भारतेन्दु के निकट सम्बन्धी ही नहीं, भारतेन्दु-काल के प्रसिद्ध नाटककार भी थे। भारतेन्दु के अपूर्ण 'सती-प्रताप' नाटक को इन्होंने पूरा किया था। इन्होंने चार नाटकों की रचना की थी—'महारानी पद्मावती अथवा मेवाड़-कमलिनी', 'महाराणा प्रताप सिंह', 'दुखिनी बाला' और 'धर्मालाप'। पहले दो बड़े नाटक हैं, अन्तिम दो एकांकी की श्रेणी में आते हैं। 'दुखिनी बाला' पुस्तक के मुखपृष्ठ पर अंकित है—'एक छोटा सा रूपक। 'बाल्य-विवाह, 'जन्मपत्र-विवाह' निषेध और विधवा विवाह के न होने का अशुभ परिणाम दिखाने को श्री राधाकृष्णदास ने लिखा। श्रीयुत् भारतेन्दु बाबू हरिश्चन्द्रजी ने शोधा।' कहानी यह है कि जन्मपत्री पर विश्वास रखने के कारण सरला का विवाह एक ऐसे अशिक्षित और कुरूप व्यक्ति से होता है जिसकी शीघ्र ही मृत्यु हो जाती है। विधवा सरला काम का वेग सहन नहीं कर पाती और विष खाकर प्राण त्याग देती है। इस नाटक में छोटे-छोटे छह दृश्य हैं। प्रारम्भ सूत्रधार और नटी से होता है। प्रस्तावना के अन्त में नाटक के विषय और उद्देश्य का उल्लेख किया जाता है, और तब नाटक प्रारम्भ होता है। अन्त में सरला की चार पंक्तियों का एक छन्द ('तजि मूर्खता उन्नति करहिं निज देश में शुभ मति रहै' आदि) भरत-वाक्य के रूप में आया है। नाटक की भाषा बोलचाल की है, पर संलाप लम्बे-लम्बे और भाषणात्मक हैं। एक स्थान पर तो विधवा-विवाह के समर्थन में ढाई पृष्ठों का एक ही संलाप है।

इससे नाटक की गति मन्द रही है। नाट्य-कला की दृष्टि से यह सामान्य कोटि का एकांकी है, पर विषय की दृष्टि से यह अपने समय की बहुत प्रभावशाली रचना थी। बाद में इसके अनुकरण पर अनेक नाटक लिखे गए। चौथे संस्करण के अन्तिम आवरण-पृष्ठ पर काशीनाथ सिरसा की यह आत्म-स्वीकृति प्रकाशित है कि इसके प्रभाव से उन्होंने 'बाल-विधवा-संलाप नाटक' लिखा। राधाकृष्णदास का 'धर्मालाप' संवत् 1942 में लिखा गया था और पहले 'धर्मामृत' पत्र में छपा था, बाद में पुस्तकाकार निकला। पुस्तक में इसका उपशीर्षक लिया—'भारतीय नाना धर्मों का वार्त्तालाप'। दस पृष्ठों की यह छोटी-सी कृति वार्त्तालाप ही है, इसमें नाटकीय तत्त्वों का अभाव है। इसमें पद्यों का व्यवहार हुआ है—ये पद्य अधिकतर भारतेन्दु हरिश्चन्द्र के हैं। राधाकृष्णदास के दोनों लघु नाटकों में 'दुखिनी बाला' का ही विशेष महत्त्व है जो रूपक कहकर लिखा गया था, और जो सामान्य कोटि का सही, एकांकी नाटक है।

राधाचरण गोस्वामी अपने युग के जागरूक साहित्यकारों में थे। उन्होंने अपने युग की समस्याओं का बड़ा सजीव और व्यंग्यपूर्ण चित्र अंकित किया है। उनके नाटक हैं—'सती चन्द्रावली,' 'अमरसिंह राठौर', 'श्रीदामा', 'बूढ़े मुँह मुँहासे', 'तन मन धन गुसाईं जी के अर्पन' और 'भंग-तरंग'। ये सभी छोटे-छोटे रूपक हैं और एकांकी माने जा सकते हैं। सात दृश्यों में 'सती चन्द्रावली' की रचना हुई है। नाटक के प्रारम्भ में देवांगनाओं का मंगलाचरण है। लेखक के कथनानुसार इसमें पातिव्रत का आदर्श, धर्म की दृढ़ता, देश की भक्ति, समाज की शुभ चिन्तकता उत्तम अनुकरण से दिखाई गई है। इसमें एक वीर महिला चन्द्रावली और औरंगजेब तथा उसके पुत्र शाहजादा अशरफ की कहानी है। चन्द्रावली अशरफ के बन्धन से मुक्त न होने पर आग में जल मरती है। कथानक घटना-प्रधान है। 'अमरसिंह राठौर' ऐतिहासिक नाटक है और इसमें पन्द्रह दृश्य हैं। यह अपेक्षाकृत बड़ा एकांकी है। दो बैतालिकों के मंगलाचरण-गान से नाटक का प्रारम्भ होता है। इसमें अमरसिंह राठौर और उनकी वीर पत्नी सूर्यकुमारी की वीरता, आत्मसम्मान और बलिदान का वर्णन है। यह नाटक भी घटना-प्रधान है। इन दोनों नाटकों का अन्त नाटक के कार्य-व्यापार के साथ ही हुआ है। अन्त में कोई भरत-वाक्य नहीं आया है। 'श्रीदामा' नाटक सुदामा के प्रसिद्ध वृत्त पर आधारित है। यह ग्यारह पृष्ठों में लिखित पाँच दृश्यों का एकांकी है। इसमें तीन गीत भी आए हैं। नाटक का कवित्त, छप्पय में लिखित नान्दी (हिरनकशिपु ते बचायो, प्रह्लाद शरनायो, गजराज ग्राह से उबारो है, आदि) से हुआ है। सूत्रधार-नटी द्वारा प्रस्तावना भी दी गई है। यह भारतेन्दु की शैली में लिखा गया एकांकी है। 'बूढ़े मुँह मुहाँसे' चार दृश्यों में लिखा गया है। डॉ. रामविलास शर्मा के शब्दों में ' 'बूढ़े मुँह मुँहासे' में इन्होंने (राधाचरण गोस्वामी ने) किसान और जमींदार के संघर्ष को अपनी कथावस्तु बनाया है और उसमें भी मुसलमान और हिन्दू-किसानों की एकता दिखाकर गाँवों के वर्ग-युद्ध और हिन्दू-मुस्लिम समस्याओं पर प्रकाश डाला है।' आगे डॉ. शर्मा लिखते हैं—'भारतेन्दु-युग के नाटकों में राधाचरण गोस्वामी की यह रचना श्रेष्ठ है। इसका-सा नपा-तुला व्यंग्य, सधा हुआ शिष्ट हास्य,

गठा हुआ कथानक, स्वाभाविक वार्त्तालाप आदि अन्य नाटकों में भी मिलेंगे, परन्तु हिन्दू-मुसलमान किसानों की एकता और जमींदार के प्रति उनकी विद्रोह-भावना हिन्दी साहित्य में नयी है।' यह महत्त्व इस नाटक को मुख्यतः इसके कथ्य के लिए दिया गया है, नाट्यकला की दृष्टि से गोस्वामीजी की सर्वश्रेष्ठ रचना 'तन मन धन गुसाईं के अर्पन' है। 'भंग-तरंग' तेरह पृष्ठों का नाटक है। इसमें कुल छह दृश्य हैं। नाटक का आरम्भ बिना किसी प्रस्तावना आदि के हुआ है। भाषा बोलचाल की है, पर स्थान-स्थान पर पद्यों का व्यवहार हुआ है। नाटकीयता की इसमें कमी है। वास्तव में यह भंग की तरंग से प्रेरित मनोरंजक संलाप है।

'तन मन धन गुसाईं के अर्पन' को प्रहसन कहा गया है। तेरह पृष्ठों में प्रकाशित इस एकांकी में छोटे-छोटे आठ दृश्य हैं। इसके पात्र हैं—गुसाईंजी, रूपचंद, गोकुलचंद्र, मुखिया, जानकी, जमुना आदि। इसमें गुसाईं लोगों द्वारा होनेवाले व्यभिचार का भंडाफोड़ किया गया है। गुसाईंजी अपने भक्तों से केवल धन का ही दान नहीं चाहते, उनके घर की सुन्दर स्त्रियों का समर्पण भी चाहते हैं। जड़ भक्त लोग भी इसमें कुछ आपत्तिजनक बात नहीं देखते। लेकिन नयी शिक्षा में पले युवक का पक्ष लेकर गोस्वामी जी इस व्यभिचार की गर्हित प्रथा का विरोध करते हैं।

इस एकांकी का कथानक-निर्माण इतनी कुशलता से किया गया है कि कौतूहल और आकर्षण प्रारम्भ से लेकर अन्त तक बना रहता है। गुसाईंजी को पता चलता है कि सेठ रूपचन्द के पुत्र गोकुलचन्द्र की नवविवाहिता पत्नी जानकी बहुत सुन्दर है। उसको प्राप्त करने की योजना गुसाईंजी बनाते हैं। इसमें कुटनी की भी सहायता लेते हैं। रूचपन्द और उनकी पत्नी जमुना गुसाईंजी के प्रस्ताव को स्वीकार कर लेते हैं, और समर्पण का दिन निश्चित हो जाता है। जब यह बात गोकुलचन्द्र को मालूम होती है, तो वह भी गुसाईंजी की योजना को खंडित करने के लिए एक योजना बनाता है। कथानक में कौतूहल बनाए रखने के लिए इस योजना का कितना सांकेतिक और कलात्मक निर्देश है, यह इस उद्धरण से देखा जा सकता है—

गोकुल—कैसा समर्पन!

जानकी—महाराज पधारेंगे, मुझसे होली खेलेंगे, मेरा समर्पन होगा।

गोकुल—जा सिड़न।

जानकी—तुम झूठ मानते हो? भाभीजी सब तैयार भी कर चुकीं।

गोकुल—(सन्देह करके) अरे बुड्ढे! तेरा सत्यानाश जाए। इसीलिए मुझे बम्बई भेजता है। (दोनों हाथ जमीन पर दे मारता है।)

जानकी—यह क्या?

गोकुल—बस अब मैं बम्बई नहीं जाऊँगा।

रूपचन्द अपने यहाँ एक कमरा सज्जित कराते हैं, समर्पण की तैयारी हो जाती है और गुसाईंजी पधारते हैं, और तब नाटक का आठवाँ और अन्तिम दृश्य प्रारम्भ होता है—

(स्थान गोकुलचन्द्र की चित्रशाला)

(पलँग पर एक ओर गुसाईंजी, दूसरी ओर घूँघट काढ़कर जानकी बैठी हुई)

गुसाईंजी–अरी जानकी, तनक मुख तो खोल, गुरुन से काहे की लज्जा। गुरु तो ईश्वर होय हैं, जा दिन तू शिष्य भई वा ही दिन तेने तन मन धन सब श्रीकृष्णार्पन कियो हतो, सो अब वा बात कू पूरी कर। देख तेरे बड़े भाग। हमारे बड़े-बड़े राजा-महाराजा पाँवन में पड़ें सो हम तेरी इतनी खुशामद करें। अरी हम प्रसन्न रहेंगे, तो तू सदा सौभाग्यवती रहेगी। तेरे सुन्दर पुत्र होयगो।

(जानकी और घूँघट बढ़ा लेती है।)

गुसाईंजी–अरी ये कुछ पाप नहीं है, देख, ! हमें तू कृष्ण जान और अपने को राधा मान, या घर कू वृन्दावन जान।

(गुसाईंजी आगे बढ़ते हैं, जानकी पीछे हटती है)

गुसाईंजी–अहं कृष्णस्त्वं राधा ह्ययावती रस्तु संगमः हम राम, तू हमारी प्यारी जानकी, तन मन धन, श्रीकृष्णार्पन, श्रीकृष्ण न हों तो गुसाईंजी के अर्पन।

(गुसाईंजी जानकी के ऊपर हाथ चलाते हैं, जानकी दुपट्टा फेंक देती है, और जानकी की जगह प्रचंड पुरुष गोकुलचन्द्र निकल पड़ता है, और गुसाईंजी का हाथ पकड़ लेता है, गुसाईंजी थर-थर काँपते हैं और जोर से चिल्लाते हैं, नेपथ्य फाड़कर रूपचन्द, मुखिया आदि घुस पड़ते हैं, दूसरी ओर से पुलिस गुसाईंजी को घेर लेती है, दोनों खूब कोलाहल करते हैं, धीरे-धीरे पर्दा आता है और रंगभूमि में अन्धकार छा जाता है।)

इस प्रकार चरम सीमा पर नाटक सहसा समाप्त हो जाता है। कथानक का जैसा संगठन, विकास और क्लाइमेक्स इस नाटक में दिखाई पड़ता है, वैसा अब तक के किसी नाटक में नहीं दिखाई पड़ा था। नाटक में न कहीं प्रस्तावना है, न भरत-वाक्य, न कहीं पद्यात्मक संवाद और गीत का व्यवहार। संलाप भी संक्षिप्त, गतिशील और पात्रोचित हैं। यदि कुछ पात्र ब्रजभाषा के शब्दों का व्यवहार करते हैं, तो अंग्रेजी पढ़े पात्र अंग्रेजी शब्दों का। स्थान और काल की एकता भले ही न हो, कार्य और प्रभाव की अन्विति अच्छी तरह बनी रही है। यह नाटक सब प्रकार से आधुनिक जैसा लगता है। जो आधुनिक एकांकी का प्रारम्भ 'प्रसाद' या डॉ. रामकुमार वर्मा से मानते हैं, उनके लिए यह रचना देखने लायक है। राधाचरण गोस्वामी का यह नाट्य-प्रयोग विशेष महत्त्वपूर्ण है। हिन्दी एकांकी के इतिहास में उनकी इस कृति का विशेष स्थान समझा जाना चाहिए।

अम्बिकादत्त व्यास भारतेन्दु-काल के प्रतिभावान लेखकों में थे। उन्होंने अनेक लघु नाटकों की रचना की थी। 'गो संकट' नाटक भारतेन्दुजी की प्रेरणा से सन् 1882 में लिखा गया था। पहले वह 'उचितवक्ता' (भाग 4, अंक 11) में प्रकाशित हुआ था, सन् 1886 में पुस्तक रूप में छपा। इस छोटे से नाटक में तीन अंक हैं, पर हर अंक में बिना दृश्य निर्देश के एक-दो बार दृश्य-परिवर्तन होता है। इस नाटक में गोरक्षा की व्याकुलता और व्यग्रता दिखाई पड़ती है, साथ ही, विवशता का चित्र भी सामने आता

है। कथानक यह है कि यवन गोहत्या करना चाहते हैं, हिन्दू क्षुब्ध होते हैं, अन्त में दरबार में फरियाद करते हैं और निर्णय उनके पक्ष में होता है। कथानक में घटनाओं की हलचल परिलक्षित होती है। नाटक के प्रारम्भ में नटी, सूत्रधार आदि भी हैं—परम्परा-निर्वाह के रूप में। 'कलियुग और घी' के आवरणपृष्ठ पर अंकित है—'जिसमें कलियुग का कटकटाकर घी को पकड़ना और उसमें चर्बी मिलाने का उद्योग करना, फिर एकता और उत्साह द्वारा घी का बेचना दिखलाया गया है।' इस नाटक में हास्य का स्पर्श देकर देश की दुर्दशा और कुरीतियों का वर्णन किया गया है। इसके पात्र हैं—कलियुग, घी, एकता और उत्साह। आठ पृष्ठों के इस संक्षिप्त नाटक में दृश्य कहीं नहीं बदलता, पात्रों के प्रवेश-स्थान से कथानक में गति बनी रहती है। विषय और प्रतिपादन-शैली, दोनों दृष्टियों से यह सामान्यतः अच्छा एकांकी है। 'ललिता नाटिका' सन् 1883 में प्रकाशित हुई थी, इसका उपशीर्षक था—'श्रीकृष्ण लीला का शृंगार और हास्यरसमय गीतिरूपक'। लेखक के अनुसार, 'इसकी रचना ऐसे रासलीला अभिनेताओं के लिए हुई है जिनकी रुचि संस्कृत है।' व्यासजी ने अपने समय में प्रचलित रासलीलाओं की विकृतियों को देखते हुए, उनमें सुधार की दृष्टि से इसे लिखा था। इसमें ललिता और कृष्ण के प्रेम की कहानी है। कथानक थोड़ा नाटकीय है। कृष्ण के चोरी से आने में कुछ नवीनता है। मनसुखा को उपस्थित कर हास्य-सृजन का प्रयत्न किया गया है। श्लेष के प्रयोग से संवादों में रोचकता अनेक स्थलों पर आई है। एकाध स्थलों पर पद्यात्मक संवाद भी हैं, गीतों का भी व्यवहार है—रास-शैली के कारण। 'ललिता नाटिका' का विषय पुराना है, प्रस्तुति-शैली भी परम्परागत है, पर उसमें नवीनता का प्रयास भी है। 'मन की उमंग' संकलन में सात संवादात्मक रचनाएँ हैं—'भारत धर्म, धर्माधर्मकलकल', 'धर्मपर्व', 'संस्कृत संगम', 'देवपुरुष दृश्य', 'मित्रालाप' और 'जटिल वणिक'। इनकी रचना बालकों द्वारा धर्म सभाओं में अभिनय के लिए की गई थी। 'भारत सौभाग्य' भारतेश्वरी श्रीमती महारानी विक्टोरिया के पचास वर्ष अखंड राज्य करने के महोत्सव पर लिखित नाटक है। इसके पात्र हैं—भारत दौर्भाग्य, विषय भोग, भारत, भारत सौभाग्य, प्रताप, उत्साह, मूर्खता, फूट, शिक्षा आदि। नाटक 'जै जै जै विक्टोरिया रानी' गीत से प्रारम्भ होता है। सूत्रधार सामाजिकों से कहता है—'बस बस, आज के लेख में प्रस्तावना का काम नहीं,' तो लगता है, लेखक अब प्रस्तावना की अनावश्यकता का अनुभव कर रहा हो। नाटक में अंक नहीं हैं, केवल चार दृश्य हैं। गद्य-पद्य दोनों का व्यवहार हुआ है। इस नाटक पर भारतेन्दु हरिश्चन्द्र की स्पष्ट छाया परिलक्षित होती है। 'अखबारी प्रहसन' में एक बाबू और एक पंडित का रोचक वार्त्तालाप है—तत्कालीन हिन्दी के रूप और समाचार पत्रों के सम्बन्ध में। दोनों पात्रों की अपनी-अपनी भाषा रहे, इस दिशा में सजगता दिखाई पड़ती है। अम्बिकादत्त व्यास के सम्बन्ध में बाबू ब्रजरत्नदास का यह विचार कि 'नाटक-रचना में आप सफल न हो सके' सही होते हुए भी यह मानना पड़ेगा कि तत्कालीन सन्दर्भ में इनके नाटकों में नवीनता का आग्रह विशेष रूप से मिलता है।

प्रतापनारायण मिश्र भारतेन्दु-युग के महत्त्वपूर्ण कवि और निबन्धकार थे। उन्होंने

कुछ नाटकों की भी रचना की थी—'जुआरी-खुआरी', 'कलिकौतुक' और 'भारत-दुर्दशा'। 'जुआरी-खुआरी' साधारण प्रहसन है। 'भारत-दुर्दशा' बत्तीस पृष्ठों का लघु नाटक है। इसमें तीन अंक हैं—पहले और तीसरे में एक-एक दृश्य हैं, पर दूसरे में दो। फिर भी लघुता के कारण इसे एकांकी मान सकते हैं। यह भारतेन्दु हरिश्चन्द्र रचित 'भारत-दुर्दशा' के अनुकरण पर लिखा गया है। इसके पात्र हैं—विद्या, भारत, लाज, कलियुग, कुमत, आलस्य, मदिरा, महाराष्ट्री सेठ आदि। इसमें कोई शिल्पगत विशेषता नहीं दिखाई पड़ती। गीतों की बहुलता है। सामान्य स्तर की पद्यात्मक पंक्तियाँ भी आई हैं :

मैं हूँ राजा कलियुग मेरा नाम है।
जमाने की ख्वारी मेरा काम है।

'कलिकौतुक' रूपक इनकी सबसे महत्त्वपूर्ण नाट्यकृति है। इसमें कलियुग के लोगों और कार्यों पर प्रकाश डाला गया है। स्थान-स्थान पर मार्मिक व्यंग्य है। यह यथार्थवादी नाटक है। कथानक तत्कालीन सामाजिक जीवन के आधार पर निर्मित हुआ है। पात्र भी यथार्थ जीवन से लिये गए हैं। उर्दू के हितायती मुंशी शंकरलाल, नयी अंग्रेजी सभ्यता से प्रभावित मायादास, देशप्रेमी प्रेमचन्द्र, गुंडा कैंचासिंह आदि इसके पात्र हैं, और इनके चरित्र-चित्रण की ओर लेखक का ध्यान है। स्यामा और किशोरीदास के चरित्र जटिल हैं—उनके मन में कुछ रहता है, पर उनके द्वारा कहा कुछ और किया कुछ जाता है। इस जटिलता को प्रकट करने के लिए लेखक ने 'स्वगत' और 'प्रगट', जिन्हें 'मन में' और 'प्रकाश' भी कहा गया है, का सहारा लिया है। तत्कालीन नाटकों को देखते हुए यह नाटक की बहुत बड़ी विशेषता समझी जानी चाहिए। चालीस पृष्ठों का यह नाटक श्री हरिश्चन्द्राब्द-1 में प्रकाशित हुआ था। उस पर लेखक का नाम केवल 'प्रताप मिश्र' छपा था। इसमें कुल चार दृश्य हैं। आकार की दृष्टि से यह कुछ बड़ा एकांकी है। कथानक में घटनाओं का संयोजन कुशलता से किया गया है। पहले तीन दृश्य बहुत स्वाभाविक और आकर्षक हैं, पर अन्तिम दृश्य में सबकुछ सूच्य है, सायास आरोपित है, और उपदेशात्मकता स्पष्ट रूप में है। शराब पीने का दृश्य बहुत स्वाभाविक और प्रभावोत्पादक है, उसमें टेक का बहुत सुन्दर उपयोग किया गया है। शेरों और उक्तियों का भी व्यवहार बहुत सुन्दर हुआ है। संलाप और भाषा, दोनों ही स्वाभाविक और रोचक हैं। भाषा लोक-जीवन के निकट है—ब्रजभाषामिश्रित हिन्दी है। संलाप का एक छोटा सा उदाहरण प्रस्तुत है—

चम्पा : (आक्षेप से) वाह रे परदेवाली।

स्यामा : नहीं तो क्या तेरी तरह मन्दिर-मन्दिर का चन्नामिर्त लेती फिरूँ हूँ?

'भारत-दुर्दशा' की तरह इस नाटक का भी प्रारम्भ नान्दी के एक दोहे के बाद ही हो गया है, प्रस्तावना नहीं आई है। इससे ज्ञात होता है कि प्रस्तावना का मोह छूटता जा रहा है। 'कलिकौतुक' रूपक अपने समय की प्रतिनिधि रचनाओं में है।

किशोरीलाल गोस्वामी के दो नाटकों की चर्चा की जाती है—'नाट्यसम्भव रूपक' (1904) और 'चौपट चपेट प्रहसन' (1892)। पहला आठ बड़े-बड़े अंकों का नाटक है,

दूसरा ही एकांकी की श्रेणी में आता है। 'चौपट चपेट' में कुलवधू चम्पकलता को फँसाने का प्रयत्न करनेवाले चार दुष्टों की दुर्गति की कहानी है। कथानक-निर्माण की दृष्टि से यह एक सशक्त एकांकी है। प्रारम्भ से अन्त तक कौतूहल का वातावरण बना रहता है। नाटक में द्वन्द्व की स्थिति भी है। मदनमोहन, छक्कूलाल और रजनीकान्त अपनी बुरी योजना बनाते हैं। दूसरी ओर से बैजू बावला की धमकी है। चारों दुष्टों को बारी-बारी से बुलाकर उनकी मरम्मत करने की घटना मनोरंजक है। बैजू बावला के छद्म वेश में रहने से कौतूहल की सृष्टि हुई है। उत्सुकता बनाए रखने के लिए बैजू बावला चम्पकलता से अपनी योजना के सम्बन्ध में परामर्श कान में करता है। नाटक का प्रारम्भ और विकास, दोनों ही आकर्षक हैं, अन्तिम दृश्य शिथिल पड़ गया है। लगता है, उसे केवल उपदेश के प्रयोजन से रखा गया है, अन्यथा कोई आवश्यकता नहीं थी। कथानक की अवधि भी बहुत कम लगती है—एक-दो दिन से अधिक नहीं मालूम होती है। लेखक ने नेपथ्य का भी सुन्दर उपयोग किया है—नेपथ्य में होनेवाले कार्य-व्यवहार और संलाप भी नाटक के अंश हैं। रंग-संकेतों के प्रति भी सतर्कता दिखाई पड़ती है। भाषा स्वाभाविक बोलचाल की है। हाँ, दो-तीन लम्बे-लम्बे स्वगत अवश्य आए हैं। दो गीतों का व्यवहार भी हुआ है, पर एक गीत अस्वाभाविक नहीं लगता—उसे एक साधु गाता है। पाँच दृश्यों (दृश्य के स्थान पर अंक का व्यवहार किया गया है) में लिखित बयालीस पृष्ठों का यह बड़ा एकांकी उस युग में होनेवाले नये नाट्य प्रयोग का एक सुन्दर उदाहरण है।

देवकीनन्दन त्रिपाठी का नाम परिमाण और गुण, दोनों दृष्टियों से उस समय के श्रेष्ठ नाटककारों में आता है। इनके प्रमुख लघु नाटक हैं—'रक्षा बन्धन', 'एक-एक के तीन-तीन', 'स्त्री चरित्र', 'वेश्या-विलास', 'बैल छह टके को', 'जय नारसिंह की' 'सैकड़े में दस-दस', 'कलयुगी जनेऊ' और 'कलयुगी विवाह'। ये सभी यथार्थवादी एकांकी हैं, और इनमें सामाजिक कुरीतियों पर बड़ा तीखा व्यंग्य किया गया है। 'रक्षा-बन्धन' में वेश्यागमन और शराबखोरी के दोषों पर प्रकाश डाला गया है। 'एक-एक के तीन-तीन' में उधार लेकर पचा जानेवालों की बेईमानी दिखलाई गई है। 'स्त्री चरित्र' में स्त्री चरित्र की जटिलता को चित्रित किया गया है। 'वेश्या-विलास' में वेश्यागमन के दोष दिखलाए गए हैं। 'बैल छह टके को' में विवेक और भलाई की शिक्षा है। 'जय नारसिंह की' में ओझाई और अन्धविश्वास पर आघात है। 'सैकड़े में दस-दस' मद्यपान, जुआ और वेश्यागमन पर आधारित है। 'कलयुगी जनेऊ' में तत्कालीन विकृत धर्म-कर्म, अशिक्षा और अन्धविश्वास का चित्र है। 'कलयुगी विवाह' में बेमेल विवाह का वास्तविक चित्र खींचा गया है। त्रिपाठीजी के नाटकों में विचारों की जैसी तीव्रता है, वैसी ही प्रभावोत्पादक उनकी अभिव्यंजना-शैली है। सभी संक्षिप्त नाटक हैं। एक ही अंक को कुछ गर्भांकों में बाँट दिया गया है। उदाहरण के लिए 'कलयुगी विवाह' में चार गर्भांक हैं, 'कलयुगी जनेऊ' में केवल दो। नाटकीयता सबमें है। संलाप और भाषा में शक्ति है। भाषा पर तो त्रिपाठीजी का विशेष ध्यान है कि वह पात्रोचित और स्वाभाविक हो, उनसे पात्रों की वैयक्तिकता स्थापित हो सके। सब नाटकों की भाषा बोलचाल की है।

'जय नारसिंह की' तो पूरा-का-पूरा ग्रामीण बोली में है। 'कलयुगी विवाह' में सब पात्रों का अपना- अपना तकियाकलाम है। भौभीख पाँडे हर बार 'का नाउ' कहते हैं, गौहार्याराम बार-बार 'साहब का बेटा जियै' कहते हैं, घिनई मिश्र हकलाकर बोलते हैं। त्रिपाठीजी की यह सजगता हमारा ध्यान विशेष रूप से आकृष्ट करती है। व्यंग्यात्मक चित्र और रोचक संवाद का एक उदाहरण देखा जा सकता है। कलयुगी जनेऊ में जनेऊ के समय गुरु बालक को शिक्षा देते हैं :

गज.– बेटा! भोलानाथ की बूटी की निन्दा कबहूँ न किहो भला, और बन पड़े तो थोड़ी-थोड़ी दुइनौ जून गुलाबी छाने जायो भला।

फकी.–बहुत अच्छा (अँगुली से) बाबा, इतनी बड़ी कबौ-कबौ खाइ था।

गज.–बेटा! बहुत पढ़ने से मनई पागल होइ जाथै सो तुम बहुत न पढ़्यो भला।

फकी.–अच्छा। हम तो पंडित जी के कबौं-कबौं उठाय के पटक देइ था पोथी-पत्रा चीर डाइ था और भाग जाइ था।

x x x

गज.–बस हो गया, भैया सुनो, गाड़ी मत चढ़ना, कुआँ में पानी मत भरना, माठा फूँक-फूँक पीना, किसी की छुई पूड़ी मत खाना, आदि-आदि।

यह सही है कि युग के प्रभाव से त्रिपाठी के एकांकी नाटकों में भी सायास आरोपित उपदेशात्मकता आ गई है, कहीं-कहीं गीत भी आए हैं, फिर भी कलात्मक सन्तुलन की दृष्टि से उस युग के नाट्य-साहित्य में इनका महत्त्वपूर्ण स्थान है।

लाला खड्गबहादुर मल्ल भारतेन्दु-साहित्य के प्रथम प्रकाशक बाँकीपुर के खड्गविलास प्रेस के संस्थापक थे। उन्होंने भी अनेक नाटकों की रचना की थी। उनमें से एकांकी कहे जाने योग्य हैं–'भारत-आरत', 'भारत ललना' और 'हरितालिका नाटिका'। जैसाकि लेखक ने मुखपृष्ठ पर अंकित किया है, ' 'हरितालिका' पातिव्रत धर्मावलम्बिनी स्त्रियों के अवलोकनार्थ चार दृश्यों में एक भक्ति और प्रेम रस सम्बन्धी और करुणादि रस अंगी रूपक है।' इसमें स्त्री-पुरुष मिलकर दस पात्र हैं। प्रारम्भ में नेपथ्य से गान होता है, फिर प्रस्तावना होती है, और उसके बाद नाटक राजा हिमवान की चिन्ता से सहसा प्रारम्भ होता है। कथानक के विकास में नाटकीयता है। घटनाक्रम इस प्रकार है–राजा हिमवान की चिन्ता, नारद का आगमन, कृष्ण से पार्वती के विवाह का वचन, पार्वती की चिन्ता, पार्वती का गृह-त्याग, और पिता का दुःख, पार्वती की तपस्या, शिव की प्राप्ति और पिता से भेंट। कथानक में गति बनी रहती है। संलाप कहीं छोटे-छोटे हैं, कहीं बड़े-बड़े, पर भाषा सब जगह अलंकृत है, यथा : 'महाराज ! मैं पूछने ही को था कि आपके मुखारविन्द की दीप्ति क्यों प्रातःकाल के चन्द्रमा के समान हो रही है?' नाटक भावुकता और काव्यत्व प्रधान है। 'भारत-आरत' लेखक के अनुसार एक समयानुसार हास्य रूपक है। यह भी चार दृश्यों में है। इसमें पराधीन भारत की दयनीय स्थिति का चित्र है। दुःखी पंडित जोरावर सिंह जमींदार और विद्यार्थी पहले कचहरी में जाते हैं, फिर अमलों के जलसे में, और इन दोनों स्थानों के दृश्य देखते हैं।

इसमें चित्र ही प्रधान हैं, नाटकीयता कम है। सूत्रधार और नटी की प्रस्तावना के बाद ही यह नाटक भी शुरू होता है। इसमें एक भारत-दुर्दशा का गीत है, एक वेश्या की होरी है। इसकी भाषा बोलचाल के निकट है। ग्रामीण, बंगाली और अंग्रेज, सबकी अपनी-अपनी भाषा है। 'भारत ललना' भी चार दृश्यों का छोटा एकांकी है। इसमें यह दिखलाया गया है कि राजा ने दुर्भाग्य को भारतखंड का अधिकार दिया था, दुर्भाग्य ने अपना प्रभुत्व भारतीय स्त्रियों पर विशेष रूप से फैलाया है। इसके पात्र हैं—कलिराज, दुर्भाग्य और सौभाग्य मन्त्री, पंडित दुराचार, मूर्खता, निर्धनता आदि। इसमें गीतों की बहुलता है। नाटक की समाप्ति इन पंक्तियों से होती है—

कछु होनहार गति उलटी ही दरसाई।
भारत ललना दुख हाय देखि नहिं जाई।।

हरिश्चन्द्र कुलश्रेष्ठ का एकांकी 'अपनी टेक निबाही' दस पृष्ठों का छोटा सा प्रहसन है जिसमें आठ संक्षिप्त दृश्य हैं, जिन्हें प्रवेश कहा गया है। इसमें कोई सामाजिक समस्या नहीं दीखती--मनोरंजन ही प्रधान है। भूखा बाँकेलाल बाजार में मूँगफली आदि के मोलभाव करता है, भाव नहीं पटने पर कहीं बिना पैसे दिए भोजन करने की सोचता है और एक घर में सास-बहू को धोखा देकर खा आता है, जिसके फलस्वरूप बाद में बहू और सास में झगड़ा हो जाता है। नाटक में प्रस्तावना आदि कुछ नहीं है। कथा का विकास आकर्षक है। अन्त में एक छोटा सा गीत अवश्य आता है, पर वह प्रहसन में खप जाता है, अस्वाभाविक नहीं लगता है। इस नाटक के संवाद संक्षिप्त, गतिशील, और स्वाभाविक हैं। अपने संलाप-कौशल के लिए यह एकांकी हमारा ध्यान अपनी ओर विशेष रूप से आकृष्ट करता है। यह नाटक सन् 1883 का है। भारतेन्दु-युग में ऐसे संलाप कम स्थानों पर मिलेंगे। तीसरे दृश्य का एक अंश उदाहरणार्थ प्रस्तुत है, जिसमें बाँके एक अनजान घर में भोजन करने पहुँचा है—

स्थान-चौका

(बाँके भोजन करता है और बहू जिमाती है)

ब.—सरमैयो मत अच्छी तरह जीमियो।

बाँ.—नाहीं मैं भला परदेश में रह चुका हूँ।

ब.—हाँ सोई कही यह अपना घर है।

बाँ—मैं जानता हूँ।

ब.—भैया! अम्मा अच्छी तरह थी।

बाँ—थोड़ा पानी तो ला दे।

(बहू उठकर पानी लाने गई)

बाँ—हं हाँ! अब देखो तमाशा बताता हूँ।

ब—ले (पानी लाकर दिया) छोटे भैया अच्छे हैं।

बाँ—एक पूरी और परस दे।

ब.—(पूरी देकर कुछ देर पीछे) हमारो बहन कभी हमारी याद करती थी।

बाँ.—थोड़ी सी तरकारी तो ला।

ब.—(तरकारी देकर कुछ देर पीछे) अम्मा से कहियो मुझे बुलावै मुझे उसे देखने की बड़ी लालसा है।

बाँ.—दही देव।

ब.—(दही देकर पूरी देने लगी)

बाँ—(सिर हिलाकर) नहीं।

ब.—भला एक तो और ले ले। (थाली में पूरी डाल दी।)

बाँ.—अरे अरे यह क्या किया नाहक को खराब होगी अब मैं खा चुका हूँ।

(थोड़ी देर में हाथ धो उठा खड़ा हुआ।)

बाँ.—तो अब मैं जाऊँ।

ब.—कहाँ? भैया कहाँ?

बाँ.—घर अपने और कहाँ?

ब.—क्यों भला अभी तो आए हो।

बाँ.—अभी तभी से मुझे क्या है, न तो मैं तेरा भाई, न तू मेरी बहन। मुझे तो रोटी खानी थी सो खा ली और यह चला।

(चला गया)

इस एकांकी की यह विशेषता कही जाएगी कि इसमें कहीं भी नाटकीय दृष्टि से कोई अनावश्यक तत्त्व नहीं आने पाया है।

प्रसिद्ध उपन्यास-लेखक और शैलीकार **राजा राधिकारमण प्रसाद सिंह** ने अपने लेखन के प्रारम्भिक चरण में सन् 1911 में 'नये रिफार्मर' नाम से एक छोटा सा प्रहसन लिखा था। इलाहाबाद म्योर सेंट्रल कालेज में सर गंगानाथ झा के कहने पर उसकी रचना हुई थी और यह सरस्वती-पूजा के अवसर पर मंचित किया गया। नाटक पुरस्कृत-प्रशंसित हुआ और बाद में अनेक स्थानों पर खेला गया। इस नाटक में उस समय पाश्चात्य प्रभाव के फलस्वरूप जीवन-पद्धति में आ रहे परिवर्तनों पर व्यंग्य किया गया है। एक रूढ़िवादी अशिक्षित सेठ का पुत्र शहर में पढ़ने जाता है, तो वहाँ शराब पीने लगता है, अंडे खाता है, पैंट-हैट पहनता है, रहन-सहन के परम्परागत नियमों को नहीं मानता और कहता है कि उसे सोसायटी में बहुत रिफार्म करना है। एक पात्र कहता है—'मैं तो इन्तजार में हूँ कि जब बीवी हामिला हो, उसे इंग्लैंड ले जाऊँ ताकि ब्रिटिश बॉर्न सब्जेक्ट लड़का पैदा हो।' अपनी समग्रता में सामान्य होते हुए भी यह प्रहसन अपनी व्यंग्यात्मक टिप्पणियों के कारण प्रभावशाली है।

किसी-न-किसी प्रकार के वैशिष्ट्य वाले भारतेन्दुकालीन एकांकी नाटकों का विवेचन ऊपर किया गया है। उस अवधि में और भी लघुनाटक लिखे गए—कुछ तत्कालीन पत्र-पत्रिकाओं में प्रकाशित हुए, कुछ पुस्तक-रूप में छपे। उन नाटकों का नामोल्लेख यहाँ किया जा सकता है—'विवाहिताविलाप' (निद्धीलाल मिश्र), 'प्रयागरामागमन' (बदरी नारायण चौधरी 'प्रेमधन'), 'बाला विवाह' (श्रीशरण), 'सोमासती अथवा धर्मसती'

(जैनेन्द्र किशोर), 'बारिदनाथबध व्यायोग' (वामनाचार्य गिरि), 'रेल का विकट खेल' (कार्तिक प्रसाद खत्री), 'प्रद्युम्न विजय व्यायोग' (अयोध्यासिंह उपाध्याय 'हरिऔध'), 'अवधूत' (चतुर्भुज मिश्र), 'विजय धर्म' (गोविन्द), 'मै तुम्हारा हूँ' (सतीशचन्द्र बोस), 'नागरी विलाप' (रामगरीब चतुर्वेदी), 'बालखेल या ध्रुवचरित्र' (दामोदर शास्त्री), 'समुद्र यात्रा नाटक' और 'वेदान्त नाटक' (जगन्नाथ भारतीय), 'पाखंडपूर्ति' (रुद्रदत्त), 'बैसाखनन्दन' (माधो प्रसाद), 'अतिअन्धेर नगरी' (देवदत्त शर्मा), 'लल्ला बाबू प्रहसन' (बलदेव प्रसाद मिश्र), 'जनकबाग-दर्शन' (रामनारायण मिश्र काव्यातीर्थ उपनाम द्विजतेव), 'सीता स्वयंवर नाटक' (अम्बिकादत्त त्रिपाठी), 'नारदमोह नाटिका' (शुकदेव नारायण), 'सतीदहन नाटक' (रामगुलाम लाल 'रसिक बिहारी'), 'भूषण-दूषण' (गौचरण गोस्वामी), 'प्रह्लाद नाटक' (सुन्दरलाल शर्मा द्विवेदी), 'साहित्य-सेवा' (पांडेय लोचन प्रसाद) आदि।

जयशंकर प्रसाद (सन् 1889-1930) के प्रारम्भिक नाटक इसी काल में लिखे गए थे। उन पर कुछ विस्तार से विचार कर लेना चाहिए। प्रसादजी ने अपने प्रयोग काल में तीन एकांकी नाटकों की रचना की थी—'सज्जन', 'कल्याणी-परिणय' और 'प्रायश्चित्त'। 'सज्जन' पाँच दृश्यों में लिखित एकांकी है। यह महाभारत के एक प्रसंग पर आधारित है। वनवास काल में युधिष्ठर आदि पांडव द्वैतवन में निवास कर रहे थे। दुर्योधन आदि ने उन्हें एकाकी समझकर उन्हें नष्ट कर देना चाहा। वह वहाँ ससैन्य पहुँचा, पर गंधर्वों ने उसे पराजित कर बन्दी बना लिया। ज्ञात होने पर युधिष्ठर ने दुर्योधन के दुष्कर्म पर ध्यान न देकर अर्जुन को उसे मुक्त कराने के लिए भेजा। इस प्रकार इसमें युधिष्ठर की सज्जनता दिखलाई गई है। कथानक की गति मन्द और सरल है। यह काव्यत्व प्रधान है। प्रकृति-वर्णन भी आए हैं। संलाप में पद्य का व्यवहार भी हुआ है। इसमें विदूषक भी आया है, जबकि नाटक में उसका कोई प्रयोजन नहीं है। संलाप संस्कृत की शैली में हैं। स्वगत का भी व्यवहार हुआ है। नान्दी, प्रस्तावना और भरत- वाक्य भी आए हैं। चरित्र-चित्रण की भी कोई विशेषता नहीं दिखलाई पड़ती है। यह नाटक परम्परा-निर्वाह के रूप में ही हमारे सामने आता है।

'प्रसाद' का दूसरा एकांकी 'कल्याणी-परिणय' है, जिसमें नौ संक्षिप्त दृश्य हैं। कथानक मौर्य सम्राट चन्द्रगुप्त के जीवन से सम्बद्ध है। चन्द्रगुप्त सम्राट हो चुका है। सिल्यूकस ने उस पर आक्रमण किया है। चन्द्रगुप्त विजयी होता है। चन्द्रगुप्त और कार्नेलिया परस्पर अनुरक्त हो चुके हैं। चाणक्य सिल्यूकस से दोनों के विवाह का प्रस्ताव रखता है, और विवाह हो जाता है। नाटक में उद्देश्य की एकता नहीं है। एक ओर चाणक्य के मानसिक उद्वेग और नीति का चित्र है, तो दूसरी ओर, चन्द्रगुप्त और कार्नेलिया का पारस्परिक प्रेम है, तो तीसरी ओर, भारत की गरिमा प्रदर्शित करने का प्रयत्न है। इसमें भी कथानक की गति शिथिल है। इसमें भी काव्यत्व की प्रधानता है। गीत बहुत आए हैं। 'कैसी कड़ी रूप की ज्वाला' प्रसिद्ध गीत इसी में पहले आया था। स्थान-स्थान पर पद्यात्मक संलाप भी हैं। प्रकृति-वर्णन विस्तार से आया है। प्रारम्भ में ही कविता की दस पंक्तियों में प्रभात का वर्णन किया गया है—

अन्धकार हट रहा जगत जाग्रत हुआ।
रजनी का भी स्तब्ध भाव अपसृत हुआ। आदि

स्वगत भी बहुत बड़े-बड़े आए हैं। चरित्रगत सूक्ष्मता की ओर भी लेखक का ध्यान नहीं है, यद्यपि सिल्यूकस, कार्नेलिया आदि में इसके लिए अवकाश था। यह एकांकी भी साधारण है।

प्रसादजी का तीसरा एकांकी 'प्रायश्चित्त' है। इसका कथानक जयचन्द से सम्बद्ध एक प्रसंग पर आधारित है। जयचन्द अपने जामाता पृथ्वीराज पर आक्रमण करता है, और विजय में उन्मत्त होता है। आकाशवाणी होती है, जो उसे रक्तपात के लिए धिक्कारती है। जयचन्द को पश्चात्ताप होता है। उसी समय मुहम्मद गोरी उस पर आक्रमण करता है। पराजित होकर जयचन्द गंगा में डूब मरता है। इस एकांकी का भी कथानक बहुत शिथिल है। कथानक का विकास मनमाने ढंग से हुआ है। आकाशवाणी जैसे अलौकिक तत्त्वों का सहारा लिया गया है। इसमें नान्दी-पाठ, सूत्रधार और भरत-वाक्य नहीं हैं। इसमें पद्यात्मक संलाप भी नहीं है। फिर भी नाट्य-कला की दृष्टि से यह सामान्य कोटि की रचना है। बाबू ब्रजरत्नदासजी ने इसके सम्बन्ध में लिखा है—'यह नाटक लड़कों के खेल-सा है और यदि प्रसादजी के साहित्य के प्रेमियों को, जिन्होंने इस नाटक को नहीं देखा हो, यह दिखलाया जाए, तो वे कभी इसे उनकी कृति न मानेंगे। सभी दृष्टि से यह नाटक बिलकुल साधारण है।'

इन एकांकी नाटकों को देखने से प्रसादजी नाट्य-कला की नयी कला के प्रवर्तक न होकर पिछली परम्परा की परिणति मालूम होते हैं। आगे दिखाई पड़नेवाली उनकी नाट्य-कला सम्बन्धी विशेषता अभी नहीं दिखाई पड़ती।

प्रथम उत्थान का एकांकी साहित्य : निष्कर्ष

इस अध्याय में हिन्दी के जिस एकांकी साहित्य का परिचय दिया गया, उसके एक छोर पर भारतेन्दु हरिश्चन्द्र का 'पाखंड-विडम्बन' (सन् 1873) है और दूसरे छोर पर जयशंकर प्रसाद का 'प्रायश्चित्त' (सन् 1914), यों इसके बाद भी इस युग की परम्परा के चिह्न मिलते रहे हैं और इसके दो-तीन वर्ष बाद तक की कुछ सामान्य रचनाओं का उल्लेख परिचय में हुआ है। साहित्य की कोई परम्परा न एकाएक प्रारम्भ होती है, न एकाएक समाप्त ही, फिर भी विवेचन की सुविधा के लिए, कुछ स्पष्टतः परिलक्षित होने वाली प्रवृत्तियों के आधार पर प्रारम्भ और समाप्ति की सीमाएँ माननी पड़ती हैं। यहाँ हमारा विवेच्य काल सन् 1870 से सन् 1915 तक के 45 वर्षों को समझना चाहिए। इस अवधि के हिन्दी एकांकी के विश्लेषण-विवेचन के पश्चात् हम कुछ सामान्य निष्कर्षों पर पहुँचते हैं।

विवेच्य अवधि भारत के इतिहास में नवजागरण की थी। पराधीन देश में राष्ट्रीय चेतना का नवोन्मेष हुआ था। यद्यपि विदेशी शासकों के प्रति लोगों में भक्ति-भाव कुछ अंशों में था, पर राष्ट्रीयता की लहर जनमानस में प्रवाहित होने लगी थी। अपने पराधीन

देश की हीनावस्था का बोध सबको होने लगा था और शिक्षित जनसमुदाय सामाजिक, धार्मिक आदि सभी क्षेत्रों में सुधार की आवश्यकता का अनुभव करने लगा था। इस प्रवृत्ति का परिचय समग्र भारतेन्दुकालीन साहित्य से मिलता है। तत्कालीन हिन्दी एकांकी में भी राष्ट्रीय एवं सांस्कृतिक जागरण की अभिव्यक्ति हुई है। राष्ट्रीय और सामाजिक जीवन से जुड़े विषयों को आधार बनाकर अनेकानेक एकांकी नाटक लिखे गए। भारतेन्दु हरिश्चन्द्र ने 'भारत-दुर्दशा' और 'अन्धेर नगरी' नाम से राष्ट्रीय चेतना के जिन नाटकों की रचना की उनके अनुकरण पर अनेक नाटक रचित हुए। नाटककारों ने अशिक्षा, समाज में व्याप्त अन्धविश्वासों, छुआ-छूत, बाल-विवाह, विधवा-विवाह, बेमेल विवाह, स्त्रियों की दयनीय स्थिति पर बहुत सारे नाटक लिखे। राष्ट्रीय और सामाजिक विषयों के अतिरिक्त इस अवधि में पौराणिक एवं ऐतिहासिक प्रसंगों को लेकर भी अनेक एकांकी लिखे गए। इस अवधि के एकांकी नाटकों का मुख्य स्वर समसामयिक चेतना का ही रहा, इसमें सन्देह नहीं। 'अन्धेर नगरी' उस युग के नाट्य साहित्य की महान उपलब्धि है—उसकी प्रेरणा एवं प्रभाव से उस युग में तो उससे मिलते-जुलते नामवाले कई नाटक लिखे ही गए, उसकी परम्परा आधुनिक युग में ज्ञानदेव अग्निहोत्री के 'शुतुरमुर्ग' (सन् 1968) तक में देखी जा सकती है। स्वाधीनता प्राप्ति के बाद भारतेन्दु हरिश्चन्द्र का ही नहीं, उस युग का कोई नाटक बार-बार हिन्दी रंगमंच पर प्रदर्शित हुआ है तो वह 'अन्धेर नगरी' ही है। यह नाटक चेतना और रंगदृष्टि दोनों के कारण अपने समय में भी सार्थक रहा, आज भी सार्थक है।

'एकांकी' या 'एकांकी नाटक' नाम का व्यवहार इस अवधि में नहीं किया गया है। फिर भी लेखकों का ध्यान लघु नाटकों की ओर था और उन्होंने अनेक लघु नाटकों की रचना की थी। जो संस्कृत नाट्य-नियमों के आधार पर भाण या व्यायोग लिख रहे थे, वे निश्चित रूप से एक अंक के नाटक की रचना कर रहे थे। अन्य लेखक भी कभी-कभी नाटक के नाम के साथ 'एक छोटा-सा रूपक' आदि लिखकर इस बात का उल्लेख कर देते थे कि उनकी कृति-लघु नाटक है। ऐसी रचनाओं को 'नाटक' भी कहा जाता था (जैसे 'ग्रामपाठशाला नाटक'), 'रूपक' भी कहा जाता था (जैसे 'तीन परम मनोहर इतिहास रूपक'), 'नाटिका' भी कहा जाता था (जैसे 'हरितालिका नाटिका')। तात्पर्य यह कि एकांकी के लिए किसी एक ही निश्चित नाम का व्यवहार नहीं होता था।

विवेच्य काल में केवल एक दृश्य के कुछ एकांकी नाटकों की रचना अवश्य हुई है, पर अधिक संख्या अनेक दृश्यवाले एकांकी नाटकों की ही है। लेकिन दृश्य के लिए सब जगह 'दृश्य' का ही व्यवहार किया गया। दृश्य, गर्भांक और अंक पर्याय समझे जाते थे, और दृश्य के स्थान पर इनके व्यवहार में किसी प्रकार का संकोच नहीं था। इनके अतिरिक्त 'प्रवेश', 'झाँकी' या 'पर्दा' आदि शब्द भी लेखक-रुचि के अनुसार व्यवहृत होते थे।

भारतेन्दु हरिश्चन्द्र ने नाट्य-रचना की ओर लेखकों का ध्यान आकृष्ट किया। उनके

प्रभावशाली व्यक्तित्व से प्रेरित हो, अनेक लेखक नाट्य-क्षेत्र में आए। नाट्यरूप उस समय के लेखकों के लिए नया, फलतः आकर्षक था। लेखकों में नया उत्साह था, पर रंगमंच की नियमित व्यवस्था और नाट्यशिल्प-सम्बन्धी ग्रन्थों (केवल भारतेन्दु लिखित 'नाटक' पुस्तक सामने थी) के अभाव में बहुत कम सफल एकांकी नाटकों की रचना हो सकी। कुछ लेखकों ने केवल संवाद लिखे, कुछ ने संलाप-प्रधान कहानियों की रचना की। फिर भी कुछ ऐसी कृतियाँ अवश्य ही हैं जो कलात्मक और सफल कही जा सकती हैं।

लेखकों के सामने दो प्रकार के नाट्य-नियम थे—(1) भारतीय और पाश्चात्य नाट्यशास्त्रों के आधार पर निर्मित भारतेन्दु के 'नाटक' में दिए गए नियम, और (2) संस्कृत के साहित्यशास्त्र में प्रस्तुत नाट्य-नियम। दोनों में प्रथम को लेखकों ने अधिक महत्त्व दिया। इसका परिचय सकलनारायण पांडेय के इस कथन से मिल सकता है—'आजकल सामाजिक सुधार के लिए दो-चार नाटक लिखे जाते हैं, परन्तु उनमें 'नाटक' नामक पुस्तक के नियम प्रतिपालित नहीं हैं अतएव उन्हें हम नाटक नहीं कह सकते।' संस्कृत प्रणाली के आग्रही कुछेक विद्वानों ने भारतेन्दु के परम्परा विरोधी विचारों से मतभेद भी प्रकट किया था। बदलेव प्रसाद मिश्र ने 'नाट्य-प्रबन्ध' की भूमिका में लिखा था—'यह लेख संस्कृत ग्रन्थों के आधार से लिखा गया है।....कदाचित् मेरा यह कार्य नवीन विद्वान लोगों के मनोगत न हो क्योंकि एक विद्वान ने इस प्रकार से कहा है, 'आशीः प्रभृति नाट्यालंकार प्रकरी, विलोमन सम्फेट व पंचसन्धि आदि की इस समय क्या आवश्यकता है।' इस वाक्य को पढ़कर अत्यन्त आश्चर्य होता है कि जब नाटकों में से पंचसन्धि ही निकल गई तो उसमें रह ही क्या गया?' लेकिन, इस विचार को महत्त्व नहीं दिया गया। भारतेन्दु के विचारों का ही प्रभाव मुख्य रूप से पड़ा और भारतेन्दु ने नाट्य-रचना द्वारा जो मार्ग दिखलाया था, अधिक नाटककार उसी पर चले।

संस्कृत नाट्यशास्त्र के कुछ नियमों का मोह भारतेन्दु में दिखाई पड़ा था। उन्होंने अपने नाटकों में नान्दी-पाठ, प्रस्तावना और भरत-वाक्य का व्यवहार किया था। विवेच्य काल के नाटकों में भी यह बात स्पष्टतः दिखाई पड़ती है। अधिक नाटक ऐसे ही हैं जिनमें इनका व्यवहार किया गया है—यह बात दूसरी है कि किसी ने संक्षिप्त प्रस्तावना दी है, किसी ने दीर्घ, किसी ने परम्परागत प्रस्तावना में कुछ नवीनता उत्पन्न करने का प्रयत्न किया है। इस बात का भी संकेत मिलता है कि नाटककार प्रस्तावना को अनावश्यक मानने लगे थे। किसी-किसी ने साहस के साथ प्रस्तावना का त्याग कर दिया है। प्रहसनों में यह बात विशेष रूप से मिलती है। इसका एक कारण यह भी है कि उनकी रचना यह समझकर की जाती थी कि वे बड़े-बड़े नाटकों के बीच में अभिनीत होंगे।

संस्कृत नाटक, लोक नाटक और पारसी नाटकों के प्रभाव से इस समय के नाटकों में पद्यों, गीतों और पद्यात्मक संलापों की बहुलता दिखाई पड़ती है। स्वयं भारतेन्दु हरिश्चन्द्र ने इन प्रभावों को ग्रहण किया था, जिसका प्रभाव उनके समसामयिक तथा

भावी लेखकों पर पड़ा। इस दिशा में भी कुछ ऐसे साहसी व्यक्तित्व नाट्य-क्षेत्र में दिखाई पड़ते हैं, जिन्होंने इन प्रभावों से मुक्त रहकर अपनी कृतियों में केवल गद्य का ही प्रयोग किया था। संस्कृत की वर्णनात्मक एवं काव्यात्मक शैली से मुक्ति का प्रयास अनेक स्थानों पर परिलक्षित होता है।

भारतेन्दु की तरह ही इस काल के लगभग सभी लेखक अपने युग-जीवन के प्रति बहुत जागरूक रहे और उन्होंने अपनी रचनाओं के द्वारा समाज-सुधार का व्यापक प्रयत्न किया था। लगभग सभी एकांकी नाटक उद्देश्य और प्रचार-प्रधान रहे। इसका प्रभाव उनके शिल्प पर भी पड़ा। कथानक-निर्माण स्वाभाविक रूप से न हो सका, उसे लेखक के उद्देश्य प्रचार का साधन बनना पड़ा। नाटककारों ने अपनी उद्देश्यपूर्ति की दिशा में कथानक को विकसित किया, अपनी समस्या के समाधान बिन्दु पर उसे समाप्त किया। कथानक की गति सब जगहं सरल है, काव्यात्मकता आदि के कारण मन्द भी है। सुसंगठित कथानक का अभाव दिखाई पड़ता है। कार्य-संकलन का निर्वाह भले ही मिल जाए, स्थल एवं काल-संकलन का निर्वाह अपवाद-स्वरूप एकाध स्थानों पर मिल जाता है। हाँ, यह ध्यातव्य है कि कथानक-निर्माण और विकास की दिशा में कुछ प्रयोक्ता हुए थे, जिन्होंने कथानक-गठन में जिज्ञासा, कौतूहल, गति और चरम विकास का ध्यान रखा था। राधाचरण गोस्वामी के एक एकांकी नाटक के प्रसंग में इस बात का संकेत किया जा चुका है। वैसे कुछ नाटकों में संघर्ष का तत्त्व भी देखा जा सकता है।

भारतेन्दु ने जिस प्रकार अपनी सोद्देश्यता से प्रेरित हो व्यक्तियों को पात्र न बनाकर भावों, विचारों और गुणों को पात्र के रूप में खड़ा कर दिया था, उसी प्रकार इस काल के अधिक नाटककारों ने किया। विवेचन के प्रसंग में विभिन्न नाटकों में विभिन्न पात्रों के जो नाम आए हैं, उन्हें देखा जा सकता है। इस प्रकार इन नाटकों में मानव-चरित्र एवं स्वभाव के सूक्ष्म अध्ययन का परिचय नहीं मिलता। नाटकों में जो मानव पात्र आए भी हैं, वे बिलकुल स्थिर चरित्र हैं—बिलकुल सरल। इनके माध्यम से जटिल मानव-चरित्र चित्रित न हो सका। कहीं-कहीं इस दिशा में जो थोड़ा-बहुत प्रयत्न दिखाई पड़ता है, वह अपवाद-स्वरूप ही।

इस अवधि के एकांकी नाटकों में आए संलापों पर भी संस्कृत और बंगला की छाया दिखाई पड़ती है। मन्द गति वाले बड़े-बड़े संलाप ही इनमें अधिक लिखे गए। कहीं ये वर्णन से बोझिल रहे, कहीं काव्यत्व से, कहीं अलंकारों से, और कहीं युगचित्रों और उपदेशात्मक विवादों से। स्थान-स्थान पर स्वगत का भी व्यवहार किया गया है, आकाशभाषित का भी। कहीं-कहीं पद्यात्मक संलापों की ही प्रधानता है। इनसे मुक्त संलाप कहीं-कहीं अवश्य मिलते हैं, जिनका उल्लेख विशेष रूप से यथास्थान किया गया है।

सबसे अधिक जागरूकता इस समय के एकांकी नाटकों में भाषा के सम्बन्ध में दीख पड़ती है। नाटक की भाषा पात्रोचित होनी चाहिए, इस पर लगभग सभी नाटककारों का ध्यान है—जिन्होंने ध्यान नहीं दिया, वे ही यहाँ अपवाद में मिलेंगे। नाटक में आए बंगाली, मारवाड़ी, पंजाबी, अंग्रेज, ग्रामीण आदि पात्रों के लिए विभिन्न प्रकार

की शब्दावली और भाषा का व्यवहार किया गया है। यह भाषा लोकभाषा के बहुत निकट है, और इससे नाटकों में सजीवता एवं सप्राणता आई है। कुछ नाटकों में तो लोकभाषा ही प्रधान हो गई है। भाषा के प्रति सजगता का कारण यह है कि उस समय का समूचा साहित्य ही जन जीवन के निकट था। दूसरा कारण यह भी है कि भारतेन्दु हरिश्चन्द्र ने अपने नाटकों में पात्रों की भाषा का बड़ा सुन्दर आदर्श प्रस्तुत कर दिया था—नाटककारों के लिए उस आदर्श का पालन सरल हो गया था।

रंग-संकेतों की दिशा में इन नाटकों में कोई विशेषता नहीं दिखाई पड़ती। संस्कृत नाटकों में जैसे संक्षिप्त रंग-संकेत होते थे, वैसे ही इनमें भी हैं। एक-दो पंक्तियों से बड़े संकेत कम ही नाटकों में मिलते हैं। इन संकेतों में कहीं केवल स्थान का निर्देश कर दिया गया है, कहीं पात्रों का, कहीं दोनों का। कहीं-कहीं वेशभूषा और भाव-भंगिमा का निर्देश है। रंगमंचीय व्यवस्था के सम्बन्ध में कम ही निर्देश मिलते हैं। कुछ नाटकों में कोष्ठकों के अन्तर्गत विस्तृत अंश लिखे मिलते हैं, जिनमें घटनाक्रम और मनोभावों के वर्णन हुए हैं। इनमें रंगमंच, अभिनय आदि से सम्बन्धित संकेत कम हैं। इनके बारे में पहले कहा जा चुका है कि वास्तव में ये रंग-संकेत नहीं, कथाकार के वक्तव्य या नैरेशन हैं। ऐसे संकेत मुख्यतः पाठ्य नाटकों में आए हैं, जो इस काल में पर्याप्त संख्या में लिखे गए। कुछ नाटककारों ने नाट्य-शिल्प से परिचय के अभाव में ऐसा लिखा, कुछ नाटकाकारों ने जान-बूझकर।

सामूहिक रूप में विचार किया जाए, तो ज्ञात होगा कि इस काल के नाटकों पर भारतेन्दु हरिश्चन्द्र का व्यापक प्रभाव पड़ा। आधी शताब्दी के इस हिन्दी एकांकी-साहित्य पर भारतेन्दु की लम्बी छाया पड़ी हुई है। शुकदेवबिहारी मिश्र और श्यामबिहारी मिश्र का यह व्यक्त विचार सत्य ज्ञात होता है कि 'नाटकों की सम्पूर्ण रचनाएँ उन्हीं महानुभाव (भारतेन्दु हरिश्चन्द्र की ओर संकेत है), की नाटकावली की धुँधली छाया मात्रा प्रतीत होती है।'

उस काल के एकांकी साहित्य को प्रेरित करनेवाली कई नाट्य-शैलियाँ थीं। सबसे सुदृढ़ थी संस्कृत की नाट्य-परम्परा, जिसके अनेक नियमों और तत्त्वों को भारतेन्दुजी ने भी स्वीकार किया था, उस युग के अन्य नाटककारों ने भी स्वीकार किया—प्रत्यक्ष रूप से भी, भारतेन्दु के माध्यम से भी। अन्य जीवित नाट्य-शैलियाँ थीं अंग्रेजी, बंगला, पारसी रंगमंच और लोक नाटकों की। भारतेन्दु ने इनके प्रभावों को भी आत्मसात् किया, अन्य नाटककारों ने भी इन्हें ग्रहण किया। इस प्रकार इस युग में प्रधानता रही परम्परा और प्रभाव की ही, पर नाट्य-रचना-विधान के विभिन्न तत्वों में स्फुट रूप से नए-नए प्रयोग भी होते रहे—किसी ने कथानक-निर्माण की दिशा में प्रयोग किया, किसी ने नाटकीय प्रारम्भ की दिशा में, किसी ने संलाप की दिशा में। इसी प्रकार अन्य दिशाओं में भी प्रयोग हुए। इन प्रयोगों को अस्वीकार नहीं किया जा सकता, क्योंकि वे ही भावी एकांकी नाटकों की प्रवृत्तियों को संकेतित करते हैं।

हिन्दी एकांकी : सन् 1916-1930

(प्रभाव, प्रतिक्रिया और नवोन्मेष)

नयी चेतना : नया आग्रह

भारतेन्दु के समय में राष्ट्र में जो नयी चेतना आई थी, वह क्रमशः विकसित हुई। स्वाधीनता की भावना तीव्रतर होती जा रही थी, और उसकी प्राप्ति का संघर्ष प्रखरतर हो रहा था। अंग्रेजी सरकार ने राष्ट्रीय संघर्ष को कुचलने के लिए कठोर दमन नीति का अवलम्बन लिया और रॉलेट एक्ट जैसे कड़े कानून बनाए, पर कांग्रेस के नेतृत्व में संघर्ष और उग्र होता गया जिसकी परिणति सन् 1930 के सविनय अवज्ञा आन्दोलन में हुई। इन सबके फलस्वरूप नयी राष्ट्रीय चेतना विकसित हुई—लोग प्रान्तीयता की भावना से ऊपर उठकर राष्ट्रीय एकता का अनुभव करने लगे। विभिन्न भारतीय भाषाओं में परस्पर आदान-प्रदान होने लगा। प्रान्तीय भाषाओं के लेखक भी यह अनुभव करने लगे कि हिन्दी, जो देश की सबसे महत्त्वपूर्ण भाषा के रूप में प्रतिष्ठित थी, को अपनी श्रेष्ठ कृतियों के अनुवाद से समृद्ध बनाना चाहिए। इसकी झलक उस समय की अनेक कृतियों में मिलती है। गुजराती के महाकवि न्हानालाल के 'प्रेमकुंज' का हिन्दी-अनुवाद प्रस्तुत करते समय गिरिधर शर्मा ने लिखा था—'कविवरेण्य श्री न्हानालाल दलपतराम को गुजरात अपना कवि मानता है और उचित सम्मान करता है...मैं भी एक गुजराती हूँ, परन्तु अस्मिता ऐसी न बढ़ जानी चाहिए कि भारतीयता को और मनुष्यता को भुला दें। हम भारतीय हैं—हम मनुष्य हैं, यह एक ऐसा सत्य है कि इस पर प्रान्तीयता को विशेष महत्त्व नहीं दिया जा सकता।' इसी के साथ जागरूक विचारों और लेखकों के मन में, अंग्रेजी शिक्षा के फलस्वरूप, यह स्वाभाविक इच्छा भी जगी कि हिन्दी पाठक पाश्चात्य साहित्यों की प्रगति से परिचित हों। जार्ज बर्नार्ड शॉ शीर्षक लेख 'इन्दु' (जनवरी 1927) में प्रकाशित करते समय श्री रामनाथलालजी 'सुमन' ने लिखा—'हमारा उद्देश्य है और आगे हम इस बात की कोशिश करेंगे कि भारत के बाहर के उन्नत साहित्यों में जो ज्ञानराशि संचित है और उसको जिन्होंने अपने जीवन-बिन्दुओं के दान द्वारा सुरक्षित रखा है, उनसे हिन्दी के लेखक और पाठक परिचित हों।' प्रयाग की हिन्दुस्तानी एकेडमी ने पाश्चात्य नाटकों की अपनी अनुवाद-योजना के सन्दर्भ में लिखा—'हम चाहते हैं कि हमारे नाटक लिखनेवाले इन ड्रामों की तरफ ध्यान दें और हमारे देश के रहनेवाले इनमें दिलचस्पी लें।' इस प्रकार हिन्दी के साहित्यकारों का सम्पर्क भारत की विभिन्न क्षेत्रीय

तथा विश्व की उन्नत भाषाओं के साहित्य के साथ बढ़ा। इससे उनके मानसिक क्षितिज का विस्तार हुआ। उन्हें नयी चेतना मिली, नयी दिशाओं में अग्रसर होने की प्रेरणा प्राप्त हुई। काव्य के क्षेत्र में छायावाद नयी प्रवृत्तियों की अभिव्यक्ति का माध्यम बना। कथा के क्षेत्र में प्रेमचन्द आदि की कृतियाँ आईं जिन्होंने नयी सामाजिक चेतना को वाणी दी। नाटक के क्षेत्र में भी लोगों को नाट्य-कला सम्बन्धी नयी दृष्टि मिली।

भारतेन्दु और उनकी परम्परा ने नाट्य-साहित्य को जो देन दी थी, वह अपने में कम महत्त्वपूर्ण नहीं थी, लेकिन विभिन्न साहित्यों के सम्पर्क से प्राप्त नयी दृष्टि से जब आलोचकों ने उसे देखा तो उसके प्रति उनके मन में बड़ा असन्तोष हुआ—विभिन्न साहित्यों के नाटकों की तुलना में उत्तराधिकार में प्राप्त अपने नाटक बहुत हीन कोटि के लगे। आलोच्य अवधि में भी जो नाटक नयी चेतना से दूर रहकर लिखे जा रहे थे, उनके प्रति भी गहरा असन्तोष प्रकट किया जाता रहा। यह असन्तोष का स्वर बड़े प्रखर रूप में सुनाई पड़ा। आचार्य महावीरप्रसाद द्विवेदी ने स्पष्ट शब्दों में कहा—'हिन्दी भाषा की नाटक-प्रणाली के विषय में हम कुछ नहीं कहना चाहते। अभाग्यवश हिन्दी में दो-चार को छोड़ कोई अच्छे रूपक ही नहीं। नाटक लिखना लोगों ने खेल समझ रखा है।' नयी दृष्टि से देखने पर साहसी लेखकों ने भारतेन्दु की उपलब्धियों को भी अस्वीकृत कर दिया। एक लेखक ने 'सरस्वती' में प्रकाशित अपने निबन्ध में लिखा—'यदि सच पूछा जाए तो यह अवश्य कहना पड़ेगा कि हिन्दी भाषा में ऐसा कोई नाटक नहीं जो नाटकों के यथार्थ गुणों से सम्पन्न हो। भारतेन्दु बाबू हरिश्चन्द्र के नाटकों के सम्बन्ध में भी हम यह कहने में संकुचित नहीं। हरिश्चन्द्र के गद्य-लेखों अथवा कविताओं की उत्कृष्टता के विषय में चाहे मतद्वैध न हो, परन्तु खेद के साथ कहना पड़ता है कि अन्यान्य नाटककारों से बहुत बढ़े-चढ़े होने पर भी बाबू हरिश्चन्द्र के नाटक प्रथम श्रेणी के नहीं कहे जा सकते। अतएव अन्यान्य नाटकों का क्या स्थान है, इसका अनुमान पाठक स्वयं ही कर सकते हैं।' मुकुटधर शर्मा पांडेय ने प्रामाणिक रूप से यह दिखलाने का प्रयत्न किया कि उच्चकोटि के मौलिक नाटकों का लेखन नहीं हो रहा है—'गत 8-10 वर्षों से तो हिन्दी साहित्य में उत्तम नाटकों की अवतारणा ही नहीं हुई है।'

उस समय पारसी रंगमंच के नाटकों की बड़ी धूम थी, पर ये नाटक साहित्यिक नहीं थे। उस समय संस्कृत और पाश्चात्य नाट्यशास्त्रों के प्रभाव ही मुख्य थे, पर पारसी नाटकों ने इनमें से किसी के नियमों का पालन नहीं किया। किसी प्रकार जनता को चमत्कृत कर अर्थोपार्जन करना ही उनका उद्देश्य था। उनकी भाषा भी मुख्यतः उर्दू थी। उनसे सुरुचि का परिचय नहीं मिलता था। हिन्दी साहित्य सम्मेलन के चतुर्थ अधिवेशन में भाषण देते हुए पंडित बालकृष्ण भट्ट ने इसकी ओर संकेत किया था—'दुःख की बात है कि इस समय नाटकों की बड़ी दुर्दशा है। पारसी नाटक कम्पनियों ने नाटकों के उद्देश्य को चौपट कर डाला है। उनमें केवल आशिक-माशूकों की ही प्रधानता रहती है। गीत अश्लीलतापूर्ण होते हैं। रुचि बिगड़ती है।' ऐसे नाटकों के प्रति भी पर्याप्त असन्तोष व्यक्त किया गया। तात्पर्य यह है कि उस समय हिन्दी नाटकों की स्थिति सन्तोषजनक

नहीं थी। लोगों ने इसका अनुभव किया और इस स्थिति पर गम्भीरता के साथ विचार किया।

नाटकों की तत्कालीन हीनावस्था के कारणों के सम्बन्ध में लेखकों और आलोचकों ने अपने-अपने विचार व्यक्त किए हैं। ये कारण अनेक हैं : एक, उपन्यासों की ओर जनरुचि बड़ी शीघ्रता से बढ़ रही थी। इससे नाटकों के विकास में बाधा पड़ी। दो, हिन्दी नाटकों के लिए रंगमंच नहीं था। नाट्य-प्रदर्शन के माध्यम के अभाव में नाटक का विकास सम्भव नहीं होता। उस समय का जीवित रंगमंच पारसियों का था, जिन्होंने उर्दू नाटकों को ही प्रश्रय दिया। बाद में लोकरुचि को देखते हुए वे हिन्दी नाटकों की ओर झुके अवश्य, पर ये नाटक अश्लील, कुरुचिपूर्ण और असाहित्यिक थे। तीन, साहित्यकार पाश्चात्य नाट्य-साहित्य से परिचित हो रहे थे, पर उनके सामने हिन्दी में कोई सुव्यवस्थित नाट्यशास्त्र नहीं था। चन्द्रराज भंडारी ने लिखा था—'लेखक भी क्या करें? हिन्दी साहित्य में नाटक के विज्ञान को बतलाने वाले शास्त्रों का एकदम अभाव है।' चार, नाटककारों की रुचि का परिष्कार जागरूक समीक्षकों द्वारा होता है। कृपानाथ मिश्र का यह कथन सत्य है कि 'अच्छे नाटकों के अभाव का दूसरा कारण है समालोचकों की कमी। ....साधारणतः लोग कला की परख सीखते हैं समालोचकों से।' सचमुच उस समय नयी चेतना से सम्पन्न समीक्षकों का अभाव था। पाँच, परम्परागत संस्कारों को सहसा तोड़ देना बड़ा कठिन होता है। चेतना पहले परिवर्तित होती है, व्यवहार बाद में। नाट्य-कला के क्षेत्र में भी यही बात दिखाई पड़ती है। नये विचारों से परिचित होने पर भी उसे शीघ्र ही व्यवहार में न लाया जा सका। बदरीनाथ भट्ट ने इसी की ओर संकेत किया है—'सम्भव है, हमारे यहाँ नाट्य-कला के ह्रास का यह भी कारण हो कि हम समयानुसार अपना आदर्श बदलने में हमेशा पीछे रहते हैं।'

तत्कालीन जागरूक लेखकों ने अनुभव किया कि परम्परागत नाट्य-नियमों से मुक्त होकर नये नाटकों की रचना होनी चाहिए। यह समय था जब पश्चिम के यथार्थवादी रंग-आन्दोलन का प्रभाव चिन्तन के स्तर पर हिन्दी में आ गया था। फलतः यथार्थवादी नाटक के नियम ही नये नाट्य-नियम समझे गए। रंगमंच पर वास्तविक जीवन की प्रस्तुति का आग्रह ही प्रखर रूप में सामने आया। स्वाभाविकता नाटक की अनिवार्य विशेषता के रूप में स्वीकृत हुई। हिन्दी में अब तक संस्कृत नाटक, लोक नाटक और पारसी नाटक के प्रभाव के फलस्वरूप जो नाट्य-रचनाएँ आई थीं, उनकी स्वच्छन्दतावादी प्रवृत्तियों को दोष के रूप में देखा जाने लगा। कहा गया कि उन नाटकों में अनेक प्रकार की अस्वाभाविकताएँ होती हैं—उनके कथानक अलौकिक और चमत्कारपूर्ण होते हैं, उनमें वास्तविक जीवन की झलक नहीं होती, उनमें संघर्ष के तत्त्व पर ध्यान नहीं दिया जाता, संवादों में स्वाभाविकता नहीं रहती और वे अतिरंजित होते हैं। पद्यों और गीतों का व्यवहार प्रचुरता से होता है, भाषा अलंकृत होती है और दैनिक जीवन से बहुत दूर हटी हुई होती है, स्वगत का व्यवहार बहुत अधिक किया जाता है, संवादों में पर्याप्त नमनीयता नहीं रहती, आदि-आदि। संस्कृत नाट्य-परम्परा ने दुःखान्त

नाटकों का निषेध किया था, पर नये विचारकों को इस निषेध का कोई औचित्य नहीं दीख पड़ा। इन सारी बातों का विरोध कर यथार्थवादी प्रवृत्तियों का आग्रह सामने आया।

पाश्चात्य साहित्य में रुचि के फलस्वरूप इस अवधि में बड़ी संख्या में नाटकों के हिन्दी-अनुवाद हुए। शेक्सपियर के नाटकों का अनुवाद भारतेन्दु के समय में ही प्रारम्भ हो गया था। बाद में भी यह क्रम चलता रहा। लाला सीताराम ने शेक्सपियर के 37 नाटकों के अनुवाद की योजना बनाई, और सन् 1915 से 1926 तक अनेक नाटकों के अनुवाद किए। डॉ. लक्ष्मणस्वरूप ने मूल फ्रैंच से सन् 1920 में मोलियर के एक नाटक का अनुवाद किया—'बनिया चला नवाब की चाल'। इसी नाटक का दूसरा अनुवाद लल्ली प्रसाद पांडेय ने 'रायबहादुर' के नाम से किया। जी.पी. श्रीवास्तव ने मोलियर के अनेक नाटकों के अनुवाद किए—'नाक में दम', 'जवानी बनाम बुढ़ापा उर्फ मियाँ की जूती मियाँ के सर', 'चड्ढा गुल खेरु', 'मार-मारकर हकीम', 'आँखों में धूल', 'हवाई डाक्टर', 'लाल बुझक्कड़' आदि। पदुमलाल बख्शी ने सन् 1916 में बेलजियम के सुप्रसिद्ध कवि मेटरलिंक के एक नाटक का अनुवाद 'प्रायश्चित्त' नाम से किया। प्रेमचन्द द्वारा अनूदित गाल्सवर्दी के नाटक 'चाँदी की डिबिया', 'हड़ताल' और 'न्याय' सन् 1930 में प्रकाशित हुए। इससे स्पष्ट है कि विभिन्न पाश्चात्य साहित्य के श्रेष्ठ नाटकों के अनुवाद उस समय हो रहे थे।

भारतीय भाषाओं में सबसे अधिक अनुवाद बंगला से हुए। रूपनारायण पांडेय ने गिरीशचन्द्र घोष के कई नाटकों के अनुवाद किए, जिनमें उल्लेखनीय हैं—'पतिव्रता', 'प्रफुल्ल' आदि। रामचन्द्र वर्मा ने भी घोष के नाटकों के अनुवाद किए—'बलिदान', 'वैधव्यः कठोर दंड है या शान्ति?' आदि। डी.एल. राय के अनेक नाटकों के अनुवाद विभिन्न लेखकों द्वारा किए गए—'उस पार', 'भारतरमणी' और 'सूम के घर धूम' (रूपनारायण पांडेय), 'सेठजी का दूसरा जन्म' (राम यादव घोष), और 'मेवाड़ पतन' (रामचन्द्र वर्मा)। रवीन्द्रनाथ ठाकुर की अनेक नाट्य-कृतियों के भी अनुवाद हुए—'डाकघर' (प्रो. रामचन्द्र और बाबू प्रभाषचन्द्र नन्दी), 'पशु बलिदान' (गोपीबाबू मेहरा, बी.ए.), 'माँ' (धन्यकुमार जैन), 'हास्य-कौतुक' (रूपनारायण पांडेय), 'राजा-रानी' (रूपनारायण पांडेय) आदि। इन कृतियों में छोटे-बड़े दोनों प्रकार के नाटक हैं।

अन्यान्य भारतीय भाषाओं से भी अनुवाद हुए। गुर्जर गिरा के असामान्य और अनुपम कविवरेण्य श्री न्हानालालजी कृत 'प्रेमकुंज' का हिन्दी रूपान्तर गिरिधर शर्मा ने सन् 1928 में किया। इसके पहले इनकी 'जयाजयन्त', 'ऊषा', 'युग-पलटा' और 'महासुदर्शन' रचनाओं के अनुवाद हो चुक थे। गिरिधर शर्मा ने ही सन् 1921 में श्री रमण भाई महीपतिराम नीलकंठजी के एक नाटक का अनुवाद किया था—'राई का पर्वत'। तेलुगु के लेखक मुद्दुकृष्ण के 'अशोकवन' और 'अनारकली' नामक नाटक का हिन्दी रूपान्तर ब्रजनन्दन शर्मा ने किया था।

अनूदित नाटकों की यह सूची सम्पूर्ण नहीं है। इसके द्वारा केवल यह संकेत किया जा रहा है कि आलोच्य-युग में विभिन्न भाषाओं के नाटक के अनुवाद कितनी तत्परता

से हो रहे थे। इनकी संख्या कुछ ऐसी बढ़ी कि इनकी प्रतिक्रिया भी शुरू हो गई। अनेक लेखक यह अनुभव करने लगे कि साहित्य की समृद्धि मौलिक कृतियों से होती है, अनुवादों से नहीं। अनुवादों एवं बाह्य प्रभावों के सम्बन्ध में इस बात की ओर भी विद्वानों का ध्यान गया कि हिन्दी को बाहर की विषय-वस्तुओं और समस्याओं को ग्रहण करने की आवश्यकता उतनी नहीं है, जितनी उनके शिल्प की। द्वादश हिन्दी साहित्य सम्मेलन के सभापति पंडित जगन्नाथ प्रसाद चतुर्वेदी ने इसकी ओर संकेत किया था—'मैं स्पष्ट रूप से यह कह देना उचित समझता हूँ कि हमें पश्चिम से वस्तु लाने की उतनी आवश्यकता नहीं जितनी कि उसकी विधि लाने और अपनाने की है। हमें उसके कार्य पर उतना ध्यान नहीं देना चाहिए जितना की उसकी कार्य-प्रणाली पर।'

तत्कालीन एकांकी नाटक

अभी तक हमने जो विवेचन किया है, वह सामान्य रूप से नाटक के सम्बन्ध में। यह एकांकी नाटक पर भी समान रूप से लागू है। उस समय का एकांकी नाटक भी प्राचीन परम्परा से मुक्त होने का प्रयत्न कर रहा था। उसमें भी नवीन प्रवृत्तियों का आग्रह स्पष्ट दिखाई पड़ता है। अनुवादित नाटकों में लघु नाटकों की भी संख्या काफी थी। उदाहरण के लिए, कुछ नाटकों के नाम लिये जा सकते हैं—द्विजेन्द्रलाल राय के 'पुनर्जन्म' के जो दो अनुवाद हुए ('सूम के घर धूम' और 'सेठजी का दूसरा जन्म'), दोनों ही लघु नाटक थे। 'सेठजी का दूसरा जन्म' तो 'इन्दु' (अप्रैल 1913) में प्रकाशित हुआ था। जी.पी. श्रीवास्तव ने मोलियर के नाटकों के जो अनुवाद किए थे, वे लघु नाटकों के रूप में ही। वे उस समय की प्रसिद्ध पत्रिकाओं—'इन्दु' (बनारस), 'चित्रमयजगत्' (पूना), 'मनोरंजन' (बिहार), 'हिन्दी सर्वस्व' (मालवा) आदि में प्रकाशित भी हुए थे। रवीन्द्रनाथ ठाकुर के 'हास्य-कौतुक' में पन्द्रह नाटकीय संलाप थे। तेलुगु के 'अशोकवन' और 'अनारकली' भी लघु नाटक थे। बड़े नाटकों की तरह ही मौलिक एकांकी नाटक भी बहुत कम लिखे गए, और इनके संग्रह तो बहुत ही कम प्रकाशित हुए—पत्र-पत्रिकाओं में छोटे-छोटे नाटक और नाटकीय संवाद प्रकाशित मिलते हैं।

उस युग में हास्य-प्रधान लघु नाटकों की प्रधानता है। इसका मुख्य कारण यह है कि एकांकी नाटक के स्वतन्त्र अस्तित्व को स्वीकार कर कम नाटकों की रचना की गई। अधिक नाटक पारसी कम्पनियों और उनसे प्रभावित रंगमंचों के बड़े नाटकों के साथ खेलने के उद्देश्य से लिखे जाते थे। इससे गम्भीर नाटकों के साथ हास्य का मिश्रण हो जाता था। कुछ नाटकों की रचना मात्र पाठ्य नाटकों के रूप में हुई।

उस युग में एक महत्त्वपूर्ण बात एकांकी नाटक नाम के सम्बन्ध में मिलती है। भारतेन्दु-काल से लेकर अब तक लघु नाटकों के लिए 'एकांकी नाटक' नाम का व्यवहार नहीं हुआ था। उस युग में इसका संकेत मिलता है कि 1928 ई. के लगभग इस नाम व्यवहार होने लगा था। सन् 1929 में प्रकाशित अपने 'मोहन-मोहिनी नाटक' के 'मेरा

वक्तव्य' में लक्ष्मीनारायण चतुर्वेदी ने लिखा है—'प्रस्तुत पुस्तक लिखने का यह कारण उपस्थित हुआ कि मिती माघ कृष्ण अमावस्या सं. 1984, ता. 22 जनवरी, सन् 1928 वर्ष 3, संख्या 25 के तत्समय के कलकत्ते से प्रकाशित प्रसिद्ध साप्ताहिक पत्र 'श्रीकृष्ण सन्देश' में (साम्प्रत समय में उक्त पत्र काशी से प्रकाशित होता है) 'नवीन उपहार' शीर्षक में एक सूचना श्री बाबू जवाहरलाल खत्री के हस्ताक्षरयुक्त इस आशय की छपी कि बाल-विवाह से हानि इस विषय पर एक सुन्दर एकांकी नाटक लिखनेवाले महाशय को वर्ष-भर 'श्री कृष्ण सन्देश' तथा कुछ पुस्तकें उपहारस्वरूप दी जाएँगी।'

इस अवधि के एकांकी नाटकों में सुदर्शन और जयशंकर प्रसाद की रचनाएँ विशेष रूप से उल्लेखनीय हैं। अन्य प्रमुख एकांकीकार रहे—जी.पी. श्रीवास्तव, बेचन शर्मा 'उग्र' बदरीनाथ भट्ट आदि। महत्त्व की दृष्टि से सुदर्शन और प्रसाद के नाटकों का कुछ विस्तृत विवेचन होना चाहिए।

प्रसिद्ध कहानीकार सुदर्शन ने कई एकांकी नाटकों की भी रचना की थी जिनमें उल्लेख्य हैं—'जब आँखें खुलती हैं', 'प्रताप प्रतिज्ञा' ('सरस्वती' जनवरी 1922), 'राजपूत की हार' ('सुदर्शन सुमन', संकलन में 'पराजय' नाम से प्रकाशित), 'ऑनरेरी मजिस्ट्रेट' (प्रहसन) और 'छाया' (माधुरी, मार्च 1925, बाद में 'सुदर्शन सुधा' में संकलित)। 'जब आँखें खुलती हैं' सुदर्शन जी की प्रारम्भिक रचनाओं में है। इसमें स्वाधीनता संग्राम की पृष्ठभूमि पर वेश्या-उद्धार की समस्या चित्रित की गई है। इसमें एक वेश्या स्वाधीनता संग्राम के स्वयंसेवकों से प्रभावित होकर अपना पेशा छोड़ देती है और संग्राम में शामिल हो जाती है, उसका एक प्रेमी भी उसके साथ आ जाता है। एकांकी में तत्कालीन सुधारवादी चेतना दीखती है। कथानक की गति सरल है, अन्त में थोड़ी नाटकीयता आई है। इसमें तीन दृश्य हैं, दो गीतों का व्यवहार हुआ है, दोहे और शेर भी आए हैं। भाषा-शैली अलंकृत है। यथा : 'हम ऐसा स्वराज्य चाहते हैं जो चन्द्रमा की तरह उज्ज्वल, ओस की बूँद के समान पवित्र, आकाश की तरह विस्तृत और समुद्र जल के समान स्थिर हो।' सभी बातें पारसी रंगमंच के प्रभाव की ओर संकेत करती हैं। 'जब आँखें खुलती हैं' की रचना अपने युग की परम्परागत पद्धति में ही हुई है। 'ऑनरेरी मजिस्ट्रेट' एक बड़ा सा प्रहसन है। इसमें अंक एक ही है, पर दृश्य पाँच हैं। इसी पुस्तक की भूमि में लेखक ने कविता और गीतों को नाटक से बहिष्कृत करने का आग्रह किया है, और प्रस्तुत प्रहसन में इस विचार का पालन भी किया है। यह एक हास्यप्रधान रचना है, जिसमें अपढ़ अमीरों की मूर्खता, तत्कालीन अंग्रेजी शासन के आतंक, 'ऑनरेरी मजिस्ट्रेट' नियुक्त करने की प्रणाली आदि पर हँसने का प्रयत्न किया गया है। इसमें कई हास्योत्पादक स्थितियाँ आई हैं। शब्दों के विकृत उच्चारण से भी हास्य उत्पन्न करने का प्रयत्न किया गया है। जी.पी. श्रीवास्तव की अतिरंजनापूर्ण शैली की प्रतिक्रिया इस रचना में देखी जा सकती है, यों इसके पात्र स्वयं ही अतिरंजित रूप में चित्रित हैं।

'राजपूत की हार' और 'छाया' परम्परामुक्त होकर नयी दिशा का संकेत करनेवाले एकांकी नाटक हैं। 'राजपूत की हार' जोधपुर के राणा और उनकी रानी महामाया से

सम्बद्ध है। इसमें लेखक ने चरित्रांकन की ओर विशेष ध्यान दिया है, और एक ही स्थिति के प्रतिक्रिया-स्वरूप माता और पत्नी की भावनाओं को अंकित करने का प्रयत्न किया है। राणा जसवन्त सिंह युद्ध क्षेत्र से पराजित होकर लौट आए हैं—वे कायर नहीं हैं, पर क्षण विशेष की दुर्बलता ने उन्हें पलायन की प्रेरणा दी थी जिसका उन्हें स्वयं दुःख है। राजपूत की पत्नी अपने पति की यह पराजय सहन करने में अपने को असमर्थ पाती है—वह महाराणा का स्वागत करने को तैयार नहीं है और किले का द्वार बन्द करा देती है। जसवन्त सिंह की माता को भी दुःख है, पर वह इतना कठोर नहीं हो पाती और प्रेम भाव से अपने पुत्र में पुनः वीरता का संचार करना चाहती है। माँ और पत्नी में संघर्ष होता है, जिसमें माँ पत्नी को प्रेरित करती है कि वह युद्ध से लौटे हुए अपने पति का सत्कार करे, क्योंकि यही उसके मानसिक रोग की औषधि है। महामाया इसके लिए तैयार होती है और हलवा बनाने लगती है—कड़ाहे में कड़छा चलने लगता है, लोहे से लोहा बजने लगता है। माँ इसी बात को लेकर बड़े मीठे ढंग से पुत्र पर व्यंग्य करती है। जसवन्त सिंह व्यंग्य समझ जाते हैं और फिर युद्ध के लिए तैयार हो जाते हैं। 'राजपूत की हार' नाटक में कार्य-व्यापार का अभाव है, भावों के संघर्ष के चित्रण पर ही ध्यान दिया गया है। कड़छे की गति के साथ मनोभावों का सम्बन्ध जोड़कर लेखक ने कलात्मक प्रभाव की सृष्टि की है। संलाप बहुत सशक्त हैं, पर अधिकतर वे बड़े-बड़े हैं। प्रभाव की दृष्टि से यह एक सफल नाटक है।

सुदर्शन जी की सबसे सफल कृति है 'छाया'। यह चन्द्रगुप्त मौर्य के जीवन से सम्बद्ध एक प्रसंग पर आधारित है। इसमें कथानक का निर्माण बड़ी कुशलता से किया गया है। एक पहाड़ी राजा की कन्या से चन्द्रगुप्त ने प्रेम किया था। दोनों एक-दूसरे पर आसक्त थे। दोनों का विवाह भी निश्चित हो गया। जिस दिन विवाह की तैयारियाँ हो रही थीं, उस दिन चन्द्रगुप्त ने छाया को वचन दिया कि वह सदा उसके साथ रहेगा, छाया की प्रसन्नता की सीमा नहीं रहती—जब उसका एक प्रेमी वाचाल उससे प्रेम की भीख माँगने आता है, तो वह ठुकरा देती है। चाणक्य एक साधारण राजकन्या के साथ चन्द्रगुप्त के विवाह को स्वीकार नहीं करता और चन्द्रगुप्त को आदेश देता है कि देश के लिए वह छाया के प्रेम का त्याग करे। चन्द्रगुप्त नतमस्तक होकर इसे स्वीकार कर लेता है। यह संवाद वाचाल द्वारा छाया के पास भेजा जाता है। छाया बहुत दुखी होती है। चन्द्रगुप्त की माँ चन्द्रगुप्त से इस विवाह को न तोड़ने की प्रार्थना करती है। चन्द्रगुप्त छाया से विवाह करने को तैयार होता है, पर तब तक छाया विष-पान कर लेती है। 'छाया' में कार्य-व्यापारों की सुसम्बद्ध श्रृंखला है और उनका संगठन इस प्रकार किया है कि अन्त तक आकर्षण बना रहता है। यह चरित्र प्रधान एकांकी है और इसमें पात्रों के मनोभावों को कुशलता से चित्रित किया गया है। लेखक का उद्देश्य छाया की वेदना और चन्द्रगुप्त की विवशता को उभारने का रहा है। भावों के घात-प्रतिघात का चित्रण बड़ा ही प्रभावशाली रहा है। चरित्र-चित्रण की दृष्टि से यह सफल एकांकी है। चन्द्रगुप्त के चरित्र में एक साथ ही कई संघर्ष दिखाई पड़ते हैं—वह छाया से भी प्रेम करता है,

अपने गुरु चाणक्य का भी आदर करता है, अपनी माँ की भी बात मानना चाहता है, और देश के सम्मान को भी ऊँचा उठाना चाहता है। छाया के भी हृदय में भावों के अनेक परिवर्तन होते हैं। छाया ने चन्द्रगुप्त का प्रेम चाहा था, वह उसे मिला। यह उसके उल्लास का चित्र है–

छाया–बस महाराज, बस। मुझे और किसी वस्तु की आवश्यकता नहीं, मैं आपका केवल प्रेम चाहती हूँ।

चन्द्रगुप्त–वह सदैव तुम्हारा है।

छाया–और सदैव इसी प्रकार रहेगा?

चन्द्रगुप्त–सदैव।

छाया–ये आँखें इसी प्रकार प्रेम में डूबी रहेंगी?

चन्द्रगुप्त–बराबर।

छाया–तो संसार में मुझ-सा भाग्यशाली कोई दूसरा नहीं हो सकता।

उसकी आशा जब चकनाचूर हो जाती है, तब का यह चित्र है–

छाया–महाराज आवेंगे?

कुमारी–हाँ, लो वह आ रहे हैं।

छाया–तो कह दो, मैं उनसे मिलना नहीं चाहती।

कुमारी–आप भूल कर रही हैं। महाराज–

छाया–मिलने की कोई आवश्यकता नहीं। (वेग से प्रस्थान)

लेकिन बाद में वह चन्द्रगुप्त से उत्तर माँगना चाहती है–

छाया–बस, तुम मुझे नहीं रोक सकते। मैं चाणक्य को कुछ नहीं समझती। मैं महाराज से भेंट करूँगी। (महाराज से) आप आ गए? बताइए, क्या यह सत्य है?

चन्द्रगुप्त–देवि, मुझ पर दया करो, मेरी दशा पर तरस खाओ। मुझ-सा अभागा मनुष्य आज सारे भारत वर्ष में न होगा।

छाया–महाराज, मैं उत्तर चाहती हूँ। क्या यह सत्य है?

चन्द्रगुप्त–इस समय मैं प्रेम की बात करने नहीं आया।...

सबकुछ होने पर भी वह अपने प्रिय का अनिष्ट नहीं चाहती–

छाया–नहीं माता, नहीं, यह नहीं हो सकता, यह नहीं होगा। मैं कहीं हूँ, किसी दशा में हूँ, परन्तु मेरा हृदय इनके लिए कोई शाप नहीं दे सकता। मेरे होंठ इनके लिए सदैव परमात्मा से मंगल-कामना करते रहेंगे। मैं भारतीय नारी हूँ। मैं प्रेम कर चुकी हूँ।

और यह है उसका मार्मिक अन्त, विष-पान के बाद का चित्र–

छाया–महाराज की जय हो! प्रणाम करती हूँ।

चन्द्रगुप्त–प्यारी छाया। यह तुमने क्या कर डाला? क्या तुम्हें मेरा खयाल न था? ओह! मैंने राज-पाट, सिंहासन, सबकुछ त्याग देने का निश्चय कर लिया था। परन्तु अब...

छाया–आपने अपना कर्तव्य पूरा किया। मैंने अपना कर्तव्य समझा।

चन्द्रगुप्त—वाचाल, दौड़ो, राजवैद्य को जल्दी लाओ। यह बचेगी, मैं इसे नहीं मरने दूँगा।

छाया—(तड़पते हुए) नहीं, अब वैद्य कुछ नहीं कर सकेगा। मैं—जली—फूँकी—महाराज—

चन्द्रगुप्त—(झुककर) छाया! छाया !!

प्रेम की वेदी पर छाया का यह त्याग बहुत मर्मस्पर्शी है। इससे नाटक का अन्त भी मार्मिक हो गया है। वाचाल के चित्रण पर भी ध्यान रखा गया है। सबके चित्रण मनोवैज्ञानिक हैं।

'छाया' की एक बड़ी विशेषता यह है कि पूरे नाटक में केवल आधे दिन की ही घटनाएँ ली गई हैं। यद्यपि दृश्य संख्या तीन हैं, पर दो ही स्थानों के हैं। स्थल और काल-संकलनों का पूर्ण निर्वाह भले ही इसमें न हुआ हो, स्थान और काल की अवधि को सीमित रखकर लेखक ने नाटक में सघनता उत्पन्न की है। कार्य और प्रभाव की अन्विति पर विशेष ध्यान रखा गया है। संलाप सभी जगह संक्षिप्त, गतिशील, भावाभिव्यंजक और नाटकीय हैं। भाषा में काव्यात्मकता और अलंकार का मोह कहीं नहीं है।

'माधुरी' में प्रकाशन के समय इसे 'संक्षिप्त नाटक' कहा गया है। तब तक एकांकी नाटक का व्यवहार नहीं हो रहा था। कथानक-निर्माण, संघर्ष, चरित्र-चित्रण, संलाप और प्रभावान्विति की दृष्टि से बिलकुल आधुनिक जैसा लगता है। सन् 1925 में प्रकाशित यह नाटक अपने युग की बहुत बड़ी उपलब्धि है और आधुनिक एकांकी नाटक का सूत्रपात करता है। डॉ. गोविन्द चातक का विचार है कि 'छाया' मौलिक एकांकी नहीं है, इस पर द्विजेन्द्रलाल राय के 'चन्द्रगुप्त' की शत-प्रतिशत छाया है। (हिन्दी साहित्य का बृहत इतिहास : एकादश भाग, पृष्ठ-253) ध्यातव्य है कि 'छाया' चन्द्रगुप्त का शब्दानुवाद नहीं है, छायानुवाद नहीं है, भावानुवाद भी नहीं है। 'चन्द्रगुप्त' पूर्णकालिक नाटक है, जबकि 'छाया' एकांकी है और राय का कुछ प्रभाव ग्रहण करने के बावजूद इसके वस्तु-विधान में पर्याप्त नवीनता है, इसका शिल्प अपना है, इसकी चरित्रांकन-शैली अपनी है, इसके संवाद अपने हैं। केवल प्रभाव के कारण रचनाओं की मौलिकता में सन्देह किया जाने लगे, तो अनेकानेक रचनाएँ अमौलिक घोषित हो जाएँगी। प्रसाद के 'स्कन्दगुप्त' में बन्धुवर्मा और देवसेना पर भी राय के 'चन्द्रगुप्त' के चन्द्रकेतु और छाया का प्रभाव है। सुदर्शन के 'छाया' एकांकी को अमौलिक कहकर उसके महत्त्व को कम नहीं किया जा सकता।

जयशंकर प्रसाद ने सन् 1929 में 'एक घूँट' नामक एक दृश्य के नाटक की रचना की थी। हिन्दी एकांकी के इतिहास में इसे बड़ा महत्त्वपूर्ण स्थान दिया गया है। इसके सम्बन्ध में कुछ विस्तार से विचार कर लेना चाहिए।

प्रारम्भ में विद्वानों ने इस कृति को नाटक के रूप में कोई महत्त्व नहीं दिया। बाबू ब्रजरत्नदास ने इसके नाटकत्व में ही सन्देह किया—'यह रचना नाटक नहीं है, केवल कथोपकथन मात्र है। वस्तु-विन्यास नहीं है, और न है चरित्र-चित्रण...कथोपकथन की

प्रधानता के कारण ही इसका इस ग्रन्थ में विवरण दिया गया है और नाटक कहा गया है। डॉ. जगन्नाथ प्रसाद शर्मा ने भी इसके नाटकत्व को अस्वीकार कर दिया—'वर्गीकरण के विचार से इस रचना को अन्यापदेशिक एकांकी कहना चाहिए। इसकी पद्धति नाटकीय रहने पर भी संवादात्मक निबन्ध-सा ज्ञात होता है...बाह्य रूप में अभिनयात्मक होने पर भी यह नाटक मालूम नहीं पड़ता...संवादों में भी ऐसी सजीवता नहीं दिखाई पड़ती जैसी नाटकों में मिलनी चाहिए। ऐसा ज्ञात होता है कि विषय-शृंखला की कड़ियाँ जोड़ी गई हों अथवा प्रश्नोत्तरी विधान द्वारा बात कही जा रही हो।' बाद के विद्वानों ने इस पर विचार किया और इसके सम्बन्ध में अपनी नयी खोज और चिन्तन का परिचय दिया। 'हंस' के एकांकी नाटक विशेषांक में प्रो. प्रकाशचन्द्र गुप्त ने इसे प्रमाण-पत्र दिया कि 'एक घूँट' सफल एकांकी नाटक है। प्रो. अमरनाथ गुप्ता ने इसका समर्थन किया। डॉ. नगेन्द्र ने इसे आधुनिक हिन्दी एकांकी के जन्मदाता होने का गौरव प्रदान किया—'सचमुच हिन्दी एकांकी का प्रारम्भ 'प्रसाद' के 'एक घूँट' से ही हुआ है। 'प्रसाद' पर संस्कृत का प्रभाव है इसलिए वे हिन्दी एकांकी के जन्मदाता नहीं कहे जा सकते, यह बात मान्य नहीं। एकांकी के टेकनीक का 'एक घूँट' में पूरा निर्वाह है—उतना ही जितना कमलाकान्त के 'उस पार' में—हाँ, उसमें प्रसादत्व का गहरा रंग अवश्य है।' डॉ. सत्येन्द्र ने डॉ. नगेन्द्र के विचारों पर समर्थन की मुहर लगाई—'प्रोफेसर नगेन्द्रजी का यह कहना यथार्थ है कि 'एक घूँट' में एकांकी की वर्तमान टेकनीक का निर्वाह हुआ है। इसमें संस्कृत से कुछ भी नहीं लिया गया, यह निर्विवाद है। हाँ, चरित्रों का और वातावरण का जो रूप प्रस्तुत होता है वह किसी आश्रम का जैसा लगता है, पर जो संघर्ष उपस्थित है उसकी आत्मा का रूप बिलकुल आज का ही है। 'एक घूँट' में दृश्य-परिवर्तन नहीं होता। नाटक जिस स्थल पर आरम्भ होता है, वहीं समाप्त भी होता है, समय का संकलन भी निर्दोष है।...'एक घूँट' में किसी घटना के अनायासित उद्घाटित होने से उत्कर्ष की समाप्ति नहीं हुई—जो संघर्ष आरम्भ हुआ है वह धीरे-धीरे शक्तिवान होता गया है। अन्त में एक पक्ष अनुभूति के आधार पर निर्बल होकर क्षुब्ध हो गया है और दूसरा पक्ष प्रबल होकर चरमोत्कर्ष पा गया है, नाटक समाप्त।' डॉ. रामचरण महेन्द्र को अपने शोध-प्रबन्ध में इस नाटक में और भी विशेषताएँ दिखाई पड़ने लगीं—'इसमें पाश्चात्य टेकनीक स्पष्ट दिखती है तथा दृश्य-परिवर्तन नहीं है। पात्रों में गति है, घटना की उत्तरोत्तर वृद्धि होती है और जो संघर्ष प्रारम्भ हुआ है, वह धीरे-धीरे शक्तिवान होता है। अन्त में एक पक्ष अनुभूति के आधार पर निर्बल होकर क्षुब्ध और दूसरा पक्ष प्रबल होकर चरमोत्कर्ष पा गया है। नाटक में संकलन भी निर्दोष है।' डॉ. नगेन्द्र, डॉ. सत्येन्द्र, और डॉ. महेन्द्र के विचारों की प्रतिध्वनियाँ ही चारों ओर सुनाई पड़ती हैं। एकांकी-संग्रहों की भूमिकाएँ देखी जा सकती हैं। कुछ विद्वान उलझन में भी पड़ गए हैं कि 'एक घूँट' को कहाँ स्थान दें? डॉ. श्रीपति पाठक एक स्थान पर हिन्दी के आधुनिक एकांकी का प्रारम्भ 'एक घूँट' से मानते हैं, लेकिन दूसरी जगह कहते हैं—'वास्तव में यह संस्कृत के दस रूपकों में अंक का ही

एक आधुनिक और परिष्कृत रूपान्तर है। अतः हम इसे आधुनिक एकांकी की कोटि में नहीं रख सकते।'

अब हमें 'एक घूँट' का विश्लेषण कर उस पर विचार कर लेना चाहिए। यह एक विचार-प्रधान कृति है। इसमें पात्रों के माध्यम से प्रसादजी ने विवाह और स्वच्छन्द प्रेम के सम्बन्ध में विचार किया है। प्रारम्भ से अन्त तक इसी प्रश्न पर विवाद किया गया है। कथानक का सूत्र बड़ा क्षीण है—झाड़वाले और उसकी पत्नी के वैवाहिक सम्बन्ध को देखते हुए रसाल अपनी उपेक्षित पत्नी वनलता की मर्म-वेदना को समझ जाता है, और स्वच्छन्द प्रेम का प्रचारक आनन्द प्रेमलता के साथ वैवाहिक सम्बन्ध में बँध जाता है। नाटक में कार्य-व्यापार का अभाव है—घटनाएँ बहुत कम हैं, और जो हैं, उनकी गति भी सरल और अनाटकीय है। विचारों का संघर्ष अवश्य आया है, पर वह भी बहुत उभरकर सामने नहीं आता। इसमें पात्रों के चरित्र-चित्रण पर बिलकुल ध्यान नहीं दिया गया है—पात्रों के नाम ही (कुंज, रसाल, वनलता, मुकुल, प्रेमलता और आनन्द) यह संकेतिक करते हैं कि ये व्यक्ति नहीं हैं, भावों के प्रतीक हैं। आधुनिक नाटक व्यक्तियों के चरित्र-चित्रण का आग्रही है, यह हम देख चुके हैं। नाटक का प्रारम्भ गीत से हुआ है, अन्त भी गीत से ही, बीच में भी दो गीत आए हैं। भाषा-शैली भी अलंकृत और काव्यात्मक है। संलाप भी बड़े-बड़े हैं। इन सबसे नाटक में शिथिलता आई है। स्वगत का व्यवहार भी बहुलता से किया गया है—अश्राव्य ही नहीं, नियतश्राव्य का भी व्यवहार हुआ है। आधुनिक नाटक इसे अस्वाभाविक मानता है। चंदुला के रूप में विदूषक भी लाया गया है, जो स्पष्टतः संस्कृत का प्रभाव है।

'एक घूँट' के आधुनिक होने के विरोध में सबसे बड़ी बात यह कही जा सकती है कि यह अभिनेय नहीं है। आधुनिक नाटक अभिनेयता को, किसी भी प्रदर्शन माध्यम के लिए, अपना अनिवार्य गुण मानता है। कुछ आलोचकों द्वारा 'एक घूँट' अभिनेय कहा गया है—'वस्तुतः वह ओपेन एयर प्ले-सा है। खुले आकाश के नीचे वृक्षों की छाया में इसका सरलतापूर्वक अभिनय किया जा सकता है।' लेकिन स्वयं प्रसादजी का ध्यान अभिनेयता की ओर नहीं था। उन्होंने एकांकी के सम्बन्ध में लिखा है—'साहित्य में एक प्रकार के एकांकी नाटक भी लिखने का प्रयास हो रहा है। वे यही समझकर तो लिखे जाते हैं कि उनका अभिनय सुगम है, किन्तु उनका अभिनेय होता कहाँ है? यह पाठ्य छोटी कहानियों का ही प्रतिरूप नाट्य है।' स्पष्टतः देखा जा सकता है कि 'एक घूँट' में रंगमंचीय संकेत नहीं हैं, कथात्मक संकेत हैं।

यह सही है कि 'एक घूँट' एक ही दृश्य में है—इसमें दृश्य-परिवर्तन नहीं होता, पर किसी एकांकी के आधुनिक कहे जाने के लिए यही पर्याप्त नहीं है। 'एक घूँट' अपने युग की सरलगति कथानक एवं गीतप्रधान काव्यात्मक शैलीवाली नाट्य-कृतियों की तरह ही है—अन्तर केवल यह है कि इसके भाव उदात्त हैं, शैली परिष्कृत है, और सर्वत्र सुरुचि के दर्शन होते हैं। 'एक घूँट' हिन्दी एकांकी-नाटक की नयी परम्परा की पहली कड़ी नहीं है, वह पिछली परम्परा की अन्तिम कड़ी है—भावप्रधान काव्यात्मक एकांकी

की सुरुचिपूर्ण एवं साहित्यिक परिणति है। प्रसादोत्तर हिन्दी एकांकी 'एक घूँट' के नाट्यविधान को लेकर आगे नहीं चलता है। वह सुदर्शन के 'छाया'। एकांकी के जितना निकट है उतना 'एक घूँट' के नहीं।

जी.पी. श्रीवास्तव ने मोलियर के नाटकों के अनुवाद से अपना नाट्य-लेखन प्रारम्भ किया। मोलियर (1622-1673 ई.) अपने समय का बड़ा प्रभावशाली फ्रेंच नाटककार था। उसके नाटक हास्य-व्यंग्य-प्रधान थे। श्रीवास्तवजी ने उसे ही अपना गुरु माना और उसके लगभग सभी नाटकों के अनुवाद किए। ये अनुवाद सीधे फ्रेंच से न होकर फ्रेंच के अंग्रेजी अनुवाद से हुए। इन्होंने अनुवादों के अतिरिक्त जिन अनेक मौलिक नाटकों की रचना की, उनमें एकांकी भी हैं। इनके उल्लेखनीय लघु प्रहसन हैं–'दुमदार आदमी', 'पत्र-पत्रिका-सम्मेलन', 'न घर का न घाट का', 'अच्छा उर्फ अक्ल की मरम्मत', 'प्रकाशक पेटूमल गर्भानन्द', 'सम्पादक बंटाधारी जी', 'मिट्टी का शेर', 'कुर्सीमैन', 'गड़बड़झाला' आदि।

श्रीवास्तवजी ने अपने नाटकों में तत्कालीन सामाजिक कुरीतियों, रूढ़ियों आदि पर व्यंग्य किया है; कुछ नाटकों में मात्र मनोरंजन पर ध्यान रखा गया है। इनमें उस समय पढ़े-लिखे लोगों की बेकारी पर, शौकिया नाटक खेलनेवालों पर, उस समय के साहित्य की स्थिति पर, चुनाव लड़नेवालों आदि पर हँसने का प्रयत्न किया है। उदाहरण के लिए, एक नाटक में मिस्टर नाटकमल, जो वास्तव में तत्कालीन नाटक का प्रतीक है, कहता है–'मेरे अंग-अंग में जोड़ लगाकर मेरा ढाँचा बना है। सर विलायती है, तो धड़ मुल्तानी। हाथ बंगाल के हैं, तो पैर गुजरात के। इसीलिए मुझमें स्वाभाविक बल, भाव, सुन्दरता और सुडौलपन कुछ भी नहीं है। ढाँचा बेडौल; चाल बेतुकी, बातें लचर, रंग बदरंग और उस पर न मैं Tragedy में हूँ, न Comedy में; बल्कि एक अजीब गड़बड़ घोटाला।' तत्कालीन रंग-मंचीय नाटकों का यह वास्तविक चित्र है, इसमें सन्देह नहीं।

शिल्प की दृष्टि से विचार करें, तो जी.पी. श्रीवास्तव ने अपने लघु प्रहसन स्वतन्त्र प्रदर्शन के लिए न लिखकर बड़े नाटकों के साथ दिखाए जाने के लिए लिखे। ऐसी ही बात उस समय के अन्य प्रहसनों की भी थी। इसका प्रभाव नाटक के विधान पर भी पड़ा। श्रीवास्तवजी ने स्वयं लिखा है–'हमारे दर्शकगण भी ऐसे तमाशे देखते-देखते ऐसे आदी हो गए हैं कि अगर उनके सामने कोरा Tragedy या कोरा Comedy खेला जाए, तो उन्हें वह कभी पसन्द न होगा।...नतीजा यह होता है कि प्रहसन का प्लाट ढीला और लचर रह जाता है। चरित्र-रचना की सारी खूबी चौपट हो जाती है।' ये बातें स्वयं श्रीवास्तवजी के अपने नाटकों पर भी लागू हैं। इनमें कथानक-निर्माण और चरित्र चित्रण पर ध्यान नहीं दिया गया है। चारों ओर अतिरंजना और अस्वाभाविकता से काम लिया गया है। मालूम होता है जैसे लेखक का उद्देश्य अपने दर्शकों को किसी प्रकार हँसा देना है। इसके लिए वह अस्वाभाविक और हास्यास्पद, सभी साधनों का सहारा ले सकता है। कथानक-निर्माण, स्थितियों और पात्रों के चुनाव आदि सब बातों में यही परिलक्षित होता है। उदाहरण के लिए 'दुमदार आदमी' के निपोड़संख वकील का चित्र

देखा जा सकता है—'निपोड़संख एक बड़ी सी दुम लगाए हुए जिसके आखिरी हिस्से में अंग्रेजी के मोटे-मोटे अक्षरों में B.A., L-L.B., दोनों तरफ लिखे हुए हैं, एक पैर में चूड़ीदार पाजामा, दूसरी में ढीली मोहरी का पाजामा पहने, एक बड़े डंडे पर सवार, एक हाथ में जूता लिये डंडे को पीटते हुए प्रवेश करते हैं।' पात्रों के चरित्र-चित्रण पर भी ध्यान नहीं दिया गया है। व्यक्ति विशेष को पात्र बनाया ही नहीं गया है। कुछ पात्रों के नाम देखे जा सकते हैं—मुठभेड़चन्द राही, गुलजार हुसेन ऐक्टर, समाज राम, जनता राय, पाठकलम, अधिकारीनाथ, सफाई राय, गब्बूलाल, धोती प्रसाद, वोटरचन्द आदि। स्पष्ट है कि ये सभी व्यक्ति नहीं हैं। इनके नामकरण के द्वारा भी हास्य उत्पन्न करने का प्रयत्न किया गया है। इनके चरित्र भी बिलकुल अस्वाभाविक और अतिरंजित हैं। इनके कार्य-व्यापार भी वैसे ही हैं। बुद्धू धोबी गदहे पर चढ़कर स्टेज पर आता है। झाड़ू से झपसटनाथ की पीठ बुहारी जाती है। धोबी परसाद भंगी को कन्धे पर चढ़ाकर ले जाते हैं। इन सब बातों से सुरुचि का परिचय नहीं मिलता। नाटकों के संलापों में भी स्वाभाविकता-अस्वाभाविकता का ध्यान नहीं रखा गया है। इनमें भी किसी-न-किसी प्रकार हास्य-सृजन का प्रयत्न किया गया है। इसके लिए कहीं गद्य के संवादों में भी तुकों का व्यवहार किया गया है, कहीं संवाद ही गीतों में है। इनमें नाटकीयता कम है। सुरुचि और स्वाभाविकता बिलकुल नहीं है। इनमें जो हास्य उत्पन्न करने का प्रयत्न किया गया है, वह भी निम्न कोटि का है।

बेचन शर्मा 'उग्र' अपने समय के बड़े जागरूक एवं सशक्त कलाकार रहे हैं। जैसा इन्होंने कहा है, 'अंग्रेजी-नौकरशाही और समाज से लड़ने के लिए इन्होंने उपन्यास, कहानी, नाटक, एकांकी, प्रहसन आदि को अपना माध्यम बनाया।' इन्होंने बड़े नाटकों के अतिरिक्त अनेक एकांकी नाटक भी लिखे। राजनीतिक विषयों को आधार बनाकर लिखे गए, अपने एकांकी 'लाल क्रान्ति के पंजे' (सन् 1923-24 में गोरखपुर के 'स्वदेश' के विजय अंक में प्रकाशित) तथा 'अफजल बध' (सन् 1928 में 'मतवाला' में प्रकाशित) के कारण इन्हें जेल की सजा भी भुगतनी पड़ी थी। इनके अन्य प्रसिद्ध एकांकी हैं—'चार बेचारे' : 'बेचारा सम्पादक', 'बेचारा अध्यापक', 'बेचारा सुधारक' और 'बेचारा प्रचारक'। इन सबमें इन बेचारों की दयनीय स्थिति का चित्र भी अंकित किया गया है, और इनकी दुर्बलताओं पर व्यंग्य भी। 'बेचारा प्रचारक' में देशोद्धार की आड़ में पापाचार करनेवाले प्रचारकों का नग्न रूप उद्घाटित किया है। यही बात 'बेचारा सुधारक' में भी है। इनके कथानकों का निर्माण सीधे ढंग से हुआ है। इनकी गति भी मन्द है। संवादों में काव्यात्मकता है, शैली अलंकृत है। 'बेचारा सम्पादक' में ऐसे अंश अनेक हैं—'हमको एक सम्पादक चाहिए। जिस प्रकार चातक को स्वाति के बूँद की, चक्रवाक पक्षी को सूर्य की, सूर्य को प्रकाश की, चन्द्र को शीतलता की और बीसवीं सदी के लेखकों को पुरस्कार की आवश्यकता होती है; वैसे ही मुझे एक सम्पादक की आवश्यकता है।' कुछ नाटकों में संवाद बड़े चुस्त हैं और बोलचाल की स्वाभाविक भाषा में लिखे गए हैं। पात्रों के चरित्र-चित्रण की ओर लेखक का विशेष ध्यान नहीं है। उसका

ध्यान मुख्यतः अपने विषय और कथ्य की ओर है—पात्रों के नाम इसके प्रमाण हैं। 'बेचारा प्रचारक' के पात्रों का परिचय इस प्रकार है—प्रचारक का नाम दन्तनिपोर, मुँहफट लेखक का नाम अप्रियम् सत्यम्, प्रकाशक-सम्पादक हैं टकाधर्मम्, नेता का नाम है सेठ शिवम् सुन्दरम् और सेठ शिवम् सुन्दरम् की युवती सेविका है चन्द्रमुखी। उग्रजी के नाटकों में उनका कथ्य प्रभावोत्पादक रूप में उपस्थित हुआ है, इसमें सन्देह नहीं।

बदरीनाथ भट्ट बहुमुखी प्रतिभा-सम्पन्न लेखक थे। इन्होंने अनेक हास्य-प्रधान लघु नाटकों की रचना की थी, इनमें उल्लेखनीय हैं—'पुराने हाकिम साहब का नया नौकर', 'आयुर्वैदिक-कसेरु वैद्य बैंगनदासजी कविराज', 'ठाकुर दानीसिंह साहब', 'हिन्दी की खींचातानी', 'रेगड़ समाचार के एडीटर की धूल-दच्छना', 'घोंघा-बसन्त विद्यार्थी'। ये सभी 'लबड़धोंधों' पुस्तक में संकलित हैं। 'मिस और अमेरिकन' और 'विवाह-विज्ञापन' बड़े प्रहसन हैं।

बदरीनाथ भट्ट के एकांकी नाटक मुख्यतः मनोरंजन पर ध्यान देनेवाले हैं, यों कुछ नाटकों में व्यंग्य भी हैं। 'पुराने हाकिम साहब का नया नौकर' में नौकर खोजने की परेशानी और फिर चालक नौकर से होनेवाली कठिनाइयों का रोचक चित्रण है। 'आयुर्वैदिक-कसेरु वैद्य बैंगनदास जी कविराज' में एक अशिक्षित, पर बुद्धिमान और ठग वैद्य का चित्र है। 'ठाकुर दानीसिंह साहब' में दानीसिंह की कंजूसी और मूर्खता का वर्णन है। 'हिन्दी की खींचातानी' में तत्कालीन हिन्दी की अवस्था का चित्र है। अन्य दो रचनाओं में भी ऐसे ही चित्र हैं। सभी चित्र रोचक और आकर्षक हैं। पहले नाटक में तीन दृश्य आए हैं, पर अन्य नाटक एक ही दृश्य में समाप्त हो जाते हैं। प्रथम दो नाटकों में कथानक निर्माण का प्रयत्न दिखाई पड़ता है, अन्यथा अन्य नाटक रोचक संवादों के माध्यम से प्रस्तुत चित्र मात्र हैं। प्रसंगों के चुनाव में रोचकता का ध्यान रखा गया है। पात्रों के नाम भी हास्योत्पादक रखे गए हैं—बैंगनदास, डाक्टर हैटराम, हकीम बूदलबेदाल खाँ, दानीसिंह, मौलवी खुशामद अली खाँ, लाला ढोलकराम आदि। भट्टजी के लघु प्रहसन रोचक हैं और इनमें जी.पी. श्रीवास्तव की अपेक्षा शिष्ट और सुरुचिपूर्ण हास्य-प्रसंग है।

रामनरेश त्रिपाठी ने 'जयंत', 'प्रेमलोक', 'वफाती चाचा' और 'पैसा परमेश्वर' बड़े नाटक लिखे थे। इनके साथ ही उन्होंने कुछ एकांकी नाटकों की भी रचना की है—'बा और बापू', 'समानाधिकार', 'स्त्रियों की कौंसिल', 'कुणाल' आदि। उनके लिखे कुछ बाल एकांकी भी हैं—'मंगल-मन्दिर', 'कर्तव्य-पालन', 'ध्रुव', 'एकलव्य', 'इन्द्र का अखाड़ा', 'मौत के सिपाही'।

अपने एकांकी नाटकों में त्रिपाठीजी ने अधिकतर समसामयिक विषयों को ही लिया है। 'समानाधिकार' में यह दिखलाया गया है कि स्त्रियों का समानाधिकार-आन्दोलन व्यावहारिक नहीं है। 'स्त्रियों की कौंसिल' भी स्त्रियों की समस्या पर आधारित है। 'सीजन डल है' प्रहसन में डाक्टरों की ठगी का चित्रण है। 'बा और बापू' महत्मा गांधी के दक्षिण अफ्रीका-प्रवास की कुछ सच्ची घटनाओं पर लिखा गया है। बच्चों के नाटक

बालकों को चरित्र-निर्माण की प्रेरणा देनेवाले हैं। इनके निष्कर्ष उपदेशात्मक हैं। त्रिपाठी जी के एकांकी नाटकों में कथानक सरल गति वाले हैं। उसमें विशेष नाटकीयता नहीं दिखाई पड़ती। सब जगह रंगमंच और अभिनेयता पर ध्यान नहीं दिया गया है। 'बा और बापू' में लेखक ने कस्तूरबा, बापू आदि को पात्र बनाया है, और उसमें रंग-संकेत भी ऐसे दिए हैं कि नाटक का अभिनय कठिन लगता है। कुछ नाटक एक दृश्य में ही समाप्त हो जाते हैं, कुछ में अनेक दृश्य आए हैं। जहाँ संलाप छोट-छोटे हैं, वहाँ उनमें गति है, पर स्थान-स्थान पर वे बड़े-बड़े भी हैं। लेखक ने स्वगत का व्यवहार किया है। भाषा-शैली प्रसंगानुरूप है।

प्रसिद्ध वैयाकरण **कामता प्रसाद गुरु** का एक सुन्दर एकांकी नाटक 'चन्द्रकला' प्रकाशित हुआ था। इसमें लेखक ने काल्पनिक कथानक लिया है, और बड़ी कुशलता से उसका निर्माण किया है। कुतूहल प्रारम्भ से अन्त तक बना रहता है। पर कथानक की गति मन्द है। संलाप भी बड़े-बड़े और मन्थर गति से चलनेवाले हैं, नाटक का अन्त बड़े मार्मिक ढंग से हुआ है। अपने समय की दृष्टि से यह एक महत्त्वपूर्ण कृति है।

मंगला प्रसाद विश्वकर्मा 'विशारद' का एक सुन्दर एकांकी उस समय प्रकाशित हुआ था—'शेरसिंह'। यह अंग्रेजों के विरुद्ध छत्रसिंह और शेरसिंह के विद्रोह के प्रसंग पर आधारित है। नाटक सात दृश्यों में है। इसका प्रारम्भ आकस्मिक और आकर्षक रूप में हुआ है।

चण्डीप्रसाद 'हृदयेश' के दो नाटक 'परित्राण' और 'विनाशलीला' उनके कहानी-संग्रह 'वनमाला' में संकलित हैं। दोनों ही सामाजिक नाटक हैं। 'परित्राण' में कन्या-विवाह और कन्या-विक्रय की समस्याएँ हैं। कथानक का निर्माण कुशलता से हुआ है। स्वगत बड़े लम्बे-लम्बे आए हैं। संलाप कहीं छोटे हैं, कहीं बड़े। शैली अलंकृत है। 'विनाशलीला' बाल-विवाह और बाल-वैधव्य की समस्याओं पर लिखित एक मार्मिक रचना है। इसके पहले दृश्य में बाल-विवाह के प्रश्न पर केवल विवाद है, बाद में कथानक में गति आई है। नाटकीयता की दृष्टि से 'परित्राण' इससे उच्चकोटि की रचना है।

इस अवधि में पत्र-पत्रिकाओं में समय-सयम पर लघु नाटक प्रकाशित हुए थे। ब्रजलाल शास्त्री के 'नीला', 'पन्ना', 'तारा', 'पद्मा' आदि एकांकी 'भारती' में 1920-21 में प्रकाशित हुए थे। ये सभी ऐतिहासिक नाटक हैं। पंडित हरिशंकर शर्मा ने 'बिरादरी विभ्राट', 'पाखंड प्रदर्शन', 'स्वर्ग की सीधी सीढ़ी' और 'बुढ़ऊ का ब्याह' नाटक लिखे थे। शर्माजी के नाटक सुधारवादी हैं और उनमें हिन्दू धर्म की संकीर्णताओं पर आघात किया गया है। ये सभी उद्देश्य-प्रधान नाटक हैं और इनमें लेखक का ध्यान मुख्यतः विषय पर ही है। वैद्यनाथ मिश्र 'विह्वल' लिखित एक साहित्यिक प्रहसन 'वीणा' (फाल्गुन सं. 1987) में प्रकाशित हुआ था। यह हास्य-प्रधान संलाप साहित्यिकों पर व्यंग्य किया गया है। मूलचन्द ने 'झाँकियों का झड़ाका', 'प्रभा' (मई 1923) में लिखा था। यह पद्यात्मक संलाप मात्र है।, नाटकीयता कहीं नहीं दिखाई पड़ती। 'माधुरी' (अक्टूबर

1925) में मणिका चक्रवर्ती ने 'अन्तर्ध्यान योग' शीर्षक नाटक प्रकाशित कराया था। यह एक जापानी किस्से के आधार पर लिखित मनोरंजक रचना है। 'माधुरी' (जनवरी 1925) में शैदा का 'प्रायश्चित्त का फल' प्रकाशित हुआ था। इमें महात्मा गांधी, डॉ. अंसारी आदि को पात्र बनाया गया है। पद्यों का व्यवहार बहुत किया गया है जो अस्वाभाविक लगता है। 'चित्रमय जगत' (अगस्त 1923) में श्री अहिवासी का प्रहसन 'गुस्सेबाज' छपा था। यह संलाप प्रधान रचना है। 'तरंगिणी' (मार्च 1916) में छद्मनाम लेखक 'चकाचक' का प्रहसन 'हाथी के पैर में सबका पैर' प्रकाशित हुआ था। यह भी एक संलाप है–खड़ीबोली के सम्बन्ध में। इस तरह के संवाद उस समय अधिकतर प्रकाशित होते रहते थे। इनमें किसी तरह की नाटकीयता नहीं होती थी।

उस समय के अनेक रंगमंचीय नाटककारों ने भी एकांकी-लेखन की दिशा में कलम उठाई थी। पं. राधेश्याम कथावाचक इनमें प्रमुख हैं। यद्यपि इनके एकांकी नाटकों का प्रकाशन सन् 1930 के बाद हुआ है, पर वे इसी अवधि की रचनाएँ हैं और उनमें इस युग के रंगमंचीय नाटकों की प्रवृत्तियाँ दिखाई पड़ती हैं। राधेश्याम जी के एकांकी नाटक हैं–'भारत माता', 'कृष्ण-सुदामा', 'शान्ति के दूत', 'चंटा पन्थ' और 'सेवक के रूप में श्रीकृष्ण'। 'भारत माता' में स्त्री-शिक्षा सम्बन्धी तीन दृश्य हैं। पात्र हैं–भारत माता, धर्म आदि। रचना में नाटकीयता नहीं है। 'कृष्ण-सुदामा' सुपरिचित आख्यान पर आधारित है। 'शान्ति के दूत' भी पौराणिक नाटक है। 'सेवक के रूप में श्रीकृष्ण' भी ऐसा ही नाटक है। इन सबमें गीतों का व्यवहार बहुलता से हुआ है। स्थान-स्थान पर पद्यात्मक संवाद भी आए हैं। इन पर पारसी रंगमंच की शैली का स्पष्ट प्रभाव है, पर लेखक ने सुरुचि का ध्यान सदा रखा है। सभी एकांकी अनेक दृश्य वाले हैं। इसी परम्परा में सरयूप्रसाद 'बिन्दु' तथा शिवरामदास गुप्त के नाटक भी हैं। 'बिन्दु' का 'धर्मावतार' और गुप्त के 'न्यू लाइट', 'जोरू का गुलाम' आदि प्रहसन इसी शैली में हैं।

निष्कर्ष

तत्कालीन साहित्यिक पृष्ठभूमि पर विवेच्यय अवधि के एकांकी नाटकों का विवेचन करने के बाद कुछ बातें स्पष्ट रूप से हमारे सामने आती हैं। हिन्दी साहित्यकारों के मानसिक क्षितिज के विस्तार के साथ उनकी नाट्य-कला-सम्बन्धी मान्यताओं में क्रान्तिकारी परिवर्तन हुए, पर वे मान्यताएँ व्यवहार में शीघ्र ही न उतारी जा सकीं। भारतेन्दु-काल से चली आती हुई परम्परा बड़ी प्रबल थी–उसके संस्कार बड़े गहरे थे। तत्कालीन पारसी रंगमंच का प्रभाव था। यही कारण है कि इस अवधि के अधिकांश एकांकी नाटक काव्यात्मक और गीत-प्रधान रहे। इनमें मुक्ति के प्रयत्न कहीं-कहीं दिखाई पड़ते हैं, जिनकी परिणति होती है सुदर्शन के दो नाटकों में।

इस अवधि में एकांकी नाटक मुख्यतः प्रहसन कहे गए। ये प्रहसन बड़े नाटकों के साथ खेले जाने के लिए लिखित लघु नाटक थे। जो गम्भीर नाटक लिखे गए, उन्हें

कहीं-कहीं संक्षिप्त नाटक कहा गया। 'एकांकी नाटक' शब्द का व्यवहार इसी अवधि में होने लगा, इसका स्पष्ट संकेत सन् 1928 में मिलता है।

इस समय के एकांकी नाटकों की बहुत बड़ी विशेषता है कि ये भरत-वाक्य, प्रस्तावना आदि से मुक्ति पा गए, पर जैसा अभी कहा गया, पद्यों और गीतों का व्यवहार बना रहा। शैली मुख्यतः अलंकृत रही। कथानक-विकास, चरम-सीमा आदि पर विशेष ध्यान नहीं दिया गया, पर इस दिशा में प्रयत्न प्रारम्भ हो गए। पात्रों के चरित्र-चित्रण का स्थान भी नाटकों में गौण रहा। पात्रों के नामों से यह स्पष्ट है कि अभी तक व्यक्तियों का प्रवेश नाटक में नहीं हुआ है—व्यक्तियों की सूक्ष्म चारित्रिक विशेषताओं का चित्रण बहुत ही कम स्थलों पर हुआ है। संलाप कहीं-कहीं संक्षिप्त हैं अवश्य, पर उनकी मुख्य प्रवृत्ति दीर्घता की ओर ही है। उनमें अभिनेयता का ध्यान कम है। भाषा में अलंकारों का मोह स्पष्टतः परिलक्षित होता है। रंग-संकेत बहुत छोटे-छोटे लिखे गए हैं।

विवेच्य अवधि के एकांकी नाटकों का प्रारम्भ हुआ अनुवादों से। अनुवादों से लेखकों को नयी दृष्टि मिली, नयी चेतना भी मिली। अनुवादों की प्रतिक्रिया हुई। मौलिक नाटकों की रचना की ओर लेखकों का ध्यान गया। इस अवधि के एक छोर पर यदि मोलियर, द्विजेन्द्रलाल राय आदि के अनुवाद हैं, तो दूसरे छोर पर जयशंकर प्रसाद के 'एक घूँट' और सुदर्शन के 'छाया' नाटक हैं—पहले में यदि काव्यात्मक शैली के एकांकी नाटकों की परिणति है, तो दूसरे में आधुनिक हिन्दी एकांकी का नवोन्मेष।

हिन्दी एकांकी : सन् 1931–1965

(नव्य रूप : उदय, संघर्ष और विकास)

एकांकी का स्वतन्त्र अस्तित्व

एकांकी नाटक नाटक होते हुए भी अनेकांकी नाटकों से भिन्न हैं, इस तथ्य की स्वीकृति अभी तक नहीं हुई थी। छोटे-छोटे नाटकों की रचना होती आ रही थी, और बीसवीं शताब्दी के तीसरे दशक में एकांकी नाम का भी व्यवहार होने लगा था, पर एकांकी के स्वतन्त्र अस्तित्व की घोषणा अभी तक नहीं हो पाई थी। अब तक नाट्य-कला सम्बन्धी जो विवेचन भी हुए थे, वे सामान्य नाटकों के प्रसंग में ही...उनमें एकांकी की चर्चा नहीं हुई थी। एकांकी नाटक की अपनी विशेषताओं की ओर बिलकुल ध्यान नहीं गया था। वास्तविक बात यह थी कि एकांकी को कोई महत्त्व नहीं दिया गया था...उसके स्वतन्त्र अस्तित्व को माना ही नहीं गया था। अस्वीकृत की गई इस भावना की प्रतिध्वनि सन् 1938 तक सुनाई पड़ती है जब 'हंस' के एकांकी नाटक विशेषांक के विषय में जैनेन्द्रकुमार ने श्रीपत भाई को लिखा की एकांकी नाटक कोई ऐसी चीज नहीं है कि उस पर विशेषांक निकाला जाए? ऐसे विचारों के बावजूद एकांकी नाटक के स्वतन्त्र अस्तित्व की सूचना सन् 1930 के बाद से ही मिलने लगती है। 'विश्वमित्र', 'हंस', आदि पत्रिकाओं में एकांकी नाटक 'एकांकी' कहकर प्रकाशित होने लगे। 'कारवाँ', 'पृथ्वीराज की आँखें' आदि एकांकी-संग्रह निकलने लगे और एकांकी-संग्रहों की भूमिकाओं में एकांकी के शिल्प पर विचार होने लगा। रामकुमार वर्मा ने 'पृथ्वीराज की आँखें' के 'पूर्वरंग' में स्पष्ट शब्दों में कहा–'एकांकी नाटक में अन्य प्रकार के नाटकों की विशेषता होती हैं।...एकांकी नाटक की रचना साधारण नाटक की रचना से कठिन है।....जिस प्रकार कहानी उपन्यास से भिन्न है, उसी प्रकार एकांकी नाटक साधारण नाटक से।' रामकुमार वर्मा ने इस संग्रह की भूमिका में एकांकी नाटक की अपनी विशेषताओं का परिचय भी दिया है।

हिन्दी में अब एकांकी नाटक को स्वतन्त्र साहित्य-रूप मानने की प्रवृत्ति दिखाई पड़ने लगी, इसके कारण कई हैं। लघु नाटकों की पुरानी परम्परा अब सुदृढ़ हो गई थी। इसका संकेत हमें 'सुदर्शन' और 'प्रसाद' के नाटकों में मिल चुका है। दूसरी बात यह थी कि जिस अंग्रेजी साहित्य का प्रभाव हिन्दी पर बड़ी तीव्रता से पड़ रहा था, उसमें आधुनिक एकांकी अभी शीघ्र ही अपने उत्कर्ष पर पहुँचा था और वहाँ उसके स्वतन्त्र

रूप की प्रतिष्ठा हो चुकी थी। अंग्रेजी में अनेक सफल एकांकी नाटकों की रचना हुई थी, जिन्होंने हिन्दी-लेखकों को प्रेरित एवं प्रभावित किया। इस प्रभाव को समझने के लिए अंग्रेजी के आधुनिक एकांकी से परिचित हो लेना चाहिए।

पाश्चात्य एकांकी : एक सिंहावलोकन

आधुनिक अंग्रेजी एकांकी का इतिहास बहुत पुराना नहीं है, पर इसकी परम्परा बहुत पहले से दिखाई जाती है। पाश्चात्य साहित्यों के नाटकों की पृष्ठभूमि में इसे समझा जा सकता है। प्राचीन यूनान के एसाइलस, सोफोक्लीज आदि के दुखान्त नाटक एकांकी ही थे—उनमें दृश्य-परिवर्तन नहीं होते थे। उन प्राचीन यूनानी नाटकों में नाट्य-कला अपने बहुत ही उत्कृष्ट रूप में मिलती है। फिर भी यूरोप में, मुख्यतः इंगलैंड में, एकांकी नाटक मध्य युग में दिखाई पड़ते हैं। उस समय धार्मिक विचारों के प्रचार के लिए उनका सहारा लिया गया। नौवीं शताब्दी में पादरियों के सामने एक कठिन समस्या उपस्थित हो गई थी—धार्मिक प्रवचनों में लैटिन का व्यवहार किया जाता था, पर सामान्य जनता उसे नहीं समझ पाती थी। जन-सामान्य में धार्मिक विचारों के प्रचार के लिए पादरियों ने ईसा मसीह और उनके सन्देश को छोटे-छोटे नाटकों के रूप में प्रस्तुत करना प्रारम्भ किया। ऐसे नाटकों की अनेक मालाएँ बन गईं, जिनमें बीस से पचास तक लघु नाटक होते थे। इनमें मनुष्यों के साथ ईश्वर के सम्बन्ध का पूर्ण इतिहास कहा जाता था। धर्म-ग्रन्थों पर आधारित नाट्य-शृंखलाओं को यूरोप में रहस्य-नाटक (Mysteries) कहा जाता था और सन्तों के जीवन पर आधारित नाटकों को चमत्कार-नाट्य (Miracle Plays) कहा जाता था। लेकिन इंगलैंड में इन दोनों प्रकार के नाटकों को चमत्कार-नाट्य ही कहा गया। पहले ये नाटक पादरियों द्वारा ही गिरिजाघरों में प्रदर्शित किए जाते थे, पर ग्यारहवीं-बारहवीं सदी तक सामान्य लोगों ने इन्हें अपना लिया। इन्हीं नाटकों की एक शाखा आगे विकसित हुई जिसे नीति-नाट्य कहा जाता था। अंग्रेजी में इसे Morality Plays कहा जाता था। 'Everyman' इसका सर्वश्रेष्ठ उदाहरण है। मध्ययुग के इन एकांकी नाटकों में विशेष कलात्मकता के दर्शन नहीं होते।

उन्नीसवीं शताब्दी के अन्तिम भाग में एकांकी नाटक एक नये रूप में दिखाई पड़ता है। कुछ देशों में इसका विकास स्वतन्त्र साहित्य-रूप की दृष्टि से हुआ और कुछ देशों में बड़े नाटकों के साथ खेले जाने वाले सहायक नाटक के रूप में। फ्रांस, स्पेन, जर्मनी और इंगलैंड में बहुधा इसका व्यवहार पट-उन्नायक (Curtainraisers) के रूप में किया जाता था। पट-उन्नायक ऐसे हलके-फुलके हास्य-प्रधान लघु नाटक होते थे, जो पंचअंकीय नाटकों के प्रारम्भ में होने के पहले दिखलाए जाते थे जिससे देर से नाट्यशाला में पहुँचने वाले लोगों को मुख्य नाटक के आनन्द ग्रहण करने में किसी तरह की कठिनाई न हो। ऐसे नाटक कभी-कभी बड़े नाटकों के अन्त में भी दिखलाए जाते थे, जिससे दर्शकों के मन पर पड़े दुखान्त नाटकों का तीव्र प्रभाव कम किया जा सके। ऐसे नाटक बाद

के नाटक (After Pieces) कहे जाते थे। स्पेन, जर्मनी और फ्रांस में कभी-कभी व्यावसायिक रंगमंचों पर कोई बड़ा नाटक नहीं दिखलाया जाता था—कई छोटे नाटक क्रमशः दिखलाए जाते थे। ऐसे रंगमंचों में फ्रांस के ग्रैंड ग्विगनाल (पेरिस) का नाम बहुत प्रसिद्ध है। अमेरिका में ऐसी छोटी नाट्य रचनाओं को Vandaville कहा जाता था। ये भी हलकी-फुलकी रचनाएँ थीं और इनमें किसी प्रकार की कलात्मकता नहीं थी। फ्रांस के लघु नाटकों की तरह इन्हें भी रंगमंच पर स्वतन्त्र रूप से प्रतिष्ठित करने का प्रयत्न किया गया, पर विशेष सफलता नहीं मिली। सदरलैंड, पर्सी मैकये आदि लेखकों ने इसे कलात्मक रूप देने का प्रयत्न किया। सन् 1910 के लगभग अमेरिका में एकांकी नाटक स्वतन्त्र अस्तित्व प्राप्त कर सका। सन् 1914 से सन् 1925 तक इस नाट्यरूप का बहुत प्रचार हुआ। लघु रंगमंच आन्दोलन (1910-1925) ने इसकी लोकप्रियता में बहुत योग दिया। अनेक सफल एवं कलात्मक एकांकी नाटकों की रचना हुई।

उन्नीसवीं सदी के अन्तिम भाग में इंगलैंड में पट-उन्नायकों का बहुत प्रचार था। इसे 'कर्टेन रेजर' नाम इंगलैंड में ही मिला था। जैसे पहले कहा जा चुका है; ऐसी रचनाएँ बहुत साधारण कोटि की होती थीं, और उन्हें सम्मान की दृष्टि से नहीं देखा जाता था। उसका कर्टेन रेजर नाम ही उसके प्रति लोगों के अपमान सूचक दृष्टिकोण का परिचय देता है। लेकिन बीसवीं सदी के प्रारम्भ में ही एक महत्त्वपूर्ण घटना हुई। सन् 1903 के अक्टूबर में वेस्ट एंड, लन्दन में डब्ल्यू.डब्ल्यू. जेकब की कहानी 'बन्दर का पंजा' का एकांकी नाट्य रूपान्तर पट-उन्नायक के रूप में खेला गया। यह लघु नाटक इतना प्रभावशाली सिद्ध हुआ कि दर्शक मुख्य नाटक को देखे बिना ही हॉल से निकल गए। उस घटना के सम्बन्ध में एक आलोचक के विचार इस प्रकार हैं—'उस समय एकांकी के लिए इससे अच्छी कोई बात न हो सकती थी, क्योंकि यदि एक ओर, यह ('बन्दर का पंजा' की लोकप्रियता) पट-उन्नायक की मृत्यु का कारण बना तो दूसरी ओर, इससे उस संक्षिप्त नाटक का जन्म हुआ, जो कला का एक अभिनव, महत्त्वपूर्ण और पृथक् अंग बना।'

'बंदर का पंजा' की लोकप्रियता से आशंकित होकर कि बड़े नाटकों का प्रभाव कम न हो जाए, व्यावसायिक रंगमंचों ने इसे अपने यहाँ से बहिष्कृत कर दिया। अब यह नवजात नाट्य-रूप अव्यावसायिक रंगमंचों की सम्पत्ति बन गया। नाटक के इस रूप की ओर बड़े-बड़े लेखकों का ध्यान गया, और उन्होंने अनेक सुन्दर एकांकी नाटकों की रचना की। इनमें बहुत उल्लेखनीय कृतियों में ये नाम लिये जाते हैं—'ट्वेल्व पाउंड लुक (बेरी), 'प्लेगोवर्स' (पिनेरो), राइडर्स टु दि सी' (सिंज), 'ए नाइट इन ऐन इन्न' (डंसेनी) आदि।

बीसवीं शताब्दी के चौथे चरण में अंग्रेजी के एकांकी नाटकों का प्रभाव स्पष्टतः हिन्दी पर परिलक्षित होने लगा। प्रसिद्ध एकांकी नाटकों ने हिन्दी लेखकों को प्रभावित किया। उर्दू में ऐसे नाटकों के अनुवाद कुछ पहले से हो रहे थे, अब हिन्दी में भी होने लगे। सीताराम चतुर्वेदी ने 'बिशप्स कैंडिलास्टिक्स' का भारतीय रूपान्तर 'अपराधी' नाम

से किया जो सर्वप्रथम 1933 में काशी के सेंट्रल हिन्दू स्कूल में खेला गया। यह नाटक इतना लोकप्रिय हुआ कि मार्च 1956 तक अस्सी बार अभिनीत हो चुका था। इसी नाटक का दूसरा अनुवाद कामेश्वरनाथ भार्गव ने सन् 1938 में 'पुजारी' नाम से किया। अमरनाथ गुप्त ने ए.ए. मिलन के 'दि मैन इन दि बाउलर हैट' का अनुवाद प्रस्तुत किया। प्रेमनारायण टंडन ने ब्रिगहाउस और फर्ग्युसन के एक-एक नाटक का अनुवाद भारतीय वातावरण में किया—दोनों ही उनके नाटक-संग्रह में संकलित हैं। इसी प्रकार अन्य नाटकों के भी अनुवाद हुए। इस तरह अंग्रेजी के एकांकी नाटकों का सीधा प्रभाव हिन्दी पर पड़ने लगा।

आधुनिक हिन्दी एकांकी : प्रेरक शक्तियाँ और प्रवृत्तियाँ

विवेच्य अवधि के प्रथम चरण में हिन्दी एकांकी ने नया रूप ग्रहण किया और इसका विकास भी शीघ्रता से होने लगा। इसके कई कारण हैं। अंग्रेजी साहित्य से हिन्दी साहित्यकारों का सम्बन्ध घनिष्ठतर होता जा रहा था। अंग्रेजी के माध्यम से अन्यान्य पाश्चात्य साहित्यों से परिचय बढ़ रहा था। इस समय के अधिक हिन्दी लेखकों ने पाश्चात्य नाटकों का अध्ययन किया। 'रेशमी टाई' की भूमिका से स्पष्टतः ज्ञात होता है कि रामकुमार वर्मा ने मैक्सिम गोर्की, चेखव, टाल्सटाय, आस्कर वाइल्ड, सिंज, यूजीन ओ नील, हैराल्ड राबिंसटीन, रोनाल्ड जींस, मैटरलिंक आदि नाटककारों की रचनाओं का अध्ययन किया है। उपेन्द्रनाथ 'अश्क' ने तो स्वयं अपने शब्दों में स्वीकार किया है—'मैंने शुरू में टैगोर के नाटक पढ़े। फिर पहले मैंने पश्चिम के लगभग सभी एकांकीकारों को पढ़ा और तब बेरी ओ नील, इब्सन, स्टिंडबर्ग, पिरेन्देलो, शॉ—प्रीस्टले, मैटरलिंक और चेखव के बड़े नाटक पढ़े। शॉ बड़ा विटी है और पढ़ने में भी अच्छा लगता है। पर वह कदाचित् मेरी रुचि से मेल नहीं खाता। उसकी अपेक्षा चेखव, ओ नील, प्रीस्टले, मैटरलिंक, मुझे सदा नाटक लिखने की प्रेरणा देते हैं। शिल्प मैंने उनसे सीखा है, अनुभूतियाँ अपनी दी हैं।' इन बातों से स्पष्ट है कि पाश्चात्य नाटककारों की कृतियों ने इस युग के हिन्दी लेखकों को एकांकी लेखन की प्रेरणा दी।

भारत की अन्यान्य भाषाओं में भी नयी शैली के एकांकी नाटकों का लेखन प्रारम्भ हो गया था और इनका परिचय अनुवादों के माध्यम से हिन्दी लेखकों को मिल रहा था। प्रसिद्ध पत्रिकाओं में ये अनुवाद बहुधा प्रकाशित हुआ करते थे। यदि केवल 'हंस' का ही उदाहरण लिया जाए, तो उनमें अनेक अनूदित एकांकी प्रकाशित हुए थे—तेलुगु का ही 'अनारकली' (मुद्दुकृष्ण) जनवरी 1936 में, तेलुगु का ही 'अन्धकार के पहले' (जी. शंकर कुरूप) मार्च 1936 में, उर्दू का 'नौजवान डाक्टर' (मिर्जा अजीमबेग चुगताई) अगस्त 1936 में, उर्दू का ही 'बीमार' (सज्जाद ज़हीर) नवम्बर 1937 में, गुजराती का 'बरगद' (श्रीकृष्णलाल श्रीधराणी) जनवरी और फरवरी 1937 में। 'हंस' के एकांकी नाटक विशेषांक में तो एक साथ ही चार अनुवाद प्रकाशित हुए थे—बंगला से रवीन्द्रनाथ

ठाकुर लिखित 'चांडालिका', तमिल से सेनापति रचित 'दीक्षा', कन्नड़ से बी. अश्वत्थ नारायण राव का 'ज्वालामुखी' और गुजराती से धूमकेतु लिखित 'कर्ण-कुन्ती'। अनुवादों की यह परम्परा आगे भी चलती है। अन्य पत्रों में भी अनुवाद मिलते हैं। इनसे भी हिन्दी लेखकों को प्रेरणा मिली।

व्यावसायिक रंगमंच के अभाव ने भी हिन्दी एकांकी के विकास में योग दिया है। नाटक की उन्नति के लिए नियमित एवं व्यवस्थित रंगमंच की अनिवार्यता होती है, पर हिन्दी में इसका अभाव रहा है। व्यावसायिक रंगमंच की अनुपस्थिति में बड़े नाटकों का प्रदर्शन बड़ा कष्टसाध्य होता है। एकांकी नाटकों के प्रदर्शन में कम साधनों की आवश्यकता होती है, कठिनाइयाँ भी कम होती हैं। यही कारण है कि लोगों की सहज नाट्य प्रवृत्ति ने एकांकी नाटकों के रूप में एक अच्छा आधार प्राप्त किया। सांस्कृतिक जागरण के फलस्वरूप अब स्कूलों और कालेजों में नाटकादि के प्रदर्शन पहले की अपेक्षा अधिक संख्या में होने लगे।

इस अवधि के एकांकी नाटकों की प्रेरक शक्ति के रूप में रेडियो ने बहुत काम किया है। रेडियो नाटक के प्रसंग में हम आगे देखेंगे कि भारत में सन् 1936-1937 से नियमित प्रसारण प्रारम्भ हो गया। रेडियो से प्रसारणार्थ छोटे-छोटे नाटकों की आवश्यकता पड़ी। रेडियो के लिए नाट्य-लेखन नाटककारों के लिए आर्थिक दृष्टि से भी अधिक लाभदायक था। फलतः अधिक संख्या में रेडियो के लिए लघु नाटकों की रचना होने लगी। ये नाटक लघु नाटकों के विकास में बहुत सहायक हुए। यह सही है कि रेडियो नाटक रंगमंच एकांकी से अनेक बातों में भिन्न है, पर रेडियो के लिए छोटे-छोटे नाटकों की रचना बहुलता से होने लगी, इसे अस्वीकार नहीं किया जा सकता। कुछ रेडियो नाटक सामान्य परिवर्तनों के बाद रंग-एकांकी बनाकर प्रकाशित भी होने लगे। हम आगे देखेंगे कि एकांकी के विकास में इनसे कितना योग मिला है।

ये तो हुईं प्रेरक शक्तियाँ, अब हम इस युग के एकांकी नाटकों की मुख्य प्रवृत्तियों पर संक्षेप में विचार करेंगे। पिछले अध्याय में हमने देखा था कि नाट्य-कला के सम्बन्ध में बहुत बड़ी विचार-क्रान्ति उस समय हुई थी, यद्यपि उस समय के नाटकों पर उसका प्रभाव बहुत कम पड़ा था। अब वे नये विचार हिन्दी लेखकों के संस्कार में आ गए--यह दूसरी बात है कि परम्परा की लीक पकड़कर युग के पीछे रहनेवाले कलाकार हर युग में रहते हैं, इस युग में भी रहे। पाश्चात्य नाटकों के अध्ययन ने इस संस्कार को दृढ़ किया। नये विचारों की प्रतिष्ठा हुई। इस समय के एकांकी-संग्रहों की भूमिकाओं में इन नये विचारों का परिचय मिलता है। अब नाटकों में स्वाभाविकता की माँग बढ़ी, नाटक जीवन के निकट आए, जीवन को अभिव्यक्त करे—स्वाभाविक रूप में, यह विचार प्रकट किया जाने लगा। रामकुमार वर्मा ने अपने पहले एकांकी-संग्रह में ही कहा—'जो व्यक्ति रंगमंच पर तमाशा देखना चाहते हैं उन्हें सम्भवतः मेरे नाटकों से निराशा हो। यदि हमारे रंगमंच पर जीवन अवतरित होना चाहता है, तो मैं नम्रतापूर्वक अपने नाटकों को उपस्थित करने का साहस करता हूँ।' इसके अतिरिक्त कई अन्य बातों का आग्रह हिन्दी

के आधुनिक एकांकी में मिलने लगता है। यह नया एकांकी सरल-गति कथानक से पृथक् होने का प्रयत्न करने लगा। यह माना जाने लगा कि एकांकी के कथानक में संघर्ष हो, नाटकीय मोड़ हों, वह स्थिर न होकर क्रमिक रूप से विकसित हो और चरम सीमा पर पहुँचे, उसमें कुतूहल और जिज्ञासा-सृष्टि अन्त तक बनी रहे, एक निश्चित दिशा हो—एक निश्चित केन्द्र-बिन्दु, उसमें एकाग्रता हो, मितव्ययिता हो, संश्लिष्टता और सुसम्बद्धता हो—अनावश्यक विस्तार कहीं भी न आए पाए। नये एकांकी में वर्णनात्मकता का विरोध किया गया। उसके स्थान पर अभिनयात्मकता की प्रतिष्ठा की गई। चरित्र-चित्रण के सम्बन्ध में भी नयी बातें सामने आईं। अब तब मनोविज्ञान और मनोविश्लेषण का पर्याप्त विकास हो चुका था—भारत में भी इसका अध्ययन होने लगा था। इसका प्रभाव एकांकी नाटकों पर पड़ा। पात्रों के मन की गहराई में उतरकर उनके मनोभावों के चित्रण को आवश्यक समझा जाने लगा। इस बात पर भी ध्यान दिया गया कि नाटक में कोई अनावश्यक पात्र मात्र मनोरंजन के लिए न आए और जो पात्र आएँ उनकी वैयक्तिकता को चित्रित करने का प्रयत्न किया जाए। संलाप के सम्बन्ध में भी कहा गया कि वह नाटक का श्रृंगार नहीं है, अनिवार्य अंग है—उसे नाटकोचित और पात्रोचित होना चाहिए; उसे गतिशील, स्वाभाविक, कथानक-विकास एवं चरित्र-चित्रण में सहायक होना चाहिए। अब नाटक में गीतों के व्यवहार को अस्वाभाविक और अनावश्यक समझा जाने लगा।

हिन्दी के आधुनिक एकांकी नाटक की नयी प्रवृत्तियों का यहाँ केवल संकेत दिया गया है। इस युग में एकांकी-शिल्प सम्बन्धी नये विचारों को सिद्धान्तः स्वीकार किया गया। कुछ लेखकों ने नाट्य-रचना में इनका उपयोग भी किया, कुछ इनका व्यवहार नहीं कर सके। कुछ विषयों को लेकर मतभेद भी रहे। उदाहरणार्थ, कुछ लोगो ने एकांकी में एक ही दृश्य का रहना अनिवार्य माना, कुछ लोगों ने नही; कुछ लोगों ने संकलन-त्रय को अनिवार्य समझा, कुछ लोगों ने इस पर ध्यान नहीं दिया। इस अवधि के एकांकी नाटकों में लेखकों की व्यक्तिगत प्रतिभा संस्कार, रुचि, अध्ययन आदि के कारण विविधता दिखाई पड़ती है।

आधुनिक एकांकी : प्रारम्भ और अस्तित्व का संघर्ष

आधुनिक हिन्दी एकांकी का प्रारम्भ किस नाटक से हुआ, इस प्रश्न के अनेक उत्तर दिए जाते हैं। कुछ लोग सन् 1929 में लिखित प्रसादजी के 'एक घूँट' नाटक को आधुनिक शैली का पहला एकांकी कहते हैं, कुछ लोग उसी वर्ष लिखित और सन् 1930 में 'विश्वमित्र' में प्रकाशित रामकुमार वर्मा के 'बादल की मृत्यु' एकांकी को प्रथम स्थान देते हैं, और कुछ लोग भुवनेश्वर प्रसाद के 'कारवाँ' में संकलित नाटकों को। 'एक घूँट' के सम्बन्ध में हम पहले विचार कर आए हैं—वह आधुनिक पद्धति का एकांकी नहीं कहा जा सकता। 'बादल की मृत्यु' कथानकहीन काव्य-प्रधान रचना है। इसके सम्बन्ध

में रामनाथ सुमन का यह विचार उचित है...'इसे एकांकी नाटक की अपेक्षा अभिनयात्मक गद्य-काव्य कहना अधिक उचित होगा। इसमें कथानक का प्रायः अभाव है, जो एकांकी नाटक की रीढ़ है।' इसके पात्र भी मनुष्य नहीं हैं—सन्ध्या, बादल और वायु हैं। यह अभिनेय भी नहीं है। भुवनेश्वर प्रसाद के एकांकी नाटकों का लेखन सन् 1933 से ही प्रारम्भ हो जाता है। इसमें आधुनिक प्रवृत्तियाँ स्पष्टतः दिखाई पड़ती हैं, पर ये अनेक दृश्यवाले एकांकी हैं। यदि अनेक दृश्यवाले किसी एकांकी को आधुनिक शैली का प्रथम नाटक मानना है तो सुदर्शन लिखित 'छाया' (1925) को सरलता से माना जा सकता है। इसका परिचय पहले दिया जा चुका है।

सन् 1930 से आधुनिक एकांकी की रचना नियमित रूप से होने लगती है। अनेक नये लेखक इस क्षेत्र में आए और उनकी कृतियाँ पत्रों में प्रकाशित होने लगीं। ऐसे लेखकों में विशेष रूप से उल्लेखनीय हैं—रामकुमार वर्मा, भुवनेश्वर प्रसाद, उदयशंकर भट्ट, लक्ष्मीनारायण मिश्र, उपेन्द्रनाथ 'अश्क', सेठ गोविन्ददास आदि। सन् 1930 और 1938 के बीच इनकी कई कृतियाँ प्रकाश में आईं। इसी समय हिन्दी एकांकी के इतिहास में एक बड़ी महत्त्वपूर्ण घटना घटी—मई 1938 में 'हंस' ने एकांकी नाटक विशेषांक प्रकाशित किया। इसी के साथ हिन्दी एकांकी के अस्तित्व एवं महत्त्व के सम्बन्ध में एक ऐसा संघर्ष छिड़ा जो सन् 1950 के अन्त तक चलता रहा। हिन्दी एकांकी के विकास को समझने के लिए उस संघर्ष से परिचय होना आवश्यक है।

'हंस'-सम्पादक ने अप्रैल 1938 में एकांकी नाटक विशेषांक की सूचना देते हुए इस बात की ओर संकेत किया कि आज के जीवन की व्यस्तता एवं अवकाशहीनता ने एकांकी लेखन को गति दी है। उसने पश्चिम के प्रभाव की ओर संकेत किया। मई 1938 में 'हंस' का एकांकी नाटक विशेषांक प्रकाशित हुआ। इसमें हिन्दी के आठ एकांकी छपे—'टकराहट' (जैनेन्द्रकुमार), 'लक्ष्मी का स्वागत' (उपेन्द्रनाथ 'अश्क') 'मैं—और केवल मैं' (भगवतीचरण वर्मा), 'उस पार' (कमलाकान्त वर्मा), 'दस हजार' (उदयशंकर भट्ट), 'मनुष्य के माता-पिता' (बलराज साहनी), 'स्ट्राइक' (भुवनेश्वर प्रसाद) और 'राम-राजो' (हरदयाल सिंह 'मौजी')। इनके अतिरिक्त प्रान्तीय भाषाओं के चार एकांकी छपे, जिनका विवरण पहले दिया गया है। इस अंक में प्रकाशचन्द गुप्ता का 'एकांकी नाटक' शीर्षक का निबन्ध छपा जिसमें उन्होंने एकांकी-शिल्प का संक्षिप्त परिचय देते हुए सूचति किया कि अंग्रेजी के प्रभाव से हिन्दी साहित्य में एकांकी नाटक की एक नयी धारा फूट रही है। इसमें गुप्ताजी ने तब तक प्रकाशित 'कारवाँ', 'पृथ्वीराज की आँखें' और 'उस पार' का समीक्षात्मक परिचय भी दिया। इसी अंक में चन्द्रगुप्त विद्यालंकार का एक विस्तृत और महत्त्वपूर्ण पत्र प्रकाशित हुआ— 'एकांकी नाटक का साहित्य में कोई स्थान भी है?' चन्द्रगुप्तजी ने एकांकी के अस्तित्व पर ही प्रश्नचिह्न लगा दिया। उन्होंने बड़े जोर के साथ कहा—'मेरी स्थापना यह है कि एकांकी नाटक की कोई निश्चित और निजी (जो और किसी की न हो) टेकनीक न तो अभी तक बन पाई है और न बन सकती है।' चन्द्रगुप्तजी ने एकांकी को कहानी से भिन्न नहीं

माना और कला की दृष्टि से उसकी उपादेयता को अस्वीकार करते हुए उसकी लोकप्रियता के दो कारण बतलाए—वह किसी नाटक के अन्तराल में आसानी से खेला जा सकता है और इसका लिखना बहुत आसान है।

जून 1938 के 'हंस' में उपेन्द्रनाथ 'अश्क' ने चन्द्रगुप्त विद्यालंकार की शंकाओं का उत्तर बड़े विस्तार से अपने निबन्ध 'क्या एकांकी का साहित्य में कोई स्थान नहीं?' (जो अब 'नाटककार 'अश्क' ' पुस्तक में प्रकाशित है) में दिया। अश्कजी ने इसमें संस्कृत और अंग्रेजी एकांकी का परिचय देते हुए एकांकी नाटक का अन्तर बड़े नाटक, कहानी और सम्भाषण से दिखलाया। साथ ही, उन्होंने एकांकी की अपनी विशेषताओं की ओर संकेत किया। अश्कजी के इस निबन्ध पर जैनेन्द्रकुमार ने अपनी प्रतिक्रिया 'हंस' को लिख भेजी और कुछ नये प्रश्न खड़े किए। जैनेन्द्रजी ने एकांकी के महत्त्व को अस्वीकार करते हुए लिखा कि 'भारत में एकांकी परिस्थितियों की स्वाभाविक उपज नहीं है।' उन्होंने बतलाया कि हिन्दी में स्टेज नहीं है। फलतः नाटक केवल पढ़े जाने के लिए लिखे जाते हैं। ऐसी स्थिति में एकांकी नाटक आज के लिए कुछ कृत्रिम चीज है। इसके अपनाए जाने का कारण फैशन है, न कि आवश्यकता। 'हंस' सम्पादक ने इस सम्बन्ध में टिप्पणी लिखते हुए कहा—'श्री जैनेन्द्रकुमार के पत्र में और तो सभी बातें ठीक हैं, पर यह उनका भ्रमपूर्ण तर्क है कि जब हिन्दी में रंगमंच का अभाव है तो हम एकांकी लिखने की ओर प्रवृत्त न हों। आवश्यकता ही आविष्कार की जननी है। यदि आज हम सफल और कलापूर्ण एकांकी नाटक लिखने लग जाएँ तो उनके लिए हिन्दी में रंगमंच भी तैयार हो जाएँ और वे लोकप्रिय भी हो जाएँ।' इसके पहले चन्द्रगुप्त विद्यालंकार का उत्तर देते हुए 'हंस'-सम्पादक लिख चुके थे—'यह कहना उचित नहीं दीखता कि एकांकी का अपना कोई स्वतन्त्र अस्तित्व नहीं है। है, और अवश्य है।' अश्कजी ने भी जैनेन्द्रजी की बातों का उत्तर दिया—'रहा मात्र एकांकी का प्रश्न, तो उसकी उपज की आवश्यकता तो इसलिए है कि हम जीवन की विविध समस्याओं को असंख्य देहातियों के सामने रख सकें।...एकांकी की स्टेज में न उतना व्यय होता है और न समय लगता है और बड़ी सुगमता से मनोरंजन के साथ-साथ देहातियों की शिक्षा का काम हो सकता है। मैं मानता हूँ कि एकांकी पहले-पहल नगर...रंगमंचों पर खेले जाएँगे, पर यदि देहातियों के लिए नाटक लिखे गए और ऐसी सभाएँ बनाई गईं तो शीघ्र ही एकांकी देहात में फैल सकता है।'

एकांकी सम्बन्धी विवाद यहीं समाप्त नहीं हो गया। इस पर लोग सोचते रहे, एकांकी के शिल्प पर विचार करते रहे। फरवरी 1940 की 'वीणा' में प्रो. सदगुरुशरण अवस्थी ने 'आधुनिक एकांकी नाटक' शीर्षक एक लेख लिखा, जिसमें एकांकी के स्वतन्त्र अस्तित्व एवं शिल्प पर गम्भीरता के साथ विचार किया गया। मार्च 1940 में प्रो. अमरनाथ गुप्त का 'हिन्दी में एकांकी नाटक' शीर्षक निबन्ध प्रकाशित हुआ। इसमें लेखक ने 'हंस' के एकांकी-सम्बन्धी वाद-विवाद को फिर से उठाया, चन्द्रगुप्त विद्यालंकार और जैनेन्द्रकुमार के विचारों का विश्लेषण किया और अंग्रेजी साहित्य के अध्ययन के

आधार पर उनकी सभी भ्रान्तियों का खंडन किया। फिर, दिसम्बर 1940 में प्रो. अमरनाथ गुप्त ने 'वीणा' में एक और निबन्ध लिखा—'एकांकी नाटक साहित्य'। इसमें लेखक ने अंग्रेजी के एकांकी साहित्य का संक्षिप्त परिचय दिया, संस्कृत एकांकी की ओर संकेत किया, प्राचीन और आधुनिक एकांकी में अन्तर बतलाया तथा तब तक के हिन्दी एकांकी का समीक्षात्मक परिचय दिया।

'हंस' और 'वीणा' में प्रकाशित एकांकी सम्बन्धी विवादों एवं निबन्धों का ऐतिहासिक महत्त्व है। इनसे एकांकी शिल्प पर विचार करने के अवसर मिले और हिन्दी में उसके स्वतन्त्र अस्तित्व की प्रतिष्ठा में सहायता मिली। अस्तित्व के संघर्ष में एकांकी की विजय हुई और उसके समर्थक आलोचक ने घोषणा की—'एकांकी को किसी ऐसे मित्र की आवश्यकता नहीं जो उसका बचाव कर सके.....वह अपनी रक्षा स्वयं ही कर लेगा।'

आधुनिक एकांकी का विकास-क्रम

एकांकी सम्बन्धी विवाद के विवरण से ही यह स्पष्ट है कि आधुनिक हिन्दी एकांकी के उदयकाल में तीन प्रकार के लेखक इस क्षेत्र में आए—एक वे जो आधुनिक एकांकी के शिल्प से परिचित नहीं थे और जिन्होंने रंगमंच और अभिनेयता का ध्यान रखे बिना ही एकांकी नाटकों की रचना की। इन लेखकों ने मुख्यतः पाठ्य एकांकी लिखे। ऐसे एकांकी नाटकों में पुरानी शैली का प्रभाव भी दिखाई पड़ता है। नियमित रंगमंच एवं प्रदर्शन के अभाव में ऐसे नाटकों की परम्परा इस अवधि के अन्त तक चलती रही। उस प्रारम्भिक काल में इसका प्रतिनिधित्व किया था जैनेन्द्र कुमार और चन्द्रगुप्त विद्यालंकार ने। दूसरे वे लेखक थे जिन्होंने पाश्चात्य नाटकों का अध्ययन किया था, एकांकी के शिल्प का घनिष्ठ परिचय प्राप्त किया था और जिन्होंने अभिनेयता को ध्यान में रखकर एकांकी नाटकों की रचना की। आधुनिक हिन्दी एकांकी को सुगठित एवं कलात्मक रूप देने, उसके शिल्प को विकसित करने एवं साहित्य में उसे प्रतिष्ठित कराने का श्रेय इन्हीं लेखकों को मिलना चाहिए। प्रारम्भिक अवस्था में ऐसे लेखकों में प्रमुख थे—रामकुमार वर्मा, भुवनेश्वर प्रसाद, उपेन्द्रनाथ 'अश्क', गणेशप्रसाद द्विवेदी, सेठ गोविन्ददास, जगदीशचन्द्र माथुर आदि। इनमें से कुछ लेखक विवेच्य अवधि के अन्त तक एकांकी नाटकों की रचना करते रहे हैं। ऐसे लेखकों की रचनाओं में आधुनिक एकांकी के शिल्प का क्रमिक विकास होता आया है। इनमें कहीं कोई ऐसी विभाजन रेखा नहीं है जहाँ से शिल्पगत उपलब्धियों को स्पष्टतः अलग-अलग बाँटा जा सके। यही कारण है कि गत वर्षों के एकांकी नाटकों का विवेचन इस अध्याय में एक ही साथ किया जा रहा है। विवेचन के बाद शिल्पगत विकास के सम्बन्ध में हम कुछ स्पष्ट निष्कर्षों पर पहुँच सकेंगे। ऐसे जागरूक लेखकों की श्रृंखला में अनेक नये लेखक क्रमशः जुड़ते गए हैं। तीसरे वे लेखक थे जिन्होंने रेडियो की प्रेरणा से नाट्य-लेखन प्रारम्भ किया

और मुख्यतः रेडियो के लिए ही लिखा। चन्द्रगुप्त विद्यालंकार और अमरनाथ गुप्त ने ऐसे नाटकों के विषय में अपने निबन्धों में लिखा था कि ये सम्भाषण प्रधान हैं, और इनमें एकांकी के स्वस्थ विकास में बाधा पड़ती है, लेकिन यह एक तथ्य है कि ऐसे नाटकों की रचना होती रही। प्रारम्भ में कृश्न चन्दर, चन्द्रकिशोर जैन आदि लेखकों ने ऐसे नाटक विशेष रूप से लिखे और उन्होंने रंगमंच-संकेतों के साथ अपने नाटकों को प्रकाशित कराया। इनमें से अनेक नाटक (उदाहरण के लिए, कृश्न चन्दर का 'सराय के बाहर') तो रंग-एकांकी की दृष्टि से भी सफल रहे हैं, और अनेक बार अभिनीत हुए हैं। सन् 1947 के बाद तो एकांकी-लेखन को सबसे अधिक प्रेरणा रेडियो से ही मिलती रही है। आकाशवाणी केन्द्रों के विस्तार से लेखकों को नाट्य प्रदर्शन का एक जीवित माध्यम प्राप्त हुआ और अनेक प्रतिष्ठित एकांकीकार (रामकुमार वर्मा, उदयशंकर भट्ट आदि) भी रेडियो नाट्य-लेखन के क्षेत्र में आए। अनेक नये लेखकों ने रेडियो नाटक से ही नाट्य-लेखन प्रारम्भ किया। चूँकि नाटक के प्रसारित हो जाने के बाद रेडियो नाटक के रूप में उसकी उपयोगिता बहुत कम हो जाती है, रेडियो के लिए लिखित अधिक नाटक रंग-एकांकी के रूप में प्रकाशित किए जाने लगे और अभी भी किए जा रहे हैं। अनेक लेखकों ने इसे स्वयं स्वीकार किया है।

रामकुमार वर्मा : डॉ. रामकुमार वर्मा हिन्दी में आधुनिक एकांकी की प्रतिष्ठा कराने वाले अग्रणी लेखकों में हैं। इन्होंने एकांकी के सैद्धान्तिक विवेचन एवं व्यावहारिक सृजन द्वारा हिन्दी एकांकी के शिल्पगत विकास में महत्त्वपूर्ण योग दिया है। इनका प्रथम एकांकी-संग्रह 'पृथ्वीराज की आँखें' सन् 1936 में प्रकाशित हुआ, जिसकी भूमिका में इन्होंने एकांकी को बड़े नाटकों से पृथक् मानकर उसकी अपनी विशेषताओं का स्पष्टतः उल्लेख किया। हिन्दी में एकांकी के सैद्धान्तिक विवेचन का सम्भवतः यह प्रथम अवसर था। बाद के अपने एकांकी-संग्रहों की भूमिकाओं में भी इन्होंने एकांकी कला का विस्तृत परिचय दिया है। इनके अन्य एकांकी-संग्रह इस प्रकार हैं—'रेशमी टाई' (1941), 'चारुमित्रा' (1942), 'विभूति' (1945), 'सप्तकिरण' (1947), 'रूपरंग' (1948), 'रजत-रश्मि' (1950), 'दीपदान' (1953), 'ऋतुराज' (1951), 'रिमझिम' (1955), 'इन्द्रधनुष' (1956), और 'पांचजन्य' (1957)। 'कौमुदी-महोत्सव', 'ध्रुवतारिका' आदि एकांकी स्वतन्त्र रूप से भी प्रकाशित हुए हैं। डॉ. वर्मा के प्रसिद्ध एकांकी विभिन्न नामों के संग्रहों में अनेक बार प्रकाशित हुए हैं। इधर, 'इतिहास के स्वर' और 'समाज के स्वर' के कई खंडों में लगभग सभी नाटक आ गए हैं।

डॉ. रामकुमार वर्मा ने अब तक लगभग सौ एकांकी नाटकों की रचना की है। इनमें से बहुत महत्त्वपूर्ण एकांकी नाटकों के नाम इस प्रकार हैं—'बादल की मृत्यु', 'चम्पक', 'एक्ट्रेस', 'नहीं का रहस्य', 'दस मिनट', 'पृथ्वीराज की आँखें', 'परीक्षा', 'रूप की बीमारी', '18 जुलाई की शाम', 'एक तोला अफीम की कीमत', 'रेशमी टाई', 'चारुमित्रा', 'उत्सर्ग', 'रजनी की रात', 'अन्धकार', 'समुद्रगुप्त पराक्रमांक', 'विक्रमादित्य', 'कादम्ब या विष', 'ध्रुवतारिका', 'कौमुदी-महो सव', 'प्रतिशोध', 'तैमूर की हार',

'दुर्गावती', 'औरंगजेब की आखिरी रात' 'कलंक-रेखा', 'राजरानी सीता', 'वासवदत्ता', 'राज्यश्री', 'वाजिदअलीशाह', 'कलाकार का सत्य', 'आँखों का आकाश', 'पृथ्वी का स्वर्ग' आदि। वर्माजी के इन एकांकी नाटकों में विभिन्न विषयों का स्पर्श किया गया है। इनके कथानक विभिन्न क्षेत्रों से लिये गए हैं। पौराणिक, ऐतिहासिक, सामाजिक आदि सब प्रकार के प्रसंगों पर इनका निर्माण किया गया है। कहीं सत्यों की अभिव्यक्ति है, तो कहीं सामाजिक असंगतियों पर व्यंग्य किया गया है, और कहीं जीवन की हलकी-फुलकी स्थितियों के मनोरंजक चित्र उपस्थित किए गए हैं। इनकी ओर हम यथावसर संकेत करते चलेंगे। इन सबसे इतना स्पष्ट है कि मनुष्य की सद्वृत्तियों में लेखक की आस्था है, और उनके प्रति विश्वास का स्वर इन नाटकों में स्थान-स्थान पर सुनाई पड़ता है।

एकांकी नाटक के क्षेत्र में 'बादल की मृत्यु' रामकुमार वर्मा की सर्वप्रथम कृति है। इसका प्रकाशन सन् 1930 के 'विश्वमित्र' में हुआ। 'पृथ्वीराज की आँखें' संग्रह में यह संकलित है। यह दो पृष्ठों का अतिसंक्षिप्त नाटक है। इसके पात्र हैं—सन्ध्या, बादल और वायु। स्थान है—पश्चिम आकाश। इसमें सन्ध्या समय रंगीन बादलों के मिटने की कहानी संलापों के माध्यम से कही गई है। इसमें कोई कथानक नहीं है, किसी तरह की नाटकीयता नहीं है। संलापों पर काव्य का रंग चढ़ा हुआ है। शैली अलंकृत है। वर्माजी की यह रचना विवाद का विषय रही है। प्रो. अमरनाथ गुप्त ने इसके सम्बन्ध में लिखा था '...हिन्दी साहित्य में सबसे पहला एकांकी नाटक श्री रामकुमार वर्मा का 'बादल की मृत्यु' है।...उच्च काव्य-कल्पना का यह उदाहरण है। 'बादल की मृत्यु' तो कविता ही है। नाटक क्या ? हिन्दी साहित्य का सबसे छोटा नाटक और कितनी गूढ़ संवेदनायुक्त। ऐसे एकांकी हिन्दी साहित्य में बहुत कम लिखे गए हैं।' प्रो. प्रकाशचन्द गुप्त ने 'हंस' के एकांकी नाटक विशेषांक में लिखा था—'बादल की मृत्यु तो नाटक के रूप में कविता ही है।' इसमें सन्देह नहीं कि काव्यत्व की दृष्टि से यह बड़ी सुन्दर रचना है, पर नाटक के रूप में इसका विशेष महत्त्व नहीं है। आधुनिक हिन्दी-एकांकी की प्रारम्भिक अवस्था में लिखी गई इनी-गिनी रचनाओं में होने के कारण इसका ऐतिहासिक महत्त्व तो है ही।

'चम्पक' में एक उदार, सदय एवं भावप्रवण व्यक्ति के सम्पर्क में आनेवाले एक कठोरहृदय वृद्ध के हृदय-परिवर्तन की कहानी है। किशोर एक कवि है—भावुक एवं संवेदनशील। स्वभाव से ही वह दुखित एवं पीड़ित जीवों की सहायता करता है। एक दिन वह एक घायल कुत्ते को उठा लाता है और उसे अपनी सेवा से कुछ ही दिनों में स्वस्थ एवं सुन्दर बना देता है। कुत्ते के प्रति अतिशय मोह होते हुए भी वह उसे बेच देता है जिससे दूसरे पीड़ितों की सेवा के लिए कुछ अर्थ और अवकाश प्राप्त कर सके। उसके यहाँ एक लँगड़ा वृद्ध जो कई दिनों का भूखा है, रोटी माँगने आता है। बूढ़े से यह जानकर भी कि उसी ने कुत्ते को घायल किया था, किशोर उसकी सेवा और सहायता करने के लिए तैयार हो जाता है। किशोर की महानता से प्रभावित होकर वृद्ध कुत्ते की सेवा करने के लिए चल देता है। इसी प्रकार 'एक्ट्रेस' का कथानक है। प्रभात

कुमारी पतिपरायणा स्त्री है। अपने शराबी पति के बहुत चाहने पर भी वह लज्जाशील कुलवधू उसके मित्रों के सामने नहीं जाती। पति उसका त्याग कर देता है। वह घर से चली जाती है। लोग समझते हैं कि उसने आत्महत्या कर ली, पर वह फिल्म-एक्ट्रेस प्रभा बनकर बहुत प्रसिद्ध हो जाती है। उसका पति, जो सुधर चुका है और एक पत्र का सम्पादक है, अपनी विवाहिता दूसरी पत्नी कमलकुमारी के साथ प्रभा से इन्टरव्यू लेने जाता है। वह प्रभा को पहचान नहीं पाता, जब पहचान पाता है, तब तक प्रभा कमलकुमारी के सुख के लिए अपना बलिदान दे चुकी होती है। इन दोनों नाटकों में कथानक निर्माण की दिशा में बड़ी सतर्कता दिखाई पड़ती है। कथानक पूर्वघटित घटनाओं के रहस्य पर आधारित है—वार्त्तालाप के प्रसंग में पात्र बीती हुई कहानी कहते हैं और जैसे ही रहस्योद्‌घाटन होता है, नाटक समाप्त हो जाते हैं। रहस्योद्‌घाटन से चमत्कार उत्पन्न करने का प्रयत्न किया गया है। 'चम्पक' के अन्त में ज्ञात होता है कि कुत्ते को चोट पहुँचानेवाला यह बूढ़ा भिखारी ही है और उसके अपने लँगड़े होने का कारण भी वही घटना है। 'एक्ट्रेस' के अन्त में भी मालूम होता है कि पति के एक मित्र के सामने न नाच सकनेवाली प्रभात कुमारी ही हजारों के सामने नाचनेवाली प्रभा है। लेखक ने कथानकों की सभी कड़ियों को अच्छी तरह जोड़ रखा है—छोटी-छोटी बातों पर भी ध्यान दिया है जिसमें कहीं अविश्वसनीयता न आने पाए—कुत्ते के माथे पर जो सफेद चिह्न है उसका भी महत्त्व है, क्योंकि उसके कारण पहले की सभी घटनाएँ एक शृंखला में जुड़ती हैं। 'एक्ट्रेस' में कमलकुमारी के माथे पर जो निशान है, उसका भी कथानक से सम्बन्ध है। प्रभातकुमारी अपनी पूर्वकथा कहते समय इस प्रश्न का उत्तर देने का ध्यान रखती है कि अनंगकुमार उसके पति होते हुए भी उसे अभी क्यों नहीं पहचान सके। इस बात का भी ध्यान रखा गया है कि नाटक की सभी बातें सार्थक हों। प्रभा प्रारम्भ में नाटक की जिन पंक्तियों का अभ्यास करती दीखती है, उनका कितना घनिष्ठ सम्बन्ध स्वयं उसके अपने जीवन से है और वे कितनी सार्थक हैं, इसका परिचय अन्त में मिलता है। प्रभा बीच के एक प्रसंग में मन्दार निर्झर की सुन्दरता पर मुग्ध होकर उसमें डूब मरने की आशंका व्यक्त करती है, वह भी यों ही नहीं व्यक्त कर दी गई है—उसकी भी सार्थकता अन्त में प्रकट होती है। फिर जिन पंक्तियों से नाटक का प्रारम्भ होता है, उन्हीं से अन्त भी। इससे प्रारम्भ और अन्त में कलात्मकता आ गई है। कथानक-निर्माण की कुशलता की दृष्टि से ये दोनों नाटक हिन्दी एकांकी को एक नयी भूमि पर प्रतिष्ठित करते दीखते हैं। कुतूहल के तत्त्व पर ध्यान रखकर इस प्रकार के संश्लिष्ट कथानक-निर्माण का प्रयत्न इस रूप में इसके पहले नहीं मिलता।

'नहीं का रहस्य' भिन्न प्रकार का एकांकी है। इसमें पचपन वर्ष की अवस्था के एक अविवाहित प्रोफेसर हैं हरिनारायण। इनके अविवाहित रह जाने का कारण यह है कि जब उनके पिता इनका विवाह इनकी प्रिय लड़की से कर रहे थे, तो इन्होंने संकोचवश 'नहीं' कह दिया और पिता ने 'नहीं' का अर्थ 'नहीं' ही समझा। लड़की का विवाह अन्यत्र हो गया। हरिनारायण को बहुत दुःख हुआ। इनके पिता इनका विवाह

जब दूसरी जगह ठीक करने लगे, तब इन्होंने फिर 'नहीं' कहा, पर उसका अर्थ 'हाँ' समझा गया, लेकिन हरिनारायण ने शादी नहीं की। इन्हीं की वेदना को उभारकर रखने का प्रयत्न इस एकांकी में किया गया है। इसके लिए आवश्यक साधनों का उपयोग किया गया है। इसका कथानक भी पूर्वघटित घटनाओं पर आधारित है, जिन्हें उपयुक्त स्थिति निर्मित कर मुख्य पात्र द्वारा कहला दिया गया है। यह कथानक-निर्माण की दृष्टि से अधिक महत्त्वपूर्ण नहीं है—नाटक के उद्देश्य ने इसे घटना-प्रधान होने ही नहीं दिया है। लेखक को उद्देश्य में सफलता मिली है, इसमें सन्देह नहीं। 'पृथ्वीराज की आँखें' भी ऐसा ही नाटक है जिसमें कथानक की विशेषता नहीं है। लेखक का उद्देश्य वीर पृथ्वीराज की अन्तिम घड़ियों का मार्मिक चित्र प्रस्तुत करना रहा है और वह उसने किया है। 'दस मिनट' इनसे भिन्न प्रकार की रचना है। इसमें अपने मित्र और उसकी बहन के लिए महादेव नामक एक साधारण व्यक्ति के आत्म-बलिदान का वर्णन है। इसकी घटनाएँ वर्तमान में ही घटती हैं। फलतः इसमें घटनाएँ भी हैं, गति भी है। हत्या, पुलिस आदि की घटनाएँ नियोजित कर लेखक ने कुतूहल और जिज्ञासा की सृष्टि की है। इस एकांकी में पात्रों के प्रवेश-प्रस्थान भी अधिक हैं, जिसमें गति की व्यंजनता होती है।

'पृथ्वीराज की आँखें' संग्रह के इन एकांकी नाटकों में कुछ बातें सामान्य रूप से दिखाई पड़ती हैं। सभी नाटक एक ही दृश्यवाले हैं। इनमें स्थान और समय का परिवर्तन नहीं होता। कार्य-गति भी एक ही निश्चित लक्ष्य की ओर चलती है। इस प्रकार संकलन-त्रय का निर्वाह कुशलतापूर्वक किया गया है। रामकुमार वर्मा प्रारम्भ से ही एकांकी नाटक में संकलन-त्रय के आग्रही रहे हैं। इससे नाटकों में सघनता और प्रभाव की सृष्टि हुई हैं। कथानक के सम्बन्ध में यह बात दिखाई पड़ती है कि इनकी गति अतीत से वर्तमान की ओर है—कहानियाँ अतीत की हैं और वर्तमान के एक बिन्दु पर आकर समाप्त हो जाती हैं। इससे भावनाओं का वेग तो दिखाई पड़ता है, घटनाओं में विशेष वेग नहीं आता। पात्रों के सम्बन्ध में यह बात मिलती है कि लेखक की प्रवृत्ति मनोवैज्ञानिक उलझनवाले पात्रों की ओर अधिक है। यह उलझन बहुत सीधे ढंग की है, और पात्रों के चरित्र में कहीं-कहीं द्वन्द्व की स्थितियाँ दिखलाई पड़ती हैं। 'चम्पक' के किशोर में कुत्ते के प्रति और पीड़ितों के प्रति सेवा-भावना का हलका सा द्वन्द्व है। 'एक्ट्रेस' की प्रभा में अपने आदर्शों के प्रति निष्ठा और पति के आज्ञा-पालन का तथा बाद में पति के प्रति प्रेम और सपत्नी की मंगल-कामना का संघर्ष है। द्वन्द्व की दृष्टि से वर्माजी की प्रारम्भिक कृतियों में प्रभा का चरित्र विशेष आकर्षक है। हरिनारायण के चरित्र में कोई द्वन्द्व नहीं है—एक दबी हुई मार्मिक वेदना है, जिसे लेखक ने कुरेदना चाहा है। वर्माजी के पात्रों में परिवर्तनशीलता भी मिलती है—बूढ़ा भिखारी बदल जाता है, स्वयं प्रभा के मनोभावों में परिवर्तन होता गया है। पात्रों का चरित्र-चित्रण हिन्दी एकांकी की नयी प्रवृत्तियों की ओर संकेत करने लगता है। संलाप छोटे-बड़े सब तरह के हैं, प्रभावशाली हैं, पर इनमें अभी विशेष चुस्ती नहीं दिखाई पड़ती। इन पर काव्यत्व का रंग गहरा है, उपमाओं का व्यवहार स्थान-स्थान पर होता रहा है—जैसे, 'तुम्हारे कान,

जैसे रेशम के दो छोटे-छोटे टुकड़े ईश्वर ने तुम्हारे सिर के समीप गूँथ दिए हैं। तुम्हारी कोमल पूँछ इन्द्रधनुष के समान झुकी हुई है। अब यह कैसा गुलाब-सा सुन्दर और हृदय-सा चंचल हो रहा है!...माथे पर सफेद चिह्न है, जैसे प्रकृति ने इसे तिलक लगा दिया है। कोमल शरीर जैसे कपास की राशि हो।...इसके पैर भी कैसे सफेद हैं, जैसे सुधा इसके चरणों को चूम रही है।' आदि। अलंकृत शैली का व्यवहार सब नाटकों में है। विशेषता यही है कि काव्यात्मकता और अलंकार मर्यादित हैं, जिससे ये नाटकों के लिए बोझ नहीं सिद्ध होते और सर्वत्र सन्तुलन बना रहता है। अश्राव्य का व्यवहार इस संग्रह में अनेक स्थलों पर मिलता है। उदाहरणार्थ—

प्रभा—(सम्भलकर) कुछ नहीं। (स्वगत) मैं क्या कह गई? (बात बदलने के विचार से) आपका निवास स्थान कहाँ है? —एक्ट्रेस

x x x

स्वर—महाशयजी, मैं आ सकती हूँ?

किशोर—(स्वगत) किसी रमणी का कोमल कंठ-स्वर। (प्रकट) आइए।—चम्पक

सब नाटकों की भाषा अलग-अलग है—वातावरण और पात्र के अनुरूप। ग्रामीण बोली भी आई है, अंग्रेजी के वाक्य भी आए हैं, हिन्दी तो सर्वत्र मुख्य है ही। दूसरी भाषाओं के शब्दों के व्यवहार में भी किसी प्रकार का संकोच नहीं है। लेखक ने पात्रोचित स्वाभाविक भाषा का व्यवहार सर्वत्र किया है। रंग-संकेत विस्तृत रूप से दिए गए हैं—अलंकृत शैली में। इनके देखने से लगता है कि लेखक का ध्यान रंगमंच से अधिक पाठकों पर है। सम्भवतः इसीलिए उद्धृत अंश में लेखक ने पात्र-नाम के स्थान पर 'स्वर' का व्यवहार किया है और बाद के संकेत में उसका परिचय दिया है...उसकी मुद्रा से ज्ञात होता है कि वह एक सम्भ्रान्त परिवार की महिला है। नाम है शकुन्तला। इसके बाद, सभी नाटक अभिनेय है। 'बादल की मृत्यु' के अतिरिक्त अन्य सभी नाटकों में अभिनेयता का ध्यान रखा गया है। 'दस मिनट' एकांकी के साथ यह सूचना दी गई है कि प्रथम बार इसका अभिनय 15 अक्टूबर, 1934 को प्रयाग विश्वविद्यालय के विद्यार्थियों द्वारा हुआ था। सब बातों को देखते हुए यह स्पष्ट है कि रामकुमार वर्मा के एकांकी नाटकों का यह प्रथम संग्रह आधुनिक एकांकी के विकास की दिशा में एक निश्चित स्पष्ट चरण-चिह्न था।

'रेशमी टाई' नामक दूसरे संग्रह में सन् 1937 और 1940 के बीच लिखे गए पाँच एकांकी संकलित हैं। 'परीक्षा' और 'रूप की बीमारी' अवधि की दृष्टि से अपेक्षाकृत बड़े एकांकी हैं। 'परीक्षा' में एक ऐसी बीस वर्षीय शिक्षिता नारी के प्रेम की परीक्षा ली गई है जिसने स्वेच्छा से एक पचास वर्षीय विद्वान प्रोफेसर केदारनाथ से विवाह किया है। क्या ऐसी नारी के हृदय में अपने वृद्ध पति के प्रति सहज प्रेम हो सकता है? परीक्षा के बाद रत्ना के प्रेम की वास्तविकता सिद्ध होती है। नाटककार ने प्रारम्भ में प्रसिद्ध वैज्ञानिक डॉ. रुद्र की प्रयोगशाला और उनके व्यक्तित्व का बड़ा भव्य एवं प्रभावशाली चित्र अंकित किया है। फिर जब प्रो. केदार आते हैं, तब नाटक की मूल समस्या सामने

लाई जाती है। पर्दे के पीछे जाकर दोनों मित्र डॉ. रुद्र और प्रो. केदार, रत्ना के प्रेम की परीक्षा की योजना बनाते हैं। इससे नाटक का दर्शक या पाठक योजना से अपरिचित रहता है, फलतः उसका कुतूहल बना रहता है। इसके बाद रत्ना आती है, प्रो. केदार को युवा बनाने का प्रयोग होने लगता है और इन घटनाओं की प्रतिक्रिया रत्ना पर क्या होती है, इसका अध्ययन किया गया, वह कोई वैज्ञानिक प्रयोग नहीं था—पूर्वनिश्चित योजना के अनुसार की गई साधारण बातें थीं। इस प्रकार एक चमत्कार के साथ नाटक समाप्त होता है। नाटककार ने कुतूहल की सृष्टि की है और उसका अन्त तक निर्वाह किया है। उसे अपने उद्देश्य में सफलता भी मिली है। लेकिन इस एकांकी से स्पष्ट होता है कि लेखक का ध्यान—अपने पात्रों के सूक्ष्म मनोवैज्ञानिक अध्ययन की ओर उतना नहीं, जितना कृत्रिम नाटकीय चमत्कार की ओर है। इसीलिए दर्शकों के सामने से हटकर प्रयोग की योजना बनाई जाती है—दर्शकों की जिज्ञासा जगाए रखने के लिए इस तरह की योजनाएँ पर्दे के पीछे बनाई जाती हैं, लेकिन वे अधिक सार्थक तब लगती हैं, जब उन्हें किसी पात्र से भी छिपाए रखने के लिए ऐसा किया जाता है। दर्शकों को ही चमत्कृत करना यहाँ लेखक का उद्देश्य ज्ञात होता है। रंगमंच पर बत्ती बुझाकर बाल रँगना और फिर धोना मात्र चमत्कार उत्पन्न करने के लिए प्रयुक्त कृत्रिम साधन हैं। इनसे नाटक में आकर्षण बना रहता है, इसमें सन्देह नहीं। वातावरण-निर्माण, प्रयोग आदि का कुछ अधिक विस्तार किया गया है, ऐसा लगता है फिर भी नाटक प्रभावशाली है।

'रूप की बीमारी' में सेठ सोमेश्वरचन्द्र के पुत्र रूपचन्द्र की कहानी है। रूपचन्द्र को रूप की बीमारी है—वे एक लड़की कुसुम पर आशिक हैं और बीमारी का बहाना कर बिस्तरे पर पड़े रहते हैं। दो प्रसिद्ध डाक्टर उनका इलाज करने लगते हैं, पर बीमारी अच्छी नहीं होती—कोई बीमारी हो तब न अच्छी हो। अन्त में डाक्टर आपरेशन का निर्णय करते हैं। डरकर रूपचन्द्र ने अपनी बीमारी का रहस्य बतलाया और यह तय हुआ कि कुसुम को वहाँ किसी तरह गीत गाने के लिए बुलाया जाए। 'रूप की बीमारी' सामान्य एकांकी है। मात्र मनोरंजन इसका उद्देश्य है। कथानक-निर्माण में कोई विशेषता नहीं है। एकांकी को अनावश्यक विस्तार दिया गया है। हाँ, नाटक में रोचकता बनी रहती है, इसे अस्वीकार नहीं किया जा सकता। यह रोचकता पात्रों के संलापों से उत्पन्न की गई है—एक डाक्टर बड़े मनोरंजक रूप में बंगाली-हिन्दी बोलते हैं, दूसरे डाक्टर अंग्रेजी बोलते हैं, नौकर हिन्दी और अंग्रेजी के शब्दों को विकृत कर रोचक भाषा बोलता है। डाक्टरों का परस्पर विचार-विमर्श भी मनोरंजक है।

'18 जुलाई की शाम' एक प्रभावशाली रचना है। इसमें उदार और सहृदय प्रमोद ने फैशन की देवी उषा से विवाह किया है। प्रमोद बहुत कम कमा पाता है और प्रयत्न करने पर भी उषा को ऐशो-आराम के साधन नहीं दे पाता। उषा अपने मित्र अशोक के साथ आनन्द मनाने देहरादून जाने का प्रोग्राम बनाती है, पर प्रमोद के उदार व्यक्तित्व से प्रभावित राजेश्वरी द्वारा प्रमोद की महानता की कहानी सुनकर स्वयं परिवर्तित हो

जाती है—वह निर्धन, पर महान पति के साथ रहने में ही सुख मानने लगती है। यह चरित्र-परिवर्तन की कहानी बड़ी आकर्षक है। परिवर्तन स्वाभाविक रूप में हुआ है—इसके लिए यथोचित साधन जुटा दिए गए हैं। लेखक ने अखबारों के समाचारों, मनीआर्डर और राजेश्वरी द्वारा कही गई पूर्व-कथा का कुशलता से उपयोग किया है। कथानक में कुतूहल बना रहता है। नाटकीय मोड़ बड़े आकर्षक रूप में आए हैं। घटनाएँ एक ही स्थान पर घटती हैं, पर नाटक में भावात्मक गति है—एक स्थिति से दूसरी स्थिति में परिवर्तन हुआ है। अशोक और उषा के प्रथम और अन्तिम संलापों में आकाश-पाताल का अन्तर है। कृत्रिम नाटकीय चमत्कार का प्रयत्न इस नाटक में नहीं दिखाई पड़ता। बिहटा की ट्रेन-दुर्घटना के जिस समाचार पर नाटक आधारित है, वह भी सार्थक रूप में आया है। उस समाचार को प्रारम्भ और अन्त में रखकर नाटक के प्रारम्भ और अन्त को प्रभावशाली बना दिया गया है। इसमें कोई अनावश्यक तत्त्व नहीं आ पाया है।

'एक तोले अफीम की कीमत' सामाजिक समस्या पर आधारित मनोरंजक नाटक है। इसमें समानान्तर स्थितियों का बड़ा सुन्दर उपयोग किया गया है। नये विचारों का युवक मुरारी मोहन अनपढ़ लड़की से होनेवाले अपने विवाह के विरोध में आत्महत्या करना चाहता है। सैकंड ईयर की छात्रा विश्वमोहिनी अपने विवाह में होने वाले तिलक-दहेज के खर्च से अपने पिता को बचाने के लिए आत्महत्या करना चाहती है। दोनों की आत्महत्या का सम्बन्ध एक तोले अफीम से है। दोनों में बातें होती हैं और अन्त में दोनों आत्महत्या का निश्चिय छोड़ देते हैं। अफीम रात को पहरा देनेवाले चौकीदार को दे दिया जाता है। कथानक का विकास सरल गति से हुआ है, पर पात्रों का वार्त्तालाप और उनकी मनःस्थितियों का परिवर्तन आकर्षक बन पड़ा है। अफीम के बदले विश्वमोहिनी को हर्र दिए जाने से नाटक में कुतूहल आता है। विश्वमोहिनी को अन्त में मालूम होता है कि उसे अफीम के बदले हर्र की गोली मिली है।

'रेशमी टाई' चरित्र-अध्ययन का एकांकी है। इसमें एक पात्र नवीनचन्द्र के चरित्र-चित्रण पर विशेष ध्यान दिया गया है। नवीनचन्द्र एम.ए. पास है, इंश्योरेंस कम्पनी के एजेंट हैं और साम्यवाद के विश्वासी हैं, लेकिन चोरी इनके स्वभाव में आ गई है। जब पढ़ते थे, तब किताबों को खरीदने में हाथ की सफाई दिखलाते थे। अब भी इस तरह के काम किया करते हैं। टाई खरीदने गए तो दूकानदार ने दो बाँध दीं, लेकिन दाम एक का ही लिया। नवीनचन्द्र की पत्नी लीला उन्हें एक टाई वापस कर देने को कहती है, पर वे ऐसा करना स्वीकार नहीं करते। इसी समय एक स्वयं-सेविका खादी बेचने आती है, तो उसका एक थान गायब कर देते हैं। लीला अपने पति की सम्मान की रक्षा के लिए खादी का मूल्य चुका देती है। नवीनचन्द्र इस बात से बहुत प्रभावित होते हैं और टाई वापस कर देने के लिए नौकर को भेज देते हैं। सद्वृत्तियों के स्पर्श से बुरा मनुष्य भी परिवर्तित हो सकता है, इसका बड़ा सुन्दर अंकन नाटक में हुआ है। नाटक में मितव्ययिता और एकाग्रता का ध्यान रखा गया है। छोटी-छोटी बातों के महत्त्व पर भी लेखक की दृष्टि है। लीला की अँगूठी का खोना कथानक-निर्माण

में भी सहायक है और इससे नवीनचन्द्र के चरित्र की ओर भी संकेत किया गया है। 'रेशमी टाई' वर्माजी की बड़ी प्रभावशाली नाट्य-रचना है।

'रेशमी टाई' एकांकी संग्रह शिल्पगत विकास की दिशा में 'पृथ्वीराज की आँखें' से एक कदम आगे है। यह सही है कि 'परीक्षा' और 'रूप की बीमारी' के कथानकों को अनावश्यक विस्तार दिया गया है, पर कई महत्त्वपूर्ण बातें दिखलाई पड़ती हैं। कथानकों में कुतूहल के तत्त्व पर विशेष ध्यान रखा गया है। संलापों और भाषा में प्रौढ़ता आई है। काव्यात्मकता कम हुई है। पात्रों के अनुरूप स्वाभाविक भाषा पर अधिक ध्यान दिया गया है। अस्वाभाविक स्वगत का व्यवहार छूट गया है। 'परीक्षा' के रंगमंच का मानचित्र पुस्तक में दिया गया है और यह संकेत किया गया है कि इसी प्रकार की रंगमंच-व्यवस्था अन्य नाटकों के लिए की जा सकती है। स्पष्ट है कि लेखक ने नाटकों में रंगमंच और अभिनेयता का ध्यान विशेष रूप से रखा है। सभी नाटक रंगमंच पर अभिनीत हुए हैं।

'चारुमित्रा' डॉ. रामकुमार वर्मा के अत्यधिक लोकप्रिय नाटकों में है। इसके अनुवाद विभिन्न भारतीय भाषाओं में हो चुके हैं। इस ऐतिहासिक एकांकी का सम्बन्ध सम्राट अशोक के जीवन से है। इसमें चंडाशोक के धर्माशोक में परिवर्तित होने की कहानी आकर्षक रूप में प्रस्तुत की गई है। संसार की महान घटनाओं के मूल में कभी-कभी बिलकुल अपरिचित घटनाएँ भी रहा करती हैं, इसकी ओर लेखक ने संकेत किया है और दिखलाया है कि अशोक के इतिहास प्रसिद्ध महान परिवर्तन के मूल में चारुमित्रा का आत्मबलिदान था। वास्तव में इस नाटक में चारुमित्रा की स्वामिभक्ति एवं बलिदान की प्रेरणा से अशोक का हृदय-परिवर्तन दिखलाया गया है। संघर्ष और कथानक-निर्माण की दृष्टि से यह नाटक बड़ा महत्त्वपूर्ण है। कथानक-निर्माण के मूल में ही द्वन्द्व है—कलिंग-कन्या चारुमित्रा एक लम्बी अवधि से अशोक की सेविका रही है, पर उसी के देश कलिंग पर अशोक ने आक्रमण किया है, फलतः चारुमित्रा के चरित्र में राजभक्ति और देशभक्ति एक-दूसरी की विरोधी बनकर परस्पर उलझती हुई दीखती हैं। कथानक का निर्माण भी कुशलता से किया गया है। अशोक ने कलिंग पर आक्रमण किया है। युद्ध शिविर में तिष्यरक्षिता और चारुमित्रा भी गई हैं। तिष्यरक्षिता कला-प्रेमी है, पर अशोक युद्ध के पीछे पागल हो रहे हैं—फिर दो विरोधी चरित्रों को आमने-सामने रखा गया है। तिष्यरक्षिता युद्ध की विभीषिका से ऊब चुकी है—वह युद्ध नहीं चाहती, पर वह अपने पति की पराजय भी नहीं चाहती; इस प्रकार उसके चरित्र में भी द्वन्द्व है। नाटक के प्रारम्भ में प्रकृति की कोमल एवं सुन्दर पृष्ठभूमि पर युद्ध की क्रूरता का चित्र अंकित करते हुए तिष्यरक्षिता के मन के संघर्ष को प्रस्तुत किया गया है। उसके आदेश पर उसका मन बहलाने के लिए चारुमित्रा नाचती है, पर उसी समय अशोक आ जाते हैं। वे समझते हैं कि शत्रु देश की कन्या चारुमित्रा उसकी पत्नी तिष्यरक्षिता के कोमल भावों को जगाकर उन्हें युद्ध से विरक्त करना चाहती है, फलतः उसके लिए दंड का विधान करते हैं। उसी समय एक स्त्री रोती-चिल्लाती वहाँ आती है—उसकी गोद

में सुकुमार बच्चे को अशोक के सैनिकों ने मार डाला है, वह अशोक से न्याय की माँग करती है। अशोक न्याय करने जाते हैं, सैनिक की पहचान होने लगती है, लेकिन स्त्री ने अशोक के न्याय पर विश्वास नहीं किया और आत्महत्या कर ली—उसने अशोक की राजसत्ता से बढ़कर अपने बच्चे को समझा, एक बच्चे की माँ ने उसके सारे साम्राज्य को तुच्छ सिद्ध कर दिया। अशोक के मन को ठोकर लगती है। तभी घायल चारुमित्रा को लेकर भिक्षु उपगुप्त वहाँ पहुँचते हैं—मालूम हुआ कि कलिंग के सैनिकों से अशोक की जीवन-रक्षा करने के लिए उसने अपने जीवन का त्याग कर दिया। उसके बलिदान से द्रवित होकर अशोक बौद्ध धर्म में दीक्षित हो जाते हैं। इस प्रकार कथानक को गति देनेवाली घटनाएँ एक पर एक आती जाती हैं—नाटक में प्रारम्भ से लेकर अन्त तक गति बनी रहती है। 'चम्पक' या 'एक्ट्रेस' के कथानकों से तुलना करने पर यह स्पष्ट हो जाता है कि इसमें कथानक की गति अतीत से वर्तमान की ओर नहीं है, वर्तमान से भविष्य की ओर है। घटनाएँ पीछे नहीं लौटती, आगे की ओर बढ़ती हैं। कथानक निर्माण-पद्धति में पहले से अन्तर आया है। लेखक पहले से अपने पास कुछ छिपाकर नहीं रखता, तब भी नाटक में कुतूहल बना रहता है। कथानक में संश्लिष्टता भी है, गति भी है। इसमें कुछ अस्वाभाविक बातें आई हैं अवश्य, जिनका उल्लेख डॉ. सत्येन्द्र ने 'हिन्दी एकांकी' में किया है, फिर भी चारुमित्रा एक सशक्त एवं प्रभावशाली एकांकी है, और इसमें डॉ. वर्मा के नाट्य-कौशल की प्रौढ़ता दिखाई पड़ती है।

'उत्सर्ग' भी अपने ढंग का एक सफल एकांकी है। इसमें एक अभिनव वैज्ञानिक आविष्कार की पृष्ठभूमि पर मानवीय कथा कही गई है। डॉ. शेखर ने एक ऐसा वैज्ञानिक आविष्कार किया है जिसके द्वारा मृत व्यक्तियों को सदेह सामने बुलाकर उनसे बातें की जा सकती हैं। डॉ. शेखर ने छाया से प्रेम किया था, पर वे अपने मित्र की विधवा पत्नी और उसकी पुत्री की सेवा के लिए छाया से विवाह न कर सके, जिसके कारण छाया की मृत्यु हो गई। वही मृत प्रेमिका छाया वैज्ञानिक यन्त्र पर देह धारण कर आती है और यह माँग करती है कि शेखर वैज्ञानिक आविष्कार को खंडित कर दे, मृत्यु के पार झाँकने का प्रयत्न न करें, अन्यथा वह शेखर के मित्र की पुत्री मंजुल को इस संसार से उठा ले जाएगी—शेखर से उपेक्षित प्रेम का प्रतिशोध लेगी। मंजुल शेखर को अत्यन्त प्रिय है। उसकी जीवन-रक्षा के लिए शेखर अपने जीवन की महान उपलब्धि उस आविष्कार को नष्ट कर देता है। इस नाटक में भी कुतूहल की सृष्टि की गई है, उसका क्रमिक विकास किया गया है, और उसे उत्कर्ष पर पहुँचाया गया है। मृत व्यक्तियों के साक्षात्कार के कारण नाटक में प्रारम्भ से अन्त तक एक अद्‌भुत वातावरण बना रहता है—उसमें एक विचित्र आकर्षण उत्पन्न हो जाता है। पात्र कम हैं, पर सभी मानवीय हैं। छाया मृत होकर भी पूर्णतः मानवीय है। डॉ. शेखर के चरित्र में कर्तव्य और भावना का तीव्र संघर्ष अंकित किया गया है। संकलन-त्रय का निर्वाह तो वर्माजी के अन्य एकांकी नाटकों की तरह इसमें भी है ही।

'रजनी की रात' सामाजिक परिवेश में लिखित आकर्षक एकांकी है। आकर्षण

शीर्षक से ही प्रारम्भ होता है, कथानक में प्रारम्भ से अन्त तक बना रहता है। इसम लेखक ने स्त्री-पुरुष सम्बन्धी यह समस्या ली है कि क्या समाज में नारी का स्वतन्त्र अस्तित्व सम्भव है? अप्रत्यक्ष रूप से यह समस्या भी आ गई है कि व्यक्ति का कर्तव्य सामाजिक विकृतियों को सुधारना है या उनसे अगल भाग जाना। इन समस्याओं का उत्तर देने के लिए उसने एक स्त्री-पात्र रजनी को चुना है। वह नारी के स्वतन्त्र अस्तित्व में विश्वास करती है। वह मानती है कि नारी के लिए पिता या पति, किसी की छत्रछाया आवश्यक नहीं है। अपने विचारों को सत्य सिद्ध करने के लिए वह कश्मीर की सुन्दर एवं शान्त घाटी में चली जाती है—उसके पिता भी साथ जाते हैं, पर वह उन्हें रुष्ट कर वापस कर देती है। अब उसे उसका एकान्त खलने लगता है। उसके तर्कों और बौद्धिक समाधान के बावजूद उसे पिता के स्नेह की कमी मालूम होने लगती है। वह एक सुन्दर बलिष्ठ एवं प्रभावशाली युवक के सम्पर्क में आती है—उसका हृदय आनन्द की ओर आकृष्ट हो जाता है। उसके नजदीक यह घटना घटती है कि एक बूढ़े की बेटी को लुटेरे लेकर भागते हैं—बूढ़ा बेचैन हो जाता है। रजनी अपने पिता की बेचैनी का अनुभव करने लगती है। साथ ही, उसे पता चलता है कि नारी कितनी दुर्बल और असहाय है। वह घर वापस आ जाने का निश्चय कर लेती है। ये बातें रात की छोटी-सी अवधि में ही हो जाती हैं। नाटक का एक निश्चित लक्ष्य है जिसकी ओर सभी घटनाएँ चलती हैं। कथानक का क्रमिक एवं विश्वसनीय विकास होता गया है। लेखक ने बूढ़े और उसकी बेटी शशि की समानान्तर घटना का बड़ा सुन्दर उपयोग किया है। इसमें मुख्य पात्र है रजनी, और लेखक का ध्यान उसी पर केन्द्रित रहता है। उसके मन के संघर्ष को बड़ी कुशलता से चित्रित किया गया है। इसमें रजनी का मनोवैज्ञानिक चित्रण बड़ा कलात्मक है। उसके कार्यों और शब्दों द्वारा उसके मनोभावों की बड़ी सुन्दर व्यंजना की गई है। रात में उस एकान्त स्थान में उसे स्वयं भय लगता है, तो वह अपने नौकर और नौकरानी से पूछती है कि क्या उन्हें डर लग रहा है? आनन्द के प्रति उसका आकर्षण शब्दों द्वारा अकथित रहकर भी व्यक्त हो जाता है। आनन्द के चले जाने पर वह उन्हें नौकर से वापस बुलवाती है और इसके लिए बहाना खोज निकालती है कि आनन्द उसके लिखे हुए कुछ विचारों को अपने साथ लेते जाएँ, और उन पर अपनी राय लिख भेजें। आनन्द के फिर चले जाने पर अपना सितार ठीक करती है, उसका एक तार बजाकर उसे फिर वहाँ रखती है जहाँ आनन्द ने अपनी बन्दूक रखी थी। फिर नौकरानी केसर को बुलाकर पहले कनक के बारे में बात करती है, उसके बाद आनन्द के बारे में, पर शीघ्र ही बात बन्द भी कर देती है। अकेले में उसे भय लगता है तो किसी-न-किसी बहाने नौकर या नौकरानी को बुलाती है। इस प्रकार लेखक ने उसके मनोभावों को बड़े मनोवैज्ञानिक एवं कलात्मक रूप में अंकित किया है।

'अन्धकार' पौराणिक कथा पर आधारित एकांकी है। इसका घटना स्थल स्वर्ग है, और इसके पात्र हैं—प्रजापति, विद्याधर, मेनका, माया आदि। इनके माध्यम से लेखक ने पाप-पुण्य, प्रेम-वासना आदि के प्रश्न उठाए हैं और यह दिखलाने का प्रयत्न किया

है कि वासना के बिना प्रेम सम्भव नहीं है। रामनाथ सुमन ने इस नाटक को दार्शनिक कहा है और इसे हिन्दी का ही नहीं, बल्कि भारतीय साहित्य का एक सर्वश्रेष्ठ एकांकी नाटक माना है। डॉ. सत्येन्द्र ने इसके सम्बन्ध में लिखा है—'एक आश्चर्य का, अद्‌भुत का भाव नाटक की भूमिका में निरन्तर है और उसके अवाक् उत्फुल्ल पट पर प्रेम की रंगीनी और उसके अनुशासन का अवसाद, बुद्धि और मस्तिष्क की पराजय की खिन्नता, ये सब चित्र-विचित्र दिव्य पात्रों की अभिनय भंगिमा में अत्यधिक खिल उठे हैं। नाटककार ने उस समय गम्भीर गतिमय वातावरण में सम्वादी स्वर की भाँति अश्विनीकुमारों की वार्त्ता गूँथ दी है, जिससे विषय की गम्भीरता विचलित नहीं होती, स्मित हास्य से होंठ अवश्य फड़क उठते हैं। ये बातें सही हैं, लेकिन इस नाटक का कथानक बहुत स्पष्ट और सुलझा हुआ नहीं है। इसमें संश्लिष्टता भी नहीं है। यही कारण है कि अपने खंडों में प्रभावपूर्ण होते हुए भी अपनी समग्रता में यह 'चारुमित्रा' के अन्य नाटकों की तरह निश्चित और स्पष्ट प्रभाव नहीं छोड़ पाता।

डॉ. रामकुमार वर्मा ने अनेक पौराणिक एवं ऐतिहासिक नाटकों की भी रचना की है। इनमें उल्लेखनीय है—'राजरानी सीता', 'कौमुदी महोत्सव', 'समुद्रगुप्त पराक्रमांक', 'श्री विक्रमादित्य', 'वासवदत्ता', 'उदयन', 'वाजिदअली शाह', 'प्रतिशोध', 'दीपदान', 'भाग्य नक्षत्र', 'कृपाण की धार', 'रात का रहस्य', 'मर्यादा की वेदी पर', 'तैमूर की हार', 'दुर्गावती, 'औरंगजेब की आखिरी रात', 'कलंक रेखा' आदि। 'राजरानी सीता' रामायण के अशोक वाटिका प्रसंग पर आधारित है। 'कौमुदी महोत्सव' में चन्द्रगुप्त और चाणक्य से सम्बद्ध कौमुदी महोत्सव के प्रसिद्ध ऐतिहासिक प्रसंग को नाटकीय रूप दिया गया है। समुद्रगुप्त और विक्रमादित्य के चरित्रों पर प्रकाश डालने के लिए क्रमशः 'समुद्रगुप्त पराक्रमांक' और 'श्री विक्रमादित्य' की रचना हुई है। 'वासवदत्ता' नर्त्तकी वासवदत्ता और भिक्षु उपगुप्त के सुपरिचित आख्यान पर आधारित है। 'उदयन' में वत्सराज उदयन के तथागत के चरणों में समर्पित होने की कहानी है। 'वाजिदअली शाह' अवध के बादशाह वाजिदअली के जीवन से सम्बन्धित है। 'प्रतिशोध' संस्कृत के प्रसिद्ध महाकवि भारवि के जीवन के एक नाटकीय प्रसंग पर आधारित है। 'दीपदान' चित्तौड़ के कुँवर उदयसिंह और धाय माँ पन्ना से सम्बद्ध ऐतिहासिक घटना पर लिखा गया है। 'भाग्य-नक्षत्र' महाराज पृथ्वीराज चौहान से सम्बन्धित है। 'कृपाण की धार' में रामगुप्त, चन्द्रगुप्त, ध्रुवस्वामिनी आदि का प्रसिद्ध प्रसंग लिया गया है। 'रात का रहस्य' में मगध के भूतपूर्व सम्राट बिम्बसार के अन्तिम दिनों का मार्मिक चित्रण है। सिकन्दर-पौरव-संघर्ष की पृष्ठभूमि पर लिखित नाटक में इतिहास की एक अपरिचित नारी भैरवी ने देश की 'मर्यादा की वेदी पर' आत्मबलिदान किया है। 'तैमूर की हार' में इतिहास प्रसिद्ध क्रूर तैमूरलंग के अन्तर की कोमलता दिखलाई गई है। 'दुर्गावती' में महारानी दुर्गावती, उनके पुत्र और दीवान की वीरता एवं कौशल का चित्रण किया गया है। 'औरंगजेब की आखिरी रात' में औरंगजेब को अन्तिम घड़ी में हुए पश्चात्ताप का मार्मिक चित्रण है। 'कलंक रेखा' में उदयपुर के महाराणा की पुत्री कृष्ण कुमारी के विषपान की करुण

कहानी है। 'कादम्ब या विष?' में महत्त्वाकांक्षा से प्रेरित अनन्तदेवी द्वारा अपने पति मगध सम्राट कुमार गुप्त की जीवन-लीला समाप्त करने की नाटकीय कथा है। इन सभी नाटकों पर सामूहिक रूप से विचार करने पर कुछ बातें स्पष्ट रूप से हमारे सामने आती हैं। ऐसे नाटकों में हमेशा यह खतरा रहता है कि लेखक प्रसिद्ध व्यक्तियों के जीवन की घटनाओं के विस्तार में न चला जाए। डॉ. वर्मा ने हमेशा अपने को नियन्त्रित रखा है। वे कहीं भी घटनाओं के विस्तार में नहीं गए हैं। उन्होंने प्रत्येक प्रसंग के नाटकीय क्षण को पकड़ा है और उसी में अपेक्षित घटनाओं को केन्द्रित किया है। संकलन-त्रय का निर्वाह करने के लिए नाटक को एक ही स्थान और एक ही समय में समाप्त करने के लिए उन्हें ऐसा विशेषरूप से करना पड़ा है। सभी नाटक एक ही दृश्य में समाप्त हो जाते हैं—अपवाद केवल 'राज्यश्री' और 'वासवदत्ता' हैं, पर इनमें भी प्रभाव की अन्विति बनी रहती है। एक ही बिन्दु पर घटनाओं को केन्द्रित करने के कारण जहाँ एक ओर नाटकों में सघनता आई है, वहीं दूसरी ओर इतिहास के दायित्व का निर्वाह करने के लिए अनेक सूचनात्मक अंश लाने पड़े हैं। ऐसे स्थलों पर लेखक ने यह ध्यान रखा है कि भरसक इन्हें कलात्मकता के साथ प्रस्तुत किया जाए।

डॉ. रामकुमार वर्मा के एकांकी नाटकों के सम्बन्ध में निष्कर्षतः कुछ बातें कही जा सकती हैं। डॉ. वर्मा की नाट्यकला क्रमशः विकसित होती रही है—यह विकास उनके पहले संग्रह 'पृथ्वीराज की आँखें' से लेकर अन्त तक क्रमशः स्पष्ट रूप से दिखाई पड़ता है। उसके बाद विकास के रूप में अधिकतर स्थिरता बनी रहती है, कहीं-कहीं नये प्रयोग अवश्य मिलते जाते हैं, जैसे 'आँखों का आकाश' में केवल दो पात्रों के संलापों के माध्यम से उनकी भावनाओं के नाटकीय घात-प्रतिघात का चित्रण किया गया है। 'सप्तकिरण' संग्रह से इस बात का संकेत मिलने लगता है कि अब कुछ नाटक रेडियो को ध्यान में रखकर लिखे जाने लगे हैं। 'कौमुदी महोत्सव' सन् 1948 में रेडियो के लिए ही लिखा गया था। 'दीपदान' और 'रजतरश्मि' के सभी नाटक प्रसारणार्थ लिखे गए थे। ऐसे नाटकों में से कुछ में प्रकाशन के समय रंग-संकेत दे दिए गए हैं, कुछ में ध्वनि-संकेत ही हैं। हाँ, इन नाटकों में कोई ऐसी विशिष्टता नहीं है कि ये केवल रेडियो के लिए ही हों—रूपकों की बात अलग है। ये नाटक एक ही दृश्य में इस प्रकार लिखे गए हैं कि रेडियो और रंगमंच दोनों के उपयुक्त हो सकें।

डॉ. वर्मा ने अपने एकांकी नाटकों में विस्तृत रंगमंच-संकेत दिए हैं। उदाहरण के लिए 'चारुमित्रा', 'विभूति' आदि संग्रहों के नाटकों के संकेत देखे जा सकते हैं। इनमें काव्यात्मकता एवं अलंकृत शैली का पर्याप्त उपयोग किया गया है।

डॉ. वर्मा के नाटकों के संलापों और भाषा-शैली के सम्बन्ध में कुछ कहना आवश्यक है। हिन्दी एकांकी साहित्य में इनकी अपनी वैयक्तिकता है। वातावरण और प्रसंग के अनुसार भाषा-शैली बदलती रही है। ऐतिहासिक एवं पौराणिक नाटकों में—प्राचीन भारत की सभ्यता और संस्कृति से सम्बन्धित नाटकों में—तत्सम-प्रधान शुद्ध हिन्दी का व्यवहार हुआ है। मुसलमान काल के नाटकों में, 'औरंगजेब की आखिरी रात'

आदि में, उर्दू शब्दों की बहुलता है, वर्तमान शिक्षित समाज से सम्बद्ध नाटकों, 'परीक्षा' आदि में अंग्रेजी के शब्दों और वाक्यों का पर्याप्त व्यवहार हुआ है, ग्रामीण पात्रों से ग्रामीण बोली का भी व्यवहार कराया गया है। ऐसी भाषा से अपेक्षित वातावरण-निर्माण में बहुत सहायता मिली है। भाषा के प्रति वर्माजी की यह जागरूकता सचमुच बहुत प्रशंसनीय है। दूसरी बात यह दिखाई पड़ती है कि डॉ. वर्मा के कवि ने संलाप-लेखन में सर्वत्र उनके नाटककार को प्रभावित किया है। उनके नाटकों में सीधी-सादी भाषा बोलनेवाले पात्र कम मिलते हैं—अलंकृत भाषा का ही व्यवहार अधिक पात्र करते हैं। ऐतिहासिक और पौराणिक नाटकों में यह विशेष रूप से मिलती है। 'कादम्ब या विष?' से एक छोटा सा उदाहरण देखा जा सकता है—

सुनन्दा : जो आज्ञा। अभी जाऊँ?

अनन्त : नहीं, आर्य-पुत्र शयन-मन्दिर में आना ही चाहते हैं। मैं उनके स्वागत के मनोभावों में होना चाहती हूँ। मेरी वाणी सन्देशवाहक राजहंस के शब्द-सी हो। मेरा विरहोच्छ्वास सारिका के मधुर स्वर-सा हो। मेरा प्रणय-निवेदन कोकिल के कूजन-सा हो और मेरी दृष्टि चन्द्रिका-पान में मद-विह्वल चकोर की दृष्टि हो।

ऐसी भाषा से संलापों में सौन्दर्य और माधुर्य आया है, इसमें सन्देह नहीं, पर कहीं-कहीं इससे नाटक की गति में बाधा पड़ती है—वैसे स्थलों पर विशेष रूप से जहाँ संलाप बड़े-बड़े हैं, और जहाँ पात्र कुछ क्षण रुककर गद्य में कविता करने लगते हैं। ऐतिहासिक नाटकों में ऐसे अंश अधिक आए हैं, जहाँ संलाप छोटे-छोटे हैं, और उनके माध्यम से उत्तर-प्रत्युत्तर शीघ्रता से चलते हैं, वहाँ उनमें विशेष शक्ति एवं गति परिलक्षित होती है। कहीं-कहीं बड़े-बड़े स्वगत कथनों का भी व्यवहार किया गया है।

डॉ. रामकुमार वर्मा के एकांकी नाटकों का ऐतिहासिक महत्त्व है। इनसे आधुनिक एकांकी के रूप-निर्माण एवं विकास में बहुत योग मिला है।

भुवनेश्वर प्रसाद : आधुनिक हिन्दी एकांकी की नयी दिशा की ओर संकेत करने वाले लेखकों में भुवनेश्वर प्रसाद का नाम बड़ा महत्त्वपूर्ण है। पाश्चात्य नाटकों के अध्ययन की शक्ति लेकर ये हिन्दी एकांकी के क्षेत्र में आए और इन्होंने विचार एवं शिल्प, दोनों क्षेत्रों में अपनी उग्रता का परिचय दिया। इनका पहला एकांकी-संग्रह 'कारवाँ' सन् 1935 में प्रकाशित हुआ, पर इस संग्रह के नाटकों का प्रकाशन, 'हंस', 'वाणी' आदि पत्रों में सन् 1933 से ही प्रारम्भ हो गया था। 'कारवाँ' में संकलित नाटक इस प्रकार हैं—'श्यामा : एक वैवाहिक विडम्बना', 'एक साम्यहीन साम्यवादी', 'शैतान', 'प्रतिभा का विवाह', 'रोमांस : रोमांच', और 'लाटरी'। इनके बाद के नाटकों में उल्लेखनीय हैं—'स्ट्राइक', 'ऊसर', 'आजादी की नींद', 'मृत्यु', 'हम अकेले नहीं हैं', 'सदा आठ बने', 'रोशनी और आग', 'ताँबे के कीड़े' आदि। इनमें 'स्ट्राइक' और 'ताँबे के कीड़े' विशेष रूप से चर्चित रहे हैं।

यह तथ्य सर्वस्वीकृत है कि संवेदना और शिल्प में सामंजस्य बने रहने से ही किसी साहित्य रूप में समुचित प्रभविष्णुता आ पाती है। इसी से जब रचनाकारों द्वारा अनुभव

किया जाता है कि परम्परागत शिल्प नयी संवेदना की अभिव्यक्ति में सक्षम नहीं हो पा रहा है, तो वे नये-नये शिल्पगत प्रयोग करते हैं। हिन्दी एकांकी में भी प्रयोगों की चेतना समय-समय पर दीखती रही है। पहली बार प्रखर रूप में यह चेतना भुवनेश्वर में दिखाई पड़ी थी जिनकी संवाद-योजना में एक विशेष प्रकार की शक्ति का अनुभव हुआ था। उनका एकांकी 'ताँबे के कीड़े' (सन् 1946) प्रयोगशीलता की दिशा में एक महत्त्वपूर्ण चरण था। उसमें कोई कथा नहीं है–किसी जगह मिल जानेवाले कई तरह के लोग हैं जो आपस में बातें करते हैं, उसमें बेतुकी स्थितियाँ है, हास्य है, व्यंग्य है, झुनझुना बजाकर जिन्दगी पर टिप्पणी करनेवाली महिला अनाउंसर है, प्रतीकों का प्रभावशाली प्रयोग है, बोलचाल की सामान्य भाषा से उत्पन्न अभिव्यक्ति-सक्षम नाटक की नयी भाषा है, और इन सबके माध्यम से आधुनिक जीवन की अनेक समस्याओं और अनुभूतियों की अभिव्यक्ति का प्रयत्न किया गया है। इस तरह के प्रयोगों का आग्रह भुवनेश्वर के बाद अनेक वर्षों तक फिर हिन्दी एकांकी में नहीं दिखाई पड़ता।

'श्यामा : एक वैवाहिक विडम्बना' में ऐसे विवाह की विडम्बना दिखलाई है जिसके मूल में प्रेम नहीं है। लेखक की दृष्टि में धार्मिक बन्धन के नाम पर हुए विवाह का कोई मूल्य नहीं है। इस नाटक में श्यामा का विवाह मिस्टर पुरी से हुआ है, पर वह अपने घर कभी-कभी आनेवाले मनोज से प्रेम करती है। मिस्टर पुरी भी इसे जानते हैं। मनोज ने तो मिस्टर पुरी से स्पष्ट शब्दों में कह दिया है–'श्यामा तुम्हारी नहीं है। क्योंकि समाज की एक हृदयहीन लौह-विधि ने ही उसे तुम्हारी बनाया है।' 'एक साम्यहीन साम्यवादी' में विचार से आदर्शवादी पर कर्म से पतित एक तथाकथित साम्यवादी नेता पर हँसने का प्रयत्न किया गया है। इसमें कामरेड उमानाथ एक साम्यवादी नेता हैं। उनके कमरे में कार्ल मार्क्स की तस्वीर है। एक निर्धन मजदूर की स्त्री को अपने यहाँ नौकरानी रखते हैं और उसे अपनी वासना-तृप्ति का साधन बनाते हैं। स्त्री का पति सुन्दर इस स्थिति को सह नहीं पाता, पर कुछ करने में भी अपने को विवश पाता है, फलतः कहीं लुप्त हो जाता है। 'शैतान' में एक बार फिर कृत्रिम वैवाहिक बन्धन पर आघात किया गया है, साथ ही नारी-हृदय की गूढ़ता की ओर संकेत किया गया है। इसमें हरदेव सिंह का ममेरा भाई राजेन 10-11 वर्ष बाद घर आता है और हरदेव सिंह से अपना स्टेट माँगता है। बाद में उसकी पत्नी के प्रति अपना प्रेम जताता है, और कहता है–'यदि यहाँ पर कोई, इस समय आ जाए, तो मुझको तुम्हारा पति समझे।' यह हरदेव सिंह और उनकी पत्नी की वैवाहिक विडम्बना की ओर संकेत है। अन्त में राजेन अपने को हरदेव सिंह के बदले में गिरफ्तार करा देता है। उसके त्याग को देखकर, जो स्त्री उससे घृणा करती थी (हरदेव सिंह की पत्नी), वही उससे प्रेम करने लगती है और उसे चूम लेती है। 'प्रतिभा का विवाह' भी विवाह और प्रेम की समस्या पर आधारित है। मिस्टर वर्मा बूढ़े हैं और जानते हैं कि बहुत दिनों तक जीनेवाले नहीं हैं, फिर भी वे नवयुवती प्रतिभा से विवाह करना चाहते हैं। उनकी दृष्टि में नारी के लिए मातृत्व का कोई मूल्य नहीं हैं–'मातृत्व एक पेशा है और प्रतिभा-सी स्त्री के लिए एक निकृष्ट पेशा है।' वे सोचते

हैं कि धनी की विधवा होने के नाते वह समाज में अधिक सम्मानित रहेगी। युवक महेन्द्र भी प्रतिभा से विवाह करना चाहता है, पर प्रतिभा बूढ़े मिस्टर वर्मा को ही स्वीकार करती है। 'रोमांस : रोमांच' में 'श्याम : एक वैवाहिक विडम्बना' की ही समस्या है। इसमें भी मिस्टर सिंह और उनकी पत्नी के बीच प्रेम नहीं है—पत्नी अमरनाथ से प्रेम करती है। मिस्टर सिंह को यह बात मालूम होती है और वे अमरनाथ को अपनी पत्नी सौंपकर चले जाते हैं। 'लाटरी' में भी ऐसी ही समस्या है। किशोर विदेश से लौटकर देखता है कि उसकी पत्नी माया प्रद्युम्न के प्रेम में फँसी है, वह स्थिति को सुलझाने के लिए फिर विदेश चला जाना चाहता है—एक संस्था का मन्त्री पद स्वीकार कर लेता है। लेकिन माया के सामने बच्चों की भी समस्या है। एक स्त्री के लिए दो पुरुष झगड़ते हैं, और माया इसका निबटारा पिस्तौल से करना चाहती है, लेकिन प्रद्युम्न कहता है—'मैं इस खूनी लाटरी में विश्वास नहीं करता। माया, मेरा सामान तैयार है, मैं किशोर भाई की पोस्ट पर जा रहा हूँ।' और वह किशोर के पद पर चला जाता है। 'स्ट्राइक' एकांकी भी स्त्री-पुरुष के वैवाहिक सम्बन्ध पर आधारित है। इसका मुख्य पात्र श्रीचन्द कहता है—'भाई जान, शादी एक गहरी समस्या है, आप उसके साथ खिलवाड़ नहीं कर सकते।...आप कहते हैं, मैं औरत को समझ नहीं पाता। जनाब, यह सब कोरी बातें हैं, बातें। समझने की क्या जरूरत है? मशीन की एक पुली दूसरी पुली को नापने-जोखने, समझने नहीं जाती। स्त्री-पुरुष तो जीवन की मशीन के दो पुरजे हैं—दो।' 'ऊसर' एक मनोवैज्ञानिक नाटक है, और इसमें बाहर से भरे-पूरे, पर भीतर से खोखले अहंवादियों पर व्यंग्य किया गया है। 'आजादी की नींव' मुख्यतः व्यंग्य नाटक है और इसमें मध्य वर्ग के दिमागी रईसों, नेता और शायर टाइप के पुरुषों तथा समाज में तितली बनकर घूमनेवाली आधुनिक नारियों की मनोविकृतियों को व्यंग्य की तूलिका से अंकित करने का प्रयत्न किया गया है।

भुवनेश्वर प्रसाद के एकांकी नाटकों से यह स्पष्ट ज्ञात होता है कि इस लेखक की चेतना बड़ी जागरूक है, और वह अपनी खुली आँखों से समाज की विकृतियों को देखता है तथा उन पर व्यंग्य करता है। इसके सभी नाटक समस्या प्रधान हैं और ये समस्याएँ मुख्यतः प्रेम, विवाह और यौन सम्बन्धी हैं। भुवनेश्वर प्रसाद ने अपने नाटकों में समस्याओं को उनके तीखेपन के साथ प्रस्तुत किया है, लेकिन कहीं उनके समाधान की ओर संकेत नहीं किया है। लेखक समस्याओं के समाधान में विश्वास भी नहीं करता। उसने बड़े स्पष्ट शब्दों में कहा है—'एक समस्या को सुलझाना कई समस्याओं का सृजन करना है।'

भुवनेश्वर प्रसाद ने अपने नाटकों में संश्लिष्ट कथानक-निर्माण पर जोर नहीं दिया। अतीत के गर्भ में छिपे किसी रहस्य का उद्घाटन इनका उद्देश्य नहीं है। इसीलिए इन्होंने अपने कथानकों में ऐसी घटनाओं को नहीं लिया है जो पहले से कोई रहस्य छिपाए हमारे सामने आती हैं। घटनाएँ वर्तमान से ही शुरू होती हैं, और दो कदम आगे बढ़कर अपनी समस्याएँ हमारे सामने रखकर खत्म हो जाती हैं, फिर भी लेखक ने इन वर्तमान

की घटनाओं को ही स्थान-स्थान पर नाटकीय मोड़ दिए हैं, और उनकी आकस्मिकता से दर्शकों-पाठकों को चमत्कृत करने का प्रयत्न किया है। उदाहरण के लिए, 'शैतान' में राजेन से घृणा करनेवाली नारी एकाएक उससे प्रेम करने लगती है। 'लाटरी' में प्रद्युम्न माया की समस्या सुलझाने के लिए स्वयं ही विदेश चला जाता है। लेखक ने कथानकों में चरम सीमा का भी ध्यान रखा है। अधिक एकांकी चरम सीमा के बिन्दु पर ही समाप्त होते हैं। 'स्ट्राइक' के अन्त में श्रीचन्द, जिसने एक युवक को अपने यहाँ खाने के लिए आमन्त्रित किया है, को ज्ञात होता है कि उसकी पत्नी उस रात नहीं आएगी और तब युवक कहता है—'आइए, मेरे होटल में आइए, आप की फैक्ट्री में तो आज स्ट्राइक हो गई।' इसके एक क्षण पहले पत्नी का संवाद लानेवाले चपरासी ने कहा था—'हुजूर, आपका कुत्ता बड़ा पानीदार है। अंग्रेजी है ?' इस तरह तीखे व्यंग्य के साथ चरम सीमा पर नाटक समाप्त हुआ है। अभी पहले कहा गया कि कथानक की संश्लिष्टता पर ध्यान नहीं दिया गया है, इसका कारण यह कि लेखक में अपने विचारों का विशेष आग्रह है और उन्हें व्यक्त करने के लिए वह स्थान-स्थान पर वाद-विवाद में उलझ जाता है। यही कारण है कि 'स्ट्राइक' के क्लबवाले दृश्य में अनावश्यक विस्तार हो गया है। 'एक साम्यहीन साम्यवादी' में भी कथानक में विस्तार दिखाई पड़ता है। भुवनेश्वर प्रसाद ने संकलन-त्रय के बन्धन को भी नहीं माना है। इन्होंने एक दृश्यवाले एकांकी कम लिखे हैं, जैसे 'लाटरी', 'रोमांस : रोमांच'। फिर भी प्रत्येक नाटक में किसी एक ही निश्चित समस्या की ओर ध्यान केन्द्रित रहने से प्रभाव की अन्विति बनी रहती है। भुवनेश्वर के नाटकों के पात्र सरल और सुलझे हुए नहीं हैं। यह लेखक की विशेषता है कि उसने जटिल पात्रों को आकर्षक रूप में हमारे सामने प्रस्तुत किया है। हर पात्र में एक मानसिक गुत्थी दिखाई पड़ती है।

भुवनेश्वर के नाटकों में जो प्रभाव है उसका रहस्य कथानक निर्माण और चरित्र-निर्माण में उतना नहीं, जितना संलापों और व्यंग्य-वक्रोक्तियों में है। इनमें प्रसिद्ध नाटककार शॉ का प्रभाव परिलक्षित होता है। इनमें श्रोताओं को झकझोरने, उनकी बौद्धिकता को झटका देने की शक्ति है। भुवनेश्वर नाटक में भावुकता के विरोधी हैं, और इसीलिए उनके संलापों में न भावुकता दिखाई पड़ती है, न काव्यात्मकता, न अलंकृत शैली। इनमें वाक्-विदग्धता है, व्यंग्य है, तीखापन है। उदाहरण के लिए 'शैतान' का एक अंश उद्धृत है—

हरदेव सिंह : खैर, अब तुम्हारा इरादा क्या है? मामाजी की मृत्यु के बाद...

राजेन : (जैसे उससे किसी ने परमात्मा का स्वरूप पूछ लिया हो) मेरा इरादा ! ...मैं क्या कह दूँ?

स्त्री : (जैसे मृत्यु का आवाहन सुना रही हो) हम लोग जानना चाहते हैं कि तुम्हारा क्या धर्म है?

राजेन : (उत्साहित-सा) मैं एक बड़ी स्टेट का उत्तराधिकारी हूँ, यही मेरा धर्म है।

स्त्री : मैं यह पूछती हूँ कि तुम हिन्दू हो?

राजेन : भाभीजी! (वह जैसे सन्नाटे में आ गई है)

हरदेव सिंह : हम तुम्हारा धार्मिक विश्वास पूछते हैं, तुम हिन्दुओं के ईश्वर को मानते हो?

राजेन : मैं एक ऐसे ईश्वर को मानता हूँ जो समस्त मानव धर्म और जाति का विधायक और पोषक है।

स्त्री : (उत्साहित होकर) ब्रह्म!

राजेन : रुपया! रुपया!

भुवनेश्वर प्रसाद की विशेषता नाटकों के रंग-संकेतों में दिखलाई पड़ती है। इनमें अलंकृत शैली का मोह दिखाई पड़ता है, जैसे--'कानपुर के पार्श्व भाग में लज्जा से मुँह छिपाए कुलियों के निवास स्थान।' कुछ नाटकों के रंग-संकेत (जैसे, 'ऊसर' के प्रारम्भ में) पात्र एवं स्थितियों के अनुरूप रखे गए हैं। कुछ नाटकों में रंग-संकेत बिलकुल नहीं दिए गए हैं, जैसे 'प्रतिभा का विवाह' में। इसका कारण यह है कि लेखक का ध्यान सब जगह रंगमंच और अभिनेयता पर नहीं रहा है। इसीलिए प्रो. कन्हैयालाल सहल ने 'स्ट्राइक' के बारे में लिखा है--'कोष्ठक फैशन के कोष्ठक हैं, आवश्यकता के नहीं। यह नाटक अभिनय की दृष्टि से सफल नहीं हो सकता, उनकी गणना सुपाठ्य नाटकों में ही की जा सकती है। इसमें Suggestion है, व्याख्या नहीं। संकेत है, विस्तार नहीं।'

भुवनेश्वर प्रसाद के एकांकी नाटकों का हिन्दी एकांकी के इतिहास में महत्त्वपूर्ण स्थान है। इनकी बौद्धिकता, समस्या के प्रति जागरूकता, सांकेतिकता एवं व्यंग्य-वक्रोक्ति ने हिन्दी एकांकी की नयी दिशा की ओर संकेत किया था।

गणेशप्रसाद द्विवेदी : आधुनिक एकांकी का विकास करनेवाले लेखकों में गणेशप्रसाद द्विवेदी का नाम भी विशेष महत्त्वपूर्ण है। इनके एकांकी-संग्रह 'सोहाग बिन्दी' की समीक्षा करते हुए प्रेमचन्दजी ने सन् 1936 में लिखा था--'इधर कुछ दिनों से एकांकी नाटकों की ओर रुचि बढ़ रही है। द्विवेदी का इस अंग की पूर्ति करनेवालों में प्रमुख स्थान है।' जैसाकि अपने संग्रह की भूमिका में द्विवेदीजी ने सूचित किया है, ये हिन्दी में आधुनिक मौलिक नाटक का अभाव देखकर नाट्य क्षेत्र में आए। पाश्चात्य नाटकों का इन्होंने सूक्ष्मता से अध्ययन किया था और उससे प्रेरणा भी ग्रहण की थी। इनके उल्लेखनीय एकांकी हैं--'सोहाग बिन्दी', 'वह फिर आई थी', 'परदे का अपर पार्श्व', 'शर्माजी', 'दूसरा उपाय ही क्या है?', 'सर्वस्व समर्पण', 'रपट' आदि।

'सोहाग बिन्दी' सात संक्षिप्त दृश्यों में लिखित एकांकी है। इसमें स्टेशन मास्टर काली बाबू की पत्नी प्रतिभादेवी की हृदय की वेदना को व्यक्त करने का प्रयत्न किया गया है। प्रतिभा अपने वैवाहिक जीवन से सन्तुष्ट नहीं है--उसके पति बड़े कार्यव्यस्त और नीरस आदमी हैं, उनकी पोस्टिंग एक बहुत छोटे से स्टेशन पर हुई है। वहाँ प्रतिभा के लिए कोई आकर्षण नहीं है--वह क्वार्टर में बैठी रेल की लाइन की तरफ ताकती रहती है, आने-जानेवाली गाड़ियों के डिब्बे गिनती रहती है। एक दिन काली बाबू का मौसेरा भाई, हँसमुख और जिन्दादिल विनोद वहाँ आता है तो जैसे प्रतिभा के जीवन

में नयी उमंगें मचल उठती हैं, लेकिन उसके लौटने के बाद फिर वही निराशा, वही उदासी। वह बीमार पड़ती है, स्थान-परिवर्तन के लिए दूसरी जगह जाती है, पर बच नहीं पाती। मरते समय उसके होंठों पर विनोद का नाम रहता है। इससे स्पष्ट है कि कथानक में विस्तार है, इसमें कहीं कोई नाटकीय मोड़ देने का प्रयत्न नहीं है—कहानी सहज गति से आगे बढ़ती है और पाठक के मर्म का स्पर्श कर समाप्त हो जाती है। लेखक की विशेषता प्रतिभा की वेदना को उभारकर प्रस्तुत करने में है—उसका उपेक्षित हृदय सहज प्रेम की माँग करता है, पर पत्नी होने के कारण वह कुछ नहीं कर सकती, वह अपनी भावनाओं को दबाए रखती है। प्रतिभा स्वयं बहुत कम बोलती है, पर उसकी भावनाओं को लेखक ने अन्यान्य साधनों से व्यक्त करने का सफल प्रयास किया है। प्रतिभा की जटिलता को चित्रित करने में ही उसकी कुशलता है। भाषा के प्रति लेखक बहुत जागरूक है—डाक्टर बंगाली-हिन्दी बोलता है, महाराज ग्रामीण बोली बोलता है, अन्य पात्र बोलचाल की स्वाभाविक हिन्दी बोलते हैं। नाटक की अभिनेयता की ओर ध्यान नहीं दिया गया है। दृश्य बहुत छोटे-छोटे हैं। समय बीतने की सूचना चौथे दृश्य के प्रारम्भिक रंग-संकेत में दी गई है—'एक साल बाद'।

'वह फिर आई थी' एक दृश्य का मनोवैज्ञानिक नाटक है। इसमें पात्र केवल तीन हैं। इसके ख्यातनामा आधुनिक कवि सिद्धनाथ कविरत्न ने कभी मनोरमा से प्रेम किया था, पर ऊपर से वह जैसे उसे भूल गया। मनोरमा का विवाह होता है, फिर देहान्त। यह बात सिद्धनाथ को मालूम नहीं रहती कि एक दिन वह देखता है, मनोरमा उसके यहाँ आई है। वह उससे बातें करता है, उसे वापस जाने से रोकना चाहता है कि मूर्च्छित होकर गिर पड़ता है। यह मनोरमा नहीं, मनोरमा की मृतात्मा थी। लगता है, जैसे कविरत्न की दमित प्रेमाकांक्षा ही मनोरमा के रूप में साकार हो गई है। अचेतन को इस प्रकार मूर्तिमान कर देना तत्कालीन एकांकी की दृष्टि से लेखक का बड़ा महत्त्वपूर्ण प्रयोग है। लेखक ने अपनी ओर से कुछ कहा नहीं है, संलापों में केवल उसकी व्यंजना की है। सिद्धनाथ कहता है—'तुम्हारे चले जाने पर मुझे मृत्यु से भी अधिक कष्ट सहना पड़ा है।' मनोरमा उत्तर देती है—'मृत्यु का कष्ट तुम्हें क्या मालूम? सुनोगे, वह कष्ट कैसा होता है?' दूसरी जगह सिद्धनाथ कहता है—'यह तो तुम्हारे शरीर पर दृष्टि डालते ही स्पष्ट हो जाता है कि तुम मौत के मुँह से निकलकर आ रही हो। तुम्हारे शरीर में खून तो रह ही नहीं गया है। (उस गद्दीदार कुर्सी की ओर स्थिर दृष्टि से देखते हुए) ऐसा जान पड़ता है मानो तुम्हारा वजन अब छटाँक-भर भी नहीं रह गया। जिस कुर्सी पर तुम बैठी हो उसकी गद्दी जरा भी नीचे की ओर दबी हुई नहीं है, मानो काठ की बेंच पर बैठी हो।' खूबी यह है कि सिद्धनाथ ये बातें मनोरमा को जीवित व्यक्ति समझकर कह रहा है। इस नाटक में लेखक ने रंगमंच का ध्यान रखा है—वातावरण के अनुरूप प्रकाश आदि की व्यवस्था की ओर भी संकेत किया है।

'परदे का अपर पार्श्व' भी मनोवैज्ञानिक नाटक है। इसके एडवोकेट रमेशचन्द्र ने जिस उर्मिला से प्रेम किया था, उसका विवाह प्रोफेसर भगवान बाबू से हो गया।

रमेशचन्द्र दावा करते हैं कि उन्होंने उस प्रेम को भुला दिया, पर उनकी छोटी-छोटी बातों के माध्यम से लेखक ने उनके दमित प्रेम को उभारकर सामने रख दिया है, उनकी घृणा से प्रेम की व्यंजना की है, 'नहीं' में 'हाँ' ध्वनित किया है। यह लेखक की बहुत बड़ी सफलता है। यही बात 'शर्माजी' एकांकी के साथ भी है। शर्माजी विलायत से पढ़कर लौटे हैं और सहृदय कवि हैं, पर उनका विवाह हुआ है अशिक्षिता और गँवार उमा से। दूसरी तरफ, उनकी शिक्षिता प्रेमिका तारा का विवाह उनके सहपाठी डॉक्टर अस्थाना से हुआ है। लेखक ने शर्माजी के अपने वैवाहिक जीवन से असन्तोष और तारा के विस्मृत प्रेम को प्रभावशाली रूप में चित्रित किया है। 'दूसरा उपाय ही क्या है?' में भी ऐसा विषय लिया गया है। सुरेश ने सीता से प्रेम किया, पर सीता का प्रेम नरेन्द्र से हो गया। इसमें सुरेश की प्रतिक्रिया और सीता का अपने पूर्व प्रेम को छिपाकर पत्नीत्व निर्वाह की चेष्ठा का सुन्दर चित्रण किया गया है। 'सर्वस्व समर्पण' रवीन्द्रनाथ ठाकुर की कृति 'मालंच' पर आधारित एक मार्मिक रचना है। 'रपट' इन सबसे भिन्न प्रकार की रचना है। इसमे पति-पत्नी की रिपोर्ट लिखवाने थाने में पहले पति आता है, फिर पत्नी अपने दोस्तों के साथ आती है और अन्त में मालूम होता है कि पहली अप्रैल या क्रिस्मस वगैरह के मौकों पर अकसर होनेवाला यह प्रैक्टिकल जोक था। यह हास्यप्रधान मनोरंजक रचना है।

गणेशप्रसाद द्विवेदी ने मुख्यतः विवाह और प्रेम सम्बन्धी विषयों पर एकांकी नाटक लिखे हैं। इनकी विशेषता कथानक-निर्माण या नाटकीय चमत्कार में उतनी नहीं, जिनती पात्रों के मनोवैज्ञानिक चित्रण में हैं। मनोविज्ञान के आधार पर पात्रों के अचेतन मन में उतरकर इनकी दमित भावनाओं को कुशलतापूर्वक इन्होंने चित्रित किया है। इस दृष्टि से इनका विशेष महत्त्व रहेगा कि इन्होंने अपनी कृतियों द्वारा आधुनिक एकांकी की एक नयी दिशा—मनोविश्लेषण-प्रधान एकांकी की ओर संकेत किया।

उदयशंकर भट्ट : आधुनिक हिन्दी-एकांकीकारों में उदयशंकर भट्ट का नाम काफी महत्त्वपूर्ण है। इन्होंने पचास से अधिक एकांकी नाटकों की रचना की है। इनके एकांकी संग्रहों के नाम इस प्रकार हैं—'अभिनव एकांकी नाटक', 'स्त्री का हृदय', 'तीन नाटक' (बाद में इसी में एक और नाटक जोड़कर इसका नाम 'चार एकांकी' कर दिया गया), 'समस्या का अन्त', 'धूमशिखा', 'अन्धकार और प्रकाश', 'आदिम युग', 'पर्दे के पीछे', और 'आज का आदमी'।

भट्टजी ने लिखा है—'मैंने 1921 के असहयोग आन्दोलन के दिनों में 'चित्तरंजनदास' नामक बड़ा नाटक लिखा...वैसे वास्तविक नाटक लिखने का क्रम 1929 से शुरू होता है। एकांकी नाटक मैंने कब से शुरू किए यह ठीक तरह याद नहीं, फिर भी 'एक ही कब्र में' या 'दस हजार' शायद मेरा पहला एकांकी नाटक है।' सन् 1940 में प्रकाशित अपने प्रथम एकांकी संग्रह 'अभिनव एकांकी नाटक' की भूमिका में भी भट्टजी ने लिखा है—'एकांकी नाटक लिखना मैंने पिछले दो साल से प्रारम्भ किया है।'

भट्टजी के प्रथम एकांकी संग्रह में छह एकांकी संकलित हैं—'दुर्गा', 'नेता', 'उन्नीस

सौ पैंतीस', 'वर निर्वाचन', 'एक ही कब्र में' और 'सेठ लाभचन्द्र'। 'दुर्गा' ऐतिहासिक कथानक पर आधारित दो दृश्यों का नाटक है। इसके कथानक-निर्माण में लेखक की कुशलता दिखाई पड़ती है। लेखक ने संघर्ष-तत्त्व पर ध्यान रखा है। विजय सिंह ने अपनी पुत्री दुर्गा का विवाह दुर्जनसिंह से करना अस्वीकार कर दिया है, दुर्जनसिंह दुर्गा को अपनी दासी बनाकर विजय सिंह से प्रतिशोध लेना चाहता है। विजय सिंह को अफीम की आदत है और वह अफीम दुर्जनसिंह से ही मिल सकती है। अफीम न मिलने से विजय सिंह बेचैन हो जाता है। दुर्गा के सामने समस्या आती है कि वह अपने धर्म की रक्षा करे या पिता की प्राण-रक्षा? पिता के प्राणों को वह अधिक मूल्यवान समझती है और दुर्जन के पास अफीम के लिए चली जाती है। वह अफीम ले लेती है, व्यंग्य सहती है, पर उसी समय विजय सिंह पहुँचकर उसे अफीम लौटा देने को कहता है, यद्यपि अफीम के अभाव में उसकी स्थिति बहुत दयनीय है। दुर्जन उसे देखकर द्रवित हो जाता है, प्रतिशोध की भावना भुला देता है। विजय सिंह दुर्जन के व्यवहार से प्रभावित होता है, और दुर्गा का हाथ उसके हाथ में दे देता है। इस प्रकार स्पष्ट है कि नाटक में संघर्ष भी है, घटनाओं की गति भी है और अन्त तक जिज्ञासा बनाए रखने की क्षमता भी है। नाटक को एक पूर्वनिश्चित आदर्शवादी बिन्दु पर समाप्त करने के आग्रह के कारण चरित्र-चित्रण में कुछ अस्वाभाविकता आ गई है; दुर्जन सिंह का चरित्र-परिवर्तन आकस्मिक लगता है। 'नेता' एकांकी में ऐसे नेताओं पर व्यंग्य किया गया है जिनके विचार और कर्म में कोई सामंजस्य नहीं रहता। इसके पात्र पुरुषोत्तम ऐसे ही नेता हैं। वे भाषण में जाति-भेद का खंडन करते हैं, लेकिन जब इन्हीं के आदर्शों से प्रेरित हो इनका भतीजा एक चमार की लड़की से विवाह करने को तैयार होता है, तब इनका आदर्श चकनाचूर हो जाता है। यह भी अनेक दृश्यों का एकांकी है। अन्तिम दृश्य, जिसमें लेखक तथाकथित नेता के वास्तविक रूप को उद्घाटित कर देता है, काफी महत्त्वपूर्ण है। 'उन्नीस सौ पैंतीस' एक दृश्य का एकांकी है। इसमें बेकारी की दयनीय स्थिति पर आधारित हास्य की झाँकी मिलती है। नाटक आकर्षक है, पर इसके मूल में ही अस्वाभाविकता दिखाई पड़ती है—केवल आवेदनपत्र भेजकर सुरेन्द्र यह विश्वास कर लेता है कि नौकरी उसे मिल जाएगी। 'वर निर्वाचन' भी एक दृश्य का आकर्षक नाटक है। चौधरी साहब के यहाँ एक आई.सी.एस. आनेवाले हैं। चौधरी साहब चाहते हैं कि उनकी बेटी का विवाह उसी से हो जाए। बेटी को हिदायत रहती है कि वह उसका खूब सत्कार करे। बेटी आगन्तुक का उचित सत्कार करती है, उससे प्रेम भी करने लगती है, लेकिन अन्त में मालूम होता है कि ये आगन्तुक आई.सी.एस. सज्जन नहीं हैं, चौधरी साहब के मुवक्किल हैं। इसका अन्त भी चमत्कारपूर्ण है, पर यह अस्वाभाविकता पर आधारित है—आगन्तुक को निराधार ही आई.सी.एस. समझ लिया जाता है। 'एक ही कब्र में' हिन्दू-मुस्लिम सम्बन्ध की समस्या ली गई है। सामयिक विषय से सम्बन्धित यह एक सामान्य नाटक है। 'सेठ लाभचन्द्र' में एक कंजूस सूदखोर सेठ के ठगे जाने पर हँसने का प्रयत्न किया गया है। इन सभी नाटकों में इस बात का ध्यान रखा गया है कि अन्त

में रहस्योद्‌घाटन के द्वारा चमत्कार उत्पन्न किया जाए। इससे नाटकों में प्रभावोत्पादकता आई है।

'स्त्री का हृदय' संग्रह में सात नाटक हैं। 'स्त्री का हृदय' में नारी-हृदय की कोमलता और करुणा चित्रित की गई है। इसके कथानक में भी कुतूहल और चमत्कार का ध्यान रखा गया है। नाटक काफी प्रभावशाली है। इसमें चरित्र-चित्रण और पात्रों के मनोभावों के अंकन पर ध्यान रखा गया है। नाटक दो दृश्यों में है। पहले दृश्य में पृष्ठभूमि निर्मित की गई है और पूर्व-परिचय दिया गया है, दूसरे में कथानक विकसित होकर चरम सीमा पर पहुँचता है। 'नकली और असली' कलाकार के जीवन से सम्बन्धित एक मार्मिक एकांकी है। 'दस हजार' में एक कंजूस सेठ की हृदयहीनता का चित्रण है। उसके लड़के को काबुली उठा ले गए हैं और दस हजार रुपए मिलने पर छोड़ने को तैयार हैं। सेठ को दस हजार रुपए अपने पुत्र से अधिक प्रिय लगते हैं। मुनीम के प्रयत्न से लड़का वापस आता है, लेकिन सेठ को इससे विशेष प्रसन्नता नहीं होती। इसके विपरीत उसे दस हजार रुपए जाने का दुःख होता है। 'बड़े आदमी की मृत्यु' में कोई नाटकीय कथानक नहीं है। एक धनी आदमी की मृत्यु से उत्पन्न एक हृदयहीन स्थिति का व्यंग्यचित्र इसमें उपस्थित किया गया है। उस बड़े आदमी की मृत्यु से कोई दुःखी नहीं दिखता—कुछ लोग स्वार्थ-सिद्धि में संलग्न हैं, कुछ लोग दुःख प्रकट करने की रस्म-अदा करते हैं। मैनेजर घनश्याम की मरती हुई लड़की का प्रसंग लाकर लेखक ने तथाकथित बड़े लोगों पर बड़ा तीखा व्यंग्य किया है। बिहारीलाल घनश्याम से बड़े स्पष्ट शब्दों में कहते हैं—'भैय्या का काम, यहाँ का काम जरूरी है या लड़की के मरने का?' 'बड़े आदमी की मृत्यु' अपने समग्र रूप में एक व्यंग्यपूर्ण आकर्पक कृति है। इसमें समाज के विभिन्न वर्गों के लोगों का बड़ा स्वाभाविक अंकन हुआ है। 'विष की पुड़िया' को दूसरा नाम दिया गया है 'माँ का दिल'। इसमें जहाँ एक ओर सौतेली माँ की क्रूरता का चित्र है, वहाँ दूसरी ओर बच्चों के पारस्परिक स्नेह का बड़ा मार्मिक चित्र खींचा गया है। बच्चों के सहज स्नेह के स्पर्श ने नाटक के अन्त को मर्मस्पर्शी बना दिया है। 'जवानी' को लेखक ने नाट्य-रूपक कहा है। इसमें विचारक के रूप में 'आगन्तुक' को प्रस्तुत किया गया है, स्मृति के रूप में 'स्त्री' को और जवानी के रूप में 'युवती' को। इनका रहस्योद्‌घाटन नाटक के अन्त में होता है। कैदी जवानी के बाद 'आगन्तुक' (विचारक) की शरण में अपने को सौंप देता है। नाटक में प्रारम्भ से लेकर अन्त तक जिज्ञासा बनी रहती है। इसमें लेखक ने एक शिल्पगत प्रयोग किया है कि बीच में एक स्मृति-दृश्य प्रस्तुत किया है, रेडियो नाटक में आनेवाले स्मृति दृश्यों की तरह। स्मृति दृश्य के प्रारम्भ में आँधी आती है और रंगमंच पर अँधेरा छा जाता है, ठीक यही बात स्मृति दृश्य के अन्त में भी होती है। समग्र प्रभाव की दृष्टि से यह भट्टजी की सफल कृतियों में है। 'मुंशी अनोखेलाल' एक हलकी हास्य-प्रधान रचना है। इसमें एक बुद्धू वकील की मूर्खता पर हँसने का प्रयत्न किया गया है। मुंशी अनोखेलाल यह संवाद सुनकर रोने लगते हैं कि उनकी पत्नी विधवा हो गई है। नाटक रोचक है अवश्य, पर प्रभाव की अन्विति नहीं बनी रहती। इसका कारण

यह है कि इसमें एक ही दृश्य में दो स्वतन्त्र प्रसंग लिये गए हैं—एक मुवक्किलों से सम्बन्धित, दूसरा उसकी पत्नी के विधवा होने का।

'आदिम युग', 'प्रथम विवाह' तथा 'वैवस्वत मनु और मानव' भिन्न प्रकार की नाट्यकृतियाँ हैं। तीनों ही पौराणिक प्रसंगों पर आधारित हैं और इनमें अत्यन्त प्राचीनकालीन सभ्यता एवं संस्कृति का चित्र अंकित करने का प्रयत्न किया गया है। 'आदिमयुग' में स्वयंभुव मनु द्वारा आदिम सभ्यता का विकास चित्रित किया गया है। इसमें उस समय के भी दृश्य हैं जिस समय मनुष्य को अभी वाणी नहीं मिली थी। फलतः नाटक वर्णन-प्रधान है, इसमें लेखकीय कथन बहुत अधिक हैं। इसमें कोई नाटकीय कथानक नहीं है। 'वैवस्वत मनु और मानव' में वैवस्वत मनु द्वारा आर्यों की यज्ञ-प्रधान सभ्यता के विकास को चित्रित किया गया है। यह नाटक तीन अंकों और अनेक दृश्यों में है। वास्तव में यह एकांकी नहीं है। मानव सभ्यता में विवाह का प्रारम्भ कब और कैसे हुआ, इसे 'प्रथम विवाह' में दिखलाया गया है। भट्टजी ने इन तीनों नाटकों को सांस्कृतिक चित्रण कहा है। वास्तव में इनमें चित्रण की ही प्रधानता है, नाटकीयता का अभाव है। संलाप के माध्यम से प्रस्तुत इन चित्रों को नाट्य-चित्र कहा जा सकता है। 'कुमारसम्भव' में गुप्तकालीन संस्कृति की झाँकी है। साथ ही, इसमें लेखक ने कला और आचार से सम्बन्धित साहित्यिक प्रश्न भी उठाया है। कालिदास के 'कुमारसम्भव' के अपूर्ण रह जाने के प्रसंग पर यह रचना आधारित है। कालिदास ने 'कुमारसम्भव' में शिव-पार्वती के शृंगार का अमर्यादित वर्णन किया जिसके फलस्वरूप 'कुमारसम्भव' को पार्वती द्वारा अपूर्ण रहने का शाप मिला। सरस्वती द्वारा उस शृंगार का समर्थन कराकर लेखक ने प्रश्न का दूसरा पक्ष खड़ा किया है। अन्त में कलावाद की विजय होती है। नाटकीयता की दृष्टि से इसमें कई अनावश्यक तत्त्व आए हैं—गणेश द्वारा महाभारत लिखने का प्रसंग आवश्यक नहीं लगता, कालिदास के सम्बन्ध में दी गई प्रशंसात्मक टिप्पणियाँ भी आवश्यक नहीं हैं। इसमें आए गीतों से भी कथानक की गति में शिथिलता आई है। नाटकीयता की दृष्टि से अन्तिम अंश प्रभावपूर्ण बन पड़ा है। 'क्रान्तिकारी विश्वामित्र' में वैदिककालीन पृष्ठभूमि पर नरबलि का विरोध किया गया है। इसका कथानक नाटकीय है। राजा हरिश्चन्द्र वरुण से वचनबद्ध हैं कि पुत्र-बलि देंगे, पर पुत्र-मोह के कारण ऐसा नहीं कर पाते। इस नाटक के कथानक में नाटकीय मोड़ भी हैं, गति भी है। अन्त का रहस्योद्‌घाटन भी चमत्कारपूर्ण है। 'शशिलेखा' में मध्य युग का चित्र है। इसमें भी नाटकीय स्थितियाँ ली गई हैं। राजा विनोदवर्धन नर्त्तकी शशिलेखा पर आसक्त होते हैं, पर शशिलेखा भिक्षु कौंडिन्यायन को चाहती है, लेकिन भिक्षु उसका तिरस्कार कर देता है। शशिलेखा राजा विनोदवर्धन से इस शर्त पर विवाह करने को तैयार होती है कि वह भिक्षु कौंडिन्यायन का सिर मँगा दे। आश्चर्य की बात यह होती है कि भिक्षु अपना सिर देने के लिए स्वयं उपस्थित हो जाता है। नाटक का कथानक बहुत संश्लिष्ट है। इसमें संकलन-त्रय की भी रक्षा की गई है। अपनी समग्रता में यह एक शक्तिशाली नाटक है। ऐसा ही सफल नाटक 'सौदामिनी' भी है। इसका कथानक

भी बहुत नाटकीय है। सौदामिनी की प्राण-रक्षा सुदेव द्वारा होती है, पर सुदेव द्वारा ही सौदामिनी का पिता विजयार्क बन्दी बनाया जाता है और उसको वध की आज्ञा मिलती है, लेकिन शीघ्र ही स्थिति बदल जाती है—सुदेव विजयार्क का बन्दी होता है, और विजयार्क उसके वध का आदेश देते हैं, पर अपनी पुत्री की प्राण रक्षा का स्मरण कर सुदेव को मुक्त कर देते हैं और सौदामिनी को भी उसे सौंप देते हैं। इसमें जो नाटकीय परिवर्तन हुए हैं, सभी चमत्कारपूर्ण हैं। नाटकीय कथानकवाले इन सभी नाटकों के संलाप भी गतिशील हैं। इसके विपरीत सांस्कृतिक चित्रवाले नाटकों में संलाप बड़े-बड़े और शिथिल हैं।

'समस्या का अन्त', 'धूमशिखा', 'पर्दे के पीछे' और 'आज का आदमी' संग्रहों के नाटक मुख्यतः आधुनिक सामाजिक परिवेश पर लिखे गए हैं। इनमें किसी-न-किसी समस्या को चित्रित किया गया है। कुछ नाटकों में सुधारवादी संकेत भी दिए गए हैं। युग के प्रति जागरूकता और नाटकों की सोद्देश्यता इन रचनाओं में विशेष रूप से परिलक्षित होती है। संग्रहों की भूमिकाओं में लेखक ने इसकी ओर बार-बार संकेत किया है। 'समस्या का अन्त' की भूमिका में भट्टजी ने लिखा है—'प्रत्येक नाटक का कोई-न-कोई उद्देश्य अवश्य होना चाहिए। जैसे साहित्य में आज कला जीवन के लिए, जीवन देने के लिए है, उसी तरह नाटक का भी उद्देश्य के लिए होना आवश्यक है।' 'जीवन' जो एक प्रतीक नाटक है, को छोड़कर अन्य सभी नाटकों में यथार्थ को किसी-न-किसी रूप में चित्रित करने का प्रयत्न किया है। 'गिरती दीवारें' में ह्रासोन्मुख अन्धविश्वासी संस्कृति को चित्रित किया गया है। 'पिशाचों का नाच' में साम्प्रदायिक ढंग से उत्पन्न नारी-उद्धार की समस्या को सामने रखा गया है। 'बीमार का इलाज' हलका सा हास्य-प्रधान नाटक है जिसमें विभिन्न चिकित्सा-पद्धतियों के दुराग्रही व्यक्तियों का व्यंग्य-चित्र अंकित किया गया है। 'आत्मदान' में लेखक ने यह संकेत किया है कि समर्पण में ही नारी-जीवन का सुख और कल्याण है। 'वापसी' में लेखक ने यह दिखलाया है कि पैसेवालों के सम्बन्धी अनेक लोग हो जाते हैं। 'मन्दिर के द्वार पर' में अस्पृश्यता की समस्या आई है। 'दो अतिथि' में ढोंगी उपदेशकों के आचरण पर हँसने का प्रयत्न किया गया है। 'विस्फोट' में हिन्दी के आलोचकों, सम्पादकों और लेखकों पर व्यंग्य किया गया है। 'नया नाटक' में हिन्दी लेखक की दयनीय स्थिति का चित्र है। 'नये मेहमान' में बड़े शहरों में मेहमानों के आने से मध्यवर्गीय लोगों को होनेवाली कठिनाइयों का चित्रण है। 'अघटित' में युग की माँग पर जनता के लिए अपने अधिकारों को छोड़नेवाले एक रियासत के महाराज का चित्र है। 'मायोपिया' और 'बार्गेन' में आज के नवयुवकों और नवयुवतियों के पारस्परिक सम्बन्ध की समस्या है। 'आज की शिक्षिता युवती' में आत्मनिर्भरता की भावना जाग रही है जिसके फलस्वरूप युवक के प्रति उपेक्षा का भाव आ रहा है। नारी की इस विकृति को इन नाटकों में चित्रित किया गया है। 'यह स्वतन्त्रता का युग' भी नारी से सम्बन्धित है। इसमें दिखलाया गया है कि स्वतन्त्रता की भ्रान्त धारणा के कारण नारी में जो उच्छृंखलता आ रही है, वह पारिवारिक

सुख-शान्ति के लिए हानिकारक है। 'बाबूजी' व्यंग्य-प्रधान नाटक है। इसमें चित्रित किया गया है कि आज भौतिकवादी दृष्टि सहज मानवीय सम्बन्धों पर भी आघात करने लगी है। 'नयी बात' में भी इसी भौतिकवादी दृष्टि पर चोट की गई है जो सांस्कृतिक मूल्यों को उपेक्षित-तिरस्कृत करने लगी है। 'पर्दे के पीछे' भी सामाजिक व्यंग्य है। आज मनुष्य के बाहरी और भीतरी जीवन में गहरा वैषम्य दिखाई पड़ता है, उसे बड़ी प्रभावोत्पादकता के साथ 'आज का आदमी' में चित्रित किया गया है। 'सत्य का मन्दिर' में भी यही बात है। एक ही व्यक्ति के अनेक रूप इन नाटकों में देखे जा सकते हैं। 'तीमारदारी' में उन मेहमानों का व्यंग्य-चित्र उपस्थित किया गया है, जो आते हैं रोगी की सेवा करने के लिए, पर करते हैं अपनी सेवा। इन सभी नाटकों में आज का सामाजिक यथार्थ बड़े प्रखर रूप में चित्रित हुआ है, इसमें सन्देह नहीं।

भट्टजी ने बाद के अपने नाटकों में विषय, समस्या, उद्देश्य आदि को जो प्रधानता दी है, उसका प्रभाव इनके शिल्प पर स्पष्ट दिखलाई पड़ता है। भट्टजी ने अपने प्रारम्भिक नाटकों के सम्बन्ध में 'धूमशिखा' के आमुख में लिखा है—'अभिनव एकांकी नाटक' में मैंने नाटक के विस्मयात्मक अन्त और संवाद की प्रगल्भता पर जोर दिया है। उसमें नाटक के सौन्दर्यबोध के साथ मैंने वस्तु की अभिनव-ग्रन्थना को नाटक का उत्कर्ष मानकर चलने का प्रयास किया है। चमत्कार जो नाटक की अन्विति का मूल तत्त्व है, उसको जीवन के साथ घटाकर यथार्थ भावों को लाने की चेष्टा की है।...'स्त्री का हृदय' में उसी का विस्तार है।' यह बात बाद के नाटकों के सम्बन्ध में नहीं कही जा सकती। नाटकीय मोड़, चमत्कार, चरम सीमा, विस्मयात्मक अन्त आदि की ओर अब लेखक का ध्यान अधिक नहीं रह गया है। उसका ध्यान मुख्यतः अपने कथ्य पर केन्द्रित है। कहीं-कहीं नाटकीयता के दर्शन अवश्य होते हैं, पर अधिक नाटकों में कथानक-निर्माण में कोई विशेषता नहीं दिखाई पड़ती। कुछ नाटक तो चित्र मात्र हैं। उदाहरण के लिए, 'आज का आदमी', 'तीमारदारी', 'सत्य का मन्दिर', 'बाबूजी', 'नया नाटक', 'ग्रहदशा' आदि एकांकी देखे जा सकते हैं। कहीं-कहीं अपने विचारों के आग्रह के कारण लेखक को वाद-विवाद में भी उलझ जाना पड़ा है (जैसे 'आत्मदान', 'नयी बात', 'पर्दे के पीछे' आदि में)। और कुछ नाटकों के अन्त में निष्कर्ष देना पड़ा है (जैसे 'नयी बात', 'नया नाटक', 'आज का आदमी' आदि में)। प्रारम्भिक नाटकों की तरह इन नाटकों में कोई रहस्य नहीं छिपा रहता, इनके कथानकों में सदा गति भी नहीं रहती, पर इनकी प्रस्तुतीकरण-पद्धति ऐसी है कि इनमें अन्त तक आकर्षण बना रहता है। भट्टजी संकलन-त्रय को नाटक की विशेषता मानते हैं, फिर भी यह स्वीकार करते हैं कि विशेष परिस्थिति में विभिन्न रचनाओं और समय के अनेक दृश्य हो सकते हैं। इनके अधिक एकांकी एक ही दृश्य के हैं, पर कुछ नाटकों में (जैसे, 'मन का रहस्य', 'सत्य का मन्दिर' आदि में) एक से अधिक दृश्य भी आए हैं। भट्टजी ने पात्रों के चरित्र-चित्रण पर भी ध्यान दिया है—यह दूसरी बात है कि सामाजिक यथार्थ पर अधिक ध्यान रहने के कारण इन्होंने व्यक्तियों से अधिक वर्ग-प्रतिनिधियों को चित्रित किया है। सभी पात्र

स्वाभाविक आकर्षक रूप में आए हैं। कहीं-कहीं व्यक्तियों के चित्र भी सुन्दर बन पड़े हैं। संलाप सब जगह वातावरण और पात्रों के अनुरूप हैं। अधिक संलाप छोटे-छोटे ही हैं। उनमें पर्याप्त शक्ति है। इस विवेचन से स्पष्ट है कि भट्टजी के एकांकी-साहित्य में विषय-वस्तु एवं शिल्प की पर्याप्त विविधता दिखलाई पड़ती है।

उपेन्द्रनाथ 'अश्क' : पाश्चात्य नाट्य-साहित्य के अध्ययन से प्रभावित और प्रेरित होकर जिन लेखकों ने हिन्दी एकांकी के क्षेत्र में सफल प्रयोग किए हैं, उनमें उपेन्द्रनाथ 'अश्क' का नाम महत्त्वपूर्ण स्थान का अधिकारी है। इन्होंने सन् 1936 से एकांकी-लेखन प्रारम्भ किया और अब तक विभिन्न प्रकार के अनेक एकांकी नाटकों की रचना की है। इनके एकांकी संग्रहों के नाम इस प्रकार हैं—'देवताओं की छाया में', 'चरवाहे', 'पक्का गाना', 'पर्दा उठाओ : पर्दा गिराओ', 'अन्धी गली' और 'साहब को जुकाम है' आदि।

उपेन्द्रनाथ 'अश्क' बड़े प्रतिभासम्पन्न और जागरूक कलाकार हैं। इन्होंने अपने परिवेश को खुली आँखों से देखा है और उसकी समस्याओं को बड़ी कुशलता से चित्रित किया है। इनके एकांकी मुख्यतः सामाजिक एवं पारिवारिक पृष्ठभूमि पर लिखे गए हैं, और हमारे आज के समाज में जो रूढ़ियाँ हैं, विकृतियाँ हैं, दुर्बलताएँ हैं उन्हें व्यंग्य की तूलिका से प्रभावशाली रूप में अंकित किया गया है। 'अश्क' में चरित्र के अध्ययन की क्षमता भी है और इन्होंने अपने अनेक एकांकी नाटकों में इस पक्ष पर विशेष ध्यान दिया है। 'अश्क' की सबसे बड़ी विशेषता शिल्प के प्रति इनकी सजगता है।

'देवताओं की छाया में' एकांकी संग्रह में ये नाटक संकलित हैं—'देवताओं की छाया में', 'जोंक', 'लक्ष्मी का स्वागत', 'अधिकार का रक्षक', 'विवाह के दिन', 'पहेली' और 'आपस का समझौता'। पंजाब के एक गाँव की पृष्ठभूमि पर लिखित 'देवताओं की छाया में' एकांकी में लेखक शोषित मजदूर वर्ग की दयनीय स्थिति को चित्रित करते हुए समाज की आर्थिक विषमता की ओर संकेत करता है। नगरों के औद्योगिक विकास में गाँवों की निर्धनता बढ़ती जाती है। यहाँ का सब दूध शहरों में चला जाता है, बच्चों के लिए भी नहीं बचता, दम तोड़ते मजदूर को भी दूध नहीं मिलता। इसमें पूँजीवादी व्यवस्था की दुर्बलताओं की ओर भी संकेत किया है—मजदूरों को इतनी मजदूरी नहीं मिलती कि वे जी सकें; उनके जीवन का कोई मूल्य ही नहीं है। ठेकेदार मकान में कम मसाला लगाता है, जिससे छत गिर पड़ती है और मजदूर दब जाते हैं। नाटक का कथानक बड़ा छोटा सा है। उसकी गति भी बड़ी सीधी और सरल है। कहीं कोई चमत्कार उत्पन्न करने का प्रयत्न नहीं है। छत गिरने की घटना पर ही पूरा कथानक खड़ा है। यह कहा जा सकता है कि अपने उद्देश्य की सिद्धि के लिए लेखक ने जान-बूझकर छत गिराई है, पर उसके कारण देकर प्रसंग को विश्वसनीय बनाने का प्रयत्न किया है। पात्रों के चरित्र-चित्रण पर भी ध्यान दिया गया है। रहीम की मंगेतर मरजाना का चरित्र बहुत स्वाभाविक बन पड़ा है। छत गिरने के समाचार से उसके मन में जो हलचल और आतुरता होती है, उसे स्वाभाविक रूप में चित्रित किया गया है।

संलाप पात्रोचित हैं। भाषा में ग्रामीण स्पर्श है, जिससे वातावरण-निर्माण में सहायता मिली है। नाटक का शीर्षक बड़ा व्यंजक है। यह पूँजीवादी व्यवस्था पर एक व्यंग्य है कि शोषित ग्रामीण जनता का जीवन पूँजीवादी देवताओं की छाया में पल रहा है। यह भी कहा जा सकता है कि जिनका कोई सहारा नहीं, उनका जीवन देवताओं की ही छाया में पलता है।

'जोंक' एक प्रहसन है। इसमें बिन बुलाए मेहमान की जोंक की तरह चिपक जाने की प्रवृत्ति और उससे उत्पन्न मनोरंजक स्थितियों का चित्रण है। यह भी दिखलाया गया है कि शिष्टाचार कभी-कभी बहुत महँगा पड़ जाता है। मध्यवर्गीय परिवार में मेहमान के आने से जो कठिनाइयाँ होती हैं, उनकी ओर भी संकेत किया गया है। तीन दृश्यों के इस एकांकी में लेखक की विशेषता मनोरंजक स्थितियों के चुनाव में दिखाई पड़ती है। हास्य-सृजन की ओर लेखक का ध्यान विशेष रूप से है जिसमें वह सफल भी है, पर रोशनदान से आनन्द का निकलना और चोर समझकर पकड़ लिया जाना बहुत विश्वसनीय नहीं लगता। 'लक्ष्मी का स्वागत' अश्क की प्रारम्भिक कृतियों में होते हुए भी इनके उत्कृष्ट एकांकी नाटकों में है। इसमें एक शिक्षित विधुर नवयुवक और उनके धनलोलुप हृदयहीन माता-पिता का चित्रण किया है। कथानक सरल है, पर इसमें पर्याप्त नाटकीय तत्त्व है। रौशन की पत्नी का देहान्त अभी ही हुआ है, बच्चा भी बीमार है और उसकी हालत बहुत खराब है—रौशन उसकी जीवन-रक्षा में जी-जान से लगा है, लेकिन रौशन के माता-पिता बच्चे को रौशन की दूसरी शादी के मार्ग में बाधक समझते हैं। द्वार पर नये रिश्ते के लिए आए हुए धनी लोगों से माता-पिता शगुन लेने को व्यग्र हैं। उधर पिता शगुन लेकर आते हैं, उधर रौशन बच्चे का शव लेकर कमरे से निकलता है। कथानक की नींव पुत्र और माता-पिता के स्वार्थों के संघर्ष पर है। यही संघर्ष नाटक को अन्त तक टिकाए रहता है, और अन्त में चरम बिन्दु पर यही संघर्ष एक तीव्र करुण व्यंग्य में परिणत हो जाता है—

पिता : (सीढ़ियों से ही) रौशन की माँ बधाई हो, मैंने शगुन ले लिया।

(कमरे का दरवाजा खुलता है, मृत बालक का शव लिये रौशन आता है)

सुरेन्द्र : माँजी, जाकर दाने लाओ और दीये का प्रबन्ध करो।

कथानक के उपयुक्त ही लेखक ने वातावरण रखा है। रौशन कहता है, 'यह वर्षा, यह आँधी, यह मेरे मन में हौल पैदा कर रहे हैं। कुछ अनिष्ट होने को है।' पात्रों में सबसे सफल चित्रण रौशन का हुआ है। उनकी मनःस्थिति को लेखक ने बड़ी कुशलता से चित्रित किया है। उसके साथ दर्शकों की सहानुभूति अन्त तक बनी रहती है। माँ और पिता बहुत स्वाभाविक और विश्वसनीय रूप में चित्रित जैसे नहीं लगते। जिस क्षण उनके पौत्र के प्राण निकल रहे हैं, उनका व्यवहार मानवीय नहीं लगता। संकलन-त्रय की रक्षा एवं नाटकीय स्थिति की तीव्रता के लिए ही सम्भवतः लेखक ने शगुन के प्रसंग को बच्चे की मृत्यु के साथ ही रखा है, जिसके कारण माता-पिता हृदयहीन रूप में चित्रित हो गए हैं। फिर भी समग्र प्रभाव की दृष्टि से 'लक्ष्मी का स्वागत' सफल एकांकी है।

'अधिकार का रक्षक' में एक ऐसे सेठ का व्यंग्य-चित्र उपस्थित किया गया है जो चुनाव जीतने के लिए छात्रों, श्रमिकों, स्त्रियों आदि का एक मात्र रक्षक अपने को घोषित करता है, पर उसके सभी व्यवहार उसकी घोषणा के प्रतिकूल पड़ते हैं। इसमें कोई संश्लिष्ट कथानक नहीं है, लेखक ने सेठ के विचारों और कार्यों में विषमता दिखाने के लिए उपयुक्त स्थितियाँ चुनी हैं। 'पहेली' को लेखक ने 'झाँकी' कहा है। इसमें शब्द पहेली-प्रतियोगिता में भाग लेनेवाले एक युवक की सनक का आकर्षक चित्रण किया गया है। बिना परिश्रम धनी हो जाने की आकांक्षा रखनेवाले अकर्मण्य युवक का चित्रण तो इसमें हुआ ही है, मध्यवर्गीय परिवार और निर्धनता की भी झाँकी प्रस्तुत की गई है। इसमें भी कोई नाटकीय कथानक नहीं है। ऐसी ही बात 'विवाह के दिन' के सम्बन्ध में भी है। यह एक सामाजिक व्यंग्य है। इसमें लेखक ने आज के उन युवकों पर व्यंग्य किया है जो बम्बई भागकर अभिनेता बनने के स्वप्न देखते हैं और ऐसी युवती से विवाह करना चाहते हैं जो नृत्य-संगीत निपुण हो, भले ही उसे घर-गृहस्थी का कोई काम न आए। इसके साथ ही इस नाटक में ऐसे रूढ़िवादी माता-पिता का भी चित्र दिया गया है जो विवाह से पूर्व अपने पुत्र को अपनी भावी पत्नी को नहीं देखने देते। इसी बात पर 'विवाह के दिन' एकांकी आधारित है। 'आपस का समझौता' ऐसे डाक्टरों के जीवन से सम्बन्धित है जिन्होंने बड़ी मुश्किल से, कई वर्ष फेल होने के बाद डाक्टरी पास की है और जिनके यहाँ कोई मरीज नहीं आता। यह दिखलाया गया है कि ऐसे अनुभवहीन डाक्टरों के हाथों कितने लोग अपने दाँत, आँख आदि गवाँ बैठते हैं। नाटक रोचक है। अनेक स्थलों पर हास्य के स्पर्श हैं। इन सभी नाटकों के संलाप पात्रों और प्रसंगों के अनुरूप हैं। भाषा बोलचाल की है और उसमें पर्याप्त सजीवता है, रंग-संकेत सब जगह विस्तृत रूप में दिए गए हैं। इनसे यह स्पष्ट है कि ये केवल निर्देशकों और अभिनेताओं के लिए नहीं हैं। पाठकों के लिए भी हैं। लेखक ने पूर्वस्थितियों की व्याख्या भी की है, स्थान-स्थान पर प्रसंगानुसार व्यंग्य भी किए हैं। इसीलिए कहीं-कहीं रंगमंच की दृष्टि से अनुपयोगी और निरर्थक संकेत भी दिए गए हैं, उदाहरण के लिए, 'विवाह के दिन' में छिपकली के मक्खी पर झपटने की चर्चा है। निष्कर्षतः कहा जा सकता है 'अश्क जी' के इस प्रथम एकांकी संग्रह में यदि 'लक्ष्मी का स्वागत' जैसा प्रभावशाली एकांकी है, तो वहीं इसमें 'पहेली' जैसी सामान्य रचना भी है। इस संग्रह के नाटकों में कथानक-निर्माण की ओर लेखक का विशेष ध्यान नहीं है, कुछ रचनाओं में तो कथानक नाम मात्र के हैं। संकलन-त्रय का निर्वाह अधिक नाटकों में किया है। लेखक की विशेषता संलाप और भाषा-शैली में है, अपने कथ्य के प्रस्तुतीकरण एवं व्यंग्य में है। संघर्ष और चरम सीमा का ध्यान केवल 'लक्ष्मी का स्वागत' में रखा गया है। इसीलिए वह संग्रह का सबसे सशक्त नाटक बन पड़ा है।

'चरवाहे' संग्रह में सात एकांकी हैं—'चरवाहे', 'मैमूना', 'चुम्बक', 'चिलमन', 'चमत्कार', 'खिड़की', और 'सूखी डाली'। 'चरवाहे' में अपने मामा के यहाँ मामी की उपेक्षा, घृणा और लांछना के बीच पली-बढ़ी युवती रत्नी की वेदना और उसकी मुक्ति

की आकांक्षा को वाणी दी गई है। 'मैमूना' में आठ-नौ वर्ष की बच्ची मैमूना के दुःखी जीवन की झाँकी प्रस्तुत की गई है जिसे स्वयं अपनी माँ द्वारा घृणा और उपेक्षा मिलती रहती है, क्योंकि वह उसके पूर्व पति से उत्पन्न है। 'चुम्बक' में उस कवि गौतम के चरित्र पर प्रकाश डाला गया है जिसके काव्यत्व के चुम्बक पर कई युवतियाँ खिंची आती हैं और जो एक साथ ही दो नारियों को हृदय से प्रेम करने का ढोंग रचता है। 'खिड़की' में उस युवती नयना की वेदना को चित्रित करने का प्रयत्न किया गया है जो अपने प्रेमी की प्रतीक्षा में यौवन के चार वसन्त उदासी और दुःख में बिता देती है। ये चारों एकांकी पंजाब के ग्रामीण जीवन की पृष्ठभूमि पर लिखे गए हैं। इनमें शिल्पगत समानताएँ भी हैं। कथानक-निर्माण पर इन सबमें ध्यान दिया गया है और सबका कथा-विन्यास लगभग एक ही प्रकार का है। नाटक एक कुतूहलवर्धक बिन्दु से प्रारम्भ होता है, पर कथानक आगे की ओर नहीं बढ़ता—इसके विपरीत बहुत दूर तक पूर्वघटित घटनाओं का परिचय दिया जाता है और अन्त में कोई नयी घटना झटका देकर आती है और नाटक एक चमत्कार के साथ समाप्त हो जाता है। 'चरवाहे' में रत्नी और कान्त रात के डाके का विवरण देते हैं, इसके साथ ही रत्नी के प्रति मामा-मामी के व्यवहार का भी परिचय मिलता है, रत्नी-गोविन्द-राजा के स्निग्ध सम्बन्धों का भी। यह परिचय लगभग अन्त तक चलता है। अन्त में ज्ञात होता है कि रत्नी गोविन्द के साथ भाग गई और यह संवाद सुनकर राजा यह कहता हुआ चला जाता है—'मैंने बचपन में बहुतेरे ढोर चराए हैं और मैं जानता हूँ जब मेरी गाय को कोई दूसरा हाँककर ले जाए तो मुझे क्या करना चाहिए। अन्य नाटकों का कथाविन्यास भी इसी प्रकार का है। कथानक का अधिक भाग अतीत की घटनाओं का रहता है, जैसे समुद्र में तैरते हुए हिम-खंड का अधिकांश भाग जल में डूबा हुआ हो। यही कारण है कि कहीं-कहीं बड़े-बड़े संवादों में बीती हुई घटनाओं का परिचय दिया जाता है। हाँ, लेखक ने सदा इस बात का ध्यान रखा है कि अतीत की घटनाओं का वर्णन मन को उबानेवाला और नीरस न हो जाए—उसमें रोचकता बनी रहे। संकलन-त्रय का निर्वाह सभी नाटकों में किया गया है। 'देवताओं की छाया में' के नाटकों से एक भिन्नता यह भी दिखलाई पड़ती है कि लेखक का ध्यान अब पात्रों के अन्तर्जीवन की ओर विशेष रूप से है और उसने पात्रों के मनोभावों को सूक्ष्मता से चित्रित करने का प्रयत्न किया है। पात्रों की वेदना को इस प्रकार उभारकर प्रस्तुत करने का प्रयत्न किया गया है कि वे दर्शकों-पाठकों के मन का स्पर्श कर सके।

'चिलमन' एक भावना-प्रधान सांकेतिक नाटक है। इसमें कवि हरि की रुग्णा पत्नी किरण की वेदना और जीवनाकांक्षा को व्यक्त किया गया है। हरि अपनी पत्नी की सेवा-शुश्रूषा में लगा रहता है, तभी उसकी प्रेमिका शशि आती है, पर अपनी माँ और बहन के आग्रह के बावजूद हरि उससे नहीं मिल पाता। इधर शशि का प्रेमी और हरि का मित्र मनोहर हरि से कहता है—'तुम शशि को अपनाते हो, न छोड़ते हो और मैं त्रिशंकु की तरह बीच में लटका हुआ हूँ।' भावों का घात-प्रतिघात चलता रहता है और

किरण खत्म हो जाती है। नाटक एक ही दृश्य में है। 'चिलमन' पर 'लक्ष्मी का स्वागत' की एक हलकी छाया दिखाई पड़ती है, पर इसमें प्रभाव की वह तीव्रता नहीं है। 'चमत्कार' एक प्रहसन है और इसमें धार्मिक अन्धविश्वास की पृष्ठभूमि पर दवाइयाँ बेचनेवाले एक ठग का रोचक चित्र है। दवा बेचनेवाले की वाक्चातुरी से नाटक में विशेष आकर्षण आया है। स्थान-स्थान पर हास्य और व्यंग्य भी आए हैं। 'सूखी डाली' तीन दृश्यों में लिखित एक सामाजिक एकांकी है। इसमें संयुक्त परिवार के प्रश्न को प्रस्तुत किया गया है। मूलराज दादा संयुक्त परिवार के समर्थक हैं और उसकी रक्षा के लिए महान वट वृक्ष की तरह खड़े हैं। उनके छोटे पोते परेश नायब तहसीलदार हो गए हैं। छोटी पतोहू ग्रेजुएट है। परिवार में उसके आते ही विघटन की लहरें उठने लगती हैं, और दादा इन लहरों को बाँधने के लिए सक्रिय हो जाते हैं। लेखक ने इसी संघर्ष के आधार पर कथानक का निर्माण किया है। इस नाटक में विस्तार कुछ अधिक है, पात्र भी अधिक हैं, फिर भी लेखक समस्या को प्रस्तुत करने में सफल रहा है। इस एकांकी का भी शीर्षक प्रतीकात्मक है। 'सूखी डाली' उस जीवन का प्रतीक है जो संयुक्त परिवार में रहता है, पर अपना विकास नहीं कर पाता।

'पक्का गाना' में संकलित नाटकों के नाम हैं—'तूफान से पहले', 'बहनें', 'पानी', 'नया-पुराना', 'वेश्या', 'कामदा', और 'पक्का गाना'। स्वाधीनता-प्राप्ति के पहले देश में जो साम्प्रदायिक दंगों की आग भड़क उठी थी उसी की पृष्ठिभूमि पर 'तूफान से पहले' एकांकी की रचना हुई है। एक गाँव के लोग यह खबर सुनते हैं कि दूसरे गाँव में दंगा हो गया, जिसमें कई हिन्दू मारे गए हैं। बस इस गाँव के हिन्दू मुसलमानों को मारने के लिए तैयार हो जाते हैं। टूटी मशीन पर कपड़े सीकर रोजी कमानेवाला घीसू यह सब नहीं चाहता, लेकिन उसके न चाहने से कुछ नहीं होता। न्याज मियाँ की रक्षा करते समय वह गिरधारी दादा के छुरे का शिकार हो जाता है। अन्त में मालूम होता है कि दूसरे गाँव के दंगे की खबर झूठी थी। केवल अफवाह सुनकर सुलग उठनेवाली साम्प्रदायिकता का चित्रण तो लेखक ने किया ही है, लोगों की मूर्खता पर तीखा व्यंग्य भी किया है। घीसू को उसने सद्वृत्तियों का प्रतीक बनाया है। पारो और बख्शू जैसे छोटे बच्चों के पारस्परिक प्रेम को चित्रित कर उसने मनुष्य के सहज स्नेह की ओर संकेत किया है। कथानक की गति सीधी है, पर इसमें पर्याप्त गति है—कार्य-व्यापारों में गति बनी रहती है, जिसके फलस्वरूप नाटक में आकर्षण कम नहीं होने पाता। अन्त भी काफी प्रभावपूर्ण है।

'बहनें' आधुनिक शिक्षित नारियों के जीवन से सम्बन्धित है। रमा और निशा ऐसी दो बहनें है जो मनचाहा पति चाहती हैं और खोज भी लेती हैं। विवाह एक प्रकार से निश्चित हो ही जाते हैं, पर अन्त में ज्ञात होता है कि उनके निर्वाचित पतियों ने दूसरी आधुनिकाओं से विवाह कर लिये हैं। इस प्रकार आधुनिकाओं की प्रवृत्तियों पर तीखा व्यंग्य किया गया है। नाटक का अन्त चमत्कारपूर्ण अवश्य है, पर आकस्मिक जैसा लगता है। 'पापी' एक नाटकीय स्थिति पर आधारित एक प्रभावशाली नाटक

है। शान्तिलाल की पत्नी छाया यक्ष्माग्रस्त होकर मृत्यु के निकट आ गई है। उसकी बहन रेखा उसकी सेवा करने आती है। शान्तिलाल रेखा के प्रति इतना अधिक आकृष्ट हो जाता है कि छाया के निकट भी नहीं जाता। छाया सबकुछ देखती हुई भी कुछ नहीं कहती, सबकुछ सह लेती है, क्योंकि वह अपने पति को किसी प्रकार का कष्ट देना नहीं चाहती। शान्तिलाल अन्त में दोनों को खो देता है—छाया मर जाती है, रेखा उसे ठुकराकर चली जाती है। कथानक में संघर्ष निहित है। तनाव के कारण नाटक में आकर्षण बना रहता है। अन्त स्वाभाविक, पर बड़े प्रभावोत्पादक बिन्दु पर हुआ है। 'नया-पुराना' ईमानदारी और बेईमानी की समस्या पर आधारित है। इनके संघर्ष को चित्रित करने के लिए लेखक ने दो विरोधी प्रवृत्तियोंवाले पात्रों को लिया है। अन्त में ईमानदारी की विजय होती है। ईमानदारी का प्रतिनिधित्व करनेवाला पात्र भी मनुष्य ही है—उसकी मानवीय दुर्बलताओं का संकेत मिलता है। यह इस नाटक के चरित्र-चित्रण की विशेषता है। इसमें लेखक ने एक बड़ा सुन्दर शिल्पगत प्रयोग किया है। मंच पर नाटक चलता रहता है और एक कोने में व्यक्ति शान्त भाव से कुर्सी पर पड़ा रहता है। वह अन्त में उठ खड़ा होता है और कहता है कि यह नाटक अवास्तविक है, इसमें यथार्थता नहीं है। ज्ञात होता है कि अब तक जो कुछ दिखाया जा रहा था वह लेखक गजेन्द्र का लिखा हुआ नाटक था जिसे उसने एक सच्ची घटना के आधार पर लिखा था। इस प्रकार लेखक ने इस नाटक का अन्त नये प्रकार से करने का प्रयत्न किया है। 'वेश्या' नाटक में यह दिखाया गया है कि वेश्या भी प्रेम चाहती है। वेश्या जवाहर ने युवक निरंजन से प्यार किया, लेकिन निरंजन ने उसके प्रेम को ठुकरा दिया। जवाहर उससे बदला लेने के लिए अपनी बेटी मोती को साधन बनाती है। मोती स्वयं निरंजन से प्रेम करती है। वह अपनी माँ के आदेश का पालन भी करती है और निरंजन के चरणों में अपने को समर्पित भी कर देती है। नाटक में संघर्ष है, कुतूहल भी है। 'कामदा' भी सामाजिक एकांकी है, जिसमें आधुनिक नारी के प्रेम, विवाह आदि से सम्बन्धित विचारों पर प्रकाश डाला गया है। लेखक ने संकेतित किया है कि मानवीय गुणों के सम्मुख धन का कोई मूल्य नहीं है। अन्त में कान्त का सच्चा चरित्र दिखलाकर लेखक ने कामदा के विचारों को परिवर्तित कर दिया है। 'पक्का गाना' में बम्बई की फिल्मी दुनिया में संगीत, काव्य आदि कलाओं के साथ होने वाले दुर्व्यवहार का चित्र अंकित किया गया है—वहाँ कला का उतना ध्यान नहीं रखा जाता जितना अर्थ-लाभ और विकृत जनरुचि का। इस हास्य-व्यंग्य प्रधान रचना में पर्याप्त विविधता और रोचकता है।

'पर्दा उठाओ : पर्दा गिराओ' संग्रह में संकलित नाटक हैं—'पर्दा उठाओ : पर्दा गिराओ', 'कइसा साब कइसी आया', 'बतसिया', 'सयाना मालिक', 'तौलिये', 'कस्बे के क्रिकेट क्लब का उद्‌घाटन' और 'मस्केबाजों का स्वर्ग'। 'पर्दा उठाओ : पर्दा गिराओ' दो दृश्यों में लिखित प्रहसन है। इसमें शौकिया नाटक खेलनेवाले नाट्य-प्रेमियों की कठिनाइयों को चित्रित करते हुए उनकी दुर्बलताओं पर हँसने का प्रयत्न किया गया है। नाट्य-प्रदर्शन के पूर्व अनेक कठिनाइयाँ होती हैं—उपयुक्त पात्र नहीं मिलते, समय पर

मुख्य पात्र बीमार पड़ जाते हैं, आदि। प्रदर्शन के समय भी काफी गड़बड़ी होती है—पात्र रंगमंच पर पार्ट भूल जाते हैं, प्राम्पटर सो जाता है और जागने पर जल्दी-जल्दी पन्ने उलटकर गलत जगह से संलाप आदि पढ़ना शुरू कर देता है, वह कोष्ठक के अंश भी पढ़ने लगता है और पात्र उसे भी दुहराते हैं, ग्रामीण किसुन रंगमंच पर भूल जाता है कि वह पार्ट कर रहा है और वह वहाँ अपने अक्खड़ स्वभाव का परिचय देने लगता है, आदि। नाटक में प्रारम्भ से अन्त तक सजीवता है। इसकी सबसे बड़ी विशेषता स्थितियों के चुनाव में है। सभी स्थितियाँ मनोरंजक और हास्योत्पादक हैं। स्थान-स्थान पर अतिरंजना का भी सहारा लिया है। प्रभाव की दृष्टि से यह सफल कृति है।

'कइसा साब कइसी आया' बम्बई के वातावरण में लिखित मनोरंजक एकांकी है। इसमें एक साहब और एक आया की चारित्रिक दुर्बलताओं का अंकन है। एक आया कुछ समय के लिए अपने एक पुराने साहब के यहाँ आती है और अपने जीवन के किस्से सुनाती है। उसकी बातों से उसकी वासनात्मक वृत्ति की झलक मिलती है। साहब शब्दतः बहुत कम बोलते हैं, पर उनकी वासनात्मक मनोवृत्ति परिलक्षित हो जाती है। इस एकांकी की विशेषता किसी नाटकीय स्थिति या कार्य-व्यापार में नहीं है, बल्कि चरित्र-चित्रण में है। यह चित्रण बहुत मनोवैज्ञानिक है। इसकी विशेषता सांकेतिकता में है। साहब और आया के चरित्र पर सांकेतिक रूप से प्रकाश डाला गया है। इसमें पात्र केवल तीन हैं—साहब, आया और नौकर। लेखक ने इसकी भाषा को वातावरण एवं पात्रों के अनुरूप रखा है। स्वयं उसके शब्दों में, 'यह बम्बइया हिन्दुस्तानी में एक नाटक है।' 'बतसिया' भी चरित्र प्रधान नाटक है। नाटक संक्षिप्त ही है, पर लेखक ने इसे तीन अंकों में विभाजित किया है। यह एक भारतीय ईसाई परिवार के जीवन पर आधारित है। लेखक का ध्यान मुख्यतः बतसिया के चरित्र पर केन्द्रित है। उसी के चरित्र पर प्रकाश डालना लेखक का उद्देश्य है। इसी के परिपार्श्व-रूप में उसने जान, सिल्यूकस और कोनी की कथा निर्मित की है। बतसिया सरल हृदय एवं निष्छल नारी है, पर उसके अन्तर्मन में प्रखर स्वाभिमान का तार झनझना उठता है, वह कह उठती है—'हुजूर मेरा नाम बीएट्रिस है'। यह वाक्य इस नाटक में बार-बार टेक की तरह आता रहता है। परिस्थिति की गम्भीरता के बीच उसका सत्यभाषण बड़े प्रभावशाली रूप में आया है, और वहीं नाटक की समाप्ति होती है। 'बतसिया' अपने विस्तार के बावजूद एक सफल एकांकी है। 'सयाना मालिक' को लेखक ने एक घरेलू झाँकी कहा है। यह नौकर और मालिक की समस्या पर आधारित है। यह नाटक शिथिल जैसा लगता है। बड़े-बड़े संवादों में पात्र अपने अनुभव और कहानी सुनाते हैं। फलतः प्रभाव में क्षीणता आई है। 'तौलिये' एक सुन्दर एकांकी है। इसमें मानव-स्वभाव की यह विशेषता चित्रित है कि अपने संस्कारों से मुक्ति पाना मनुष्य के लिए कठिन होता है। लेखक ने दो विरोधी संस्कारवाले पात्रों को एक साथ रखकर संघर्ष की सृष्टि की है। मधु के संस्कार उसे अतिशय स्वच्छता की ओर प्रेरित करते हैं—वह प्रत्येक कार्य और वस्तु की सफाई चाहती है। उसके पति वसन्त के संस्कार इसके ठीक विपरीत हैं और वह मधु के आदर्शों के

अनुरूप अपने को नहीं बना पाता। फलतः संघर्ष सामने आता है। इस संघर्ष में नाटकीयता भी आई है, चरित्रांकन में भी सहायता मिली है। 'कस्बे के क्रिकेट क्लब का उद्घाटन' मुख्यतः एक भाषण है। इसमें कोई कथानक नहीं है। लेखक का उद्देश्य भाषण के माध्यम से उद्घाटन की औपचारिकता, उद्घाटनकर्ता की उपयुक्तता, उनके ज्ञान आदि पर व्यंग्य करना है और इसमें उसे सफलता मिली है। 'मस्केबाजों का स्वर्ग' 'पक्का गाना' की तरह बम्बई की फिल्मी दुनिया से सम्बन्धित है। इसमें वहाँ के वातावरण, वहाँ की दलबन्दी, दाँव-पेंच आदि का चित्र उपस्थित किया गया है। रचना में कोई नाटकीयता नहीं है, पर चित्र को सजीव रूप में प्रस्तुत किया गया है। संवाद प्रसंग के अनुरूप हैं।

'अन्धी गली' को लेखक ने नाटक के क्षेत्र में नया प्रयोग कहा है। उनके अनुसार, 'अन्धी गली' पूरा नाटक भी है और सात एकांकियों का संकलन भी। इसमें लेखक ने शहर की एक अन्धी गली में रहनेवाले लोगों का जीवन चित्रित किया है। कैसे घुटे वातावरण में ये लोग रहते हैं, कैसी-कैसी इनकी परेशानियाँ होती हैं, इन सबका प्रभावशाली चित्र लेखक ने अंकित किया है। इसके पात्र हमारे समाज के सामान्य व्यक्ति हैं और इनकी कठिनाइयाँ वर्तमान मध्यवित्त परिवार की कठिनाइयाँ हैं। प्रत्येक एकांकी अपने में एक स्वतन्त्र रचना है और इसके द्वारा चित्र का एक पहलू हमारे सामने आता है। ये चित्र यथार्थ और सजीव हैं, यद्यपि इनमें विशेष नाटकीयता नहीं दिखाई पड़ती। 'अन्धी गली' अपने समग्र रूप में संवादों के माध्यम से प्रस्तुत हमारे सामाजिक जीवन का चित्र है।

'साहब को जुकाम है' संग्रह में संकलित एकांकी हैं—'किसकी बात?', 'फादर्ज', 'कुसुम का सपना', 'घपले', और 'साहब को जुकाम है'। 'किसकी बात?' में शुद्ध हिन्दी के आग्रही व्यक्तियों का तो मजाक उड़ाया ही गया है, यह भी संकेतित किया गया है कि आज भी पुरुष अपने को नारी से श्रेष्ठतर समझता है—पति चाहता है कि पत्नी उसकी बात माने। यह बात तीन स्तरों पर दिखाई गई है। पुराने विचारवाले बड़े पंडित के साथ यही बात है, प्रो. दयानन्द के साथ भी यही बात है और नौकर शंकर के साथ भी यही बात है। इस एकांकी की स्थितियों के चुनाव में लेखक ने विशेष कुशलता का परिचय दिया है। तीन समानान्तर स्थितियाँ ली गई हैं और इनका एकत्रित प्रभाव अन्त में बड़े स्पष्ट रूप में परिलक्षित होता है। भाषा-सम्बन्धित विवाद से कहीं-कहीं शिथिलता आई है, अन्यथा प्रारम्भ से अन्त तक लेखक ने रोचकता बनाए रखने का प्रयत्न किया है। 'फादर्ज' में यह दिखलाया गया है कि वातावरण के प्रभाव और लोगों के व्यवहार से सुशील जैसा विनम्र बालक भी किस प्रकार अपराधी बन जाता है। शिल्प की दृष्टि से यह अश्क के अन्य नाटकों की तुलना में बिलकुल भिन्न प्रकार का है। छोटे-छोटे बारह दृश्य हैं। इनमें प्रथम और अन्तिम वर्तमान के हैं और शेष अतीत के। स्पष्ट है कि सभी स्मृति-दृश्य हैं। कथानक की गति इसमें अतीत की ओर है। कथानक में बिखराव भी है। प्रभाव की दृष्टि से भी यह बहुत सफल कृति नहीं है। लेखक का कहना

है कि यह एकांकी घूमनेवाले रंगमंच पर बड़ी अच्छी तरह खेला जा सकता है। इसको देखकर लगता है कि इसकी रचना प्रसारण को ध्यान में रखकर हुई हो। 'कुसुम का सपना' तीन दृश्यों का एकांकी है। इसमें नारी-हृदय की अनुभूतियों को चित्रित करने का प्रयत्न किया गया है। कुसुम अपने सौतेले बच्चे को अपना बच्चा समझने का सपना देखती है, बच्चे को अपने पास बुलाती भी है, पर शीघ्र ही उसके व्यवहार से ऊब जाती है और उसका सपना पूरा नहीं हो पाता। उद्देश्य-सिद्धि के लिए उपयुक्त घटनाओं और स्थितियों को चुना गया है। कथानक में विस्तार कुछ अधिक मालूम होता है। सम्भवतः इसीलिए नाटक बहुत प्रभावशाली नहीं हो पाया है। 'घपले' रेडियो स्टेशन के कार्यक्रमों से सम्बन्धित है। इसमें दिखलाया गया है कि प्रसारण के समय कैसी-कैसी गड़बड़ी होती हैं। यह रेडियो स्टेशन का अतिरंजित, पर मनोरंजक चित्र है। 'साहब को जुकाम है' में तथाकथित कला-प्रेमियों का मजाक उड़ाया गया है। जो कला-प्रेम की आड़ में अपनी आकांक्षाओं की पूर्ति का प्रयत्न करते हैं। इसी के लिए नाट्य-प्रदर्शन आदि का आयोजन किया जाता है। यह व्यंग्यपूर्ण रचना भी काफी प्रभावपूर्ण है।

'अश्क' के एकांकी नाटकों के सम्बन्ध में निष्कर्षतः कहा जा सकता है कि इनमें पर्याप्त विविधता है। नाटककार 'अश्क' ने एक लम्बी अवधि में अनेक एकांकी नाटकों की रचना की है। प्रारम्भिक नाटकों और बाद के नाटकों में पर्याप्त अन्तर दिखाई पड़ता है। 'अश्क' अपने सामाजिक जीवन एवं इसकी समस्याओं के प्रति प्रारम्भ से ही जागरूक रहे हैं, पर यह जागरूकता क्रमशः बढ़ती है। यही कारण है कि बाद के नाटकों में सामाजिक यथार्थ और व्यंग्य का स्वर बहुत स्पष्ट और तीव्र हो गया है। शिल्प पर उसका प्रभाव यह पड़ा है कि कथानक-निर्माण आदि के प्रति जो सजगता प्रारम्भ में मिलती है, वह क्रमशः कम होती गई है। 'पर्दा उठाओ : पर्दा गिराओ' और 'साहब को जुकाम है' संग्रहों के अधिक नाटकों में यह बात देखी जा सकती है कि उनमें कोई सुसम्बद्ध कथानक नहीं है, प्रारम्भिक नाटकों की तरह उनमें अन्त में चमत्कार उत्पन्न करने का प्रयत्न भी नहीं है। कहा जा सकता है कि उनका शिल्प सहज हो गया है, और उनकी शक्ति शिल्प में उतनी नहीं जितनी सामाजिक यथार्थ के अंकन में है, लेखक की ईमानदारी और सच्चाई में है, उसकी पर्यवेक्षण-शक्ति में है। लेखक क्रमशः बहिर्मुखी होता गया है, इसका प्रभाव चरित्र-चित्रण पर भी परिलक्षित होता है। 'अश्क' के एकांकी नाटकों में जो पात्र आए हैं, वे हमारे जाने-पहचाने हैं, हमारे समाज के हैं, उन्हें स्वाभाविक रूप में चित्रित किया गया है, पर बाद के नाटकों में सूक्ष्म मनोवैज्ञानिक चित्रण की ओर विशेष ध्यान नहीं दिया गया है। भाषा और संलाप पर 'अश्क' का पूर्ण अधिकार है—प्रसंगों के अनुरूप इनमें परिवर्तन होता गया है। इसमें सन्देह नहीं कि हिन्दी एकांकी के विकास में 'अश्क' ने महत्त्वपूर्ण योग दिया है।

जगदीशचन्द्र माथुर : परिमाण में कम लिखकर अधिक ख्याति प्राप्त करनेवाले एकांकीकारों में जगदीशचन्द्र माथुर का नाम बहुत महत्त्वपूर्ण है। बाल्यावस्था में इन्होंने सन् 1929 में 'बालसखा' के लिए एक प्रहसन लिखा था 'मूर्खेश्वर राजा'। सन् 1931-32

में इनके दो एकांकी 'लवकुश' और 'शिवाजी' मासिक पत्रिका 'सेवा' में प्रकाशित हुए थे। आधुनिक ढंग के एकांकी नाटकों का लेखन सन् 1936 से प्रारम्भ हुआ, जब इनका एकांकी 'मेरी बाँसुरी' प्रयाग में म्योर होस्टल के स्टेज पर अभिनीत हुआ। यह नाटक बाद में 'सरस्वती' में प्रकाशित भी हुआ। सन् 1937 और 1943 के बीच लिखे गए पाँच एकांकी 'भोर का तारा' पुस्तक में संकलित हैं; इनके नाम हैं—'भोर का तारा', 'रीढ़ की हड्डी', 'कलिंग-विजय', 'मकड़ी का जाला', और 'खंडहर'। बाद के पाँच एकांकी 'ओ मेरे सपने' में संकलित हैं—'घोंसले', 'खिड़की की राह', 'कबूतरखाना', 'भाषण' और 'ओ मेरे सपने'। 'शारदीया' शीर्षक एक एकांकी 'कल्पना' (अप्रैल 1955) में प्रकाशित हुआ था, और 'बन्दी' 'संकेत' में छपा था।

जगदीशचन्द्र माथुर विभिन्न प्रभावों को लेकर एकांकी के क्षेत्र में आए। प्रारम्भ में डी.एल. राय की उत्तेजनात्मक संवेदनशील शैली से प्रभावित हुए, बाद में आधुनिक पाश्चात्य एकांकी की ओर आकृष्ट हुए। इन्होंने शेक्सपियर, जेम्स बेरी, मैटरलिंक आदि का भी अध्ययन किया है। लेकिन जैसाकि श्री माथुर ने स्वयं कहा है, ये कभी किसी विशेष लेखक के अनुगामी नहीं हुए। ये नयी राह के अग्रणी रहे हैं, और नये-नये प्रयोग करते रहे हैं।

जगदीशचन्द्र माथुर ने अपने अधिकांश एकांकी आज की सामाजिक पृष्ठभूमि पर लिखे हैं। उनमें हमें आज के युग की झलक स्पष्ट ही मिलती है। श्री माथुर कला की समाज-निरपेक्षता में विश्वास नहीं करते। इन्होंने स्वयं कहा है—'कौन ऐसा लेखक होगा जिसकी कलम पर सामाजिक समस्याएँ सवार न होती हों, अनजाने ही या डंके की चोट के साथ? शुद्ध मनवहलाव भी ऐसी ही मरीचिका है, जैसी शुद्ध कला।' श्री माथुर के नाटकों में सामाजिक विकृतियों के चित्र भी आए हैं, पर इनकी अपनी विशेषता यह है कि लेखक ने उन पर कठोर न होकर उन्हें अतिरंजित रूप में चित्रित किया है। 'ओ मेरे सपने' में ऐसे ही नाटक संग्रहीत हैं। लेखक ने इन्हें 'नटखट एकांकी' कहा है। लगता है, जैसे वह इन नाटकों के पात्रों के अतिरंजित व्यवहार पर ठठाकर हँस रहा हो। सामाजिक विकृतियों पर आघात करने के लिए लेखक ने व्यंग्यों का भी सहारा लिया है। इन नाटकों में उन सिनेमा-प्रेमी नवयुवकों पर व्यंग्य है जो अभिनेताओं का अनुकरण करते फिरते हैं, उन लोगों पर हँसने का प्रयत्न किया गया है जो सभाओं में दूसरों के लिखे हुए भाषण पढ़ते हैं और भाषण के बीच-बीच में ताली बजाने की व्यवस्था पहले कर लेते हैं। इस तरह की अन्यान्य दुर्बलताओं की ओर भी संकेत किया गया है। आधुनिक जीवन का चित्र भी कुछ नाटकों में बड़े स्पष्ट रूप में आया है। आज की व्यस्तताओं के बोझ के नीचे हृदय की कोमल भावनाएँ दबती जा रही हैं, उनकी अभिव्यक्ति का अवसर नहीं मिलता। इस अनुभूति की अभिव्यक्ति विभिन्न रूपों में 'खंडहर', 'मकड़ी का जाला' और 'कबूतरखाना' में हुई है। 'खंडहर' का एक पात्र कहता है—'काम पर आते हैं तो किसी उमंग के साथ नहीं, दफ्तर में मालिक से कभी बिजनेस के अलावा और कोई जिक्र नहीं। प्यार, मिठास, खूबसूरती—हम लोग इन सबसे हाथ

धो बैठे हैं।'

नाट्य-शिल्प की दृष्टि से जगदीशचन्द्र माथुर ने विशेष कौशल का परिचय दिया है। इनकी विशेषता इनके काव्यात्मक दृष्टिकोण में है। जिस नाटककार का दृष्टिकोण काव्यात्मक होता है, वह जीवन के विस्तार में नहीं जाता, उनकी गहराई में उतरता है। श्री माथुर ने अपने अधिकांश नाटकों में यही किया है। इन्होंने घटनाओं के विस्तार में न जाकर जीवन की किसी एक मार्मिक घटना को लिया है और उस पर अपने नाटक को आधारित किया है। इन्होंने काल के विस्तार में न जाकर, जीवन के किसी एक मार्मिक क्षण को पकड़ा है और उसी में डूबने का प्रयत्न किया है। यही कारण है कि इनके नाटकों के कथानकों में संश्लिष्टता है, विस्तार या बिखराहट नहीं है। सभी नाटक सुसंगठित हैं। सबका अपना-अपना लक्ष्य-बिन्दु है, जिस पर नाटकों के छोटे-छोटे कथानक बिना इधर-उधर बिखरे हुए, सीधे आघात करे। सभी नाटकों के कनाथक नपे-तुले ढाँचों में बँधे हैं। उनमें एक विचित्र कसावट है, कहीं ढीलापन नहीं है। इन नाटकों में अनावश्यक अथवा अप्रासंगिक अंश नहीं हैं। सभी नाटकों के प्रारम्भ नाटकीय घटनाओं के विकास, उनकी चरम परिणति एवं अन्त का निर्माण इस प्रकार किया गया है कि उनकी सजीवता बनी रहे और वे श्रोताओं अथवा दर्शकों की जिज्ञासा जगाए रख सकें। कथानकों में विशेष वक्रता नहीं है, पर उसमें कौतूहल का तत्त्व पर्याप्त मात्रा में है। कुछ नाटकों में चमत्कार उत्पन्न करने का भी प्रयत्न है। श्री माथुर कुछ रहस्यात्मक संकेत अपने हाथ में रखते हैं, जिनका उद्‌घाटन अन्त में चरम सीमा के स्थल पर होता है। 'कलिंग विजय' में दर्शकों की जिज्ञासा अन्त तक बनी रहती है कि सम्राट अशोक के जीवन में अद्‌भुत परिवर्तन लानेवाली यह निर्भीक, पर करुणामयी नायिका कौन है। अन्त में ज्ञात होता है कि वह कलिंग की राजकुमारी है जिसके भाई की हत्या अशोक ने की थी। 'खंडहर' के अन्त में मालूम होता है कि मकबूल अहमद की प्रेमिका नरगिस उनके प्रेस-मालिक की बीवी हो गई है, और नन्दलाल की प्रेमिका नलिनी उनके आफिसर मिस्टर नारायण की पत्नी बन गई है। 'शारदीया' के अन्त में बन्दी नरसिंहराव जब आँखें खोलता है, तो देखता है कि उसकी प्रेमिका बायजाबाई महारानी सिन्धिया के रूप में उनकी आँखों के सामने खड़ी है। कुछ नाटकों में चरम सीमा को दूसरे ढंग से भी प्रभावशाली बनाने का प्रयत्न किया गया है। 'रीढ़ की हड्डी' में जैसे ही शंकर की कमजोरी का उद्‌घाटन होता है और वह अपने पिता के साथ जाने लगता है, वैसे ही नौकर बाजार से मक्खन लेकर आता है और कहता है–'बाबूजी, मक्खन!' 'भोर का तारा' के अन्त में कवि शेखर अपने जीवन की साधना 'भोर का तारा' काव्य-ग्रन्थ को नष्ट कर कर्तव्य की पुकार पर बाहर निकल जाता है। इससे स्पष्ट है कि श्री माथुर ने अपने नाटकों के अन्त में विशेष ध्यान रखा है, इसीलिए सबके अन्त प्रभावशाली बन पड़े हैं–कुछ में मन को चमत्कृत करने की शक्ति है, जैसे 'ओ मेरे सपने', 'भाषण' आदि, कुछ में मर्म को स्पर्श करने की क्षमता है, जैसे 'शारदीया', 'भोर का तारा', 'खंडहर' आदि। श्री माथुर ने अपने नाटकों में कुछ प्रयोग भी किए हैं–उदाहरणार्थ,

'मकड़ी का जाला' में स्वप्न के माध्यम से अतीत की घटनाओं और अर्द्धचेतन मन की स्थिति को बड़े कलात्मक रूप में चित्रित किया गया है। वातावरण निर्माण के लिए संगीत, प्रकाश आदि का कुशलता से उपयोग किया गया है।

जगदीशचन्द्र माथुर ने अपने पात्रों के चरित्रांकन पर भी पर्याप्त ध्यान दिया है। यद्यपि कुछ पात्र अतिरंजित रूप में चित्रित किए गए हैं, तथापि सभी रक्त-मांस के पुतले हैं। पात्रों की अपनी-अपनी विशेषताएँ भी हैं, पर एक बात जो सामान्य रूप से लगभग सभी पात्रों में दिखाई पड़ती है, वह है उनका कवि-हृदय। शायद वह लेखक के अपने व्यक्तित्व का अंश है जो सभी पात्रों में प्रवेश कर गया है। काव्यात्मकता को बेरी, मैटरलिंक आदि का प्रभाव भी कहा जा सकता है।

श्री माथुर भाषा-शैली और संलाप के प्रति भी बहुत जागरूक हैं। इनके नाटकों की भाषा वातावरण एवं पात्रों के अनुरूप है—सहज बोधगम्य और स्थान-स्थान पर काव्यत्व लिये हुए। आधुनिक वातावरण में लिखे गए हैं, इसीलिए इनके संलाप ऐसे हैं, जिन्हें अभिनेता सरलता से बोल सके। इन संलापों में छोटे-छोटे वाक्य हैं, जिनमें पर्याप्त गति है, प्रवाह है। भावावेश के क्षणों में एक विचित्र काव्यात्मक तरलता और लयपूर्णता है। उदाहरण के लिए 'शारदीया' को देखा जा सकता है।

जगदीशचन्द्र माथुर के एकांकी-नाटकों के सम्बन्ध में जो सबसे महत्त्वपूर्ण बात कही जा सकती है, वह यह कि ये रंगमंच के लिए लिखे गए नाटकों की भाषा, बोलचाल की भाषा के निकट हैं। ये नाटक अभिनय के लिए लिखे गए हैं, और अनेक बार रंगमंच पर सफलतापूर्वक अभिनीत हो चुके हैं। लेखक को रंगमंच का अनुभव है, उसने उसका अध्ययन किया है, उस पर अभिनय किया है। इसीलिए सभी एकांकी रंगमंच की कसौटी पर खरे उतरते हैं। लेखक ने कुछ नाटकों के रंगमंचों के चित्र भी अपनी पुस्तक में दिए हैं। ये नाटक रेडियो से भी प्रसारित होते रहे हैं। इसका कारण यह है कि अधिक नाटक एक ही दृश्य के हैं, कुछ में दो-दो दृश्य हैं, साथ ही इनकी काव्यत्व-प्रधान भाषा शैली भी रेडियो के उपयुक्त पड़ती है। 'शारदीया', 'खंडहर', 'मकड़ी का जाला' आदि नाटकों में लेखक ने जिस वातावरण की सृष्टि की है, वह रंगमंच की अपेक्षा रेडियो माध्यम के अधिक उपयुक्त है।

जगदीशचन्द्र माथुर बड़े सजग कलाकार रहे हैं। इन्होंने साहित्य के जिस स्वरूप विधान को अपनी अभिव्यक्ति का माध्यम बनाया है, उसकी विशेषताओं पर सदा ध्यान रखा है। यही कारण है कि यद्यपि इन्होंने बहुत कम एकांकी-नाटकों की रचना की है, हिन्दी एकांकी को इनकी देन बड़ी महत्त्वपूर्ण है।

सेठ गोविन्ददास : हिन्दी के आधुनिक एकांकीकारों में सेठ गोविन्ददास का नाम बहुत महत्त्व रखता है। बड़े नाटकों की रचना तो इन्होंने की ही है, एकांकी नाटक भी बड़ी संख्या में लिखे हैं। इनका एकांकी-लेखन सन् 1936 में प्रारम्भ होता है। 'सप्तरश्मि', 'एकादशी', 'पंचभूत', 'चतुष्पथ' आदि इनके एकांकी संग्रह प्रकाशित हुए हैं। इनके सभी एकांकी नाटक अब 'गोविन्ददास ग्रन्थावली' में संकलित हुए हैं। विषय की दृष्टि से

इनके एकांकी नाटकों में पर्याप्त विविधता है। इन्होंने ऐतिहासिक, सामाजिक, राजनीतिक आदि अनेक प्रकार के विषयों पर नाटकों की रचना की है। इनके प्रमुख ऐतिहासिक नाटक हैं—'चन्द्रापीड़ और चर्मकार', 'बुद्ध की एक शिष्या', 'जालौक और भिखारिणी', 'बुद्ध के सच्चे-स्नेही कौन ?', 'सहित या रहित', 'अठानवे किसे ?', 'अपरिग्रह की पराकाष्ठा', 'चैतन्य का संन्यास', 'नानक की नमाज', 'शिवाजी का सच्चा रूप', 'तेगबहादुर की भविष्यवाणी', 'पतन की पराकाष्ठा, 'बाजीराव की तस्वीर', 'सच्चा धर्म', 'सच्ची पूजा' आदि। प्रमुख सामाजिक एकांकी नाटकों के नाम इस प्रकार हैं—'स्पर्धा', 'मानव-मन', 'निर्माण का आनन्द', 'सुदामा के तन्दुल', 'आई सी', 'यू नो', 'हंगर स्ट्राइक', 'धोखेबाज', 'फाँसी', 'व्यवहार', 'अधिकार-लिप्सा', 'ईद और होली', 'आधुनिक यात्रा', 'बन्द नोट', 'उठाओ खाओ खाना अथवा बफे-डिनर', 'बूढ़े की जीभ', 'चौबीस घंटे', 'महाराज', 'विटेमिन', 'वह मरा क्यों ?', 'अर्द्ध जाग्रत' आदि। 'कंगाल नहीं', 'सच्चा कांग्रेसी कौन', 'पाप का घड़ा', आदि नाटकों को लेखक ने सच्ची घटनाओं पर आधारित एकांकी कहा है। सेठजी ने कुछ मोनोड्रामा या एक-पात्री एकांकी भी लिखे हैं—'शाप और वर', 'षट्-दर्शन', 'प्रलय और सृष्टि', 'अलबेला' और 'सच्चा जीवन'। इन नाटकों पर हम सामूहिक रूप से विचार करेंगे।

सेठ गोविन्ददास ने अपने ऐतिहासिक एकांकी तो इतिहास के पृष्ठों से चुने हुए प्रसंगों पर लिखे हैं, पर सामाजिक नाटकों में इस युग की विभिन्न समस्याओं पर प्रकाश डाला गया है। ये समस्याएँ मुख्यतः उच्च वर्ग की हैं। कुछ समस्याएँ राजनीति से भी सम्बन्धित हैं। लेखक ने इन एकांकी नाटकों में दिखलाया है कि समाज में किस प्रकार ऊँच-नीच का भेद है, किस प्रकार उच्च वर्ग के लोग किसान-मजदूरों का शोषण करते हैं, चुनाव के समय नेता लोग सामान्य व्यक्तियों की भी सिफारिश करते हैं, लेकिन चुनाव जीत जाने के बाद उनसे भेंट भी नहीं करते, नाम कमाने के लिए किस प्रकार कुछ नेता निरुद्देश्य भूख-हड़ताल करते हैं, आदि। सेठजी ने इन नाटकों में सामाजिक विकृतियों को विविध रूप में चित्रित किया है। इसमें सामाजिक यथार्थ उभरकर आया है। विचारों की प्रधानता होने के कारण कथानक-निर्माण की ओर विशेष ध्यान नहीं दिया गया है। इसमें नाटकीय स्थितियाँ नहीं ली गई हैं, नाटकीय गति और मोड़ नहीं हैं, कौतूहल और चमत्कार उत्पन्न करने का कोई प्रयत्न नहीं है। कथानक की गति सरल है।

सेठ गोविन्ददास के एकांकी अधिकतर अनेक दृश्यवाले हैं। यद्यपि इन्होंने 'कंगाल नहीं', 'सुदामा के तन्दुल' आदि कुछ एकांकी एक-एक दृश्य के ही लिखे हैं, पर इनकी प्रवृत्ति मुख्यतः अनेक दृश्य के एकांकियों की ओर है। इन्होंने एकांकी के लिए संकलन-त्रय को आवश्यक नहीं माना है। सेठ गोविन्ददास ने अपने अनेक एकांकी नाटकों में उपक्रम और उपसंहार का प्रयोग किया है। सेठजी ने अपने नाटकों में संलाप और भाषा-शैली के प्रति बड़े सजग दीखते हैं। नाटकों में संलाप विभिन्न प्रकार के आए हैं—कहीं छोटे-छोटे, गतिशील और स्वाभाविक, कहीं बड़े-बड़े, शिथिल, नीरस और उबानेवाले। कहीं-कहीं संलापों में पर्याप्त शक्ति है। भाषा सभी नाटकों की अलग-अलग

है। लेखक ने इस बात का ध्यान रखा है कि भाषा वातावरण, प्रसंग और पात्र के अनुरूप रहे।

सेठ गोविन्ददास ने परिमाण की दृष्टि से बहुत लिखा है। कुछ नाटकों में इन्होंने प्रयोग भी किए हैं। युग-जीवन के कुछ पहलुओं को चित्रित करनेवाली इनकी कुछ रचनाएँ आकर्षक भी बन पड़ी हैं।

हरिकृष्ण प्रेमी : राष्ट्रीय नैतिक चेतना को वाणी देनेवाले प्रसिद्ध नाटककार हरिकृष्ण प्रेमी ने एकांकी नाटकों की भी रचना की है। इनके प्रसिद्ध एकांकी हैं—'सेवा-मन्दिर', 'न्याय-मन्दिर', 'राष्ट्र-मन्दिर', 'यह मेरी जन्म भूमि है', 'मान-मन्दिर', 'मातृ-मन्दिर', 'वाणी-मन्दिर', 'गृह-मन्दिर', 'बादलों के पार', 'यह भी एक खेल है', 'घर या होटाल', 'प्रेम अन्धा है', 'रूप-शिखा', 'नया समाज', 'मातृभूमि का मान', 'निष्ठुर न्याय', 'पश्चात्ताप' आदि।

हरिकृष्ण प्रेमी के कुछ एकांकी ऐतिहासिक प्रसंगों पर आधारित हैं। सामाजिक एकांकी नाटकों में समसामयिक जीवन की समस्याओं को लिया है। 'सेवा-मन्दिर' में भारतीय नारी के वैधव्य की समस्या है। 'मातृ-मन्दिर' में हिन्दू-मुस्लिम संघर्ष का प्रश्न उठाया गया है। 'घर या होटल' आधुनिक नारी के जीवन से सम्बन्धित है। 'वाणी-मन्दिर' में एक कवि की निर्धनता का चित्र अंकित किया गया है। इसी प्रकार दूसरे नाटकों में अन्यान्य समस्याएँ आई हैं। इन नाटकों को देखने से स्पष्टतः ज्ञान होता है कि लेखक का दृष्टिकोण आदर्शवाद है और उसने अपने एकांकी-नाटकों में कहीं राष्ट्रीय भावना को वाणी दी है; कहीं ज्वलन्त सामाजिक समस्याओं को उजागर किया है।

नाट्य-शिल्प की दृष्टि से देखने पर कहा जाएगा कि हरिकृष्ण प्रेमी का नाटककार शिल्प के प्रति बहुत सजग नहीं है। कथानक-निर्माण पर विशेष ध्यान नहीं दिया है। कथानक के रूप में सरल गति कहानियाँ हैं। उनमें नाटकीय स्थितियाँ नहीं हैं, संघर्ष अथवा द्वन्द्व भी नहीं है। उनमें काल और स्थान का विस्तार अधिक है। 'यह भी एक खेल है' में नाटकीयता दिखाई पड़ती है—इसमें संघर्ष भी है और कार्य-व्यापार को एक ही स्थान और समय में केन्द्रित किया गया है, पर प्रारम्भ का गीत अनावश्यक है। हरिकृष्ण प्रेमी का कवि इनके नाटकों में सदा मुखर रहा है। दो-चार गीत तो लगभग सभी नाटकों में आए हैं। इन गीतों से नाटकों की गति में शिथिलता ही आई है, उनका सौन्दर्य नहीं बढ़ा है। भाषा-शैली काव्यत्व प्रधान है। तत्सम-प्रधान भाषा की ओर लेखक का विशेष आग्रह दीखता है।

हरिकृष्ण प्रेमी के एकांकी नाटक शिल्प की दृष्टि से बहुत सन्तोषजनक नहीं दिखते। इनमें सन्देह नहीं कि इनमें आदर्श-प्रधान कहानियाँ आकर्षक रूप में प्रस्तुत की गई हैं।

गोविन्दवल्लभ पन्त : गोविन्दवल्लभ पन्त ने बड़े नाटकों के साथ-साथ एकांकी नाटकों की भी रचना की है। इनके एकांकी समय-समय पर प्रसिद्ध पत्र-पत्रिकाओं में प्रकाशित होते रहे हैं। इनके प्रसिद्ध एकांकी नाटकों के नाम इस प्रकार हैं—'एकाग्रता

की परीक्षा', 'विषकन्या', 'खूनी-लोटा', 'अपराध मेरा ही', 'क्रासवर्ड बम्पर', 'आधी रात का गायक', 'भूत-लीला', 'परदा-तोड़क क्लब', 'बड़े दिन का शिकार', 'साटरी फाटक', '104 डिग्री', 'जहरीला दाँत', 'झखमारी' आदि।

गोविन्दवल्लभ पन्त के एकांकी विभिन्न भाव-भूमियों पर स्थित हैं। इन्होंने गम्भीर नाटक भी लिखे हैं, और हलके-फुलके मनोरंजन प्रधान नाटक भी। दोनों प्रकार के एकांकी नाटकों के शिल्प-पक्ष पर पर्याप्त ध्यान दिया गया है। सबके कथानक में कौतूहल तत्त्व का सन्निवेश किया गया है—सबमें एक ऐसा रहस्य रखा गया है जिसका उद्‌घाटन अन्त में होता है। गम्भीर नाटकों के कथानक विशेष रूप से संश्लिष्ट हैं। 'विषकन्या' के प्रारम्भ में पूर्व-घटनाओं का परिचय भी दे दिया जाता है और वहीं यह आशंका भी प्रकट कर दी जाती है कि विजित नरेश के कक्ष में विजेता राजा चन्द्रविजय का विश्राम करना निरापद नहीं है। चन्द्रविजय का अपराजिता के प्रेमपाश में फँसना और सेनापतियों का बार-बार आकर आक्रमण की सूचना देना कौतूहल में वृद्धि करता है और नाटक को गति प्रदान करता है।

गोविन्दवल्लभ पन्त संलाप-लेखन में बड़े कुशल हैं। इनके संलापों में नाटकीय गति और शक्ति है। गति में भावानुरूप परिवर्तन भी होते हैं। भाषा का व्यवहार भी पात्र और वातावरण के अनुसार किया गया है। अतीत के वातावरण में लिखित नाटकों में तत्समप्रधान भाषा है, पर आधुनिक वातावरण के नाटकों में सामान्य बोलचाल की भाषा आई है। 'बड़े दिन का शिकार' में ग्रामीण बोली का ही व्यवहार है।

गोविन्दवल्लभ पन्त एकांकीकार के रूप में भी सफल हैं, और शिल्प की दृष्टि से इनके अनेक नाटक बहुत प्रशंसनीय हैं।

सद्‌गुरुशरण अवस्थी : सद्‌गुरुशरण अवस्थी ने एकांकी के शिल्प पर निबन्ध लिखकर हिन्दी में एकांकी को स्वतन्त्र महत्त्व दिलाने में बहुत योग दिया है। इन्होंने अनेक एकांकी नाटकों की भी रचना की है। 'नाटक और नायक' के छह भागों में इनके बीस लघु नाटक संकलित हैं—'कैकेयी', 'शम्बूक', 'विभीषण', 'शकुन्तला', 'तुलसीदास', 'अहल्या', 'सती का अपराध', 'त्रिशंकु', 'बलि-वामन', 'सुदामा', 'ध्रुव', 'प्रह्लाद, 'महाभिनिष्क्रमण', 'एकलव्य', 'हाँ में नहीं का धोखा', 'ईश्वर', 'मुलिया', 'पादरी', 'होस्टल की चारपाई', और 'खद्दर'। दो 'एकांकी नाटक' में 'बालि-वध' और 'वे दोनों' दिए गए हैं।

अवस्थीजी अपने नाटकों की विषय-वस्तु के प्रति बहुत जागरूक हैं। इन्होंने ग्रन्थों के आख्यानों और चरित्रों को अपने नाटक का विषय बनाया है। कुछ नाटकों को अन्यान्य महापुरुषों के जीवन पर आधारित किया गया है। इस प्रकार भारतीय सभ्यता एवं संस्कृति की गरिमा को प्रकट करने का प्रयत्न किया गया है। लेखक की यह विशेषता अवश्य है कि उसने अतीत के आख्यानों की व्याख्या आधुनिक दृष्टि से की है।

शिल्प की दृष्टि से अवस्थीजी के एकांकी बहुत सफल नहीं कहे जा सकते। इसकी ओर लेखक का ध्यान है भी नहीं। उसने कथानक दीर्घ अवधि के लिये हैं, दृश्य विभिन्न

स्थानों और समय के रखे हैं। कथानक की गति बड़ी सीधी-सादी है।

अवस्थीजी ने अपने नाटकों के सम्बन्ध में 'नाटक और नायक' की भूमिका में स्वयं लिखा है—'इस संग्रह के एकांकी नाटक किसी विशेष परिपाटी अथवा वाद की पूर्ति के लिए नहीं लिखे गए। इन्हें रंगमंच पर अभिनय करने के लिए नहीं लिखा गया। इनके अभिनय-संकेत अपूर्ण और दृश्यों का आयोजन सर्वत्र अभिनयानुकूल नहीं है। कहीं-कहीं पर इनके संवाद बोझिल और कथावस्तु गरुई मिलेगी। कथोपकथन में कही-कहीं रूखापन अथवा लम्बा मानसिक ऊहापोह भी मिल सकता है। कोई-कोई प्रसंग कथावस्तु में उखड़े-से अथवा कुछ हटे-से भी प्रतीत हो सकते हैं। भावों और विचारों का उलझापन, प्रसाद गुण का अभाव, उक्तियों का घुमाव कदाचित् सर्वत्र ही मिले।' नाटकों को देखते हुए आलोचक अवस्थीजी की ईमानदारी की प्रशंसा करनी पड़ेगी। इनके नाटकों को सुन्दर पाठ्य एकांकी कहना चाहिए।

डॉ. सत्येन्द्र : 'हिन्दी एकांकी' पुस्तक के प्रसिद्ध लेखक डॉ. सत्येन्द्र ने अनेक एकांकी नाटकों की रचना की है। इन्होंने अपना प्रथम एकांकी सन् 1921-22 में लिखा था जो बालचरों द्वारा अभिनीत किया गया था। उस समय लेखक 'एकांकी' का नाम भी नहीं जानता था। वह एकांकी चार-पाँच दृश्यों का था। इनके प्रसिद्ध एकांकी हैं—'कुणाल', 'प्रायश्चित्त', 'वसन्त', 'मानव-उद्धार' आदि।

'कुणाल' अशोक-पुत्र कुणाल पर आधारित है। इसमें कुणाल के समूचे जीवन पर प्रकाश डालने का प्रयत्न किया गया है, उसके जीवन के विशेष नाटकीय प्रसंग को नहीं लिया गया है। यही कारण है कि कथानक में विस्तार है। इसमें कुल मिलाकर 11 दृश्य आए हैं। स्पष्ट है कि संकलन-त्रय का निर्वाह नहीं किया गया है। इसके संलाप शिथिल गतिवाले हैं, और अलंकृत शैली में लिखे गए हैं। स्वगत का व्यवहार भी किया गया है। इसमें नौ गीत भी आए हैं। वास्तव में यह 'प्रसाद' के 'एक घूँट' की शैली में लिखा गया एक बड़ा एकांकी है। 'प्रायश्चित्त' एक दृश्य का एकांकी है। 'भोज प्रबन्ध' के आरम्भ में आए कथानक के आधार पर इसकी रचना हुई है। मुंज और भोज इसके मुख्य पात्र हैं। इसके कथानक का निर्माण कुशलता से किया गया है। लेखक ने मुंज का मानसिक द्वन्द्व बड़े प्रभावशाली रूप में अंकित किया है। भाषा तत्समप्रधान है जिससे यथोचित वातावरण के निर्माण में सहायता मिली है। 'वसन्त' 11 दृश्यों का नाटक है—सभी दृश्य बहुत छोटे-छोटे हैं। यह एक प्रतीकात्मक नाटक है। इस नाटक में संश्लिष्टता नहीं दीखती। पात्रों की संख्या भी अधिक है। 'मानव-उद्धार' भी अनेक दृश्यों में है। इसमें सामाजिक यथार्थ को चित्रित किया गया है। निर्धनता की झाँकी भी प्रस्तुत की गई है। इसका उद्देश्य वर्ण और धर्म के ऊपर मानवता की प्रतिष्ठा करना है। इसके संलाप बड़े-बड़े हैं। इसमें गीत भी आए हैं। 'बलिदान' एक सामाजिक एकांकी है जिसमें दहेज की प्रथा की बुराइयाँ दिखलाई गई हैं। यह भी सामान्य कोटि का एकांकी है।

डॉ. सत्येन्द्र ने अपने एकांकी नाटकों में मितव्ययिता पर ध्यान नहीं दिया है। इसीलिए कथानक में घटनाओं का विस्तार भी है, काल और स्थान का भी विस्तार है।

पात्रों की संख्या भी सीमित रखने की कोशिश नहीं की गई है। इसीलिए पात्रों का सूक्ष्म चित्रण सब जगह सम्भव नहीं हो सका है। संलाप कहीं-कहीं नाटकोचित हैं, पर कहीं-कहीं बहुत शिथिल हैं। रंग-संकेत भी संक्षिप्त रूप में ही दिए गए हैं। नाटकों की भाषा साहित्यिक है, पर उसमें प्रसाद गुण बना रहता है।

भगवतीचरण वर्मा : भगवतीचरण वर्मा ने मात्र मनोरंजन के लिए एक व्यक्ति का चरित्र-चित्रण करने के उद्देश्य से अपने प्रथम एकांकी 'सबसे बड़ा आदमी' की रचना सन् 1936 में की थी। सन् 1938 में इन्होंने 'मैं और केवल मैं' लिखा। 'दो कलाकार' और 'चौपाल में' की रचना क्रमशः सन् 1940 और सन् 1958 में हुई। 'बुझता दीपक' वर्माजी का बड़ा नाटक है, पर एक विद्वान ने इसकी चर्चा एकांकी कहकर की है।

भगवतीचरण वर्मा यथार्थवादी कलाकार हैं। इन्होंने अपने एकांकी नाटक अपने व्यक्तिगत अनुभवों के आधार पर लिखे हैं। यही कारण है कि इनमें यथार्थ सामाजिक चित्र अंकित हुए हैं। 'सबसे बड़ा आदमी' में एक धूर्त का चित्र है। ऐसे धूर्त लोग बहुधा हमारे सम्पर्क में आते रहते हैं। वर्माजी के सम्पर्क में एक बार एक ऐसा आदमी आया जिसने अपना परिचय नाटककार के रूप में दिया और अपना एक नाटक सुनाकर उन्हें बहुत प्रभावित किया; बाद में पता चला कि वह बर्नार्ड शॉ के एक नाटक का अनुवाद था। 'सबसे बड़ा आदमी' की रचना के मूल में उसी व्यक्ति की प्रेरणा है। एक रेस्तराँ में विभिन्न प्रकार के व्यक्ति आते हैं और यह चर्चा छिड़ जाती है कि दुनिया का सबसे बड़ा आदमी' कौन है। चर्चा में भाग लेनेवाले एक मुखर व्यक्ति रामेश्वर प्रसाद हैं। लोग नेपोलियन, गांधी आदि के नाम लेते हैं। रामेश्वर प्रसाद निष्कर्षतः कहता है—'जनाब, मैं कह सकता हूँ कि आप सब गलती करते हैं, शेली, नेपोलियन, गांधी, लेनिन—ये सबके सब नाम हैं, केवल नाम। इस सबों से बड़ा, कहीं बड़ा मैं हूँ—अभी आप लोगों पर यह साबित हो जाएगा।' उसके विदा होते ही उसका बड़प्पन सिद्ध हो जाता है—किसी का पर्स गायब है, किसी का झोला लापता है, किसी की जेब से रुपए गायब हैं। 'सबसे बड़ा आदमी' में कोई संश्लिष्ट कथानक नहीं है, कार्य-व्यापार भी कम है, पर रोचकता प्रारम्भ से अन्त तक बनी रहती है और अन्त एक चमत्कार के साथ होता है। समाज के विभिन्न वर्ग के लोगों के चित्रण भी स्वाभाविक हैं।

'मैं और केवल मैं' में आज का एक कटु सत्य चित्रित किया गया है। इस भौतिकवादी युग में सब स्वार्थी हो गए हैं—सबको अपनी-अपनी चिन्ता है। सब लोग 'मैं' की चिन्ता करते हैं, दूसरे की बात कोई नहीं सोचता। इस एकांकी में एक पात्र है रामेश्वर। उसकी पत्नी मृत्यु के किनारे हैं, बच्चा भी बीमार है, लेकिन उसके साथियों में से कोई भी उसकी बात नहीं सुनता, उससे सहानुभूति नहीं प्रकट करता। रामेश्वर अपने साथियों से भिन्न है—परमानन्द की नौकरी छूट जाने पर वह चिन्ता से भर जाता है और उसके लिए अपने आफिसर से झगड़ पड़ता है। जो रामेश्वर किसी की भी बुराई नहीं करना चाहता, वही अपनी पत्नी और पुत्र की मृत्यु के दुःख से अभिभूत तथा परमानन्द के परिवार की चिन्ता से ग्रस्त होकर खन्ना का गला दबा देता है। इस एकांकी

में प्रारम्भ से लेकर अन्त तक व्यंग्य और वेदना का स्वर सुनाई पड़ता है, उसकी परिणति होती है खन्ना की हत्या में। दुःख और निराशा की सीमा पर पहुँचकर भला मनुष्य भी कितना बुरा हो सकता है, इसका चित्रण रचना में किया गया है।

'दो कलाकार' में जहाँ एक ओर आज के कलाकारों की दयनीय आर्थिक स्थिति का चित्र खींचा गया है, वहीं दूसरी ओर स्थान-स्थान पर हास्य और व्यंग्य की सृष्टि की गई है। इसमें कवि चूड़ामणि और चित्रकार मार्त्तंड का बड़ा मनोरंजक चित्र उपस्थित किया गया है। आर्थिक कठिनाइयों में भी उनकी मस्ती बनी रहती है। उन्होंने बड़े अच्छे ढंग से कहा है कि मकान-मालिक अपने मकान की कीमत समझता है, पर कलाकारों से ली गई काव्य और चित्र-सम्बन्धी सेवाओं का कोई मूल्य नहीं समझता। नाटक का आकर्षक इसके कथानक में नहीं है, बल्कि आकर्षक चरित्रों और रोचक संवादों में है। इन्हीं के योग से नाटक की सजीवता बनी रहती है।

'चौपाल में' एकांकी ग्रामीण पृष्ठभूमि पर लिखा गया है इसमें गाँव के कुछ लोगों का स्वाभाविक चित्र अंकित हुआ है। इसमें मुख्यतः अस्पृश्यता की समस्या की ओर संकेत किया गया है। गम्भीर समस्या पर आधारित होने पर भी यह हलकी-फुलकी रचना है। सभी पात्र आकर्षक हैं। संलाप मुख्यतः ग्रामीण बोली में है। इससे ग्रामीण वातावरण के निर्माण में सहायता मिली है। वर्माजी की अन्य रचनाओं की तुलना में यह बहुत सामान्य कोटि का एकांकी है। बाद में प्रकाशित 'चलते-चलते' संकलन में ये नाटक हैं—'रुपया तुम्हें खा गया', 'अन्तिम झंकार' और 'चलते-चलते'। ये सभी मूलतः रेडियो के लिए लिखे गए थे और पूरी तरह सफल रहे।

भगवतीचरण वर्मा ने एकांकी नाटक को गम्भीरता के साथ नहीं ग्रहण किया है। उन्होंने स्वयं कहा है—'ये दो नाटक मैंने चुटकुलों के तौर से लिखे थे।' एकांकी नाटक के सम्बन्ध में इन्होंने अपने विचार इन शब्दों में व्यक्त किए हैं—'एकांकी नाटकों में अभिनय का अधिक खयाल नहीं रखा जाता। शायद अभिनीत होने के लिए ये नाटक लिखे भी नहीं जाते। इन नाटकों का कम-से-कम हिन्दी साहित्य में वही स्थान माना जाने लगा है, जो कहानी को प्राप्त है।' इस विचार के बावजूद वर्माजी के एकांकी अभिनेय हैं। एक-एक दृश्य में लिखित इनके एकांकी नाटकों की सबसे बड़ी विशेषता इनकी रोचकता है।

वृन्दावनलाल वर्मा : प्रसिद्ध उपन्यासकार वृन्दावनलाल वर्मा ने एकांकी के भी क्षेत्र में काम किया है। इनके प्रसिद्ध एकांकी हैं—'सगुन', 'पीले हाथ', 'लो भाई पंचों लो', 'बाँस की फाँस', 'शासन का डंडा', 'कनेर', 'टंटा गुरू', 'जहाँदारशाह', 'कश्मीर का काँटा' आदि।

वर्माजी के एकांकी सामाजिक और ऐतिहासिक दोनों प्रकार के हैं। सामाजिक एकांकियों में विभिन्न सामाजिक समस्याओं की ओर संकेत किया गया है। 'सगुन' में एक कंजूस का व्यंग्य चित्र खींचा गया है। 'पीले हाथ' विवाह से सम्बन्धित घटनाओं पर आधारित है। 'लो भाई पंचों लो' में लेखक ने पंचायत की दुर्बलताओं को दिखाया

है। 'शासन का डंडा' में आधुनिक शासन की दुर्बलताओं की ओर संकेत हुआ है। 'कनेर' और 'टंटा गुरू' में आज की विभिन्न समस्याओं के सम्बन्ध में विचार प्रकट किए गए हैं। 'जहाँदारशाह' और 'कश्मीर का काँटा' ऐतिहासिक नाटक हैं।

वृन्दावनलाल वर्मा के एकांकी नाटकों में उनके कथाकार का व्यक्तित्व दिखाई पड़ता है। कथानक में घटनाओं के संयोजन में इन्होंने विशेष ध्यान दिया है, पर नाटकीय स्थितियों की पकड़ सब जगह नहीं दिखलाई पड़ती। घटनाओं में विस्तार काफी है। जो नाटक विचार-प्रधान हैं, उनमें नाटककार वाद-विवाद में उलझ गया है। नाट्य-लेखन में लेखक ने रंगमंच का ध्यान रखा है और कुछ नाटक रंगमंच पर अभिनीत भी हुए हैं। फिर भी यह स्वीकार करना पड़ेगा कि वृन्दावनलाल वर्मा के एकांकी नाटकों में कोई शिल्पगत विशेषता नहीं दिखाई पड़ती।

एस.पी. खत्री : डॉ. एस.पी. खत्री अंग्रेजी साहित्य के विद्वान थे। इन्होंने अंग्रेजी के एकांकी-नाटकों के शिल्प का सूक्ष्मता से अध्ययन किया था। अपनी पुस्तक 'नाटक की परख' में इन्होंने एकांकी नाटक का भी विवेचन किया है। हिन्दी में सफल एकांकियों का अभाव देखकर इन्होंने कुछ प्रसिद्ध अंग्रेजी एकांकियों की छाया ग्रहण कर भारतीय वातावरण में एकांकी लिखे हैं। इनका उद्देश्य हिन्दी के नाटककारों को पाश्चात्य दृष्टि से सफल एकांकियों के शिल्प से परिचित कराना था। 'सात एकांकी' नामक पुस्तक में इनके ये एकांकी संकलित हैं—'चौराहा', 'माँ', 'ठाकुर का घर', 'मछुए की माँ', 'बन्दर की खोपड़ी', 'दादा की मौत', और 'प्यारे सपने'।

डॉ. खत्री के इन नाटकों की रचना में शिल्पगत विविधता रही है। पहला नाटक 'चौराहा' अनेक दृश्यों के एकांकी का सफल उदाहरण है। इसका उद्देश्य जीवन के चौराहे पर खड़े होकर समाज के विभिन्न वर्गों के व्यक्तियों और उनके भावों का अंकन करना है। इसमें एंग्लो इंडियन साहब, पारिवारिक उत्तरदायित्व समझानेवाले वृद्ध, अपने खेल में संलग्न स्कूली बालक, दफ्तर के बाबू, नवविवाहित दम्पति, फिल्मी अभिनेताओं का अनुकरण करने वाले युवक आदि का सजीव चित्र अंकित किया गया है। 'माँ' एक भाव-प्रधान एकांकी है। इसमें माँ की हार्दिक दृढ़ता का परिचय दिया गया है। 'ठाकुर का घर' प्रचारात्मक एकांकी है। सन् 1942 के आन्दोलन की पृष्ठभूमि पर लिखे इस नाटक में एक देशभक्त का बलिदान अंकित है। 'मछुए की माँ' नाविक-जीवन की करुणा को व्यक्त करता है। इस पर 'राइडर्स टु दि सी' की स्पष्ट छाया है। 'बन्दर की खोपड़ी' तन्त्रजगत् से सम्बन्धित है। यह दुखान्त रचना आश्चर्य-प्रधान है। 'दादा की मौत' प्रहसनात्मक है। 'प्यारे सपने' कल्पना-प्रधान रचना है जिसमें कौमार्य जीवन की तृष्णा को व्यक्त किया गया है।

डॉ. एस.पी. खत्री के सभी नाटक शिल्प की दृष्टि से पूर्णतः सफल हैं। लेखक ने इनके निर्माण में एकांकी के तत्त्वों का ध्यान रखा है। 'चौराहा' तो दृश्यात्मक नाटक है—इसमें कोई संश्लिष्ट कथानक नहीं है; पर अन्य नाटकों में कथानक का निर्माण कुशलता से किया गया है, जिससे उनमें अन्त तक जिज्ञासा बनी रहती है। नाटकों के

अन्त भी प्रभावशाली हैं। लेखक ने कथानक और पात्रों में सर्वत्र सामंजस्य बनाए रखने का प्रयत्न किया है। संलाप अधिकतर संक्षिप्त हैं, पर प्रसंगानुसार उनमें परिवर्तन भी होता है। डॉ. खत्री के ये एकांकी सभी दृष्टियों से प्रशंसनीय हैं।

रामवृक्ष बेनीपुरी : प्रसिद्ध साहित्यकार एवं पत्रकार रामवृक्ष बेनीपुरी ने 'अम्बपाली', 'तथागत', आदि बड़े नाटकों के अतिरिक्त कुछ एकांकी नाटक भी लिखे हैं—'संघमित्रा', 'सिंहल विजय', 'नेत्रदान', और 'नया समाज'। 'सीता की माँ' इनका एकपात्री नाटक है जिसे उन्होंने 'स्वोक्ति रूपक' कहा है।

'संघमित्रा', 'सिंहल-विजय', और 'नेत्रदान' ऐतिहासिक नाटक हैं। तीनों नाटक अशोककालीन घटनाओं पर आधारित हैं। 'संघमित्रा' में मुख्यतः अशोक-पुत्री संघमित्रा का जीवन चित्रित है—अप्रासंगिक रूप से अशोक की कलिंग-विजय और बौद्ध धर्म-दीक्षा का भी उल्लेख है। 'सिंहल-विजय' में अशोक-पुत्र महेन्द्र का धर्म-प्रचार के लिए सिंहल प्रस्थान वर्णित है। 'नेत्रदान' कुणाल और तिष्यरक्षिता के सुपरिचित प्रसंग पर लिखा गया है। इन तीनों नाटकों में लेखक ने भारतीय संस्कृति का बड़ा सुन्दर चित्र प्रस्तुत किया है। 'नया समाज' एकांकी सामाजिक है और इसमें शोषण-उत्पीड़न से भरे पुराने समाज के बदल देने की माँग की गई है।

रामवृक्ष बेनीपुरी के एकांकी मुख्यतः इतिवृत्तात्मक हैं। लेखक ने ऐतिहासिक प्रसंगों को संलापों के माध्यम से सुन्दर रूप में प्रस्तुत किया है, पर उसकी प्रवृत्ति विस्तार की ओर अधिक है। 'संघमित्रा' में संघमित्रा के जीवन के एक बड़े भाग को प्रस्तुत किया गया है। 'सिंहल-विजय' और 'नेत्रदान' में घटनाओं का विस्तार भी काफी है। बेनीपुरीजी ने किसी भी नाटक में नाटकीय स्थिति विशेष नहीं ली है। 'नया समाज' में भी कोई सुसंगठित कथानक नहीं है और यह नाटक संलाप-प्रधान हो गया है। लेखक ने चरित्र-चित्रण पर ध्यान दिया है और कुछ पात्रों का सूक्ष्म मनोवैज्ञानिक अंकन भी किया है। संलाप नाटकोचित हैं—उनमें गति और प्रवाह है। भाषा पर बेनीपुरीजी का अधिकार है। सभी नाटकों में सहज, सुबोध और चंचल भाषा का व्यवहार किया है। कहीं-कहीं पर यह चंचल भाषा अतिभावुकता का आभास उत्पन्न कराती है। बेनीपुरीजी के एकांकी नाटक संलाप और भाषा के कारण आकर्षक और रोचक बन पड़े हैं।

'सीता की माँ' बेनीपुरीजी की एक विशिष्ट रचना है। इसमें सीता के जन्म के सम्बन्ध में नयी कल्पना की गई है। लेखक ने कहा है कि सीता पृथ्वी की पुत्री नहीं थी—वह एक ऐसी अकाल-पीड़ित बुढ़िया की बेटी थी जिसने नवजात कन्या को एक खेत में छोड़ दिया था। बारह वर्षों की अनावृष्टि के बाद जब राजा जनक पुरोहितादि के साथ खेत में आए, तो उन्हें वह कन्या मिली। लेखक की कल्पना प्रशंसनीय है, लेकिन इस तथ्य का प्रस्तुतीकरण बहुत प्रभावशाली नहीं बन पड़ा है। इस एक-पात्री नाटक में भी विस्तार अधिक है—पाँच दृश्यों में इसे प्रस्तुत किया गया है। विस्तार के कारण तीव्रता नहीं बनी रह पाती। इस रचना में कोई कहानी नहीं है, संघर्ष या संघर्ष की कोई स्थिति नहीं है—प्रारम्भ से अन्त तक सीता की तथाकथित माँ का अतिभावुकतापूर्ण

एकालाप है जो एकरस हो जाता है।

लक्ष्मीनारायण लाल : आधुनिक हिन्दी एकांकी के क्षेत्र में डॉ. लक्ष्मीनारायण लाल ने महत्त्वपूर्ण काम किया है। इनके एकांकी नाटकों के संग्रह प्रकाशित हुए हैं, जिनमें ये एकांकी संकलित हैं—'पर्वत के पीछे', 'सुबह होगी', 'नयी इमारतें', 'मड़वे का भोर', 'धुएँ के नीचे', 'कैद से पहले', 'उर्वशी', 'महाकाल का मन्दिर', 'ताजमहल के आँसू', 'जहाँनारा का स्वप्न', 'नूरजहाँ की एक रात', 'सीमान्त का सूरज', 'गाँव का ईश्वर', 'मम्मी ठकुराइन', 'दो मन चाँदनी', 'सुबह से पहले', 'औलादी का बेटा', 'बाहर का आदमी', 'शाकाहारी', 'शरणागत', 'गली की शान्ति', 'काल पुरुष और अजन्ता की नर्तकी', 'मैं आईना हूँ', और 'जादू बंगाल का'।

डॉ. लक्ष्मीनारायण लाल ने पौराणिक, ऐतिहासिक और सामाजिक, सब प्रकार के नाटक लिखे हैं। प्रारम्भ में इनकी रुचि पौराणिक और ऐतिहासिक नाटकों की ओर विशेष रूप से थी, पर बाद में ये सामाजिक यथार्थ के निकट आते हैं। यदि प्रारम्भिक नाटकों के अधिक प्रसंग महाभारत और मुगलकालीन इतिहास के पृष्ठों से लिये गए हैं, तो बाद के नाटकों में समसामयिक सामाजिक जीवन की झाँकियाँ दिखाई पड़ती हैं। लेकिन एक बात इन सभी नाटकों में स्पष्ट रूप से मिलती है कि डॉ. लाल सबके शिल्प के प्रति बहुत सजग हैं। लेखक के पास नाटकीय स्थितियों की पकड़ है। इसलिए वह प्रत्येक प्रसंग के नाटकीय क्षण को ग्रहण कर सका है। लगभग सभी नाटक एक-एक दृश्य में ही केन्द्रित हैं—विस्तार किसी में नहीं है। पौराणिक और ऐतिहासिक प्रसंगों पर नाटक लिखते समय विस्तार में भटकने का खतरा हमेशा बना रहता है। अनेक नाटककार अपने को इस खतरे से बचा नहीं सके हैं, यह हम देखते आए हैं। डॉ. लक्ष्मीनारायण लाल की यह विशेषता है कि इन्होंने अपने को इससे बचाए रखा है। इसके कुछ उदाहरण देखे जा सकते हैं। 'ताजमहल के आसूँ', शाहजहाँ और औरंगजेब के पारस्परिक सम्बन्ध के एक मार्मिक प्रसंग पर आधारित है। यह सुनकर कि औरंगजेब ने दारा की भी हत्या कर दी है, बन्दी शाहजहाँ के मन में प्रतिशोध की भावना जागती है और वह निश्चय करता है कि औरंगजेब से गले मिलते समय उसे खंजर भोंक देगा, पर मिलते समय मुमताज की याद कर ऐसा नहीं कर पाता'। 'जहाँनारा का स्वप्न' छत्रसाल और जहाँनारा के उस प्रेम-प्रसंग पर आधारित है जो कभी पूरा नहीं हुआ। जहाँनारा आधी रात को छत्रसाल की प्रतीक्षा करती रहती है, छत्रसाल आता है और सदा-सदा के लिए विदा हो जाता है। नाटक एक मार्मिक प्रभाव छोड़कर समाप्त हो जाता है। 'नूरजहाँ की एक रात' में नूरजहाँ की उस रात की भावनाओं का अंकन है, जब वह जहाँगीर से शादी करने का निश्चय करती है। इन सभी नाटकों की शक्ति कार्य-व्यापार या घटना चमत्कार में नहीं है, एक मार्मिक क्षण में केन्द्रित तीव्र भावनाओं में है। महाभारत के प्रसंगों पर लिखित नाटक में भी लेखक ने यही प्रयत्न किया है, पर सब समान रूप से प्रभावशाली नहीं बन पड़े हैं। 'उर्वशी' दो दृश्यों में है, पर इसमें पहला दृश्य दूसरे का पूरक बनकर आया है। डॉ. लाल ने अपने एकांकी नाटकों में

चरित्रांकन पर भी ध्यान दिया है। मुख्य पात्र के जीवन के किसी नाटकीय क्षण पर आधारित होने के कारण क्षण विशेष में उद्दीप्त चरित्र का एक पहलू दर्शकों के सामने आता है। नाटकों के संलाप भी बड़े सशक्त हैं—उनमें नाटकीय गति और शक्ति है। भाषा प्रत्येक नाटक के वातावरण के अनुकूल है। डॉ. लक्ष्मीनारायण लाल की कला क्रमशः विकसित और प्रौढ़ होती गई है।

पौराणिक और ऐतिहासिक नाटकों में डॉ. लक्ष्मीनारायण लाल को जो सफलता मिली है, वह सामाजिक नाटकों में नहीं दिखाई पड़ती, यद्यपि सामाजिक नाटकों में भी कुछ उत्कृष्ट रचनाएँ हैं। 'मम्मी ठकुराइन' एक मार्मिक एकांकी है। जीवन की सहज स्थितियों के चित्रण के माध्यम से ही लेखक ने नारी की सजह हार्दिकता की अभिव्यक्ति की है। हाँ, यह प्रश्न बार-बार मन में आता है कि हार्दिकता पुरुष में भी तो होती है—मम्मी और ठकुराइन में जो सहानुभूति जागती है, वह टिकट बाबू और प्रोफेसर में क्यों नहीं जागती ? नाटक के पात्र आकर्षक हैं अवश्य, पर सभी अनिवार्य नहीं लगते। उनके कुछ कम रहने पर भी नाटक के प्रभाव में कमी नहीं आती। 'दो मन चाँदनी' बहुत प्रभावशाली नाटक नहीं लगता। इसमें पात्रों पर चाँदनी रात के सौन्दर्य का प्रभाव दिखलाया गया है। मुख्य पात्र कुछ अतिरंजित और अस्वाभाविक लगता है। नाटककार का उद्देश्य भी बहुत स्पष्ट नहीं होता। 'सुबह से पहले' सफल मनोवैज्ञानिक नाटक है। डॉ. हरीनाथ के मनोभावों का परिवर्तन बहुत स्वाभाविक रूप में चित्रित हुआ है। 'औलादी का बेटा' में कोई नाटकीयता नहीं है, वह समाज के निम्नतम वर्ग का चित्र मात्र है। 'बाहर का आदमी' में घटनाएँ नाटकीय हैं, उनमें गति भी है, पर उनका अन्त कोई भी निश्चित प्रभाव उत्पन्न नहीं कर पाता। 'शाकाहारी' हास्यप्रधान एकांकी है—इसमें भाषा और संलाप से हास्य उत्पन्न करने का सफल प्रयास किया गया है। 'शरणागत' डॉ. लक्ष्मीनारायण लाल के सशक्त नाटकों में एक है। राजा परीक्षित के जीवन से सम्बद्ध इस पौराणिक नाटक में गति है, वेग है, संलापों में शक्ति है, उद्देश्य तो इसका उदात्त है ही। यह नाटक आकाशवाणी की एक नाट्य प्रतियोगिता में सर्वश्रेष्ठ घोषित हुआ था। 'गली की शान्ति' वेश्याओं की मुक्ति की समस्या पर आधारित है, यह कथानक कुछ उलझा हुआ लगता है और कोई प्रभाव उत्पन्न नहीं कर पाता। 'काल पुरुष और अजन्ता की नर्तकी' प्रभावशाली मनोवैज्ञानिक नाटक है। इसकी सांकेतिकता बहुत कलात्मक है। 'मैं आईना हूँ' बहुत उत्कृष्ट नाटक है। इसकी स्थितियाँ बहुत नाटकीय हैं, और शीबू का मनोवैज्ञानिक चित्रण प्रभावपूर्ण है। 'जादू बंगाल का' में केवल जादू दिखलाए गए हैं। संलाप स्वाभाविक और आकर्षक अवश्य हैं, पर नाटकीयता का अभाव खटकता है।

डॉ. लक्ष्मीनारायण लाल के एकांकी अभिनेय हैं। कुछ नाटक रंगमंच पर अभिनीत हुए हैं, कुछ रेडियो से प्रसारित। कुछ नाटकों को देखने से यह स्पष्टतः ज्ञात होता है कि वे मूलतः रेडियो के लिए लिखे गए थे, पर बाद में उनमें रंगमंचीय दृश्य-संकेत जोड़ दिए गए हैं। 'बाहर का आदमी' में जो फ्लैश बैक आए हैं या अन्य नाटकों में जो

दृश्य-परिवर्तन होते हैं, वे इस तथ्य की ओर संकेत करते हैं।

देवेन्द्रनाथ शर्मा : प्रसिद्ध विद्वान एवं आलोचक देवेन्द्रनाथ शर्मा ने समय-समय पर कुछ बड़े एकांकी लिखे हैं। 'पारिजात-मंजरी', और 'बिखरी स्मृतियाँ' पुस्तकों में आपके ये एकांकी संकलित हैं—'पारिजात-मंजरी', 'ज्ञानोदय', 'बाबर की ममता', 'आचार्य द्रोण', 'शेरशाह', 'सुजान', 'अकबर', और 'रानी लक्ष्मीबाई'। 'राका' (छठी पुस्तिका) में भी एक एकांकी प्रकाशित हुआ है—'पांचाली'।

देवेन्द्रनाथ शर्मा का क्षेत्र मुख्यतः इतिहास है। इतिहास के कुछ मुख्य चरित्रों को ही केन्द्र बनाकर शर्माजी ने अपने एकांकियों की रचना की है, यों एक नाटक महाभारत के प्रसंग पर भी है और एक बाणभट्ट की 'कादम्बरी' पर। 'पारिजात-मंजरी', 'कादम्बरी' के उस प्रसंग पर आधारित है जिसमें पुंडरीक महाश्वेता पर आसक्त होकर उसके वियोग में अपने प्राण त्याग देता है; महाश्वेता भी पुंडरीक के वियोग में विकल रहती है, और जब पुंडरीक के निकट पहुँचती है, तब उसे मृत पाती है। नाटक एक करुण स्पर्श छोड़कर समाप्त हो जाता है। 'ज्ञानोदय' गोस्वामी और रत्नावली के सुपरिचित प्रसंग पर आधारित है। इसी प्रकार अन्य एकांकी परिचित प्रसंगों पर रचित हैं।

देवेन्द्रनाथ शर्मा के इन नाटकों में भारतीय इतिहास के कुछ गौरवपूर्ण पृष्ठों को कलात्मक रूप प्रदान किया गया है। लेखक का ध्यान संघर्ष, नाटकीय चमत्कार आदि की ओर उतना नहीं है, जितना विभिन्न प्रसंगों को कलात्मक रूप में प्रस्तुत करने की ओर है। लेखक की भाषा और संलापों में इतनी शक्ति है कि उनसे प्रसंगों को आकर्षक बनाने में सर्वत्र सहायता मिली है। संलाप सभी जगह संक्षिप्त नहीं हैं, पर सर्वत्र वातावरण और पात्रों के अनुरूप हैं। भाषा पर शर्माजी का अधिकार है। इन्होंने 'पारिजात-मंजरी' 'आचार्य द्रोण', 'पांचाली' आदि में जितनी सफलता के साथ तत्समप्रधान भाषा लिखी है, उतनी ही सफलता के साथ 'बाबर की ममता', 'शेरशाह' आदि में उर्दू-मिश्रित हिन्दी का व्यवहार किया है। शर्माजी ने रंग-संकेत बहुत छोटे-छोटे दिए हैं।

देवेन्द्रनाथ शर्मा ने अपने नाटकों में अभिनेयता का ध्यान रखा है। कुछ एकांकी रंगमंच पर अभिनीत हुए हैं और रेडियो से प्रसारण तो सबका हुआ है। शर्माजी के नाटकों की शिल्पगत सरलता ही इनकी विशेषता है।

धर्मवीर भारती : कवि और उपन्यासकार डॉ. धर्मवीर भारती ने भी कुछ एकांकी लिखे हैं जो रेडियो से भी प्रसारित हुए हैं। इनके एकांकी नाटकों के नाम हैं—'नदी प्यासी थी', 'नीली झील', 'आवाज का नीलाम', और 'संगमरमर पर एक रात'। अन्तिम नाटक ऐतिहासिक है, शेष तीन आधुनिक परिवेश में लिखे गए हैं।

'नदी प्यासी थी' डॉ. धर्मवीर भारती का सबसे सफल एकांकी है। इसका विषय प्रेम है। कथानक बड़ा संश्लिष्ट है, और सभी स्थितियाँ नाटकीय हैं। पद्मा डॉ. कृष्णरूप से प्रेम करती है, पर घर में कलाकार राजेश के अतिथि-रूप में आ जाने पर उसके प्रेम का आकर्षण केन्द्र बदल जाता है। कृष्ण बहुत दुःखी होता है। उधर राजेश डूबने

जाता है, पर उसमें जीवन के प्रति नयी आस्था जागती है और वह लौट जाता है। प्रेम का संघर्ष चलता रहता है और कृष्ण अन्त में आत्महत्या कर लेता है। नाटक में आकर्षण अन्त तक बना रहता है। लेखक ने छोटी-छोटी बातों पर भी ध्यान दिया है। तस्वीर का उलट जाना और बाद में फूट जाना बड़ा प्रतीकात्मक है। पृष्ठभूमि के गीत ने नाटक को विशेष प्रभावशाली बनाया है। यह एकांकी तीन दृश्यों में है, पर तीनों दृश्य समय के थोड़े-थोड़े अन्तर के ही हैं और तीनों का स्थान एक रहता है। पात्रों का चित्रण मनोवैज्ञानिक रूप में किया गया है। इसके संलाप भी बहुत सशक्त हैं और उनमें गतिशीलता बनी रहती है।

'नीली झील' एक अतिकल्पना है। इसके पात्र हैं--नीली झील का तान्त्रिक, नीली झील की पहली सन्तान, दूसरी सन्तान और आत्माहीन सन्तान। इनमें लेखक ने आज के भौतिकवादी मनुष्य की आत्महीनता का बड़ा कलात्मक चित्रण किया है। कुछ पंक्तियाँ उदारहण के लिए उद्धृत हैं :

पहला व्यक्ति : नीली झील में काले पहाड़ काँप रहे हैं और उन पर एक घायल हरिणी दौड़ रही है।

तान्त्रिक : वह इसकी आत्मा है।

पहला व्यक्ति : काले गुलाम एक चट्टान उलट रहे हैं। वह सोना बटोर रहा है। चट्टान के नीचे एक फूल की झाड़ी कुचल गई है।

तान्त्रिक : वह इसकी आत्मा है।

नाटक प्रतीकात्मक है और नाटककार का कथ्य इसमें बड़े प्रभावशाली रूप में व्यक्त हुआ है। अन्त में लेखक ने यह कलात्मक प्रयोग किया है कि नाटक का एक पात्र रंगमंच से उतरकर दर्शकों की भीड़ में चला जाता है।

'आवाज का नीलाम' भी एक सफल एकांकी है। 'आवाज' एक पात्र का नाम है। यह अभिव्यक्ति-स्वातन्त्र्य का प्रतीक भी है। एकांकी एक तीव्र नाटकीय स्थिति पर आधारित है। एक पत्रकार अपनी बीमार पत्नी के इलाज के लिए 'आवाज' को बेचता है, खरीददार सेठ को बुलाता है, पर भावावेश में कहता है कि वह अपनी आवाज को किसी कीमत पर नहीं बेचेगा। बाद में पत्नी की हालत बहुत खराब होने पर एग्रीमेंट पर हस्ताक्षर कर देता है, लेकिन शीघ्र ही बाद पत्नी की मृत्यु का समाचार सुनने पर कहता है कि वह आवाज नहीं बेचेगा, पर सेठ एग्रीमेंट लेकर चला जाता है। लेखक ने भावों का उत्थान-पतन और नाटकीय परिवर्तन कुशलता से अंकित किया है। 'संगमरमर पर एक रात' ऐतिहासिक एकांकी है। इसमें भी संकलन-त्रय का निर्वाह किया गया है। लेखक ने इसे मेहरुन्निसा के जीवन के एक मार्मिक क्षण पर आधारित किया है। मेहरुन्निसा ने जिस रात जहाँगीर से विवाह करने का निर्णय किया; उस रात उसके मन में जो भावों के घात-प्रतिघात हुए हैं, उन्हें लेखक ने चित्रित करने का प्रयत्न किया है—मृत शेर अफगान के प्रति कर्तव्य-भावना और जहाँगीर के प्रति प्रेम का संघर्ष इसमें अंकित किया गया है। शेर अफगान से सम्बन्धित एक दृश्य स्वप्नदृश्य के रूप में प्रस्तुत

किया गया है। प्रभावान्विति की दृष्टि से यह भी एक सफल एकांकी है।

डॉ. धर्मवीर भारती ने कम नाटकों की रचना की है, पर इनके सभी नाटक सफल बन पड़े हैं।

सत्येन्द्र शरत् : पाश्चात्य नाट्य-साहित्य से प्रेरणा ग्रहण कर एकांकी क्षेत्र में आनेवाले प्रतिभाशाली लेखकों में सत्येन्द्र शरत् का महत्त्वपूर्ण स्थान है। इनका रचना-काल सन् 1946 से प्रारम्भ होता है। इनके प्रमुख एकांकी हैं–'शोहदा', 'गुड बाई अनीता', 'एस्फोडेल', 'प्रतिशोध', 'तार के खम्भे', 'करेंसी नोट', 'नवजोती की हीरोइन' आदि।

सत्येन्द्र शरत् ने स्वयं स्वीकार किया है कि इनके कुछ एकांकी दूसरे लेखकों की रचनाओं की प्रेरणा से लिखे गए हैं। 'गुड बाई अनीता' की रचना की प्रेरणा यशपाल की एक कहानी से मिली। पोलिश लेखक वोत्सलाव प्रूस की कहानी से प्रभावित होकर 'तार के खम्भे' की रचना की गई। 'एस्फोडेल' भी एक विदेशी कहानी से प्रेरित है। 'प्रतिशोध' में भुवनेश्वर प्रसाद का प्रभाव है। यद्यपि लेखक ने सभी नाटक भारतीय वातावरण में लिखे हैं, पर कुछ नाटकों में विदेशी प्रभाव स्पष्ट दिखाई पड़ता है। उदाहरण के लिए, 'एस्फोडेल' में एक स्त्री चार बार विवाह करती है–तीन पतियों की मृत्यु के बाद उसने चौथा विवाह किया है और वह सभी पतियों की स्मृतियाँ सँजोए रहती है। ऐसा भारतीय समाज में नहीं होता।

सत्येन्द्र शरत् ने अपने एकांकी-नाटकों में विभिन्न प्रकार के विषय लिये हैं। 'शोहदा' में एक चरित्र का अध्ययन है। इसमें यह संकेत है कि बुरे व्यक्ति में भी परोपकार की भावना होती है। 'गुड बाई अनीता' में लेखक ने समाज के निम्नवर्गीय लोगों के प्रति सहानुभूति प्रकट की है। इसमें दिखलाया गया है कि रोहित ने अपनी शादी अनीता से निश्चित की है, पर दाई और रिक्शेवाले के प्रति उसके दुर्व्यवहार को देखकर उससे अपना नाता तोड़ लेता है। इसमें यह प्रसंग विश्वसनीय नहीं लगता कि रोहित ने अनीता के निकट सम्पर्क में रहकर भी पहले चरित्र को नहीं पहचाना और उसने अपना विवाह निश्चित कर लिया। 'एस्फोडेल' में चौथी शादी करनेवाली नारी के मनोभावों को अंकित करने का प्रयत्न किया गया है। 'प्रतिशोध' एक नारी और दो पुरुषों के प्रेम-संघर्ष पर आधारित है। 'तार के खम्भे' में यश-लोलुप समाजसेवियों का व्यंग्य-चित्र प्रस्तुत किया गया है। 'करेंसी नोट' में एक चलते-पुर्जे युवक का चित्र है। 'नवजोती की हीरोइन' में एक युवती की फिल्म-अभिनेत्री बनने की आकांक्षा पर व्यंग्य किया गया है।

सत्येन्द्र शरत् एकांकी-शिल्प के प्रति बहुत सजग दीखते हैं। इन्होंने अपने सभी नाटकों के कथानकों का निर्माण कुशलता से किया है। सभी नाटक एक ही दृश्य में समाप्त हो जाते हैं, केवल 'एस्फोडेल' दो दृश्यों में है। फलतः लेखक ने सभी कार्य-व्यापारों को एक ही बिन्दु पर केन्द्रित किया है। इससे कथानक में सघनता आई है। कथानक में इस बात का भी ध्यान रखा गया है कि प्रारम्भ से अन्त तक कौतूहल

बना रहे। घटनाओं का संयोजन इस प्रकार किया गया है कि दर्शकों की जिज्ञासा क्रमशः बढ़ती जाए। कहीं-कहीं चमत्कारपूर्ण कथानक-निर्माण के प्रयत्न में कथानक कुछ उलझ-सा गया है और लेखक का उद्देश्य स्पष्ट नहीं हो पाता। 'एस्फोडेल' में यह बात देखी जा सकती है। नाटकों के प्रारम्भ कुतूहलवर्द्धक हैं, पर अन्त चमत्कारपूर्ण। शिल्प की दृष्टि से सबसे सशक्त नाटक 'शोहदा' है। पृष्ठभूमि से सुनाई पड़नेवाली जुआरियों की आवाजों से नाटक का वातावरण निर्मित किया गया है—नाटक के बीच-बीच में भी ये आवाजें सुनाई पड़ जाती हैं। इस प्रकार लेखक ने ध्वनियों की पृष्ठभूमि का बड़ा कलात्मक उपयोग किया है। प्रारम्भ में ही युवक की घबराई हुई मुद्रा और उसकी बातों से कौतूहल की स्थिति निर्मित हो जाती है, दूसरे युवक के आ जाने से उसमें और तीव्रता आती है। दूसरे युवक का बाहर जाना, रुपए ले आना, पुलिस का आना, दूसरे युवक द्वारा हत्या स्वीकार किया जाना और पहले युवक को पुरस्कार का अधिकारी बतलाना आदि घटनाएँ नाटकीय रूप से आती गई हैं। जिसे शोहदा कहा गया है, उसका चरित्र दर्शकों को प्रभावित करता है। अन्य नाटकों में भी ऐसी स्थितियाँ आई हैं जो विभिन्न प्रकार से नाटकीय प्रयोजनों को सिद्ध करती हैं। उदाहरण के लिए 'तार के खम्भे' में पुस्तकों का दान देनेवाले सज्जन का अनाम रहने का प्रयत्न तथाकथित समाजसेवियों के चरित्र पर स्वयं एक तीखा व्यंग्य बन जाता है। सभी नाटकों के संलाप प्रभावशाली हैं। सत्येन्द्र शरत् एकांकी लेखन में बहुत सफल हैं।

विनोद रस्तोगी : विनोद रस्तोगी के एकांकी नाटकों के नाम इस प्रकार हैं—'पुरुष का पाप', 'पत्नी-परित्याग', 'साम्राज्य और सोहाग', 'दो चाँद', 'प्यार और त्याग', 'आकाश-पाताल', 'सोहागरात', 'सौन्दर्य का प्रायश्चित्त', 'आज मेरा विवाह है', 'लूपहोल', 'पाप का पुण्य', 'जावली-वियज', 'प्यार और पैसा', 'कसम कुरान की', 'सोना और मिट्टी', 'काला दाग', 'रथ के पहिये', 'पैसा, लड़की और जनसेवा', 'मंगल, मानव और मशीन' तथा 'रत्ना की आग'।

विनोद रस्तोगी ने पौराणिक, ऐतिहासिक और सामाजिक, तीनों प्रकार के एकांकी लिखे हैं। 'पुरुष का पाप' एक पौराणिक प्रसंग पर आधारित है और इसमें लेखक ने यह संकेतित करने का प्रयत्न किया है कि पुरुष के पाप के लिए समाज नारी को दंडित करता रहा है। 'पत्नी-परित्याग' सीता-वनवास के प्रसंग पर लिखा गया है। 'दो चाँद' ऐतिहासिक नाटक है जिसमें मुहम्मद बिन कासिम से सम्बन्धित प्रसंग लिया गया है। 'आज मेरा विवाह है' भी ऐतिहासिक है और यह भीमसिंह, कृष्णा आदि के सुपरिचित प्रसंग पर लिखा गया है। 'जावली-विजय' में जीवन का एक पहलू चित्रित किया गया है, और 'कसम कुरान की' शेरशाह के जीवन से सम्बन्धित है। 'काला दाग' की रचना सम्राट अकबर के एक प्रसंग पर हुई है। रस्तोगीजी ने कुछ नाटक सामाजिक पृष्ठभूमि पर भी लिखे गए हैं। 'सोना और मिट्टी' में आज के उन धनी लोगों पर व्यंग्य किया गया है जो गरीबों को चोर और बेईमान समझते हैं। लेखक ने चित्र का दूसरा पहलू सामने रखकर दिखलाया है कि गरीबों में अभी भी ईमानदारी अधिक है और वे दूसरों

के सोने को मिट्टी समझते हैं। 'पैसा, लड़की और जनसेवा' में विधवाश्रम और अनाथालय के उन व्यवस्थापकों का नग्न चित्र खींचा गया है जो बच्चों और स्त्रियों का व्यवसाय करते हैं। 'रथ के पहिये' में कहा गया है कि पति-पत्नी पारिवारिक जीवन-रथ के दो पहिये हैं, और इसमें एक पथभ्रष्ट पति को रास्ते पर लाया गया है। 'प्यार और पैसा' में आज की उस मनोवृत्ति पर प्रकाश डाला गया है जो पैसे को प्यार से अधिक मूल्यवान समझती है। 'लूपहोल' मनोरंजन प्रधान एकांकी है जिसमें होली के मौके पर एक जीजा को ससुराल में मूर्ख बनाने का प्रयत्न किया गया है। इस तरह विनोद रस्तोगी के एकांकियों में विषय की विविधता दिखाई पड़ती है।

विनोद रस्तोगी अपने एकांकी-नाटकों के शिल्प के प्रति बहुत सजग हैं। इनके सभी एकांकी एक-एक दृश्य के हैं और इनमें संकलन-त्रय का कुशलता से निर्वाह किया गया है। कथानक में नाटकीय क्षण का ध्यान रखा गया है। उसका निर्माण इस प्रकार किया गया है कि जिज्ञासा और कुतूहल का तत्त्व अन्त तक बना रहे। परिचित ऐतिहासिक प्रसंगों पर लिखित नाटकों में भी इस बात का ध्यान रखा गया है। पात्रों का चित्रण स्वाभाविक रूप में हुआ है। संलाप अधिकतर संक्षिप्त और गतिशील हैं। उन्हें पात्रों के उपयुक्त रखने का प्रयत्न किया गया है, भाषा-शैली सरल और सामान्य बोलचाल की है—आधुनिक परिवेश में लिखे एकांकियों में। पौराणिक और ऐतिहासिक एकांकियों का भाषा वातावरण और प्रसंग के अनुरूप रखने का प्रयत्न किया गया है। लेखक का ध्यान अभिनेयता की ओर है, और सभी एकांकी अभिनेय हैं। रेडियो से इनका प्रसारण हुआ है।

अन्य एकांकीकार

जयनाथ नलिन ने अनेक एकांकियों की रचना की है। इनके नाम इस प्रकार हैं—'सच्चे नेता', 'संवेदना सदन', 'लाटरी', 'वर-निर्वाचन', 'मेल-विलाप', 'बड़े आदमी', 'भक्तों की दीनता', 'लस्सी का गिलास', 'परमात्मा का पश्चात्ताप', 'युद्ध के बाद', 'विद्रोही की गिरफ्तारी' और 'देश की मिट्टी'। ये एकांकी विभिन्न प्रकार के हैं। जयनाथ नलिन कला की सोद्देश्यता में विश्वास करते हैं, यह बात इनके सभी नाटकों में दिखाई पड़ती है। सम्भवतः इसी से इनमें व्यंग्य नाटकों की संख्या अधिक है। अधिक एकांकी दृश्यात्मक हैं, पर कुछ नाटकों में कथानक-निर्माण पर ध्यान दिया गया है। नलिनजी संकलन-त्रय को एकांकी-शिल्प की बुनियाद मानते हैं; जैसाकि उनके एकांकी संकलन 'हाथी के दाँत' से स्पष्ट है। लगभग सभी एकांकियों में संकलन-त्रय का निर्वाह किया गया है।

राजेन्द्रकुमार शर्मा : राजेन्द्रकुमार शर्मा के एकांकी नाटकों के नाम हैं—'अटैची केस', 'शीशा', 'दाल में काला', 'चुपके-चुपके', 'अफसर', 'परिवर्तन', 'उधार देवता', 'एक दिन की छुट्टी', 'बुरे फँसे नाम कमाने में', 'समझौता', 'किराए के आँसू' और 'पर्दा उठने से पहले'। राजेन्द्रकुमार शर्मा ने मुख्यतः हास्य-व्यंग्य-प्रधान एकांकी नाटकों की

रचना की है। नाट्य-शिल्प पर इन्होंने विशेष ध्यान दिया है। सभी नाटकों के कथानक में कुतूहल के तत्त्व का सन्निवेश किया गया है। सबमें लेखक कोई-न-कोई रहस्य अपने हाथ में रखता है, जिसका उद्‌घाटन अन्त में होता है। इसी से सब नाटकों के अन्त चमत्कारपूर्ण हैं। नाटकों में कम पात्र रखे गए हैं। संलाप संक्षिप्त हैं। सभी एकांकी एक-एक दृश्य में ही समाप्त हो जाते हैं। सभी नाटक अभिनेय हैं और जैसाकि लेखक ने अपने एकांकी-संग्रहों की भूमिकाओं में कहा है, सभी मूलरूप से रेडियो के लिए लिखे गए थे और रेडियो से प्रसारित हुए थे—बाद में रंगमंच एकांकी के रूप में परिवर्तित कर दिए गए।

अर्जुन चौबे काश्यप : अर्जुन चौबे काश्यप ने बड़ी संख्या में एकांकी-नाटकों की रचना की है। प्रमुख एकांकियों के नाम इस प्रकार हैं—'नया युग', 'बुनियादी धक्का', 'मानवी', 'प्रयोग', 'नशे में', 'कला', 'विवशता', 'प्रतीक्षा-बलि', 'मीठे आँसू', 'शून्यवाद', 'भीतर और बाहर', 'परमाणु बम' आदि। काश्यपजी ने अपने एकांकी नाटकों में मुख्यतः स्त्री-पुरुष प्रेम से सम्बन्धित सामाजिक समस्याओं को बड़े प्रभावशाली रूप में प्रस्तुत किया है। काश्यपजी में समस्याओं और अपने विचारों के प्रति विशेष आग्रह है, और इसका प्रभाव शिल्प पर दिखाई पड़ता है। नाटकों के कथानकों का निर्माण इस प्रकार किया गया है कि समस्याएँ लेखक के मनचाहे रूप में सामने आ सकें। यही कारण है कि कथानक पात्रों के निर्देश पर न चलकर लेखक के निर्देश पर चलता है, और नाटक को जितना मर्मस्पर्शी होना चाहिए वह उतना नहीं हो पाता—मृत्यु जैसी घटना भी हृदय का स्पर्श नहीं कर पाती। कथानक-निर्माण की यह विशेषता अवश्य कही जाएगी कि लेखक ने घटनाओं को एक ही नाटकीय बिन्दु पर—एक ही समय और एक ही स्थान पर—केन्द्रित किया है। संलाप नाटकोचित हैं और उनमें पर्याप्त शक्ति है। समग्र-प्रभाव की दृष्टि से काश्यपजी के अधिकतर नाटक सफल हैं, ऐसा कहा जाएगा। ये नाटक अभिनेय हैं, और समय-समय पर अभिनीत हुए हैं।

पृथ्वीनाथ शर्मा : पृथ्वीनाथ शर्मा ने बड़े नाटकों के साथ-साथ एकांकियों की भी रचना की है। इनके एकांकी-संकलन 'दृष्टि का दोष' में ये एकांकी हैं—'दृष्टि का दोष', 'मुक्ति', 'भूल और विजय', 'निर्बल के बल राम', 'हीरे का सेट', 'वैज्ञानिक की पत्नी', 'समस्या-नारी', 'स्वर्णपूजक', 'मधुर', 'छोटी बात', और 'सौन्दर्य-प्रतियोगिता'।

शर्माजी ने अपने एकांकी नाटकों में मुख्यतः मध्यवर्ग के जीवन को चित्रित किया है। पृथ्वीनाथ शर्मा ने अपने एकांकी नाटकों में नाटकीय तत्त्वों का ध्यान रखा है। कथानक-निर्माण में यह विशेषता रखी गई है कि कुतूहल अन्त तक बना रहे। इनके एकांकी अनेक दृश्यवाले हैं और संकलन-त्रय का निर्वाह नहीं किया गया है, पर प्रभाव की अन्विति बनी रहती है। इनमें कम-से-कम पात्रों का उपयोग किया गया है। लेखक ने सभी नाटकों में विस्तृत रंग-संकेत दिए हैं—इनमें पात्रों का भी वर्णन किया गया है। संलाप कहीं विस्तृत हैं, कहीं संक्षिप्त। शर्माजी के लगभग सभी एकांकी प्रभावपूर्ण हैं।

प्रेमनारायण टंडन : प्रेमनारायण टंडन के प्रमुख एकांकी नाटकों के नाम इस प्रकार

हैं—'माता', 'प्रेमी', 'कनवेसिंग', 'प्रेरणा', 'बचपन के साथी', 'अधूरा लेख', 'संकल्प', 'गांधार-पतन' और 'छुट्टी का दिन'। 'माता' और 'प्रेमी' क्रमशः फर्ग्युसन और ब्रिगहाउस के अंग्रेजी एकांकी नाटकों के स्वतन्त्र अनुवाद हैं। 'गांधार-पतन' ऐतिहासिक नाटक है। अन्य एकांकी सामाजिक विषयों पर हैं। टंडनजी के एकांकी आकर्षक और रोचक हैं, पर इनमें नाटकीयता की ओर विशेष ध्यान नहीं दिया गया है। कुछ एकांकी-नाटकों में संश्लिष्ट कथानक का अभाव है, कुछ में जो कथानक है, उनकी गति सरल है। कुछ एकांकी, जैसे 'संकल्प' विवाद-प्रधान हो गए हैं। पात्रों की सूक्ष्म चारित्रिक विशेषताओं को उद्घाटित करने का प्रयत्न भी इन नाटकों में नहीं है। संलाप कहीं-कहीं छोटे-छोटे हैं, पर अधिकतर बड़े-बड़े ही हैं। इससे नाटकों में विशेष गति नहीं आ पाई है। मौलिक रचनाओं की तुलना में अंग्रेजी एकांकियों के आधार पर लिखी गई रचनाएँ विशेष सफल बन पड़ी हैं।

विमला लूथरा : विमला लूथरा ने इन एकांकी नाटकों की रचना की है—'पचपन का फेर', 'लाइन-क्लीयर', 'नीम-हकीम', 'हीरोइन', 'महिला-मंडल', 'कलाकार और नारी', 'प्रीत का गीत', 'रेत और सीमेंट', 'प्रोफेसर साहब', 'घर आई लक्ष्मी', 'प्रीतिभोज', 'आगमन', 'बलिदान', 'गृहलक्ष्मी', और 'जनता बेचारी'। 'पचपन का फेर' में एक सरकारी अफसर की रिटायर्ड जिन्दगी की दयनीय स्थिति का चित्र अंकित किया गया है। इसमें कथानक सरल है और उसकी गति बिलकुल मन्द है। कहीं किसी प्रकार का कुतूहल नहीं है। प्रारम्भ में स्थिति को स्पष्ट करने के लिए टेलीफोन का उपयोग किया गया है, और अन्त में आकस्मिक रूप से एक पत्र आया है। मुख्य पात्र हरगोपाल का चरित्र अविश्वसनीय और बचकाना जैसा लगता है। सामान्य स्तर के संलापों का व्यवहार इसमें हुआ है—स्थान-स्थान पर स्वगत भी आए हैं। अन्य एकांकी भी लगभग इसी प्रकार के हैं।

सुमित्रानन्दन पन्त : प्रसिद्ध कवि एवं काव्य-नाटककार सुमित्रानन्द पन्त ने 'छाया' शीर्षक एक गद्य-एकांकी की रचना की है। यह एक भाव-प्रधान एकांकी है। इसमें उस युवती के मनोभावों को अंकित करने का प्रयत्न किया गया है जिसका विवाह उसके प्रेमी से न होकर अन्य व्यक्ति से हो गया है। इसमें भावों को व्यक्त करने के लिए चित्रों के अलबम का सहारा लिया गया है। युवती अपने अतीत जीवन के चित्र देखती जाती है और मनोभाव स्पष्ट रूप से सामने आते जाते हैं। लेखक ने इस नाटक में यह कलात्मक प्रयोग किया है कि मुख्य पात्रों के मनोभावों के अनुरूप छाया-चित्रों को नेपथ्य से पर्दे पर दिखलाए जाने का निर्देश दिया है। छाया-चित्रों से नाटक की भाव व्यंजना में वृद्धि हुई है। इसमें कथानक का सूत्र क्षीण है, पर प्रभाव की दृष्टि से नाटक सफल कहा जाएगा।

कमलाकान्त वर्मा : एकांकी के प्रसंग में कमलाकान्त वर्मा के नाटक 'श्री' की चर्चा की जाती है। यह दस दृश्यों की बड़ी सी रचना है। इसके पात्र हैं—शिरीष, वसन्त, मनोज, कला आदि। यह काव्यत्व-प्रधान रचना है। इसे लेखक ने अलंकृत तत्समप्रधान

शैली में लिखा है। रंग-संकेतों से स्पष्ट है यह पाठ्य-एकांकी है। दसवें दृश्य के रंग-संकेत की कुछ पंक्तियाँ देखी जा सकती हैं—'सागर में लहरें उठ रही हैं। तूफान जोरों पर है। जोर की वर्षा हो रही है। बादल गरज रहे हैं। बिजली चमक रही है। लहरों पर एक छोटी-सी नाव उछल रही है।' कमलाकान्त वर्मा की दूसरी रचना है 'सूर्योदय'। यह भी बड़ा-सा एकांकी है। इसमें बड़े-बड़े पाँच दृश्य हैं। इसमें लेखक ने कला के महत्त्व की प्रतिष्ठा की है—कलाकार के सम्मुख सम्राट को भी नतमस्तक होना पड़ता है। इसका पात्र शशांक महान कलाकार हैं। वह किसी भी मूल्य पर अपनी कला को बेचना नहीं चाहता। कला और राजसत्ता की टकराहट के कारण इमसें संघर्ष का तत्त्व भी आया है। संलाप प्रभावपूर्ण हैं। स्थान-स्थान पर काव्यत्व के दर्शन होते हैं। रंग-संकेत विस्तृत रूप में दिए गए हैं—पाठ्य रूप में इनका मूल्य हो सकता है, अन्यथा ये निरर्थक हैं। यह अवश्य कहा जाएगा कि इनसे यथोचित वातावरण के निर्माण में पर्याप्त सहायता मिली है।

शम्भूदयाल सक्सेना : शम्भूदयाल सक्सेना ने अनेक एकांकी नाटक लिखे हैं, जिनमें कुछ के नाम हैं—'स्वयंवर सभा', 'सीता-हरण', 'सोने की मूर्ति', 'हठ', 'तापसी', 'विद्यापीठ' आदि। श्री सक्सेना ने मुख्यतः पौराणिक प्रसंगों पर अपने नाटकों को आधारित किया है। अधिक नाटक रामायण के प्रसंगों पर लिखे गए हैं। इनमें भारतीय संस्कृति के गौरव को चित्रित किया गया है। इनमें सुपरिचित प्रसंगों को सरल गति कथानकों के माध्यम से प्रस्तुत किया गया है। स्थान-स्थान पर लेखक ने आधुनिक दृष्टि का परिचय दिया है। शिल्प की दृष्टि से ये एकांकी बहुत प्रशंसनीय नहीं हैं। इनमें विस्तार अधिक है। अधिक नाटक अनेक दृश्यवाले हैं। 'विद्यापीठ' में तो ग्यारह दृश्य आए हैं। कहीं-कहीं अनावश्यक दृश्यों का भी व्यवहार किया गया है। श्री सक्सेना के एकांकी नाटकों का महत्त्व इनकी विषय-वस्तु के कारण ही अधिक है।

व्यथित हृदय : व्यथित हृदय ने 'चम्पा का त्याग', 'युवक का साहस', 'भिखारी राजकुमार', 'पुत्रोत्सर्ग', 'प्राणदान', 'राजकुमारी का हृदय', 'सत्य की विजय', 'त्याग का प्रभाव' आदि एकांकी नाटकों की रचना की है। ये सभी आदर्श-प्रधान रचनाएँ हैं। इनमें किशोरों को प्रेरणा देनेवाली प्रेरक कहानियाँ कही गई हैं। ये नाटक बहुत छोटे-छोटे हैं, और प्रत्येक में कई-कई दृश्य हैं। इन नाटकों के रंग-संकेतों में भी कथात्मकता आई है। ये अभिनेय से अधिक पाठ्य हैं।

डॉ. सुधीन्द्र : डॉ. सुधीन्द्र ने सन् 1940 और 1948 के बीच कुछ एकांकी लिखे—'खून की होली', 'राखी', 'नया वर्ष : नया संदेश', 'संग्राम', 'रेवा का राजमुकुट', और 'राम-रहमान'। इनके एकांकी मुख्यतः राष्ट्रीय हैं। 'संगम' में रामानन्द, कबीर आदि की झाँकी प्रस्तुत की गई है, अन्यथा अन्य नाटकों में राष्ट्रीय स्वर की ही प्रधानता है। इनमें आवेग की तीव्रता परिलक्षित होती है। सभी एकांकी अनेक दृश्यवाले हैं और इनमें स्थान-स्थान पर गीतों की भी योजना की गई है। इनमें प्रभाव है, इसमें सन्देह नहीं। सभी नाटक बालिका-विद्यार्थियों में अभिनीत हुए थे।

इन्द्र बसावड़ा : 'बड़े म्यां' इन्द्र बसावड़ा का बड़ा सा एकांकी है जो सन् 1938 में प्रकाशित हुआ था। यह सामान्य कोटि का नाटक है। इसमें विस्तार अधिक है और प्रभावान्विति का अभाव है। बीच-बीच में हास्य के प्रसंग आए हैं, जिनसे नाटक में सजीवता आती है। इसमें गीत और कविताओं का भी व्यवहार किया गया है। भाषा पात्रों के अनुरूप है—पात्रों की अपनी-अपनी भाषा है। संलापों में चुस्ती है। विकृत शब्द-रूपों के द्वारा हास्य उत्पन्न करने का प्रयत्न अनेक स्थलों पर किया गया है।

अरुण : अरुण के अनेक एकांकी प्रकाशित हुए हैं—'रेलगाड़ी के डिब्बे', 'एक प्राण दो काया', 'तीन घंटे की जान-पहचान', 'मजनू और फरहाद', 'अभयदान', 'पार्टी नहीं जमी', 'परिवर्तन' 'यह भी और वह भी', 'सेर को सवा सेर', 'सभ्यता का आरम्भ', तथा 'सिकन्दर और स्नातक'। ये एकांकी विभिन्न प्रकार के हैं। 'रेलगाड़ी के डिब्बे' में अन्तर्जातीय विवाह का प्रश्न उठाया गया है और इसे मानवीय धरातल पर प्रस्तुत किया गया है। 'एक प्राण दो काया' में स्वच्छन्द प्रेम का चित्रण है और इसमें नाटकीय चमत्कार लाने का प्रयत्न किया गया है। 'तीन घंटे की जान-पहचान' वार्त्तालाप-प्रधान मनोरंजक रचना है। 'मजनू और फरहाद' में नाटकीयता नहीं है, पर इसमें लेखक ने प्रभावशाली रूप में चित्रित किया है कि प्राचीन आदर्शों और मान्यताओं में आज कितना अन्तर आ गया है। 'अभयदान' नन्द और यशोदा से सम्बन्धित सामान्य रचना है। 'पार्टी नहीं जमी' में आज की सभ्यता के कुछ पक्षों पर व्यंग्य किया गया है। 'परिवर्तन' में पारिवारिक जीवन का सामान्य चित्र है। अरुणजी के सभी नाटकों में संकलन-त्रय का कुशलता से निर्वाह किया गया है। इसमें पात्र कम आए हैं और संक्षिप्तता से काम लिया है। प्रारम्भ के रंग-संकेतों में स्थानों के परिचय विस्तार से दिए गए हैं।

देवराज दिनेश : देवराज दिनेश ने 'किस्मत का खेल', 'शीर्षक की खोज', 'बटुए', 'प्रवंचक' 'भगवान बचाए ऐसे मित्रों से', 'कविता के चक्कर में', 'पिकनिक', 'बिना बुलाए पंच' आदि अनेक एकांकी लिखे हैं। इनके सभी नाटक हास्य-व्यंग्य प्रधान हैं। इनमें पात्रों को अतिरंजित रूप में चित्रित कर उन पर हँसने का प्रयत्न किया गया है। लेखक की दृष्टि नाटकीय स्थितियों की पकड़ में कुशल है। सभी एकांकियों में छोटी-छोटी नाटकीय स्थितियाँ निर्मित की गई हैं। इनके कथानक में कुतूहल-निर्वाह का प्रयत्न है। सबसे अन्त में किसी-न-किसी रहस्य के उद्‌घाटन से चमत्कार उत्पन्न किया गया है। दिनेशजी के एकांकी मुख्यतः एक दृश्य के हैं। इनकी भाषा बोलचाल की सजीव भाषा है और संलापों में पर्याप्त शक्ति है।

सीताचरण दीक्षित : सीताचरण दीक्षित ने इन लघु नाटकों की रचना की है—'रक्षाबन्धन', 'आनन्द का राजपथ', 'आत्मप्राप्ति', 'गांधीवाला' आदि। ये सभी एकांकी उदात्त उद्देश्य से प्रेरित हैं और इनके माध्यम से महान आदर्शों की प्रतिष्ठा की गई है। 'रक्षाबन्धन' में लेखक ने बापू के आदर्श जीवन और देवतुल्य विशेषताओं को उभारकर हमारे सामने प्रस्तुत किया है। इसमें घटनास्थल स्वर्गलोक है जहाँ रवीन्द्रनाथ ठाकुर, गोखले, लेनिन आदि महापुरुषों को उपस्थित किया है। इसमें कार्य-व्यापार का

अभाव है, संलाप की प्रधानता है। नाटक एक ही दृश्य में है। इसके विपरीत 'आनन्द का राजपथ' छह दृश्यों में है। इसमें कथानक का अभाव है। लेखक का उद्देश्य जीवन में हास्य और आनन्द का महत्त्व बतलाना है, जिसे उसने कथनोपकथनों के माध्यम से प्रस्तुत किया है। 'आत्मप्राप्ति' आठ दृश्यों में है। इसमें बापू द्वारा संचालित 1921 के असहयोग आन्दोलन की पृष्ठभूमि पर एक मार्मिक मानवीय कहानी कही गई है। नाटक का अन्त मर्मस्पर्शी है। संलाप संक्षिप्त, सरल और रोचक हैं। 'गांधीवाला' में चार अंक हैं—यहाँ अंक दृश्य का पर्याय जैसा लगता है। यह नाटक भी सत्याग्रह आन्दोलन से सम्बद्ध है। नाटक का उद्देश्य हिंसा पर अहिंसा की विजय प्रदर्शित करना है। लेखक ने इसे कुशलतापूर्वक किया है। सीताचरण दीक्षित के एकांकी उद्देश्यप्रधान हैं। लेखक ने इनमें शिल्प से अधिक उद्देश्य और विषयों को महत्त्व दिया है।

वाल्मीकि त्रिपाठी : वाल्मीकि त्रिपाठी ने एकांकी नाटकों की रचना की है। इनकी कुछ नाट्य-रचनाएँ ये हैं—'शरणागत', 'जयभारत', 'तुम जीते मैं हारी', 'वियज-बीड़ा', 'परीक्षा', 'ईंट और चूने की भेंट', 'मुंडमाल', 'जरा ठहरो', 'तैलपनन्दिनी', 'कंघी की करामात', 'अतृप्त अभिलाषा' आदि। त्रिपाठीजी के ये सभी एकांकी ऐतिहासिक प्रसंगों पर लिखे गए हैं। नाटककार का दृष्टिकोण मूलतः आदर्शवादी है और उसने भारत के गौरवपूर्ण इतिहास के उन पृष्ठों को अपनी कृतियों का आधार बनाया है, जिनसे वर्तमान को भी प्रेरणा प्राप्त हो सकती है। प्रस्तुतीकरण की दृष्टि से सभी नाटक एक ही प्रकार के हैं, पर 'विजय-बीड़ा' का प्रारम्भ वाचक-वाचिका द्वारा प्रस्तुत ऐतिहासिक पृष्ठभूमि के परिचय से किया गया है—इसकी शैली वही है जो कुछ रेडियो नाटकों में दिखाई पड़ती है। संलाप प्रसंगानुरूप छोटे-बड़े सब प्रकार के हैं और उनमें पर्याप्त गति एवं शक्ति है।

इस अवधि के अन्य एकांकीकारों में इन लेखकों के नाम लिये जा सकते हैं—केशवचन्द्र वर्मा, मार्कंडेय, श्रीकृष्ण, हीरादेवी चतुर्वेदी, विराज, मनमोहन मदारिया, दिगम्बर झा आदि। इनमें कुछ ने गम्भीर विषयों से सम्बन्धित एकांकी लिखे हैं, कुछ ने हलके-फुलके मनोरंजनप्रधान एकांकियों की रचना की है।

निष्कर्ष

पैंतीस वर्षों की इस दीर्घ अवधि में जिन नाटककारों ने एकांकी के क्षेत्र में कार्य किया है, उनकी सूची बहुत बड़ी है। कुछ लेखक ऐसे हैं (जैसे, डॉ. रामकुमार वर्मा, उपेन्द्रनाथ अश्क आदि) जो प्रारम्भ से अब तक निरन्तर कार्य करते रहे हैं, कुछ लेखक ऐसे हुए हैं (जैसे, सुमित्रानन्दन पन्त, भगवतीचरण वर्मा आदि) जिन्होंने बहुत कम एकांकियों की रचना की है। बाद में जो नये लेखक इस क्षेत्र में आए वे इस अवधि के बाद भी कार्य करते रहे। अब तक हमने जिन एकांकियों का विश्लेषण-विवेचन किया है, उनके आधार पर इस अवधि के एकांकियों के सम्बन्ध में कुछ सामान्य निष्कर्ष दिए जा सकते हैं।

इस अवधि के प्रारम्भ में हिन्दी-लेखकों का सम्पर्क पाश्चात्य साहित्य से बढ़ा। हिन्दी के नाटककार पाश्चात्य नाट्य-शिल्प और नाट्य-कृतियों से घनिष्ठ रूप नें परिचित हुए। अंग्रेजी के लघु नाट्य-रूप एकांकी ने उन्हें प्रभावित किया। हिन्दी के अनेकानेक लेखकों ने अनुभव किया कि व्यस्तता एवं अवकाशहीनता के इस युग के बहुत अनुरूप यह नाट्य-रूप है। देश में सांस्कृतिक जागरण के फलस्वरूप कालेजों और स्कूलों में समय-समय पर अभिनीत करने के लिए लघु नाटकों की माँग बढ़ी। आधुनिक एकांकी के रूप में हिन्दी एकांकी को नयी प्रगति मिली। कुछ लेखकों को यह नाट्य रूप नया-सा लगा। उनके मन में इसके प्रति अविश्वास का भाव जगा। उन्होंने एकांकी के अस्तित्व पर ही प्रश्नवाचक चिह्न लगाया। पक्ष-विपक्ष में अनेक विचार आए। हिन्दी एकांकी के लिए यह अच्छा ही हुआ कि उसके शिल्प के सम्बन्ध में गम्भीरतापूर्वक विचार किया गया और उसके रचना-विधान का स्पष्ट रूप सामने आया। जागरूक लेखकों द्वारा सफल एकांकी नाटकों की रचना होने लगी।

तत्कालीन नयी परिस्थितियों में जो नयी चेतना विकसित हुई और क्रमशः होती गई, उसका प्रभाव एकांकी की शिल्पविधि पर पड़ा। सामाजिक जीवन क्रमशः जटिल होता गया। मानव-मन में विभिन्न प्रकार की ग्रन्थियाँ पड़ती गईं। पश्चिम में मनोविज्ञान का जो विकास हुआ था, उसके अध्ययन का प्रभाव लेखकों पर पड़ रहा था। फलतः कुछ लेखकों ने मनोविश्लेषण-प्रधान एकांकी-नाटकों की रचना की। इनका उद्देश्य मानव-मन की जटिल ग्रन्थियों को खोलकर दिखा देने का था। इसे भुवनेश्वर प्रसाद और गणेशप्रसाद द्विवेदी के एकांकी नाटकों में देखा जा सकता है। अनेक लेखकों का ध्यान समाज और व्यक्ति की अनेकानेक समस्याओं की ओर गया। इब्सन और शॉ के प्रभाव से समस्याओं पर बौद्धिकता के साथ कुछ लेखक विचार भी करने लगे। इस प्रकार समस्या प्रधान एकांकी नाटकों की भी रचना होने लगी। सामाजिक स्थिति से लेखकों को सन्तोष नहीं था। उसकी विकृतियों को प्रभावशाली रूप में चित्रित करने का प्रयत्न अनेक लेखकों में दिखाई पड़ता है। इस प्रकार दृश्यात्मक एकांकियों की रचना बड़ी संख्या में हुई। सेठ गोविन्ददास, उदयशंकर भट्ट आदि के एकांकी उदाहरण के लिए देखे जा सकते हैं। सांस्कृतिक जागरण के युग में लेखकों का ध्यान स्वभावतः स्वर्णिम अतीत की ओर जाता है। डॉ. रामकुमार वर्मा के ऐतिहासिक एकांकी इसके प्रमाण हैं। नयी चेतना के फलस्वरूप जो विभिन्न प्रकार की नयी सामग्री सामने आई, उसके प्रभाव से विभिन्न शैलियों के एकांकी दिखाई पड़ते हैं। डॉ. रामकुमार वर्मा के काव्यत्व-प्रधान एकांकी, भुवनेश्वर प्रसाद के बौद्धिकता-प्रधान एकांकी, गणेशप्रसाद द्विवेदी के मनोविश्लेषण-प्रधान एकांकी आदि की ओर यहाँ संकेत किया जा सकता है।

पाश्चात्य नाट्य-शिल्प के प्रभाव से जागरूक नाटककार एकांकी के लिए संघर्ष को अनिवार्य मानने लगे। अपने नाट्य-लेखन में इन्होंने इस बात पर ध्यान भी दिया। इसके साय ही वे कथानक में जिज्ञासा, कौतूहल, नाटकीय चमत्कार, चरम सीमा को भी आवश्यक मानने लगे। कुछ लेखकों की कृतियों में ये विशेषताएँ दिखाई पड़ती हैं।

लेकिन नाट्य-कृतियों में इन विशेषताओं का सन्निवेश करना सरल नहीं है—नाट्य-प्रतिभासम्पन्न सजग कलाकार ही ऐसा कर सकते हैं। आधुनिक हिन्दी एकांकी के क्षेत्र में ऐसी प्रतिभाएँ बहुत अधिक नहीं हैं। यही कारण है कि अधिक लेखकों के एकांकी नाटकों में सुसंगठित कथानक का अभाव है, संघर्ष के तत्त्व पर ध्यान नहीं दिया गया है। ऐसी कृतियों में वर्णनात्मकता और कथात्मकता ही अधिक है। जागरूक लेखकों ने एकांकी के लिए संकलन-त्रय को भी आवश्यक माना और किसी नाटकीय स्थिति पर आधारित एक दृश्य के सफल एकांकी नाटकों की रचना की। इसके विपरीत ऐसे लेखकों की संख्या अधिक दीखती है जिन्होंने संकलन-त्रय पर ध्यान नहीं दिया और अनेक दृश्यवाले शिथिल एकांकी लिखे। परम्परा का निर्वाह करनेवाले ऐसे लेखक भी इस अवधि में हैं जो नाटकीय कार्य-व्यापार की गति पर ध्यान नहीं देते और अपनी रचनाओं में पद्य और गीतों का व्यवहार अनावश्यक रूप से करते हैं।

इस अवधि के जागरूक लेखकों में चरित्र-चित्रण की विशेषता दिखाई पड़ती है। पिछले युग में हमने देखा था कि तब तक एकांकी के क्षेत्र में व्यक्ति का उदय नहीं हुआ था। इस युग में आकर नाटककारों का ध्यान मनुष्य की वैयक्तिकता की ओर गया और उन्होंने व्यक्ति की चारित्रिक विशेषताओं को चित्रित करने का प्रयत्न किया। जैसा पहले कहा गया है, अब जटिल चरित्रों की अवतारणा भी होने लगी और मनोविज्ञान के प्रभाव से नाटककार मानव-मन की गहराइयों में भी उतरने का प्रयत्न करने लगा। यह इस युग के सफल नाटकों की बहुत बड़ी विशेषता है। चरित्र-चित्रण की दृष्टि से इस अवधि के एकांकी पिछली अवधि के एकांकियों से स्पष्टतः पृथक् ज्ञात होते हैं। अपने युग में रहकर भी अपने युग से पीछे रहनेवाले लेखक इस अवधि में भी रहे जिन्होंने चरित्र-चित्रण की सूक्ष्मता की ओर ध्यान नहीं दिया।

इस युग के प्रतिनिधि लेखकों ने संलाप-लेखन में भी कुशलता दिखलाई। इन्होंने सिद्धान्त रूप में इसे स्वीकार किया कि संलाप की सार्थकता नाटक के प्रयोजन सिद्ध करने में है, उसका सौन्दर्य बनने में नहीं। इसे व्यवहार में भी उतारने का प्रयत्न किया गया। संक्षिप्त और दीर्घ दोनों प्रकार के संलाप लिखे गए, पर कुशल लेखकों ने इस बात का ध्यान रखा कि दोनों का व्यवहार उपयुक्त स्थलों पर ही हो। सफल नाटकों के संलाप गतिशील हैं, उनसे कार्य-व्यापार के विकास में सहायता मिलती है और चरित्र-चित्रण का भी कार्य सम्पन्न होता है। भाषा अधिकतर बोलचाल के निकट आई, पर प्रसंगों और वातावरण के अनुरूप उसमें साहित्यिक स्पर्श दिया गया। कुछ नाटकों में काव्यत्व को स्थान दिया गया, जबकि कुछ नाटकों में इससे मुक्त रहने का प्रयत्न किया गया। दोनों प्रकार के नाटकों की अपनी विशेषताएँ हैं—कुशल लेखकों के हाथ में पड़कर दोनों ने अपना प्रयोजन सिद्ध किया। उदाहरण के लिए, डॉ. रामकुमार वर्मा ने काव्यत्व-प्रधान अलंकृत शैली का ही व्यवहार किया है, पर सदा यह ध्यान रखा है कि उनका काव्यत्व नाटकीयता में बाधा न बने—नाटक का केवल सौन्दर्य ही बनकर न रह जाए, शक्ति भी बने।

इस अवधि के एकांकियों में रंग-संकेत सम्बन्धी परिवर्तन हुए हैं। पहले के एकांकीकार रंग-संकेत पर विशेष ध्यान नहीं देते थे—बहुत संक्षिप्त रंग-संकेत देते थे। अब एकांकियों में विस्तृत रंग-संकेत दिए जाने लगे। इन संकेतों में वातावरण और पात्रों का परिचय भी दिया गया, अभिनय-सम्बन्धी निर्देश भी दिए गए। कुछ संकेतों में तो ऐसे काव्यात्मक अंश आए हैं जो रंगमंच और अभिनेयता की दृष्टि से बिलकुल निरर्थक हैं। उदाहरण के लिए, डॉ. रामकुमार वर्मा, भुवनेश्वर प्रसाद, उपेन्द्रनाथ अश्क के रंग-संकेत देखे जा सकते हैं।

इस अवधि के नाटकों में अभिनेयता का भी ध्यान रखा गया है। एकांकीकारों ने यह स्वीकार किया कि नाटक की सार्थकता उसके प्रदर्शन में ही है और इन्होंने भरसक ऐसे एकांकियों की ही रचना करने का प्रयत्न किया जिनका अभिनय रंगमंच पर हो सके, लेकिन नियमित रंगमंच के अभाव में सब नाटककारों के लिए सफल अभिनेय एकांकी नाटकों का लेखन सम्भव नहीं हो सका।

इस युग में विशेष बात यह मिलती है कि रेडियो ने हिन्दी एकांकी को बहुत प्रभावित किया है। रेडियो के आविष्कार और भारत में प्रसारण-केन्द्रों के विस्तार ने रेडियो नाटकों के विकास को प्रेरित किया। प्रसारण के बाद इन नाटकों का रेडियो नाटक के रूप में विशेष मूल्य नहीं रह जाता, इसलिए अनेक लेखकों ने मूलतः रेडियो के लिए लिखित अपने नाटकों को रंगमंचीय एकांकियों के रूप में परिवर्तित कर उन्हें प्रकाशित कराया है। स्वाधीनता-प्राप्ति के बाद ऐसे नाटकों की संख्या विशेष रूप से बढ़ी है। 'रेडियो नाटक' अध्याय से यह तथ्य और स्पष्ट हो जाएगा कि रेडियो ने हिन्दी एकांकी के विकास में कितना योग दिया है।

हिन्दी एकांकी : सन् 1966–1990

(नव्य रंग-सन्दर्भ : नव्य प्रयोग)

हिन्दी एकांकी का नया सन्दर्भ

हिन्दी एकांकी ही नहीं, हिन्दी नाटक का एक महत्त्वपूर्ण चरण सन् 1965 के बाद प्रारम्भ होता है। रंगमंच के विकास की दिशा में जो प्रयत्न स्वाधीनता-प्राप्ति के बाद देश के विभिन्न क्षेत्रों में प्रारम्भ हुए थे, उनका प्रभाव अब स्पष्टतः परिलक्षित होने लगा है। हिन्दी के नये एकांकी को समझने के लिए स्वाधीनता-प्राप्ति के बाद क्रमशः विकसित होते हुए हिन्दी नाटक के नये रंग-सन्दर्भ से परिचित होना आवश्यक है।

स्वातन्त्र्योत्तर युग में रंगमंच के विकास की दिशा में उत्साहवर्द्धक कार्य हुआ है। कला और संस्कृति के विकास को राष्ट्रीय शासन ने अपनी बहुमुखी विकास योजनाओं का अंग माना है और इसने रंगमंच की स्थापना में स्वयं भी योग दिया है और नाट्य-प्रदर्शन एवं नाट्य-लेखन को प्रोत्साहित करने का महत्त्वपूर्ण कार्य भी किया है। इसमें सन्देह नहीं कि रंगमंच के विकास और सफल अभिनेय नाटकों के लेखन को राष्ट्रीय शासन से पर्याप्त प्रोत्साहन मिला है। रंगमंच या तो जन-जीवन से सहज रूप में उद्भूत होता है या साधन-सम्पन्न संरक्षण की प्रेरणा से। साहित्यिक नाटक तो विशेष रूप से किसी-न-किसी प्रकार के संरक्षण में ही पल्लवित-पुष्पित होता है। प्राचीन काल में कभी धर्म ने और कभी राज्य ने ही नाटक और रंगमंच को संरक्षण प्रदान किया था। हिन्दी के नये नाटक के विकास में भी शासन का महत्त्वपूर्ण योगदान रहा है।

नाटक, संगीत और अन्यान्य कलाओं को प्रोत्साहित करने के उद्देश्य से सन् 1958 में संगीत-नाटक अकादमी की स्थापना हुई। इसके द्वारा नाट्य-लेखन एवं नाट्य-प्रदर्शन के लिए पुरस्कारों की भी व्यवस्था की गई जिससे इन कलाओं को पर्याप्त बल मिला। इसने नाट्य-प्रदर्शनों के लिए अव्यावसायिक संस्थाओं को समय-समय पर अनुदान भी दिया। बिहार, उत्तर प्रदेश, राजस्थान आदि अनेक राज्यों में भी संगीत-नाटक अकादमी की स्थापना हुई। सन् 1959 में दिल्ली में राष्ट्रीय नाट्य विद्यालय की स्थापना हुई जिसमें अभिनय, निर्देशन आदि के प्रशिक्षण की नियमित व्यवस्था की गई। विद्यालय में हिन्दी को नाट्य-प्रदर्शनों की भाषा के रूप में स्वीकृति मिली। फलतः हिन्दी-भाषी रंगकर्मी प्रशिक्षित होकर विभिन्न क्षेत्रों में नाट्य-प्रदर्शन की दिशा में सक्रिय हुए। रंगमंच के प्रति लोगों की रुचि बढ़ी।

व्यावसायिक रंगमंच भी नाट्य-लेखन को प्रेरित करने की दिशा में महत्त्वपूर्ण कार्य करते हैं, पर हिन्दी क्षेत्र में इनका हमेशा अभाव रहा है। स्वाधीनता-प्राप्ति के बाद के प्रारम्भिक वर्षों में पृथ्वी थियेटर ने देश के विभिन्न भागों में घूम-घूमकर अपने नाटकों के प्रदर्शन किए। यद्यपि इसके नाटकों की संख्या सीमित रही, पर उनके प्रदर्शन अत्यन्त प्रभावशाली रहे। डॉ. सुरेश अवस्थी ने सही लिखा है कि 'पृथ्वी थियेटर का हिन्दी के रंगमंच के इतिहास में बहुत ही महत्त्वपूर्ण स्थान रहेगा, क्योंकि इसी नाट्य-दल ने पारसी कम्पनियों के अवसान के बाद हिन्दी रंगमंच का नवोत्थान किया और जनता में नाटक की रुचि जगाकर एक बहुत बड़े दर्शक समाज का निर्माण किया।' (समसामयिक हिन्दी साहित्य, डॉ. नगेन्द्र आदि, पृष्ठ-13)। सन् 1960 में पृथ्वी थियेटर बन्द हो गया, तब से हिन्दी क्षेत्र में व्यावसायिक रंगमंच नहीं के बराबर रह गया है। दूसरी ओर, स्वाधीनता के बाद देश में जो नया सांस्कृतिक जागरण हुआ उसकी प्रेरणा से देश के विभिन्न भागों में अव्यावसायिक रंगमंच का उदय हुआ—लगभग सभी बड़े नगरों में अव्यावसायिक रंग-संस्थाएँ काम कर रही हैं। रंगमंच के इस उन्मेष से नये नाटक के विकास को गति मिली है।

रंगमंच के प्रति हिन्दी नाटककारों और आलोचकों की सजगता भी बढ़ी है और रंगमंच एवं नाट्य-प्रदर्शन सम्बन्धी टिप्पणियाँ विभिन्न प्रतिष्ठित पत्र-पत्रिकाओं में प्रकाशित होने लगी हैं। नाट्य-कला की स्वतन्त्र पत्रिकाएँ (जैसे 'नटरंग', 'रंग-योग', 'बिहार थियेटर', 'रंगभारती' आदि) समय-समय पर प्रकाश में आई हैं। किसी भी साहित्य के नाट्य-लेखन को जहाँ एक ओर साहित्यिक कृतियों के रूप के नाटकों की व्यावहारिक समीक्षा प्रभावित करती है, वहीं दूसरी ओर साहित्यिक कृतियों के नाटकों की समीक्षा भी। यह ध्यातव्य है कि मात्र साहित्यिक दृष्टिकोण से नाटकों की समीक्षा नहीं की जा सकती और अगर की जाती है, तो वह नाट्य-साहित्य के विकास की प्रेरक शक्ति न बनकर उसके लिए बाधक ही सिद्ध होती है। आलोच्य काल में हिन्दी के नाट्य समीक्षकों के दृष्टिकोण में भी पर्याप्त अन्तर आया है और नाटकों के साहित्यिक मूल्य को स्वीकार करते हुए भी उनकी समीक्षा मुख्यतः प्रदर्शन से उन्हें सम्बद्ध करके ही की जाती है। अत्याधुनिक नाट्य समीक्षाएँ मुख्यतः पाश्चात्य नाट्य-सिद्धान्तों पर आधारित हैं। नये नाटक के स्वरूप-निर्धारण में समीक्षाओं का भी प्रत्यक्ष या अप्रत्यक्ष योग रहा है।

रंगमंच के विकास और नव्य नाट्य-चेतना के उदय की इस पृष्ठभूमि पर हिन्दी के नये नाटक को देखना चाहिए। समसामयिक समग्र नाट्य-लेखन पर इसका प्रभाव पड़ा ही है, ऐसा नहीं कहा जा सकता; पर इनसे नवीनतम नाट्य-साहित्य को नयी दिशा मिली है, इसमें सन्देह नहीं।

आलोच्य काल के एकांकी साहित्य के सम्बन्ध में कुछ बातें विशेष रूप से ध्यान देने की हैं। पहली बात तो यह कि संख्या की दृष्टि से यह हिन्दी एकांकी की समृद्धि का काल नहीं है। सन् 1965 तक जिस बड़ी संख्या में एकांकियों की रचना हुई, उसके

अनुपात में इस अवधि के एकांकी नाटकों की संख्या बहुत छोटी है। इसका कारण है कि रंगमंच के विकास से पूर्णकालिक नाटकों के लेखक को अधिक प्रोत्साहन मिला। व्यवस्थित रंगमंच एक साथ कई एकांकी नाटकों को प्रस्तुत करने की अपेक्षा किसी एक पूर्णकालिक नाटक को प्रस्तुत करना अधिक सुविधाजनक समझता है। इस प्रकार नये पूर्णकालिक नाटक ने अत्याधुनिक विकसित होते हुए रंगमंच को अधिकृत कर लिया, फलतः एकांकी नाटक उपेक्षित-सा हो गया। पहले एकांकी नाटक रंगमंच की चिन्ता किए बिना भी लिखा जाता था, पर नयी रंग-चेतना ने उसके लिए भी मार्ग अवरुद्ध कर दिया। इसका अच्छा परिणाम यह अवश्य हुआ कि यद्यपि इस अवधि में कम ही एकांकी नाटक लिखे गए, पर अधिकांश नाटकों के मूल में रंगमंच की चेतना काम करती है। दूसरी बात यह ध्यातव्य है कि आलोच्य अवधि में रेडियो के लिए बहुत बड़ी संख्या में लघु नाटकों (जिन्हें हमने लघुता की दृष्टि से 'एकांकी' और कई कारणों से हिन्दी एकांकी का पूरक मान लिया है) की रचना हुई, जिनका विवेचन अगले अध्याय में किया गया है।

नया एकांकी साहित्य

समीक्ष्य अवधि में मौलिक एकांकी नाटकों के संकलन बहुत कम प्रकाशित हुए हैं। प्रसिद्ध लेखकों के पूर्व-प्रकाशित एकांकी नाटकों के नये संकलन इधर 'मेरे श्रेष्ठ रंग एकांकी', 'मेरे प्रिय एकांकी', 'समग्र नाटक', 'इतिहास के स्वर', 'समाज के स्वर' आदि नामों से प्रकाशित हुए हैं जिनसे लगता है, जैसे अब तक की उपलब्धियों को समेटने और सँजोने का प्रयत्न किया जा रहा है। कुछ नये रचनाकारों के भी संकलन प्रकाश में आए हैं। कई लेखकों ने अपने रेडियो नाटक रंग-एकांकी के रूप में प्रकाशित कराए हैं। पत्र-पत्रिकाओं में भी एकांकी प्रकाशित होते रहे हैं, यद्यपि इनकी संख्या बड़ी नहीं है।

पूर्ववर्ती काल की तरह इस काल के एकांकी नाटकों में भी विषय का वैविध्य दिखाई पड़ता है। इस अवधि में पौराणिक और ऐतिहासिक नाटकों की रचना बहुत कम हुई है। कुछ नाटकों का उल्लेख यहाँ किया जा सकता है। अमृतलाल नागर के 'चन्दनवन' के दो नाटक 'महाबोधि की छाया' और 'रत्ना के प्रभु' प्राचीन प्रसंगों पर आधारित हैं। ये रचनाएँ रेडियो के लिए लिखी गई हैं और श्रव्य माध्यम की सुविधाओं का उपयोग करती हैं। पहली रचना नाटक की अपेक्षा फीचर के अधिक निकट लगती है। इसमें बुद्ध और महावीर के समय की धार्मिक और सामाजिक क्रान्ति का परिचय दिया गया है। इसमें कोई कथानक अन्विति नहीं है और प्रसंगों को जोड़ने के लिए उद्घोषक का व्यवहार किया गया है। 'रत्ना के प्रभु' तुलसीदास की पत्नी रत्नावली की मार्मिक वेदना को उभारकर रखने का प्रयास करता है। मनोवैज्ञानिक चित्रण की दृष्टि से यह एक प्रभावशाली नाटक है। 'धारा और किनारा' में संकलित हंसकुमार तिवारी

के एकांकी 'अमृत और आँसू', 'दूब की मंजरी', 'टूट गया धागा', 'बिखरे फूल', 'पीछा करती हुई पुकार' तथा 'धारा और किनारा' पौराणिक कथाओं को आधार बनाकर लिखे गए हैं, यद्यपि इन पर आधुनिक चेतना का स्पर्श है। सुसम्बद्ध कथानक, प्रभावशाली संवाद और काव्यात्मक भाषा इन नाटकों की विशेषता है। शिवप्रसाद सिंह का 'अश्मक का फूल' ('कल्पना'—178) कंस-कथा पर आधारित है, पर इसके माध्यम से बड़े प्रभावशाली रूप में दिखलाया गया है कि अत्याचारों की प्रतिक्रिया में शक्तिशाली विरोध का स्वर किस प्रकार जन्म लेता है। आधुनिक चेतना की अभिव्यक्ति और प्रभावशाली वातावरण-निर्माण की दृष्टि से यह एक सफल नाटक है। प्राचीन प्रसंगों का आधार बनाकर लिखे गए अन्यान्य एकांकी नाटकों का नामोल्लेख किया जा सकता है—सुरेशचन्द्र शुक्ल 'चन्द्र' के नाटक 'नेत्रदान', 'पद्मिनी', 'समर्पण', 'तात्या टोपे', और 'प्रायश्चित्त' वाल्मीकि त्रिपाठी के 'अशोक का अवसान' में संकलित 'महादान', 'अशोक का अवसान' आदि आठ एकांकी। ये नाटक कई स्तर के हैं। रामकुमार वर्मा के 25 प्रसिद्ध एकांकी नाटकों का संकलन स्वतन्त्र रूप से प्रकाशित हुआ है—'इतिहास के स्वर'।

डॉ. कुँवर चन्द्रप्रकाश सिंह की पुस्तक 'अग्नि-परीक्षा' में ये एकांकी संकलित हैं—'आचार्य चाणक्य', 'महाकवि सूर और तुलसी', 'महाकवि रहीम', 'महाकवि भूषण', 'महर्षि वेदव्यास', 'अग्नि-परीक्षा', 'महाकवि कालिदास', और 'मा निषाद'। ये एकांकी जीवन-चरित्रात्मक हैं, जिनमें प्रसंगों को रोचकता के साथ प्रस्तुत किया गया है। चतुर्भुज के एकांकी नाटक हैं—'झेलम के किनारे', 'प्रतिशोध', 'हुमायूँ की हार', 'विजय तिलक', 'बादल का बेटा', और 'विनय के क्षण'। चतुर्भुज रंगमंच से जुड़े रहे हैं और उनकी रंगचेतना एकांकी नाटकों में भी दीखती है।

मोहन राकेश का 'रात बीतने तक' नन्द और सुन्दरी के प्रेम-सम्बन्ध को आधार बनाकर लिखा गया है। यह नाटक इसलिए महत्त्वपूर्ण नहीं है कि अपने में यह बहुत प्रभावशाली और सफल है, बल्कि इसलिए कि इसी की नींव पर राकेश ने अपने प्रसिद्ध पूर्णकालिक नाटक 'लहरों के राजहंस' की रचना की थी। 'रात बीतने तक' में बहुत विश्वास योग्य स्थितियाँ नहीं हैं, पात्रों का आकस्मिक परिवर्तन भी है और ऐसी कई बातें हैं जो इसे उत्कृष्ट रचना नहीं बनने देतीं, लेकिन इसमें अनेक बातें हैं जो 'लहरों के राजहंस' की दृष्टि से महत्त्वपूर्ण हैं—नारी के आकर्षण-अपकर्षण की वात यहाँ भी है, नन्द का अन्तर्मन बाद के नाटक में श्यामांग बन गया है, 'लहरों के राजहंस' का अन्त इस नाटक के अन्त से बिलकुल भिन्न हो गया है।

इस अवधि के अधिकांश एकांकी नाटक आधुनिक परिवेश और इसकी समस्याओं को आधार बनाकर ही लिखे गए हैं। यह समय स्वाधीनता-प्राप्ति के बाद सर्वाधिक कोलाहलपूर्ण रहा है। स्वाधीनता मिलने के शीघ्र बाद जन-जन के जीवन में जिस सुखमय भविष्य का सपना उत्साह और उल्लास के साथ आया था, वह अब तक पूरी तरह टूट चुका था। विदेशी आक्रमण, बांगला देश के मुक्ति-संघर्ष, कांग्रेस के विभाजन, मुद्रा-स्फीति आदि के फलस्वरूप सामान्य जन-जीवन क्रमशः अधिक विक्षुब्ध होता गया।

सामाजिक जीवन के हर स्तर पर भ्रष्टाचार, अनुशासनहीनता, हड़तालें, आदि इस अवधि की सामान्य प्रवृत्तियाँ बन गईं। इन सबका सामाजिक जीवन पर असर पड़ा। हिन्दी साहित्य की विभिन्न विधाओं में इस जीवन की प्रतिक्रियाएँ अभिव्यक्त हुईं—हिन्दी एकांकी भी अपवाद नहीं रहा। पहले यह अभिव्यक्ति परम्परागत शिल्पविधान के माध्यम से ही हुई, बाद में नयी चेतना ने अपने लिए नया शिल्प गढ़ने का प्रयत्न किया।

पुराने और नये, सभी एकांकीकारों ने आधुनिक जीवन को आधार बनाकर नाटक लिखे। अमृतलाल नागर ने अपने अनेक एकांकी नाटकों में अपने आधुनिक समाज की विकृतियों को बड़े तीखेपन के साथ चित्रित किया है—कहीं गम्भीरता के साथ और कहीं हलके ढंग से हास्य-व्यंग्य के साथ। 'चन्दनवन' का मुख्य पात्र अनुभव करता है—'आज का पढ़ा-लिखा सो-काल्ड बड़ा आदमी या बाबू अपने दिलों और दिमागों में कितनी गन्दगी और सड़ाँध बसाकर असीम घुटन में दिन-रात सिमटा रहता है।...झूठी देशसेवा की, खोखले समाज-सुधारों की, भद्दे सांस्कृतिक सम्मेलनों की—तरह-तरह की दुर्गन्धियाँ।' नाटक का प्रारम्भ ध्यानाकर्षक ढंग से होता है। इसमें फ्लेशबैक पद्धति का व्यवहार किया गया है, और रोचकता बनाए रखने की सजगता सर्वत्र दीखती है। नागरजी मुख्यतः कथाकार हैं फलतः 'चन्दनवन' में नाटकीयता की अपेक्षा कथात्मकता अधिक प्रखर रूप में आए, तो इसे अस्वाभाविक नहीं कहा जाएगा। नाटक का अन्त नाटकीय तो जरूर है, पर आकस्मिक है और चमत्कारपूर्ण अन्त के लिए किया गया जैसा लगता है।

मोहन राकेश ने अपने जीवन के अन्तिम वर्षों में हिन्दी एकांकी के क्षेत्र में कुछ नये प्रयोग किए थे, जिनकी चर्चा हम यथास्थान करेंगे, पर उनके प्रारम्भिक एकांकी परम्परागत शिल्प को स्वीकार करके ही लिखे गए हैं। उनके दो संकलनों ('अंडे के छिलके' और 'रात बीतने तक') के कई नाटक सन् 1966 के पहले के हैं, पर इनका प्रकाशन आलोच्य अवधि में ही हुआ है। इन संकलनों में जो मौलिक एकांकी हैं, उन्हीं की चर्चा हम यहाँ करेंगे। 'सुबह से पहले' स्वाधीनता-संग्राम में भाग लेनेवाले उग्रवादी युवकों से सम्बद्ध एक नाटकीय प्रसंग को आधार बनाकर लिखा गया है जिसमें जिज्ञासा और कौतूहल के तत्त्व पर्याप्त मात्रा में हैं। 'क्वाँरी धरती' एक भावुकतापूर्ण नाटक है जिसमें विश्वसनीयता बहुत कम है और रचना ही सूचित करती है कि यह मोहन राकेश की प्रारम्भिक कृतियों में होगी। 'दूध और दाँत' भी कुछ इसी प्रकार की रचना है, पर बाढ़ पीड़ित लोगों के जीवन पर लिखित इस रचना में मानवीय तत्त्व भी है, नाटकीय भी। 'अंडे के छिलके' संकलन के प्रथम चार एकांकी भी परम्परागत शैली के हैं, यद्यपि इनकी चेतना नयी है। 'अंडे के छिलके' में पुराने मर्यादावादी संस्कारों और नये विचारों की टकराहट है, पर इसे बड़े हलके ढंग से हास्य के माध्यम से प्रस्तुत किया गया है। वैष्णव संस्कारों के घर में छिपकर अंडे खाए जाते हैं, धर्मग्रन्थ के बहाने 'चन्द्रकान्ता' उपन्यास पढ़ा जाता है और इन स्थितियों पर लेखक ने हँसने का प्रयत्न किया है। इसमें जिज्ञासा बनाए रखने का प्रयास किया गया है। 'सिपाही की माँ' में करुणा के माध्यम से युद्ध की विभीषिका को प्रस्तुत करने का प्रयत्न है। यह एक भावुकतापूर्ण नाटक

है, और इनकी स्थितियाँ बहुत विश्वसनीय नहीं लगतीं। 'प्यालियाँ टूटती हैं' आज के बदलते हुए जीवन-सम्बन्ध पर तीखी टिप्पणी है। अपने को सम्पन्न और आधुनिक दिखलाने की प्रवृत्ति किस प्रकार मानवीय सम्बन्धों को ठोकर मारती है, इसे रचनाकार ने रेखांकित करना चाहा है। 'बहुत बड़ा सवाल' मध्यवर्गीय शिक्षित लोगों पर व्यंग्य है—वे सुविधाएँ तो चाहते हैं, पर उनमें प्राप्ति का संकल्प नहीं है, मुख्य प्रश्नों से कतराकर वे केवल बातें करना जानते हैं। नाटक में कई लोग सस्ते मकान की सुविधाएँ माँगने का प्रस्ताव पास करने के लिए एकत्र होते हैं, पर सिर्फ इधर-उधर की बातें करके चले जाते हैं और चपरासी रामभरोसे कहता है कि 'बाबू लोग पास कर गए कि रामभरोसे रामभरोसे के घर में रहेगा, श्यामभरोसे श्यामभरोसे के घर में है। और बाबू लोग अपने-अपने घर में रहेंगे।' उसी के शब्दों में बाबू लोग 'बहुत कूड़ा कर गए हैं। साफ करना है।' आधुनिक चेतना के संस्पर्श ने इन नाटकों को जीवन्त बनाया है और यद्यपि इनमें कोई शिल्पगत वैशिष्ट्य नहीं है, पर इनसे इतना स्पष्ट संकेत मिलता है कि मोहन राकेश में नाटक के शिल्प के प्रति सजगता प्रारम्भ से ही रही। मोहन राकेश ने अपने जीवन के अन्तिम कुछ वर्षों की अवधि में जिन तीन एकांकियों की रचना की है, उनका प्रयोगशीलता की दृष्टि से महत्त्व है। ये नाटक हैं—'शायद', 'हंः' और 'छतरियाँ'। तीनों ही आधुनिक चेतना के नाटक हैं। इनमें कथानक-निर्माण का कोई प्रयत्न नहीं है। पहले दोनों एक प्रकार के एकांकी हैं और तीसरा अन्य प्रकार का। 'शायद' और 'हंः' (दोनों का प्रथम प्रकाशन : सन् 1967) को नाटककार ने 'बीज-नाटक' कहा था। यह संज्ञा नयी है। इसके अर्थ के सम्बन्ध में तरह-तरह के अनुमान आलोचकों द्वारा लगाए गए हैं। ये दोनों नाटक पूर्णकालिक 'आधे अधूरे' के ठीक पहले के हैं और जो अनुभूतियाँ इन दोनों नाटकों में व्यक्त हुई हैं, उन्हीं का विकसित रूप 'आधे अधूरे' में दीख पड़ता है। सम्भव है, इसी से ये नाटककार की दृष्टि में बीज-नाटक हों।

'शायद' के पात्र हैं—'स्त्री, पुरुष और ...कोई नहीं।' एक स्थिर स्थिति में स्त्री और पुरुष, इन दो पात्रों के संवाद प्रस्तुत किए गए हैं। स्त्री और पुरुष एक-दूसरे से और अपने पूरे परिवेश से पूरी तरह ऊबे हुए हैं, उन्हें जीवन की निरर्थकता और नीरसता का बोध होता है। उन्हें लगता है कि जीवन में नया कुछ नहीं हो रहा है—'हर चीज सिर्फ दोहराई जाती है, जो जी चुके हैं उसी को फिर से जी रहे हैं...कोई ऐसी चीज जिन्दगी में होनी चाहिए जो....जो आदमी को रोज-रोज एक नया उत्साह दे,...जो आदमी को उलझाए रखे।' वे फिल्म देखने, यात्रा करने आदि की कई योजनाओं की बातें करते हैं, लेकिन उन्हें लगता है कि इनमें भी क्या है ? फिर भी वे सोचते हैं कि शायद आगे कुछ हो, पर कुछ होता नहीं। रात को सोते समय स्त्री कहती है—'अच्छा...कल फिर बात करेंगे...देखो शायद... ।' इस प्रकार यह जीवन की एकरसता का नाटक समाप्त होता है। इसमें कोई विशिष्ट चरित्र नहीं है, कोई घटना-विकास नहीं है, संवाद भी सर्वत्र क्रमबद्ध रूप में नहीं हैं...टुकड़ों में हैं, अधूरे वाक्यों में भी। दीवार की दरार, खुजली

का मरहम, एग्जीमा आदि की सांकेतिकता से भी अभिव्यक्ति में सहायता ली गई है। 'हंः' भी इसी प्रकार का नाटक है। इसके पात्र–'पपा, ममा, जमशेद...और बीतता समय'। इसमें उन पपा-ममा की बातें हैं जो अपनी पूरी जिन्दगी गुजार चुके हैं, अब उनके पास कोई नहीं है–बेटा तीन साल से लन्दन में हैं, बेटियाँ अपने ही शहर में हैं, लेकिन कभी माँ-बाप को देखने नहीं आतीं, जो दूसरे लोग पहले मिलने आया करते थे अब नहीं आते। पपा को लगता है कि उसके बेटे ने पत्र में लिखा होगा कि 'पपा अब कूड़ा हो गया है, इसे डस्टबिन में फेंक देना चाहिए।' पति-पत्नी के आपसी सम्बन्धों में तलखी आ गई है। पपा एक पुरानी प्याली की तरह हो गया है जिसे रखने की जगह नहीं मिलती–प्याली गिरकर टूट जाती है तो उस घर के बाहर फेंका नहीं जाता, बल्कि ड्यूराफिक्स से जोड़कर उससे काम चलाने की बात सोची जाती है। पपा भी टूटने के बाद किसी तरह जिए जा रहा है। अपनी लाचार निरर्थक जिन्दगी पर पपा की प्रतिक्रिया है–'हं !'। इस नाटक में भी कोई क्रमशः विकसित कहानी नहीं है, एक ठहरी हुई स्थिति है, नाम पर वैशिष्ट्यहीन पात्रों की मनःस्थितियाँ हैं, उनके अस्फुट संवाद हैं, सांकेतिकता है, बोलचाल की भाषा का नाटकीय प्रयोग है। 'छतरियाँ' इन दोनों से भिन्न प्रकार का नाटक है। इसे नाटककार ने 'पार्श्व-नाटक' कहा है। इसमें रंगमंच पर संवादों के माध्यम से कुछ नहीं प्रस्तुत किया जाता, बल्कि सबकुछ रंगमंच की, लोगों की गतियों, मुद्राओं, संकेतों और प्रतीकों तथा नेपथ्य की ध्वनियों, भाषाओं आदि के द्वारा प्रस्तुत किया जाता है। गूँजती हुई कुछ आवाजें हैं–'...युग का संकट हमारे सामने है।...संकट का अर्थ है मूल्यों को लेकर उठते प्रश्न।...प्रश्नों का अर्थ है विचारों की महामारी।...महामारी का अर्थ है मनुष्यता से हटता मनुष्य जीवन।...और मनुष्य जीवन का अर्थ है...संविधान, सभाएँ, सूदखोरी, खादी-ग्रामोद्योग, अन्तरिक्षयान, चाबी के बन्दर, चाँद की चट्टानें, गेहूँ, रोजी, मिरगी और...।' स्पष्टतः नाटककार ने आज की स्थिति को चित्रित करने का प्रयत्न किया है, पर रचना में कोई कथानक नहीं है, कोई चरित्र नहीं है, कोई संवाद नहीं है। यह एक प्रकार के अपने युग के ज्वलन्त प्रश्नों के सम्बन्ध में कुछ विचारों का गतियों और ध्वनियों के माध्यम से प्रस्तुतीकरण है। यह संवादहीन नाटक अवश्य ही विवाद के लिए अवकाश देता है कि मात्र दृश्य और पार्श्व-ध्वनियों पर निर्भर रचना कहाँ तक नाट्यविधा के अन्तर्गत आती है, और अगर आती है, तो साहित्यिक नाटक के रूप में उनका क्या स्थान है। कहा जा सकता है कि जैसे नृत्य-नाटक, छाया-नाटक या पुतली-नाटक होते हैं, वैसे ही पार्श्व-नाटक भी हो सकता है।

प्रयोगों का आग्रह लेकर जो अनेक रचनाकार हिन्दी एकांकी की क्षेत्र में आए हैं, उनमें विपिनकुमार अग्रवाल विशेष रूप से ध्यान आकृष्ट करते हैं। इनके एकांकी हैं–'तीन अपाहिज' (सन् 1960), 'ऊँची-नीची टाँग का जाँघिया' (सन् 1964), 'एक स्थिति' (सन् 1964), 'कूड़े का पीपा' (सन् 1965), 'आँख से निकली हुई रोशनी' (सन् 1966) और 'रेल कब आएगी' (सन् 1967)। इन नाटकों में कोई कथानक नहीं है। 'तीन अपाहिज' का प्रारम्भ है, "आधे से ऊपर दिन बीत चुका है। तीन अपाहिज-से

कल्लू, खल्लू और गल्लू एक तेल के लैम्प के खम्भे के नीचे तीन तरह से बैठे हुए हैं। तीनों आपस में बातें करते रहते हैं—डुग्गी पीटनेवाला एक नेता के भाषण की घोषणा करता हुआ चला जाता है। एक युवक पुरानी साइकिल लिये हुए आता है और पंचर की दुकान खोजता हुआ चला जाता है। दूर से नेता का भाषण सुनाई पड़ता है—'अब हम आजाद हो गए हैं, गुलामी की जंजीरें हमने तोड़ डाली हैं—अब हमें काम करना चाहिए। खाली हाथों नहीं बैठना चाहिए। हमारे प्रधानमंत्री का कहना है—आराम हराम है।' कल्लू, खल्लू और गल्लू बातें करते रहते हैं—कल्लू के पेट में दर्द होता है, वह कुछ देर के लिए बाहर जाता है और उसकी गिरी हुई थैली के चने खल्लू और गल्लू 'अपने दोस्त के हित में' खा लेते हैं। वे लोग अनुभव करते हैं और अन्त में कहते हैं—'हम सब कद्दू। हम सब दोस्त।' तीनों एक-दूसरे का हाथ पकड़कर घेरा बना लेते हैं और कहते हैं—'हम सब एक।' " नाटक का अन्तिम संकेत है—'सहसा सन्ध्या ढल जाती है। रात हो जाती है।' स्पष्टतः 'तीन अपाहिज' में कोई कथात्मक अन्विति नहीं है। कोई संवादात्मक अन्विति भी नहीं है, कोई विशेष व्यक्ति चरित्र भी नहीं है, पर एक प्रभाव की अन्विति है—यह प्रभाव स्वाधीनता प्राप्ति के बाद के दशक में जनसामान्य की निराशा, निष्क्रियता और क्षोभ की मनःस्थिति को व्यंजित करता है। नाटक में पात्र क्या और कैसी बातें कर रहे हैं, इन सबकी परिणति क्या होगी, इन जिज्ञासाओं के कारण नाटक में आकर्षण बना रहता है।

विपिनकुमार अग्रवाल के अन्य एकांकियों में ऐसी ही बातें दिखाई पड़ती हैं। 'ऊँची-नीची टाँग का जाँघिया' में मगन दरजी और तीन कारीगर हैं, रामू लड़का है जिसके जाँघिए की टाँगें ऊँची-नीची हैं, कुर्ता सिलवानेवाले एक 'सज्जन' हैं, और दस वर्ष बाद एक महापुरुष का अभिनन्दन करने के लिए चिन्तित धीरजमल और प्रीतम हैं। इसमें भी कहा गया है—मगन दरजी आदमी का चरित्र उसके कपड़ों में झलका पाता है, दुनिया ने मगन की कैंची से बचने का रास्ता निकाल लिया है—लोग धोती पहनते हैं जिसमें सब चरित्र छिप जाता है, इस देश में सब आलसी हैं, जनता के लिए उसका नेता दस वर्ष पहले से ही तैयार कर दिया जाता है, आाद। नाटक में कोई कथानक नहीं है, संवादों के माध्यम से सबकुछ कहा गया है। इस एकांकी में तीनों कारीगर गीत गा-गाकर प्रतीकात्मक टिप्पणियाँ करते चलते हैं। 'एक स्थिति' में वास्तव में अनेक स्थितियाँ हैं। इनमें तीन दृश्य आए हैं—पहले में पढ़-लिखकर भी चपरासी बने माधव और उसकी पत्नी की बातें हैं, इसी में सड़क चलते हुए पुरुषोत्तम के साथ माधव की बातें हैं। दूसरे दृश्य में माधव, सीतल और बद्री, तीन चपरासी हैं। तीसरे दृश्य में चपरासियों की एक मीटिंग है। इन तीनों को मिलाकर कोई कथात्मक अन्विति नहीं बनती, कोई एक निश्चित प्रभाव नहीं बनता। बीच-बीच में सामाजिक, राजनीतिक आदि विषयों पर व्यंग्यात्मक प्रतिक्रियाएँ अवश्य ही व्यक्त होती गई हैं—साहब और चपरासी की बेगमों में कोई फर्क नहीं है, 'बस सनीमे में राजकपूर हँसते हैं' और लोगों के लिए खीस निपोड़ना रह गया है, दस साल से 'अभी तक मन्त्री बदला नहीं, हम तो उसका

अब असली नाम भी भूल गए हैं', 'हर आदमी दूसरे के लिए नर्क और अपने लिए स्वर्ग देखता है', आदि। सभी चपरासी इस बात पर हँसते हैं कि माधव 'बिना पाजामा पहने नहाता है', और नाटक खत्म हो जाता है। 'कूड़े का पीपा' के मुख्य पात्र हैं—दो भिखमंगे—नत्थू और खैरा, अन्त में कुछ देर के लिए एक माथुर साहब आते हैं। भिखमंगे आपस में बातें करते हैं, कूड़े के पीपे में डाली गई चीजों पर झपटते हैं। माथुर साहब का आरोप है—'तुम लोग कूड़ा चुराते हो।' खैरा मरना चाहता है और पीपे में उतरकर बैठ जाता है। 'नत्थू पीपे को ढकेलता हुआ मंच के बीच की ओर कदम-कदम बढ़ाता है। पर्दा गिरता है।' 'कूड़े का पीपा' लगता है, जैसे जीवन की निरर्थकता का नाटक हो, यद्यपि इसका कोई बहुत गहरा प्रभाव नाटक से उत्पन्न नहीं हो पाता। 'आँख से निकली हुई रोशनी' पूर्ववर्ती एकांकियों से कुछ भिन्न है। इसमें थोड़ी सी कथात्मकता है—एक प्रसिद्ध व्यक्ति आत्महत्या कर लेता है और उसकी लाश कमरे में एक ओर पड़ी रहती है—मृत व्यक्ति के तीन परिचित बारी-बारी से वहाँ पहुँचते हैं जो लाश को देखते नहीं, वहीं बैठे आपस में बातें करते हैं। जब वे लाश को देखते हैं तो चौंकते हैं और तब 'दारोगा' अपने सहयोगियों के साथ जाँच के लिए पहुँचता है। यहाँ से नाटक का दूसरा अंश प्रारम्भ होता है जिसमें अतिरंजित कार्य-व्यापारों और संवादों के माध्यम से जाँच व्यवस्था, भारतीय साहित्यकार आदि पर व्यंग्य किया जाता है। नाटक में यदि कोई प्रयोग है तो वह अतिरंजित स्थितियों के द्वारा व्यंग्य करने में ही। 'रेल कब आएगी' में रेलवे स्टेशन के प्लेटफार्म पर रेल का इन्तजार करते हुए लोगों के संवादों द्वारा हमारे सामाजिक जीवन की विसंगतियों पर व्यंग्य किया गया है। इसमें स्थितियों और संवादों का एक व्यवस्थित क्रम बना रहता है, चुभते हुए व्यंग्य अनेक स्थलों पर आए हैं। इन सभी नाटकों से स्पष्ट है कि विपिनकुमार अग्रवाल ने नाटक को कथानक के बन्धन से मुक्त करने का प्रयत्न किया है—समूचा जोर नाटककार के कथ्य पर ही है। इनमें अनेक विसंगत लगनेवाली स्थितियाँ भी आई हैं। संवाद अभिव्यक्ति के सशक्त माध्यम बनकर आए हैं, पर सभी नाटकों में वे एक ही प्रकार के नहीं हैं। विपिनकुमार अग्रवाल के अन्य प्रयोगशील एकांकी हैं—'उत्तर का प्रश्न', 'उलटा-सीधा स्वेटर', 'यह पूरा नाटक एक शब्द है', 'अदृश्य व्यक्ति की आत्महत्या', और 'अखबार के पृष्ठों से', 'मौत एक कुत्ते की' (ध्वनि नाटक), 'अभिव्यक्ति', 'राष्ट्र सम्राट', और 'अपने देश में'।

हमीदुल्ला का बड़ा नाटक 'दरिन्दे' काफी प्रसिद्ध हुआ है—यह तथ्य अवश्य ही ध्यातव्य है कि यह बड़ा नाटक भी एक ही अंक का है कि अन्यान्य प्रसिद्ध नाटककारों के पिछले कुछ वर्षों में प्रकाशित कई पूर्णकालिक नाटक भी एक ही अंक के हैं। यहाँ हम उनकी चर्चा न करके इस तथ्य की ओर संकेत करना चाहेंगे कि इधर हिन्दी के पूर्णकालिक नाटकों की एक मुख्यधारा एकांकी की दिशा में ही है। हमीदुल्ला के कुछ एकांकी हैं—'घरबन्द', 'दूसरा पक्ष', और 'अपना-अपना दर्द'। इन तीनों नाटकों ने अखिल भारतीय प्रतियोगिताओं में प्रथम पुरस्कार प्राप्त किया है। इन एकांकी नाटकों की सफलता का रहस्य आधुनिक चेतना की प्रखरता और सुसम्बद्ध वस्तु-विन्यास में

देखा जा सकता है। उधर अपने यहाँ स्कूलबन्द, कालेजबन्द, नगरबन्द आदि का बहुत जोर रहा—उसी के समानान्तर लेखक ने 'घरबन्द' का आयोजन किया है, अपनी माँगें मनवाने के लिए पत्नी अपने बच्चों के सहयोग से घरबन्द की घोषणा कर देती है, फलतः पति परेशान हो जाता है, उसे एक कप चाय भी नहीं मिलती। आर्थिक कठिनाइयों की बात कहकर पति परिवार के सदस्यों को समझाना चाहता है, पर किसी पर असर नहीं होता। समस्या तब सुलझती है जब पत्नी का भाई सहसा आ जाता है, जिसके कारण पत्नी को घरबन्द तोड़ना पड़ता है। नाटक रोचक है, यही इसकी विशेषता है, अन्यथा सोद्देश्यता का ऐसा आग्रह लेकर चलता है जो संवादों में बार-बार सुनाई पड़ता है। पत्नी के भाई का आना भी आकस्मिक रूप से हुआ है। 'दूसरा पक्ष' एक चमत्कारपूर्ण सुसम्बद्ध नाटक का उदाहरण है। नाटककार ने इसमें दिखलाना चाहा है कि भले आदमी के भीतर भी कोई पशु रहता है और ठीक इसी प्रकार जिन्हें बदमाश और गुंडा समझा जाता है, उनमें भी मनुष्यता होती है। इसी को सिद्ध करने के लिए लेखक ने कथानक गढ़ा है—वकील दीनदयाल का परित्यक्त जारज पुत्र मोती, जो एक गुंडे के रूप में प्रसिद्ध है, दीनदयाल द्वारा की गई एक हत्या का दायित्व अपने ऊपर ले लेता है, जिससे वकील साहब और उनके वंश की मर्यादा बनी रहे। नाटक में रहस्य से उत्पन्न जिज्ञासा का भाव बना रहता है, पर नाटक का अन्त आदर्शवादी रूप में होता है। नाटक में जीवन के बदलते हुए नये सम्बन्धों को देखा जा सकता है। संवाद सशक्त और अभिव्यक्ति सक्षम हैं। 'अपना-अपना दर्द' भी नये जीवन-सम्बन्धों को लेकर चलता है। आज जीवन के सम्बन्धों को निर्दिष्ट करनेवाला तत्त्व है स्वार्थ। स्वार्थ के लिए मनुष्य कुछ भी उचित-अनुचित कर सकता है। सभी अपने-अपने दर्द को जानते हैं, कोई दूसरे के दर्द को जानने की कोशिश नहीं करता। इसे मधु, बिहारी, मालती और वीरेन के माध्यम से प्रस्तुत किया गया है। नाटक का वस्तुविन्यास स्थिति की मार्मिकता को उभारने में काफी सक्षम है। मंच को चार भागों में विभक्त कर विभिन्न स्थलों के दृश्य अलग-अलग दिखलाए गए हैं। दृश्य-परिवर्तन के लिए नाटककार ने प्रकाश-व्यवस्था का निर्देश दिया है। अन्त की पार्श्वध्वनियों ने नाटक के अन्त को प्रभावपूर्ण बनाया है। हमीदुल्ला के ये एकांकी सुगठित हैं, कम पात्रवाले हैं, और रंगमंच की चेतना से सम्पन्न हैं।

प्रयोगशीलता की दृष्टि से लक्ष्मीनारायण लाल हिन्दी आधुनिक नाटककारों में सर्वाधिक जागरूक कहे जा सकते हैं। वस्तु एवं रूप दोनों दृष्टियों से अपने पूर्णकालिक नाटकों में इन्होंने अनेक सार्थक प्रयोग किए गए हैं और विभिन्न शैलियों के नाटकों की रचना की है। इनके एकांकी नाटकों में भी प्रयोगों का आग्रह दिखलाई पड़ता है। यह अवश्य ही कहा जाएगा कि यह आग्रह परम्परागत शिल्प पूर्णतः अस्वीकार करने या तोड़ने के लिए नहीं, बल्कि ऐसी नवीनता उत्पन्न करने के लिए है जिसे अपना कथ्य अधिक प्रभावशाली बन सके। नवीनता की दृष्टि से लक्ष्मीनारायण लाल के अनेक नये एकांकी उल्लेख्य हैं—'काफी हाउस में इन्तजार', 'दूसरा दरवाजा', 'हाथी, घोड़ा, चूहा', 'केवल तुम और हम', 'यक्ष प्रश्न' और 'उत्तर युद्ध'।

'काफी हाउस में इन्तजार' में कोई कहानी नहीं है। इसके पात्र हैं—पहला व्यक्ति, दूसरा व्यक्ति और बेयरा। पहला व्यक्ति काफी हाउस में बैठकर अखबारों के लिए कुछ लिखने का काम करना चाहता है, दूसरा व्यक्ति (नवयुवक) वहाँ बैठकर अपनी 'गर्ल फ्रैंड' का इन्तजार करना चाहता है। अन्दर कोई 'सज्जन पुरुष' पच्चीस वर्षों से एक कुर्सी पर बैठा हुआ है जिसे काफी हाउस में आए लोगों को जोर-जोर से बातें करना, क्रान्ति की चर्चा करना, लड़ना-झगड़ना बहुत अच्छा लगता है—'वह सबके कल्याण के लिए हर वक्त चिन्तन करते हैं' यह 'सज्जन पुरुष' वही है जो पहले कभी 'सुराजी गुरुजी' था, जिसने कभी सत्याग्रह किया था, आत्मशुद्धि के लिए उपवास किया था—'अंग्रेज कलक्टर ने अपने हाथ से उन्हें काफी पिलाई थी।—अब यह हर वक्त काफी पीता है और एक भीड़ से घिरा हुआ है।' इस नाटक में कई स्तरों पर देश की राजनीतिक और सामाजिक स्थिति पर तीखा व्यंग्य किया गया है, जैसे—' 'इन्कलाब जिन्दाबाद' का अर्थ खो गया है, आज निरर्थक और अप्रासंगिक हो गया है, शब्दों के अर्थ बदल गये हैं (स्वदेशी यानी इम्पोर्टेड, देश का नागरिक यानी अंग्रेज आदि), लोग जिसके खिलाफ लड़ते हैं, वही हो जाते हैं, आदमी और कुत्ते में फर्क नहीं रह गया है। ज्योतिष और हस्तरेखा की किताबों से क्रान्ति नहीं होगी—टेबुल उलट देने से होगी, इस देश के लोग गूँगे हो गए हैं, लोगों को कोई महापुरुष चाहिए—वे स्वयं कुछ नहीं करेंगे', आदि। नाटक में अपने समय और परिवेश की प्रखर चेतना अभिव्यक्ति हुई है, कथ्य और संवादों पर जोर है, अनेक कार्य-व्यापारों की सहायता से भी कथ्य को व्यंजित करने का प्रयत्न किया गया है, सांकेतिकता का पर्याप्त उपयोग हुआ है, पात्र व्यक्ति विशेष नहीं हैं—जनसामान्य के प्रतिनिधि हैं। कथाहीनता के बावजूद नाटक में एक व्यवस्था है और बोधगम्यता कहीं बाधित नहीं होती। 'काफी हाउस में इन्तजार' समसामयिक चेतना का प्रभावशाली एकांकी है, इसमें सन्देह नहीं।

'दूसरा दरवाजा', 'हाथी, घोड़ा, चूहा' तथा 'केवल तुम और हम' में भी सामाजिक जीवन की तीखी अनुभूतियाँ व्यक्त की गई हैं। 'दूसरा दरवाजा' में इंटरव्यू के परिवेश को आधार बनाकर नयी पीढ़ी के मन में व्याप्त 'सर्वग्रासी निराशा' को अभिव्यक्त किया गया है—सामान्य जनजीवन को सुखी बनाने की दिशा में अब तक कोई प्रगति नहीं हो पाई है। इस नाटक में भी सांकेतिकता का पर्याप्त उपयोग किया गया है। 'हाथी, घोड़ा, चूहा' में कुर्सी से चिपके हुए लोग हैं, और आदमी जो पशु बन गया है। दर्शकों को लगता रहे कि यह 'नाटक' ही हो रहा है, इसका प्रयत्न बड़े सहज रूप में एकांकी में हुआ है। 'केवल तुम और हम' का भी कथ्य यही है कि पिछले बीस वर्षों से एक ही राग इस देश में सुनाई पड़ रहा है, लोगों का चारित्रिक पतन हुआ है, चारों ओर अनुशासनहीनता है, आदि। इस एकांकी में बहुत क्षीण कथासूत्र है, व्यक्तिचरित्र नहीं है। 'फिर बताऊँगी' और 'धीरे बहो गंगा' सामान्य नाटक हैं, पर इनमें भी समसामयिकता की तीव्र चेतना है, कथ्य पर जोर है, कथा-तत्त्व कम है।

'यक्ष प्रश्न' और 'उत्तर युद्ध' विगत आपात्काल की रचनाएँ हैं। इन नाटकों में

मिथक का एक नया प्रयोग दीखता है। सामान्यतः पौराणिक प्रसंगों की रचनाओं को इस प्रकार प्रस्तुत किया जाता है कि आधुनिक चेतना उनसे स्वतः व्यंजित हो जाए, लेकिन इन दोनों एकांकियों में लाल ने यह प्रयोग किया है कि इनमें पौराणिक प्रसंगों का आधार-मात्र रह जाता है, चरित्रों के नाम मात्र पौराणिक रह जाते हैं। और इनके अतिरिक्त सबकुछ आधुनिक-युगीन हो जाता है। 'यक्ष प्रश्न' में चरित्र पुराने हैं, प्रश्न नये हैं। 'उत्तर युद्ध' में स्थिति पुरानी है, संवेदनाएँ नयी हैं। जैसाकि संकलन के प्रारम्भ में 'प्रस्तुतकर्ता की ओर से' कहा गया है, पात्रों को आधुनिक वस्त्र पहनाकर 'उत्तर युद्ध' प्रस्तुत किया गया—'विदूषक चपरासी के वस्त्रों में युधिष्ठर पढ़ा-लिखा, अर्जुन स्त्री वेश में, भीम बूचर, नकुल नर्तक और सहदेव हिप्पी के रूप में।' नाटक का विदूषक कहा जानेवाला पात्र आज का है, एक स्थान पर कहता है—'अब खिलेगा फूल अंग्रेजी का नहीं, हिन्दी का।' लगता है, नाटक ने जान-बूझकर पौराणिक परिवेश की भ्रान्ति को तोड़ा है और अपने आधुनिक-युगीन कथ्य की ओर दर्शकों का समग्र ध्यान आकृष्ट करने का प्रयत्न किया है। 'उत्तर युद्ध' और 'यक्ष प्रश्न' में जो प्रश्न उठाए गए हैं; वे हमारे समय के हैं। जीने के लिए जरूरी है कि आदमी अपने वर्तमान की समस्याओं का सामना करे। किसी भी संकट की घड़ी में या किसी भी आपात्काल में यह सत्य और भी महत्त्वपूर्ण हो जाता है। 'यक्ष प्रश्न' में यही सत्य प्रारम्भ से अन्त तक ध्वनित-प्रतिध्वनित होता है—'वर्तमान को अपने समय का उत्तर देना होगा।....उत्तर भविष्य में नहीं, अभी, अभी वर्तमान में है।....जो अपने समय का उत्तर नहीं देता वह जिन्दा रहने का अधिकारी नहीं।...जो अपने समय का उत्तर स्वयं नहीं देता, उसके लिए वह समय काल हो जाता है।' नाटककार ने इस एकांकी के माध्यम से महत्त्वपूर्ण प्रश्न सामने रखा, पर सम्भवतः प्रतिबन्धित परिवेश ने समय के दाहक प्रश्नों को मूर्त नहीं होने दिया। 'उत्तर युद्ध' में द्रौपदी कोई सत्ता है जो आत्मविश्वासहीन लोगों के बीच खड़ी है—उस सत्ता के कारण पाँचों भाई आपस में बँटते हुए दिखाई पड़ते हैं, पर बाद में उन्हें अनुभव होता है—'युद्ध अनिवार्य है। युद्ध में सारे भाइयों का मिलकर एक होना होगा। एकता के लिए निष्ठा अनिवार्य है। द्रौपदी वही एकनिष्ठा है।' नाटक के अन्त में लगता है कि दुःशासन द्रौपदी का अपहरण करता चला जा रहा है, और वह चीख रही है। वह चीख आज भी हमारे कानों में सुनाई पड़ती है—द्रौपदी की रक्षा शक्ति, एकता, निष्ठा, भक्ति और प्रेम से की जा सकती है। इन दोनों नाटकों में पर्याप्त सांकेतिकता है। परिवेश किस प्रकार साहित्य में मिथक के प्रयोग और प्रयोजन को निर्दिष्ट कर सकता है, इसे यहाँ देखा जा सकता है। लक्ष्मीनारायण लाल के सभी एकांकी नाटकों की विशेषता है कि वे रंगमंच से बड़े गहरे रूप में जुड़े हुए हैं। इसी से प्रयोगों के बावजूद उनकी बोधगम्यता में कोई कमी नहीं आती। डॉ. लाल के अन्य एकांकी हैं—'अखबार', 'परिचय', 'शहर', 'अप्रासंगिक', 'खेल, 'एक घंटा', 'नहीं', और 'क्रिकेट'। इनमें समसामयिक जीवन की विसंगतियों को युवा पीढ़ी की दिशाहीनता और असन्तोष को विशेष रूप से चित्रित किया गया है। शिल्प की दृष्टि से इनमें पर्याप्त वैविध्य है, पर नयी अभिव्यक्ति

भंगिमा सबमें दीखती हैं।

सुरेन्द्र वर्मा ने बड़े नाटकों के साथ-साथ कुछ अच्छे एकांकी भी लिखे हैं। उनके संकलन 'नींद क्यों रात-भर नहीं आती' में संकलित एकांकी हैं—'शनिवार के दो बजे', 'वे नाक से बोलते हैं', 'हरी घास पर घंटे-भर', 'मरणोपरान्त', 'नींद क्यों रात-भर नहीं आती', तथा 'हिडोल इंगुर'। इनमें हमारे मध्यवर्गीय समाज की विसंगतियों और दर्द को तीखेपन के साथ उभारा गया है। रंगमंच से निकट परिचय के कारण ये एकांकी काफी सफल बन पड़े हैं।

अज्ञात के पाँच एकांकी उनके संकलन 'तूफान की जिन्दगी' में आए हैं—'तूफान की जिन्दगी' जो एक लघुनाट्य है, 'अपना-अपना समाजवाद', 'लौहपुरुष और धरा सुन्दरी' जो एक वैज्ञानिक फैंटेसी है, 'हिमालय की पुकार', और 'घाटियाँ गूँज उठीं'। अन्तिम दो नाटक भारत-चीन और भारत-पाकिस्तान संघर्ष की पृष्ठभूमि पर लिखे गए हैं। अज्ञात की रचनाएँ सरल गतिवाले अभिनेय एकांकी हैं। 'चलते सिक्के' में संकलित बहुत पहले (1942-59) के हैं, पर इनका प्रकाशन 1981 में हुआ है। इनमें कोई वैशिष्ट्य नहीं दीखता।

सत्यप्रकाश संगर के संकलन 'दामाद का चुनाव' में तीन एकांकी हैं—'दामाद का चुनाव', 'कठघरे में', और 'नारद भारत में'। इनमें हमारे उस वर्तमान राजनीतिक और सामाजिक जीवन का चित्र है जिसमें नैतिक मूल्यों का विघटन हो गया है, स्वार्थ सर्वोपरि है, राजनीतिक नेता और व्यापारी सभी अपने व्यक्तिगत हित के लिए लोगों को लूटने में लगे हैं। संगर के एकांकी नाटकों में जो चित्रण हुआ है, वह रोचक है, व्यंग्यपूर्ण है, लेकिन नाट्यकला की दृष्टि से ये रचनाएँ विचारणीय हैं। जीवन के कच्चे माल को यथातथ्य प्रस्तुत कर देना नाटक नहीं है। प्रस्तुत नाटकों में यथातथ्यता तो है, नाटकीयता नहीं। लगता है, संवादों के माध्यम से लेखक ने कुछ सामयिक सन्दर्भों को प्रस्तुत कर दिया है और नाट्य-विधा की विशिष्टता का उपयोग कम किया है।

'तीन आयाम' में रामकृष्ण कौशल के तीन एकांकी संकलित हैं—'सत्याग्रह', 'इकाई', और 'नर्तकी'। पहले नाटक में औद्योगिक विकास के लिए मालिक और मजदूर के तनावपूर्ण सम्बन्धों का समाधान उदारवादी नीति से देने का प्रयत्न किया गया है। दूसरे नाटक में साम्प्रदायिक वैमनस्य का दुष्परिणाम दिखलाते हुए गांधीवादी विचारधारा द्वारा उसे सुधारने का संकेत किया गया है। तीसरे नाटक में उन जड़ नैतिक मान्यताओं को उदारता से देखने का प्रयत्न किया गया है जो नर्तकी बन जानेवाली नारियों की उपेक्षा और घृणा की दृष्टि से देखती रही हैं। 'नर्तकी' एक प्रकार से पतितोद्धार का नाटक है। कौशल के तीनों एकांकी सोद्देश्यतावादी हैं, इसी से वस्तु-विन्यास एक विशेष दृष्टि से हुआ है—नाटक पूर्वनिश्चित अन्त की ओर चलते हैं। कथानक में नाटकीयता और रोचकता का ध्यान अवश्य ही रखा गया है। नाटकों में बड़े-बड़े संवाद आए हैं जिनसे कार्य-व्यापार की गति धीमी पड़ती है। इनमें प्रचलित शिल्पविधान ही प्रयुक्त हुआ है।

सुरेशचन्द्र शुक्ल 'चन्द्र' के एकांकी संग्रह 'स्वप्न का सत्य' और 'टूटते हुए' में

इनके अनेक एकांकी संकलित हैं—'स्वप्न का सत्य', 'बहुरूपिये', 'गिरने का योग', 'दृष्टिकोण', 'हम का जनाजा', 'कायाकल्प', 'शादी का मजाक', 'युद्ध-विराम', 'तीन पत्ते', 'बढ़ते चरण', 'टूटते हुए', 'मुखौटे', और 'सही प्रतिनिधि का चुनाव' आदि। 'तीन पत्ते' और 'बढ़ते चरण' को नाटककार ने 'स्ट्रीट प्ले' कहा है। एक पृष्ठ के 'सही प्रतिनिधि का चुनाव' को गलियारा नाटक कहा गया है। 'नींद का चक्कर' और 'नयी पौध' बाल-एकांकी हैं। चन्द्र के कुछ एकांकी नाटकों से लगता है कि नवीनता के प्रति उनकी रुचि है, पर उनके अधिकांश एकांकी पुराने ढंग के ही हैं। इन नाटकों में आधुनिक जीवन की समस्याओं और विसंगतियों को चित्रित करने का विशेष आग्रह है—स्वप्न, ज्योतिष आदि से सम्बन्धित अन्धविश्वास, उच्च मूल्यों का व्यावसायिकता द्वारा खंडित होना, नये युग की कृत्रिमता, मेकअप, चुस्त पोशाक आदि, सरल लोगों को ठगने के प्रयत्न, लोगों की बढ़ती हुई स्वार्थपरता आदि। चन्द्र अपने जमाने की दाहक स्थितियों के प्रति सजग हैं और उन्होंने अपनी सोद्देश्यतामूलक प्रतिक्रियाओं को अपने नाटकों में व्यक्त किया है। अधिकांश एकांकी सरल गति के हैं, यद्यपि कहीं-कहीं चमत्कार-सृष्टि के प्रयत्न अवश्य ही किए गए हैं। नाटककार का उद्देश्य और कथ्य संवादों के माध्यम से स्पष्टतः प्रस्तुत हुआ है। अनेक स्थलों पर अतिरंजित कार्य-व्यापार परिलक्षित होते हैं।

'एक जिन्दगी बनजारा' में शैल रस्तोगी के निम्नांकित एकांकी संकलित हैं—'एक जिन्दगी बनजारा', 'अन्धेरा...और अन्धेरा', 'एक समुन्दर गहरा-सा' 'पर्वत से गिरा एक मन', 'तूफान और शहनाइयाँ', 'सूली पर चढ़ा एक और मसीहा', 'अलविदा', 'मेरे दोस्तो', 'ओ रे ओ सहयात्री', तथा '...और एक नया सूरज'। ये सभी एकांकी मूलतः पारिवारिक पृष्ठभूमि पर लिखे गए हैं और इनमें यथास्थान वर्तमान राजनीतिक और सामाजिक जीवन की झाँकियाँ मिलती चलती हैं। पहले एकांकी में युद्ध के बाद बांगला देश के त्रस्त-विक्षुब्ध जनजीवन की वेदना को मूर्त रूप देने का प्रयत्न किया गया है। अन्य एकांकियों में बढ़ती हुई महँगाई के बोझ से टूटते हुए जनजीवन, नवयुवकों की बेकारी, निराशा, विक्षोभ, आन्दोलन आदि को चित्रित किया गया है। यह सब जीवन की चुनी हुई स्थितियों द्वारा सहज रूप से चित्रित हुआ है, यही इनकी विशेषता है। लेखिका ने इन्हें सदा मानवीय धरातल पर बनाए रखने का प्रयत्न किया है और इसमें उसे सफलता भी मिली है। प्रत्येक एकांकी में कोई एक ही मार्मिक एवं नाटकीय स्थिति ली गई है और स्थान एवं समय का विस्तार नहीं दीखता। कथानक व्यवस्थित है, पात्र मानवीय हैं, संवाद अभिव्यक्ति में सक्षम हैं।

गिरिराज किशोर ने बड़े नाटकों के अतिरिक्त कुछ एकांकी भी लिखे हैं—'बादशाह गुलाम बेगम', 'हम रोशनी बाँटते हैं', 'दिन रुक गया', और 'कोल डस्ट'। पहला नाटक राजनीति और सत्ता को आधार बनाकर चलता है। ऐसे नाटकों के लेखन-प्रदर्शन में कुछ खतरे होते हैं, फलतः बहुधा प्रतीकात्मक पद्धति का सहारा लिया जाता है। 'बादशाह गुलाम बेगम' में इसी पद्धति का उपयोग किया गया है—ताश के पत्तों के प्रतीकों द्वारा

राजनीतिक जीवन की विसंगतियों को चित्रित किया गया है। इसमें सबकुछ संवादों के माध्यम से कहा जाता है, प्रत्यक्षतः होता नहीं। यह एक प्रकार से समकालीन हिन्दी नाटकों की प्रवृत्तियों में ही एक है कि नाटक घटना-प्रधान या चरित्र-प्रधान न होकर कथ्य-प्रधान हो गया है। इस एकांकी में कोई क्रमबद्ध कथा नहीं है। इसकी शक्ति समय की चेतना की प्रखरता में है, प्रतीकात्मकता में है, भाषा और संवादों की जीवन्तता में है। यही प्रवृत्तियाँ अन्य नाटकों में भी हैं। 'हम रोशनी बाँटते हैं' में आम आदमी के दैनन्दिन जीवन की कठिनाइयों को संवादों के माध्यम से प्रस्तुत किया गया है—दो व्यक्ति राशन के लिए एक 'फेयर प्राइस शॉप' के सामने खड़े उसके खुलने का इन्तजार करते हैं और विभिन्न विषयों पर बातें करते हैं जिनसे बार-बार व्यंग्य का तीखापन उभरता है। 'दिन रुक गया है' में सरकारी दफ्तर के कर्मचारियों की निष्क्रियता और दायित्वहीनता को चित्रित किया गया है। 'कोल डस्ट' में औद्योगिक सभ्यता के स्वार्थबद्ध एवं आत्मकेन्द्रित टूटते हुए मनुष्य की विवश और दयनीय स्थिति चित्रित है। गिरिराज किशोर के एकांकी आधुनिक संवेदना की तीव्रता और शिल्पगत नवीनता के आग्रह के कारण ध्यान आकृष्ट करते हैं। हाँ, 'हगना', 'मूतना', 'बुर' जैसे 'अश्लील' समझे जानेवाले शब्द इनमें बिना किसी संकोच के आए हैं।

लक्ष्मीकान्त वैष्णव के 'नाटक नहीं' में संकलित एकांकी समसामयिक चेतना की व्यंग्यात्मक अभिव्यक्ति करते हैं। ये एकांकी हैं—'नाटक नहीं', 'काँवर', 'खुलना कालेज का', 'सरकारी दफ्तर का एक दिन', 'वे जम्बूद्वीप से चले थे', और 'रिहर्सल'। 'नाटक नहीं' अपेक्षाकृत बड़ा एकांकी है, जिसमें भीख माँगने का पेशा करनेवाले दो चालू आदमियों को मुख्य पात्र बनाकर अपने समाज की अनेक विकृतियों को चित्रित किया गया है। दोनों 'भिखमंगे' स्थान और व्यक्तियों को देखकर अपना ढंग और टोन बदलते हैं, तथा साहित्य, समाज, भ्रष्टाचार आदि पर व्यंग्यात्मक टिप्पणियाँ करते हैं, अन्त में अनुभव करते हैं कि 'माँगने का सर्वश्रेष्ठ तरीका यह है जिसमें पाँच साल में सिर्फ एक बार माँगने निकलना पड़ता है', और दोनों नेता बनकर वोट माँगने निकल पड़ते हैं। नाटककार ने स्थितियों के चुनाव में कुशलता बरती है। संवाद काफी चुभते हुए हैं। 'काँवर' में आज के श्रवणकुमार और उसके बूढ़े अन्धे माँ-बाप के माध्यम से परिवर्तित मूल्यों और सम्बन्धों पर व्यंग्य किया गया है। 'खुलना कालेज का' में वर्तमान शिक्षा-व्यवस्था पर व्यंग्य है। 'सरकारी दफ्तर का एक दिन' में दिन भर दफ्तर में कोई काम न करनेवालों का चित्र है। 'वे जम्बूद्वीप से चले गये थे' में भारतीय मानसिकता की दुर्बलता पर हँसने का प्रयत्न है। लक्ष्मीकान्त वैष्णव की रचनाओं में 'नाटक नहीं' और 'काँवर' विशिष्ट दीखते हैं।

सरजू प्रसाद मिश्र के प्रकाशित संकलन में ये एकांकी आए हैं—'ऊँचे मकानोंवाली गली', 'दूध पीती लड़की', 'घोस्ट राइटर', 'एक बॉस की मौत', 'बरसात अभी जारी है', और 'पाँच दिन'। 'ऊँचे मकानोंवाली गली' में गली की सफाई करनेवाले जमादार तथा गली में रहनेवाले कुछ व्यक्तियों के माध्यम से सामाजिक विकृतियों को बड़े

प्रभावशाली रूप में चित्रित किया गया है। नाटक में परम्परागत दृष्टि से कोई सुगठित कथा तो नहीं है, पर अपने में यह एक व्यवस्थित रचना है जिसमें स्थितियों का चुनाव और उनकी प्रस्तुति में कलात्मकता दीखती है। जब जमादार प्रारम्भ में कहता है, 'पैंतीस सालों से मैं इस गली में झाड़ू लगा रहा हूँ, लेकिन गन्दगी ज्यों-की-त्यों सदाबहार है।' और अन्त में टिप्पणी करता है, 'इस मुहल्ले में मर्द नहीं रहते हैं। एक नौजवान की जान जा रही है, एक लड़की की अस्मत लूटी जा रही है, लेकिन सब सन्नाटा खींचे हुए हैं। गली में लाश पड़ी हुई है और गली के बाशिन्दे अन्धे और बहरे हो गए हैं।' तब देश के व्यापक सन्दर्भ में नाटक की प्रतीकात्मकता उभर आती है। प्रारम्भ में जमादार द्वारा पात्रों का परिचय कराकर उससे सूत्रधार का काम लेना नाटककार की प्रयोगशील चेतना का परिचायक है। अपने समग्र रूप में यह एक प्रभावशाली एकांकी है। 'दूध पीती लड़की' में मुख्यतः नारी जीवन से सम्बन्धित प्रेम, अवांछित विवाह, असन्तोष आदि को अभिव्यक्त किया गया है। यही बात दूसरे रूप में 'एक बॉस की मौत' में भी आई है। विषय नया नहीं है, पर प्रस्तुति-शिल्प के कारण एकांकी में नवीनता आई है। 'घोस्ट राइटर' में शिक्षा एवं प्रकाशन के क्षेत्र की भ्रष्ट स्थिति को चित्रित किया गया है। 'बरसात जारी है' में एक शहरी प्रोफेसर और एक देहाती को आमने-सामने रखकर दोनों की मनःस्थितियों को चित्रित करने का कलात्मक प्रयोग लेखक ने किया है। यों सामाजिक विसंगतियों पर भी उसका ध्यान रहा है। 'पाँच दिन' राजनीति से जुड़ा बड़ा प्रभावशाली प्रतीकात्मक नाटक है जिसमें दिखलाया गया है कि कहीं से चिट्ठी लाकर कुछ व्यक्ति 'भारत निवास' के कमरों में पाँच वर्षों के लिए मौज मनाने चले आते हैं। सरजू प्रसाद मिश्र के ये समसामयिक चेतनावाले एकांकी प्रयोगशीलता के कारण प्रशसनीय हैं।

देवराज पथिक के प्रकाशित तीन संग्रहों में निम्नांकित एकांकी हैं—'मुसीबत', 'अन्तर्ध्वनि', 'गिरगिट', 'चमड़ी', 'नौकरी', 'बाज आए नकल से', 'स्वर्ग का सिंहासन', 'यह हिन्दुस्तान है', 'चांस', 'उसका भूगोल', 'जली हुई रस्सी', 'तीन कपड़े', 'खोटा सिक्का : खरा सिक्का', 'उज्जैनी का द्रोणाचार्य', 'खुले-बन्द कमरे में', 'पैसा हो रही है', 'गिनती हो रही है', 'जलसा', 'जज साहब बैठे हैं', 'भीतरी इनसान', 'टूटती सीमाएँ', और 'शब्दों के हाशिये'। इन नाटकों का विषय क्षेत्र बहुत व्यापक है। लेखक का ध्यान समसामयिक जीवन एवं समाज में दीख पड़नेवाली लगभग सभी विद्रूपताओं की ओर गया है—सामाजिक एवं आर्थिक विषमताएँ, टूटती पारिवारिक व्यवस्था, शिक्षा जगत में व्याप्त अनचाही स्थितियाँ, न्याय व्यवस्था के दोष, खंडित होते मानवीय सम्बन्ध आदि। इन सबको कलात्मक रूप से प्रस्तुत करने का प्रयत्न एकांकीकार ने किया है। उसका ध्यान असामंजस्यपूर्ण स्थितियों की ओर रहा है, जैसे, अधिकारी कोई गलत काम करता है तो वह अपराध नहीं है, पर वही अगर अधीनस्थ कर्मचारी करे तो वह अपराध हो जाता है या अपनी बेटी के कहने पर दामाद अपने माँ-बाप से अलग हो जाए तो यह प्रशंसनीय कार्य है, पर बहू के कहने पर अपना पुत्र ऐसा कुछ सोचे तो निन्दनीय

स्थिति है। ऐसी स्थितियाँ जिन नाटकों में हैं, वे प्रभावशाली बन पड़ी हैं। संवाद-शैली सर्वत्र विषयानुरूप और नाटकीय है। लगभग सबके कथानक सामान्यतः सरल गति के हैं, पर उनमें आकर्षण बना रहता है। लेखक रचना की सोद्देश्यता में विश्वास करता है। समाज एवं राष्ट्र के प्रति लेखक का जो स्वस्थ दृष्टिकोण है उसी से ये एकांकी नाटक निर्दिष्ट हुए हैं।

राधाकृष्ण सहाय रंगकर्म से जुड़े सामाजिक चेतना के सजग नाटककार हैं। इनके एकांकी हैं—'ओ कलाकार', 'एक हड़का हुआ कुत्ता', 'सोच रही हूँ', 'और जिन्दगी', तथा 'हे मातृभूमि'। 'ओ कलाकार' में मॉडर्न चेतना की डींग हाँकनेवाले लोगों पर व्यंग्य है—कुत्ते की दुम से पुत कर विकृत हुआ चित्र प्रतियोगिता में सर्वश्रेष्ठ घोषित हो जाता है। कथानक कुछ गढ़ा हुआ-सा लगता है, यों स्थितियों को स्वाभाविक बनाए रखने का प्रयत्न सर्वत्र किया गया है। छोटी सी बात को बड़े से प्रसंग में बदलने के आग्रह के कारण प्रारम्भ में अनावश्यक विस्तार जैसा लगता है। फिर भी यह व्यंग्यात्मक नाटक रोचक है। 'एक हड़का हुआ कुत्ता' सामाजिक चेतना का सशक्त नाटक है जिसमें पुलिस अत्याचार के लिखाफ लड़ते हुए युवा वर्ग की संघर्ष चेतना चित्रित है। नाटक में प्रारम्भ से अन्त तक आकर्षण बना रहता है। 'सोच रही हूँ' में तिलक-दहेज के विरुद्ध आवाज उठाती शिक्षित नारी की विद्रोह भावना अभिव्यक्त हुई है। 'और जिन्दगी' में पुलिस अत्याचार के विरुद्ध सामान्य जन का आक्रोश है। 'हे मातृभूमि' देश की सुरक्षा के विरुद्ध षड्यन्त्र में संलग्न सरकारी और गैर-सरकारी तन्त्र को बेनकाब करने का प्रयत्न किया गया है। अन्तिम दोनों नाटक नुक्कड़ नाटक के रूप में प्रभावशाली रूप में प्रस्तुत किए जा सकते हैं। लेखक ने ऐसा संकेत दिया है। सभी नाटक लेखक की रंगचेतना का परिचय देते हैं।

सियाराम शरण प्रसाद के—'कौन विश्वास करेगा', 'भ्रम की दीवार', और 'पूजा के फूल' एकांकी संग्रह पहले प्रकाशित हुए थे। समीक्ष्य अवधि में इनके संकलन प्रकाशित हुए हैं—'सुरक्षा का दुर्गा', 'बुद्धं शरणं गच्छामि', और 'मन्दिर के प्रेत'। प्रसादजी ने ऐतिहासिक, पौराणिक, सामाजिक आदि सभी विषयों के एकांकी नाटक लिखे हैं। 'स्वप्नों के रंग', और 'पर्दा गिरा-पर्दा उठा' जैसे जीवन चरितात्मक एकांकी भी इन्होंने लिखे हैं। नये एकांकी नाटकों में आधुनिक जीवन के तिक्त अनुभव, भौतिकता के दबाव से टूटते आपसी सम्बन्ध, विभिन्न क्षेत्रों के व्याप्त भ्रष्टाचार आदि विशेष रूप से व्यक्त हुए हैं। लेखक का आदर्शवादी दृष्टिकोण रचनाओं में स्पष्टतः दीखता है। ये एकांकी परम्परागत शिल्पविधान को आधार बनाकर ही चलते हैं।

शान्ति महरोत्रा के एकांकी हैं—'सर्पदंश', 'किसी का इन्तजार नहीं', 'एक थी मौसी', 'अपने-अपने दायरे', 'आतंक', 'तीसरा हिस्सा', तथा 'एक और दिन'। अस्पतालों में बहुत कुछ होता है, सिर्फ इलाज नहीं होता, इसका रोचक चित्र 'सर्पदंश' में खींचा गया है। 'किसी का इन्तजार नहीं' में वृद्धावस्था के एकाकीपन और विवशता की व्यथा अंकित है। 'एक थी मौसी' मुख्यतः हास्य का नाटक है। 'अपने-अपने दायरे

में' युवा पीढ़ी का चित्र है। 'आतंक' बहुत अच्छा व्यंग्यात्मक नाटक है जिसमें लोग दहेज के लिए बहू को जलाते हैं और फिर उस पर दुःख मनाते हैं। सामाजिक विसंगतियों पर आघात करनेवाला एकांकी है 'तीसरा हिस्सा'। 'एक और दिन' में पारिवारिक जीवन में पड़नेवाली दरारों की ओर संकेत किया गया है। ये सभी नाटक सहज गति के हैं। ध्यान रखा गया है कि इनमें अन्त तक आकर्षण बना रहे।

कन्नड़-भाषी हरिजीत के एकांकी हैं—'मन्दिर की नींव', 'शैतान की यात्रा' (ये दोनों एकांकी भारत-चीन और भारत-पाकिस्तान युद्ध से सम्बन्ध रखते हैं), 'हिम मानव' (रेडियो फैंटेसी), 'ज्वार-भाटा' (वेश्यावृत्ति से सम्बन्धित), और 'गदा युद्ध'। अन्तिम नाटक पौराणिक है, शेष आधुनिक युग से सम्बन्ध रखते हैं। ये एकांकी काफी अच्छे हैं, पर इनमें कोई शिल्पगत विशिष्टता नहीं दिखलाई पड़ती है। 'इनसानियत जिन्दाबाद' में रामचरण महेन्द्र के छोटे-छोटे सोलह एकांकी संकलित हैं। इन नाटकों का शिल्प सोद्देश्यता के आग्रह से ही निर्दिष्ट हुआ है। रामकिशोर मेहता ने अपने संकलन : 'प्रजातन्त्र का चौथा पाया' में अपने छह एकांकी नाटकों में व्यंग्यात्मक ढंग से आज की अनचाही स्थितियों को चित्रित किया है। अमरनाथ चौधरी 'अब्जा' के संकलन 'इन्द्रधनुष' के छोटे-छोटे सात एकांकी नाटकों में भी समसामयिक चेतना ही अभिव्यक्ति हुई है।

आधुनिक जीवन की विसंगतियों को आधार बनाकर अनेक हास्य एकांकी लिखे गए हैं। इनमें उल्लेख्य हैं—अमृतलाल नागर के एकांकी (जो मूलतः रेडियो के लिखे गए थे) 'बाँकेमल फिर आ गए', 'अबीर गुलाल', 'प्रेमी की चकल्लस', 'मुफलिस का रेडियो', और 'बात की बात'; शंकर पुणताम्बेकर के 'बचाओ, मुझे डाक्टरों से बचाओ', और 'बचाओ, मुझे कवियों से बचाओ'; स्वदेश कुमार के 'मेरे इक्कीस हास्य-एकांकी'; जितेन्द्र सहाय के 'बगल का किरायेदार', और 'एक पर एक' संग्रहों के एकांकी; के.पी. सक्सेना के 'बाप रे बाप' और राजेन्द्र कुमार शर्मा के 'स्वर्ग का पासपोर्ट' के नाटक आदि।

नये जीवन, सम्बन्धों और प्रेम को आधार बनाकर जो कुछ प्रभावशाली एकांकी लिखे गए हैं उनमें प्रसिद्ध रचनाकार विष्णु प्रभाकर के एकांकी 'साँकलें' (कल्पना-174) का उल्लेख किया जा सकता है। तीन दृश्यों के इस एकांकी में विवाह और प्रेम से सम्बन्धित पात्रों के जीवन में कई मोड़ आए हैं। नाटक के मूल में लेखक का आदर्शवादी दृष्टिकोण काम करता है। कथानक सुसंगठित है। इसका शिल्प विष्णु प्रभाकर के पहले के एकांकी नाटकों की ही तरह है। ओमप्रकाश दीपक का एकांकी 'हीरो—एक नकली मूँछ' (कल्पना—176) भी स्त्री-पुरुष के नये सम्बन्धों पर आधारित है। अनेक दृश्य वाला यह एकांकी आज के कृत्रिम प्रेम पर व्यंग्य करता है। नाटक का शिल्प रचनाकार के कथ्य को प्रभावशाली रूप में प्रस्तुत करता है।

प्रयोगात्मक रूप में जो अन्यान्य एकांकी लिखे गए हैं, उनका भी उल्लेख किया जा सकता है। लक्ष्मीकान्त वर्मा की प्रवृत्ति नये प्रयोगों की ओर सदा रही है, और इस दिशा में उनके उल्लेख्य एकांकी नाटक हैं—'अपना-अपना जूता' (क ख ग—5), और 'तीसरा

आदमी' (कल्पना–201)। 'अपना-अपना जूता' एक कथाविहीन एकांकी है। इसमें अनेक पात्र हैं–शराबी, तमंचावाला, थैलीवाला, डिगी, डिगा, कांसटेबिल, पगला साहब और नेपथ्य की आवाज। इसमें सामाजिक जीवन पर अनेक व्यंग्योक्तियाँ आई हैं जो काफी चुभनेवाली हैं। नाटक में कार्य-व्यापार भी बहुत है, और ये सब इस प्रकार प्रस्तुत किए जाते हैं कि नाटककार का कथ्य उनमें उलझकर रह जाता है, स्पष्टतः कुछ सामने नहीं आ पाता। अनेक स्थलों पर लगता है कि जान-बूझकर चमत्कार-सृष्टि का प्रयत्न किया गया है। इसमें विभिन्न प्रकार के संवाद हैं, अनेक शब्द हैं, अधूरे वाक्य हैं, कहीं तुकान्तता है, कहीं कविता है। इन सभी तत्त्वों के कारण नाटक में आकर्षण बना रहता है–लगता है कि कुछ हो रहा है या कुछ होगा, पर किसी नाटक से कोई निश्चित प्रभावसृष्टि होनी चाहिए, वह इससे हो पाती है, ऐसा नहीं कहा जा सकता। 'तीसरा आदमी' में चमत्कार-सृष्टि का प्रयत्न कम है। यह एकांकी बहुत बिखरकर नहीं चलता, कुछ व्यवस्थित होकर चलता है। इसके पात्र हैं–पहला, दूसरा, पोस्टमैन, मोना, केतु और पुलिस। नाटक से आज के जीवन के आपसी अविश्वास, स्वार्थपरता आदि की व्यंजना होती है। तीसरे की अनुपस्थिति और उसका बार-बार उल्लेख किए जाने से नाटक में रहस्य का एक वातावरण बना रहता है। यह एकांकी भी उतना प्रभावशाली नहीं बन पाता जितना इन प्रयोगों के बाद लिखा गया लक्ष्मीकांत वर्मा का कथाविहीन, पूर्णकालिक 'रोशनी एक नदी है' नाटक बन पड़ा है। 'चिन्दी मास्टर' में संकलित राजेश जैन के एकांकी 'व्याकरण' में भी प्रयोगशीलता है। आर्थिक अभावों से उत्पन्न आज की खरीद-बिक्रीवाली संस्कृति पर चोट करनेवाला यह एकांकी अपनी चेतना एवं शिल्प, दोनों दृष्टियों से आकर्षक एवं प्रभावपूर्ण है। अशोक पागल के 'सागरतट की नदी' और 'कैनवस की मौत' रंगदृष्टि सम्पन्न विचार-प्रधान एकांकी हैं।

प्रसिद्ध एकांकीकार रामकुमार वर्मा ने अपने कुछ नये एकांकी नाटकों में नये शिल्प का आग्रह दिखलाया है। उदाहरण के लिए, सामाजिक व्यंग्य एकांकी 'साँप' (धर्मयुग, 18 जनवरी 1970) में पहले के एकांकियों की तरह का कार्य-कारण-सम्बन्ध में बँधा हुआ, क्रमशः विकसित कार्य-व्यापारों का वस्तु विन्यास नहीं है। इसमें एक ग्रामीण युवती को ठगने के लिए प्रयत्न में लगे विभिन्न व्यक्तियों के चित्र हैं जिन पर नाटक के पात्र 'नाटककार' और 'इतिहासकार' टिप्पणी करते चलते हैं। इस पद्धति के व्यवहार और साँप की प्रतीकात्मकता के कारण नाटक काफी प्रभावशाली बन पड़ा है। शम्भूनाथ सिंह का एकांकी 'दीवार की वापसी' (कल्पना–180) एक अच्छी प्रयोगशील रचना है। मुख्य पात्र का परिचय देते हुए नाटककार कहता है–'उसका नाम हटाइए, उसका नाम जानकर क्या होगा ? सभी मध्यवर्गीय नौकरीपेशा लोगों की तरह वह भी समय और कायदे-कानून का पाबन्द एक सामान्य व्यक्ति है। इसीलिए वह 'क' है। इसी प्रकार सभी सामान्य पात्र हैं। एक पतला-सा कथासूत्र जोड़कर नाटककार ने दिखलाया है कि हमारे समाज के लोगों के असली चेहरे किस प्रकार पशुओं (भेड़, गीदड़, गधा, लोमड़ी आदि) के हैं। इसे एकांकीकार ने अतिरंजित स्थितियों और मुखौटों के माध्यम से प्रस्तुत किया

है। प्रयोगशीलता की दृष्टि से कुछ और एकांकियों के नाम लिये जा सकते हैं—कुँवर अजयसिंह लिखित 'कुहनी की हड्डी' और सुरेशकुमार वर्मा का 'प्रेमी और प्रेमी' (ज्ञानोदय, जुलाई 1966); सुरेशचन्द्र शुक्ल 'चन्द्र' के एकांकी 'टूटते हुए' और 'मुखौटे'; सिद्धनाथ कुमार के नाटक 'चेहरे और चेहरे', 'आदमी है, नहीं है' आदि; शान्ति महरोत्रा का 'एक और दिन'; राजकमल चौधरी का 'भग्नस्तूप का एक अक्षय स्तम्भ' आदि।

एकांकी की एक और दिशा : नुक्कड़ नाटक

पिछले दो दशकों में जनचेतना से जुड़े लघु नाटक बड़ी संख्या में सामने आए हैं। इन्हें 'स्ट्रीट प्ले', 'मंचमुक्त नाटक', 'चौराहा नाटक', 'नुक्कड़ नाटक' आदि कई नाम दिए गए हैं, पर 'नुक्कड़ नाटक' नाम ही अधिक प्रचलित और सर्वमान्य हुआ है। इसकी लघु रूप-रेखा और प्रस्तुति-पद्धति को देखते हुए इसे एकांकी के अन्तर्गत बड़ी आसानी से परिगणित किया जा सकता है। व्यावहारिक दृष्टि से अपने प्रदर्शनों के कारण यह नाट्य-रूप बहुत लोकप्रिय हुआ है और नाट्यालोचन के क्षेत्र में इस पर चर्चाएँ भी शुरू हो गई हैं। इसके स्वतन्त्र अस्तित्व का प्रश्न भी उठाया गया है। एक लेखक का विचार है—'नुक्कड़ नाटक न एकांकी है, न प्रहसन और न ही विदेशों में प्रचलित प्लेलेट या स्किट या हेनिंग। इसका रूप इन सबों से भिन्न है।' ('नाटक से नुक्कड़ नाटक तक', जन संस्कृति मंच, भागलपुर, 1988, में उदय) लेखक ने तर्क दिया है—'एकांकी में चरित्र-निर्माण के साथ-साथ कथा के रूप में एक सुविकसित कथानक भी होता है। एकांकी पूर्ण नाटक की तुलना में जीवन की कोई एक महत्त्वपूर्ण घटना, अनुभव या चित्र उपस्थित करता है। साथ ही, काल, स्थान और कार्य-व्यापार की एकता को बनाए रखते हुए अपने सशक्त, सजीव, संक्षिप्त एवं प्रभावोत्पादक संवादों के जरिए अपना एक अलग स्थान बनाता है।' एकांकी के विकास क्रम का विवेचन करते हुए हम यह देख चुके हैं कि एकांकी में अब कथानक के बन्धन ढीले पड़ गए हैं, मानवीय चरित्रांकन अनिवार्य नहीं रह गया है, अन्विति-त्रय के बन्धन भी टूट चुके हैं। ऐसी स्थिति में नुक्कड़ नाटक को एकांकी मानने में कोई कठिनाई नहीं होनी चाहिए। अपने कथ्य की प्रभावशाली अभिव्यक्ति के लिए परम्परागत एकांकी ने अनेक बन्धनों को तोड़ा है—यथार्थवादी रंगमंच की सीमाओं को जब उसने तोड़ा तो उसे प्रयोगशील कहा गया और जब जनचेतना की अभिव्यक्ति करता हुआ व्यापक जनसमुदाय से जुड़ने के लिए सड़क पर उतर आया, तब उसे नुक्कड़ नाटक कहा गया। इसे नाटक की बिलकुल नयी प्रवृत्ति भी नहीं कहा जा सकता। नाटक जनसमुदाय की कला है। जनसमुदाय के बीच से ही इसका जन्म हुआ था—उस समय दर्शक-अभिनेता परस्पर-सम्बद्ध थे। लोकनाटकों में यह प्रवृत्ति सदैव बनी रही, पर शिष्ट नाटक में दर्शकों और अभिनेताओं के बीच की दूरी बढ़ती गई। आधुनिक युग में पश्चिम में और अपने यहाँ भी नाटक को दर्शकों से जोड़ने के लिए रचनाकार और रंगकर्मी कई तरह के प्रयोग करते रहे हैं।

उधर लोक नाटक की परम्परा से जुड़ते हुए उन्होंने नाटक को उसकी प्रकृत भूमि पर लाने का सफल प्रयास किया है। परिणामस्वरूप जो नाट्य-रूप सामने आया है, वह है नुक्कड़ नाटक।

इस बात की चर्चा पहले की जा चुकी है कि स्वाधीनता प्राप्ति के साथ जनमानस में जो सुख-समृद्धि के सपने जागे थे उनका टूटना एक दशक के बाद ही प्रारम्भ हो गया और सातवें दशक तक आते-आते तो जनसमुदाय का पूरी तरह मोहभंग हो गया। समाज का बहुत बड़ा वर्ग आजादी के बाद भी शोषण-उत्पीड़न का अनुभव करता रहा, उसके भीतर असन्तोष और आक्रोश पनपने लगा। इन सबकी अभिव्यक्ति छोटे-बड़े अनेकानेक हिन्दी नाटकों में हुई है। प्रगतिशील चेतना के रचनाकारों और रंगकर्मियों, वादबद्ध और वादमुक्त दोनों ही प्रकार के, ने अनुभव किया कि अन्याय, शोषण और अत्याचार के विरुद्ध जनसमुदाय को जागरूक बनाने का सशक्त साधन नुक्कड़ नाटक बन सकता है। ऐसा नाटक स्वभावतः सत्ता एवं व्यवस्था के विरोध का होगा। जागरूक लोगों ने अनुभव किया कि ऐसे नाटकों को आकाशवाणी और दूरदर्शन का मंच नहीं मिल सकता, दूसरी ओर प्रेक्षागृहों के व्ययसाध्य प्रदर्शनों की अपनी सीमाएँ हैं और वह व्यापक जनसमुदाय तक पहुँच भी नहीं सकता। ऐसी स्थिति में विरोध एवं प्रतिकार का नाटक वही हो सकता है जो गली में, सड़क पर, नुक्कड़ पर, चौराहे पर, पार्क और स्कूल में, किसी भी कालोनी में, दफ्तर और कारखानों के समाने, गाँवों और शहरों के किसी भी खुले स्थान पर बिना किसी ताम-झाम के, बिना किसी विशेष खर्च के प्रदर्शित किया जा सके। ऐसा नाटक ही नुक्कड़ नाटक है। पंजाब, बंगाल, आन्ध्र प्रदेश, बिहार, उत्तर प्रदेश, मध्य प्रदेश आदि विभिन्न राज्यों में विभिन्न भाषाओं और बोलियों में नुक्कड़ नाटक लिखे और खेले जाने लगे। ये नाटक प्रदर्शन-अवधि की दृष्टि से हमेशा संक्षिप्त ही रहे। हिन्दी में भी ऐसे नाटक बड़ी संख्या में सामने आए।

हिन्दी के नुक्कड़ नाटकों की संख्या बहुत बड़ी है। प्रगतिशील चेतनावाले देशी-विदेशी रचनाओं के नाट्य-रूपान्तर भी हुए, दूसरी भाषाओं के नुक्कड़ नाटकों के अनुवाद भी हुए और मौलिक नाटक भी लिखे गए। कुछ नाटकों का उल्लेख यहाँ किया जा सकता है : प्रेमचन्द की कहानी 'सवा सेर गेहूँ' के दो नाट्य-रूपान्तर (राजेश कुमार); चेखव के 'गिरगिट' का नाट्य-रूपान्तर (रमेश उपाध्याय); 'जनता पागल हो गयी है' (शिवराम); 'बेचू का बकरा' (तड़ित कुमार); 'हरिजन दहन' (1. अवशेध, 2. रमेश उपाध्याय); राजेश कुमार के नाटक 'रोशनी', 'क्रेन', 'जिन्दाबाद-मुर्दाबाद', 'जनतन्त्र के मुर्गे', 'हमें बोलने दो', और 'सुजाता मायने पैसा', 'मन्थन' (बसन्त कुमार); 'हे मातृभूमि' (राधाकृष्ण सहाय); 'हल्ला बोल' (सफदर हाशमी); जन नाट्य-मंच, दिल्ली द्वारा प्रस्तुत 'हत्यारे', 'मशीन', 'समरथ को नहिं दोस गुसाईं', 'पुलिसचरित्रम', 'राजा का बाजा', 'औरत' आदि। पंजाबी के गुरुशरण सिंह के 'तमाशा', 'जंगीराम की हवेली', 'इन्कलाब जिन्दाबाद', 'कर्फ्यू', 'हर एक को जीने का हक चाहिए', 'एक मोर्चा', 'इक्कीसवीं सदी' आदि भी हिन्दी में प्रदर्शित हुए है। जिस बड़ी संख्या में नुक्कड़ नाटक लिखे-खेले गए

हैं, उसे देखते हुए यह सूची बहुत छोटी है।

विषय की दृष्टि से बड़े जनसमुदाय के जीवन को सन्त्रस्त और विक्षुब्ध करनेवाली इस देश की कोई ऐसी समस्या नहीं है जो इन नाटकों में नहीं आई हो—भूख, गरीबी, बेरोजगारी, किसानों-मजदूरों का शोषण, पुलिस द्वारा अत्याचार और ज्यादती, राजनीतिक नेताओं के कुत्सित कार्य, प्रजातन्त्र का विकृत रूप, भाई-भतीजावाद, लालफीताशाही, भ्रष्टाचार के विविध रूप, साम्प्रदायिकता, नगर और गाँव से जुड़ी छोटी-बड़ी अनेकानेक समस्याएँ, दहेज आदि। आम आदमी को परेशान करनेवाली सामाजिक विकृतियाँ और विसंगतियाँ इन नाटकों में चित्रित हुई हैं। इन सबके बावजूद इनका स्वर आशावाद का है। नुक्कड़ नाटक मूलतः सामाजिक-राजनीतिक नाटक है—यह आम आदमी के शोषण-उत्पीड़न का नाटक है, उसकी बेचैनी और परिवर्तन-आकांक्षा का नाटक है, उसकी संघर्ष चेतना का नाटक है। इसका मूल स्वर वही है जो सफदर हाशमी के 'हल्ला बोल' में बार-बार सुनाई पड़ता है—'हर जोर-जुल्म की टक्कर में संघर्ष हमारा नारा है'।

प्रस्तुति की दृष्टि से यह खुले मंच का नाटक है और कहीं भी प्रदर्शित किया जा सकता है। इसका मंच बहुत लचीला है और दृश्य-परिवर्तन आदि की कठिनाइयाँ इसके सामने नहीं आतीं। लोक नाटकों में प्रयुक्त नृत्य, गीत आदि तत्त्व को इसने स्वीकार किया है। कथावाचन की पद्धति भी यथास्थान प्रयुक्त होती है। बँधे-बँधाए रंगमंच पर व्ययसाध्य उपकरणों से अपने को मुक्त रखने का प्रयास किया है। मूलतः यह प्रस्तुतीकरणात्मक पद्धति का नाटक है। वस्तुविन्यास की दृष्टि से किसी नाटक में कथानक रहता है, किसी में नहीं रहता—कथात्मक अन्विति की अपेक्षा इसका अधिक जोर प्रभावात्मक अन्विति पर रहता है। व्यक्ति चरित्र इस नाटक में नहीं आते, वर्ग-चरित्र ही विशेष रूप से आते हैं, कभी-कभी समुदाय ही इसका मुख्य पात्र होता है। भाषा इसकी बोलचाल की होती है—जिन लोगों के लिए इसे प्रस्तुत किया जाता है उसके लिए सहज बोधगम्य। प्रजातन्त्र की जो परिभाषा दी जाती है वह बहुत अंशों तक इस पर लागू होती है—यह नाटक जनता का है, जनता के द्वारा है, जनता के लिए है।

प्रभाव की दृष्टि से बहुत शक्तिसम्पन्न सिद्ध हुआ है। लोगों में लोकप्रिय तो हुआ ही है, जिन लोगों के खिलाफ इसने आवाज उठाई है उन्हें तिलमिला देने की अपनी क्षमता इसने सिद्ध की है। लेखक और रंगकर्मी सफदर हाशमी की हत्या को नुक्कड़ नाटक की शक्ति का प्रमाण कहा जाता है। इसकी लोकप्रियता एवं क्षमता के बावजूद इसकी कुछ दुर्बलताएँ हैं। यह नाट्य-रूप जन-आन्दोलन का साधन बनकर रह गया है। और अधिकांश रचनाओं में प्रचार का स्वर बहुत ऊँचा है। स्थितियों से आशावाद नहीं उभरता, तब भी अन्त आशावादी स्वर के साथ होता है। आरोपित आशावाद इसकी कलात्मक दुर्बलता की ओर संकेत करता है। कुछ उत्कृष्ट रचनाएँ अवश्य ही समाने आई हैं, पर अधिकांश रचनाओं का स्तर बहुत सामान्य है। फिर भी नुक्कड़ नाटक इस बात का संकेत देता है कि जनजीवन से जुड़कर हिन्दी एकांकी किस प्रकार शक्तिसम्पन्न बन सकता है।

निष्कर्ष

आलोच्य अवधि में लिखित हिन्दी एकांकी के सामान्य सर्वेक्षण से स्पष्ट है कि यद्यपि इस अवधि के एकांकियों की संख्या बहुत बड़ी नहीं है, पर इनसे हिन्दी एकांकी की परम्परा विकसित हुई है और वह समृद्ध हुई है। इन एकांकियों के अध्ययन से कुछ बातें सामान्य रूप से सम्मुख आती हैं। विषय की दृष्टि से इन एकांकियों में पर्याप्त वैविध्य है और इनमें समसामयिकता की प्रखर चेतना मिलती है। इस अवधि में भारतीय जनमानस की अपने परिवेश के प्रति सजगता, सभी स्तरों पर सामाजिक जीवन में व्याप्त भ्रष्टाचार के प्रति असन्तोष, विक्षोभ, और निराशा की जो भावना रही, वह हिन्दी एकांकी में अभिव्यक्त है। यह एकांकी-साहित्य स्वाधीनता प्राप्ति के बाद के जनजीवन के मोहभंग का साहित्य है। इसका सबसे प्रखर स्वर नुक्कड़ नाटक में सुनाई पड़ता है, जिसमें मोहभंग से उत्पन्न असन्तोष और विक्षोभ है, साथ ही, सामाजिक परिवर्तन की आकांक्षा से निर्दिष्ट विरोध एवं प्रतिकार की ध्वनि भी है।

इस अवधि में शिल्प की दृष्टि से हिन्दी एकांकी की दो समानान्तर धाराएँ दिखाई पड़ती हैं। जहाँ एक ओर परम्परागत एकांकी शिल्प को स्वीकार करते हुए अनेक उत्कृष्ट एकांकियों की रचना हुई, वहीं दूसरी ओर नवीनता का आग्रह लेकर अनेक जीवन्त प्रयोगशील रचनाएँ भी प्रकाश में आईं। जहाँ एक ओर सुगठित वस्तु-विन्यास, मानवीय चरित्रांकन और सुसम्बद्ध संवाद-योजना के एकांकी लिखे गए, वहीं दूसरी ओर इन सबसे सम्बद्ध नये-नये प्रयोग भी हुए। सामान्य रूप से यह परिलक्षित होता है कि एकांकियों में कथ्य का आग्रह बढ़ता गया है, कथासूत्र क्षीण होता गया है और कुछ नाटकों में तो इसे बिलकुल छोड़ ही दिया गया है। अब यह आवश्यक नहीं रह गया कि नाटक में संघर्ष हो, वस्तु-विन्यास में कार्य-कारण सम्बन्ध हो, कार्य-व्यापारों में गतिशीलता और परिवर्तनशीलता हो, अन्त में कोई चरम सीमा हो, अधिकांश एकांकी स्थिर एवं गतिहीन स्थितियों में पात्रों के संवादों के नाटक हैं। नाटक में आकर्षण बना रहे, इस बात की सजगता अवश्य ही हमेशा बनी रही है। अधिक एकांकी एक ही दृश्य के हैं और जिनमें दृश्य-परिवर्तन हैं, उनमें प्रकाश-व्यवस्था के द्वारा ऐसा करने का निर्देश दिया गया है। नाटकों में प्रतीकात्मकता और सांकेतिकता का प्रयोग विशेष रूप से किया गया है।

नये हिन्दी एकांकी में कुछ व्यक्ति-चरित्र, यहाँ-वहाँ अवश्य ही आए हैं, पर अधिकांश एकांकी व्यक्ति-चरित्र से हटकर समष्टि-चरित्र की ओर आ गए हैं। इन एकांकियों में विशिष्ट-चरित्र नहीं हैं—नामहीन, स्त्री-पुरुष हैं, वैशिष्ट्यहीन सामान्य चरित्र हैं। आज के युग में व्यक्ति-वैशिष्ट्य समाप्त होता जा रहा है, उसी का प्रभाव इन एकांकियों पर है, इनके माध्यम से जैसा यह संकेत किया जा रहा हो ये नाटक किसी एक आदमी के नहीं, अपने वर्ग के किसी के भी हैं, पूरे समाज के हैं। यहाँ भी नाटककार का जोर चरित्रांकन पर नहीं, अपने कथ्य की अभिव्यक्ति पर है।

अत्याधुनिक हिन्दी एकांकियों में संवाद और भाषा-शैली का वैविध्य देखा जा सकता है। उत्तर-प्रत्युत्तर के रूप में लिखित सुसम्बद्ध संवाद भी लिखे गए हैं और अधूरे वाक्यों, विभिन्न प्रकार के शब्द-प्रयोगों आदि के माध्यम से लिखित भावाभिव्यंजक संवाद भी लिखे गए हैं। संवादों की परस्पर क्रमबद्धता आवश्यक नहीं रह गई है। बोलचाल की सरल शब्दावली मे नयी भंगिमाएँ देकर उन्हें नाटकीय बनाया गया है। कार्य-व्यापार, भाव-भंगिमा, रंग-उपकरण आदि भी अभिव्यक्ति के माध्यम बने हैं। भाषा इनसे जुड़कर और समर्थित होकर चलती है।

आलोच्य अवधि के हिन्दी एकांकियों के सम्बन्ध में सबसे महत्त्वपूर्ण बात यह दीखती है कि ये रंगमंच से सम्बद्ध हैं और नयी रंग-चेतना ने इनका शिल्प निर्दिष्ट किया है। परम्परागत एकांकी पर यथार्थवादी रंगमंच का प्रभाव दीखता है, लेकिन अधिकांश एकांकी यथार्थवादी बन्धन को स्वीकार नहीं करते—ये प्रतिरूपात्मक पद्धति के नाटक न होकर प्रस्तुतीकरणात्मक पद्धति के नाटक हैं। ये रंगमंच पर यथार्थ का भ्रम उत्पन्न नहीं करते, बल्कि दर्शकों में यह चेतना बनाए रखना चाहते हैं कि वे 'नाटक' देख रहे हैं। कहीं-कहीं दर्शकों से सम्बन्ध जोड़ने का भी प्रयत्न किया गया है। अयथार्थवादी पद्धति की स्वीकृति के कारण ही कहीं स्वगत का प्रयोग है, कहीं दर्शकों से सीधे बात की जाती है या उनकी ओर संकेत किया जाता है, कहीं तुकान्त संवाद आते हैं, कहीं कविता आ जाती है, कहीं अतिरंजित कार्य-व्यापार आते हैं। प्रयोगशील एकांकी मुख्यतः अयथार्थवादी रंगमंच के ही हैं। आज के साधन-सम्पन्न रंगमंच, प्रकाश-व्यवस्था, संगीत-योजना आदि का ये नाटक उपयोग करने का आग्रह रखते हैं। दृश्य-परिवर्तन, फ्लेशबैक आदि को देखते हुए लगता है कि रेडियो नाटक ने भी रंग-एकांकी को प्रभावित किया है या अनेक रेडियो नाटक रंग-नाटक बनाकर प्रकाशित किए जाते रहे हैं।

रेडियो नाटक : सन् 1936–1990

(नव्य माध्यम : नव्य रूप)

प्रस्तावना

रेडियो के आविष्कार के फलस्वरूप रेडियो नाटक के रूप में एक ऐसी नाट्य-विधा विकसित हुई है जिसने परम्परागत दृश्य-श्रव्य नाटक को मात्र श्रव्य नाटक में बदल दिया है। मात्र श्रव्य एवं अदृश्य होने के कारण इस नयी नाट्य-विधा का अपना शिल्प निर्मित हुआ है। यह तथ्य है कि रेडियो नाटक में अंक का प्रश्न नहीं उठता—यह एक ही दृश्य (खंड) में भी पूर्ण हो सकता है, छोटे-बड़े अनेकानेक दृश्यों में भी, पर अपने लघु आकार की दृष्टि से यह एकांकी नाटक के बहुत निकट पड़ता है। रेडियो नाटक सामान्यतः 15 मिनट से 60 मिनट की अवधि का होता है, कुछ नाटिकाएँ 15 मिनट से कम की भी होती हैं। इस विधा ने हिन्दी एकांकी को बहुत अधिक प्रभावित किया है। ऐसे अनेक रेडियो नाटक लिखे गए हैं जो प्रसारण के बाद एकांकी के रूप में प्रकाशित हुए हैं और उसी रूप में उन्हें स्वीकृति भी मिली है। ध्यातव्य है कि जितनी बड़ी संख्या में रेडियो के लिए नाटक लिखे गए हैं और आज भी लिखे जा रहे हैं उतनी संख्या में रंगनाटकों की रचना नहीं हुई है। हिन्दी नाटक को नियमित रंगमंच नहीं मिला है, पर हिन्दी के रेडियो नाटक को नियमित प्रस्तुति-मंच प्राप्त है। स्वाधीनता प्राप्ति के समय देश में छह प्रसारण केन्द्र थे जिनकी संख्या क्रमशः बढ़ती गई है और सन् 1989 के अन्त तक 180 हो गई है। केवल हिन्दी क्षेत्र में 32 आकाशवाणी केन्द्र हैं। इनसे कितने नाटक प्रसारित किए जा रहे हैं, इसका अनुमान केवल एक स्टेशन के आधार पर लगाया जा सकता है। दिल्ली केन्द्र से रिले किए जानेवाले नाटकों को छोड़ दें, तो राँची जैसे सामान्य केन्द्र से प्रति सप्ताह छोटे-बड़े 13 नाटक प्रसारित होते हैं, यानी प्रति दिन दो नाटकों से अधिक का औसत है। यह संख्या केवल नाटक विभाग के नाटकों की है, बच्चों, महिलाओं, ग्रामीणों आदि के कार्यक्रमों में प्रसारित होनेवाले नाटक इनके अतिरिक्त हैं। औसत के आधार पर ही हिसाब लगाया जाए तो हिन्दी क्षेत्र के आकाशवाणी केन्द्रों से प्रतिदिन 60 मिनट नाटक प्रसारित किए जाते हैं। इनमें कुछ दूसरी भाषाओं से अनूदित नाटक भी होते हैं, कुछ पूर्व प्रसारित नाटकों की आवृतियाँ भी होती हैं, पर अधिकांश नाटक मौलिक होते हैं। इतनी बड़ी संख्या में मौलिक नाटकों का नियमित लेखन आश्चर्यचकित करनेवाला तथ्य है, पर इसका अल्पांश ही प्रकाशित रूप में सामने आ पाया है।

1. रेडियो नाटक के शिल्प के विस्तृत विवेचन के लिए देखिए लेखक की पुस्तक 'रेडियो नाटक की कला'।

रेडियो नाटक का प्रारम्भ

रेडियो नाटक का जन्म रेडियो के आविष्कार के बाद हुआ है। इस सम्बन्ध में मतभेद है कि इंगलैंड में पहला नाटक 2 सितम्बर 1922 को प्रसारित हुआ था या 16 फरवरी, 1923 को, पर इस सम्बन्ध में मतभेद नहीं है कि प्रथम प्रसारण का श्रेय प्रसिद्ध नाटककार शेक्सपियर के 'जूलियस सीजर' के एक दृश्य को प्राप्त है। उसी के साथ शेक्सपियर के अन्य दो नाटकों के दृश्य भी प्रकाशित हुए थे। अपने सम्पूर्ण रूप में प्रसारित होनेवाला नाटक था 'ट्वेल्थ नाइट', जो 28 मई, 1923 को प्रसारित हुआ था। उस समय तक रेडियो के लिए विशेष रूप से नाटक नहीं लिखे जाते थे। प्रसारण के समय रंगमंच-संकेतों को पढ़ दिया जाता था और दृश्यान्तर के समय वाद्यसंगीत का उपयोग होता था। विशेष रूप से रेडियो के लिए लिखित पहला नाटक था रिचर्ड ह्यूजेज का 'डैंजर' जो 1924 की जनवरी में प्रसारित हुआ था। रेडियो के लिए रूपान्तरित पहला उपन्यास था किंग्सले का 'वेस्टवर्ड हो' जो अप्रैल 1925 में प्रसारित हुआ था। प्रारम्भिक प्रयोगों के बाद लोगों को यह अनुभव हो सका कि रेडियो नाटक रंगमंच-नाटक से बिलकुल भिन्न है और इसका अपना स्वतन्त्र रचना विधान है।

भारत में प्रसारण का प्रारम्भ कुछ देर से हुआ। विधिवत् प्रसारण का आरम्भ 23 जुलाई 1927 से हुआ, जब लार्ड इर्विन ने इंडियन ब्रॉडकास्टिंग कम्पनी के बम्बई स्टेशन का उद्घाटन किया। अप्रैल 1930 में भारत सरकार ने प्रसारण कार्य अपने हाथ में ले लिया और इस विभाग को इंडियन स्टेट ब्रॉडकास्टिंग सर्विस कहा गया, जिसे फिर 8 जून, 1936 को ऑल इंडिया रेडियो नाम दिया गया। यही आजकल आकाशवाणी है।

मद्रास, बम्बई और कलकत्ता से नियमित प्रसारण पहले ही प्रारम्भ हो गया था। हिन्दी क्षेत्र का पहला प्रसारण केन्द्र दिल्ली में 1 जनवरी, 1936 को खुला। 3 जनवरी, 1936 को वहाँ से पहला नाटक प्रसारित हुआ—'मनतोश' शीर्षक यह नाटक क्षीरोदचन्द्र चटर्जी के बंगला नाटक का हकीम अहमद शुजा द्वारा किया गया उर्दू रूपान्तर था। कलकत्ता से नाटकों का प्रसारण 1928 (उस समय अभी ऑल इंडिया रेडियो की स्थापना नहीं हुई थी) से ही प्रारम्भ हो गया, पर वे नाटक रंगमंच के ही होते थे। वे तीन-तीन घंटे तक प्रसारित किए जाते थे और उनमें रंगमंच के ही सभी ढंग अपनाए जाते थे। दृश्य संकेतों को नैरेटर पढ़ दिया करते थे और संवादों का वाचिक अभिनय अभिनेताओं द्वारा होता था। मध्यान्तर भी उसी प्रकार होता था, जिस प्रकार रंगनाटकों और फिल्मों में अभी भी होता है। हिन्दी नाटकों पर भी इसका प्रभाव पड़ा। प्रारम्भिक चरण में शायद यही सम्भव था। इसका परिणाम यह हुआ कि रगमंच की कला रेडियो के स्टूडियो में पहुँच गई और बहुत बाद तक रेडियो नाटककार और अभिनेता उसके प्रभाव से मुक्त न हो सके। लेखक यह न समझ सके कि रेडियो नाटक की कला रंगनाटक से भिन्न है। यह स्थिति बहुत बाद तक बनी रही। पर कुछ लेखकों ने श्रव्य माध्यम के वैशिष्ट्य के प्रति अवश्य ही सजगता दिखलाई।

रेडियो से प्रसारित पहला हिन्दी नाटक कौन-सा था, यह विवाद का विषय रहा है। 'मनतोश' का नाम लिया जाता है, पर जैसाकि पहले कहा गया, वह बंगला नाटक का उर्दू रूपान्तरण था। राजनारायण मेहरा लिखित नाटक 'नल-दमयन्ती' (दिल्ली से 13 नवम्बर, 1936 को प्रसारित) को प्रथम हिन्दी रेडियो नाटक होने का श्रेय दिए जाने का आग्रह किया जाता है। इसकी भाषा पर हिन्दी का स्पर्श अधिक है, पर इसका आलेख फारसी लिपि में उपलब्ध है। हिन्दी के अनेक लेखक देवनागरी लिपि में उर्दू शब्द-बहुल भाषा लिखते रहे हैं और आज भी लिखते हैं, पर उनकी रचनाएँ उर्दू की नहीं कही जातीं। इसी दृष्टि से 'नल-दमयन्ती' पर विचार किया जाना चाहिए। इसके पहले भी उर्दू लेखकों के ऐसे अनेक नाटक प्रसारित हुए थे जिनमें प्रसंग एवं परिवेश की माँग पर हिन्दी शब्दावली प्रयुक्त हुई थी। कुछ नाटकों का उल्लेख किया जा सकता है—मुफ्ती गौहर शादानी के नाटक 'राणा प्रताप (7 मार्च, 1936) और 'राम वनवास' (24 जुलाई, 1936), मुहम्मद नवी देहलवी का नाटक 'परमात्मा का इंसाफ' (30 सितम्बर, 1936), इशरत रहमानी का नाटक 'प्रेम का दान' (7 नवम्बर, 1936) आदि। किसी हिन्दी लेखक द्वारा लिखित रेडियो नाटक के रूप में 'राधाकृष्ण' को मान्यता दी जाती है, जिसकी रचना आचार्य चतुरसेन शास्त्री ने की थी और दिल्ली से जिसका प्रसारण 29 अगस्त, 1937 को हुआ था। इस नाटक में श्रव्य माध्यम की सुविधाओं के उपयोग का स्पष्ट प्रयत्न दिखाई पड़ता है।

अपने देश में प्रसारण के प्रारम्भिक चरण में उर्दू लेखकों के नाटक ही मुख्य रूप से प्रसारित हुए। अविभाजित भारत में स्वाधीनता प्राप्ति के समय तक ऑल इंडिया रेडियो के कुल 9 केन्द्र थे—लाहौर, पेशावर, ढाका, बम्बई, मद्रास, दिल्ली, लखनऊ, और त्रिचुरापल्ली। इनके अतिरिक्त देशी रियासतों में 5 केन्द्र थे जिन्हें भारतीय शासन ने बाद में अपने हाथ में ले लिया। विभाजन के साथ लाहौर, पेशावर और ढाका पाकिस्तान में चले गए। देश के हिन्दी क्षेत्र में जो केन्द्र रहे, उनमें उर्दू के रचनाकारों की महत्त्वपूर्ण भूमिका नाटकों के लेखन-प्रसारण में रही। सआदत हसन मंटो, राजेन्द्र सिंह बेदी, कृश्नचन्दर, उपेन्द्रनाथ अश्क, इम्तियाज अली ताज, रफी पीर और मुफ्ती गौहर शदानी, इशरत रहमानी, राजनारायण मेहरा, अनसार नासरी आदि इन सबने बड़ी संख्या में रेडियो नाटक लिखे और इनमें से कुछ ने तो श्रव्य माध्यम की दृष्टि से बहुत ही सशक्त एवं सफल नाटकों की रचना की। ऐसे नाटककारों में कृश्नचन्दर, मंटो, बेदी और शौकत थानवी विशेष रूप से उल्लेखनीय हैं। कृश्नचन्दर के कुछ नाटक हिन्दी में प्रकाशित हुए हैं, और उन्हें देखकर नहीं लगता कि वे मूलतः उर्दू में लिखे गए थे। उन्होंने माध्यम का भी ध्यान रखा। इन दोनों बातों के लिए एक उदाहरण दृष्टव्य है :

जिज्ञासु : महाराज, महाराज, आप लुप्त हुए जा रहे हैं—इसी मृत्यु के रोग में अदृश्य हुए जा रहे हैं !

शिवजी : देखो जिज्ञासु, देखो।

जिज्ञासु : गंगा की फूटती हुई धारा फैलती जा रही है—डमरू की ध्वनि तीव्र

होती जा रही है—मस्तक की आँख के लाल-लाल डेरों में से ज्वाला फूट रही है!

शिवाजी : देखो जिज्ञासु, देखो।

जिज्ञासु : गंगा की धारा ने समस्त संसार को अपनी लपेट में ले लिया—मस्तक की आँख की ज्वाला ब्रह्मांड के एक सिरे-से-दूसरे सिरे तक फैल गई है ! तेज—चहुँ ओर तेज-ही-तेज ![1]

सन् 1936 से 1947 की अवधि में जो उर्दू नाटक बड़ी संख्या में रेडियो के लिए लिखे गए, उनमें अधिकतर पौराणिक एवं ऐतिहासिक रहे, जैसे 'राम दर्शन' (बेजहद लखनवी), 'शकुन्तला' (कृश्नचन्दर), 'मर्यादा पुरुषोत्तम राम' (अश्क), 'राणा प्रताप' और 'दुर्गावती'(मुफ्ती गौहर शादानी), 'मीरा बाई' और 'शाहजहाँ' (इशरत रहमानी), 'बाबर की मौत' और 'तैमूर की मौत' (सआदत हसन मंटो) आदि। शौकत थानवी के 'वर दिखौवा' और 'मीर साहब की ईद' और राजेन्द्र सिंह बेदी के 'गर्म कोट' और 'अखबारी शादी' जैसे हास्यप्रधान अनेक नाटक भी लिखे गए। समसामयिक सामाजिक चेतना के नाटकों की संख्या अपेक्षाकृत कम रही—जो लिखे गए उनमें कृश्नचन्दर के 'सराय के बाहर', 'बेकारी', और 'कुत्ते की मौत' जैसे नाटकों का उल्लेख किया जा सकता है। इस अवधि में उर्दू में रहस्यप्रधान जासूसी नाटक भी लिखे गए, अंग्रेजी से अनुवादित नाटक भी प्रसारित हुए। शिल्प की दृष्टि से भी अनेक नाटक बहुत सफल रहे। कुल मिलाकर इस अवधि में उर्दू रेडियो नाट्य-साहित्य में पर्याप्त समृद्धि दीखती है। अपने देश में रेडियो नाटक के स्वरूप-निर्माण में उर्दू नाटककारों का महत्त्वपूर्ण योगदान रहा, इसमें सन्देह नहीं। पर यह बात हिन्दी के सम्बन्ध में नहीं कही जा सकती। जैसाकि रेडियो से सम्बद्ध लेखक पहाड़ी ने लिखा है, 'हिन्दी में रेडियो नाटिकाओं का अभाव है। इसका मुख्य कारण रेडियो के अधिकारियों की हिन्दी-भाषी लेखकों की उपेक्षा थी।' जगदीशचन्द्र माथुर ने अपना प्रसिद्ध नाटक 'भोर का तारा' लखनऊ रेडियो में प्रसारणार्थ भेजा था, पर वह प्रसारित नहीं हो सका। स्वाधीनता-प्राप्ति के बाद यह स्थिति क्रमशः बदली।

हिन्दी रेडियो नाटक : प्रारम्भिक चरण

सन् 1947 के पहले हिन्दी में रेडियो नाटक लिखे ही नहीं गए, ऐसी बात नहीं। आचार्य चतुरसेन शास्त्री ने जो परम्परा शुरू की, वह आगे किसी-न-किसी रूप में चलती रही। प्रारम्भिक चरण में दो प्रकार के लेखकों ने रेडियो नाटक के विकास में योग दिया। पहला वर्ग तो उन लेखकों का था जो हिन्दी एकांकी के क्षेत्र में प्रतिष्ठित हो चुके थे—उन्होंने ऐसे लघु नाटक लिखे जो रेडियो से भी प्रसारित हो सकें। दूसरा वर्ग उन लेखकों का था जिन्होंने श्रव्य माध्यम को ध्यान में रखकर रेडियो के लिए ही नाटक लिखे। जिन

1. 'नीलकंठ' (प्रसारण तिथि : 24 फरवरी, 1941)

प्रसिद्ध लेखकों ने अपने रंगमंचीय एकांकी नाटकों को रेडियो नाटक में परिवर्तित किया या ऐसे एकांकी लिखे जो रेडियो के भी उपयुक्त हों, उनमें उपेन्द्रनाथ अश्क, उदयशंकर भट्ट और रामकुमार वर्मा विशेष उल्लेखनीय हैं।

स्वाधीनता-प्राप्ति के पूर्व रेडियो से सम्बद्ध लेखकों में 'पहाड़ी' का नाम आता है। पहाड़ी रेडियो के निकट सम्पर्क में रहे और इन्होंने रेडियो नाटक के स्वतन्त्र शिल्प को स्वीकार किया। इन्होंने रेडियो के लिए अनेक प्रकार की रचनाएँ लिखी थीं। उनमें दो 'रूस-जर्मन सन्धि का अन्त' और 'युग-युग द्वारा शक्ति की पूजा', 'बया का घोंसला' कहानी-संग्रह में संकलित हैं। ये दोनों ही रेडियो रूपक हैं, यद्यपि लेखक ने इन्हें 'रेडियो नाटिका' नाम दिया है। दोनों ही प्रसारण की दृष्टि से सफल रचनाएँ हैं। इनमें ध्वनि-प्रभावों और संगीत का व्यवहार कुशलता से हुआ है। इन रूपकों से ज्ञात होता है कि पहाड़ी ने रेडियो के माध्यम से प्रयोग करने का सफल प्रयास किया है। सन् 1939 से स्वाधीनता-प्राप्ति तक की अवधि के कुछ प्रमुख नाटककार रहे—कृष्णलाल प्रेम (पूरन भगत), आचार्य चतुरसेन शास्त्री (राधाकृष्ण और सीता स्वीकार), जे.एन. श्रीवास्तव (मालती माधव), राजनारायण माथुर (पहाड़ के देवता), कृष्णचन्द्र देव वृहस्पति (सागर मन्थन), एस.एन. चौबे (उद्धव सन्देश) आदि। चन्द्रकिशोर जैन और हरिश्चन्द्र खन्ना ने स्वाधीनता-प्राप्ति के पहले ही रेडियो नाट्य-लेखन प्रारम्भ किया था। उनके नाटकों का कुछ विस्तृत विवेचन आगे किया गया है।

प्रमुख नाटककार

चन्द्रकिशोर जैन स्वाधीनता-प्राप्ति पूर्व के नाटककारों में हैं। इनके रेडियो नाटकों का रचनाकाल 1942 से प्रारम्भ होता है। नाटक लिखने के पूर्व इन्होंने अंग्रेजी और बांगला के नाट्य-शिल्प का अध्ययन किया और तब अपना एकांकी लिखा 'रहनुमा' जो लखनऊ रेडियो से नवम्बर 1942 में प्रसारित हुआ। उसके बाद 'नींद' और 'रानी' नामक नाटकों की रचना की, जो दिल्ली और लखनऊ से प्रसारित किए गए। 'एकांकिका' नाटक-संग्रह में इनके सात नाटक संकलित हैं—'विषकन्या', 'नेपोलियन के विजय-रहस्य', 'हीरे का टुकड़ा', 'इंसाफ', 'अस्पताल का कमरा', 'पहली भेंट', और 'कानून'।

'विषकन्या' अपने समय का बहुत प्रसिद्ध रेडियो नाटक रहा है और विभिन्न रेडियो स्टेशनों से प्रसारित हुआ है। इसमें नारी की विवशता और अजेय प्रतिहिंसा का चित्रण बड़ी कुशलता से किया गया है। कथानक-निर्माण में विशेष कौशल परिलक्षित होता है। उसमें संघर्ष भी है, गति भी। संन्यासी ने अपनी तपस्या के साधन के रूप में वासन्ती को अपने आश्रम में रखा है। उसने इसे प्रारम्भ से ही विष पिलाकर विषकन्या बना दिया है, जिसके फलस्वरूप वह किसी पुरुष का स्पर्श नहीं कर सकती, उससे प्रेम नहीं कर सकती। विवश होकर उसे अपने आवेगों पर नियन्त्रण रखना पड़ता है। वह वामदेव से प्रेम करना चाहती है, पर उससे प्रेम नहीं कर सकती यही इसके जीवन की विवशता

है। संन्यासी के प्रति इसके हृदय में प्रतिहिंसा की भावना जागती है और यह अपने आलिंगन द्वारा उसका अन्त कर डालती है। नाटक का अन्त भी बड़ा मार्मिक और प्रभावशाली है। वासन्ती और वामदेव नदी के दो किनारों पर खड़े हैं—एक-दूसरे से प्रेम करते हैं, पर मिल नहीं सकते। नाटक में प्रारम्भ से अन्त तक भावों का तीव्र घात-प्रतिघात दिखाई पड़ता है। संलाप भी बड़े सशक्त हैं। लेखक ने रेडियो माध्यम की सुविधाओं का उपयोग किया है—नदी के दो किनारों पर खड़े प्रेमियों की ध्वनियाँ-प्रतिध्वनियाँ इसका प्रमाण हैं। 'नेपोलियन के विजय-रहस्य' सामान्य ऐतिहासिक नाटक है। इसमें नेपोलियन के चरित्र के एक अछूते पहलू का चित्र अंकित किया गया है--नारी के प्रति उसकी उदारता दिखाई गई है। इसमें कोई शिल्पगत विशेषता नहीं दिखती। 'हीरे का टुकड़ा' ऐतिहासिक नाटक है। यह एक नाटकीय स्थिति पर आधारित है—सिराजुद्दौला बहुत प्यासा है। अलीवर्दी खाँ पास ही बैठा है। उन पर कई दिनों से मराठों का घेरा पड़ा है, जिसके फलस्वरूप कहीं पानी नहीं मिल सकता। मीर खाँ अपने सिर की जमानत पर मराठों से सन्धि करता है, पर अलीवर्दी खाँ इसे स्वीकार नहीं करता। मीर खाँ मराठा शिविर में अपना सिर देने चला जाता है। इस प्रकार कथानक के निर्माण में कुशलता दिखाई पड़ती है। नाटक प्रभावपूर्ण है। 'इंसाफ' को लेखक ने फार्स कहा है। यह हास्यप्रधान रचना है। इसमें स्त्रियों के न्यायालय में एक पुरुष को अपराधी के रूप में उपस्थित कर उसका मुकदमा पेश किया गया है। जैसा कि हास्य-रचना में अधिकतर होता है, इसमें सबकुछ अतिरंजित है। 'अस्पताल का एक कमरा' एक सफल नाट्य-रचना है। इसमें एक नाटकीय स्थिति के माध्यम से नारी के दो रूप चित्रित किए गए हैं। यद्यपि नाटक में कार्य-व्यापार कम है, लेकिन स्थिति के चुनाव में कुशलता से काम लिया गया है। संलापों में कुतूहल बनाए रखने की शक्ति है। 'पहली भेंट' ऐतिहासिक नाटक है। इसमें राजा प्रसेनजित और उनकी रानी, जो वास्तव में दासी-पुत्री है, से सम्बन्धित कथानक है। इसमें भी नाटकीय घटनाएँ ली गई हैं। घटनाओं में नाटकीय परिवर्तन भी हुए हैं। प्रारम्भ से अन्त तक जिज्ञासा बनी रहती है। अन्त भी प्रभावशाली है। 'कानून' एक विचारोत्तेजक नाटक है। वर्तमान सामाजिक जीवन की पृष्ठभूमि पर आधारित इस नाटक में लेखक ने यह चित्रित किया है कि परिस्थितियों से विवश होकर मनुष्य किस प्रकार अनिच्छापूर्वक पाप करता है और अपने दंड द्वारा समाज किस प्रकार उसके भविष्य को कलंकित कर देता है। लेखक ने इसके लिए एक मार्मिक स्थिति चुनी है—चमनलाल अपनी बहन की दयनीय स्थिति से द्रवित होकर गबन करता है और जेल से वापस आने पर सदाचार की जीवन व्यतीत करना चाहता है, पर ऐसा कर नहीं पाता। नाटक समस्या-प्रधान है। पात्र विभिन्न विचारों का प्रतिनिधित्व करने के लिए आए हैं। सेठ विलासराय और गोपीचन्द दो विरोधी विचारों के प्रतीक हैं। 'कानून' की भाषा सामान्य बोलचाल की है यद्यपि कहीं-कहीं तत्सम शब्द आए हैं। चन्द्रकिशोर जैन प्रतिभासम्पन्न नाटककार थे, इसका संकेत उनके नाटकों में मिलता है।

विष्णु प्रभाकर उन लेखकों में हैं जिन्होंने रेडियो से जुड़कर पर्याप्त नाट्य-लेखन

किया। इन्होंने रेडियो नाटक के स्वतन्त्र अस्तित्व को स्वीकार करते हुए स्वयं लिखा है—'सच तो यह है कि अभी तक मैंने रेडियो के लिए ही लिखा है। उनमें से कई एकांकी रंगमंच पर आए हैं और उन्होंने मेरे इस विश्वास को दृढ़ किया है कि रंगमंच और रेडियो कला की दृष्टि से बिलकुल दो चीजें हैं।' यही कारण है कि उनके नाटकों में रेडियो नाट्य-शिल्प अपने बड़े स्पष्ट रूप में दिखाई पड़ता है। विष्णु प्रभाकर ने प्रारम्भ में अपने नाटक केवल रेडियो के लिए लिखे, पर बाद में कुछ नाटकों में एक साथ ही रंगमंच और रेडियो के लिए लिखने की प्रवृत्ति मिलती है। आगे चलकर तो इन्होंने कुछ नाटकों की रचना केवल रंगमंच के लिए भी की है। विष्णुजी प्रारम्भ से ही एक प्रयोगशील रेडियो नाटककार रहे हैं और इन्होंने रेडियो नाटक के विभिन्न रूपों के क्षेत्र में अनेक प्रयोग किए हैं। इन्होंने रेडियो नाटक, रेडियो मोनोलॉग, रेडियो रूपक, रेडियो रूपान्तर आदि सब प्रकार की रचनाएँ की हैं।

विष्णु प्रभाकर के रेडियो नाटकों के अनेक संग्रह प्रकाशित हुए हैं। कुछ नाटकों के साथ केवल श्रव्य संकेत दिए गए है, कुछ के साथ दृश्य संकेत भी दिए गए हैं। इनके नाटकों की संख्या बड़ी है। लगभग सभी महत्त्वपूर्ण नाटक 'विष्णु प्रभाकर के सम्पूर्ण नाटक' के तीन खंडों में संकलित हैं। मुख्य नाटकों के नाम इस प्रकार हैं—'मीना कहाँ है ?', 'क्या वह दोषी था ?', 'दो किनारे', 'युगसन्धि', 'सीमा रेखा', 'प्रकाश और परछाईं', 'दोराहा', 'समरेखा-विषमरेखा', 'सवेरा', 'साँप और सीढ़ी', 'मुरब्बी', 'संस्कार और भावना', 'जहाँ दया पाप है', 'उपचेतना का छल', 'वीरपूजा', 'दरिन्दा', 'दस बजे रात', 'अशोक', 'पूर्णाहुति' आदि। इनके हास्य-नाटक हैं—'रसोईघर में प्रजातन्त्र', 'सब में एक प्राण', 'समाजवादी बनो' आदि। जैसाकि इन्होंने स्वयं कहा है, 'हास्य-व्यंग्य मेरे विषय नहीं हैं।' सन् 1947 से पहले लिखित अपने दो नाटकों 'हत्या के बाद' और 'माँ-बाप', (सन् 1939) का उल्लेख नाटककार ने किया है। प्रारम्भिक प्रसारित नाटक थे--'सरकारी नौकरी' (दिल्ली) और 'उर्वशी और पुरुरवा' (लखनऊ)।

विष्णु प्रभाकर मानववादी कलाकार हैं। यथार्थ की पृष्ठभूमि पर आधारित आदर्श का स्वर इनकी कृतियों में सुनाई पड़ता है। विषय की दृष्टि से इनके नाटकों में विविधता है। इन्होंने ऐतिहासिक, सामाजिक, राजनीतिक आदि सब प्रकार के कथानकों पर नाटकों की रचना की है, पर सबके मूल में मनोवैज्ञानिक चित्रण की विशेषता मिलती है। इन्होंने स्वयं स्वीकार किया है कि मनोवैज्ञानिक नाटक लिखने में इनकी विशेष रुचि है, और अपने कथानकों का ताना-बाना इन्होंने मनोवैज्ञानिक आधार पर ही बुना है। इन्होंने अपने नाटकों में मुख्यतः जटिल पात्रों को ही लिया है—ऐसे पात्रों को जिनके मन में किसी प्रकार की ग्रन्थि है। ऐसे पात्रों के मन की गहराई में लेखक ने उतरने का प्रयत्न किया है। उसका विश्वास है—और वह मनोविज्ञान की दृष्टि से सही है—कि मनुष्य ऊपर से जैसा दीखता है, भीतर वैसा ही नहीं होता, बाह्य व्यवहार मनुष्य के वास्तविक चरित्र का परिचायक नहीं होता। विष्णु प्रभाकर ने मनुष्य के ऊपर का कृत्रिम आवरण हटाकर उसके वास्तविक रूप को ही दिखाने का प्रयत्न किया है। मनुष्य का

यह रूप बड़ा संवेदनशील, भावप्रवण और कोमल है। वास्तव में यही मानवीय धरातल है। विष्णु प्रभाकर की यही विशेषता है कि इन्होंने अपने नाटकों को मानवीय धरातल पर प्रतिष्ठित कर मानवता में अपना विश्वास प्रकट किया है। 'संस्कार और भावना' की बूढ़ी माँ तथा 'युग-सन्धि' की सुनन्दा ऊपर से कठोर दीखती हैं और कुल-मर्यादा को वात्सल्य से अधिक महत्त्व देती हैं, पर उनका अन्तर वात्सल्य रस से आप्लावित है। 'उपचेतना का छल' में तारा ऊपर से अपने सपत्नी-पुत्र और पति से घृणा करती है, पर बच्चे के प्रति उसके हृदय में सहज स्नेह है, उसी के कारण वह अपनी पराजय स्वीकार करती है और यह अपने पति से ऊपर से घृणा करती हुई भी उसे जेलखाने से बचा लेती है। 'प्रकाश और परछाईं' में हरीश पहले यद्यपि कई बार अपराध कर चुका है, पर अपनी प्रेमिका और भावी पत्नी सुधा के सम्मुख अपने अपराधों को नहीं छिपा पाता। इसी प्रकार विष्णु प्रभाकर के अन्य नाटकों के पात्रों को देखा जा सकता है।

इस नाटककार ने अपने पात्रों के चुनाव में विशेष कुशलता से काम लिया है। इसके पात्रों के मन में कोई-न-कोई द्वन्द्व अवश्य है। इसने ऐसे पात्रों को ही लिया है या पात्रों के ऐसे जीवन-क्षणों को लिया है, जिनमें द्वन्द्व की तीव्रता दिखलाई पड़ती है। 'मीना कहाँ है ?' में नरेश अपनी पालिता पुत्री मीना को प्यार भी करता है, पर वह क्रुद्ध हो उसकी हत्या भी कर देता है। 'संस्कार और भावना' में माँ के हृदय में संस्कार और भावना का द्वन्द्व है। 'दूर और पास' में रमेश अपने बड़े भाई से अलग भी हो जाता है, पर उससे प्रेम भी करता है। 'पैसा' में रेखा अपने परिवार का पालन-पोषण भी करना चाहती है और परिवार से अलग होकर अपना विवाह करना और अपना स्वतन्त्र संसार भी बसाना चाहती है। 'मुरब्बी' में स्वार्थी दुकानदार अपने मित्र के कष्ट में सहायता पहुँचाता है। 'कुहासा और किरण' में उमेश शोभा को प्यार भी करता है और उससे विवाह करना अस्वीकार भी कर देता है। ऐसी ही बातें दूसरे पात्रों के सम्बन्ध में भी देखी जा सकती हैं। विष्णु प्रभाकर के अधिकांश नाटक पात्रों के अन्तर्द्वन्द्व या चारित्रिक असंगतियों पर आधारित हैं। इन पात्रों की विशेषता यह भी है कि ये स्थिर नहीं, गतिशील हैं—हमारे सामने बहुत कम समय तक रहते हैं, पर इस सीमित अवधि में ये बहुत कुछ परिवर्तित हो जाते हैं, इनके चरित्र के कई पहलू झलक जाते हैं। एक मानसिक स्थिति से दूसरी मानसिक स्थिति तक इनकी गतिशीलता बनी रहती है। यह बात सभी नाटकों में नहीं है, पर जिनमें है उनमें विशेष आकर्षण है। 'अशोक' में अशोक हिंसा से अहिंसा की ओर आता है। 'संस्कार और भावना' में माँ संस्कार से भावना की दिशा में उन्मुख होती है। 'दस बजे रात' में सुधीर मानसिक अस्वस्थता से स्वस्थता की ओर आता है। 'प्रकाश और परछाईं' में सुधा संशयमुक्त होकर हरीश को खोजने निकल पड़ती है। 'सवेरा' में युवती और कलाकार मृत्यु से जीवन की ओर लौट आते हैं। इस विश्लेषण से स्पष्ट है कि विष्णु प्रभाकर के ये नाटक चरित्र-प्रधान हैं, और इनका चित्रण मनोवैज्ञानिक आधार पर किया गया है।

इन नाटकों में लेखक का जो विशेष ध्यान पात्रों के मनोवैज्ञानिक चित्रण पर रहा है, उसका प्रभाव नाटकों के शिल्प पर पड़ा है। मनोवैज्ञानिक नाटक जीवन के विस्तार में नहीं जाता, उसकी गहराई में उतरता है। वह अवधि की दीर्घता पर नहीं, क्षण विशेष की तीव्रता पर केन्द्रित होता है। रेडियो ऐसे नाटकों का सबसे उपयुक्त माध्यम है। इसके अदृश्य माध्यम में मन की गहराइयों में उतरने की विशेष क्षमता है। इसके द्वारा भावनाओं की सघनता और तीव्रता को सरलता से चित्रित किया जा सकता है इसके लिए कभी-कभी राग-विरागों को पात्र बनाया जा सकता है, आवश्यकतानुसार स्वगत का सहारा लिया जा सकता है। विष्णु प्रभाकर ने इन सभी सुविधाओं का उपयोग किया है। इस सम्बन्ध में कई बातें ध्यातव्य हैं, नाटककार ने अधिकांश नाटकों में घटनाओं के विस्तार में जाने की कोशिश नहीं की है। उसने कम-से-कम और केवल उन्हीं घटनाओं को लिया है जो मुख्य पात्र के चरित्रांकन के लिए अनिवार्य हैं। सभी नाटक संघर्ष-प्रधान नाटकीय स्थिति अथवा मार्मिक क्षण विशेष पर आधारित हैं। फल यह हुआ है कि लगभग सभी नाटकों के कथानक संश्लिष्ट हैं—उनमें किसी प्रकार की बिखराहट नहीं दिखाई पड़ती। नाटक प्रारम्भ होने के कुछ ही मिनटों में नाटककार मूल समस्या को सामने रखकर श्रोताओं की उत्सुकता जगा देता है। उसके बाद घटनाओं का या भावनाओं का वेग इस प्रकार चलता है कि रोचकता अन्त तक बनी रहती है। और, अन्त में एक आकस्मिक मोड़ लेकर नाटक चरम सीमा पर पहुँचता है और फिर समाप्त हो जाता है। इन नाटकों में चरम सीमा के स्थल बड़े चमत्कारपूर्ण हैं। यहाँ मन को एक झटका-सा लगता है, जिससे कहीं बुद्धि चमत्कृत हो उठती है या हृदय द्रवित। यह आकस्मिकता अस्वाभाविक नहीं लगती, क्योंकि इनके लिए मनोवैज्ञानिक पृष्ठभूमि पहले से निर्मित रहती है। यह बात, 'अशोक', 'पूर्णाहुति', 'उपचेतना का छल', 'मुरब्बी', 'समरेखा-विषमरेखा', 'युग-सन्धि', आदि अनेक नाटकों में देखी जा सकती है।

नाटकों के प्रस्तुतीकरण की पद्धति में काफी विविधता है। अधिकांश नाटक किसी कार्य-व्यापार के बीच के संलाप से प्रारम्भ हुए हैं, कुछ गीत से ('कुहासा और किरण') और कुछ स्वगत कथन से। 'दरिन्दा' में स्वगत की ही प्रधानता है—बीच-बीच में फ्लैशबैक आते गए हैं। मनोवैज्ञानिक नाटकों में विगताख्यान की शैली का विशेष रूप से सहारा लिया जाता है, विष्णु प्रभाकर ने भी लिया है। यह अनेक नाटकों में देखा जा सकता है। 'दस बजे रात' इसका बड़ा अच्छा उदाहरण है। विगताख्यान के सम्बन्ध में मनोविज्ञान की दृष्टि से यह तथ्य विचारणीय है कि जिन विगत घटनाओं का सम्बन्ध कुछ पात्रों के जीवन से नहीं होता, वे उसे कैसे देख सकते हैं ? क्या इसे उचित कहा जा सकता है ? उत्तर नकारात्मक ही होगा। इस बात पर कम रेडियो नाटककारों ने ध्यान दिया है। विष्णु प्रभाकर ने भी सब जगह इस औचित्य का निर्वाह नहीं किया है। विष्णुजी ने भावों को पात्र बनाने की सुविधा का उपयोग कई नाटकों में किया है। 'उपचेतना का छल' में तारा की उपचेतना पात्र के रूप में आई है। दृश्यों की योजना भी लेखक ने कुशलता से की है। बहुत संक्षिप्त दृश्यों का उपयोग लेखक ने कम किया

है। ध्वनि-प्रभावों के प्रभावशाली उपयोग की ओर लेखक का ध्यान है। 'मुरब्बी' के प्रारम्भ में बाजार का दृश्य प्रस्तुत करने के लिए लेखक ने विभिन्न ध्वनियों और स्वरों का व्यवहार किया है। 'दस बजे रात' में ट्रेन के ध्वनि-प्रभाव की पृष्ठभूमि पर पात्रों की बातचीत द्वारा चलती हुई ट्रेन का आभास दिया गया है। बाद में ध्वनि-प्रभावों द्वारा ही ट्रेन-दुर्घटना का चित्र अंकित हुआ है। तीव्र भावनात्मक स्थलों पर लेखक ने स्थान-स्थान पर संगीत का भी निर्देश किया है। रेडियो नाटक की दृष्टि से विष्णु प्रभाकर के मनोवैज्ञानिक नाटक प्रभावशाली बन पड़े हैं। इनके अतिरिक्त कुछ सामान्य श्रेणी के नाटकों की रचना भी इन्होंने की है। 'गीत के बोल' सामान्य व्यंग्य है। 'सरकारी नौकरी' भी एक व्यंग्य है जिसमें कर्तव्य-भावना के आडम्बर की खिल्ली उड़ाई गई है। जीवनचरितात्मक रूपक की दृष्टि से 'श्यूआनचुआंग' और 'झाँसी की रानी' सफल हैं। ऐतिहासिक नाटक 'मर्यादा की रक्षा' में पर्याप्त नाटकीय तत्त्व है और यह एक प्रभावशाली नाटक है। 'और वह जा न सकी' तथा 'जज का फैसला' विष्णु प्रभाकर की अपनी ही कहानियों के रेडियो रूपान्तर हैं और ये मौलिक नाटक जैसे लगते हैं। इनके अतिरिक्त विष्णु प्रभाकर ने रवीन्द्रनाथ ठाकुर, प्रेमचन्द, वृन्दावनलाल वर्मा, इलाचन्द्र जोशी आदि की कुछ कहानियों और उपन्यासों के भी नाट्य-रूपान्तर प्रस्तुत किए हैं।

विष्णु प्रभाकर के रेडियो स्वगतनाट्यों का हिन्दी के रेडियो नाट्य-साहित्य में विशेष महत्त्वपूर्ण स्थान है। रेडियो के लिए अपने यहाँ जो स्वगतनाट्य लिखे गए हैं, उनकी संख्या बहुत कम है—सफल और प्रभावशाली स्वगतनाट्यों की संख्या तो और भी कम है। सामान्य नाटकों की तुलना में स्वगतनाट्य-लेखन कठिन है। प्रारम्भ से अन्त तक एक ही पात्र बोलता रहे, उसमें नाटकीयता बनी रहे, श्रोताओं का मन कहीं न ऊबे, इसके लिए बड़ी सतर्कता और कुशलता अपेक्षित है। विष्णु प्रभाकर इस दिशा में बहुत सजग दीखते हैं। इन्होंने चार मोनोलॉग लिखे हैं—'सड़क', 'धुआँ', 'नये-पुराने', और 'नहीं, नहीं, नही'। लेखक ने इन सबमें यह ध्यान रखा है कि ये भावात्मक प्रलाप मात्र न रह जाएँ। इसलिए इनमें नाटकीय कथानक रखने का प्रयत्न किया गया है। इनके मुख्य पात्र ऐसे चुने गए हैं जिनके मन में किसी-न-किसी प्रकार का द्वन्द्व है। 'सड़क' की नायिका जिसको अपना बनाना चाहती थी, वह अपना नहीं बन सका, उसके पति का मित्र बन गया है—प्रेमी की स्मृतियाँ नायिका के मन में बार-बार आती हैं और उसे लगता है कि वह अपने पति के प्रति विश्वासघात कर रही है। 'धुआँ' के प्रबोध ने अपने मित्र की पत्नी मंजरी से प्रेम किया है, पर नीरजा से विवाह—इसके मन में भी वही संघर्ष है। 'नये-पुराने' में माँ जब नयी थी, तब उसका पति उसके कारण अपनी माँ से लड़-झगड़कर अलग हो गया था—आज जब माँ बूढ़ी हो गई है, इसका बेटा अपनी पत्नी के कारण उससे अलग हो गया है। 'नहीं, नहीं, नहीं' में विनोद को शराब पीने की आदत है, पर उसने नीलम से प्रतिज्ञा की है कि वह शराब नहीं पीएगा—एकान्त में शराब की बोतलें उसके सामने आती हैं और उसके मन का संघर्ष जाग जाता है।

इस प्रकार सभी स्वगतनाट्य संघर्ष की स्थितियों पर आधारित हैं। ये क्षण-विशेष की तीव्रता पर केन्द्रित हैं। इनमें अवधि का तनिक भी विस्तार नहीं है। पात्र जितने मिनटों तक सोचते हैं, उतने ही मिनटों में नाटक समाप्त हो जाता है। लेखक ने सर्वत्र विविधता का ध्यान रखा है—भावों की, भावनाओं की सामान्यता और तीव्रता की, बोलने की गति की। लेखक ने ध्वनि प्रभावों और शान्ति का भी उपयोग किया है। इन्हीं कारणों से इनमें प्रारम्भ से अन्त तक आकर्षण बना रहता है। लेखक की भाषा बड़ी सशक्त और भावानुरूप है। भावात्मक संघर्ष के स्थलों पर इसकी शक्ति देखने में आती है। ऐसे अनेक स्थल इन नाटकों में आए हैं, जहाँ विरोधी भावों का संघर्ष बड़ा तीव्र हो गया है। 'धुआँ' का एक स्थल उदाहरणस्वरूप उद्धृत किया जा सकता है :

प्रबोध : वह दूसरे की पत्नी थी। वह छिपाकर मेरे पत्र पढ़ा करती थी। वह मुझसे प्रेम नहीं करती थी।...(क्षणिक शान्ति) वह मुझसे प्रेम नहीं करती थी तो...तो वह खिंचाव क्यों था ?(आवेग बढ़ता है) क्यों वह मेरे बिना तड़पती थी ? क्यों उसके पत्रों में उसके हृदय की कराहट छिपी रहती थी ? क्यों...क्यों आखिर ? (संगीत उभरता है, धीमा पड़ता है) क्यों का जवाब जानना चाहते हो...सुनो, वह मेरी ओर इसलिए खिंच रही थी क्योंकि उसे अपने पति से वह कुछ नहीं मिला था जो वह चाहती थी, उसकी इच्छाएँ पूरी न हो पाई थीं और वह उन्हें पूरा करना चाहती थी। वह मुझसे प्रेम नहीं करती थी...वह मुझसे प्रेम नहीं करती थी (उतना ही आवेश) नहीं करती थी।

नहीं करती थी। (संघर्ष संगीत)

करती थी।

नहीं करती थी।

करती थी। (संगीत तेज होकर बन्द होता है, क्षणिक शान्ति। फिर धीरे-धीरे बोलता है) यह मुझे क्या हो गया है? मैं इतना भी नहीं समझता कि वह मुझे प्रेम करती थी या नहीं करती थी। ठीक है, उसके पति थे, पर पति केवल स्वामिनी का स्वामी ही नहीं होता, सखा भी है। वह पहले सखा है। पहले और पीछे क्या है ? वह सदा, सब कहीं, सखा है, केवल सखा। जो पति इस बात को भूल जाता है वह आदमी नहीं शैतान है और शैतान के साथ शैतानियत करने में कोई पाप नहीं।...

विष्णु प्रभाकर ने रेडियो रूपकों की भी रचना की है। रूपक के माध्यम से इन्होंने अनेक विषयों का कलात्मक परिचय प्रस्तुत किया है। कुछ सफल रूपकों के नाम इस प्रकार हैं—'सर्वोदय', 'हमारा स्वाधीनता-संग्राम', 'नया कश्मीर', 'पंचायत', 'चिरन्तन खोज', 'वैष्णवजन', 'क्रान्ति का शंखनाद' आदि।

रूपक मुख्यतः सूचनाप्रधान होते हैं, इन्हें साहित्यिकता के धरातल पर ले जाना कठिन होता है। विष्णु प्रभाकर ने बहुत अंशों तक प्रयत्न किया है कि भरसक इनका

मानवीय धरातल बना रह सके। इसके लिए लेखक ने प्रत्यक्ष दृश्यों का अधिक-से-अधिक सहारा लिया है। रूपकों की रोचकता बनी रहे, इसकी ओर भी लेखक का ध्यान है। नैरेशन और दृश्यों में विविधता रखने का प्रयत्न किया गया है। नैरेशन कहीं संक्षिप्त और गतिशील हैं, कहीं बड़े-बड़े। भाषा को हमेशा प्रसंगों के अनुरूप रखा गया है।

हिन्दी के रेडियो नाट्य-साहित्य को विष्णु प्रभाकर की देन बहुत बड़ी है। अपने सफल प्रयोगों के लिए इनकी कृतियों का मूल्य है।

चिरंजीत : चिरंजीत ने रेडियो से जुड़कर बहुत बड़ी संख्या में रेडियो नाटकों की रचना की है। यों तो रेडियो के लिए इनका लेखन सन् 1941 में ही प्रारम्भ हो गया, पर जब 1954 में ये आल इंडिया रेडियो के दिल्ली केन्द्र से व्यवस्थित रूप से सम्बद्ध हुए, तब से रेडियो नाटक-लेखन के क्षेत्र में इनका महत्त्वपूर्ण कार्य शुरू हुआ। रेडियो से ये नाटक लेखक के रूप में जुड़े, बाद में प्रोड्यूसर और फिर चीफ प्रोड्यूसर हुए। स्पष्टतः इनका सम्बन्ध लेखन एवं प्रस्तुति दोनों से रहा। फलतः शिल्प की दृष्टि से इन्होंने अनेकानेक सफल नाटक लिखे हैं। इन्होंने हास्यप्रधान नाटक भी लिखे हैं, और गम्भीर, रोमांचक, दुखान्त आदि अन्य प्रकार के नाटकों की भी रचना की है। इनके कुछ नाटकों के नाम हैं—'तस्वीर उसकी', 'रतजगा', 'पतझड़ की एक रात', 'पतित-पावन', 'मेहमान', 'होरी आई रे लला', 'वह आया', 'इन्द्रधनुष', 'चक्रव्यूह', 'ब्याह की धूम', 'दादी माँ जागी', 'खजाने का साँप', 'अखबारी विज्ञापन', 'साथवाला मकान', 'बिल्वमंगल की आँखें', 'दर्पण की पथराई', 'गूँजती याद', 'मेहँदी का रंग लाल', 'राम-रहीम', 'गाड़ी में खून', 'नाटक का अन्त' आदि। इनके प्रमुख हास्य नाटक 'हास्य-मंच' के तीन खंडों में छपे हैं। 'नया जन्म', 'ऊँचे पर्वत : ऊँचे लोग' आदि इनके प्रसिद्ध आलेख रूपक हैं। 'जन गण राज्य हमारा', 'यह आकाशवाणी है', 'शिवाजी के देश में', 'ओ रे प्रहरी', आदि अनेक रूपकों की रचना इन्होंने की है। 'काल-कूप का कालचक्र' स्वगतनाटक है। इनके अतिरिक्त अनेक प्रसिद्ध साहित्यकारों की कहानियों और उपन्यासों के रेडियो रूपान्तर इन्होंने प्रस्तुत किए हैं। 'नया नगर', 'मस्टा सिलबिल', 'घर की बात', 'मानो न मानो', 'तमाशा' आदि इनके लिखित धारावाहिक रेडियो नाटक हैं। 1962 में चीनी आक्रमण के समय इनका व्यंग्य धारावाहिक 'अजगरराज' प्रसारित हुआ था। सन् 1965 और 1971 में भारत-पाकिस्तान युद्ध के दौरान प्रसारित इनका व्यंग्य धारावाहिक 'ढोल की पोल' बहुत ही लोकप्रिय हुआ था जिसके पुरस्कार-स्वरूप लेखक को 'पद्मश्री' की उपाधि मिली थी। इस धारावाहिक ने रेडियो माध्यम की शक्ति का स्पष्ट प्रमाण प्रस्तुत किया था।

चिरंजीत ने अपने नाटकों में विभिन्न विषयों का स्पर्श किया है और इनके उद्देश्य भी भिन्न-भिन्न रहे हैं। कुछ नाटकों का उद्देश्य मनोरंजन है, कुछ में सामाजिक रूढ़ियों और विसंगतियों पर व्यंग्य किया गया है, कुछ में राष्ट्रीय जीवन की ज्वलन्त समस्याओं को रेखांकित करने का प्रयत्न किया गया है। 'तस्वीर उसकी' और 'रतजगा' राष्ट्रीय चेतना के नाटक हैं। 'तस्वीर उसकी' में दिखलाया गया है कि इस देश में इसके रक्षक

और शत्रु दोनों ही हैं—एक ही परिवार का एक भाई देश के लिए प्राण देता है, दूसरा देशद्रोह के फलस्वरूप आत्महत्या करता है। 'रतजगा' में यह रेखांकित होता है कि राष्ट्र सभी पारिवारिक सम्बन्धों से बड़ा होता है। 'राम-रहीम' में विभिन्न धर्मों की एकता की ओर संकेत है। 'पतित-पावन' में अस्पृश्यता की समस्या चित्रित हुई है। 'इन्द्रधनुष' में क्षेत्रीयता की समस्या का समाधान है—इसमें एक ऐसे परिवार का चित्रण है जिसमें बहुएँ देश के विभिन्न क्षेत्रों से आई हैं। ऐसे सभी नाटक लेखक के इस विचार को सही सिद्ध करते हैं कि उसने हमेशा राष्ट्रीय दृष्टि से सोद्देश्य सकारात्मक नाटक लिखे हैं।

चिरंजीत ने जो अन्य प्रकार के नाटक लिखे हैं, उन्हें भी देखा जा सकता है। 'ब्याह की धूम' में विवाह के अवसर पर घर में होने वाली धूमधाम और हलचल का चित्र अंकित किया गया है। स्थिति बहुत ही नाटकीय है—एक ही शहर से दो बारातें दूसरे शहर में आती हैं, पर दोनों ही गलत स्थानों पर पहुँच जाती हैं। इस मनोरंजक स्थिति से उत्पन्न हलचल का बड़ा रोचक चित्र उपस्थित किया गया है। पुष्पा के बाप को कुछ अतिरंजित रूप में चित्रित कर लेखक ने हास्य उत्पन्न किया है। 'मेहमान' भी एक मनोरंजक नाटक है। बड़े शहर में मेहमानों के आने से जो कठिनाइयाँ लोगों को होती है, उन्हें ही लेखक ने नाटकीय रूप में प्रस्तुत किया है। पात्रों के चुनाव में कुशलता परिलक्षित होती है। 'होरी आई रे लला' सामान्य प्रकार का नाटक होते हुए भी आकर्षक है। इसमें रंग से डरनेवाले पति को चित्रित किया गया है। रमा का पति होली के दिन रंग से बचता हुआ शहर से किसी प्रकार भाग आता है, पर घर में आने पर पत्नी ही उस पर रंग डाल देती है। इसमें पात्र केवल दो हैं। 'वह आया' एक रोमांचक नाटक है। यह भयाक्रान्त शीला की मानसिक आशंकाओं पर आधारित है। अन्त में ज्ञात होता है कि उसकी आशंकाएँ निर्मूल हैं। बार-बार अट्टहास का सुनाई पड़ना कौतूहलपूर्ण वातावरण के निर्माण में सहायक हुआ है। प्रसारण की इस सुविधा का लेखक ने उपयोग किया है। 'पतझड़ की एक रात' ऊपर निर्दिष्ट नाटकों से भिन्न प्रकार की रचना है। यह एक करुण मनोवैज्ञानिक नाटक है और इसमें लेखक मानवीय धरातल पर आया है। इसमें पति से उपेक्षिता और तिरस्कृता पार्वती के हृदय की मार्मिक वेदना व्यक्त करने का प्रयत्न किया गया है। इसमें विस्तार कम है, सघनता अधिक है, फलतः प्रभावोत्पादकता भी अधिक है। 'महाश्वेता' जासूसी नाटक है। इसमें प्रारम्भ से अन्त तक कुतूहल बनाए रखने की शक्ति है। 'गाड़ी में खून' भी जासूसी नाटक है। 'दादी माँ जागी' अपेक्षाकृत बड़ा नाटक है और इसमें समाज की परिवर्तित होती हुई मान्यताओं पर प्रकाश डाला गया है। 'खजाने का साँप' कुतूहलपूर्ण होते हुए भी कंजूस लोगों पर एक तीखा व्यंग्य है। कथानक-निर्माण में कुतूहल के तत्त्व पर विशेष ध्यान रखा गया है। नाटक का अन्त कलात्मक है—जंगल में तथाकथित छिपे खजाने पर से साँप को हटाने में प्रयत्नशील श्रीकान्त को जब यह मालूम होता है कि उसके कंजूस श्वसुर का देहान्त हो गया, तब वह कहता है—'साँप खजाने को छोड़कर चला गया'। और इस प्रकार यह साँप कंजूस आदमी का प्रतीक बन जाता है। 'अखबारी विज्ञापन' में अखबार

के विज्ञापन विभाग की एक गलती के कारण पति-पत्नी में हुई गलतफहमी का मनोरंजक चित्र है। इसमें भी रहस्योद्घाटन अन्त में होता है। 'साथवाला मकान' प्रेम-कथा की पृष्ठभूमि पर लिखित मनोरंजक नाटक है। इसमें जिसको प्रेतात्मा समझा जाता है, वह अन्त में सजीव नारी सिद्ध होती है।

चिरंजीत के नाटकों में विषय और संवेदना का वैविध्य तो है ही, शिल्प का भी वैविध्य है। श्रव्य माध्यम का नाटक रोचक बना रहे, इसके प्रति लेखक सदा सजग दीखता है। रूपकों में भी यह बात परिलक्षित होती है। नाटककार ने यथास्थान अनेक नये प्रयोग भी किए हैं। सिलबिल और नन्हेराम जैसे पात्र विशेष रूप से स्मरणीय हैं। हाँ, लेखक ने पात्रों के व्यवहार, बातचीत आदि पर जितना ध्यान दिया है, उतना उनकी अनुभूतियों-भावनाओं पर नहीं। नाटक के संलाप सहज और बोलचाल की भाषा में लिखे गए हैं। उनमें वाक्पटुता दिखाई पड़ती है। चिरंजीत के नाटक रेडियो से सफलतापूर्वक प्रसारित होते रहे हैं—यह दूसरी बात है कि इनके प्रकाशित रूप में रंग-संकेत जोड़ दिए गए हैं। पर, यह एक तथ्य है कि हिन्दी रेडियो साहित्य की समृद्धि में चिरंजीत का महत्त्वपूर्ण योगदान है।

हरिश्चन्द्र खन्ना आकाशवाणी से बहुत वर्षों तक सम्बद्ध रहे। इनकी विशेषता है कि इन्होंने श्रव्य शिल्प का सूक्ष्मता के साथ अध्ययन किया है—सैद्धान्तिक और व्यावहारिक, दोनों रूपों में। रेडियो नाट्य-शिल्प पर इन्होंने 'रेडियो नाटक' नामक पुस्तक भी लिखी है। रेडियो में रहकर इन्होंने उसके लिए विभिन्न प्रकार के नाटकों की रचना भी की। रेडियो नाटक के रूप में इन्होंने मुख्यतः मनोवैज्ञानिक नाटक लिखे हैं, जिनमें प्रमुख हैं—'मुर्दे जागते हैं', 'अपमान', 'मुक्ति के पथ पर', 'मांस और मानस', 'खंडहर', 'राख और कलियाँ', 'कायर' आदि। इन्होंने कहानियों के नाट्य-रूपान्तर भी प्रस्तुत किए हैं, जैसे 'सोने की बात', 'कराकमल', 'आदमखोर' आदि। इन्होंने रूपकों की भी रचना की है, जैसे 'नीलोखेड़ी'।

हरिश्चन्द्र खन्ना ने अपने मनोवैज्ञानिक नाटकों में मनुष्य के उपचेतन के विश्लेषण का प्रयत्न किया है। हम जानते हैं कि मनुष्य के वाह्य व्यवहार को उसका उपचेतन ही प्रेरित एवं निर्दिष्ट करता है। खन्नाजी ने उपचेतन की प्रवृत्तियों को उद्घाटित करने का प्रयत्न किया है। इसके लिए इन्होंने मुख्यतः जटिल चरित्रों को ही ग्रहण किया है। नाटकों में ऐसी द्वन्द्वपूर्ण स्थितियाँ निर्मित की गई हैं, जो मनोवैज्ञानिक विश्लेषण में सहायता पहुँचाएँ। उदाहरण के लिए, 'मुर्दे जागते हैं' को देखा जा सकता है। यह नाटक देश-विभाजन की ऐतिहासिक घटना पर आधारित है। प्रमिला दंगे से बचकर भाग निकलती है और भारत पहुँच जाती है। उसे मालूम होता है कि उसका पति दंगे से बचकर नहीं आ सका है, उसकी मृत्यु हो गई है। वह बहुत दुःखी होती है, पर वह जीवन से समझौता कर फिर विवाह करती है और नये पति के साथ सुख से रहने लगती है कि एक दिन उसका पहला पति उसे खोजता हुआ आ धमकता है और इस प्रकार नाटकीय स्थिति खड़ी हो जाती है। नाटककार ने घटनाओं का प्रस्तुतीकरण बड़ी

कुशलता से किया है। मानसिक संघर्ष को तीव्रता के साथ अंकित किया गया है। फ्लेशबैक-पद्धति का उपयोग प्रभावशाली रूप में किया गया है। प्रमिला के चरित्रांकन पर विशेष ध्यान रखा गया है। समग्र प्रभाव की दृष्टि से यह एक सफल मनोवैज्ञानिक नाटक है। खन्नाजी के अन्य नाटकों में भी ये विशेषताएँ हैं।

हरिश्चन्द्र खन्ना संवाद-लेखन में बड़े कुशल हैं। वातावरण और प्रसंग के अनुसार छोटे-बड़े सब प्रकार के संलाप इनके नाटकों में आए हैं। अति संक्षिप्त संलापों द्वारा किस प्रकार घटना-विकास और भाव-व्यंजना का काम हो सकता है, उसके लिए 'मांस और मानव' से उद्धृत अंश देखा जा सकता है :

शारदा : अच्छे तो हो ?

अनिल : अच्छा हूँ।

शारदा : खाक अच्छे हो !

अनिल : क्यों ?

शारदा : जब अच्छे होते हो तो भला ऐसे लगते हो क्या ?

अनिल : कैसा लगता हूँ ?

शारदा : छिपाओ मत, बताओ क्या बात है ?

अनिल : तुमसे कभी कुछ छिपाया है ?

और इसी प्रकार बातों का क्रम चलता है। जहाँ कहीं आवेग के स्थल आए हैं, वहाँ उसके अनुरूप भाषा भी बदलती है। रेडियो रूपान्तरों और रेडियो रूपकों में भी हरिश्चन्द्र खन्ना ने श्रव्य शिल्प-सम्बन्धी अपनी कुशलता का परिचय दिया है। सर्वत्र श्रोताओं की दृष्टि से आकर्षण बनाए रखने का प्रयत्न किया है। इनकी कृतियों में ध्वनि-प्रभाव और संगीत का भी व्यवहार कलात्मक रूप में किया गया है।

भारतभूषण अग्रवाल भी आकाशवाणी से सम्बद्ध रहे और समय-समय पर रेडियो के लिए नाटक लिखते रहे। इनमें कुछ उल्लेखनीय नाटक हैं—'महाभारत की साँझ', 'अजन्ता की गूँज', 'और खाई बढ़ती गई', 'युग-युग या पाँच मिनट', 'परछाईं', 'दृष्टिदोष', 'गीत की खोज', 'इंट्रोडक्शन नाइट', 'हाँ ना और हाँ मगर ना', 'पलायन', 'गंगा की गाथा', 'रत्नावली', 'भादों की एक रात' आदि।

'महाभारत की साँझ' महाभारत के एक प्रसंग पर आधारित है और उसकी नये ढंग से व्याख्या करने की कोशिश की गई है। लेखक ने दुर्योधन के अन्तिम क्षणों को चित्रित करते हुए यह दिखलाना चाहा है कि उसने जो भी पाप किए थे, वे आत्मरक्षार्थ। यह उसके भाग्य का दोष था कि उसके पिता अन्धे थे। नाटक में कार्य-व्यापार का अभाव है। इसमें युधिष्ठर और दुर्योधन के संलाप ही प्रधान हैं। इन्हीं के माध्यम से लेखक ने अपने विचार व्यक्त किए हैं, पर वे तर्कसंगत एवं प्रभावशाली रूप में हमारे सामने नहीं आ पाते। लेखक दुर्योधन के प्रति श्रोताओं की सहानुभूति जगाना चाहता है, पर ऐसा नहीं हो पाता। संजय ने नैरेटर का काम किया है और दुर्योधन-सम्बन्धी दृश्य फ्लेशबैक के रूप में आए हैं। नाटक का प्रारम्भ जिस कलात्मकता के साथ हुआ

है, उस कलात्मकता के साथ इसका अन्त नहीं हो पाया है। संलाप लम्बे-लम्बे हैं। ध्वनि-प्रभावों और संगीत का व्यवहार कुशलता के साथ किया गया है। 'अजन्ता की गूँज' में अजन्ता के कलात्मक सौन्दर्य का उद्घाटन का प्रयत्न है। चित्रकार विनोद अजन्ता में जाकर उसके चित्रों का देखता है, उनके सौन्दर्य पर मुग्ध होता है, सो जाता है और स्वप्न देखता है। स्वप्न-दृश्यों को देखने के बाद वह अजन्ता की कला के रहस्य को समझ पाता है। 'अजन्ता की गूँज' अतिकल्पना जैसी रचना है। कथानक में नाटकीयता नहीं दिखाई पड़ती। इसमें विस्तार भी अधिक है, फलतः प्रभावान्विति का निर्वाह नहीं हो पाया है। इसमें चार गीत भी आए हैं। इनसे भी नाटकीयता में बाधा पड़ती है। 'और खाई बढ़ती गई' पिता द्वारा उपेक्षित पुत्र और स्वयं पिता के बीच बढ़ती हुई खाई दिखलाई गई है। इसमें मुख्य पात्र है किशोर। वही अपने पिता को लिखे गए पत्र को पढ़ता है और बीच-बीच में स्मृति दृश्य आते हैं। यह एक लम्बी कहानी जैसी रचना है, कहीं नाटकीयता नहीं है। रचना बड़ी है और इसमें अनावश्यक विस्तार दिया गया है। स्वगत और स्मृति दृश्य-प्रधान जैसे रेडियो नाटक के लिए जिस नाटकीय स्थिति अथवा मार्मिक क्षण की अपेक्षा होती है उसका इसमें नितान्त अभाव है। इसमें कोई मानसिक संघर्ष और भावावेग भी नहीं है। यही कारण है कि इसमें प्रभाव-दृष्टि की क्षमता नहीं है। इसकी तुलना विष्णु प्रभाकर के ऐसे ही नाटकों से की जा सकती है। 'युग-युग या पाँच मिनट' में आज की भौतिकवादी दृष्टि पर हलका-सा व्यंग्य है। शीला पहले रमेश की उपेक्षा करती है, पर जब सुनती है कि रमेश आई.ए.एस. में आ गया है तब उससे प्रेम करने लगती है। नाटक सामान्यतः प्रभावपूर्ण है, पर कथानक की गति सरल और मन्द है। 'दृष्टि-दोष' बहुत छोटी सी नाटिका है। यह एक मनोरंजक स्थिति पर आधारित है। रमेश एक महिला को बुरी निगाह से देखता है, पर अन्त में अपने मित्र वीरेन्द्र से मालूम होता है कि वह महिला वीरेन्द्र की ही पत्नी है। 'गीत की खोज' फिल्मी दुनिया से सम्बन्धित है। इसमें फिल्म बनानेवाले सेठों की रुचि और कला-प्रेम पर व्यंग्य किया गया है और यह दिखलाया गया है कि फिल्मी जगत में किस प्रकार गीतों का चुनाव किया जाता है। इस नाटक में जो गीत आए हैं, वे वातावरण और प्रसंग के अनुकूल हैं। 'इंट्रोडक्शन नाइट' कालेज जीवन से सम्बन्धित मनोरंजन-प्रधान रचना है। इसमें भी कई गीत आए हैं। इन रचनाओं में संलाप बड़े चुस्त हैं। भाषा सामान्य बोलचाल की है—व्यवहार में आनेवाले विकृत शब्द-रूप भी आए हैं। इससे नाटकों में स्वाभाविकता और रोचकता ही आई है। प्रसारण की दृष्टि से ये नाटक लिखे गए हैं और प्रसारित हुए हैं।

गिरिजाकुमार माथुर रेडियो से सम्बद्ध रहकर रेडियो के लिए नाटक लिखनेवाले लेखकों में हैं। माथुरजी ने श्रव्य शिल्प का सूक्ष्मता के साथ अध्ययन किया है। ये मानते हैं कि रेडियो नाटक की कला श्रेष्ठ कला है। स्वयं इनके शब्दों में, 'श्रेष्ठ कला वह होती है जिसमें बाह्य उपादानों का कम-से-कम सहारा लिया जाता है। इस दृष्टि से श्रव्य शिल्प के आधार पर लिखे गए नाटकों को मैं उत्कृष्ट कला की कोटि में मानता हूँ।'

इनके नाटकों के प्रकाशित रूप में रंग-संकेत भी हैं। इनके कुछ प्रमुख नाटक हैं—'जनम कैद', 'मध्यस्थ', 'बरात चढ़े', 'लाउड स्पीकर', 'संवत्सर', 'पिकनिक', 'कमल और रोटी' आदि। ये नाटक विभिन्न भावभूमियों पर स्थापित हैं। अधिकतर नाटक मध्यवर्गीय जीवन से सम्बन्धित हैं, कुछ नाटक ऐतिहासिक हैं। कुछ नाटक गम्भीर हैं, तो कुछ हलके-फुलके।

'जनम कैद' नाटक को लेखक ने मनोवैज्ञानिक ट्रेजेडी कहा है। इसमें एक नारी है सत्या। उसकी शादी के एक सप्ताह बाद ही उसका पति महेन्द्र लड़ाई पर जाता है, बन्दी होता है, फिर लापता हो जाता है। सत्या के भाई और पिता, महेन्द्र की खोज में प्रयत्नशील रहते हैं, पर निराशा ही हाथ लगती है। सत्या घुटती रहती है, गलती रहती है, पर भाई के प्रयत्न से उसके मित्र सतीश से शादी कर वह अपनी जिन्दगी को फिर से बसाने की सोचती है, अपना निर्णय भी दे देती है, लेकिन वैसा कर नहीं पाती। वह अपनी भावनाओं या कहें संस्कारों के कारण दुःख भोगती है। यही जनम कैद है। नाटक प्रभावोत्पादक जरूर है, पर नाटक की एकाग्रता अक्षुण्ण नहीं रह पाई है। नाटककार का ध्यान दो बिन्दुओं में बँट गया जैसा लगता है। प्रारम्भ में पिता का अन्तर्द्वन्द्व चित्रित है—यथार्थ और संस्कार का द्वन्द्व और बाद में यही सत्या के भी जीवन में है। लेखक मनोवैज्ञानिक ट्रेजेडी सत्या की चित्रित करना चाहता है। यदि लेखक की केन्द्र बिन्दु केवल वही रहती तो उसका चित्रण विशेष सूक्ष्मता से होता, उसकी मानसिक स्थितियों के परिवर्तन में आकस्मिकता का आभास नहीं मिलता और उसका चरित्र अधिक मर्मस्पर्शी होता है। इन बातों के बाजवूद 'जनम कैद' एक सुन्दर नाटक है। लेखक ने इसमें एक बड़ी चुभती हुई मनोवैज्ञानिक समस्या ली है। साथ ही, रेडियो नाटक को मानव मन की गहराई में उतरने की जो सुविधा मिली है, उसके उपयोग का प्रयत्न भी इसमें किया गया है। अन्य नाटकों में बहिर्जगत के चित्रण पर ही जोर है। 'मध्यस्थ', 'बरात चढ़े' और 'लाउड स्पीकर' मध्यवर्ग के सामाजिक जीवन पर आधारित हैं। 'मध्यस्थ' में वर और वधू दोनों पक्षों के बीच पड़े मध्यस्थों की परेशानियों का चित्रण है। 'बरात चढ़े' में बरात की तैयारी से लेकर उसकी वापसी तक के शोरगुल वगैरह के चित्र हैं। 'लाउड स्पीकर' में मौके-बेमौके बजनेवाले लाउड स्पीकरों से पड़ोसियों को होनेवाली परेशानियों को चित्रित किया गया है। ये सभी मनोरंजक नाटक हैं—मनोरंजक चित्र कहना अधिक उपयुक्त होगा। ये सभी चित्र यथार्थ हैं, सजीव हैं, आकर्षक हैं। हाँ, इनमें कहीं-कहीं अनावश्यक विस्तार हुआ है। इनमें सामाजिक असंगतियों पर व्यंग्य है। 'संवत्सर' एक सुन्दर फैंटेसी है। विक्रमादित्य की अमरता की आकांक्षा ने किस प्रकार विक्रम संवत् का प्रारम्भ कराया, इसकी कहानी बड़े आकर्षक ढंग से कही गई है। संवत् और युगदेवी का संलापवाला दृश्य कुछ बड़ा हो गया है। इससे प्रभाव में क्षीणता आई है। 'पिकनिक' एक साधारण कामेडी है जिसमें एक कलाकार, स्वभाव के सज्जन, द्वारा वसन्तोत्सव और पिकनिक की योजना के निर्माण और विसर्जन की कहानी है। रचना मनोरंजक है, पर प्रभाव कुछ बिखरा-बिखरा-सा लगता है। 'कमल और रोटी'

एक ऐतिहासिक नाटक है। इसमें झाँसी में सन् 1857 के विद्रोह के जन्म की झाँकी प्रस्तुत की गई है। नाटक में प्रसिद्ध व्यक्तियों को अनुपस्थित रखकर भी लेखक ने तत्कालीन ऐतिहासिक वातावरण उपस्थित किया है, यह उनकी विशेषता है। नाटक प्रभावशाली है। इन सभी नाटकों की भाषा-शैली अपने-अपने ढंग की है। हर नाटक की भाषा उसके वातावरण और पात्रों के अनुरूप है। नाटक के संलाप भी पात्रोचित और स्थितियों के उपयुक्त हैं।

गिरिजाकुमार माथुर ने नाटकों के अतिरिक्त अन्य प्रकार की रचनाएँ भी रेडियो के लिए लिखी हैं। इन्होंने काव्य-रूपक लिखे हैं। इन्होंने विभिन्न अवसरों के उपयुक्त रूपकों और आलेख रूपकों की रचना भी की है। 'बहती जा दामोदर' उल्लेखनीय आलेख-रूपक है। इन सबमें प्रसारण माध्यम का ध्यान रखा गया है।

प्रभाकर माचवे एक लम्बी अवधि तक आकाशवाणी से सम्बद्ध रहे हैं और परिमाण की दृष्टि से इन्होंने रेडियो के लिए बहुत लिखा है। गद्य और पद्य में इन्होंने विभिन्न प्रकार की रचनाएँ लिखी हैं। इनके नाटकों और रूपकों की संख्या बहुत बड़ी है। अनेक रूपक इन्होंने धारावाहिक रूप में लिखे हैं। कुछ रचनाओं के नाम इस प्रकार हैं—'वधू चाहिए' (तीन भाग), 'अभियोग' (दो भाग), 'अब्रा का डब्रा', 'अधकचरे', 'पागलखाने' में (तीन भाग : 'बलवान बनो', 'धनवान बनो' और 'सुन्दर बनो'), 'राम आज की दुनिया में', 'गली के मोड़ पर' (तीन भाग), 'क्या यह भी नारी है ?', 'रामभरोसे', 'पंचकन्या' (पाँच भाग), 'यदि हम वे होते' (चार भाग), 'नाटक का नाटक' (चार भाग), 'गांधी की राह पर', 'गलत राह', 'संकट पर संकट' (सात भाग) आदि। माचवेजी ने रेडियो के लिए अनेक प्रसिद्ध कृतियों के रूपान्तर भी प्रस्तुत किए हैं, जिनमें 'यशोधरा', 'कामायनी', 'बाणभट्ट की आत्मकथा' आदि के नाम लिये जा सकते हैं।

प्रभाकर माचवे की रचनाओं में विषयों की विविधता है। उनमें हमारे जीवन का पारिवारिक, सामाजिक, राष्ट्रीय या अन्तर्राष्ट्रीय, कोई-न-कोई पहलू अवश्य ही चित्रित हुआ है। लेखक युग-जीवन के प्रति बहुत जागरूक है और उसने दुनिया को खुली आँखों से देखा है। उसने उसके सम्बन्ध में अपने विचार व्यक्त किए हैं, उसकी समस्याओं को चित्रित किया है और स्थान-स्थान पर उन पर व्यंग्य किया है। उदाहरण के लिए, 'वधू चाहिए' में आज के विवाह विज्ञापनों, विवाह को व्यवसाय समझनेवाले लोगों, वास्तविकता से दूर रहनेवाले कवियों आदि पर व्यंग्य किया गया है। इसी प्रकार 'रामभरोसे' में फलित ज्योतिष, हस्तरेखा, अज्ञात भविष्य में अन्धविश्वास रखनेवाले लोगों आदि का मजाक उड़ाया गया है। लेखक ने जहाँ प्राचीन काल के पात्रों को लिया है, वहाँ भी उनके माध्यम से आधुनिक युग की ही समस्याओं पर प्रकाश डाला गया है। 'अभियोग', 'राम आज की दुनिया में' आदि रचनाओं को उदाहरणस्वरूप प्रस्तुत किया जा सकता है। माचवेजी की सभी रचनाएँ विषय प्रधान हैं। वास्तव में ये रूपक लेखक के विचारों की अभिव्यक्ति के माध्यम रहे हैं। नाटकों के शीर्षक जिन विषयों की ओर संकेत करते हैं, उनसे कोई सम्बन्ध न रखनेवाले विषयों की चर्चा भी उन नाटकों में

हुई है। 'वधू चाहिए' में अव्यावहारिक तत्समप्रधान हिन्दी पर भी व्यंग्य किया गया है। ऐसी ही बात अन्य नाटकों में भी है। इन रचनाओं से लेखक के विविध-विषयक विशाल अध्ययन का परिचय मिलता है।

विषय-प्रधानता का प्रभाव प्रभाकर माचवे की रचनाओं के शिल्प पर पड़ा है। इनमें कोई सुसंगठित कथानक नहीं है, चरित्र-चित्रण पर भी ध्यान नहीं है। लेखक ने 'रामभरोसे' के सम्बन्ध में स्वयं लिखा है—'रामभरोसे में कोई परम्परित एकांकी जैसा कथानक, गुत्थी, प्राप्त्याशा, फलगामी सिद्धि आदि नहीं है। वह केवल हमारे दैनन्दिन जीवन की एक झलक प्रस्तुत करता है।' इसी प्रकार 'गली के मोड़ पर' में उद्धवर्षिक ने कहा है—'यह कहना न होगा कि इस शैली के रूपकों में स्थूल कथानक या घटनावली नहीं होती, बल्कि होता है एक प्रकार की ऐसी मनोधारा का विश्लेषण, जो तटस्थ होकर हमारी दुनिया को देखती है।' ये बातें माचवेजी की लगभग सभी रचनाओं पर लागू हैं। इनमें जीवन का चित्रांकन मात्र है। इनमें नाटकीयता के दर्शन नहीं होते। हाँ, जो चित्र प्रस्तुत किए गए हैं, आकर्षक शैली में हैं। लेखक के पास भाषा है, वाक्पटुता भी और वह रोचक संलाप लिखता जाता है, रोचक बातें कहता जाता है। यही कारण है कि अपने अंशों में ये रूपक आकर्षक लगते हैं, पर मन पर कोई निश्चित प्रभाव डालने की क्षमता नहीं रखते। संक्षिप्त संलाप कहीं-कहीं अवश्य आए हैं, पर अधिक संलाप बड़े-बड़े ही हैं। उनमें बात को विस्तार से कहने की प्रवृत्ति दिखाई पड़ती है। एक उदाहरण देखा जा सकता है :

सु.का. : तुम्हें यह विज्ञापन पढ़ने की क्या जरूरत है ? भली-चंगी सिपाहीयाना नौकरी है। तुम्हें तो कोई व्यवसाय का चक्कर नहीं है। यह कठिनाई तो हम जैसे कलाकारों के लिए है—जो अपनी कला को व्यवसाय नहीं बनाना चाहते।

मी.रा. : कवि सुकोमलजी ! आप इतनी-सी भी मेरे दिल की बात नहीं जानते। आप कवि होकर नाम के ही सुकोमल हैं। क्या आप नहीं जानते कि जीवन में नौकरी पाना, बिना परिश्रम के एक अच्छी खासी तनख्वाह हर माह डकार लेना ही काफी नहीं है ? जीवन में वेतन और सुस्थिरता के बाद आदमी क्या चाहता है ?

प्रभाकर माचवे के नाटक आकाशवाणी की दुर्बलता की ओर संकेत करते हैं। आकाशवाणी के प्रत्येक केन्द्र से प्रति सप्ताह एक निश्चित संख्या में नाटक प्रसारित होने चाहिए और इस संख्या की पूर्ति किसी भी प्रकार के नाटकों से करनी पड़ती है। हर प्रसारण के लिए प्रथम श्रेणी के नाटकों का मिलना सम्भव नहीं है। यही कारण है कि द्वितीय और तृतीय श्रेणी के नाटक ही अधिक संख्या में प्रसारित होते हैं।

कवि और आलोचक **विश्वम्भर मानव** ने भी रेडियो के लिए नाटकों की रचना की है। इनके नाटकों के दो संग्रह प्रकाशित हुए हैं, जिनमें संकलित नाटक हैं—'संकीर्ण', 'दो फूल', 'भीगी पलकें', 'चट्टानें', 'प्रेम का बन्धन', 'सन्देह का अन्त', 'जीवन साथी',

'भूल', 'आघात', 'धरती', 'ओस', 'दोपहरी', 'नारी', और 'कलाकार'। ये नाटक मध्यवर्गीय सामाजिक जीवन की पृष्ठभूमि पर लिखे गए हैं। अधिकतर नाटकों में प्रेम और विवाह से सम्बन्धित समस्याओं पर प्रकाश डाला गया है। साथ ही, इनमें समाज की रूढ़ियों और जड़ संस्कारों पर आघात किया गया है। कुछ नाटकों पर विचार किया जा सकता है। 'संकीर्ण' के पात्र चन्द्रकान्ता ने एक उपन्यास लिखा है। 'दो फूल' जिसमें ऐसे दो प्रेमियों की कहानी है जो प्रेम करते हुए भी सामाजिक बन्धनों के कारण विवाह नहीं कर पाते और एक-दूसरे से बिछुड़कर मुरझा जाते हैं। 'संकीर्ण' के कथानक में भी ऐसी ही बात है। 'दो फूल' भी असफल प्रेम की ही कहानी है जिनके अन्त में दो प्राणी विष खाकर आत्महत्या कर लेते हैं। 'भीगी पलकें' दो बहनों की प्रेम-प्रतिद्वन्द्विता की कथा है जिसमें एक बहन हारकर मर मिटती है। 'धरती' में केदार मुक्ता से प्रेम करता है, पर पिता की सम्मान रक्षा और बहन की शादी के लिए उससे विवाह नहीं कर पाता। इसी प्रकार दूसरे नाटक भी हैं।

विश्वम्भर मानव के नाटक सरल-गति प्रेम-कथाएँ हैं। इनमें कहीं-कहीं मोड़ आए हैं अवश्य, पर वे भी लेखकीय निर्देश पर। कथानक-निर्माण में नाटकीयता के दर्शन कम स्थलों पर होते हैं। इनमें भावुकता की प्रधानता है। कथानक का विकास भी सहज गति से नहीं होता, लेखक उसकी बागडोर अपने ही हाथ में रखता है। नाटकों के अन्त भी मृत्यु या आत्महत्या से सरलतापूर्वक कर दिए गए हैं। विश्वम्भर मानव के नाटकों के मुख्य पात्र बड़े भावुक, कोमल और निरीह लगते हैं। कुछ नाटकों में तो इनकी अतिशय भावुकता स्पष्टतः परिलक्षित होती है। उदाहरण के लिए 'आघात' में सत्यदेव को देखा जा सकता है। वह अपनी एक सहपाठिनी की ओर आकृष्ट होता है और बार-बार उपेक्षित-तिरस्कृत होकर भी उसके पीछे पड़ा रहता है—उसके विवाह हो जाने पर आत्महत्या करने चल देता है। इन नाटकों में एक बात यह भी दिखाई पड़ती है कि लगभग सबमें एक पात्र कवि, लेखक या कलाकार है। ऐसे पात्र सब जगह समान हैं लगता है, जैसे किसी एक ही व्यक्तित्व की, सम्भवतः लेखक की प्रलम्बित छाया इन सब पर पड़ी हो। नाटक वस्तुनिष्ठ कृति है, इस तथ्य पर कम ध्यान दिया गया है। पात्रों के सभी कार्य-व्यापारों की मनोवैज्ञानिक पृष्ठभूमि विश्वसनीय रूप में निर्मित नहीं हो पाई है। संलाप नाटकोचित हैं—प्रसंगानुरूप छोटे-बड़े सब प्रकार के हैं। भाषा सरल और बोलचाल की है। सभी नाटक प्रसारण के लिए लिखे गए हैं, और इनमें लेखक ने माध्यम की सुविधाओं का उपयोग किया है। आवश्यकतानुसार छोटे-बड़े, दोनों प्रकार के दृश्य आए हैं। रेडियो का माध्यम भावना-प्रधान रचनाओं के बहुत उपयुक्त पड़ता है, यही कारण है कि विश्वम्भर मानव के नाटक अपने प्रसारित रूप में श्रोताओं के मर्म का स्पर्श करने की क्षमता रखते हैं।

कृष्णकिशोर श्रीवास्तव ने नाट्य-लेखन रंग-एकांकी से प्रारम्भ किया और बाद में रेडियो से सम्बद्ध होकर रेडियो नाटकों की रचना की। इनके नाटकों की संख्या बड़ी है। कुछ उल्लेखनीय नाटक हैं—'मछली के आँसू', 'लमसेना', 'तूफान के बाद', 'जीवन

का अनुवाद', 'कच्चे धागे', 'आँख, आँसू और आग', 'सत्यकिरण', 'बेवकूफ की रानी', 'मरीचिका', 'सन्ध्या की छाया', 'धुँधले चित्र', 'अपूर्ण' आदि।

श्रीवास्तवजी सजग कलाकार हैं और युग की समस्याओं के प्रति इन्होंने अपनी जागरूकता दिखाई है। आज के आर्थिक वैषम्य से उत्पन्न तीखी स्थितियाँ, समाज के मध्यमवर्गीय लोगों की बेकारी, उनकी दुर्दशा, संघर्ष आदि को इन्होंने अपने नाटकों में चित्रित किया। इन्होंने सामाजिक यथार्थ को अंकित भी किया है, उस पर तीखा व्यंग्य भी किया है। लेकिन आकाशवाणी की नीति सब प्रकार के यथार्थ को प्रश्रय नहीं देती। ऐसी बहुत-सी सामाजिक वास्तविकताएँ हैं जिन पर आधारित नाटक आकाशवाणी से प्रसारित नहीं हो सकते। कृष्णकिशोर श्रीवास्तव ने अपने कुछ रेडियो नाटकों को प्रकाशन के समय परिवर्तित किया है और इस सम्बन्ध में लिखा है—'आपको इनमें जो कुछ तीखा लगे अथवा किसी की दुर्बलता चुभे—समझ लीजिए वह सब उन मूल रचनाओं में नहीं था जो आकाशवाणी से प्रसारित हुई थीं।'

कृष्णकिशोर श्रीवास्तव ने अपने नाटकों में श्रव्य शिल्प पर विशेष ध्यान रखा है। कुछ नाटकों का विश्लेषण कर इसे देखा जा सकता है। 'मछली के आँसू' इनकी एक सफल रचना है। इसमें आज के एक मध्यवर्गीय युवक और उसके परिवार की विवशता और वेदना पर मार्मिक चित्र अंकित किया गया है। कथानक का निर्माण कुशलता से किया गया है। यद्यपि इसके घटनाक्रम में विशेष गति नहीं है, उसका लक्ष्य बिलकुल निश्चित है। पात्र कम हैं, पर सभी आवश्यक हैं। ध्वनि-प्रभावों और संगीत के द्वारा लेखक ने वातावरण-निर्माण प्रभावशाली रूप में करने का प्रयत्न किया है। लेखक ने स्मृति-दृश्यों का कलात्मक उपयोग किया है—सभी स्मृति-दृश्य मनोवैज्ञानिक स्थलों पर आए हैं। प्रतीक का उपयोग भी सुन्दर रूप में हुआ है—पुरानी लालटेन का भभकना बुढ़िया की अन्तिम जीवनाकांक्षा की ओर संकेत करता है। 'मन से जागत रहियो भाई' गीत की पंक्तियाँ भी उपयुक्त अवसरों पर आई हैं। माँ की अन्तिम घड़ी का चित्र मर्मस्पर्शी बन पड़ा है। समय बीतने की व्यंजना भी अच्छे ढंग से की गई है।

'लमसेना' ग्रामीण पृष्ठभूमि पर आधारित है। इसमें मध्य प्रदेश के आदिवासी जीवन की झाँकी है। लेखक ने यह संकेत करना चाहा है कि नारी सब प्रकार के समाज में पुरुष की सम्पत्ति रहती आई है। इसमें दो आदिवासी पात्रों, बेदी और मोदी के प्रेम मिलन के मार्ग की कठिनाइयों और आत्महत्या को चित्रित किया गया है। इसमें लोकगीतों का व्यवहार प्रसंग के अनुरूप है। इससे वातावरण निर्माण में भी सहायता मिली है। ग्रामीण शब्दों का भी व्यवहार किया गया है। 'तूफान के बाद' सन् 1942 की क्रान्ति की पृष्ठभूमि पर लिखा गया है। इसमें देशप्रेमी नीलेश का मानसिक द्वन्द्व अंकित किया गया है। यह सामान्य कोटि का नाटक है। 'जीवन का अनुवाद' में विधुर जीवन से सम्बन्धित समस्याएँ हैं—पत्नी की मृत्यु के बाद लोग विधुर युवक के हृदय को समझने का प्रयत्न नहीं करते और उसे विवाह के लिए बाध्य करने लगते हैं। प्रस्तुत नाटक में लेखक ने विधुर निखिल की मानसिक उद्विग्नता का चित्रण किया है। 'कच्चे-धागे'

बालवैधव्य से सम्बन्धित है। 'आँख, आँसू और आग' मुख्यतः मनोवैज्ञानिक नाटक है। इसका शीर्षक भी काफी आकर्षक और भावव्यंजक है। इसमें स्थितियों का चुनाव कुशलतापूर्वक किया गया है। उनका नियोजन इस प्रकार किया गया है कि जिज्ञासा अन्त तक बनी रहती है। यह नाटक काफी प्रभावपूर्ण है।

कृष्णकिशोर श्रीवास्तव के अधिकतर नाटक सफल हैं। लेखक ने उनमें उद्देश्य की एकता का ध्यान रखा है और सभी स्थितियों को एक ही दिशा की ओर प्रेरित किया है। उनमें कम-से-कम पात्रों का उपयोग किया गया है। संलाप संक्षिप्त और गतिशील हैं। ध्वनि-प्रभावों का व्यवहार यथोचित वातावरण के निर्माण के लिए किया गया है।

भगवतशरण उपाध्याय की प्रतिभा बहुमुखी रही है। इन्होंने रेडियो के लिए भी कुछ रचनाएँ लिखी हैं। इनकी कुछ उल्लेखनीय रचनाएँ हैं—'सीकरी की दीवारें', 'रूपमती और बाजबहादुर', 'क्रौंच किसका ?', 'नयी दिल्ली में तथागत', 'रानी दिद्दा', 'गोपा', 'गणतन्त्रगाथा', 'नारी', 'ताहि बोई तू फूल', 'शाही मजूर', 'महाभिनिष्क्रमण', और 'जोहान वोल्फगांग गेटे'। इनमें नाटक और रूपक दोनों प्रकार की रचनाएँ हैं।

'सीकरी की दीवारें' एक प्रभावपूर्ण नाटक है। इसमें शाहजहाँ के अन्तिम काल के युद्धों की पृष्ठभूमि पर जहाँनारा और छत्रसाल के प्रेम का मार्मिक चित्र अंकित किया गया है और कर्तव्य की बेदी पर प्रेम के बलिदान द्वारा करुणा की सृष्टि की गई है। नाटक में घटनाएँ कम हैं और उनकी गति भी मन्द है। संलाप छोटे-बड़े, दोनों प्रकार के हैं। प्रसंगानुरूप उनका नियोजन किया गया है। 'रूपमती और बाजबहादुर' इतिहास के प्रख्यात प्रसंग पर आधारित है। इसमें दोनों पात्रों के प्रेम, विवाह, बाजबहादुर के निधन और रूपमती के विषपान की कहानी है। यह सामान्य गति का कथानक है। प्रारम्भ में मैना-मैनी प्रसंग को अनावश्यक विस्तार दिया गया है। 'क्रौंच किसका ?' सिद्धार्थ और देवदत्त के सुपरिचित प्रसंग की कलात्मक अभिव्यक्ति है। 'नयी दिल्ली में तथागत' एक फैंटेसी है। इसमें दिखलाया गया है कि भगवान बुद्ध अपने शिष्य आनन्द के साथ दिल्ली आते हैं और यहाँ की स्थिति देखकर चकित होते हैं। इससे परवर्ती बौद्ध धर्म, आधुनिक सभ्यता और शिष्टाचार, भाषा आदि पर व्यंग्य किया गया है। 'रानी दिद्दा' में दिद्दा के चरित्र पर प्रकाश डाला गया है। इसमें नाटकीयता नहीं दिखाई पड़ती। 'गोपा' में यशोधरा का प्रारम्भ से लेकर अन्तिम त्याग का चित्रण है। इसका अन्त काफी मार्मिक बन पड़ा है। 'गणतन्त्रगाथा' भारतीय गणतन्त्र-परम्परा का इतिहास है। यह रूपक है, और इसमें मुख्य स्वर वाचक और वाचिका के हैं। बीच-बीच में विभिन्न दृश्य आते गए हैं। 'नारी' भी रूपक है, और इसमें बीस हजार वर्ष पहले से लेकर अब तक के विभिन्न युगों में नारी की स्थिति का चित्र है। इसमें पात्र बहुत आए हैं, और दृश्य बहुत छोटे-छोटे हैं। 'शाही मजूर' में औरंगजेब का चरित्र चित्रण है। इसमें यह दिखलाया गया है कि वह अपनी व्यक्तिगत आजीविका के लिए टोपी सीने और कुरान की प्रतिलिपि तैयार करने का काम किया करता था। 'ताहि बोई तू फूल' भिक्षु कुमारजीव के जीवन पर आधारित रूपक है। इसमें नैरेशन भी आए हैं, संलाप भी। संलाप बड़े-बड़े हैं। गीत

भी हैं। 'महाभिनिष्क्रमण' में बुद्ध के जीवन का सुपरिचित आख्यान है। प्रस्तुतीकरण में कोई विशेषता नहीं दिखती। 'जोहान वोल्फगांग गेटे' जीवनचरितात्मक रूपक है। इसमें महाकवि कालिदास से प्रभावित जर्मन कवि गेटे का चित्रण है।

डॉ. भगवतशरण उपाध्याय के नाटकों में कथानक-निर्माण पर विशेष ध्यान नहीं है। उनसे लेखक के अध्ययन और जानकारी का परिचय मिलता है। तथ्यों पर विशेष बल दिया गया है। रूपकों में यह बात विशेष रूप से दिखाई पड़ती है और यह स्वाभाविक है। भाषा पर लेखक का अधिकार है, पर अधिकांश स्थलों पर भाषा-शैली अलंकृत और बोझिल है। जहाँ संलाप छोटे-छोटे हैं, वहाँ उनमें विशेष शक्ति है।

हंसकुमार तिवारी कवि, आलोचक और अनुवादक के रूप में प्रसिद्ध हैं। इन्होंने समय-समय पर रेडियो के लिए कुछ नाटक भी लिखे हैं, जिनमें मुख्य हैं—'आधी रात का सवेरा', 'अन्धकार', 'ढलती किरण', 'अन्तिम अध्याय', आदि। 'आधी रात का सवेरा' में एक निर्धन ग्रामीण महँगू की बेबसी चित्रित है। नाटक कुछ बड़ा है, पर इसमें कार्य-व्यापार बहुत कम है। अतः अनावश्यक विस्तार का होना स्वाभाविक है। नाटक का आकर्षण उसकी भाषा और संलाप में है। संलापों में गति है, बात-से-बात क्रमिक रूप से निकाली जाती है। यह इस नाटक की विशेषता है। 'अन्धकार' में मध्यवित्त परिवार की निर्धनता का चित्र है। पहले दो दृश्यों में निर्धन परिवार की कुरूप लड़की यमुना की शादी की समस्या है, बाद के दृश्य में पति द्वारा तिरस्कृता यमुना का चित्र है। एकांकी के लिए एक ही उद्देश्य या एक ही समस्या पर्याप्त है, इस तथ्य की ओर ध्यान नहीं दिया गया है। 'ढलती किरण' में देशभक्त क्रान्तिकारी जगदीश, उसकी पत्नी, पुत्री और मित्र की कहानी है। यह एक मनोवैज्ञानिक नाटक है। इसमें कथानक-निर्माण पर भी विशेष ध्यान है। जिज्ञासा अन्त तक बनी रहती है। 'अन्तिम अध्याय' में एक कर्मव्यस्त डाक्टर की प्रेम-वंचिता पत्नी की वेदना और त्याग की कहानी है। नायिका की वेदना को मार्मिक बनाने में लेखक को सफलता मिली है।

हंसकुमार तिवारी के नाटक शीघ्रता में लिखे गए जान पड़ते हैं, जैसाकि रेडियो नाटकों के सम्बन्ध में बहुधा होता है। यही कारण है कि विशेष अवधि के लिए नाट्य लेखन के उद्देश्य से छोटे कथानकों को दूर तक खींचने का प्रयत्न किया गया है। यह संलाप लेखन की कुशलता है जो ऐसे नाटकों को भी नीरस नहीं होने देती। संलापों में पात्र, प्रसंग एवं भाव के अनुरूप परिवर्तन होता रहता है।

कणादऋषि भटनागर ने अनेक रेडियो नाटकों की रचना की है। नाटकों के प्रकाशित रूप में इन्होंने उनमें कुछ परिवर्तन इस प्रकार कर दिए हैं कि वे रंगमंच के लिए भी उपयुक्त हो सकें। इनके प्रमुख नाटक हैं—'सफर के साथी', 'बोनस', 'ऊन की लच्छी', 'सबूत', 'लाटरी' आदि।

'सफर के साथी' बड़े शहरों में होनेवाली अतिथि-सत्कार की समस्या पर आधारित है। कथानक-निर्माण में लेखक ने कुशलता बरती है। नाटकीय स्थिति का चुनाव किया गया है। अन्त तक कुतूहल और आकर्षण बना रहता है। अन्त आकस्मिक और

चमत्कारपूर्ण रूप में होता है, पर यह आकस्मिकता अस्वाभाविक नहीं लगती, क्योंकि इसके पूर्व-संकेत मिल चुके रहते हैं। 'बोनस' एक आकर्षक पारिवारिक नाटक है। इसमें पति-पत्नी के संघर्ष और प्रेम से सम्बन्धित विभिन्न मनःस्थितियों के चित्र हैं। इसका अन्त भी आकस्मिक, पर स्वाभाविक रूप में हुआ है। 'ऊन की लच्छी' में यह चित्रित है कि आफिस में स्त्रियाँ किस तरह काम करती हैं। ऊन की एक लच्छी खो जाने से आफिस में हलचल मच जाती है और लच्छी के मिल जाते ही नाटक समाप्त हो जाता है। इसका अन्त भी चमत्कारपूर्ण है, पर इस रचना में विशेष नाटकीयता या गति नहीं है। 'सबूत' पति-पत्नी के बीच हुई गलतफहमी पर आधारित है। 'लाटरी' भी मनोरंजन-प्रधान रचना है। हरीश शर्मा के मित्र उसे मूर्ख बनाकर उससे भोज खाना चाहते हैं और उसके घर खबर भेज देते हैं कि उसे लाटरी में कई लाख रुपए मिले हैं। कणादऋषि भटनागर के सभी नाटक रोचक और आकर्षक हैं। कथानक निर्माण में जिज्ञासा तत्त्व पर्याप्त मात्रा में है। सभी नाटकों के अन्त चमत्कारपूर्ण हैं। पात्र बहुत कम आए हैं। संवादों में भी रोचकता है।

प्रफुल्लचन्द्र ओझा 'मुक्त' आकाशवाणी, पटना की स्थापना के वर्ष से ही ये उससे सम्बद्ध रहे और उन्होंने अनेक रेडियो नाटकों की रचना की है। सामाजिक, मनोवैज्ञानिक, रोमांचक आदि सब प्रकार के नाटक इन्होंने लिखे हैं। इनके कुछ प्रसिद्ध नाटक हैं—'दूब और पगडंडी', 'धब्बे', 'घटाएँ', 'चूड़ियाँ', 'पुकार', 'प्रतिशोध', 'कटी उंगलियाँ', 'सिसकियाँ', आदि।

'मुक्त' जी के कुछ नाटक सामाजिक यथार्थ पर आधारित हैं, कुछ नाटक कल्पनाप्रधान हैं और मात्रा मनोरंजन के लिए हैं। सामाजिक नाटकों में लेखक ने वर्तमान आर्थिक वैषम्य और उससे उत्पन्न समस्याओं की ओर संकेत किया है। शिल्प की दृष्टि से 'मुक्त' जी के नाटकों पर उनके कथाकार का प्रभाव स्पष्टतः परिलक्षित होता है। ये नाटक क्षण विशेष की तीव्रता पर आधारित नहीं हैं, दीर्घ अवधि तक विस्तृत हैं। हाँ, इनमें रोचक कहानियाँ हैं और वे आकर्षक ढंग से कही गई हैं। 'मुक्त' जी के पास सशक्त भाषा है, गतिशील प्रसंगानुकूल संलाप लिखने की क्षमता है और इनका व्यवहार नाटकों में कुशलतापूर्वक किया गया है। कहानी को रोचक बनाए रखने के लिए आकस्मिक मोड़ भी आए हैं। स्थान-स्थान पर स्मृति-दृश्यों का उपयोग किया गया है। ध्वनि-प्रभावों द्वारा यथोचित वातावरण भी निर्मित किए गए हैं। 'मुक्त' जी ने अपने नाटक केवल रेडियो को ध्यान में रखकर लिखे हैं और वे रेडियो पर सफल रहे हैं।

ब्रजकिशोर नारायण कविता और उपन्यास के क्षेत्र में सुपरिचित रहे। ये आकाशवाणी के लिए भी रचनाएँ करते रहे। इन्होंने मुख्यतः हलके-फुलके, छोटे-छोटे रेडियो नाटक लिखे हैं। कुछ उल्लेखनीय रचनाएँ हैं—'सपना टूट गया', 'कला की कीमत', 'अकल्पित', 'चन्द्रावली', 'तीसरी दुनिया', 'मृत्युलोक में नारद', '...कि उल्लू न हुए', 'धत्तेरे की', 'कहाँ से कहाँ' आदि। ब्रजकिशोर नारायण के नाटक मुख्यतः मनोरंजन के उद्देश्य से लिखे गए जान पड़ते हैं। ये नाटक बहुत छोटे-छोटे हैं, पर कथानकों की

अवधि दीर्घकाल में फैली हुई है। इनमें दृश्य भी बहुत छोटे-छोटे आए हैं। कथानक का विकास सरल गति से हुआ है। नाटकीयता के दर्शन कम स्थलों पर होते हैं, पर कुछ नाटक तो चित्र मात्र हैं। इनमें चित्रांकन की ओर भी ध्यान नहीं दिया गया है। संलाप सजीव और रोचक हैं। भाषा बोलचाल की ही है, पर अतिशयोक्तिपूर्ण।

सिद्धनाथ कुमार रेडियो माध्यम में विशेष रुचि रखनेवाले लेखकों में हैं। अनेक वर्षों तक ये आकाशवाणी के पटना केन्द्र से सम्बद्ध रहे और सन् 1948 में उसकी स्थापना के समय से ही नाटक लिखते रहे हैं। श्रव्य माध्यम और उसके शिल्प पर इनकी ये पुस्तकें प्रकाशित हुई हैं—'रेडियो वार्ता शिल्प' 'रेडियो नाट्य-शिल्प' और 'रेडियो नाटक की कला'। इन्होंने विभिन्न प्रकार के अनेक नाटक लिखे हैं, कुछ के नाम हैं—'प्रकाश की विजय', 'दुनिया खड़ी है', 'अश्वमेध', 'दोषी कौन ?' 'विषाद की छाया', 'आदमी की कीमत', 'वे अभी भी क्वाँरी हैं', 'चौदह वर्ष', 'रंग और रूप', 'विजेता', 'टूटा हुआ आदमी', 'अभिशप्त', 'मुर्दे जिएँगे', 'खुला कमरा', 'बन्द धुआँ', 'झाड़ियाँ', 'कोई एक किरण', 'बंजर धरती के फूल', 'चेहरे और चेहरे', 'दरकती दीवारें', 'एक बेचैन आवाज', 'परिधि के टुकड़े', 'आदमी है, नहीं है', 'रास्ता बन्द है', 'एक किरण : एक दर्द', 'ध्वनि-प्रतिध्वनि', 'तूफान कब आएगा ?', 'जिन्दगी, तुम कहाँ हो', 'एक चीख एक प्रश्न', आदि। इनके अतिरिक्त इन्होंने अनेक रंगनाटकों, कहानियों और उपन्यासों के रेडियो रूपान्तर किए हैं और विभिन्न विषयों पर रूपक लिखे हैं।

सिद्धनाथ कुमार के नाटकों में विषय की विविधता है। 'प्रकाश की विजय' और 'दुनिया खड़ी है' महात्मा गांधी के जीवन से सम्बन्धित हैं। 'रंग और रूप' तथा 'विजेता' जीवनचरितात्मक रूपक हैं—पहले में इटली के प्रसिद्ध कलाकार माइकेल एंजिलो और दूसरे में अशोक के जीवन की झाँकियाँ प्रस्तुत की गई हैं। 'टूटा हुआ आदमी' में आज के जीवन-संघर्ष में टूटते हुए एक मध्यवर्गीय युवक का चित्र अंकित किया गया है। 'अभिशप्त' में महाभारतकालीन पृष्ठभूमि पर आधुनिकयुगीन आदर्शों और मानव-मूल्यों पर व्यंग्य किया गया है। 'अश्वमेध' महाभारत के एक प्रसंग पर आधारित है, और इसमें शान्ति के लिए लड़े जानेवाले युद्धों पर हँसने का प्रयत्न किया गया है। 'वे अभी भी क्वाँरी हैं' और 'चौदह वर्ष' भावना-प्रधान नाटक हैं। पहले में काव्य की उपेक्षिताएँ अनुसूइया और प्रियम्वदा और दूसरे में उर्मिला के जीवन की वेदना को वाणी देने का प्रयत्न किया है। 'टूटा हुआ आदमी', 'दोषी कौन ?' 'आदमी की कीमत', आदि प्रारम्भिक और 'मुर्दे जिएँगे', 'रास्ता बन्द है' तथा 'आदमी है, नहीं है' संग्रहों में संकलित परवर्ती नाटकों में लेखक ने समसामयिक जीवन की विसंगतियों, आपस के टूटते हुए रागात्मक सम्बन्धों एवं मध्यवर्गीय परिवार की समस्याओं पर विशेष रूप से ध्यान केन्द्रित किया है। सिद्धनाथ कुमार ने अपने नाटकों में श्रव्य माध्यम की सीमाओं और सुविधाओं का सदा ध्यान रखा है और विभिन्न प्रकार के प्रयोग किए हैं।

रेवतीसरन शर्मा ने शिल्प की दृष्टि से कुछ बहुत अच्छे नाटक लिखे हैं। मूलतः ये उर्दू में लिखते हैं, पर इनके नाटक हिन्दी में प्रकाशित हुए हैं। इनके रेडियो नाटकों

की संख्या बड़ी है, जिनमें प्रमुख हैं—'आँसू', 'नग्मे की मौत', 'क्रिस्मस की शाम', 'सो जाने दो', 'एक लम्हा पहले', 'अभागिन', 'मुझे जीने दो', 'चढ़ाव-उतार', 'रोशनी', 'अँधेरा-उजाला', 'पत्थर और आँसू', 'दुश्मन', 'इकतारा', 'डाक्टर बीवी', 'इनसान', 'कल', 'अमावश का अन्धकार', 'फूल और चिनगारी' आदि। इनके कथानक आज के मनुष्य के व्यक्तिगत और सामाजिक जीवन से लिये हैं। कुछ नाटक भारत और पाकिस्तान के सम्बन्धों पर भी आधारित हैं। कुछ में मनोवैज्ञानिक समस्याएँ भी ली गई हैं। इन सबसे युग-जीवन के प्रति लेखक की जागरूकता का परिचय मिलता है।

रेवतीसरन शर्मा के नाटकों का धरातल मुख्यतः भावात्मक है। 'आँसू' और 'नग्मे की मौत' में भावुकता विशेष रूप से दिखाई पड़ती है। लेकिन बाद के नाटकों में नाटकीय अनुशासन ने भावुकता को नियन्त्रित रखा है। शर्माजी ने प्रेम और विवाह की समस्याओं से हटकर अन्य प्रकार के नाटक भी लिखे हैं। 'डाक्टर बीबी' हास्य-नाटक है। 'इनसान' प्रभावशाली प्रतीकात्मक नाटक है। इसके पात्र हैं—डाक्टर, नर्स, समय, धर्म, मौत आदि। लेखक का कथ्य है कि दुनिया में इनसान सबसे बड़ा है। इसमें पात्रों के सूचक सांकेतिक ध्वनि-प्रभाव बड़े कलात्मक हैं। समय की व्यंजना के लिए घड़ी आदि की ध्वनियों का व्यवहार किया गया है। 'कल' एक अतिकल्पना है जिसमें परमाणु बमों के दुष्परिणामों का संकेत है। शर्माजी के संवाद नाटकीय और शक्तिशाली हैं। श्रव्य माध्यम पर ध्यान रखने का कारण लगभग सभी नाटक सफल बन पड़े हैं।

कर्तारसिंह दुग्गल भी आकाशवाणी से सम्बद्ध रहे हैं और इन्होंने रेडियो के लिए पंजाबी में अनेक नाटकों की रचना की है। नाटक हिन्दी में भी प्रकाशित हैं। अपने नाटकों में इन्होंने श्रव्य माध्यम की अपेक्षाओं पर ध्यान रखा है। इनके मुख्य नाटकों के नाम हैं—'कहानी कैसे बनी ?', 'दो मर्द और एक माँ', 'अल्लाह मेघ दे', 'अनार के दो पत्ते', 'जूठे टुकड़े', 'दीया बुझ गया' आदि। इन नाटकों में मुख्यतः मनोवैज्ञानिक समस्याएँ ली गई हैं और पात्रों के मनोभावों के चित्रण पर विशेष ध्यान रखा गया है।

'कहानी कैसे बनी ?' एक मार्मिक नाटक है। इसके कथानक-निर्माण में समानान्तर स्थितियों का कलात्मक उपयोग किया गया है—एक बरसाती रात में एक स्त्री का पति प्रेमिका के यहाँ ठहर जाता है। स्त्री बहुत दुखी है। तभी एक कहानीकार जिसकी रचनाएँ वह स्त्री पढ़ती रही है, वर्षा से बचने के लिए उसके घर में शरण लेता है और वह उसके आग्रह पर रात-भर वहीं ठहरने का निश्चय करता है। जिस प्रकार स्त्री के पति ने रात को घर न आने की सूचना टेलीफोन पर दी थी, उसी प्रकार कहानीकार भी अपनी पत्नी को टेलीफोन करता है। भावों के परिवर्तन का चित्रण कुशलता से किया गया है। 'दो मर्द और एक माँ' भी एक नाटकीय स्थिति पर आधारित है। 'अल्लाह मेघ दे' और 'अनार के दो पत्ते' पंजाबी लोकगीतों पर आधारित हैं और सचमुच इनमें लोकगीतों जैसी तरलता और सरसता है। 'जूठे टुकड़े' में अतिशय निर्धनता का चित्रण है, साथ ही, उसमें पनपनेवाली सहृदयता और अभिमान को भी अंकित किया गया है। 'दीया बुझ गया' विदेशियों द्वारा आक्रान्त कश्मीर की पृष्ठभूमि पर लिखा गया है, पर इसका धरातल

मानवीय है। कर्तारसिंह दुग्गल में ध्वनियों और शब्दों द्वारा वातावरण-निर्माण की शक्ति है, सभी नाटकों में यथोचित वातावरण निर्मित किया गया है। सभी नाटकों की शैली काव्यात्मक और अलंकृत है। कहीं-कहीं बहुत बड़े-बड़े स्वगत आए हैं, जैसे 'दीया बुझ गया' में। ऐसे स्थलों पर भावुकता नाटकीयता में बाधक हुई है। कहीं-कहीं स्मृति-दृश्यों का उपयोग किया गया है। दृश्य-परिवर्तन में भी कलात्मकता दिखाई पड़ती है।

रामवृक्ष बेनीपुरी ने रंगमंच के लिए अनेकांकी और एकांकी नाटकों की तो रचना की ही है, रेडियो के लिए भी नाटक और रूपक लिखे हैं। इनमें उल्लेखनीय हैं—'गाँव के देवता', 'अमर ज्योति', 'रामराज्य', और 'शकुन्तला'। 'गाँव के देवता' चरित्र-प्रधान नाटक है। बेनीपुरीजी ने जैसे 'माटी की मूरतें' में ग्रामीण आकर्षण के चित्र अंकित किए हैं, वैसे ही 'गाँव के देवता' में गाँव के एक महान बेटे की झाँकी प्रस्तुत की गई है। यह भी एक कहानी ही है, पर रेडियो के लिए संलापों के माध्यम से प्रस्तुत की गई है। 'अमर ज्योति' और 'रामराज्य' रेडियो रूपक हैं। 'अमर ज्योति' में गांधीजी की जीवनी कलात्मक रूप में प्रस्तुत की गई है। लेखक ने दो नैरेटरों का व्यवहार किया है, और बीच-बीच में गांधीजी के जीवन की झलकियाँ आती गई हैं। आरम्भ बड़ा आकर्षक है। 'रामराज्य' में लगभग सौ वर्ष आगे के भारत का चित्र खींचा गया है। बेनीपुरीजी की भावव्यंजक चंचल भाषा सर्वत्र रूपक के उपयुक्त रही है, छोटे-छोटे शब्द, छोटे-छोटे वाक्य—गतिशीलता बनी रहती है। 'शकुन्तला' महाकवि कालिदास के शकुन्तला नाटक का रेडियो रूपान्तर है। इसमें कोई विशेषता नहीं दिखाई पड़ती। बेनीपुरीजी ने अपने 'नेत्रदान' नाटक को भी रेडियो के लिए रूपान्तरित किया है, जो अनेक बार सफलतापूर्वक प्रसारित हुआ है।

प्रसिद्ध कवि, कहानीकार और उपन्यासकार **'अज्ञेय'** ने भी कुछ रेडियो नाटकों की रचना की है। इनमें उल्लेखनीय हैं—'नान्यः पन्थाः', 'कवि-प्रिया', 'वसन्त' और 'जयदोल'। 'नान्यः पन्थाः' महात्मा गांधी की नोआखाली यात्रा पर आधारित है। इसमें लेखक ने बतलाया है कि गांधीजी का मार्ग ही कल्याण मार्ग है। सही अर्थों में यह नाटक न होकर रूपक है। लेखक ने अपने कथ्य को कलात्मक रूप दिया है। स्थितियों और पात्रों के चुनाव में कुशलता बरती गई है। एकाध स्थलों पर नाटकीय संवाद प्रभावशाली रूप में आए हैं। 'कवि-प्रिया' एक मार्मिक नाटक है। इसमें लेखक की कवि-पत्नी शान्ता के जीवन की वेदना को वाणी देने का प्रयत्न किया है। 'वसन्त' संलाप-प्रधान कहानी है। इसमें कोई विशेषता नहीं दीखती। 'जयदोल' लेखक की अपनी ही कहानी का रेडियो नाट्य-रूपान्तर है। कहानी की तरह यह रूपान्तर भी प्रभावशाली है। 'जयदोल' कहानी का वातावरण रेडियो माध्यम के बहुत उपयुक्त है और रूपान्तर में उस वातावरण को शब्दों और ध्वनियों द्वारा निर्मित किया गया है।

अमृतलाल नागर ने रेडियो के लिए विभिन्न प्रकार की रचनाएँ की हैं। यदि इन्होंने 'उजाले से पहले', और 'भारतेन्दु कला'—जैसे रूपक लिखे हैं, तो 'उतार-चढ़ाव', 'चक्करदार सीढ़ियाँ और अँधेरा' आदि मनोवैज्ञानिक नाटक भी लिखे हैं। 'सेठ

बाँकेलाल' और 'फिर न कहना दोस्त', जैसे अनेक प्रहसनों की भी रचना की है। इन सभी रचनाओं में श्रव्य माध्यम की सुविधाओं का ध्यान रखा है और ये रेडियो पर सफल रही हैं। लेखक ने अपने कुछ नाटकों में प्रयोग भी किया है। रेडियो नाटक में ध्वनि और शब्द ही सबकुछ हैं, पर नागरजी ने अपने 'गूँगी' नाटक में गूँगी को मुख्य पात्र बनाया है। गूँगी की ध्वनियों और पार्श्ववर्ती पात्रों की सहायता से लेखक गूँगी की वेदना को व्यक्त करने में सफल रहा है। अपने मनोवैज्ञानिक नाटकों में नागरजी ने नाटकीय स्थितियाँ ली हैं, नाटकीय कथानकों का निर्माण किया है और पात्रों के अन्तर्द्वन्द्व को प्रभावशाली रूपों में चित्रित किया है। 'चक्करदार सीढ़ियाँ और अँधेरा' में पागलों का मानसिक द्वन्द्व विशेष आकर्षक हैं। जासूसी नाटक 'हीरे की अँगूठी' में कुतूहल के तत्त्व पर विशेष ध्यान दिया गया है। इनकी हास्य-रचनाएँ भी काफी सफल रही हैं।

प्रसिद्ध नाटककार **लक्ष्मीनारायण मिश्र** ने कुछ नाटक केवल रेडियो को ध्यान में रखकर लिखे हैं। ऐसे नाटक 'कावेरी में कमल' और 'भगवान मनु तथा अन्य एकांकी' संग्रहों में संकलित हैं। इनके नाम हैं—'कावेरी में कमल' 'देवगिरि में ग्रहण', 'पत्थर में प्राण', 'भगवान मनु', 'विधायक पराशर', 'याज्ञवल्क्य', 'कौटिल्य', और 'आचार्य शंकर'। यद्यपि इन संग्रहों में कहीं यह संकेत नहीं है कि ये रेडियो नाटक हैं, पर इनमें श्रव्य माध्यम की विशेषताएँ इतनी स्पष्ट हैं कि इन्हें रेडियो नाटक छोड़कर और कुछ कहा नहीं जा सकता। इनमें दृश्य, रंग-संकेत कहीं नहीं हैं। श्रव्य संकेतों और ध्वनि-प्रभावों का व्यवहार बड़ी कुशलता से किया गया है। 'भगवान मनु' में मनु पहले दृश्य में बहुत देर तक अकेले ही रहते हैं, पर लेखक ने बीच में नेपथ्य स्वर और उपयुक्त ध्वनि-प्रभावों का व्यवहार कर मनु के स्वगत को कहीं भी बहुत लम्बा नहीं होने दिया है। इससे एकरसता नहीं आने पाती और नाटक की प्रभावोत्पादकता बनी रहती है। इस तरह की कुशलता लगभग सभी नाटकों में दिखाई पड़ती है। 'भगवान मनु', 'विधायक पराशर', 'याज्ञवल्क्य', 'कौटिल्य', और 'आचार्य शंकर' जीवनचरितात्मक रूपक हैं। इनकी विशेषता इस बात में है कि बिना किसी नैरेटर का सहारा लिये प्रसंगों को नाटकीय रूप में प्रस्तुत किया गया है।

रामचन्द्र तिवारी बहुमुखी प्रतिभासम्पन्न लेखक हैं। इन्होंने विभिन्न प्रकार के रेडियो नाटक लिखे हैं। इनके कुछ उल्लेखनीय नाटक हैं—'नवभारत', 'वन्दिनी', 'अन्नदान', 'खून के प्यासे', 'पशु-पक्षी सम्मेलन', 'जागरण', 'लक्ष्मी का प्रवेश' आदि। इनमें कुछ नाटक हैं, कुछ अतिकल्पनाएँ। लेखक ने इनमें युगजीवन के प्रति जागरूकता दिखाई है। **रामपूजन मलिक** ने भी अनेक रेडियो नाटक लिखे हैं। इनमें कुछ—'तूफान और तिनका', 'अँधेरे-उजाले', 'हाथ की लकीरें', 'रेगिस्तान की प्यास' आदि हैं। मलिकजी ने मध्यवर्गीय समाज की विभिन्न समस्याओं को चित्रित किया है। इन्होंने अधिकतर कथानक सामान्य जीवन के परिचित परिवेश से ही लिये हैं। सभी नाटकों में ध्यान रखा गया है कि उनका आकर्षण अन्त तक बना रहे। **राजाराम शास्त्री** ने भी कई प्रकार के रेडियो नाटक लिखे हैं—'सतलड़ी का हार', 'अदला-बदला', 'बड़बेरी', 'पत्थर की आँख', 'शिकार', 'अपराधी

कौन ?', 'अठन्नी', 'गूँगा' आदि। कुछ नाटक सामाजिक विषयों पर हैं, कुछ पौराणिक प्रसंगों पर और कुछ हास्यप्रधान स्थितियों पर। सामाजिक नाटकों में पर्दा, अन्धविश्वास, अशिक्षा, आभूषणप्रियता आदि की समस्याओं को उठाया गया है। **गोपाल शर्मा** के रेडियो नाटकों में मुख्य हैं—'प्रतिशोध', 'सौन्दर्य प्रतियोगिता', 'मुक्ति की पुकार', 'दीवाली के मेहमान', 'दाँत के डाक्टर', 'भूख', 'झगड़े की जड़', 'नारी की व्याख्या' आदि। ये नाटक विभिन्न विषयों पर हैं। 'प्रतिशोध' पौराणिक रचना है, तो 'दीपावली के मेहमान' व्यंग्य रचना। गोपाल शर्मा ने अपने नाटकों में विरोधी तत्त्वों और नाटकीय स्थितियों का उपयोग कुशलता से किया है। **कैलाशचन्द्रदेव वृहस्पति** के नाटकों में 'कलंक', 'वर्तमान', 'अतीत', 'सास-बहू', 'स्वर्ग में क्रान्ति', 'जम के दूत' आदि उल्लेखनीय हैं। सभी रचनाओं में लेखक का उद्देश्य विषय-वस्तु को रोचक रूप में प्रस्तुत करने का रहा है, और उसे उसमें पर्याप्त सफलता मिली है। **भृंग तुपकरी** आकाशवाणी से एक लम्बी अवधि तक सम्बद्ध रहे। इनकी कुछ नाट्य-रचनाएँ हैं—'भिखारी का भेद', 'फूल और पत्ता', 'धुआँ', 'बदला', 'प्यार का पहलू', 'हर्ष का विषाद', 'काँच का टुकड़ा' आदि। इन्होंने सामाजिक, ऐतिहासिक, मनोवैज्ञानिक आदि सब प्रकार के कथानकों पर अपने नाटकों का निर्माण किया है। इन्होंने स्मृति-दृश्यों, ध्वनि-प्रभावों आदि का व्यवहार प्रभावोत्पादक रूप में किया है। 'काँच का टुकड़ा' इनका सफल स्वगतनाट्य है। **रामसरन शर्मा** के नाटकों में 'सफर की साथिन', 'बन्द दरवाजा', 'बेचारी चुड़ैल', 'भूतों की दुनिया' आदि का उल्लेख किया जा सकता है। जैसाकि लेखक ने स्वयं कहा है, इनके नाटकों का उद्देश्य मुख्यतः मनोरंजन है और इसमें लेखक को सफलता मिली है। **स्वदेश कुमार** ने छोटे-बड़े कई रेडियो नाटक लिखे हैं—'अजनबी', 'पति-पत्नी', 'नारी का मूल्य', 'शादी की बात', 'सौदा' आदि। प्रसारण की दृष्टि से ये नाटक काफी सफल रहे हैं। **हिमांशु श्रीवास्तव** ने गम्भीर और हलके-फुलके, दोनों प्रकार के नाटक लिखे हैं—'सभ्यता और संगीन', 'चिराग तले अँधेरा', 'खरीदे हुए सपने', 'एकतीसा महीना', 'जहाज चलता रहा', 'दोस्त का होटल', 'दोस्ती महँगी पड़ी' आदि। सभी नाटक रेडियो से सफलतापूर्वक प्रसारित हुए हैं। **अनिल कुमार** लिखित नाटकों में कुछ हैं—'प्रजापति की निर्माणशाला', 'निर्देशक', 'समझौता', 'मौत के बाद', 'ग्रहों का निर्णय', 'महामाया', 'पराजय'। **लीला अवस्थी** ने मुख्यतः रेडियो रूपक लिखे हैं—'नर्मदा', 'चौरागढ़', 'रामगिरि', 'पनवार', 'रतनपुर', और 'त्रिपुरी'। इनमें मध्यप्रदेश के महत्त्वपूर्ण ऐतिहासिक स्थानों के बनने और बिगड़ने का वितवरण प्रस्तुत किया गया है। **चतुर्भुज** ने रेडियो के लिए 'पलासी का धूमकेतु', 'कारागार', 'जलती मशाल', 'रजिया सुलतान', 'शेरशाह' आदि तीस ऐतिहासिक नाटक लिखे हैं, इनके अतिरिक्त कुछ नाटक पौराणिक प्रसंगों पर भी हैं। कथाकार **राधाकृष्ण** ने 'पानी में मीन प्यासी' जैसे गम्भीर और 'मनिआर्डर की मुसीबत' जैसे हास्य नाटक बड़ी संख्या में लिखे। **द्वारका प्रसाद** ने 'चौथाई इनसान', 'कमरा', 'अर्थ' आदि अनेक नाटक लिखे हैं। इनके लगभग सभी नाटक स्त्री-पुरुष सम्बन्धों पर आधारित हैं। **मधुकर गंगाधर** की श्रव्य माध्यम में विशेष रुचि है, और इन्होंने 'रेडियो लेखन' नामक पुस्तक लिखी है। इन्होंने कुछ बहुत अच्छे रेडियो नाटक लिखे जिनमें

उल्लेख्य हैं—'काली सीढ़ियों का कोरस', 'गर्म पहलुओंवाला मकान', 'आसमां खामोश है' आदि। **मुद्राराक्षस** के प्रसिद्ध रेडियो नाटक हैं—'अनुत्तरित प्रश्न', 'काला आदमी', 'काले सूरज की शवयात्रा', 'विद्रूप', और 'सन्तोला'। इनके नाटकों में नवीनता का आग्रह परिलक्षित होता है। **हरि मेहता** बड़े प्रतिभाशाली नाटककार रहे और इन्होंने बड़ी संख्या में रेडियो नाटक लिखे। 'सपनों के ताजमहल', 'लेडी डाक्टर', 'जरा सी धूप', 'एक खिड़की खुली है', 'बिन बचपन के बच्चे', 'पिटे हुए शायर', 'पिटते-पिटते', और 'मियाँ-बीबी राजी' शीर्षक संकलनों में इनके उनसठ नाटक प्रकाशित हैं। पृष्ठभूमि, विषय, चेतना और शिल्प, सभी दृष्टियों से हरि मेहता के नाटकों में पर्याप्त वैविध्य है। गम्भीर नाटकों के साथ-साथ हलके-फुलके मनोरंजक नाटकों की संख्या भी बड़ी है। इनकी कृतियों से हिन्दी का रेडियो नाट्य-साहित्य समृद्ध हुआ है। इस विधा में विशेष रुचि रखनेवाले लेखकों में **डॉ. चन्द्रशेखर** भी रहे, जिन्होंने अपने संकलनों की प्रस्तावना में रेडियो नाटक का विस्तृत सैद्धान्तिक विवेचन किया है। इनके प्रमुख नाटक हैं—'पाँचवाँ टायर', 'ग्लोब की रेखाएँ', 'बिना सुइयों का टाइमपीस', 'मौत की रोशनी में', 'कुरुक्षेत्र की एक शाम', 'पद्मा के लाल कमल', और 'शिला पिघल गई'। 'कुरुक्षेत्र की एक शाम' मुख्यतः राधा-कृष्ण के प्रेम सम्बन्धों का नाटक है, पर प्रकारान्तर से इसमें पूरी कृष्ण-कथा प्रस्तुत की गई है। शेष नाटक अविवाहित मातृत्व, अवैध प्रेम आदि समस्याओं को लेकर लिखे गए हैं। सभी नाटकों में श्रव्य शिल्प का ध्यान रखा गया है, सबमें आकर्षण अन्त तक बना रहता है। **आशीष सिन्हा** के पाँच रेडियो नाटकों का संकलन प्रकाशित हुआ है—'आवाज की दुनिया', 'एक और आकाश', 'किसके लिए ?', 'बर्फ टूटता हुआ' और 'एक उदास शाम'। ये नाटक मुख्यतः अतृप्त प्रेम को लेकर चलनेवाले हैं, और कुछ शिल्पगत दुर्बलताओं के बावजूद प्रसारण के उपयुक्त हैं। कवि-गीतकार **बीरेन्द्र मिश्र** ने भी कुछ रेडियो नाटक लिखे हैं—कुछ लोक कथाओं पर, कुछ पौराणिक प्रसंगों पर, कुछ हास्य-व्यंग्य के प्रसंगों पर। 'आवाज आ रही है' संकलन में आए इनके नाटकों में कथात्मकता अधिक दीखती है, हास्य नाटकों में अतिरंजना अधिक है। **सुरेश सेठ** के प्रकाशित नाटक हैं—'कैद घर', 'ओ वनपाखी सुनो', 'टूटी कड़ियाँ : खंडित दायरे', और 'सोनजूही बीमार है'। इन नाटकों में मुख्यतः अतृप्त प्रेम की कहानियाँ हैं। **कमलेश्वर** ने रेडियो के लिए बहुत लिखा है। विभिन्न प्रकार की नाट्य रचनाएँ 'लहर लौट गई' में संकलित हैं जिनमें श्रव्य माध्यम के वैशिष्ट्य के प्रति लेखक की सजगता दीखती है। **प्रताप सहगल** के 'अपनी-अपनी भूमिका' संकलन में इस शीर्षक के नाटक के अतिरिक्त अन्य नाटक हैं—'फैसला', 'लड़ाई', 'कोई और रास्ता', और 'पुल'। विषय-वस्तु एवं शिल्प दोनों दृष्टियों से ये सामान्य कोटि के नाटक हैं। श्रव्य माध्यम के वैशिष्ट्य को ध्यान में रखकर लिखने वालों में **गिरीश बख्शी** भी हैं जिनके नाटक हैं—'शीशे के आर-पार', 'अंजलि-भर धूप', 'गुड्डी की मम्मी', 'परछाइयों का जंगल', 'लकीरें और घेरे', 'मंगलों', और 'चन्द टुकड़े औरत'। आकाशवाणी की नीतिगत सीमाओं के कारण ये नाटक भी मुख्यतः प्रेम और परिवार के दायरे में बँधे हुए हैं। प्रस्तुति एवं प्रभावान्विति की दृष्टि से कुछ नाटक बहुत सफल हैं। **श्याम मोहन अस्थाना** के रेडियो

नाटक हैं—'नागफनी की डाल', 'तीन सौ सी.सी. खून', 'तीसरा आदमी', 'तूफान', 'खरीदा हुआ चेहरा', 'अँधेरे की डाल', और 'कोई जगह खाली नहीं है'। ये सभी सामाजिक-मनोवैज्ञानिक नाटक हैं और प्रसारण-शिल्प की दृष्टि से सफल लगते हैं। **श्रवणकुमार गोस्वामी** लिखित कुछ नाटक है—'प्रतिशोध', 'फूल गुलाब के : काँटे बबूल के', 'इन्तजार', 'आ अब लौट चलें', 'हीरा और हीरा', आदि। पहला पृथ्वीराज-गौरी के परिचित प्रसंग पर ऐतिहासिक नाटक है, शेष आदर्शवादी चेतना-निर्दिष्ट सामाजिक नाटक हैं। सभी आकाशवाणी से सफलतापूर्वक प्रसारित हुए हैं। इन्होंने हास्य-व्यंग्य के मनोरंजक नाटक भी लिखे हैं। **गणपतलाल डांगी** की 'म्यूजिक मास्टर भोला शंकर इतिश्री' नाट्य-शृंखला के नाटक प्रसारित रूप में बहुत लोकप्रिय रहे हैं। 'सोनालिका पर मुकदमा' संकलन में **महेन्द्र जायसवाल** के मनोरंजक नाटक प्रकाशित हुए हैं।

इनके अतिरिक्त जिन अन्यान्य रचनाकारों की नाट्य-कृतियाँ रेडियो से प्रसारित होती रही हैं, उनमें उल्लेखनीय हैं—एफ.सी. माथुर, धर्मवीर भारती, लक्ष्मीनारायण लाल, चन्द्रकिरण सोनरिक्सा, कृष्णचन्द्र शर्मा 'भिक्खु', मोहनचन्द पन्त, मोहन राकेश, विश्व प्रकाश दीक्षित 'बटुक', विनोद रस्तोगी, सत्येन्द्र शरत्, राधाकृष्ण प्रसाद, जयनाथ नलिन, देवराज दिनेश, शिवसागर मिश्र, भालचन्द्र ओझा, वीर सक्सेना, उग्रसेन नारंग, मणि मधुकर, रामेश्वरसिंह काश्यप, गोविन्द चातक, के.पी. सक्सेना, डॉ. शंकर शेष, बदीउज्मा, हमीदुल्ला, इन्द्रजोशी, जयसिंह, एस.राठौर, विद्याभूषण, डॉ. विनय, योगेश गुप्त आदि। यह सूची पूरी नहीं है। आकाशवाणी के इतने सारे केन्द्र हैं और हर केन्द्र से जुड़े अनेकानेक लेखक हैं। रेडियो नाटक के क्षेत्र में नित नये लेखक आते जा रहे हैं।

ऊपर हिन्दी के रेडियो नाटककारों और उनकी रचनाओं की जो चर्चा की गई है वे मुख्यतः प्रकाशित सामग्री के आधार पर। यह सामग्री रेडियो से प्रसारित नाट्य-सामग्री की तुलना में बहुत ही कम है। 'बी.बी.सी. से प्रति वर्ष चार सौ मौलिक नाटक प्रसारित किए जाते हैं, पर उसका अधिकांश, उच्च कोटि का रेडियो-साहित्य नष्ट हो जाता है।' ('पत्रिका प्लेज एंड प्लेयर्स', जनवरी 1979) ठीक यही स्थिति अपने यहाँ प्रसारित नाटकों की भी है। आकाशवाणी के निजी उपयोग के लिए संकलित 'आकाशवाणी नाटक संग्रह' के कई खंडों में कुछ नाटकों के आलेख अवश्य ही सुरक्षित हैं, पर उनकी संख्या बहुत कम है, और सामान्य पाठकों के लिए वे उपलब्ध नहीं हैं। उपलब्ध सामग्री के विवेचन के आधार पर कुछ सामान्य निष्कर्ष निकाले जा सकते हैं। ध्यातव्य है कि यहाँ पद्य-नाटकों और संगीत-रूपकों पर विचार नहीं किया गया है।[1]

निष्कर्ष

हिन्दी रेडियो नाटक ने अपने जीवन की अर्द्धशती पार कर ली है। इस अवधि में बहुत

1. इनका विस्तृत विवेचन लेखक की पुस्तक 'हिन्दी पद्य-नाटक : सिद्धान्त और इतिहास' में है।

बड़ी संख्या में रेडियो नाटक लिखे गए हैं और लिखे जा रहे हैं। नाट्य-लेखन की प्रेरक शक्ति के रूप में रंगमंच की उपस्थिति अनिवार्य है, पर हिन्दी क्षेत्र में कोई नियमित रंगमंच नहीं रहा है। रेडियो ने नाटककारों को एक बड़ा सशक्त प्रदर्शन-माध्यम, एक जीवित रंगमंच प्रदान किया है। इसके फलस्वरूप हिन्दी में नाट्य-लेखन को गति मिली है। रेडियो ने अनेक रचनाकारों को नाटककार बनाया है।

संख्या की दृष्टि से जितने नाटक इस अवधि में रेडियो के लिए लिखे गए हैं, उतने किसी अन्य माध्यम के लिए नहीं। इनमें भी सबसे अधिक नाटक और रूपक (फीचर) लिखे गए हैं। स्वगतनाट्यों और अतिकल्पनाओं की रचना बहुत कम हुई है। इसका कारण है कि दोनों नाट्य-रूप अपेक्षाकृत अधिक शिल्पगत कौशल की माँग करते हैं, और अपने यहाँ इस पक्ष पर अपेक्षित ध्यान नहीं दिया जा सका है।

प्रारम्भ में पौराणिक नाटक लिखे गए, रोमांटिक चेतना के नाटक लिखे गए, मात्र मनोरंजन के नाटक लिखे गए, पर स्वाधीनता-प्राप्ति के बाद हिन्दी का रेडियो नाटक अपने राष्ट्रीय जीवन से प्रत्यक्षतः जुड़ गया। स्वाधीनता के बाद देश में जो नवजागरण हुआ, उससे रेडियो नाटक प्रभावित हुए। लेखकों की अपनी प्रेरणा से तो समसामयिक यथार्थ के नाटकों की रचना हुई ही, राष्ट्रीय सरकार की दृष्टि जब-जब जिन समस्याओं की ओर गई, तब-तब उन पर भी नाटक और रूपक लिखवाए और प्रसारित किए गए। कभी नारी-समस्या पर विशेष ध्यान रहा, कभी अस्पृश्यता पर, कभी भावात्मक एकता पर। यह प्रशंसनीय बात है कि सरकारी नीति द्वारा अनुशासित होने के कारण हिन्दी का रेडियो नाटक समसामयिक ज्वलन्त समस्याओं के साथ रहा है, पर इसका कुपरिणाम भी इस पर पड़ा है। आकाशवाणी शासन की वाणी रही है और इसके कार्यक्रमों की दृष्टि शासन की ही दृष्टि रही है। स्वाभाविक है कि सरकार की दृष्टि में जो उचित और न्यायसंगत है, वही आकाशवाणी के कार्यक्रमों में व्यक्त है। इसके फलस्वरूप सामाजिक यथार्थ का एक बहुत बड़ा अंश रेडियो नाटक में आने से रह जाता है। राजनीतिक, शासक-शासन आदि की दुर्बलताओं आदि से जुड़े ऐसे अनेकानेक विषय हैं जिनका स्पर्श रेडियो नाटक नहीं कर सका। समसामयिक कथा-साहित्य में यथार्थ-चित्रण का जो वैविध्य है, वह रेडियो नाटक में नहीं है। यथार्थ चित्रण का जो तेज नाटक में रहना चाहिए, वह हिन्दी के रेडियो नाटक में उपलब्ध नहीं है। स्पष्टतः रेडियो का विषय-क्षेत्र बहुत सीमित रहा है। या तो ऐतिहासिक, पौराणिक और रोमांटिक विषयों को लेकर नाटक लिखे गए हैं, या प्रेम, विवाह और मनोविज्ञान को लेकर। सामाजिक क्षेत्र में नाटककार सामान्य परिवेश के बाहर नहीं जा सका—अधिक-से-अधिक वह कुछ परम्परागत रूढ़ सामाजिक समस्याओं पर चोट करने की कोशिश कर सका। हास्य के क्षेत्र में वह जीवन की सामान्य हलकी-फुलकी स्थितियों को अपनी रचनाओं का आधार बना सका, पर वह राजनीति की विद्रूपताओं पर व्यंग्य न कर सका। विषय-चयन ने ही पात्रों के जीवन को निर्दिष्ट किया। इतिहास-पुराण से आए चरित्रों में समसामयिक जीवन का ताप नहीं रहा, मनोवैज्ञानिक नाटकों के पात्र प्रेम और विवाह की गुत्थियाँ

सुलझाते हुए अपने-आपसे ही जूझते रहे, सामाजिक नाटकों के पात्र अपने छोटे दायरे में बँधे रहे, हास्य नाटकों के पात्र कुछ बेतुकी स्थितियों से और कुछ मुख्यतः शब्दों और वाचिक अभिनय से हास्य उत्पन्न करने का प्रयत्न करते रहे। इन पात्रों में न क्रान्तिकारी चिन्तन है, न बौद्धिक तेज। फिर भी, अनेकानेक जीवन्त चरित्रों की सृष्टि हुई है जिन्होंने श्रोताओं के मन का स्पर्श किया है, उन्हें आनन्द दिया है।

हिन्दी रेडियो नाटक की यह बड़ी उपलब्धि समझी जानी चाहिए कि इसने अपने श्रोताओं को हिन्दीतर भाषाओं की श्रेष्ठ कृतियों से परिचित होने और उनका रसास्वादन करने का अवसर प्रदान किया है। सन् 1956 में नाटकों का अखिल भारतीय कार्यक्रम प्रारम्भ हुआ, जिसमें हर माह किसी एक भारतीय भाषा का चुना हुआ कोई उत्कृष्ट नाटक शेष दूसरी भारतीय भाषाओं में अनूदित होकर एक ही समय पर प्रसारित होने लगा। विभिन्न भारतीय भाषाओं के उत्कृष्ट नाटकों के पारस्परिक आदान-प्रदान का मार्ग खुला—हिन्दी नाटक दूसरी भाषाओं में अनूदित हुए दूसरी भाषाओं के नाटक हिन्दी में आए। यह भी महत्त्व की बात है कि विभिन्न भाषाओं के श्रेष्ठ नाटक, कहानी, उपन्यास, महाकाव्य आदि रेडियो नाटक के रूप में रूपान्तरित होकर प्रसारित हुए। यह सही है कि यह सारा साहित्य प्रकाशित रूप में उपलब्ध नहीं है, पर प्रसारण की दृष्टि से इनका मूल्य तो है ही। इनसे हिन्दी का रेडियो नाट्य-साहित्य समृद्ध हुआ है।

हिन्दी रेडियो नाटक की सर्वाधिक महत्त्वपूर्ण उपलब्धि यह है कि इसने हिन्दी के नाट्य-साहित्य को विशेष रूप से एकांकी साहित्य को समृद्ध किया है। अनेक प्रसिद्ध रंगनाटक पहले रेडियो के लिए ही लिखे गए। जैसाकि आकाशवाणी के भूतपूर्व चीफ ड्रामा प्रोड्यूसर चिरंजीत ने कहा है, 'बहुचर्चित-बहुमंचित नाटक मोहन राकेश कृत 'आषाढ़ का एक दिन' और धर्मवीर भारती कृत 'अन्धा युग' क्रमशः आकाशवाणी जालन्धर और इलाहाबाद से प्रसारणार्थ लिखे गए थे। ('सर्वप्रिय', अप्रैल, 1981) एकांकी की बात कहें तो इस पुस्तक में सन् 1947 के बाद के जिन एकांकी नाटकों का विवेचन किया गया है उनमें से बहुत सारे मूलतः रेडियो के लिए ही लिखे गए थे और बाद में रंग-निर्देशों के साथ प्रकाशित किए गए। स्पष्टतः रेडियो नाटक हिन्दी एकांकी का पूरक बनकर आया और इसने हिन्दी एकांकी की समृद्धि में योग दिया है। हिन्दी एकांकी के अन्तर्गत जो छोटे-छोटे प्रहसन बड़ी संख्या में दीखते हैं, वे विविध भारती के 'हवामहल' कार्यक्रम की देन हैं, यों आकाशवाणी की यह नीति भी रही है कि प्रत्येक केन्द्र से हलके-फुलके मनोरंजक नाटक नियमित रूप से प्रसारित किए जाएँ।'

रेडियो नाटक ने सिर्फ हिन्दी एकांकी नहीं, बल्कि हिन्दी के पूर्णकालिक नाटकों के शिल्प को भी प्रभावित किया है। पश्चिम में और अपने यहाँ भी यथार्थवादी रंगमंच और प्रतिरूपात्मक प्रदर्शन-पद्धति की सीमाएँ टूटी हैं, प्रस्तुतीकरणात्मक पद्धति ने जोर पकड़ा है और प्रस्तुति में लचीलापन आया है। रंगमंच की गतिशीलता बढ़ी है, दृश्य-परिवर्तन सरल हुआ है, स्मृति-दृश्यों को प्रभावशाली रूप में प्रस्तुत किया जाने लगा है। इस परिवर्तन के अनेक कारण हैं, पर जैसाकि मार्टिन एसलिन ('थियेटर आफ दि ऐब्सर्ड'

पुस्तक के लेखक और बी.बी.सी. के नाटक विभाग से कभी सम्बद्ध) ने संकेत किया है, 'सन्दूकिया रंगमंच की सीमाओं को तोड़ने में रेडियो का भी हाथ रहा है।' ('प्लेज एंड प्लेयर्स' अगस्त, 1963) हिन्दी में भी यथार्थवादी भ्रम को खंडित करने में रेडियो नाटक के योग को अस्वीकार नहीं किया जाता, यह बात दूसरी है कि इसके दूसरे कारण भी हैं। अपने यहाँ के सन्दर्भ में मार्टिन एसलिन ने लिखा है—'इस बात को अस्वीकार नहीं किया जा सकता कि हाल के वर्षों में इस देश में सर्वाधिक रोचक नाट्य-लेखन रेडियो के लिए हुआ है और रंगमंच पर स्थानान्तरित होकर भी वह जीवित रहा है, उदाहरणार्थ : राबर्ट बोल्ट का 'मैन फार आल सीजंस', थिंटर का 'ए स्लाइट एक' और बिल नाटन का 'अल्फी'।' हिन्दी नाटक के सन्दर्भ में भी यह बात सही है। इससे रंगनाटक और रेडियो नाटक की आपसी दूरी बहुत कम हुई है।'

जैसा पहले कहा गया, हिन्दी में बड़ी संख्या में रेडियो नाटक लिखे गए हैं। तात्कालिक माँग की पूर्ति के लिए नियमित रूप से इतना अधिक लिखा जा रहा है तो स्वाभाविक है कि उसका अधिकांश बहुत उच्च कोटि का नहीं होगा, पर कुछ उत्कृष्ट रचनाएँ भी आई हैं, इसमें सन्देह नहीं और उन्होंने हिन्दी एकांकी को समृद्ध एवं प्रभावित किया है, यह एक तथ्य है।

हिन्दी एकांकी की विकास यात्रा : निष्कर्ष

'बहुत लोगों द्वारा एकांकी-नाटक बीसवीं शताब्दी का आविष्कार समझा जाता है, लेकिन यह केवल आंशिक सत्य है। संक्षिप्त धारावाहिक नाटक जिसमें कलात्मक अन्विति हो, कोई नयी वस्तु नहीं है। यह नाटक के प्राचीनतम रूपों में से एक है, क्योंकि प्राचीन यूनान और प्राचीन इटली में लघु प्रहसनात्मक नाटक विकसित रूप में दिखाई पड़ते हैं'—अंग्रेजी एकांकी की पूर्वपीठिका प्रस्तुत करते हुए यह विचार जान हैम्पडन ने व्यक्त किया है। हिन्दी एकांकी के सम्बन्ध में भी ऐसी ही बात कही जा सकती है। प्राचीन संस्कृत नाट्य साहित्य से इसकी परम्परा चलती आ रही है। एकांकी संक्षिप्त नाट्य-रूप है और 'एकांकी' नाम के अभाव में लघु नाटकों की रचना हिन्दी में भारतेन्दु के समय से ही होने लगती है। उस अवधि में ऐसे अनेक लघु नाटक मिलते हैं जिनका आधुनिक एकांकी नाटकों से बहुत अधिक साम्य है। उन्हें देखते हुए यह स्वीकार करना पड़ेगा कि जयशंकर 'प्रसाद', डॉ. रामकुमार वर्मा या भुवनेश्वर प्रसाद से हिन्दी एकांकी का प्रारम्भ मानना उचित नहीं है। सभी साहित्य रूप क्रमिक रूप से परिवर्तित होते जाते हैं। यही बात हिन्दी एकांकी के साथ है। भारतेन्दु से लेकर अब तक इसका रूप परिवर्तित होता आया है और डॉ. रामकुमार वर्मा, भुवनेश्वर प्रसाद आदि के समय पाश्चात्य प्रभाव ने इसे बिलकुल नया रूप दिया है। इसमें तत्कालीन परिस्थितियों का भी योग है। जैसे पन्त या निराला या अज्ञेय से हिन्दी कविता का प्रारम्भ नहीं माना जा सकता, वैसे ही डॉ. वर्मा, भुवनेश्वर प्रसाद आदि से हिन्दी एकांकी का प्रारम्भ नहीं माना जा सकता। हिन्दी एकांकी का प्रारम्भ हुआ भारतेन्दु से—यह एक तथ्य है।

हिन्दी एकांकी के जीवन की अवधि एक शती से अधिक हो गई है। इस अवधि में इसके विकास के चार चरण स्पष्टतः परिलक्षित होते हैं। प्रथम चरण में सबसे प्रभावशाली व्यक्तित्व भारतेन्दु बाबू हरिश्चन्द्र का दिखाई पड़ता है—उन्हीं की प्रलम्बित छाया प्रथम चरण के अन्तिम बिन्दु तक दीखती है। इस अवधि में लघु नाटक के लिए, या कहें एकांकी के लिए नाटक रूपक, नाटिका आदि शब्दों का व्यवहार होता था। दृश्यों को दृश्य, गर्भांक या अंक कहा जाता था। इस अवधि में अधिकतर अनेक दृश्यवाले एकांकी लिखे गए। इनमें संस्कृत नाटकों के प्रभाव की ही प्रधानता रही, यद्यपि जागरूक लेखकों ने पाश्चात्य नाट्य-नियमों को भी अंशतः स्वीकार किया। अधिक नाटकों में प्रस्तावना, भरत-वाक्य आदि का व्यवहार किया जाता था। बीच-बीच में पद्यात्मक संलाप

और गीतों का प्रयोग होता था। शैली वर्णनात्मक और काव्यत्वप्रधान रहती थी। संलाप अधिकतर बड़े-बड़े और मन्द गतिवाले होते थे। स्वगत, आकाशभाषित आदि को अस्वाभाविक नहीं माना जाता था। भाषा के प्रति विशेष सजगता बरती जाती थी। पात्रों की शिक्षा-दीक्षा, प्रान्तीयता आदि के आधार पर उनके लिए अलग-अलग प्रकार की भाषा का व्यवहार किया जाता था। रंग-संकेत की ओर नाटककारों का ध्यान नहीं था—रंग-संकेत होते थे और वे अभिनेताओं-निर्देशकों की अपेक्षा पाठकों की सुविधा की दृष्टि से लिखे जाते थे। इस अवधि के नाटकों में उद्देश्य की प्रधानता मुख्य रूप से मिलती है। नाटककार तत्कालीन भारत की दुरवस्था, भारतीयों की रूढ़िवादिता आदि को विशेष रूप से चित्रित करना चाहते थे। इस सोद्देश्यता ने नाटकों के कथानकों और चरित्र-चित्रण को बहुत प्रभावित किया है। कथानक निश्चित उद्देश्य-सिद्धि के लिए गढ़े जाते थे। उनका स्वतन्त्र विकास नहीं होता था; वे लेखक के निर्देश पर उनकी इच्छा के अनुसार विकसित होते थे। उनमें कौतूहल, संघर्ष, चरम सीमा आदि का ध्यान बिलकुल नहीं रखा जाता था। अभी नाटकीय तत्त्व हिन्दी के एकांकी नाटकों में भी नहीं आए थे। इन नाटकों के पात्र व्यक्ति नहीं हैं, भाव और विचार हैं, इन्हें ही पात्र रूप में उपस्थित कर दिया गया है। इनके नाम व्यक्तित्व को स्वतः स्पष्ट कर देते हैं।

दूसरे चरण में हिन्दी नाटककार विभिन्न भारतीय और पाश्चात्य साहित्यों के सम्पर्क में आए। उनके मानसिक क्षितिज का विस्तार हुआ। नवीन नाट्य-शिल्प से उनका परिचय हुआ। नाट्य-कला-सम्बन्धी उसकी अपनी मान्यताओं में परिवर्तन आया, पर यह परिवर्तन शीघ्र ही उनका संस्कार न बन सका और व्यवहार में न उतारा जा सका। इस अवधि में विभिन्न भाषाओं के नाटकों के अनुवाद हुए, मौलिक नाटकों की रचना बहुत कम हुई। लघु नाटक मुख्यतः प्रहसन के रूप में लिखे गए—बड़े नाटकों के साथ प्रदर्शित किए जाने के लिए। ये हास्य-प्रधान नाटक काव्यत्व और गीत-प्रधान रहे। उनकी शैली अलंकृत रही। कथा-विकास और चरित्र-चित्रण पर इनमें ध्यान नहीं दिया गया। संलाप भी बड़े-बड़े रहे। प्रथम चरण के लघु नाटकों से एक बहुत बड़ा अन्तर यह आया कि प्रस्तावना, भरत-वाक्य आदि से इन्हें मुक्ति मिल गई। इस समय जो थोड़े से गम्भीर लघु नाटक लिखे गए, उनमें मुख्यतः सामाजिक समस्याएँ ली गईं और उन्होंने एकांकी के स्वतन्त्र अस्तित्व के विकास में बहुत योग दिया। कामताप्रसाद गुरु और सुदर्शन के एकांकियों में नवीन शिल्प का आग्रह मिलने लगता है। बीसवीं शती के तीसरे दशक के अन्त में 'एकांकी' नाम का व्यवहार भी होने लगता है।

तीसरे चरण के प्रारम्भ में पाश्चात्य नाटकों से प्रभावित शिक्षित नवयुवक सामने आए और इन्होंने नये प्रकार के एकांकी नाटकों का लेखन प्रारम्भ किया। इनमें डॉ. रामकुमार वर्मा, भुवनेश्वर प्रसाद, गणेशप्रसाद द्विवेदी आदि के नाम विशेष उल्लेखनीय हैं। इसी समय विवाद खड़ा हुआ कि स्वतन्त्र साहित्य रूप की दृष्टि से एकांकी का क्या कोई अस्तित्व है? इस विवाद से एकांकी नाट्य-शिल्प बहुत स्पष्ट होकर सामने आया और एकांकी का स्वतन्त्र अस्तित्व स्वीकृत हुआ। एकांकी नाटक विभिन्न दिशाओं में

विकसित होने लगा। डॉ. रामकुमार वर्मा की काव्यत्व-प्रधान, भुवनेश्वर प्रसाद की बौद्धिकता-प्रधान, भुवनेश्वर प्रसाद और गणेशप्रसाद द्विवेदी की मनोविश्लेषण-प्रधान और लक्ष्मीनारायण मिश्र आदि की विवाद और वर्णन-प्रधान पद्धतियाँ विकसित हुईं। इस समय के जागरूक लेखकों ने कथानक में संघर्ष, कौतूहल, नाटकीय चमत्कार, चरम सीमा आदि पर ध्यान दिया, पात्रों के चरित्र-चित्रण को भी महत्त्व दिया—व्यक्ति के रूप में पात्रों का चरित्र-चित्रण होने लगा। एकांकी नाटकों में अब जटिल पात्र भी आने लगे और नाटककार मानव-मन की गुत्थियों को खोलने का भी प्रयत्न करने लगा। इन नाटककारों ने संलाप-लेखन को भी विशेष महत्त्व दिया—स्वाभाविकता, संक्षिप्तता और गतिशीलता को संलाप की विशेषता के रूप में स्वीकार किया गया। यह अनिवार्य माना जाने लगा कि संलाप नाटक में कोई-न-कोई प्रयोजन सिद्ध करे—वह नाटक का केवल अलंकार बनकर न आए। अब लेखक रंग-संकेत भी विस्तार से देने लगे। संकलन-त्रय को कुछ लोगों ने अनिवार्य माना और कुछ लोगों ने उस पर ध्यान नहीं दिया। एक दृश्य के भी एकांकी लिखे गए और अनेक दृश्यों के एकांकी भी। कुछ नाटककारों ने सामाजिक विकृतियों को चित्रित करने के लिए दृश्यात्मक एकांकियों की रचना की। ऐसी रचनाओं में कथानक पर ध्यान नहीं दिया गया—एक या अनेक दृश्यों में सामाजिक जीवन की झाँकियाँ प्रस्तुत की गईं। उदयशंकर भट्ट, उपेन्द्रनाथ अश्क, सेठ गोविन्ददास आदि के कुछ एकांकी उदाहरणस्वरूप देखे जा सकते हैं। इस समय ऐसे नाटककार भी हुए जो पाश्चात्य यथार्थवादी नाट्य-शिल्प से अपरिचित से रहे। ऐसे लेखकों ने नाटकों में गीतों का व्यवहार किया, अलंकृत शैली में लम्बे-लम्बे संवाद लिखे, कथानक में संघर्ष आदि पर बिलकुल ध्यान नहीं दिया। तीसरे चरण के मध्य में रेडियो ने हिन्दी एकांकी को बहुत प्रभावित किया। आकाशवाणी के केन्द्रों के विस्तार से बड़ी संख्या में रेडियो नाटक लिखे जाने लगे। प्रसारण के बाद दृश्य-संकेतों के साथ ऐसे नाटक रंग-एकांकी के रूप में प्रकाशित किए जाने लगे। ऐसे एकांकी नाटकों की संख्या काफी है। इस अवधि में एकांकी की अभिनेयता को विशेष महत्त्व दिया गया और रंगमंच की दृष्टि से सफल अनेक नाटकों की रचना हुई। इनके साथ ही पाठ्य-नाटक भी काफी लिखे गए।

चौथे चरण यानी गत दो दशकों का एकांकी साहित्य सूचित करता है कि हिन्दी एकांकी लम्बी यात्रा करके विकास के एक विशिष्ट बिन्दु पर पहुँचा है—चेतना, शिल्प और प्रस्तुतीकरण, सभी दृष्टियों से। भारतेन्दु युग के नाटकों में समसामयिक सामाजिक समस्याओं के प्रति बड़ी जागरूकता रही, उनमें राष्ट्रीय चेतना की अभिव्यक्ति भी हुई, पर दूसरे और तीसरे चरण के एकांकी नाटकों में यह प्रवृत्ति कम दीखती है। तीसरे चरण का एकांकी साहित्य मुख्य रूप में मध्यवर्गीय परिवारों के जीवन और उसकी समस्याओं से जुड़ा, साथ ही, व्यक्ति-चरित्रों के मनोवैज्ञानिक चित्रण की ओर आकृष्ट हुआ। उसकी दृष्टि में मुख्यतः यथार्थवादी रंगमंच रहा। इस पृष्ठभूमि पर देखा जाए तो चौथे चरण के नाटकों में बहुत परिवर्तन दीखता है। इसमें सामाजिक जागरूकता फिर बड़े प्रखर रूप

में दिखलाई पड़ती है। यद्यपि बहुत सारे नाटकों का आधार मध्यमवर्गीय जीवन ही है, पर नाटककारों का ध्यान व्यापक जनजीवन की ओर भी गया। स्वाधीनता प्राप्ति के बाद सामान्य जन का जो स्वप्न भंग हुआ, चारों ओर जो भ्रष्टाचार बढ़ा, सामाजिक-राजनीतिक जीवन में हर स्तर पर जो विकृतियाँ आईं, उन सबकी ओर रचनाकार का ध्यान गया और इसे सबसे अधिक नुक्कड़ नाटकों में देखा जा सकता है। शिल्प के स्तर पर तीसरे चरण के नाटकों में जो यथार्थवादी आग्रह परिलक्षित होता है, वह अब टूटने लगा। गीत, नृत्य, स्वगत, प्रस्तावना, पारसी-रंग-पद्धति आदि जिन नाट्य-रूढ़ियों को पहले अस्वाभाविक और नाटक के लिए दोषपूर्ण करार दिया गया था, उन सबकी फिर वापसी हुई और उन्हें स्वीकृति मिली। कहना चाहिए कि प्रतिरूपात्मक पद्धति का बन्धन टूटा और प्रस्तुतीकरणात्मक पद्धति को मान्यता मिली। तीसरे चरण में एकांकी में व्यक्ति-चरित्रों का उदय हुआ था, पर अब उनका स्थान फिर वर्ग-चरित्रों ने ले लिया। मनोविज्ञान की तुलना में कथ्य और उद्देश्य अधिक महत्त्वपूर्ण हो गए—कथ्य में भी व्यंग्य का स्वर और अधिक मुखर हुआ। नियन्त्रित परिवेश के अभिव्यक्ति-प्रतिबन्ध को तोड़ते हुए प्रतीकात्मक पात्रों और स्थितियों की योजना की गई जैसे 'बादशाह गुलाम बेगम', 'ऊँचे मकानोंवाली गली' आदि में। भाषा अलंकृति के मोह से मुक्त होकर सामान्य बोलचाल की, पर पर्याप्त अभिव्यक्ति सक्षम हुई। यह तथ्य भी रेखांकित करने योग्य है कि व्यवस्था विरोधी राजनीतिक चेतना के नाटकों को छोड़कर तीसरे और चौथे चरण का अधिकांश एकांकी साहित्य रेडियो से प्रभावित है। हिन्दी एकांकी की समृद्धि में रेडियो नाटक के योगदान के महत्त्व को अस्वीकार नहीं किया जा सकता।

भारतेन्दु काल से अब तक हिन्दी एकांकी ने बड़ी लम्बी दूरी तय की है। इस यात्रा में इसने संवेदना एवं शिल्प की दृष्टि से जो वैविध्यपूर्ण समृद्धि की है, वह हिन्दी साहित्य के लिए गौरव का विषय है।

हिन्दी एकांकी साहित्य

(पुस्तक-रूप में प्रकाशित)

(सन् 1870-1915)*

अम्बिकादत्त व्यास : कलियुग और घी, शिवनाथ भट्ट, नारायण प्रेस, मुजफ्फरपुर—1886
: गोसंकट नाटक, खड्गविलास प्रेस, बाँकीपुर—1886
: ललिता नाटिका, ग्रन्थकार, वैष्णव पत्रिका कार्यालय, काशी—1883
: भारत सौभाग्य, खड्गविलास प्रेस, बाँकीपुर—1887

(लाला) काशीनाथ खत्री : विधवा विवाह, खड्गविलास प्रेस, बाँकीपुर—1882
: तीन परम मनोहर ऐतिहासिक रूपक—1884
: ग्रामपाठशाला और निकृष्ट नौकरी नाटक, भारत जीवन प्रेस, काशी—1893

किशोरीलाल गोस्वामी : चौपट चपेट, राजस्थान यन्त्रालय, अजमेर—1892

(लाला) खड्गबहादुर मल्ल : भारत आरत, खड्गविलास प्रेस, बाँकीपुर—1885
: भारत ललना, खड्गविलास प्रेस, बाँकीपुर—1885
: हरितालिका नाटिका, खड्गगविलास प्रेस, बाँकीपुर—1887

गोविन्द : विजयी धर्म, गोविन्द पुस्तकालय, सिरौज

गौचरण गोस्वामी : भूषण दूषण, देवकीनन्दन प्रेस, वृन्दावन—1909
: अभिमन्यु वध (अनुवाद), श्रीकृष्ण चैतन्य, पुस्तकालय, वृन्दावन—1909

जगन्नाथ भारतीय : समुद्रयात्रा नाटक, मिरजा आलमबेग, देहली—1887
: नवीन वेदान्त नाटक, लाला रामचन्द्र वैश्य, मेरठ—1890

जैनेन्द्रकिशोर : अथ सोमा सती अथवा धर्मवती, खेमराज श्रीकृष्णदास, बम्बई—1900

---

* इस अवधि के अधिक एकांकी तत्कालीन पत्रिकाओं में उपलब्ध हैं।

दरयाव सिंह और मदन राज : मृत्युसभा प्रहसन, लक्ष्मी वेंकटेश्वर कल्याण, बम्बई—1895

दामोदर शास्त्री : बाल खेल वा ध्रुव चरित्र, खड्गविलास प्रेस, बाँकीपुर—1889

देवकीनन्दन त्रिपाठी : रक्षाबन्धन—प्राप्ति स्थान : आर्यभाषा पुस्तकालय, काशी

: एक-एक के तीन-तीन—प्राप्तिस्थान : आर्यभाषा पुस्तकालय, काशी

: स्त्री चरित्र—प्राप्तिस्थान : आर्यभाषा पुस्तकालय, काशी

: वैश्याविलास—प्राप्तिस्थान आर्यभाषाः पुस्तकालय, काशी

: बैल छह टके को—प्राप्तिस्थान : आर्यभाषा पुस्तकालय, काशी

: सैकड़े में दस-दस—प्राप्तिस्थान, आर्यभाषा पुस्तकालय, काशी

: जय नारसिंह की, भारत जीवन प्रेस, काशी—1884

: कलियुगी जनेऊ, धार्मिक यन्त्रालय, प्रयाग—1886

: कलियुगी विवाह प्रहसन, धार्मिक यन्त्रालय, प्रयाग—1889

देवदत्त शर्मा : अतिअन्धेर नगरी, गोधर्म प्रकाश यन्त्रालय, फर्रूखाबाद—1895

निद्धीलाल मिश्र : विवाहिता विलाप नाटक, श्री वेंकटेश्वर यन्त्रालय, बम्बई—1898

(उपाध्याय) बदरीनारायण 'प्रेमधन' : प्रयाग रामागमन, आनन्दकादम्बिनी यन्त्रालय, मिर्जापुर—1911

बलदेव प्रसाद मिश्र : लल्ला बाबू प्रहसन, श्री वेंकटेश्वर यन्त्रालय, बम्बई—1900

बालकृष्ण भट्ट : भट्ट नाटकावली (सम्पादक, धनंजय भट्ट सरल), नागरी प्रचारिणी सभा, काशी—1947

: शिक्षा दान, महादेव भट्ट, अहियापुर, प्रयाग—1912

माधोप्रसाद : बैसाखनन्दन भाण, खिचरी समाचार प्रेस, मिर्जापुर—1891

रविदत्त शुक्ल : देवाक्षर चरित्र, लाइट प्रेस, बनारस—1884

राधाकृष्णदास : दुखिनी बाला, ग्रन्थाकार, चौखम्बा, काशी—1888
: धर्मालाप, धर्मामृत यन्त्रालय, बनारस—1885
राधाचरण गोस्वामी : सती चन्द्रावली—प्राप्तिस्थान : आर्यभाषा पुस्तकालय, काशी।
: अमरसिंह राठौर, ग्रन्थकार, मथुरा—1895
: श्रीदामा, वेंकटेश्वर प्रेस, बम्बई—1904
: बूढ़े मुँह मुँहासे, भारत जीवन प्रेस, काशी—1887
: तन मन धन गुसाईंजी के अर्पन, ग्रन्थकार, वृन्दावन—1890
: भंग तरंग, ब्रजभूषण यन्त्रालय, कम्पूघाट
रामगरीब चतुर्वेदी : नागरी विलाप, लाइट यन्त्रालय, काशी—1885
रामनारायण मिश्र (द्विजदेव) : जनकबाग दर्शन, खड्गविलास प्रेस, बाँकीपुर—1906
रुद्रदत्त : पाखंडमूर्ति, आर्यावर्त यन्त्रालय—1888
वामनाचार्य गिरि : बारिदनादवध व्यायोग, देवकीनन्दन खत्री द्वारा प्रकाशित—1904
सतीशचन्द्र बोस : मैं तुम्हारी हूँ, इन्दु प्रकाश यन्त्रालय, आगरा—1886
सुन्दरलाल शर्मा त्रिवेदी : प्रहलाद नाटक, हिन्दी प्रेस, प्रयाग—1916
हरिश्चन्द्र कुलश्रेष्ठ : अपनी टेक निबाही, आर्यदर्पण यन्त्रालय, शाहजहाँपुर—1883
हरिश्चन्द्र (भारतेन्दु) : भारतेन्दु ग्रन्थावली (पहला भाग) : सम्पादक, ब्रजरत्नदास, नागरी प्रचारिणी सभा, काशी—1905
: वैदिकी हिंसा हिंसा न भवति, मेडिकल हाल छापाखाना बनारस—1873
: पाखंड विडम्बन, बनारस प्रिंटिंग प्रेस, बनारस—1873
: आशा के छायाचित्र, हरिप्रकाश यन्त्रालय, बनारस
: अन्धेर नगरी, चन्द्रप्रभा प्रेस, बनारस—तृ.सं. 1882
: भारत-जननी, भारत जीवन प्रेस, बनारस—1884
: भारत-दुर्दशा, भारत जीवन प्रेस, बनारस—1885
: विषस्य विषमौषधम्, खड्गविलास प्रेस, बाँकीपुर—1888
: माधुरी, खड्गविलास प्रेस, बाँकीपुर—1888

(सन् 1916-1930)

जयशंकर प्रसाद : एक घूँट, पुस्तक मन्दिर, काशी—1929
जी.पी. श्रीवास्तव : दुमदार आदमी—1926
: मार-मारकर हकीम, हिन्दी पुस्तक एजेंसी, कलकत्ता—1927
: चोर के घर छिछोर : साहित्य मंडल, दिल्ली—1933
: मिट्टी का शेर, साहित्य मंडल, दिल्ली—1934

: भक्तिन, भारतीय प्रकाशन मंडल, वाराणसी—1946
पांडेय बेचन शर्मा 'उग्र' : चार बेचारे, बीसवीं सदी पुस्तकालय, मिर्जापुर सिटी
बदरीनाथ भट्ट : लबड़धोंधों, गंगा पुस्तकमाला कार्यालय, लखनऊ-1929
: चुंगी की उम्मेदवारी या मेम्बरी की धूम, रामभूषण प्रेस, आगरा—1914
रामनरेश त्रिपाठी : पेखन, हिन्दी मन्दिर प्रकाशन, नयी दिल्ली—1953
रामसिंह वर्मा : रेशमी रूमाल, एस.आर. बेरी एंड कम्पनी, कलकत्ता—1923
राधेश्याम कथावाचक : कृष्ण सुदामा, श्री राधेश्याम पुस्तकालय, बरेली—1936
: घंटा पन्थ, श्री राधेश्याम पुस्तकालय, बरेली—1939
: सेवक के रूप में श्रीकृष्ण, श्री राधेश्याम पुस्तकालय, बरेली—1940
: भारत मात, श्री राधेश्याम पुस्तकालय, बरेली—1933
लक्ष्मीनारायण चतुर्वेदी : मोहनमोहिनी नाटक, मोहन प्रेस, इटावा—1929
सुदर्शन : ऑनरेरी मजिस्ट्रेट, इंडियन प्रेस लिमिटेड, प्रयाग—1927

एकांकी और रेडियो नाटक
(सन् 1931-1965)

अनिल कुमार : ग्रहों का निर्णय, हिन्दिया प्रकाशन, दिल्ली—1957
अरुण, एम.ए. : रेलगाड़ी के डिब्बे, आत्माराम एंड संस, दिल्ली—1954
अर्जुन चौबे काश्यप : परमाणु बम, काश्यप प्रकाशन, गया—1950
: नया युग, काश्यप प्रकाशन, गया—1950
: कविप्रिय, काश्यप प्रकाशन, गया—1952
इन्द्र बसावड़ा : बड़े म्यां, सरस्वती प्रेस, बनारस—1938
उदयशंकर भट्ट : अभिनव एकांकी नाटक, लक्ष्मीनारायण अग्रवाल, आगरा
: तीन नाटक, युनिवर्सल पब्लिशिंग हाउस, इलाहाबाद—1944
: स्त्री का हृदय, हिन्दी साहित्य सम्मेलन, प्रयाग—1947
: समस्या का अन्त, राजकमल प्रकाशन, दिल्ली—1948
: धूमशिखा, गौतम बुक डिपो, दिल्ली—1949
: अन्धकार और प्रकाश, साहनी प्रकाशन, दिल्ली—1952
: आदिम युग और अन्य नाटक, आत्माराम एंड संस, दिल्ली—1956
: आज का आदमी, हिन्दी भवन, इलाहाबाद-1959
: परदे के पीछे, आत्माराम एंड संस, दिल्ली—1960
उपेन्द्रनाथ अश्क : चरवाहे, नीलाभ प्रकाशन, इलाहाबाद—1961
: देवताओं की छाया में, नीलाभ प्रकाशन, इलाहाबाद—1953
: पक्का गाना, नीलाभ प्रकाशन, इलाहाबाद

: पर्दा उठाओ : पर्दा गिराओ, नीलाभ प्रकाशन, इलाहाबाद

: अन्धी गली, नीलाभ प्रकाशन, इलाहाबाद–1956

: साहब को जुकाम है, नीलाभ प्रकाशन, इलाहाबाद–1959

: अलग-अलग रास्ते, नीलाभ प्रकाशन, इलाहाबाद

एस.पी. खत्री : सात एकांकी नाटक, साहित्य भवन लिमिटेड, प्रयाग–1949

कणादऋषि भटनागर : सफर के साथी, आत्माराम एंड संस, दिल्ली–1961

कमलाकान्त वर्मा : श्री, बालसाहित्य प्रकाशक समिति, कलकत्ता–1940

कर्तारसिंह दुग्गल : कहानी कैसे बनी ?, भारतीय ज्ञानपीठ, काशी–1959

केशवचन्द्र वर्मा : रस का सिरका, भारती भंडार, इलाहाबाद–1951

कृश्नचन्दर : नये गुलाम, नेशनल पब्लिशिंग हाउस, दिल्ली–1955

: सराय के बाहर, राजपाल एंड संस, दिल्ली–1961

कृष्णकिशोर श्रीवास्तव : मछली के आँसू, विद्या प्रकाशन मन्दिर, दिल्ली–1957

: रास्ते, मोड़ और पगडंडी, राम प्रसाद एंड संस, आगरा– 1959

गणेशप्रसाद द्विवेदी : सोहागबिन्दी, इंडियन प्रेस, प्रयाग–1936

गिरिजाकुमार माथुर : जनम कैद, भारतीय ज्ञानपीठ, काशी–1959

(सेठ) गोविन्ददास : सप्तरश्मि, किताबिस्तान, इलाहाबाद–1941

: चतुष्पथ, साहित्यरत्न भंडार, आगरा–1942

: एकादशी, साहित्य भवन लिमिटेड, प्रयाग–1943

: अष्टदल, रामनारायण लाल, इलाहाबाद–1944

: धोखेबाज तथा दस अन्य एकांकी, भारतीय विश्व प्रकाशन, दिल्ली–1957

: गोविन्ददास ग्रन्थावली (खंड-2), भारतीय विश्व प्रकाशन, दिल्ली–1957

गोविन्दवल्लभ पन्त : विषकन्या, आत्माराम एंड संस, दिल्ली–1958

चतुरसेन शास्त्री : पाँच एकांकी, गौतम बुक डिपो, दिल्ली

चन्द्रकिशोर जैन : एकांकिका, जीवन कला मन्दिर, सहारनपुर–1944

चन्द्रकुँवर बर्त्वाल : प्रणयिनी, कुसुमपाल, नीहारिका, लखनऊ

चिरंजीत : दादी माँ जागी, लोक प्रकाशन, नयी दिल्ली–1956

: रंगारंग, आत्मराम एंड संस, दिल्ली

जगदीशचन्द्र माथुर : कोणार्क, भारती भंडार, इलाहाबाद–1959

: भोर का तारा, नीलाभ प्रकाशन, इलाहाबाद–1957

: ओ मेरे सपने, नीलाभ प्रकाशन, इलाहाबाद–1953

जमीला कुरेशी : सरगम, परिमल प्रकाशन, इलाहाबाद

: रेशमी डोरे, परिमल प्रकाशन, इलाहाबाद–1964

जयनाथ नलिन : हाथी के दाँत, आत्माराम एंड संस, दिल्ली–1959

द्वारका प्रसाद : आदमी, अन्तर्राष्ट्रीय प्रकाशन मंडल, पटना–1940

दिगम्बर झा : अपराजिता, मातृ मन्दिर प्रकाशन, साहिबगंज—1953
देवराज दिनेश : समस्या सुलझ गई, रामप्रसाद एंड संस, आगरा
: बिना बुलाए पंच, आत्माराम एंड संस, दिल्ली—1961
देवेन्द्रनाथ शर्मा : पारिजात-मंजरी, अजन्ता प्रेस लिमिटेड, पटना—1949
: बिसरी स्मृतियाँ, अजन्ता प्रेस लिमिटेड, पटना—1957
: शाहजहाँ के आँसू, हिन्दी साहित्य संसार, पटना—1964
धर्मवीर भारती : नदी प्यासी थी, किताब महल, इलाहाबाद—1954
पृथ्वीनाथ शर्मा : दृष्टि का दोष, आत्माराम एंड संस, दिल्ली—1959
प्रभाकर माचवे : गली के मोड़ पर, दत्त ब्रदर्स, अजमेर
प्रेमनारायण टंडन : प्रेरणा, विद्यामन्दिर, लखनऊ—1945
: प्रेरणा और अन्य एकांकी, हिन्दी साहित्य भंडार, लखनऊ—1959
: संकल्प तथा अन्य एकांकी, हिन्दी साहित्य भंडार, लखनऊ—1960
बेढब बनारसी : अभिनेता, व्यास पुस्तकालय, बनारस—1949
ब्रजकिशोर नारायण : सपना टूट गया, हिन्दी प्रचारक पुस्तकालय, काशी—1959
(डॉ.) भगवतशरण उपाध्याय : कुछ फीचर कुछ एकांकी, भारतीय ज्ञानपीठ, काशी—1959
भगवतीचरण वर्मा : बुझता दीपक, भारती भंडार, इलाहाबाद—1960
भारतभूषण अग्रवाल : और खाई बढ़ती गई, भारतीय ज्ञानपीठ, काशी—1956
भुवनेश्वर प्रसाद : कारवाँ, लीडर प्रेस, प्रयाग—1935
मनमोहन मदारिया : सूरज की धूप, नेशनल पब्लिशिंग हाउस, दिल्ली—1959
मार्कंडेय : पत्थर और परछाइयाँ, नया साहित्य प्रकाशन, इलाहाबाद—1956
राजेन्द्रकुमार शर्मा : अटैची केस, आत्माराम एंड संस, दिल्ली—1959
: पर्दा उठने से पहले, आत्माराम एंड संस, दिल्ली
(डॉ.) रामकुमार वर्मा : पृथ्वीराज की आँखें, गंगा पुस्तकमाला, लखनऊ—1936
: रेशमी टाई, लीडर प्रेस, प्रयाग—1952
: विभूति, विद्यामन्दिर प्रकाशन, मुरार (ग्वालियर)—1944
: चारुमित्रा, साधना सदन, इलाहाबाद—1958
: कौमुदी महोत्सव, साहित्य भवन लिमिटेड, इलाहाबाद—1952
: रजत रश्मि, भारतीय ज्ञानपीठ, काशी—1952
: दीपदान, लीडर प्रेस, प्रयाग—1958
: रिमझिम, किताब महल, इलाहाबाद—1955
: इन्द्रधनुष, राजकिशोर प्रकाशन, इलाहाबाद—1956
: पांचजन्य, भारतीय साहित्य मन्दिर, दिल्ली—1957
: ध्रुवतारिका, राजकमल प्रकाशन, दिल्ली—1950

: चार ऐतिहासिक एकांकी, साहित्य भवन लिमिटेड, प्रयाग—1949
: तीन एकांकी, सरस्वती मन्दिर, बनारस—1951
: रम्य रास, रामनारायण लाल, इलाहाबाद—1950
रामनारायण अग्रवाल : कविनाट्यम, भारती प्रकाशन मन्दिर, दिल्ली—1959
रामवृक्ष बेनीपुरी : बेनीपुरी ग्रन्थावली (दूसरा खंड), बेनीपुरी प्रकाशन, पटना—1955
रामसरन शर्मा : सफर की साथिन, आत्माराम एंड संस, दिल्ली—1952
रेवतीसरन शर्मा : पत्थर और आँसू, नेशनल पब्लिशिंग हाउस, दिल्ली—1960
लक्ष्मीकान्त वर्मा : आदमी का जहर, भारतीय ज्ञानपीठ, वाराणसी—1963
लक्ष्मीनारायण टंडन प्रेमी : रोगी का स्वर्ग, विद्यामन्दिर, लखनऊ—1949
लक्ष्मीनारायण मिश्र : भगवान मनु तथा अन्य एकांकी, आत्माराम एंड संस, दिल्ली—1957
: कावेरी में कमल, हिन्दी प्रचारक पुस्तकालय, काशी—1961
(डॉ.) लक्ष्मीनारायण लाल : पर्वत के पीछे, सेंट्रल बुक डिपो, इलाहाबाद—1952
: ताजमहल के आँसू, गर्ग ब्रदर्स, इलाहाबाद—1956
: नाटक बहुरंगी, भारतीय ज्ञानपीठ, काशी—1961
: नाटक बहुरूपी, भारतीय ज्ञानपीठ, काशी—1964
लीला अवस्थी : रेवा प्रांगण, अंजलि प्रकाशन, दिल्ली—1957
वाल्मीकि त्रिपाठी : शरणागत, प्रत्यूष प्रकाशन, कानपुर—1964
विट्ठलदास कोठारी : दहेज, श्री सरस्वती सदन, बीकानेर—1954
: पुष्पांजलि, श्री सरस्वती सदन, बीकानेर—1954
विनोद रस्तोगी : पुरुष का पाप, कमला प्रकाशन, कानपुर—1953
: कसम कुरान की, अशोक प्रकाशन, लखनऊ—1956
: बहू की बिदा, अंजलि प्रकाशन, दिल्ली—1957
: स्वर्ग के खंडहर, उमेश प्रकाशन, दिल्ली—1962
: निर्माण का देवता, बम्बई प्रकाशन प्राइवेट लि., बम्बई—1959
: काले कौए गोरे हंस, ओरियंटल बुक डिपो, दिल्ली
विमला लूथरा : पचपन का फेर, भारतीय ज्ञानपीठ, काशी—1950
विराज : तिरंगा झंडा, नेशनल पब्लिशिंग हाउस, दिल्ली—1957
विश्वम्भर 'मानव' : लहर और चट्टान, किताब महल, इलाहाबाद-1952
: ओस और किरण, किताब महल, इलाहाबाद—1959
विष्णु प्रभाकर : इनसान, हिन्दी ज्ञान मन्दिर, बम्बई
: हमारा स्वाधीनता संग्राम, हिन्दी प्रकाशन, इलाहाबाद—1950
: क्या वह दोषी था ?, रणजीत प्रिंटर्स एंड पब्लिशर्स, दिल्ली—1951

: अशोक तथा अन्य एकांकी, रामनारायण लाल इलाहाबाद–1956

: प्रकाश और परछाईं, भारतीय साहित्य प्रकाशन, सदर मेरठ–1958

: बारह एकांकी, भारतीय ज्ञानपीठ, काशी–1958

: दस बजे रात, आत्माराम एंड संस, दिल्ली–1959

वृन्दावनलाल वर्मा : कश्मीर का काँटा, मयूर प्रकाशन, झाँसी–1955

: कनेर, मयूर प्रकाशन, झाँसी–1958

: लो भाई पंचों लो, मयूर प्रकाशन, झाँसी–1947

: सगुन, मयूर प्रकाशन, झाँसी–1954

: बाँस की फाँस, मयूर प्रकाशन, झाँसी

: जहाँदारशाह, मयूर प्रकाशन, झाँसी

व्यथित हृदय : प्राणदान, बाल-शिक्षा-समिति, बाँकीपुर–1938

शम्भूदयाल सक्सेना : विद्यापीठ, नवयुग ग्रन्थ कुटीर, बीकानेर–1944

शिवकुमार ओझा 'सुन्दर' : सोहागदान, विद्यामन्दिर, लखनऊ–1946

: देव-दर्शन, विद्यामन्दिर, लखनऊ–1947

शौकत थानवी : सुनी सुनाई, न्यू लिटरेचर, इलाहाबाद–1947

श्रीकृष्ण : तरकश के तीर, भारतीय ज्ञानपीठ, काशी–1957

(डॉ.) सत्येन्द्र : कुणाल, रामप्रसाद एंड संस, आगरा

: प्रायश्चित्त, गोवर्धनदास जैन संस, आगरा–1949

सत्येन्द्र शरत् : तार के खम्भे, सेंट्रल बुक डिपो, इलाहाबाद–1948

सद्गुरुशरण अवस्थी : दो एकांकी नाटक, भारती भंडार, इलाहाबाद–1948

: मुद्रिका, विश्वविद्यालय प्रकाशन, गोरखपुर–1953

: नाटक और नायक (छह भाग), इंडियन प्रेस, प्रयाग–1950

सिद्धनाथ कुमार : रंग और रूप, आत्माराम एंड संस, दिल्ली–1960

सियारामशरण प्रसाद : कौन विश्वास करेगा ?, कला भारती, मुजफ्फरपुर-1961

: भ्रम की दीवार, साहित्य प्रकाशन दिल्ली–1964

सीताचरण दीक्षित : आनन्द का राजपथ, आत्माराम एंड संस, दिल्ली–1957

सीताराम चतुर्वेदी : अपराधी, अखिल भारतीय विक्रम परिषद्, काशी–1955

सुधीन्द्र : राम रहमान, सूर्योदय प्रकाशन मन्दिर, अलवर (मत्स्य)–1948

सुमनेश जोशी : पृथ्वी पुत्रों की जययात्रा, सार्वजनिक सम्पर्क कार्यालय, राजस्थान–1975

हंसकुमार तिवारी : आधी रात का सवेरा, मानसरोवर, गया

हरिकृष्ण प्रेमी : मान मन्दिर, हिन्दी मन्दिर, प्रयाग–1942

: बादलों के पार, आत्माराम एंड संस, दिल्ली–1952

हिमांशु श्रीवास्तव : जहाज चलता रहा, नारायण प्रकाशन मन्दिर, वाराणसी–1933
: कारवाँ बढ़ता जाएगा, राजधानी ग्रन्थागार, नई दिल्ली–1963
: राष्ट्रीय सुरक्षा के स्वर, सन्मार्ग प्रकाशन, दिल्ली-6–1964

हीरादेवी चतुर्वेदी : रंगीन पर्दा, इंडियन प्रेस लिमिटेड, प्रयाग–1952

एकांकी और रेडियो नाटक
(सन् 1966-1990)

अज्ञात : तूफान की जिन्दगी, प्रगति प्रकाशन, आगरा–1976
: चलते सिक्के, समीर प्रकाशन, कानपुर–1981

अमरनाथ चौधरी 'अब्ज' : इन्द्रधनुष, ऋचा, 6 डी। 1091, बोकारो स्टील सिटी–1984

अमृतलाल नागर : बात की बात, नेशनल पब्लिशिंग हाउस, दिल्ली–1974
: चन्दनवन, नेशनल पब्लिशिंग हाउस, दिल्ली–1976
: चक्करदार सीढ़ियाँ और अँधेरा, नेशनल पब्लिशिंग हाउस, दिल्ली–1978

आशीष सिन्हा : एक उदास शाम, सन्मार्ग प्रकाशन, दिल्ली-1979

उपेन्द्रनाथ अश्क : 25 श्रेष्ठ एकांकी, नीलाभ प्रकाशन, इलाहाबाद–1969
: मेरे प्रिय एकांकी, रचना प्रकाशन, इलाहाबाद–1975

कमलेश्वर : लहर लौट गई, राजपाल एंड संस, दिल्ली–1985

कुँवर चन्द्रप्रकाश सिंह : अग्नि परीक्षा, अनुपम प्रकाशन, पटना–1972

कुसुम कुमार : सलामी मंच और अन्य नाटक, जनप्रिय प्रकाशन, दिल्ली–1986
: मादा मिट्टी, विद्या प्रकाशन मन्दिर, नयी दिल्ली–1979

के.पी. सक्सेना : बार रे बाप, आलेख प्रकाशन, शाहदरा, दिल्ली–1979

गणपतलाल डांगी : म्यूजिक मास्टर भोलाशंकर इतिश्री, अनुपम पॉकेट बुक्स, दिल्ली–1968

गिरिराज किशोर : बादशाह गुलाम बेगम, राजकमल प्रकाशन, दिल्ली–1979

गिरीश बख्शी : चन्द टुकड़े औरत, राजेश प्रकाशन, दिल्ली–1978

गौरीशंकर रैना : एक वही मैं, के.एल. पचौरी प्रकाशन, दिल्ली–1988

चन्द्रशेखर : कुरुक्षेत्र की एक साँझ, आत्माराम एंड संस, दिल्ली–1980
: ग्लोब की रेखाएँ, आत्माराम एंड संस, दिल्ली–1980
: पाँचवाँ टायर, आत्माराम एंड संस, दिल्ली

चन्द्रशेखर भट्ट : दस एकांकी, सुशील प्रकाशन, अजमेर–1969
: दीपक जलने से पहले, राजकमल प्रकाशन, दिल्ली–1971
चन्द्रेश (सं.) : नुक्कड़ नाटक, राधाकृष्ण प्रकाशन, दिल्ली–1983
चतुर्भुज : झेलम के किनारे, अभिज्ञान प्रकाशन, राँची
: विजय तिलक, साधना मन्दिर, पटना
चिरंजीत : पाँच प्रहसन, कान्तबन्धु प्रकाशन, दिल्ली–1966
: हास्य-मंच, (खंड-1 और 2) पुस्तकायन, नयी दिल्ली–1983
: हास्य-मंच (खंड-3) पुस्तकायन, नयी दिल्ली–1985
: सात युवमंच नाटक, पुस्तकायन, नयी दिल्ली–1986
जगदीशचन्द्र माथुर : मेरे श्रेष्ठ रंग-एकांकी, नेशनल पब्लिशिंग हाउस, दिल्ली--1972
जगदीश सिंह : टकराते घड़े, नेशनल पब्लिशिंग हाउस, दिल्ली–1969
जितेन्द्र सहाय : बगल का किरायेदार, राजकमल प्रकाशन, दिल्ली–1973
: एक पर एक, सीमान्त प्रकाशन, नयी दिल्ली–1989
जी.जे. हरिजीत : रंगायन, रंजन प्रकाशन, आगरा--1975
तपन बनर्जी : जैसे हम लोग, परिमल प्रकाशन, इलाहाबाद
तेजपाल चौधरी : कालचक्र, श्याम प्रकाशन, जयपुर–1985
दयाप्रकाश सिन्हा : हास्य एकांकी, आर्य बुक डिपो, दिल्ली–1977
देवराज पथिक : मंच से मंच तक, कुमार बुक डिपो, दिल्ली छावनी–1977
: खोटा सिक्का : खरा सिक्का, इन्द्रप्रस्थ प्रकाशन, दिल्ली–1980
: शब्दों के हाशिए, आशा प्रकाशन गृह, नयी दिल्ली–1980
प्रकाश साथी : वेटिंग रूम, आत्माराम एंड संस, दिल्ली–1986
प्रताप सहगल : अपनी-अपनी भूमिका, प्रतिमान प्रकाशन, दिल्ली–1983
पी.लक्ष्मी कट्टिअम्मा : तीन एकांकी, राजपाल एंड संस, दिल्ली–1967
बलवन्त गार्गी : चाक, राधाकृष्ण प्रकाशन, नयी दिल्ली–1990
ब्रजराज किशोर (सं.) : पाँच नुक्कड़ नाटक, जनप्रिय प्रकाशन, शाहदरा, दिल्ली–1985
भगवतीचरण वर्मा : चलते-चलते, राजपाल एंड संस, दिल्ली–1985
भगवानदास सफडियर : हमाम के हुड़दंग, साहित्यवाणी, इलाहाबाद–1985
भारतभूषण अग्रवाल : पलायन, नेशनल पब्लिशिंग हाउस, दिल्ली-1982
: युग-युग या पाँच मिनट, नेशनल पब्लिशिंग हाउस, दिल्ली–1983
मणि मधुकर : सलवटों में संवाद, प्रभात प्रकाशन, दिल्ली–1979
ममता कालिया : आप न बदलेंगे, लोकभारती, इलाहाबाद–1987
महावीर सिंहल : नौ द्वारे का पींजरा, राजस्थान साहित्य अकादमी, उदयपुर–1979

महेन्द्र जायसवाल : सोनालिका पर मुकदमा, अयन प्रकाशन, नयी दिल्ली—1990
मोहन राकेश : अंडे के छिलके, राधाकृष्ण प्रकाशन, नयी दिल्ली—1973
: रात बीतने तक, राधाकृष्ण प्रकाशन, नयी दिल्ली—1974
राजकुमार अनिल : देशभक्ति के एकांकी, प्रेम प्रकाशन मन्दिर, दिल्ली—1988
राजेन्द्र कुमार शर्मा : मजनू पार्क, पराग प्रकाशन, दिल्ली—1978
: स्वर्ग का पासपोर्ट, पराग प्रकाशन, दिल्ली—1980
राजेश जैन : चिन्टी मास्टर, मध्यप्रदेश साहित्य परिषद् प्रकाशन भोपाल—1980
राधाकृष्ण सहाय : हे मातृभूमि, साहित्य भवन, इलाहाबाद—1988
रामकिशोर मेहता : प्रजातन्त्र का चौथा पाया, अनुजा प्रकाशन, पटना—1988
रामकुमार वर्मा : इतिहास के स्वर, आत्माराम एंड संस, दिल्ली—1969
: मेरे श्रेष्ठ रंग एकांकी, नेशनल पब्लिशिंग हाउस, दिल्ली—1971
: कैलेंडर का आखिरी पन्ना, राजकमल प्रकाशन, दिल्ली—1972
: समाज के स्वर, आत्माराम एंड संस, दिल्ली—1982
रामकृष्ण कौशल : तीन आयाम, राजकमल प्रकाशन, दिल्ली—1971
रामचरण महेन्द्र : इनसानियत जिन्दाबाद, प्रत्यूष प्रकाशन, कानपुर—1966
रामेश्वर दयाल दुबे : नर्मदा, साहित्य संगम, इलाहाबाद—1986
लक्ष्मीकान्त वैष्णव : नाटक नहीं, राजकमल प्रकाशन, दिल्ली—1983
लक्ष्मीनारायण लाल : दूसरा दरवाजा, लिपि प्रकाशन, दिल्ली—1971
: मेरे श्रेष्ठ रंग एकांकी, नेशनल पब्लिशिंग हाउस, दिल्ली—1972
: यक्षप्रश्न, राजपाल एंड संस, दिल्ली—1976
: खेल नहीं नाटक, सरस्वती विहार, दिल्ली—1978
वाल्मीकि त्रिपाठी : अशोक का अवसाद, ग्रन्थम, कानपुर—1971
विनय : रंगब्रह्म, संजीव प्रकाशन, मेरठ—1967
विनोद रस्तोगी : बाल की खाल, उमेश प्रकाशन, दिल्ली—1984
: प्रमोशन, उमेश प्रकाशन, दिल्ली—1978
विपिन कुमार अग्रवाल : तीन अपाहिज, यशपाल प्रकाशन, इलाहाबाद—1969
: खोए हुए आदमी की खोज, लोकभारती प्रकाशन, इलाहाबाद—1980
विमला रैना : आहें और मुसकान, आत्माराम एंड संस दिल्ली—1969
विष्णु प्रभाकर : मेरे प्रिय एकांकी, लोकभारती प्रकाशन, इलाहाबाद—1970
: मेरे श्रेष्ठ रंग एकांकी, नेशनल पब्लिशिंग, दिल्ली—1971
: सम्पूर्ण नाटक (खंड-1 और 2), प्रभात प्रकाशन, दिल्ली—1987

: सम्पूर्ण नाटक (खंड-3), प्रभात प्रकाशन, दिल्ली–1988

वीरेन्द्र मिश्र : आवाज आ रही है, प्रभात प्रकाशन, दिल्ली–1984

शंकर पुणताम्बेकर : बचाओ, मुझे डाक्टरों से बचाओ, पुस्तक संस्थान, कानपुर–1972

: बचाओ, मुझे कवियों से बचाओ, आराधना ब्रदर्स, कानपुर–1980

: भूख हड़ताल, संचयन, गोविन्दनगर, कानपुर–1986

शंकर सुल्तानपुरी : नाजुक मिजाज पत्नी, लोकप्रिय प्रकाशन, दिल्ली–1981

: केशव की केश-साधना, लोकप्रिय प्रकाशन, दिल्ली–1982

: महाकवि मजनू, लोकप्रिय प्रकाशन, दिल्ली–1982

शान्ति महरोत्रा : एक और दिन, लोकप्रिय प्रकाशन, दिल्ली–1982

शैल रस्तोगी : एक जिन्दगी बनजारा, कल्पना प्रकाशन, मेरठ–1974

श्याममोहन अस्थाना : खरीदा हुआ चेहरा, राका प्रकाशन, आरा–1983

: नागफनी की डाल, राका प्रकाशन, आरा–1983

श्रवणकुमार गोस्वामी : सोमा, सन्मार्ग प्रकाशन, दिल्ली–1989

श्रीकृष्ण, योगेन्द्रकुमार लल्ला (सं.) : प्रतिनिधि रंगमंचीय एकांकी, आत्माराम एंड संस, दिल्ली–1971

सत्यप्रकाश संगर : दामाद का चुनाव, राजकमल प्रकाशन, दिल्ली– 1968

सत्यव्रत सिन्हा (सं.) : नवरंग, अभिव्यक्ति प्रकाशन, इलाहाबाद–1970

सरजू प्रसाद मिश्र : ऊँचे मकानोंवाली गली, पीताम्बर पब्लिशिंग कम्पनी, दिल्ली–1985

सावित्री रांका : एक और आवाज, किताबघर, दिल्ली–1981

सिद्धनाथ कुमार : रास्ता बन्द है, इन्द्रप्रस्थ प्रकाशन, दिल्ली–1981

: मुर्दे जिएँगे, आलोक प्रकाशन, राँची–1981

: आदमी है, नहीं है, पुस्तकायन, दिल्ली–1988

सियारामशरण प्रसाद : मन्दिर के प्रेत, कला भारती, मुजफ्फरपुर–1987

सुधांशु चतुर्वेदी (अनु. सं.) : मलयालम के श्रेष्ठ एकांकी, प्रभात प्रकाशन, दिल्ली–1970

सुरेन्द्र वर्मा : नींद क्यों रात भर नहीं आती, राधाकृष्ण प्रकाशन, दिल्ली–1976

: दूसरी फाँसी, राज पब्लिशिंग हाउस, दिल्ली–1987

सुरेशचन्द्र शुक्ल 'चन्द्र' : प्रत्यावर्त्तन, प्रत्यूष प्रकाशन, कानपुर–1976

: स्वप्न का सत्य, कानुपर (तिथि अनिर्दिष्ट)

: टूटते हुए, साहित्य संस्थान, कानपुर–1974

सुरेश सेठ : सोनजूही बीमार है, प्रवीण प्रकाशन, नयी दिल्ली

सूरज भारद्वाज : आँसू अपने नयन पराये, प्रेम प्रकाशन मन्दिर, दिल्ली–1988

सेवा नन्दवाल : हाय पैसा, सूर्य प्रकाशन, दिल्ली—1989
सोमावीरा : साथी हाथ बढ़ाना, आत्माराम एंड संस, दिल्ली—1971
स्वदेश कुमार : मेरे इक्कीस हास्य एकांकी, आत्माराम एंड संस, दिल्ली—1970
हंसकुमार तिवारी : धारा और किनारा, सन्मार्ग प्रकाशन, दिल्ली—1977
हमीदुल्ला : दरिन्दे, भारतीय ज्ञानपीठ, दिल्ली—1975
हरि मेहता : मियाँ-बीबी राजी, पराग प्रकाशन, दिल्ली—1978
: सपनों के ताजमहल, पांडुलिपि प्रकाशन, दिल्ली—1979
: लेडी डाक्टर, पांडुलिपि प्रकाशन, दिल्ली—1979
: जरा सी धूप, पांडुलिपि प्रकाशन, दिल्ली—1980
: पिटते-पिटते, पांडुलिपि प्रकाशन, दिल्ली—1980
: रंगमंच के रंग, लक्ष्मी पुस्तक सदन, दिल्ली—1980
: एक खिड़की खुली है, बिहार ग्रन्थ कुटरी, पटना—1981
: बिन बचपन के बच्चे, सीमान्त प्रकाशन, दिल्ली—1981
: पिटे हुए शायर, प्रकाशनम्, पटना—1984
हर्षनारायण नीरव : यक्ष कालिदास, सूर्य प्रकाशन, दिल्ली—1989

●●●